（2012年卷）

现代作家研究

中国现代文学馆编

作家出版社

编委会名单

执行主编：张元珂

编　　委：慕津锋　崔庆蕾　王　雪

　　　　　张元珂　邱俊平　李立云

　　　　　姚　明

本卷编选：慕津锋

序 言

张元珂

　　"文学经典""文学经典化"是两个不同的概念，前者是"完成时"，是确保如何保值或增值；后者是"进行时"，是确保其不再减值的过程。文学经典建构的因素是多种多样的，至少有：文学作品的艺术价值；文学作品的可阐释的空间；意识形态和文化权力变动；文学理论和批评的价值取向；特定时期读者的期待视野；"发现人"（又可称为"赞助人"）。童庆炳先生概括的这"六要素"基本涵盖了"文学经典"建构过程中内部和外部的基本要素。然而，推动文学的"经典化"进程的已知和未知因素远不止上述"六要素"，它远比理论预设要复杂而丰富得多。尤其在此过程中，新的不可预知的力量会随着时间的永续演进和空间的持续拓展而不断浮现。然而，历史经验不止一次地告诫我们，真正的"文学经典"都要经历过反反复复的去经典化、再经典化的拉锯式的演变过程，或者说，所谓文学的"经典化"从来不是一次性的、一劳永逸的，而是持续的、接受各种力量考验的保值、增值或者减值的动态过程。因此，不仅有关"何谓经典""经典何为"的理论探讨与实践永不止息，而且有关文学经典的筛选与阐释也"永在路上"。

　　自 20 世纪 90 年代以来，有关文学经典的诸多问题亟待厘清与重释。即使已被命名为"文学经典"的作家、作品，由于时代语境的不同，后世的人们总会对之发出不同"声音"。比如，从对"鲁郭茅巴老曹"座次的否定与重排，到对"三红一创，青山保林"经典性的质疑与解构，再到对90年代以来有无经典问题的纷争与焦虑，都充分表明，有关文学经典评价的标准、观点、接受总是分歧不断。因此，如何看待这种分歧，或者说，如何认知和重释新文学经典作家、作品的真正价值及意义，都是重要的亟待解决的重大命题。

中国现代文学馆拥有比较完善的学术团队和传播体系（期刊、网站、讲座）；这里保持着与国内外各层次高校、科研院所良好的交流关系；这里是普及经典并不断发掘和建构经典的地方；这里不分男女老幼，从国家政要、文化精英到普通群众，皆可来此领受文学之于个体的无穷魅力，更为重要的是，这里保存着不同时代众多作家的第一手资料（手稿、日记、书信、照片、版本、遗物等等），它们亟须开发、整理与研究……这一切都说明，文学馆及其学术力量对推动中国新文学的研究与传播也是一股不可或缺的重要力量。但长期以来，由于人才队伍建设滞后，文学馆在学术研究方面的优势并没有得到充分、有效发挥。2010年后，伴随大量硕博生入职文学馆，中国现代文学馆的文学研究力量明显加强，特别是在文献史料的发掘与研究以及文学经典的传承与普及方面，其无可替代的价值逐渐凸显出来。这尤其需要一个平台，以展现文学馆学人的最新研究成果。

正是基于上述几方面考虑，2011年1月，由前任馆长吴义勤策划与指导、前研究部主任许建辉任主编的《经典作家研究专刊》正式创刊。专刊创刊，其意义当然不同寻常。它不仅是继《中国现代文学研究丛刊》之后中国现代文学馆主办的第二个学术研究刊物（随《文艺报》一起面向全国发行），还以其多方面的"特殊性"显示了其在当代学术研究体系中的重要地位。比如：实现与学术界的良性互动，更新新文学研究内容、方式与方法，面向社会大众普及新文学经典作家与作品，展现文学馆人风貌及学术体系对文学研究的贡献，等等。

专刊每月一期，每期四万字，每期研究一位经典作家或一个文学思潮、流派，自创刊至今（截至2018年3月），已出八十七期，总计340多万字。在前期，作为主编的许建辉做了大量工作，专刊之所以备受关注、名声在外，与她的努力息息相关。许主任退休后，由我和崔庆蕾合作主编，由此一直持续至2017年12月。自2018年1月起，由于崔庆蕾调离中国现代文学馆，就由我担任主编，并重新组织队伍，继续办刊至今。曾经的同事与师友或退休，或调离，总不免心生感慨——在每个人的一生中，能同志同道合的几个人干一份有意义的工作该是多么的幸运！近八年来，从主编到编辑人员几经轮换，从选题、约稿、审稿到具体的文字处理皆由我们几个人兼职完成，但我们的合作是愉快的，成绩是有目共睹的，所达到的社会效果是让人满意的。不仅所刊文章屡屡被《新华文摘》和人大复印资料全文转载，而且据说专刊作为《文艺报》"金牌专栏"之一还为其增加了不少忠实读者和报纸订单。

专刊所刊文章集学术性、可读性（文字尽可能通俗易懂）、欣赏性（每期配大量图片）于一体，充分照顾到中国作协会员、业界专家、学者及各类文学爱好者的阅读趣味。作为编辑之一，我犹记得最初几年的热闹场景：每一期总会有全国各地的读者——各级作协会员、高校师生及社会读者——来函来电，或品评，或询问，或建议，不仅为专刊（栏目）叫好，也为我们的组稿点赞。专刊所刊文章质量是有目共睹的，不仅得到普通读者好评，还得到业界大力肯定。

鉴于此，我们编辑、出版这套丛书，以方便大家阅读和珍藏。丛书以年份为卷次，每年一卷，每卷三十万字。本年度共出七卷，即2011年卷、2012年卷、2013年卷、2014年卷、2015年卷、2016年卷、2017年卷。2018年卷以及2018年以后各卷将各后推一年予以出版。在编选中，我们遵循以下原则：每卷都是从该年度所刊发的近四十万字中精选出来的；每卷皆由一位青年学者负责精选、编目、初校；按照原刊发表月份、篇目、次序编排年度目录，以尽可能保持原始风貌；史料类文章基本以中国现代文学馆馆藏珍贵期刊、日记、书信、手稿为材料，为专刊特色，也是专刊之所以引发读者关注和热议的重要原因，故予以重点收录。丛书所收文章大体可分五类，即作家生平研究、经典作品研究、文学流派与思潮研究、文献史料研究、作品（版本）传播与接受研究。这些文章基本反映了现代文学研究界最新动态和研究成果。

编辑与出版这一套丛书，也是一种尝试。惟愿读者喜欢，如有不足，敬请指正。

2018 年 3 月 4 日于中国现代文学馆

目录

《包身工》：底层文学的鼻祖

周明全

近年来，文学的责任遭遇了各种各样的背离。有些作家沉迷于写作技巧，在"怎么写"中踟蹰不前，且私人化倾向越来越浓；有些作家只关注自己琐碎的日常生活，对重大问题、对发展变化着的社会生活失去了关注的兴趣和激情。文学应该在技巧上下功夫，也应该观照自己的内心，但文学的真正责任应该是"揭出病痛，以期引起疗救注意"，且"无穷的远方，无数的人们，都与我有关"。

自 2004 年以来，"底层文学"由微至显，开始受到广泛关注。虽然理论界对"底层文学"至今仍争论不休，但从"底层文学"近年的创作实践来看，不难看出两个最显眼的特征，即"底层文学"一般都是由处于社会底层的作家创作的，另外，"底层文学"的关注点是底层大众。这两点似乎都只是表象，在我看来，"底层文学"最可爱的、最有价值的，是它在践行文学的价值和张扬文学的责任。

关于"底层文学"的争论还将继续，但只要我们回过头来，从老一辈文学家那里，就不难发现，现在被热议的"底层文学"，早在数十年前，就被作家当成了战斗的武器。出生在底层的作家夏衍和他的《包身工》，无论从作家的出身，还是作品所关注的角度，均是底层。可以说，《包身工》就是"底层文学"，且是当之无愧的"底层文学"的鼻祖。

作为一个誉满当代文坛的大师，夏衍的创作涉猎剧本、小说、散文、文艺评论、报告文学，甚至翻译了包括《母亲》在内的诸多作品，但在他 95 岁高龄时，却说"我觉得我的作品中只有《包身工》

可以留下来。"这当然是夏衍的自谦之词，但这无疑也反映出，《包身工》对夏衍自己及对时代的重要意义。

夏衍生在乱世，整个少年时代的记忆都是苦涩的。他曾在《走过来的道路》中写道："从小吃过苦，亲身经历过农村破产的悲剧，也饱受过有钱人的欺辱和奚落，因此，对旧社会制度的不满和反抗，可以说在少年时代就在心里扎下了根子。"这里孕育着他把自己的一生与国家、民族命运紧紧相连，从而走上革命道路的契机。

高小毕业后，由学校以公费保送到日本"深造"。在日本6年多的学习中，对夏衍的改变是深刻的。这一时期，正是日本左翼运动的全盛时期，受左派影响，夏衍放弃了工业救国思想。这期间，尽管夏衍也读了如《共产党宣言》《社会主义从空想到科学的发展》等进步书籍，但当时支配他行动的依旧是"打倒列强除军阀"这样的革命纲领。

作家生活在底层，并不意味着就能写出真正的"底层文学"，就能去关注底层。生活在底层，固然有了创作的源头活水，但如果没有鲜明的阶级立场，没有真正理解和把握文学的价值和文学的意义，照样不能将根扎在大地，照样写不出反映底层疾苦的优秀作品。"五四"前后，武侠小说、官场小说、青楼小说、鸳鸯蝴蝶派等大行其道，但是有了强烈的阶级意识后，左翼作家才开始出现。

夏衍是左翼作家之中的优秀人物，他写出如此多革命的、进步的文学作品。早在第一次世界大战时，夏衍看到了"弱肉强食"的世界，油然而生了富国强兵的爱国主义理想。十月革命的炮声使夏衍"震动了一下"，"五四"后曾以"过激党"自居，还参加了浙江第一个马克思主义刊物《双十》和《浙江新潮》的编辑工作。可是那时，中国共产党还没有诞生，在知识界，无政府主义还有很大的影响，像夏衍这样的"过激党"，也只不过是基于爱国热情，不满旧社会的黑暗，莽莽撞撞地寻找革命的道路，对什么是社会主义、什么是共产主义，并没有清晰而明确的认识。但自1927年6月加入中国共产党后，夏衍深刻地感受到，"应该说，在以反帝反封建为主的民主革命时期，尽管我们的处境十分危险，我们的工作非常困难，可是在政治斗争的领域内，我们的斗志是昂扬而坚定的。因为在这个革命阶段，小资产阶级知识分子深受帝国主义、封建主义和买办资产阶级的剥削和迫害，所以对这三个敌人的憎恨和反感是强烈而深刻的"。

1927年加入中国共产党后，夏衍的组织关系转到上海闸北区第三街道支部，他的任务是在沪东一带纱厂的工人中做组织、宣传工作。这一时期，他利用基督教青年会办的工人夜校与工人发生了联系，后来又与进步工会组织的负责人发生了联系。这为《包身工》的写作提供了素材和埋下了伏笔。这一时期，为了生计，夏衍"翻译了一些日本、俄国的文学作品"。1932年1月20日，夏衍翻译发表了日本报告文学研究者川口浩的《报告文学论》，这是我国现代最早系统地译介报告文学的专论，也为《包身工》的写作提供了理论支撑。

1930年代的中国，正处于帝国主义、封建主义、官僚资本主义的压迫下，农民、工人都处于社会的最底层，饱受压迫和欺诈。这时期也是共产党领导下最艰苦的革命斗争时期，在文学上需要富有战斗性的文学，激励人民的革命斗志。顺势而成立的"左联"，刚一开始，便竭力提倡报告文学这个文学形式。当时，所以提倡这个文学形式，是因为报告文学便于迅速地反映现实，可以不必借助于虚构，将现实境况"报告"出来。但更主要的是在于"左联"想使文学和政治结合起来，使作家和现实生活的斗争结合起来。可以说，报告文学是伴随着无产阶级登上历史舞台的，适应近代社会经济生活的需要而产生的。

1930年8月4日，"左联"执委会通过决议，明确指出：我们号召"左联"全体联盟员到工厂到农村到战线到社会的下层中去。那边郁积着要爆发的感情，那边展开着迫切需要革命的非人的苦痛生活，那边横亘着火山的动脉，那边埋藏着要点火的火药库。那么，我们怎样把这些感情，把这些生活汇合组织到最进步的阶级斗争中来，这就是我们应该坚决开始的工农兵通信运动工作。因这些不是单纯的通信工作而是组织工农士兵生活提高他们文化水准政治教育使他们起来为苏维埃政权而斗争的一种广大教化运动。从猛烈的阶级斗争当中，自兵战的罢工斗争当中，在如火如荼的乡村斗争当中，经过平民夜校，经过工厂小报、壁报，经过种种煽动宣传的工作创造我们的报告文学吧！这样，我们的文学才能够从少数特权者手中解放出来，真正成为大众的所有。

作为"左联"执委的夏衍，自然将"左联"的理念作为自己创作的圭臬。左翼作家大多关心社会底层，工人、农民和那些"被侮辱与被损害者"，写他们的生活、遭遇和命运。早在1927年，夏衍在上海闸北区第三街道做工会工作时，就认识了纱厂的一些朋友。1929年年底，住到了沪东塘山路业广里，因为这片是工人区，所以，有几位做工人运动的同志还经常到夏衍家。"包身工"制度和那些年轻女孩的悲惨生活，就是这些工人朋友告诉他的。1930年，上海艺术剧院社被解散，为开展工人运动，夏衍他们组织了流动演剧队到工厂区演出，为了找关系，夏衍又和过去认识、在基督教青年协会办的工人夜校担任教员的即《包身工》里面的冯先生接上了线，冯先生又告诉了夏衍很多包身工的事。"一·二八"后，沈西苓要写一个以上海女工为题材的电影剧本，夏衍就将包身工的情况告诉了沈西苓。

夏衍认为，这件事用电影的方式来揭露效果要比文章的方式好，更能引起观众"灵魂的震动"，后来明星电影公司把这个故事拍成一部叫《女性的呐喊》的电影。但该部电影因为当时的政治环境和国民党当局的删剪，并没让观众产生"灵魂的震动"，夏衍对这部电影也不满意，于是决定自己动手写篇小说，"非把这个人间地狱揭发出来不可"。但因为工作忙，就一直搁浅。1935年，上海党组织遭到了又一次很大的破坏，组织上让夏衍隐藏起来，夏衍利用这个机会，开始了关于包身工更详尽资料的搜集和写作。

在《回忆与感想》一文中，夏衍说，《包身工》是一篇"报告文学"，一点也没有虚构和夸张。"她们的劳动强度、她们的劳动和生活条件、当时的工资制度，我都是尽可能的作了实事求是的调查。"夏衍的《包身工》可谓"中国工人阶级状况调查报告"，只是这份调查报告不是干巴巴的数据、表格、理论等，而是通过故事讲述了工人阶级的真实状况。一是因为夏衍笔力雄健、生动，故有此效果；二是因为故事比理论、数据等更能打动人心，读者通过包身工的故事可以直观地了解到工人阶级状况，更能激发他们对工人阶级的同情，也能激发起工人本身的反抗。《包身工》发表之后，"包身工"一词在社会上非常流行，可见受众之广泛，影响之大。

1936年春天，为了看到包身工们早出晚归上班下班的情景，夏衍从4月到6月，做了足足两个多月的"夜工"，半夜3点多钟起身，走十几里路，到日本纱厂的门前去观察，同工人们谈话，搜集资料。他有个昔日的"甲工"同学在日本纱厂当职员，托了这关系，得以去包身工的车间看过几次。然而，他还是不满足，倔强地认为一定要近距离了解她们的生活情形，"亲自到包身工住宿的工房去调查"。后来，夏衍通过"沪东公社"同志的介绍，认识了一位在日本内外棉纱厂做工的青年团员杏弟。又通过杏弟帮忙，混进工厂几次，直接到了工厂内部进行观察。

夏衍观察了解到，在这里，"包身工"们被叫做"猪猡"。包身工住的是"七尺阔、十二尺深的工房楼下"，"长方形的用红砖墙严密地封锁着的工房区域，被一条水门汀的小巷划成狭长的两块。像鸽笼一般……"这里面"充满了汗臭、粪臭和湿气"。上工时，"带工老板就好像赶鸡鸭一般把一大群没锁链的奴隶赶出来"。包身工工作在"音响、尘埃和湿气"三大威胁之中。在这里，包身工们"随意遭到毒骂和毒打"，而且，"打死不要紧""人得而欺之"。吃的是，"所谓粥，是用乡下人用来喂猪的豆腐渣加上很少的碎米、锅巴等煮成的。粥菜？这是不可能有的。有几个'慈祥'的老板到菜场去收集一些菜叶，用盐一浸，这就是她们难得的佳肴"。在这样的环境下，包身工们失去了做人最基本的羞辱感，"打呵欠，叹气，叫喊，找衣服，穿错了别人的鞋子，胡乱地踏在别人身上，在离开别人头部不到一尺的马桶上很响地小便。女性所有的那种害羞的感觉，在这些被叫做'猪猡'的人们中间，似乎已经很迟钝了。她们会半裸体地起来开门，拎着裤子争夺马桶，将身体稍稍背转一下就公然在男人面前换衣服"。而更为可恨的是，"在这千万被压榨的包身工中间，没有光，没有热，没有温情，没有希望……没有人道。这儿有的是 20 世纪的技术、机械、体制和对这种体制忠实服役的 16 世纪封建制度下的奴隶！"触目惊心的惨象，让夏衍自己的灵魂先震惊了，他愤怒地警告某些人，"当心呻吟着的那些锭子上的冤魂"。

夏衍以他生动的笔，既写出了包身工的群像，也重点写了几个人物，譬如芦柴棒等人。夏衍巨细无遗地写了包身工们的日常生活起居、作息、工作、情感等方面，她们在各个方面均备受虐待，她们被关在一个封闭的空间之中，不能与外界接触、联络，几乎沦为奴隶。工人在 1930 年代属于新兴群体，不为世人所知，夏衍通过报告文学这样的写实样式，展现了部分工人群体悲惨的生活和命运，让社会了解工人真实的生活状况，也可以激发工人起来反抗。

1936 年 6 月，夏衍在《光明》创刊号发表了《包身工》。《包身工》以"铁一般的事实"再现了一幅血淋淋的地狱图景，产生出强烈的震撼力。《包身工》彻底地、无情地揭露了剥削阶级的残酷本质，成了最有力的抗议书，在 1936 年的上海以及全国的工人阶级中所激起的革命作用是尽人皆知的。

与夏衍修改《鲁迅传》事有关的一封信

许建辉

1960 年代初，上海文化界启动了电影《鲁迅传》巨片的创制工程。因为是"中央亲自抓"，所以各方力量迅速云集，组成了一个从创作到摄制再到角色饰演都由"大腕"担纲的工作团队。这个团队辛辛苦苦工作几年，最后留下了半部经过反复修改的剧本——《鲁迅传》（上集），整个项目竟以"流产"告终。文学馆手稿库现藏信函一纸，所谈正是此事。因未见相关文章中有提及此信者，想是它多年来深锁环琅所致，故不计其过长，全文照录如下。

杨仁声同志：

我们来京配合《鲁迅传》定稿工作，迄已三月，目前夏改稿已经交出，对原作帮助很大，但又发生一些新的情况和困难，因特汇报如下，并希指示。

事实经过：1. 夏衍同志于 8 月 3 日交出最后一章，10 日全稿清理完毕，交稿时当着白尘同志说明：请他看一遍，并表示他算是脱手了。2. 看稿后白尘表示已经认不出来是自己的"房子"了，要算是定稿，他就很为难。但他有思想准备再综合一道，月底前，他是有时间的。差不多同时，他通过荃麟同志向周扬、默涵同志反映了他的意见和心情。3. 摄制组原来计划两个作家都不愿再搞，那就准备接过来，自己动手综合了。但原作者既已提出了意见和做法，那就不能重新考虑。当即用电话向夏部长婉转反映了情况，并于次日（10

日）面谒请示，顺便说明我们原来的打算和目前的新问题。夏部长表示改稿仅供参考，他已经勉力完成了中宣部交给他的任务；再次声明：由于时间和身体关系，以后不可能再作什么了；说明改稿所以改动大了，主要是为了贯彻周扬同志等所提的若干原则；关于今后怎么办？他也作了些指示：着重要我们向默涵同志、上海市委宣传部和电影局汇报请示。

4. 就在次日（12日）晚，默涵同志因公离京的前夕，争取到向他汇报了夏、陈双方的意见和摄制组对这两稿的看法（另附）。默涵同志了解了有关方面的情况后表示：即使夏衍同志改得很好，照夏公原意也还是要尊重原作者，何况白尘已经提出了他的看法；因之，他同意荃麟同志的意见：让白尘再综合一道。默涵同志同时指出：他同意夏衍同志说的，要动也必须遵守周扬同志讲的原则指示，默涵同志并且阐述了这些原则，强调了这些原则是不管作家的风格如何都要予以遵守的。并且表示，这一次对两个稿本（指陈三稿和夏改稿）他一定看，而且指示光年、荒煤、文殊等同志也看，等他回来开个小会给作者提意见；但是，他又强调大家都在等着"鲁迅传"，不要错过时机，要白尘跟我们先依据这些原则精神充分交换意见，可动，就先动起来，不必等待了。（林指示全文详见附件）。5. 听了林默涵同志的谈话后，我们即把记录送给夏衍同志，同时也将谈话大概告知白尘，并摸了一下白尘的想法，他表示假如要动，那就先以十天透彻交换意见，然后给他请一个月假——据估计这是可能的。

经过就是这样，可以看出：稿子一时还定不下来，也不可能把两稿交给我们来处理；作家之间的关系有些紧张；所牵涉到的情况相当复杂：这里有怎样贯彻中宣部所提的指示原则问题；有怎样尊重作家和搞好作家的关系问题；也还有怎么做才对制片工作最有利、最经济的问题——这一方面还没有敢强调提出：一则尚未向上海领导请示；二则过早提出，将更增加局势的复杂性。

为了供京、沪领导和创作组等有关方面对两个稿本有所比较，从而迅速作出相应的决定，或明确表示态度和意见，在摄制组留京全体同志的建议和协助下，已将夏改稿付印作为四稿，同时将夏衍、林默涵同志的谈话记录也打印出来连同稿本送领导核阅；又默涵同志还要求将上海、北京对陈三稿和夏改稿所提的意见都研究一下，因此我们正在把已有的意见整理汇编，备供参考。此次稿本，文件的送发严格限制在必要的范围，以防止产生副作用，如夏的谈话记录送发对象是夏衍同志自己指定的。

默涵同志何时回京不可知，估计约十天左右，尽管他嘱咐先动起来，但是原作者还是希望他们和他谈一次；摄制组因为正在向上海请示中，目前除沟通情况、及时汇报意见，并努力解除作家之间的紧张关系、为下一步工作铺平道路之外，尚未定下一步的积极行动（例如要不要给白尘请假之类的问题都未定局）。

摄制组初步意见：假如同意再搞一稿，作者和摄制组真能彻底交换意见，那么，事实上是可以相当缩短将来导演分场本的时间的。当然，定稿时间肯定是延长了。

所耿耿于怀者，白尘曾为写作三稿病倒，而夏公则在忙、病交迫情况下，无私地帮我们做修改工作，两人都付出了艰巨的劳动、作出了贡献，而终于不免彼此感觉"为难"。至于关系紧张，则主要由于我们在修改过程中提出意见多、又穷于折衷的缘故。

事实与情况汇报如上。关于整个工作的进度问题，夏衍同志说过：希望请您和市委石西民同志、陈其五同志决定。我们殷切希望您在看到稿本和林、夏两同志的意见后，能得到您的具体指示和局、厂领导方面的意见，特别希望明确以下两点：

1. 对于再让白尘同志再搞一道的问题有何意见？ 2. 对我们目前和今后工作做些指示。

目前我们正在为进一步工作试探情况，铺平道路，待接到您的指示后，如同意再搞一搞，那么，除了在月底前征询北京必要意见并和白尘同志彻底交换意见外，拟在九月初起为白尘同志请一个月创作假。我们则回上海听取必要的意见并同时做其他准备工作。这是设想，一切有待指示决定。此致

敬礼！

《鲁迅传》摄制组　陈鲤庭　于北京

1961 年 8 月 17 日

信文内外的人和事

这封信是《鲁迅传》剧组递交中共上海市电影局党委书记杨仁声的一份工作汇报。署名人陈鲤庭，我国第一代电影艺术理论家、著名导演，曾经创作了发挥过重大宣传作用的街头剧《放下你的鞭子》，导演了《屈原》《幸福狂想曲》《丽人行》等享誉海内外的影片，在《鲁迅传》巨片中担负导演职责。信笺是从本子上扯下的两张 16 开活页纸。钢笔浅蓝墨水横向书写。每行 50 个字左右，虽密密麻麻却清清楚楚，1900 余字竟无一处修改，可知是在草稿上反复推敲琢磨后的抄写件。下款中"鲁迅传摄制组"六个字颜色较正文深重许多，字体也与正文完全不同，应为信成后临时签署添加。

此信写于 1961 年 8 月 17 日。在此之前，围绕《鲁迅传》已经做了大量工作，《鲁迅传》剧本执笔实际上也已两易其人。据葛涛撰《塑造鲁迅银幕形象背后的权力政治》一文记载，剧本雏形是叶以群写的《艰难时代——鲁迅在上海》。此稿 1958 年 12 月写完，1959 年 3 月改毕，但仍不满意，想推倒重来。1960 年初周总理听完汇报后指示："既然要重写，我看拍上下两集，表现鲁迅的一生。争取明年

7月先拿出上集，作为向党成立四十周年的献礼。"由此开始，《鲁迅传》进入紧锣密鼓阶段，工作进程仍见葛涛文：1960年1月7日晚上，石西民指派张骏祥和叶以群邀请夏衍、林默涵、邵荃麟等人开会，商量如何落实总理的指示。会上决定成立创作小组和顾问团，夏衍任顾问团团长。1960年4月8日，夏衍召集创作组开会，讨论剧本提纲。1960年4月16日，夏衍又召集顾问团开会，讨论剧本的提纲草案。1960年6月，创作组写出了《剧本详细提纲》。1960年6月18日，夏衍到上海传达了顾问团对《剧本详细提纲》的意见。1960年11月27日，陈白尘写完了剧本的上集（第二稿）。1961年1、2月，《人民文学》刊登了这个剧本。1961年3月6日，林默涵召集在京的顾问团成员和部分专家开会讨论该剧本。1961年3月17日，创作组赶赴杭州向周扬汇报。1961年3月19日早上，周扬找叶以群和于蓝等人谈了几点意见。1961年5月9日，陈白尘根据周扬的指示写出了修改稿，即第三稿。1961年5月22日，夏衍接受修改剧本的任务——差不多与此同时，陈鲤庭率摄制组进京，"配合《鲁迅传》定稿工作"。信中汇报的，就是摄制组在"夏改稿"交稿之后的工作情况。

信中提到了"陈三稿"和"夏改稿"。此二稿如今都收藏于中国现代文学馆。"陈三稿"，即出自陈白尘之手的《鲁迅传》（上集）第三稿。中国作家协会捐赠，文物编号DG000058。16开本，内文203页。封面自上而下依次印有"《鲁迅传》（上集）陈白尘 叶以群 柯灵 杜宣 唐弢 陈鲤庭 集体创作 上海市电影局 1960年11月"等内容；封面上端盖有《人民文学》矩形发稿章，内中文字为"人民文学 1961年1、2号稿 文用5号 2栏排 每栏41行 每行18字 总第14篇"。内文小部分为油印稿剪贴，大部分为钢笔蓝黑墨水手写。文后先署"1960年11月27日"，后改为"1961年1月"。"夏改稿"，即出自夏衍之手、后来"付印作为四稿"的《鲁迅传》（上集）。陈白尘夫人金玲捐赠。文物编号DG012481（此稿入藏时登记为"小说"，显然是编目之错——笔者注）。稿子第一章阙如，现有二、三、四章分别装订为三册，均以牛皮纸封面。第二章是16开本，第三、四两章为 8 开本。内文中有 3/4 以钢笔蓝黑墨水手书，余者为铅印稿剪贴。

信中还提到了不少人。这些人基本上都具有双重身份：既是文化界名流，又在当时的各级党政机关或社会团体中担负重要责任。他们是：中宣部副部长周扬、中宣部副部长（林）默涵、文化部副部长夏衍、文化部副部长（陈）荒煤、中国作协党组书记（邵）荃麟、中国作协书记处书记（张）光年、中国作协书记处书记（陈）白尘、中共上海市委书记石西民、上海市电影局局长张骏祥，上海市文联副主席叶以群，中共上海市委委员陈其五，中国影协负责人（袁）文殊，著名演员于蓝，等等。也许上述这些人担任他们上述职务的时间并不同步，之所以敢将其归放在一起，是因为相信这样做既能更充分说明《鲁迅传》剧本定稿工作之"事关重大"，又不至于对相关人员造成伤害。

关于"陈三稿"和"夏改稿"

如前所述，"夏改稿"是由"陈三稿"修改而成。修改的依据，是"周扬同志在杭州讲的和默涵同志在北京座谈会上讲的精神"。沈鹏年《行云流水记往·二记——电影〈鲁迅传〉筹拍亲历记》记载，夏衍接受修改任务之后，"再把剧本仔细看了一遍"，"觉得周扬同志在杭州讲的和默涵同志在北京座谈会上讲的精神，在三稿中似乎还有贯彻的不彻底之处，重大历史事件的分寸掌握上还不够严格。这表现在两方面：一是李鲁几次会面、陈鲁关系、农民运动讲习所、读毛主席的文章等，改得没有和周扬同志在杭州讲的那样坚决，对某些不一定落实的重大历史事件，在三稿中还保留了一些。其实像对胡适之、陈独秀等人的暴露，也似早了一些"。面对这种情况，他的想法是："要动，恐怕就不止是若干处。不单是有关党的大事件、历史事件和历史人物的真实问题，此外，也还有一个'年代纪'的问题……现在既然称《鲁迅传》，也有一个'传'的问题。'传'总要研究'纪年、时代'的问题，要力求符合历史真实。"于是，"夏四稿"与"陈三稿"便有了许多不同之处，这里不妨将两稿中的同一部分作个对比：

第四十节　珠江轮上

珠江中心的海轮上。船员在敲锣，催送行的人下船了。

鲁迅陪着郭小朋，许广平陪着张棣华走上船舷。郭小朋化装成一个商人模样，张棣华也打扮得像个阔小姐。

郭小朋对鲁迅说："我们今天夜车也去长沙了，希望有机会到上海来看你们。"鲁迅笑道："那时候，我们也敲锣欢迎你们！"郭小朋会意地一笑，低声说："捣毁那个厨房的时候不远了。"他从怀中掏出一张报纸，塞在鲁迅手里："路上看吧。"

张棣华要向鲁迅说什么，但只睁着发亮的眼睛，什么也没说。鲁迅对他们点点头笑着说："别忘记，结婚时候，寄一张照片给我们……"

郭小朋和张棣华坐在小艇上，向着海轮上不断挥手。

鲁迅俯在栏杆上看着小艇远去。许广平向下挥手。

鲁迅俯在栏杆上，许广平站立在他的身旁。

轮船在大海中航行。

鲁迅掏出报纸，一条新闻被红笔圈了起来，那是中国共产党领导湖南、江西农民、工人和一部分北伐军举行秋收起义的消息。

鲁迅目光炯炯地看着海上，只见狂涛怒卷，海鸥飞翔。

鲁迅的声音："中国，又有了新的希望了吧？……"

第四十节是《鲁迅传》剧本的结尾一节。上面"第四十节"引自"陈三稿"，下面"第四十节"引自"夏改稿"。

第四十节　珠江轮上

（淡入）

汽笛声。

珠江中心的海轮。这是一条外国轮船，停在江心。船员在敲锣，催送行的人下船了。

徐文滔陪着鲁迅，许广平陪着唐人凤走上船舷。徐文滔化装成一个商人模样，唐人凤也打扮得像个阔小姐。

他们走进了船舱。

徐文滔低声对鲁迅说："我们今天夜里也走了，希望有机会到上海来看你。"鲁迅笑道："那时候，我们也敲锣欢迎你们！"徐文滔会意地一笑。他从怀中掏出一张报纸，塞在鲁迅手里："路上看吧。"

唐人凤要向鲁迅说什么，但只睁着发亮的眼睛，什么也没说。鲁迅对他们点点头笑着说："有便的时候，写封信吧……"

徐文滔轻轻地把许广平拉到船舱角上，低声说："茶房叫你'师母'的时候，不要否认！"

许广平羞了，推开他。

徐和唐下大船。

徐文滔和唐人凤坐在小艇上，向着海轮上不断挥手。

鲁迅俯在栏杆上看着小艇远去。许广平向下挥手。鲁迅俯在栏杆上，许广平站立在他的身旁。

轮船在大海中航行。

鲁迅掏出报纸，一条新闻被红笔圈了起来，那是中国共产党领导湖南秋收起义的消息。

鲁迅目光炯炯地看着海上，只见狂涛怒卷，海鸥飞翔。

鲁迅的声音："石在，火永远不灭。这就是中国的希望。"

不应忘却的"腹稿"

比较两个《鲁迅传·第四十节》，可以发现二者具有相同的序号、题目和基本相同的情节，不同的是语言和人物——"陈三稿"中为鲁迅和许广平送行的是郭小朋与张棣华，"夏改稿"中则换成了徐文滔和唐人凤，因为郭小朋与张棣华二人已于"白云楼上 师生相晤"的"第三十八节"中，在"李大钊英勇就义"之后也血染刑场了。

必须说明的是，"第四十节"是其所在的第四章中文字改动最少的一节；第四章又是全稿中修改较少的一章。即便如此，毕竟牵一发而动全身，"一个地方动了就必然要涉及别的地方。比如拉网一样，一牵一收，就会影响全局"。（夏衍语。见沈鹏年《行云流水记往·二记——电影〈鲁迅传〉筹拍亲历记》）

"陈三稿"的《鲁迅传》一共四章。第一章包括第一至第九节，第二章包括第十至第十九节，第三章包括第二十至第三十节，第四章包括第三十一至第四十节。"夏改稿"保留了四章、四十节的结构，但内容却大不相同了。其中第一章之第九节，第二章之第十一、十二、十六、十七、十八、十九节，第三章之第二十三、二十四、二十五、二十六节，第四章之第三十一、三十五节，连题目全都变了，其时间、地点、人物、事件自然也都随之"旧貌换新颜"。总之要把一个"革命家鲁迅"变成一个"文学家鲁迅"，不大改动是不可能的。粗略估算，"夏改稿"中有80%左右的内容出自夏衍之手。严格说来，这已经不是"修改"，而是创作了。

所以，看到"夏改稿"后，陈白尘感到"很为难"，觉得"已经认不出来是自己的'房子'了"，以故表示"有思想准备再综合一道"。夏衍呢，则由于改稿工作是"中宣部交给他的任务"，他当然也只能"勉力完成"而别无选择。两位作家都不言放弃，剧本便没法定下来。领导的指示又含糊其词模棱两可，既要这么着又要那么着让人无所适从。这种局面，是出乎摄制组"原来计划"之外的，所以工作起来便感到了"困难"。他们今天给这一个"送记录"，明天找那一个

"摸"想法；左一个"请示"，右一个"汇报"，上下奔波，左右协调，总希望能通过自己的努力，为《鲁迅传》影片铺出一条路来。

尽管如此，陈鲤庭的信中却没有丝毫抱怨，有的只是自我批评自我检讨。他为陈、夏二人"都付出了艰巨的劳动、作出了贡献"而"终于不免"什么而耿耿于怀，却一句不提自己的付出应该得到怎样的回报。他率团队进京三个月，除去最后半个月的"穷于折衡"，其他时间自然是在全力以赴"配合《鲁迅传》定稿工作"。"两个作家都不愿再搞，那就准备接过来，自己动手综合"——这是他的工作应急预案，轻松而自信，说明他早已成竹在胸。从这个意义上说，似乎就应该承认：1961 年 8 月的北京，除了"陈三稿"与"夏改稿"之外，还有一种"分场本"的《鲁迅传》也完成了，那，便是陈鲤庭的腹稿。

三个文化巨擘，三种《鲁迅传》稿本，最终却没能搞出一部《鲁迅传》电影来。究其原因，政治与权力的干预固然难辞其咎，但超豪华级的"强强联手"造成的相互遮蔽相互干扰，未必就能全脱干系。同是一个鲁迅，陈白尘有陈白尘的认识，夏衍有夏衍的理解；作为大导演的陈鲤庭，他的文学表达方式又肯定与纯粹的作家不同。倘能见仁见智三足并立着，那该是一个何等绚丽繁荣的局面？

然而，电影《鲁迅传》最终未能拍成，摄制组在陈鲤庭因病住院后宣布解散。但这并非最后的句号，过程仍在进行中——1961 年 11 月 27 日，陈白尘完成了《鲁迅传》第五稿，1962 年 8 月又完成了第六稿。经此两番修改后，剧本于 1963 年由上海文艺出版社出版，书名《鲁迅》。而"夏改稿"即《鲁迅传》第四稿的产生与存在，夏衍当年没有向"严格限制"的"必要的范围"之外透露，后来也没有作为自己的著作收入个人文集，而且迄今没有公开发表过。至于信中提到的陈、夏二人曾经"彼此感觉"过的"为难"，则早已如逝水东流烟消云散。君子之谊，和而不同。一旦需要并肩作战时，他们当然还是一对亲密无间的搭档——有信函为证：

白尘同志：

　　手书敬悉，所述那个差使，当然还是抓住为好，特别有些人跃跃欲试，企图篡改历史的时候。关于我和翰老赴苏州之事，因翰老近来身体不好，连中岛健藏的夫人来访，他也把宴请的任务推给了我，所以我看他四月间是不可能成行的，我对此事也想谈谈我的看法，但独木不成林，是否能把时间推迟一点，等翰老身体健复后再谈呢？乞便告。

　　问尊夫人好。

夏衍戏剧的时代性、个人性与超越性

孙 谦

  作为中国现代文学史上重要的话剧家，夏衍以左翼戏剧领导者的身份走进了大众视野，他的戏剧在与时代主题保持一致的同时，似乎又在一定程度上疏离了革命叙事的主调，这也是长期以来研究者对夏衍戏剧争论不休的原因所在。当革命的风暴已经远逝，文学经由轰轰烈烈的宏大叙事回归平寂的个人叙事时，我们以艺术的审美标准重返历史现场来审视夏衍的作品，发现正是那些浸润着作者个体生命关怀的潜流，使夏衍的戏剧具有了别样的美学魅力。

  "五四"新文化运动通过对传统文化的批判，实现了开启民智，祛除蒙昧的目的，因此，个人与社会的冲突成为"五四"文学表现的重要主题。但当20世纪30年代革命的浪潮袭来时，文学中对人生价值的探寻迅速被置换成对社会出路的思考，这表明启蒙并没有真正内化为个体的精神旨归，它更多地表现为某种伦理教化的功能。作为一位深受新文化运动影响的作家，夏衍创作理念的变化同样体现了启蒙与革命之间的复杂纠葛。从1935年至1936年，夏衍创作了《赛金花》与《秋瑾传》两部历史剧，前者以历史传奇人物赛金花为主角，讽刺了国民党卖国政策导致的腐败黑暗现实；后者围绕秋瑾英勇斗争和就义展开剧情，旨在歌颂秋瑾的革命精神。在这两部作品中，作者对爱国主题的过分强调压制了对个体生命价值的探求。但夏衍在谈及《赛金花》的创作初衷时，曾说："一点也不想将女主人公写成一个民族英雄，而只想将她写成一个当时乃至现在中国习见的包藏着一切女性所通有的弱点的平凡的女性。"显然，夏衍已经意识到过多政治理念的介入势必会影响对个体人生的书写，因为话剧作为舞台艺术，必须要从人物性格出发来反映现实社会。与英雄人物相比，平凡人物的觉醒才能真正从根本上触发社会的变革，而对平凡人生的关注不仅意味着启蒙精神在作家精神深处的蔓延，也表明夏衍个体生命关怀意识的觉醒。

纵观夏衍的戏剧，可以发现，他的生命关怀意识首先表现在对家庭的关注。《都会一角》《上海屋檐下》《一年间》《芳草天涯》《法西斯细菌》等均是围绕家庭展开剧情。如果说"五四"文学中无数青年离家出走意味着与旧传统、旧文化告别，那么20世纪30年代文学中描写广大青年在革命的裹挟下离家出走的情节更是司空见惯，但是夏衍却将戏剧表现的重心移向了家庭，这是耐人寻味的。在论者看来，"家"在夏衍的戏剧中并不仅仅是一个舞台生活空间，它实际指向了更为复杂的精神空间。首先，家是无力的个体自我退避的场所，它可以抚慰个体的精神创伤；其次，家也为作者洞察个体的生存真实提供了澄明的视域。独幕剧《都会一角》围绕着受过初中教育的舞女与失业的男友为应付印子钱、房租等日常家庭费用四处奔波的场景展开叙述，表面上风光无限、经常出没于达官贵人舞场的妓女却连生计都无法维持。四幕话剧《一年间》中沪杭线上的乡绅刘爱庐一家对民族危机的不同反应构成了全剧的冲突，剧中既有两代人之间的矛盾冲突，也有年轻人之间的矛盾冲突，时代风云的变幻恰恰蕴藏在家庭的日常生活之中。创作于1937年春的《上海屋檐下》更是一部集中表现家庭生活的剧本。如有论者指出的，夏衍开始"丢下历史上传奇的、英雄的人物，而拾起那久已活在心头，然而搁置一旁的现实中的渺小人物"。而表现小人物生活的最重要空间则是家庭。《上海屋檐下》描写了上海弄堂里两层楼房5个家庭一天的生活。这里并没有发生剧烈的矛盾冲突，有的只是家庭中常见的生活琐事与摩擦。作品由两部分构成。一是匡复、林志成、杨彩玉三人之间的情感故事。因参加革命入狱8年的革命者匡复归来后，发现妻子杨彩玉因生活所迫，已与昔日好友林志成同居，在经历一番困惑与挣扎之后，匡复决定再次离去。

一是上海弄堂房子里其余 4 户市民人家的日常生活。赵振宇与妻子为了每天的油盐柴米而发生争吵；黄家楣为报答父亲的养育之恩，极力掩饰家中的贫困，父亲发现后借故回乡，临走时还把自己最后一点血汗钱留给小孙子；船员的妻子施小宝在生活的逼迫下不得不忍受流氓的凌辱；报贩李陵碑成天喝酒以麻痹对死去的儿子的思念。作者以冷静的现实主义的笔触描写了 5 个家庭的窘困、痛苦、尴尬与无奈。其中匡复、林志成、杨彩玉之间的家庭悲剧最具代表性。围绕匡复离家—回家—离家的情节，剧本不仅呈现了人物复杂的心理世界，也探讨了三人所面临的情感伦理困境。对于匡复而言，革命失意后，回家的渴盼成为他生存的精神支柱，但当他真正回家之后，却发现妻子已经与好友同居多年，即使是没有爱情也有感情。对彩玉而言，在匡复被捕入狱之后，家已经变得破碎不堪，是志成担负起养家的重担。虽然她反复强调同居只是为了生活，然而多年的共同生活还是建立起了深厚的感情。家在不断被建构的同时，也在不断被解构，它更像一座令人压抑不堪的围城，三人犹如困兽般备受煎熬、苦苦挣扎，经受着来自友情、爱情与良心的折磨。虽然匡复的离家暂时改变了这种尴尬的场景，但是彩玉的矛盾、志成的愧疚与匡复的犹豫，却在剧本中弥漫开来，形成令人无法释怀的情绪氛围。剧中每个人物性格都按照自身的生活逻辑展开，彼此之间发生着或直接或间接的联系，形成具有浓郁生活气息的戏剧冲突。情感与道德、现实与历史、苦难与温情娓娓道来，表达出作者对处于时代夹缝中的个体生命的理解与体恤。

如果说对市民日常生活的关注与作者的生活环境有很大关系，那么对知识分子精神世界的描写，则体现了作家深切的自省意识。"五四"之前，中国现代意义上的知识分子并没有产生。"五四"以后，伴随着人的觉醒和现代教育的发展，知识分子开始作为独立的阶层参与现代化的进程，文学中表现知识分子的作品逐渐增多。20 世纪 30 年代，当"国防戏剧""红色戏剧""无产阶级戏剧"等戏剧从时代政治需要出发，倡导"戏剧的大众化"时，夏衍却摒弃了左翼叙事中过于浓重的主观化倾向，转向了对知识分子与革命以及知识分子精神困境的反思。《上海屋檐下》虽然是一部表现市民生活的戏剧，但其中的小职员林志成、小学教师赵振宇和失业的大学生黄家楣，显然都是些知识分子形象。1940年至1945年，夏衍创作了一批反映知识分子生活的戏剧，包括《心防》《离离草》《法西斯细菌》《水乡吟》《芳草天涯》等，可以说在现代话剧史上，还没有哪一个作家能像夏衍一样如此集中地表现知识分子生活。作为现代知识分子中的一员，夏衍对变革时代知识分子的生存境遇、生命体验有着深切的感受。他的戏剧不仅表现了在那个特殊的时代背景之下，个人价值与时代精神发生冲突时，知识分子内心的迷茫、痛苦与挣扎以及知识分子精神的蜕变，也表现出对理想知识分子人格的探索与追求。

与同时代的知识分子题材相比，夏衍戏剧的独特之处在于它既没有过分渲染知识分子的精神苦闷，也没有从泛泛的爱国主义精神出发，把知识分子塑造成时代的文化英雄，而是从专业主义角度出发探索知识分子的出路，这与作家早年的留学经历有很大关系。夏衍20岁东渡日本求学，曾抱有"工业救国"的想法，复杂的革命实践最终还是打破了夏衍唯科学主义的幻想，但这并不妨碍作者以冷静、理性的态度来思考知识分子的出路。因此，夏衍的戏剧中塑造了形形色色的知识分子形象，有中小学教师、职员、记者、科学家、大学生、教授等，他们虽然性格各异但却朴素而又平凡地在现实中生活着，以自己的专长应对时代风云的变幻。正如作者所言："我把他们放在一个可能改变，必须改变，但是一定要经过苦难的现实生活才能改变的环境里面。我想，残酷地压抑他们，鞭挞他们，甚至于碰伤他们，而使他们转弯抹角地经过各种样式的路，而到达他们必须到达的境地。"《心防》中的刘浩如是个失业的新闻工作者，当上海沦陷时，他准备和朋友们到内地去，但当他理解到用笔筑守起一条五百万人精神防线的重要意义时，毅然留在了孤岛上海，凭借新闻工作者的敏锐与机智，利用洋商报纸展开抗争，最终被特务暗杀，临终前衣袋里是一沓鲜血染红的第二天要发的社论。夏衍并没有将刘浩如塑造成可歌可泣的英雄，他只是立足于人物的专长，写出了抗战时期一个普通的文化工作者顽强抗争的精神。正因其平凡，才深入人心。《法西斯细菌》则集中探讨了在动荡不安的时代知识分子如何安身立命的问题，其中贯穿着夏衍对科学理性的深刻反思。医学博士俞实夫是位细菌学家，坚信科学研究能够推动人类社会的进步，他和日本妻子静子在"九一八"事变后返回上海，又在"八一三"战争爆发后辗转到香港，虽时局不断恶化，但他仍全身心地研究细菌学。最终，在香港战争中，他的"科学与政治无关"的信念被彻底摧毁。返回桂林后，他决定到贵阳的医院去，为消灭法西斯细菌做一些具体工作。剧本通过俞实夫及其家人的辗转迁徙，反思了知识分子的专业与时代需求的复杂关系。虽然《法西斯细菌》无法完全脱离政治意识，但夏衍还是在广阔的时代背景中写出了主人公如何艰难地走向自我否定的心路历程。当然，刘浩如、俞实夫等形象也体现了作家心中理想知识分子的精神人格。在中国现代文学史中，知识分子题材、知识分子形象一直是作家关注的对象，但大部分作家往往着眼于知识分子与外部世界的关系，多表现知识分子的情感、情绪，很少涉及知识分子出路的问题，渺小、负面的知识者形象居多，正面的人物形象更是少之又少，这是耐人深思的。夏衍的超越性思考在于他没有简单地从社会政治出发寻找知识分子的归宿，而是从人性的层面展开对知识者人生价值的追问。今天，伴随着市场经济的发展，知识分子的"天职感"已被"志业感"取代，知识分子由"普遍知识分子"转向"专业知识分子"，知识分子如何在市场话语、大众传媒与通俗文化的夹缝中寻找自身存在的依据，依然是一个醒目的问题。从这一点说，夏衍对知识分子精神出路的探讨及其体现的人文关怀意识能够给予我们足够的启示。

　　夏衍戏剧的另一个特色是善于以爱情视角来观照知识分子的内心世界，作者以细腻的心理描写展现了男女主人公的情感生活，揭示出人物内心的隐秘，从而实现了对知识分子精神世界的深层探索。《上海屋檐下》《心防》《水乡吟》《芳草天涯》等均描写了复杂的情感纠葛。在夏衍的戏剧中，爱情不仅与知识分子的日常生活相关，它更关乎知识分子的精神自由，与时代带给知识分子的心灵震荡相比，知识分子的情感焦虑不仅折射出主体所面临的道德伦理困境，也指向了对人性的叩问。《心防》中，已有妻室的刘浩如在工作之余爱上了同事杨爱棠。《水乡吟》中上海夫妇何廉生与梅漪到位于浙西敌我交界处的父亲家中避难，他们所救的游击队长俞颂平，正是梅漪5年前的情人，二人重逢后，又重新燃起了旧日的恋情。《芳草天涯》这部具有"非政治倾向"的戏剧虽然曾在历史上遭受过批判，但如果以文学的眼光看，这部作品体现了夏衍对知识者心灵探索的深度。从表层看，《芳草天涯》揭示了战争导致人们的流离失所与生活窘困。原本小康家庭的尚志恢、孟文秀两对夫妇只能靠微薄的收入维持生活，除此之外，作为留学归国的高级知识分子，无论是研究心理学的尚志恢还是研究政治经济的孟文秀都无法学以致用，只好无聊地消磨时光。其中，尚志恢与妻子石咏芬、女大学生孟小云的情感纠葛成为戏剧的中心冲突。尚志恢与石咏芬都受过高等教育，这对曾经志趣相投的夫妻在战时环境下裂痕却越来越大。一方面，尚志恢由于不得志而变得孤僻；另一方面，石咏芬这个曾经有学问、有气质的新女性却变得牢骚满腹。年轻、活泼、善解人意的孟小云的出现则加深了尚志恢夫妇之间的裂痕。剧本对三人的情感纠葛并没有进行道德说教，而是从人物性格入手，细致地描写了人物内心世界的变化，进而实现了对人性的深层解剖，立体而生动地展现了知识分子复杂的精神世界。与此同时，对于剧中石咏芬的蜕变，夏衍并没有从传统的男性视角出发进行评判，而是从中国传统文化层面予以了反思，传达出中国女性解放的复杂性与艰巨性。当然，基于特定的时代背景与左翼作家的身份，夏衍不可能完全超越革命理性，很多作品中知识者虽然在情感与革命之间游移不定，但最终还是挣脱个人情感的羁绊，投身到革命中去。比如《上海屋檐下》，匡复走向革命行动与其内心的情感需要、彩玉对匡复的留恋之情以及志成对朋友的愧疚之情，三人的情感纠葛被消融在对革命乌托邦的憧憬之中。但是，夏衍的戏剧在配合时代主题的前提下，更多的是从人的心灵层面来思考革命伦理实践与个体生命的紧张与对峙，从而使其充满了丰富的人文内涵。

实际上，我们每个人都生活在既定的意识形态之中，夏衍戏剧的个性在于他对特定的意识形态做出了最具个人化的理解与表达，即通过对个体生命的书写再现特定的历史境遇，而当夏衍以一个人文知识分子的理性去反思人类无时不有的精神困境时，他的戏剧也就突破了时空限制，具有了某种超越性。

以话剧抗战

——论夏衍抗战时期的几个话剧

刘　涛

　　夏衍在文学方面成就卓著。但与其说他是文学家，不如说是革命家。夏衍不是为文学而文学，他是为革命而文学。吴祖光称夏衍为"作家和战士"，可谓深得其心。

　　夏衍文学方面所涉体裁颇广，有小说、散文、随笔、杂文、文艺评论、翻译等作品，但尤以话剧和电影作品著名。1927 年到 1937 年，夏衍的革命工作重心在话剧，他参与创办上海艺术剧社、"左翼剧联"等，全身心地投入到上海的话剧工作之中。夏衍有感于"剧本荒"现象，先后共创作、翻译、合作剧作近 30 部，较为著名者有《赛金花》（1936 年）、《秋瑾传》（1936 年）、《上海屋檐下》（1937 年）、《心防》（1940 年）、《法西斯细菌》（1942 年）、《考验》（1954 年）等，在当时产生了巨大影响，也成为话剧史上的名篇。

　　话剧不必以文字为媒介，可以直接搬上舞台，与观众面对面，所以受众极广，故各种力量皆欲借剧说事，或为新民，或为旧民。1918年 2 月，《新青年》第 5 卷 4 号刊出"戏剧改良专号"，胡适、傅斯年等人将梁启超"新民必先新小说"的理念应用于戏剧之中，试图与旧剧划清界限，更新戏剧，使之可以担当新民重任。胡适等人也纷纷参与创作，写《终身大事》，以戏剧宣传他们的观念。夏衍秉承"五四"开启的新话剧传统，并以其创作实绩实践丰富了这种创作理念。夏衍曾说："我学写戏，完全是'票友性质'，主要是为了宣传，和在那种政治环境下表达一点自己对政治的看法。"（夏衍：《谈〈上海屋檐下〉

的创作》）尽管夏衍的剧作承担着宣传的功能，但它的剧作并未完全沦为传声筒，成为"抗战八股"，因为他注重"现实"，尽量做到实事求是，没有过分拔高英雄人物，亦没有故意丑化反面人物，因此他笔下的人物并不显得干枯乏味。

"道"会随着形势有所变化，故文之所载亦有变化，"五四"文之所载与抗战文之所载已然发生变化。1937年，日本全面侵华之后，抗日战争成为其时最主要的矛盾，国家、党派、家庭、个人皆卷入战争，党派之争、军阀内部之争等退居次要地位。由于戏剧可以直面观众，因此抗战之时，中国的戏剧大发展大繁荣，各种剧团雨后春笋般产生，在全国范围内宣传抗日救国。战时戏剧较之于"五四"时期也有所变化，特别注重宣传效果，注重现实、民族、大众等元素，"为艺术而艺术""爱美剧"等剧作逐渐边缘化。夏衍以"话剧抗战"，他的文之所载是抗战救国，同时抗战的大形势也成就了话剧家夏衍。要理解夏衍的部分话剧，须注意抗日战争的大背景。另外，夏衍所创作的话剧要面向百姓，尤其是贫苦大众，因此他的话剧往往新鲜活泼，为中国百姓喜闻乐见，他不写王侯将相、才子佳人和外国死人，就写活生生的现实，写抗战中的人与事，如《上海屋檐下》《心防》和《法西斯细菌》等。

《上海屋檐下》创作于1937年三四月间，是三幕剧，1939年在重庆首演。夏衍在创作此剧时经历着双重危机：一是个人的，3月他刚生过一场大病，4月初他的母亲去世，其心境可想而知；二是民族危机，1937年是西安事变之后，日本全面侵华前夕，中华民族风雨飘摇。剧中"黄梅时节"的天气，则是夏衍个人心境的体现，也是对山雨欲来风满楼的时代状况与国民党统治时期压抑的氛围之暗示。

"上海"和"屋檐下"是该剧的两个关键词，"上海"表明这部话剧写战前上海的世相，"屋檐下"则意味着写市民的家庭生活，夏衍不写光鲜的、现代的城市外部，而看尴尬的、困顿的城市内部。李欧梵《上海摩登》一度在中国大盛，引得无数国人如痴如醉，对于声光电的、摩登的上海无限向往，恨生不逢时；夏衍对上海非常熟悉，可谓其第二故乡，但《上海屋檐下》则写出了一个不同的上海，这个上海压抑苦闷、困顿无望、风雨飘摇、危在旦夕。"屋檐下"是公共空间，是上海的出租屋，那里住着5户人家，如此该剧可以在私人空间和公共空间之间出入无间，既可以写私人空间，也可以写公共空间。夏衍说，他写《上海屋檐下》意在"反映上海这个畸形的社会中的一群小人物，反映他们的喜怒哀乐，从小人物的生活中反映出这个大时代，让当时的观众听到些将要到来的时代的脚步声"。（夏衍：《谈〈上海屋檐下〉的创作》）《上海屋檐下》通过这5户人家，确实展现了1937年之际上海的民气、民风、民情、民心和民生。

五口人家居于"上海屋檐下"。林志成是工人，他与朋友的妻子杨彩玉同居，在上海弄堂中过着困顿却平静的生活。孰料，忽一日入狱数年却一直杳无音讯的好友匡复忽然找上门来，原本平静的家庭忽起波澜，三人陷入尴尬之境，后来匡复离去，矛盾虽然消除，但再也难回到当初。林志成是进步工人，由他可以见出工人阶级在上海的状况；匡复是进步知识分子，充满理想，因从事革命工作而入狱，出狱后妻离子散；杨彩玉一度也是进步女性，但因匡复入狱，生计困难，不得不与林志成同居。黄家楣本是农家子弟，因读大学进入上海，但却失业在家，坐吃山空，黄父数年未见，来上海看望儿子、孙子。儿子、儿媳欲尽孝心，奈何久无收入，只好当掉身边所有，强颜欢笑，侍奉老父，上海"白领"窘困之情可见。施小宝因丈夫久出未归，不得不与"白相人"小天津周旋，沦落风尘，被迫去卖淫，她想挣扎，然而却四顾无援，屈辱而无奈。赵振宇是小学老师，与其妻过着为柴米油盐发愁的日子，上海小市民困顿无望的生活可由此见出。李陵碑孑然一身，其独子在"一·二八"战事中参军牺牲，他孤苦无依，精神错乱，酗酒解愁，成天哼着"盼娇儿，不由人，珠泪双流……"幻想着有朝一日儿子变成将军，荣归故里。真是家家有本难念的经，《上海屋檐下》以家寓国，家犹如此，国亦可知。

《心防》写于1940年，同年经欧阳予倩导演，由广西艺术馆话剧实验团首演。夏衍说起写作缘由道："今年春，上海出版的《戏剧与文学》杂志提出一个'表现上海'的号召，那时候，我正计划着写两个以上海为舞台的剧本。我响应这个号召，把计划提前，在5月里写了《心防》。"（夏衍《〈心防〉后记》）《心防》为四幕剧，写1937年冬至1939年10月的上海，该剧为留在上海与敌人周旋、斗争的英雄们立像，同时也能见出沦陷后上海的民心和民情。淞沪会战之后，上海失守，沦陷于敌手，但民心不死，"五百万中国人心里的防线，精神上思想上的防线"尚存，"上海市民的人心不死，斗志弥坚"，剧名《心防》即是此意。

《心防》描写了进步的新闻和戏剧工作者，留在上海"孤岛"组成了一支文化部队，尽管环境险恶，但他们置生死于度外，经受住了敌人的威逼利诱，在文化战线上与日本鬼子和汉奸们进行了艰苦卓绝的斗争。刘浩如是《心防》主角，他本欲离开上海，但为了"死守一条五百万人精神上的防线"，最终选择留在上海，与敌斗争，最后惨遭汉奸暗杀，但后继者告慰他道："咱们的防线是不会失手的。"刘浩如虽死，但民心不死，《心防》或能使观众看到抗战胜利的希望。

"心防"一词提炼得极好，抗日战争期间，战士们在前线与敌人殊死搏斗，而作家们所从事的工作是心防，这其实也是夏衍工作的写照。作家可以通过剧作、电影、新闻、小说、诗歌等方式进行"心防"，与敌人斗争，争取民心，鼓舞士气。

《法西斯细菌》写于1942年，同年10月经洪深导演，在重庆由中华剧艺社首演。该剧是大制作，共五幕，时间跨度从1931年至1942年，地点则涉及东京、上海、香港、桂林。

第一幕时在1931年秋，地点在东京，写在那里留学的医学博士俞实夫、其日本太太静子及赵安涛等人的日常生活，写他们的成绩、恋爱的苦闷、争论、志向等。俞实夫科研成就非凡，在日本医学界得到了广泛认可，但却只埋头于学问，对政治漠不关心，他与赵安涛等时常有所辩论。中日甲午战争之后，中国掀起赴日留学高潮，因此描写留日学生的文学作品也较多，颇有影响者若《留东外史》，但此作近乎黑幕小说，往往写留日学生的负面形象。《法西斯细菌》第一幕亦写留日学生，但不丑化也未美化，他们都务正业，只是有热心科研者与热心政治者之别而已。第二幕时在 1938 年 8 月下旬，其时为淞沪会战开始后一礼拜，地点在上海法租界俞实夫家中。淞沪会战极为惨烈，法租界虽也可听到轰隆的炮声，但大致平安，俞实夫依然埋头于科研，通过显微镜看世界，专心致志地研究虱子和跳蚤。俞实夫与赵安涛经过一番辩论，俞最终决定离开上海赴香港，躲避战乱，继续科研。第三幕时间在 1941 年 9 月，地点是香港。其时日本尚未偷袭珍珠港，也未侵占香港，彼时的香港极繁荣，剧中写道："它是冒险家的乐园，走私商的天堂。"俞实夫在香港依然潜心研究，安贫乐道；赵安涛却已弃政从商，仰仗太太家族的关系，变成了走私商，过着奢华而堕落的生活。第四幕时间在 1941 年 12 月下旬，地点依然在香港。日军从 12 月 8 日起开始进攻香港，12 月 25 日香港总督向日本投降，时称"黑色圣诞节"，第四幕恰在其时。第四幕分上下半场，上半场写俞实夫经受着战争的折磨，生活上"没有自来水，没有柴，买不到米，买不到菜"，但依然两耳不闻窗外事，一心一意做科研；赵安涛则因为战争而破产，全盘皆输。下半场则写俞实夫夫妇和赵安涛夫妇等经受了战争的直接冲击，日本兵洗劫了他们，殴打了他们，杀害了钱裕，抢走了俞的显微镜并捣毁了其实验品。第五幕时间为 1942年农历元宵节，地点在桂林，俞实夫夫妇和赵安涛夫妇劫后余生，俞终于意识到"人类最大的传染病——法西斯细菌不消灭，要把中国造成一个现代化的国家，不可能；就是要关上门，做一些对人类有贡献的研究，也会时时受到阻碍和破坏"。张爱玲的《倾城之恋》亦写这次"港变"，但在她笔下战争只是将本来虚虚实实的恋爱坐实了而已，自始至终她只聚焦于个人情感，抗战与否不在其考虑范围之内。夏衍的《法西斯细菌》虽然也讲了一个抉择的故事，面对抗日战争，到底是继续科研，研究生物学意义上的细菌，还是应该关心、参与政治工作，但他的指向还是民族大义。

《法西斯细菌》其实是一个现代版"逼上梁山"的故事，俞实夫处处避让，但中国之大，竟然再也容不下一张实验台，最后终于弃医抗日。《法西斯细菌》就是写了医生俞实夫面对抗战惨状局面的抉择和转变，他从研究细菌的医生转变成了研究法西斯细菌的"医生"。"法西斯细菌"之名已经暗示，真正的细菌是"法西斯"，真正的医生就应该以消灭法西斯细菌为己任。

夏衍前期与后期剧作的喜剧风格及其成因

宋 嵩

1983 年，在为即将出版的三卷本《夏衍剧作集》而作的序言《沁人心脾的政治抒情诗》中，唐弢将夏衍剧作的形式特征概括为"洗练、含蓄、素淡，以喜剧的手法写悲剧的内容，举重若轻"。其实，夏衍曾坦言自己"对喜剧有兴趣"（《谈〈上海屋檐下〉的创作》），在他数量不算太多的戏剧作品中，不仅《中秋月》和《啼笑之间》被分别注明是"喜剧"，《都会的一角》在作者的回忆中被称作"喜剧"，其代表作之一的《赛金花》也是"一个讽喻性质的剧本"，但是任何读过夏衍剧作的人都会明显感觉出他的作品既不同于丁西林等人的幽默喜剧，也迥异于陈白尘等人的讽刺喜剧，很难用传统的"喜剧"概念加以界定。在张健的《中国现代喜剧史论》一书所附的《中国现代喜剧主要作品编目》中，夏衍的剧作更是仅有《中秋月》（1936 年）一部被纳入（1944 年与他人合作的《草木皆兵》除外）。因为夏衍有过《上海屋檐下》"最初想写成喜剧，后来却写成悲喜剧"的创作自述，所以与之风格近似的《心防》《法西斯细菌》《愁城记》等作品也被后来的研究者们纳入"悲喜剧"的范畴，并屡屡拿它们同契诃夫的悲喜剧作品做比较，"悲喜剧"（"正剧"）由此成为对夏衍剧作风格的最常见概括。

长期以来，研究者主要将目光投注在夏衍自《上海屋檐下》（1937 年 4 月）到《芳草天涯》（1945 年春）的创作实践中，而这一阶段恰好与"抗战"八年相吻合。无疑，这一时期夏衍创作出了自己的代表作，奠定了自己在中国现代戏剧史上的地位，由此得出夏衍剧作带有"悲喜剧"特征的结论是有说服力的；但是，我们也不应该忽略夏衍在此前和此后的创作。一方面，在晚年的回忆录《懒寻旧梦录》中，夏衍曾坦言"从1935年到1936年这一段时期是我'创作欲'最旺盛的一年。除了以上三篇（即《都会的一角》《赛金花》和小说《泡》——引者注）之外，我还写了《包身工》《黑夜》《秋瑾传》（即《自由魂》），连后来发表的《上海屋檐下》，也是在这时候打好了腹稿的"。而这一阶段的剧作同抗战时期的作品在风格上是有一定差异的。另一方面，新中国成立后夏衍先后担任上海军管会文管会副主任、文化部副部长等要职，在创作上主要从事电影剧本和杂文的写作，话剧作品只有《考验》和《啼笑之间》两部，但这两部作品的风格可以说与此前"迥异"，特别是《啼笑之间》，几乎算得上夏衍创作生涯中最接近传统"喜剧"概念的作品。因此，夏衍在这两个时期的剧作，都不能简单地用"悲喜剧"加以界定。

由《懒寻旧梦录》中的相关内容考察夏衍最初参与文艺创作的动机可以发现，他是以"业余""外行"的身份步入文坛的。无论是"左联"初期的导演《炭坑夫》，还是后来的写《狂流》，我们随处可见诸如"内行不够，外行来凑"之类的描述。对于戏剧，"除了小时候陪母亲看过一些旧戏之外，可以说对戏剧完全没有兴趣"，而他对京剧锣鼓的反感很容易让人联想到鲁迅在《社戏》中的著名自白。尽管在日本留学期间夏衍也曾"意外地被易卜生、沁弧、契诃夫的剧本迷住"，"每月节省一块钱订购了一整套世界戏剧名著"，但他真正开始从事戏剧工作（并非创作）也仅仅是由于服从组织安排，从街道支部调到文化支部后的工作需要。1935年，夏衍创作了第一个剧本——独幕话剧《都会的一角》（署名徐佩韦）。用作者自己的话来说，是"一时兴起"而作的（《赛金花》则是"戏作"）。但是这"一时兴起"却也倒出手不凡，不但被收录进了《一九三六年最佳独幕剧选》，还在上海滩引起了轰动一时的"禁演《都会的一角》"事件。作为一个"爱美的"（amateur，即爱好者），夏衍初次从事话剧创作，势必会从模仿入手；而此前丁西林、熊佛西、袁牧之等人的喜剧创作实践已有十余年，取得了相当骄人的成绩，"对喜剧有兴趣"的夏衍自然会选择他们的作品作为模仿的对象。于是，我们看到了《都会的一角》中颇具丁西林风格的"试验"一场：当"Micawber 型的乐天主义者、阅报狂"邻居对舞女说"你们当舞女的用的，是一种叫做 Kissproff 的胭脂……这种胭脂的好处，就是跟人亲了嘴也不褪"，并且"我有法子可以试验"时，舞女误以为他要占自己的便宜，猛烈地将他推开，又怒又笑地喊"试验？谁和你……"而剧作开头牛奶公司收账员"'你要怎么就怎么'，这话可不该对我讲的"的双关玩笑，以及邻居一面谴责吃东西时总是剩下最后一个不吃是"中国人最坏的脾气"，"非断然地改掉不可"，一面很快地将别人剩在桌上的点心送进嘴里的做法，都仿佛带着丁西林剧作中人物的影子。

研究者们惯于辨析夏衍的戏剧艺术风格与契诃夫的异同，却常常忽略了他自己曾说过受狄更斯的影响更大（值得注意的是，同样是现代文学史上讽刺艺术的高手，张天翼也曾将狄更斯和契诃夫并列为对自己影响大的作家）。显然，被福斯特称为"英国有史以来最伟大的幽默家"的狄更斯，在喜剧艺术方面给夏衍带来的影响应更甚于契诃夫，例如《都会的一角》中的"邻居"被设计成"Micawber 型的乐天主义者"，而这位"Micawber"正是狄更斯《大卫·科波菲尔》中的人物。但若干年来，学界对夏衍早期剧作受丁西林等喜剧作家以及狄更斯的影响的研究很不充分，甚至有故意回避的嫌疑，反倒是 20 世纪80 年代有关夏衍的论文中十有八九要提到他与契诃夫的关系。究其原因，一方面是因为契诃夫作为旧俄晚期的批判现实主义大师，其思想倾向更容易被新中国成立后主流意识形态所认可，而作为革命文学导师的高尔基也曾留下了若干回忆和赞扬契诃夫的文字；另一方面，尽管狄更斯同样被视为 19 世纪批判现实主义文学的代表人物，但由于他身处英国这一帝国主义国家的社会环境，很难逃过研究者的有色眼镜的审视。同样，作为具有资产阶级民主思想的知识分子作家，尽管丁西林在新中国成立后先后担任全国人大代表、全国政协委员、文化部副部长，但其政治面貌始终是"无党派人士"，充其量只是个"统战对象",其早年的喜剧创作也一直被作为"辩证对待"的对象。而夏衍的身份是重要的党政领导,为避免"触雷",学术界在梳理其文艺创作理念的脉络时自然要谨慎再三。

探讨夏衍早期剧作中的喜剧意味,还有一点不容忽视,那就是他从事电影剧本创作在先,话剧创作在后。夏衍的第一部电影剧本《狂流》创作于1933年,在其第一部话剧问世前还曾创作(包括改编)了《春蚕》《上海二十四小时》《脂粉市场》等电影剧本,成为左翼电影运动的中坚人物。因此,在开始投身话剧创作时,夏衍势必会参考自己在左翼电影运动中积累的丰富艺术经验。

"左联"时期文艺大众化问题曾被反复讨论,涉及戏剧领域则是对话剧通俗化、大众化、市民化的探究。这主要是因为作为舶来品的话剧天然地同群众(特别是市民阶层)的欣赏习惯和口味存在较大差异,话剧艺术长期以来都仅仅只被知识阶层所接受。在这种情况下,郑伯奇强调"戏剧的通俗化就成了非常迫切的要求",而其关键则在于如何对待"新观众"。他既反对"作为演出者放弃了自己的立场去追随观众的嗜好和趣味"的"庸俗化",也不同意"太重视戏剧的教育性",借剧中人物之口来大发议论,而造成的"观念论式的通俗化"。张庚也将"争取较多的市民观众"视为实现所谓话剧的"第三次中兴"的关键。作为相通的艺术形式,当时电影的大众化就做得相当不错,这一方面固然是因为电影艺术的技术特点决定了它从诞生之日起就是面向市民阶层的,带有浓厚的商业文化色彩;另一方面也是由于左翼电影家们采取了一些商业化表达手段,追求作品思想深刻性与表达娱乐性的结合。作为市民阶层中最新潮、最具亲和力的娱乐手段,早期电影天然地倾向于喜剧。被称为"西洋影戏"的电影,最初是作为"戏法"的一种而被中国人接受的,因此早期中国电影自然而然地继承了传统"戏法"中的幽默诙谐因素,而左翼电影人更是将喜剧色彩的营造作为电影大众化的突破口。人们现在回忆左翼电影,津津乐道的无非是《渔光曲》《十字街头》《马路天使》等名作,而这些作品中的喜剧色彩是显而易见的。且不说后来成为著名喜剧演员的韩兰根是因为出演了《渔光曲》中"小猴"一角而一炮走红,《十字街头》中为表现知识青年失业与贫困的痛苦、内心的苦闷与彷徨而设置的诸多喜剧性情节,《马路天使》中赵丹等人诙谐的表演以及主人公在困境中的乐观精神,都给人留下了深刻的印象。甚至在电影主题歌的选择上左翼电影人也颇具匠心,如果说《渔光曲》的主题歌还难免哀伤凄婉,《十字街头》中那首著名的《春天里》则堪称20世纪上半期中国歌曲史中最富乐观情调的作品。相较于这些作品中的诙谐情调,夏衍的《狂流》《上海二十四小时》等电影剧本中则充满了对黑暗势力的讽刺与控诉,同样取得了不俗的成绩。这些成功的经验自然会促使夏衍在话剧创作中注意喜剧因素的移植。

但可惜的是,夏衍的喜剧创作才能刚刚得到展示,轰轰烈烈的全民抗战运动便兴起了。在这样的历史条件下,再创作喜剧显然有些不合时宜;但喜剧中昂扬的乐观精神正是支撑抗战所必需的,因此我们才会在夏衍从《上海屋檐下》到《芳草天涯》中看到层出不穷的"乐天派",从赵振宇、刘浩如到李彦云,以及那些天真活泼、在残酷的战争中仍不失人性最纯真一面的孩子们(葆珍、咪咪、寿珍……)。他们身上,寄托着夏衍对民族重生的期望。

对夏衍在新中国成立后创作的两部话剧,研究者的关注似乎更少。1954年《考验》发表并上演后反响还不错,但以"任晦"为笔名发表于1958年《人民文学》第四期上的"反浪费小喜剧"《啼笑之间》,我们甚至无法得知这部剧作是否得到过上演的机会。而在陈坚著的《夏衍的生活和文学道路》这部较早对夏衍创作生涯进行述评的著作中,也看不到涉及《啼笑之间》的内容,书后所附的《夏衍史略》中则根本没有提及《啼笑之间》。《考验》被称为"新中国戏剧最早反映工业建设生活的优秀剧目之一",旨在批评那些看不到飞快发展的形势、满足于以往的功劳、以功臣自居、用官僚主义的态度对待群众和新事物的人,其创作动机则是为了响应党中央于1953年提出的"新三反运动"(反对官僚主义、反对命令主义、反对违法乱纪)。作品的喜剧色彩主要体现于盲目自满的官僚主义者杨仲安,以及像薛为德那样的"百依百顺，没有不同的意见"，擅长溜须拍马的人身上。而《啼笑之间》之所以被笔者视为夏衍最具喜剧色彩的剧作，则是因为作者在剧中设置了一个某单位为讲排场寻找上等木料而买了一口棺材的情节，并进而由此产生了一系列荒诞后果，这些"噱头"的营构显然不同于夏衍剧作一直以来"素描"式的美学风格，以及曾经被周恩来指出的"写得太冷"的特点。从夏衍晚年的回忆看，他对解放初期的一些现状是颇有微词的。例如，当组织上要给他配备警卫员时他"面有难色"，冯雪峰来文管会找他时被警卫以"这是制度"的理由拒之门外，跟赵丹等党外人士开玩笑被领导提醒"要注意到群众中的影响"，过去的老战友来办公室见他时"一进门就立正敬礼"，报告"奉命来到"，等等。吴祖光在《革命的作家和战士——夏衍同志》中也回忆了一件夏衍把警卫员当"尾巴"甩掉的轶事。这些不满，夏衍直到 20 世纪 80 年代回忆起来仍然有不吐不快之感，在当时对他的压抑更自不待言。因此，当得到倾吐的机会时，他自然会以艺术的方式加以反映。

我们还应该看到，夏衍在新中国成立后因行政事务繁忙，很少从事文学创作，但仍然坚持写杂文。他以"任晦"笔名发表的《"废名论"存疑》，即被视为"十七年"时期杂文领域的代表作。杂文这种嬉笑怒骂、匕首投枪式的文体，同喜剧艺术有着千丝万缕的联系。他创作讽刺喜剧的功力非但不会因"整整十年没有写剧本"而荒废，反而会因为杂文创作的磨砺而愈发成熟。但在《考验》和《啼笑之间》中，夏衍的讽刺也因矛盾性质的不同（"人民内部矛盾"而非"敌我矛盾"）而有所顾忌。例如，对于两部剧作中的批判对象——官僚主义者杨仲安和讲排场的唐科长，他们犯错误的原因都被一些细节暗示为"出发点"是好的，只是选择的道路不对。特别是唐科长，他为了完成上级下达的展览筹备任务而忙得废寝忘食，在上场时"啃一个水果面包"；而他的讲排场则是为了执行上级"要有个国家气派"的指示。种种细节都显示出"十七年"喜剧（包括喜剧电影）力争在意识形态许可的范围内进行"善意的嘲笑"的努力。1958 年 5 月，中央电影局对吕班导演的《未完成的喜剧》进行了严厉的批判，作品被批为"彻头彻尾的反党反人民的毒草"，吕班甚至被批为"电影界的败类"。《啼笑之间》在发表时间上正好与这次批判展开的时间接近，其被"冷落"而非被批判，或许也算得上是"不幸中的大幸"吧。

仰观"屋檐下" 追思夏衍情

李　莉

　　世纪的夏衍，世纪的坐标。与 20 世纪中国几近同龄的夏衍，在文学、话剧、电影、翻译、新闻以及文艺评论等领域所做的杰出贡献已成为今人的宝贵财富。阅读他在不同时代写作的各类文章，真挚的情感、深沉的思想、质朴的风格充盈于文本，并未因时代的远离、生命的消逝而褪色。追思夏衍，旨在让他的情义、品格、文风能发扬光大。

　　一、奋进的学习态度与赤诚的爱国情怀。国学传统、新式教育和新潮观念给青年夏衍以深远影响。家境的穷苦、身体的瘦弱迫使他珍惜一切学习机会，以优良的学业获取快乐与自信。从文言文到外国语（日语、英语、德语等），从机械工科到文学艺术，从为谋生而"打工"的普通学徒到梦想"实业救国"的留学生，从孤居陋室的书生到奔波前线的记者、社会活动家，夏衍经历了由破落的地主之子成长为勇挑重担的革命家的种种磨砺。无论何种环境、何种专业、何种职业，他从不言弃，总是勤勤恳恳、兢兢业业地学习、工作。励志奋发图强、爱国爱岗爱民构成夏衍恪守终生的准则。

　　20 世纪上半叶，中国社会动荡不安，却为夏衍的成长提供了千锤百炼的锻造平台。其信仰从幼稚走向成熟，艺术成就也日臻辉煌。受"五四"新思潮冲击，凭着初生牛犊不怕虎的闯劲，夏衍加入到《双十》《浙江新潮》等先进刊物行列，撰文反对帝国主义和封建礼教，宣传革命思想。他凭借过硬本领获得了官费留日学习机会（1920—1927），同许多进步青年一道积极参加各种社会活动。于 1924 年在孙中山引导下加入国民党，投身政治。1927年随着学业的结束以及国民党的质变，夏衍回国，不久即加入共产党，广泛地接触文艺界朋友，翻译外国文艺作品，译介马克思主义理论。基于其友善的人际关系和良好的协调能力，他被同仁举荐为"左联"筹备小组成员，发展成为"左联"和左翼文学的骨干。此间夏衍创作了大量文学作品、戏剧剧本和电影剧本。抗战开始后，偶然的机缘使他走上新闻记者之路（1937—1949），将爱国报纸《救亡日报》办得风生水起，为坚持抗战、团结抗日志士起到了推波助澜的宣传作用和号召作用。之后，又为《新华日报》撰稿，发表时评，抨击反动统治，声援革命斗争。是时，他发表了多篇伸张民族正义感、颂扬民族精神的文章。《血在灌溉》（1938）呼吁将鲜血化作肥料，促成种子萌芽生长。《民族精神的力量》（1939）则高扬"富贵不能淫，威武不能屈，贫贱不能移""士可杀，不可辱"的民族精神，捍卫祖国的领土与主权，打败侵略者。又在《要表示我们的民族意志》（1940）中弘扬团结进步思想，鼓舞人民斗志。《作为一个知识人的责任》（1941）、《要求于每一个真正的中国人》（1941）中鼓动知识分子要"随时准备为着自己的主义、情热、愤激"而牺牲，吁求反法西斯力量团结合作，共同御敌。

新中国成立后，夏衍担任文艺界的高级职务，仍将大量心血倾注于新中国电影事业，为其繁荣发展立下了筚路蓝缕之功。"文革"期间，迫于政治需求，他也写过"应景和表态文章"，但不管时代怎样变化，"对祖国，对人民，对全人类的解放"所抱有的坚定信念和信心从未动摇。因其目标高远，胸怀宽广，夏衍超越了狭隘的个人恩怨和名利，以忠诚和坦荡之心生活、工作，保持正确的人生航向和高尚的道德人格，树建了20世纪的文艺标杆。

二、深切的平民意识与博爱的人道思想。这根源于夏衍的童年经验以及成年后复杂艰苦的生活环境。他出身于残败的书香门第，父亲的早死和家道的衰落让其童年饱尝人间辛酸。严重的自卑感使他成了一只时刻想隐藏自我的"洞里猫"，不敢有任何物质奢求，也不敢接受亲朋好友馈赠。混乱的时局、穷困潦倒的生活迫使夏衍过早步入社会承受生存之重。染坊的学徒生涯，他品尝到了底层劳动者的艰辛。时间虽不长，"但是染坊工人的生活、劳动，特别是练工们手掌上的蜂窝眼，却一直凝记在我的心中"（《家世·童年》）。至此，夏衍的平民思想和进步意识已初露端倪，到写作《包身工》（1936年4月）时则十分鲜明具体地表现了。

作为最早反映中国产业工人苦难生活的作品，夏衍用"报告"文体揭示了包身工们在"现代"工业环境中触目惊心的工作状态和生存状态。为获得真实鲜活的第一手资料，作者一方面委托进步大学生深入东洋纱厂实地调查；另一方面冒着生命危险乔装打扮卧底体验，用铁的事实证明侵略者和剥削者对中国劳动人民的残酷压迫和压榨。文章花大量笔墨叙述包身工们可怕的生活空间和劳动强度：男女混杂在恶臭的环境中共同吃睡，凌晨4点起床，喝稀粥烂叶，连猪狗不吃的食物也无法填饱肚子。然后机器般地工作10多个小时，即使疾病缠身还得在监工咒骂毒打下拼命劳动。身体惨遭摧残，人格被无情践踏，思想被严格禁锢。"没有光，没有热，没有希望……没有法律，没有人道"，水深火热中煎熬着的中国工人被奴役着为现代资本家创造巨额财富，自己却一无所有，还须付出青春、健康乃至生命的代价。作家愤怒地喊出了劳工大众的心声：黎明的到来"是没法抗拒的"；"警告这些殖民主义者当心呻吟着的那些锭子上的冤魂"。随后，夏衍又在《〈包身工〉余话》（1936年11月）中指出："我相信，这死水里面的生物还活着，她们应该——而且是已经在动了。"正是这种"动"，使13年后的中国人民赶跑了殖民主义者，迎接了新黎明，建立了新国家！事实印证了夏衍的预言。包身工们的悲惨遭遇深深震撼了夏衍的灵魂。20余年后的1959年4月，他又撰写了《从〈包身工〉所引起的回忆》，通过对比新旧社会工人们的工作环境，告诫青年们：不要忘记先人曾付出的"生命、血汗和眼泪"，要"爱党、爱社会主义"。是故，不管夏衍的社会地位和生活环境如何变化，对底层大众都始终怀揣无限的同情和关怀。至今，《包身工》仍不愧是优秀的教科书，所产生的社会影响、思想影响和文学影响绵远流长。

《包身工》如实揭示了中国工人在上海外资工厂牛马不如的非人生活，《上海屋檐下》（1937）则用话剧形式反映了战乱中的上海市民度日如年的穷愁困苦。"七七"事变爆发后，夏衍以许多生活原型为依据创作了这部具有划时代意义的话剧。它不但是夏衍的代表作，也是中国话剧史上之经典。通过狭窄的上海弄堂"屋檐下"蜗居的五户人家及各自不同的故事，揭示"小人物们"生存的艰难，借欲隐欲现的雷声和闪电暗示时代前进的脚步声就要到来。小学教员赵振宇的妻子抱怨丈夫挣钱少；报贩李陵碑因儿子战死而精神错乱；留守女人施小宝因丈夫常年在外被迫靠出卖肉体为生；失业的洋行职员黄家楣无力挽留乡下来的父亲住宿一晚。这4个家庭的生活以及人物言行勾画了现代大都市底层人们的生存困境图。剧本中心人物二房东林志成的遭遇则是这幅图画的点睛之笔。林志成是上海一家纱厂的工人，好友匡复因革命入狱，受托照顾其妻儿杨彩玉和葆珍。由帮助到相爱，志成与彩玉走到了一起。8年后，匡复回家，志成主动告诉他与彩玉的同居关系，三人面临苦痛的情感选择。从皮相看，这是现代戏剧中颇具典型的三角恋故事——杨彩玉与林志成、匡复两个男人间的情感纠结，实际上是通过苦闷生活与情感纠葛来揭示革命的艰难以及革命者的灵肉挣扎。受孩子们天真向上的言行启发，匡复主动退场，抱着希望走向新生活。故事悲中寓喜，喜中含悲。

　　《上海屋檐下》之为经典，不落窠臼之精彩在于：夏衍抛弃了常态的男追女/女追男的情场追逐思维，亦非套用恋爱＋革命的故事模式，而是以隐约的革命语境为背景，以日常的"生活"场景为舞台，将情爱置设于实实在在的日子，把个人情感、家庭幸福与民族命运、国家前途紧密勾连，让良心在道德情理与政治使命之间挣扎，突显生命的价值与意义。匡复的退场，意味着革命的信念并没有丧失；林志成的留下，说明革命之终极目的就是为了实现个体生活之幸福。剧本以一天的时间顺序展开冲突，结构严谨精致，语言平实生动，除开结尾处孩子们歌声中的救国口号外，没有一句宏大话语。人物对话和行动都在看似平静的常态中显现：主妇们买菜做家务，议论邻居长短，叹息生活艰难；男人们读报谈论时局，有向上之心而无向上之力；孩子们读书玩耍，活泼天真。这种高度写实寄寓了作家的愿望：个人恩怨、私人情感在民族危亡关头都是渺小的，要改变生存之苦状，必须团结起来救国救民。剧本将希望寄托在孩子们身上，全剧落幕于孩子们的歌声："我们都是勇敢的小娃娃，大家联合起来救国家！救国家！"剧本的主旨和意义在此凸显。

此外，夏衍还写了大量悼念文章纪念朋友、同事和同志。例如：《"死而不已"的一个适例——忆聂耳》（1938）描述了聂耳的音乐天赋及其对中国音乐的贡献；《悼经子渊先生》（1938）道出了经子渊的救国理想以及对中国教育的贡献；《悼许地山先生》（1941）追念了新文艺先驱许地山在中国文化、文学、教育等领域的贡献；《你，埋葬在苦难妇女的心中——悼朱文央女士》（1942）书写了为妇女权益和妇女解放默默工作的性格贤惠的知识分子朱文央平凡而伟大的一生；《鲁迅永生在人民的心中》（1945）评述了鲁迅对中国文学的巨大贡献，认为鲁迅的思想和精神应该永远流传；《哭杨潮》（1946年2月）和《杨译〈我的爸爸〉序》（1946年10月）连续两篇文章悼念优秀新闻记者兼政论家杨潮，斥责国民党反动派滥杀同胞的可耻行为。这些故友都是文艺界的佼佼者，为人民解放、思想进步、社会和平奉献了智慧和生命，其伟大人格和牺牲精神给后来者做出了表率！悼念文章除了寄托哀思，倾诉情感，更重要的是弘扬逝者的精神，让其光辉在人类史上永垂不朽！夏衍固有的同志情谊和人文关怀，一方面归因于他善良的心地、宽容的胸怀、真挚的情感与坦率的态度，另一方面归因于他的"活着"与长寿以及对"活着"与长寿价值的独特感悟和独到理解。

三、广泛的兴趣爱好与蓬勃的艺术激情。夏衍奔波一生，战斗一生，写作一生。尤为可贵的是，他能根据时代需要和社会需要随时调整自己的职业，并努力做到干一行，爱一行，成功一行，从而成为20世纪文艺界涉及领域最广且获取成就最多的艺术家。他从事过的岗位有10余种，写下的文字有五六百万，论及的题材涉及"古今中外的政治、思想、理论、科学、文化、艺术、人物、教育、体育和社会生活"（《夏衍全集》第9卷的"本卷说明"）等等。广泛的兴趣与惊人的适应力为夏衍的成功提供了丰厚保障，执着的态度与坚毅的精神培养了他敏捷的反应能力与过人的洞察能力。敏锐的目光、睿智的思想、昂扬的创作激情使他在戏剧创作、戏剧评论、电影创作、电影评论、文学创作、文学评论、新闻写作与新闻时评、翻译等领域如鱼得水。尤其在探讨戏剧、新闻和文学评论等方面常常独具慧眼，文章短小精悍，点评简练精湛，既有艺术家的趣味与美感，又有思想家的尖锐与犀利。

夏衍不仅注重文章内容的质，还经常倡导简朴真实的文风，他在《写文章的群众观点》（1948）一文中谈到"文章应该为人民大众的利益而写"，用"老老实实，简洁生动"的"大众看得懂听得懂的言语"写，"这是对群众负责的态度，这是我们这年青一代所需要的文风"。夏衍年轻时如此，晚年同样如此。在《文艺漫谈》（1988）中劝谕青年：要写熟悉的人和事，要有"真挚的感情"，而不是无病呻吟。而《文章是写给别人看的》（1962）、《精炼与清新》（1983）、《真实是报告文学的生命》（1985）等篇什从标题就可知夏衍求美、求真、求实的创作态度。这种明朗干练的风格也许得益于夏衍多年的新闻工作生涯。动荡的时局以及报纸和版面的篇幅要求，使得他不断寻找最适合的表达方式和方法。为了安全，他曾用过数以百计的笔名，连他自己也难以记清用过多少（《关于笔名》），写过的杂文、短评文章更是数以千计。到七八十岁高龄后，夏衍还坚持写回忆、纪念性散文，以亲历者身份对文艺界名人予以述评，为文学史和历史研究提供了别样视角，增补了珍贵史料。如《忆阿英同志》《忆谷柳——重印〈虾球传〉代序》《一位被遗忘了的先行者——怀念"左联"发起人之一童长荣同志》《韬奋永生》《忆达夫》《忆夏丏尊先生》等文章关涉的一些人物和细节，一般文学史难以见阅。

夏衍注重文品，更注重人品，尤其注重职业道德和操守的培养。《论"晚娘"作风》（1940）中对"一面瞒，一面打"的"晚娘哲学"

进行了辛辣批判。《真实的关心》（1942）要求文艺工作者秉着"诚实知识分子的良心"，辨别善恶，表达善恶，凭着热情和真情，写出"激动民族心灵的惊心动魄的作品"。在戏剧界，他一直认为演员的职业道德就是"戏德"。曾在《论"戏德"》（1944）一文提出，演员"可以有技术优劣，但不能有人格的高下"。后来又在《在批评与自我批评中前进》（1982）中认为戏剧界保持"批评与自我批评"的作风是一种"戏德"。

"德"重于"术"，这些劝诫在物质丰盛的现代社会依然如洪钟大吕给人们以警醒。

夏衍的集外佚作电影剧本《遥远的爱》考

葛　涛

2009 年 10 月，笔者赴上海参加中国现代话剧和电影的先驱者陈鲤庭的百年诞辰庆祝活动，不仅有幸向百岁高龄的陈鲤庭请教了关于电影剧本《鲁迅传》的一些问题，而且也从电影评论家夏瑜那里得到了《遥远的爱——陈鲤庭传》一书。

陈鲤庭透露的秘密：电影《遥远的爱》的编剧是夏衍

在这本传记中，陈鲤庭透露出来一个秘密：电影《遥远的爱》虽然署名是"陈鲤庭编导"，但是实际的编剧是夏衍。书中写道："不知底细的人都认为这部电影是陈鲤庭自编自导，实际上编剧是夏衍。夏衍德高望重，被圈内人士尊称为'夏公'。他在 1927 年大革命失败后加入了共产党，从事工人运动和翻译工作，一直是左翼作家联盟的领袖人物，而且是进步电影的开拓者和领导者。可能就是这些政治上的原因，在国民党辖下的'中电二厂'出品的电影中夏衍只能隐身，所以对外就称'陈鲤庭编导'，因为陈鲤庭不是中共党员。当时的共产党人一切为了事业，毫无自私自利之心，夏衍不会计较这些名利得失。而陈鲤庭后来则逢人便端出这个秘密，他不愿意把应该属于别人的荣耀加在自己的头上。"

笔者为此查阅了夏衍的回忆录《懒寻旧梦录》，以及 2005 年出版的收录夏衍的著作最全的《夏衍全集》和《夏衍研究资料》等图书，均没有发现夏衍创作电影《遥远的爱》的剧本相关记载，反倒发现了他说自己在 1937 年到 1949 年期间没有写过电影剧本的文字。但这个说法显然不能当作定论。因为一个相似的例子就是他在 1953 年撰写的《〈考验〉后记》中曾经说："从一九四四年到一九五三年，我已经整整九年没有写剧本了。"但是据会林、绍武编写的《夏衍生平年表》（《夏衍研究资料》上册第 293—322 页）记载，可以看出夏衍"整整九年没有写剧本"的说法有误：（1944 年）5 月，开始写作四幕话剧《离离草》，12 月校改完毕。9 月，与宋之的、于伶合作多目话剧《草木皆兵》。（1945 年）春，创作四幕话剧《芳草天涯》，9 月在重庆上演。（1950 年）写反特影片《人民的巨掌》电影剧本提纲。（1953 年）初夏，写五幕六场话剧《考验》初稿。

总的来说，虽然夏衍本人始终没有提到自己创作了电影《遥远的爱》的剧本，但是陈鲤庭作为这部影片的导演，他的话无疑是最好的证明，因此可以断定电影《遥远的爱》的剧本是夏衍的集外佚作。

电影《遥远的爱》的故事梗概

电影《遥远的爱》拍摄于 1947 年，由陈鲤庭导演，赵丹、秦怡、吴茵主演，中电电影摄影场第二厂摄制。虽然这部影片是著名话剧导演陈鲤庭开始拍摄电影的导演处女作，也是著名影星秦怡的银幕处女作，但是却因为赵丹、秦怡的出色表演和陈鲤庭的出色导演而成为中国现代电影史上的经典影片之一。影片的故事梗概如下：

大学教授萧元熙在和女友订婚的计划失败后，偶然发现自己聘请的女佣余珍是一块未经雕琢的璞玉，便决定在她身上实施自己改造女性的计划。在他的努力下，余珍不仅很快在用餐、走路、待人接物的礼仪方面摆脱了旧习惯，而且也按照萧元熙的要求具有了独立的人格。"一·二八"事变后，已和萧组建了家庭的余珍毅然投身抗战救护工作，却遭到萧元熙的竭力阻挠。后来孩子出生，萧元熙希望重新过上理想的家庭生活，但余珍在精神上已不属于他了。"八一三"事变爆发后，萧元熙为避战乱去了汉口，余珍则在战火中救助难民。后来余珍在去汉口的途中遭遇敌机的轰炸，痛失爱子，这使她更坚定地投身反抗日本侵略者的活动中去，并成为一个女兵。当萧元熙和余珍在汉口相聚时，两人已格格不入，余珍因此决定离开向往舒适生活的萧元熙到抗日前线去。萧元熙则开始对自己改造妇女的目的产生怀疑，一反过去倡导妇女解放的论调，主张把妇女关入家门，高谈"对妇女来说，家庭是第一位的"。当日寇迫近，落魄流亡的萧教授由战地工作队护送过封锁线时，意外地与余珍重逢，但余珍已完全是另一个新人，萧元熙只能目送余珍奔向遥远的前方。

夏瑜在评论电影《遥远的爱》时深刻地指出了该片的价值所在："在抗日战争和正在进行的解放战争期间，中国的妇女解放运动……一直与民主主义运动、民族解放运动紧密相连，妇女的求解放、求独立、求自由、求平等意识始终与被压迫的阶级意识、革命意识交织在一起。这就是《遥远的爱》的深刻之处，它将喜剧因素深入骨髓的人物关系，演变成一个无法改变的纪实性悲剧：通过对萧元熙'改造计划'成功和失败过程的描述，揭示了一个二律背反的哲学命题——他在'改造计划'获得成功的同时也就迎来了失败，也就是说，这种改造根本就是不可能完成的任务，劳动阶级和小资产阶级的思想基础和最终目标是截然不同的，他们的破裂也就是必然的，不可能调和的。这种典型的左翼思想深深埋藏在《遥远的爱》中。借国民党的宣传平台，张扬'五四'精神和共产党的无产阶级观点，非常艺术地探讨了妇女解放运动的真正目的和进步意义，实在是高明。"

夏衍创作电影剧本《遥远的爱》考证

一、夏衍创作的电影剧本曾经故意署上别人的名字。据夏衍本人回忆，在当时的时代环境下，为了剧本的顺利上演，曾经故意在自己创作的剧本上署上别人的名字："同年（1935），我还为'电通'写过一个《压岁钱》，因'电通'结束，没能拍成影片。一九三六年，我将剧本再次修改，提供给改组后的明星公司拍摄，由张石川导演、董克毅摄影。为了避免反动派的阻挠与迫害，编剧用了洪深的名义。"

二、夏衍与陈鲤庭多次合作。夏衍与陈鲤庭在合作电影《遥远的爱》之前有过多次合作。1932年，夏衍、洪深、陈鲤庭等15位电影人联名在《晨报》"每日电影"栏发表了《我们的陈述》，表明他们的影评观点。夏衍翻译了苏联电影《生路》的摄制台本，而陈鲤庭发表的第一篇影评就是评论《生路》的。1937年初春，夏衍应陈鲤庭等人的邀请，开始创作三幕话剧《上海屋檐下》，夏衍由此"开始了现实主义创作方法的摸索"。1943年春，夏衍又在陈鲤庭、白杨的建议下，把托尔斯泰的名著《复活》改编为五幕六场话剧。可以说，陈鲤庭不仅和夏衍建立了深厚的友谊，而且也在一定程度上影响到夏衍的剧本创作，正是他的不懈的邀稿、催稿，才促使夏衍在繁忙的工作之余写出几部著名的剧本，如《上海屋檐下》等。

三、夏衍剧本创作主题的变化。夏衍此前的剧本多是描写小资产阶级知识分子的，此后他的剧本创作题材有所变化，并在1945年春创作了第一个以恋爱为题材的剧本《芳草天涯》。而《遥远的爱》则结合抗日战争的时代背景描写了一个小资产阶级的丈夫改造劳动阶级的妻子最后失败的故事，不仅是在《芳草天涯》所开始的描写恋爱婚姻的主题的继续，而且也写出了"人类是在进步，人与人的关系是会改变的"主题。

四、夏衍创作《遥远的爱》的时间。按《夏衍生平年表》记载，夏衍在1945年9月下旬奉周恩来同志之命返回上海重建《救亡日报》，1946年6月，离开上海前往南京梅园新村中共代表团工作。考虑到陈鲤庭等人是在1946年年底回到上海的，而夏衍重建《救亡日报》的工作一定很忙无暇写作剧本，因此可以推测《遥远的爱》应当创作于1945年年底到1946年6月之间。

结　论

综上所述，电影《遥远的爱》可以确认为是夏衍编剧的，但是因为种种原因，《遥远的爱》的电影剧本已经散佚，而鉴于《夏衍全集》收录了几部根据影片对白恢复的电影剧本，今后在增补《夏衍全集》时也可以把根据影片《遥远的爱》的对白恢复的电影剧本收入其中，这不仅是对历史的尊重，也是对夏衍最好的纪念。

"五四"新文化新文学运动的践行者

杨洪承

在中国现代文学史上，作家王统照（1897—1957，有笔名王剑三、剑三等）早在 1913 年就开始尝试文学写作，1916 年便有文字得到社会反响，1919 年"五四"爱国运动的游行队伍里有他的身影，1921 年成为中国现代文学第一个纯文学社团文学研究会的主要发起人之一，后又有长篇小说《山雨》与茅盾 20 世纪 30 年代的长篇小说《子夜》同享其名，史家有"1933 年是子夜山雨年"之说。他的创作涉猎小说、诗歌、散文、戏剧、文学批评、译著诸多种类文学样式，计数百余万字。王统照无疑应该是名列有影响的现代作家行列的作家。然而，无论是作家生前还是身后，始终没有能够成为社会和文学研究者的热点。这一现象的本身足以值得我们拷问文学史，再重新寻访作家人生之路和文学之旅中的文化资源和经验世界。

王统照作为"五四"新文化的先驱者、新文学的第一代老作家，在思想文化的启蒙意识上，他与陈独秀、蔡元培、鲁迅等新文化运动的先行者并驾齐驱。早在《新青年》创刊伊始，中学生王统照读到杂志就寄书信于编辑，称："贵志出版以来，宏旨精论，夙所钦佩。凡我青年，宜人手一编，以为读书之一助。而稍求其所谓世界之新学问，新知识者，且可得籍知先知觉之责任于万一也。"很快便得主编陈独秀安排在《新青年》第二卷第四号《通信》栏上发表，并加编者按赞许："来书疾时愤俗，热忱可感。中学校有如此青年，颇足动人中国未必沦亡之感。"1917 年，王统照因不满当时中学校的专制措置，带头罢课、起草宣言要求自由和民主。在被学校除名之前，先行离校赴京。"五四"之日，王统照出现在天安门广场，亲历爱国学生"火烧赵家楼"之壮举。这在他同辈的作家中并不多见。1919年王统照主编的《中国大学学报》，从第一期开始就发表《女子参政问题》《女子解放问题之根本观》等长文，与1918年鲁迅最早在《新青年》上发表《我之节烈观》和"随感录"等杂文，其反对封建礼教、倡导妇女解放的呼声形成了积极的回应，使得社会主张妇女儿童和青年的解放的新文化思想得到迅速推进。同时期，王统照还创办综合性文化杂志《曙光》，又继续写作《两性的教育观》《美与两性》《美性的表现》等文章，探寻妇女解放的途径，以及响应蔡元培此刻呼唤"文学运动不要忘了美育"，发表《美之解剖》《美育的目的》等文，进一步推动新文化运动的深入发展。同时期，王统照勤于外国文学文化的传播，他的翻译除了介绍大量的外国文学作品外，还有社会政治、宗教、美育、哲学等文化方面译文，译作涉及英、法、美、苏俄等多个国别，有介绍泰戈尔、叶芝（今译"夏芝"）、拜伦、法郎士、叔本华等著名外国作家专论长文；特别是很早翻译了列宁的论文《旧治更新》（今译为《从破坏历来的旧制度到创造新制度》，收入《列宁全集》第四卷），并且发表多篇译文对十月革命后的俄罗斯农业社会化、劳农大学、新型阶级的艺术等人类历史进程中的新思想新事物予以介绍，从而自觉地应和了时代潮流，扩大了苏维埃的十月革命在"五四"中国的巨大影响和迅速传播。"五四"以后，王统照不仅积极参与发起组织文学研究会，而且为了表达黑暗中有"黎明的微光"，"将来总有无限希望"之意，创办文化文学团体晨光社，宣称"我们想借此一点团结的力量，在这死气沉沉的社会里助一份力，我们使不能以独出一份自己羞看的杂志为满意了"。1922年11月，他在《晨光》第一卷第三号上的《书报评论》栏内，率先撰文介绍瞿秋白的《新俄国游记》这部现代中国最早的报告文学集。

1925年前后，北京教育界的"女师大事件"，以及后来的"三一八"惨案，中国社会一度思想言论处于低沉，此时鲁迅、周作人、林语堂等站在新文化的前列，反对专制教育、复古思想，积极倡导"任意而谈，无所顾忌，要催促新的产生，对于有害的旧物，则竭力加以排击"的社会批评文化批评，组织语丝社，创办《语丝》周刊。这时期，王统照也与同道者办了一个刊物，取名《自由周刊》，立场鲜明，在"缘起"中表明态度，"为了言论界的阴霾沉结，为了中国人之思想缺乏与混乱，为了我们要伸述，要贡献我们对于政治经济的意见，及各种学术的介绍与批评——我们都要燃起'自由'的火炬，那可爱的明辉的'光'在向我们微笑了"。显然这是集体无意识地与鲁迅等文化战士保持着同声相求，步调一致。王统照自中学以来就这样步履坚定而稳重地行进于"五四"新文化运动的时代前列。

如果说年轻的王统照积极参加新文化运动多少有着时代的裹挟，那么，参与新文学建设他更多有个人情感情趣的文学自觉。王统照对新文学的热情还不只是积极参与组织发起了文学研究会一举成为新文学的排头兵。在新文学的草创期，王统照奉献于文坛既遵循"相信文学是一种工作"，又实实在在地在新文学多个领域进行创作的实践和艺术探索，其许多努力具有开风气之先。

"五四"前后新旧文学的转型时期，王统照就以文言与白话小说，旧体诗与新诗并行发表，在写作实践中尤其注重摸索文学变革的内在经验。他与鲁迅、胡适、叶圣陶、朱自清、陈衡哲等几位不多的早期创作者一起辛勤耕耘，拓荒新文学的处女地。1920年之前，王统照就有文言小说《新生活》《秋夜赋》《车中人语》等，与白话小说《纪念》《战之罪》《苦同学共产记》《真爱》《夜寒人语》《秋声》《她为什么死》等作品，发表于《妇女杂志》《曙光》《新社会》《小说月报》等当时有影响的各类杂志上。茅盾当年接手《小说月报》革新号时，急需新文学的作者，他后来回忆正是通过王统照早有作品投稿发表该刊，所以"社中有此人的通信址"，他们就这样先由约稿信再相识相交。再读王统照这些早期文言白话小说的内容，还可见多少受鲁迅文言小说创作的影响。1913年还是中学生的王统照就在《小说月报》上读过鲁迅文言小说《怀旧》，他说被"很少有这种引人入胜的文笔"所吸引，将小说"读过好几遍"。1917年，王统照第一篇白话小说《纪念》中的黄秋鸿、慧瑛等人物的刻画，家庭生活和兴趣的描写，议论抒情杂糅，文白夹杂的语言，与鲁迅早期小说创作具有不无相似相近的文思和风格。王统照是第一代在现代中国小说作家中，为数不多的"五四"前就有大量小说创作的作家之一，而又在"五四"后致力于新文学最勤勉、最活跃的作家。王统照尚在十六七岁的年纪时，便尝试写律诗、绝句、乐府歌等旧体诗词达170余首之多，后自编成《剑啸庐诗草》集，其中不乏传统古典诗词抒情表意的底蕴。1925年列入文学研究会丛书出版的他的第一个新诗集《童心》150余首新诗，很早就得到茅盾首肯："诗人气质的王统照始终有他的热情。"这些诗1919年至1924年在诗坛陆续发表，诗情率真而有顿悟，与冰心、朱自清、宗白华等诗人一起给初创的新诗坛带来了生气和活力。显然，如果要想询问新旧文学以何种方式何种程度发生量与质的转变，那么王统照无论如何是一个绕不开的前辈作家。

在新文学初期，王统照对新文学体式的创作实践最值得我们关注的是，他为现代中国长篇小说、散文、话剧、文学批评等文学样式的建设筚路蓝缕，特别强调这些文学样式的创作实践与理论探讨并驾齐驱，脚踏实地地推进新文学稳步向前。1922—1923年，王统照连续推出《一叶》《黄昏》两部长篇小说，是文学研究会作家，也是现代小说作家中最早实践这一体式的文本。创造社作家张资平的长篇小说《冲积期化石》1921年9月才写作完，王统照1922年10月作品已经问世。重要在于20世纪20年代初，新文学第一个10年白话中、短篇小说有鲁迅、郁达夫等作家提供了一大批有影响的作品，而白话长篇小说无论数量还是质量上都是相当冷清的。直到1928年被茅盾誉为"扛鼎的力作"的叶圣陶长篇小说《倪焕之》问世，显示了现代长篇小说的长足进步。可是，这部长篇小说以倪焕之的人生成长经历为经的结构，实际在王统照《一叶》长篇小说中已有涉足。不仅小说运用现实主义的手法相同，将主人公李天根的个人经历和家世的演变，置于辛亥革命前后的济南、青岛社会生活的背景之中反映，而且《一叶》中强烈自叙式的主观色彩，使得现实描摹中更多了浪漫主义韵味，也带来小说开放性的叙事和诗化的特征。

在新文学第一个 10 年中，鲁迅在短篇创作中创造了每一篇小说都"格式的特别"的不同，在长篇小说格式的追求上，王统照应该说是最早一位有意识探索革新的现代作家。1923—1924 年，王统照连续在《晨报副刊·文学旬刊》上发表两篇论文《纯散文》和《散文的分类》，使得我们看到他又一次对新文学疆域的开拓。中国传统文学中散文属于一种广义的散行文字概念。"五四"新文学兴起，正是继1921 年周作人发表《美文》和王统照文章后，散文才视为与小说、诗歌、戏剧并列的特殊文学形式，即称之为"美文"或"纯散文"，其特质是"使人阅之自生美感"，又取西方人有历史、描写、演说、教训、时代五种散文分类，强调"纯散文绝对不能与韵文的诗歌，及纯粹小说戏剧等文学作品混为一谈"。这一明确的界定，在新旧文学的过渡期打破了只有凝练隽永的古典散文才能称为美文之说，白话也可以写出文学性的纯散文。王统照不仅有这些理论文字的细致论证和积极倡导，更有纯散文创作的大量作品的推出。1925 年之前，他发表《绿荫下的杂记》《阴雨的夏日之晨》《血梯》《如此的》《偶像》等纯散文十余篇，后编为《片云集》结集出版，这些散文不是单一的借景抒情，或空泛议论的散行文字，而是文学性突出的现代纯散文。在抒情与叙事中表达情愫、营造情境，融苦闷感伤、记事状物、智性理趣为一炉，为现代美文探索了一篇篇可以学习借鉴的文本案例。在新文学作家中身体力行写作美文，王统照无疑是最早最有特点的一位先驱者。再看，1925 年《小说月报》第 13 卷第 6 号王统照发表了七幕话剧《死后之胜利》。依然令人惊叹的是，完全"舶来品"的现代话剧样式，"五四"初期当《终身大事》（1919 年，胡适）、《咖啡店之一夜》（1920 年，田汉）、《一只马蜂》（1923 年，丁西林）等大部分剧作尚在以独幕剧形式讲述反封建的故事时，王统照在剧作中将那个时代爱情、婚姻、个性解放的社会问题，运用更为现代艺术化的话剧形式展现出来。他比同期话剧作家要有更多自觉话剧艺术的探索和新追求。全剧七幕多场的设计使得舞台艺术更为逼近生活的情景，而且在剧中人物和剧情发展上突破了当时写实剧二三人物的单一对话，以现实、浪漫相结合的手法，并且吸取了西方表现主义、象征主义的艺术方式，营造了十分强烈的现代话剧的艺术氛围。王统照这一剧本的起点之高，是他早有戏剧理论的积累和创作实践的准备。中学时代他就编过《云南起义》话剧本，自演蔡锷将军；大学时代就翻译英国作家的滑稽短剧《不平鸣》发表于1921年的《曙光》第2卷第2号上，这期间他还与曙光社、晨光社、文学研究会等新文学同仁多次通信讨论外国剧的翻译、戏剧戏曲理论的诸多问题，1921年又在《戏剧》杂志第1卷第6号上发表论文《剧本创作的商榷》，探讨新剧发展中剧本、演剧者、外国剧翻译等诸问题均有自己的独立思考。他早期对现代话剧初创的这些努力，却在现代话剧史上至今还没有获得应有的位置，很是令人惋惜。

最后，"五四"文坛新文学批评的园地也留下了王统照辛勤劳作的足迹。在文学研究会里，王统照是新文学创作的多面手和活跃的文学批评者，除了上述多种文学体式的大胆尝试和理论倡导外，他在自己主编的杂志和新文学其他报刊上经常开辟通信、讨论的文学批评专栏，以及有诸多文章涉猎文学理论的探究和文学批评的实践。20世纪20年代，新文学一切都在摸索的过程中，王统照在《对于诗坛批评者的我见》和小说、散文、戏剧等其他文类的批评文字中有着锐意进取的文学本体批评的自觉；在《本刊的缘起及主张》《批评的精神》等论文中有着非常鲜明的文学批评观，积极引导着新文学发展的正确路向；在《文学批评之我见》《批评中国文学的方法》等论文里，更有着新文学批评方法论的建构和文学理论中外传统的梳理和辨析。在"五四"新文学阵营里，文学研究会始终引领着新文学的主流话语，与周作人、茅盾、郑振铎等理论批评家有很大关联，自然不能忘记其中也有王统照文学批评的重要贡献。在新文学的发轫期，王统照有如此较为完整的文学批评建设性的意见，现代中国文学史却将他淹没于"五四"小说创作者的群体里，显然有失公允。

"五四"新文化新文学运动已经走过了近百年的沧桑历程，王统照等一代新青年率先开启文化革命新思想新思潮的序幕。他们思想精神的源流究竟来自何处呢？在"五四"运动过去30年的时候，王统照曾经写过一篇回忆瞿秋白的文章，记述他与瞿秋白在"五四"时期密切交往的人与事。文中他是这样评价瞿秋白的，"秋白与守常（李大钊）先生自然也有来往，他虽然对于旧文学早有素养，对于新文艺有努力推进的热情，开始他更热心于整个社会的改革事业。他早已注意那时暮气昏沉，一切不平等不进步所造成的社会现象。他对于社会主义早已扎下了强烈的信心的根子"。这何尝不也是王统照在"五四"前后思想和一系列行为姿态的底色呢！"五四"一代现代中国知识分子身上的文化素养、文艺热情、社会改革的热心，是"五四"新文化新文学最重要的文化源泉，构成了他们在建设新文化的征程中能够不断脚踏实地、勇往直前的精神原动力。王统照虽然没有民主革命一代仁人志士的恢宏壮举，但是他像许多文化革命的先觉者一样，最早最勇敢地冲破封建大家庭的藩篱，投身于新文化新文学运动中做其力所能及的事，也堪称弥足珍贵。更为重要的是，京华风云的"五四"新文化新文学之起点，给我们的作家一生的生命与创作注入了永恒的活力。王统照在20世纪20年代由青年常有的空想能够迅速直面乡村疾苦的现实，30年代初，才有了长篇小说《山雨》，当时就被茅盾称誉为"坚实的农村小说，这不是想象的概念的作品，这是血淋淋的生活的记录"。20世纪40年代，他身陷上海"孤岛"，长夜待旦，坚守民族气节，心存民主自由的信念。20世纪50年代，他献身于新中国成立初期山东文化事业的建设不辞辛劳，鞠躬尽瘁。1957年，王统照病逝后，山东省委送的挽联"文艺老战士，党的好朋友"，最准确地概括了他的一生。王统照一路默默前行，真诚面对自我，热情拥抱时代。一个普普通通的现代中国知识分子的心路历程，永远闪烁着"五四文化"思想的光芒。他的精神遗产留给后人的不应该是寂寞。

《山雨》的评价及版本问题

张元珂

一

《山雨》被公认为王统照的代表作，也是 20 世纪 30 年代优秀长篇小说的代表作。70 多年来，学界对这部小说的评价与研究大体经历了一个高潮、低潮、局部突进的过程。20 世纪 30 年代的文学界同仁给予了很高评价，形成了一个评价的小高潮。茅盾和吴伯萧可为代表。前者认为它"在目前的文坛上是应当引人注意的著作"，后者则把 1933 年的中国文坛称为"《子夜》《山雨》年"，首次肯定了小说的编年史地位。20 世纪 40 年代研究相对沉寂。直到 1957 年冬王统照逝世后的两年内，才又来了一个突进，但仅限于个别学者的研究。这个带头人就是田仲济。他在《王统照小说的现实主义精神》一文中，认为"它是五四以来描写旧中国农村崩溃，旧中国农民形象的难得的作品，过去我们在中国现代文学中对《山雨》的评价是和它的内容不相称的"。该论文的最大价值在于，它将对《山雨》的评判与文学史书写直接联系起来，不仅具有文学批评家敏锐的见解力，还表现出了文学史家的眼光。另一篇论文是孙克恒的《谈〈山雨〉的现实性与艺术创造》（1959 年 6 月《前哨》第 6 期）。其突破点有二：一是，从"艺术性"角度谈《山雨》的创造力。二是，较早指出"走入城市后的大有比在农村时的大有骤然失掉了光彩"的观点，并初步探讨了造成这种缺陷的原因。"文革" 10 年遭到冷遇。20 世纪 80 年代至今，以冯光廉、刘增人、杨义、杨洪承为代表的学术界专家、学者和各高校的研究生从文学史、文化史、文体学、叙述学、版本学、阐释学等多个角度解读这部长篇，不断寻找新的学术增长点，开拓新的研究领域，实质性地将《山雨》的研究推进到新的阶段。但是，研究者多集中于山东地区（以山东师大、青岛大学的师生为主），山东以外地区的研究力量依然薄弱。在文学史写作方面，王瑶、唐弢、田仲济、杨义、刘绶松等老一辈文学史家给予较高评价，新一代似乎有弱化之势。若从"史"的眼光来看，我觉得，《山雨》是一部由"乡土小说"向"农村题材小说"转移的真正奠基之作。"乡土小说"是"乡愁意识"和"文化隐忧"合力生发的产物，视点是由上到下的，而"农村题材小说"则是对"农村日常生活"和"时代主流意识"的集中表现，视点是自下而上的。

在诸多研究领域中，《山雨》的版本问题，少有人问津。我所看到的，只有王邵军的《关于〈山雨〉的修改》（《山东师范大学学报》1982年第6期）一篇史料文章。该文对1933年开明书店初版本和1955年修订本进行了比较，列举了一些修改、变动处，只可惜未对之作分析、研究。我这篇文章的写作，深受这位前辈的启发，对此深表感谢。

二

《山雨》的写作动机起源于1931年8月，动笔于1932年9月，结束于1932年12月12日。它的版本至少有6个：（1）初版本。1933年9月由开明书店出版、发行。全书28章，书末附有作者写的《跋》，为同年6月16日作。该书由叶圣陶亲校，并题写书名，出版不久就被当局禁售。（2）删节本。20世纪30年代，国民党对图书出版的审查制度造成了《山雨》的删节本。初版本出版后，国民党中央宣传委员会认为"颇含阶级斗争意识……予以警告，勒令禁止发行"，并把王统照作为一个"危险人物"列入了黑名单。为逃避可能的迫害（在此之前，左联五烈士遇害，可为鉴），他赴欧洲考察。后经开明书店向国民党党部的交涉，删除最后 5 章，才得以再版，故再版本只有 23 章。（3）修订本。1955 年 2 月由人民文学出版社出版、发行，分平装本（29000 册）、精装本（1000 册）两套。（4）选集本。《山雨》被各出版社编入各种选集，与王统照其他作品一并出版、发行，多以 23 章节的删节本，或 1955 年 2 月的修订本为参照本。此种选本，种类繁多，名称不一，此不赘述。（5）文集本。1981 年 6 月五卷本的《王统照文集》（6000 套）由山东人民出版社出版发行。茅盾题书名。所收《山雨》为 1955 年修订本。（6）全集本。2009 年 4 月七卷本的《王统照全集》由中国工人出版社出版发行。书名依然标注为茅盾所题。所收入的《山雨》依然为 1955 年的修订本。不过，茅盾早在 1981 年 3 月 27 日就去世了，书名中的"全"字，可能是辑于茅盾的手迹，而非现场所写。最后，需说明的是，1933 年 9 月 1 日《文学》第 1 卷第 3 号曾选载了小说中的一个章节，命名为《祈雨》直接发表。

三

删节本是作家因外力的作用——国民党的筛查、开明书店的经济问题——而被迫删除的产物，因此，在上述 5 种版本中，一般把开明书店的初版本作为研究的最初参照本。初版本与删节本的唯一区别就是，后者比前者少了 5 章。现将第 24 章—28 章主要内容概述如下：（1）描写奚大有在大城市的生活及思想变化过程。（2）继续书写乡村衰败与荒凉。涉及大有回乡、徐利被抓、陈庄长死去等等。（3）直接或间接交代杜烈、杜英、祝同志、陈大傻的活动，反映军国主义的侵略行为和国内革命者的活动。在我看来，没有这 5 章的内容的删节本，也可以组成一个完整、自足的文本体系，即它可更为集中地写出"北方农村崩溃的几种现象和原因"，表现农民为了生存而自发组织起来进行反抗的合理性，而不必顾忌后 5 章因对城市生活的描写而造成与整部小说的主题、情绪基调、人物性格的不一致。但是，开明书店的初版本表现了删节本所不具有或难以表达的内容。（1）初版本能完整地表现奚大有的性格、思想、命运变化过程。遭受兵匪毒打、官绅盘剥，遭遇失地丧父，最后携妻儿到城市寻活，奚大有的遭遇堪称坎坷。"农民的自觉"只有在城市接受了新观念、新思想后，才有了切实的变化。杨义的阐述，可谓一针见血，他说："在30年代，如此细腻而深刻地写出农民由切身经历而抛弃旧观念、接受新观念的思想变迁史的作品，为数寥寥。"（《王统照小说初探》，1982年9月《新文学论丛》第3期）（2）初版本大大增强了时代因素，反映了反帝爱国思想，寄托了作家本人一以贯之的审美追求。关于"反帝爱国思想"，冯光廉、刘增人的《〈山雨〉商兑》一文已有详细论述，此不赘述。我想从另一个角度作简单说明。王统照是"五四"精神孕育的作家，写小说的主导动机之一，就是要强调小说的"思想性"。对新思想、新意识的表现，他是比较早的一位。《新生活》（1916年，《诸城旅济学生会季刊》创刊号）首次描写了一个工人的形象，这可能是中国新文学较早涉及"产业工人生活"的作品。在谈到另一部文言长篇《苦同学共产记》（1919年《中国大学学报》第1、2期连载）时，他甚至把"在文艺创作中渗入了思想的原料"看作最大的成功。他的小说一向注意对时代新思潮、新意识的描写，这是他的世界观、艺术观使然。这样，我们就不难理解，以北伐、国民党叛变革命、"九一八"日本人在青岛的罪恶活动为背景写成的后5章，在他这部长篇中的重要程度了。当然，这后5章有关城市生活的描写、有关革命的揭示、有关产业工人性格的塑造，都远逊于对农村生活的描写、对农民性格的塑造。尽管如此，设若王统照仍健在，我想，他还会毫不犹豫地说，绝对删不得！

四

与开明书店的初版本、再版本相比，1955年由人民文学出版社出版的修订本，又一次出现了不同程度的修改、变动。现将其中改动较大处摘编如下，每一组的a项为初版本的内容，b项为修订本的内容，

a、b 不同处用黑体标出。

1.a "老大，你放心，我那年在直隶的大道上没死于义和团大哥的手下，想来这一辈子还可以无妨。说起义和团，你们都不知道，那才是凶劲！……"（第 15 章第 179 页）

b "老大，你放心，我那年，直隶大道上没在鬼子的枪炮下丧了命，想来这一辈子还可无妨。"（第 15 章第 150 页）

2.a "唉，你这个人，吃饭前闹了一阵。××报，咱不懂，因为登了日本人的皇帝甚么便去了一些捣打了个干净。真有劲！可是中国人，他妈的！站在街上白看热闹，谁能以过问？连巡警都拉架！……"

旁边一个更年轻的车夫道："不是日本人谁敢去动那报馆的毫毛，瞧着吧，说是今儿晚上还要烧 × 部……"

"怎么你这么开心？好不好，反正是给中国人没脸！欺负老实人！多少万中国人的地方人家有千万把人却随意收拾，他妈的！……"（第 28 章第 364 页、365 页）

b "唉，你这个人，吃饭前闹了一阵。××报，咱不懂，因为登了日本人什么，便去了一些……捣打了……"

旁边一个更年轻的车夫道："不是日本人能动那报馆？……瞧着吧，说是今儿晚上还要烧 × 部。……全中国早应该跟日本拼了，不，净等着挨打！……"（第 28 章第 304 页）

3.a "呸！我就不信。这里终天喊着打倒外国人，取消这个，那个，到处叫他妈的万岁，静叫日本人站在街口上笑掉了大牙！哄孩子的艺术，中嘛用？不提别的，讲拼命，连小学生都喊破了嗓子，叫我看，净是白费……"（第 24 章第 312 页、313 页）

b "呸！我就不信。这里终天喊着打倒外国人，取消这个，那个，到处喊叫，中嘛用？"（第 24 章第 263 页）

4.a "是啊，这真像云彩眼里的话！无奈人家都好给人家当奴才，有什么法子！"（第 23 章第 296 页）

b "是啊，这真像云彩眼里的话！无奈老实人给人逼着当奴才，

我看也当不长久。"（第 23 章第 248 页）

5. a "……你唱的那一套国泰民安的情景，就譬如做了一场好梦。"

"这光景我小时候还记个大概，年纪再小的人恐怕就想不到了。"呆坐了多时的大有无力地补上了一句。（第 9 章第 88 页）

b "……你唱的那一套情景，不过是编词人的居意'贴金'，从前也没有！"（第 9 章第 75 页）

6. a "……我们这些全种人家的地的呢？主人家的好还知道年成不佳，比每年要减成收租，厉害的家数他不管你地里出的够不够种子，却是按老例子催要……"（第 1 章第 6 页、7 页）

b "……我们这些全种人家的地的呢？他们还管你年成好不好，管你地里出的够不够种子，是按老例子催要……"（第 1 章第 6 页）

7. a "多少？好算歹算，合了 65 块钱一亩。"大有的眼往前直看，仿佛要从虚空的前面把照片收回来。（第 8 章第 75 页）

b "多少？好算歹算，合了 35 块钱一亩。"大有的眼往前直看，仿佛要从虚空的前面把照片收回来。（第 8 章第 63 页）

8. a "难保不是为别的事？……"大有说出这个提议，即时记起了白天他们所谈的事，究竟是有他的农人的习性，心头上微微跳动。（第 28 章第 364 页）

b "难道咱就凭人家从关外闹到关里，老不还手，老不抵抗？"大有说出这个提议，即时记起了白天他们所谈的事，心头上微微跳动。（第 28 章第 304 页）

9. a ……可是由尊重自己与保守自己而生的反抗性日渐减少。经验是个教训的印板，没曾经过的哀乐难以打动自己的灵魂。（第 5 章第 39 页）

b ……可是由尊重自己与保守自己而生的反抗性并没有减少。只是不易触发罢了。（第 5 章第 34 页）

10. a 于是他自幼小时便是个无忧无虑也无变化的农人——是多少中国农村中的一例模型中的一个。（第 5 章第 40 页）

b 全部删除

上述所做的修改，有的是直接进行删除（10），有的是对表现对象的替换（1），有的是简单改动个别字词（7、9），有的是对话语进行大幅度修改（2），更多的是对话语进行修补（3、4、5、6、8）。首先，删除了有损中国民众，特别是工人、农民形象的语句。在1中，把义和团的无恶不作，替换为"日本鬼子"的暴行，因为义和团主要由农民组成。主流意识倡导"工农兵文学"，要求作家深入基层，祛除小资产阶级意识，以更好地服务于工农兵大众，这种文化语境下表现义和团的"恶行"，是很不适宜的。其次，拔高了人物在特定历史环境中的精神意识。在2中，初版本的"人力车夫"认为中国人是软弱虫，不团结，没有斗志，而在新版本中，却具备了反抗日本帝国主义侵略的"民族意识"。在3中，杜英对"好给人家当奴才的人"（她强调"主动、乐意当奴才"）深感无奈，在新版本中，却改成了"老实人被人家逼迫"，并断言"时间长不了"，认知意识有了质的改变。再次，修改了人物对历史、现实的看法。在5中，对渔鼓词中的田家乐的渲染，陈庄长认为过去是有的，而在新版中，则断然否定。这似乎是说明，在1955年是不能过度渲染过去是多么"美好"的，像"田家乐"这种生活只能也只有在新中国才有。在6中，原版本还表明一部分地主在"年成不佳"时，要"减成收租"，在新版中就变成了怜悯之心全无，全是吸血虫之辈。这大概是要突出阶级之间剥削与被剥削的关系吧。在7中，把"65块钱一亩"改成"35块钱一亩"，其目的也是为了强调农民被地主阶级剥削的严重性。最后，削弱农民的小农思想，突出对统治者、外国侵略者的反抗精神。在8中，直接删除"究竟是有他的农人的习性"，直接突出奚大有对侵略者天生具有的反抗性。在9中，就连奚二叔这样的保守的老农民身上的"反抗性"也天然地与日俱增了。可以说，这些意识具有超前性。但是，这种修改又不是简单的修辞问题，反映了作家世界观、艺术观发生微妙变化的过程，形成了一个不同于初版本、删节本、期刊本的新文本。

20世纪50年代，作家对过去的作品进行修改，是很普遍的现象。与《雷雨》《青春之歌》《暴风骤雨》等作品修改情况相比，《山雨》修改的幅度不算大，也没有根本性地改变人物、主题、结构，但是，它部分地修正、改变了某些人物的言行，不同程度地拔高了人物的思想意识。他们对外国侵略者及工人的看法、对过去的评价基本不符合历史语境和身份地位。毫无疑问，这些改动都是败笔，是作家对人物的不尊重，是拔苗助长式的"越界"与"犯规"，破坏了人物成长的逻辑性，导致某些人物言行的不可信。如说到修改的意义，那只能说，在那个辞旧布新的新中国，王统照和他《山雨》修订本中的工农大众，对新政权、新时代作了一次礼赞与讴歌。

五

作家去世后，一般要出全集本，以供后人研究。编选已逝作家的全集，是一项非常严肃的工作。但是，中国已逝作家的全集都普遍存在着不规范的地方，随意增删、修改、漏选、置换，给研究者、读者留下了不必要的障碍。5 卷本和 7 卷本的《王统照全集》所收入的《山雨》依据的都是 1955 年 2 月的修订本，但写作结束的日期依然注明是"1932 年 12 月 12 日"。按道理说，全集所收入的作品一般以初版本为依据，即使不以此为准，也应当注明所依据的是哪一个版本。比方说，《王统照全集》所收入的《山雨》，应在文末注明是 1955 年修订本。原因很简单，研究者阅读不同的版本，会得出不同结论，会影响到文学史评价。假如我要研究 20 世纪 30 年代的王统照小说，肯定会阅读 1933 年初版本的《山雨》，如果参照的是 1955 年的修订本，所得结论将会有差异。

王统照的"孤岛"岁月

刘增人

　　1938 年，王统照应聘为暨南大学文学院教授。暨南大学的前身是暨南学堂，1906 年创办于南京，主要招收华侨子弟。次年改为中学。1911 年停办，1918 年复校，改称暨南学校。1925 年迁上海真如，1927 年始称暨南大学，设文、法、理、商四个学院。1935 年 7 月，郑振铎受暨大校长、著名史学理论家何柏丞聘请，任该校文学院院长。文学院下设中文系、外文系、史地系，稍后又添教育系。郑振铎担任文学院院长后，最热心的事业、最重要的贡献，便是搜罗了一批有真才实学、有较高名望的教师，如胡愈之、周谷城、楚图南、钱亦石、郭绍虞、周予同、王统照、傅东华、许杰、方光焘、张世禄等著名学者。李健吾、王辛笛等崭露头角的年轻的戏剧家、诗人，也应邀任教。耿济之、潘汉年、阿英、许广平、赵景深、鲁彦、柯灵等，也不时到文学院或中文系讲演和讲课，使暨大一时成为上海文艺气息相当活跃的高等学府。在这一大批学者型、作家型的教授中，王统照是受到学生普遍尊重者之一，曾与郑振铎等一起，被称为"暨南四教授"。

　　暨南大学原在上海西北部的真如，抗战刚刚爆发，校舍便被日寇夷为一片瓦砾，学校不得不迁入市区康脑脱路。新址仅有一幢三层的楼房，只可容纳 200 多名学生。没有操场，以走读为主。王统照就是在这时，应聘走上暨大讲台的。身材中等，戴一副近视眼镜，玳瑁边的，经常穿一件咖啡色长衫，脚蹬一双黑色的皮鞋，西装裤，人有些清瘦，头发略秃，讲课或谈话时总是含着和蔼的笑容，语调深沉文雅，带着浓重的山东口音——这就是若干暨大学生记忆中的王统照。

王统照在暨大开了两门课，一是选修课小说史，一是包括作文在内的大学国文。当时文学院的学生，总数不到70人，选修小说史的，只有几个学生，师生交流的机会很多，学生对老师的印象就特别深切。当年的学生、后来的华东师大教授钱今昔1990年曾回忆说："由于心灵深处感到能得到这样一位名师的亲授是很不容易的，所以我每次听课都很用功，课后又常到教师休息室向他讨教一些创作理论和外国作品的理解问题。后者虽已远远超出课程范围，但他从不厌烦，总是用温雅和蔼的语音详细地讲解给我听。记得我曾写过一篇《苔丝》的作者《汤姆士·哈代论》请他修改。他花了两个晚上，用浅绿色的墨水笔，以工整的字体在原稿上详细地给修改了。后来，此文发表于作家范泉所编的《中美日报·堡垒》副刊上。至今，还保存在我的贴报簿上。每一展示，眼前便会浮现出统照师循循善诱的音容来。我还记得1940年仲夏的一天上午，在上完'小说史'课后，我受培明女中同学的委托，邀请他去做一次文艺创作的报告，他慨然同意了。几天之后，在教员休息室里我找到了他，说明他讲的那天，我临时有事未去，深感遗憾，并转达了女中同学对他讲演的热烈反应。随后，我取出一本小小的纪念册，请他题字。那上面已先有郑振铎、许广平、阿英、赵景深、傅东华、周楞伽、程小青、包天笑等作家的题字。他粗略地翻看了一下，就拿起了自来水笔，写了8个字：'仁者乐山，智者乐水'，并题了'景雪同学共勉之'。'景雪'是我的学名，他这样写的用意，是鼓励我们一起永远走坚持战斗的道路，文艺创作的道路。虽然，十年浩劫中，这本珍贵的纪念册被劫失了，但它和其他作家的题字却深深地印在我的脑海里，永远也不会磨灭的。'孤岛'时期，他曾用'韦佩'的笔名撰写了三十余篇短小、精劲的随笔，总称《炼狱中的火花》，从1938年4月下旬到6月上旬，陆续刊登在柯灵编的《文汇报》副刊《世纪风》上。其中的一些如《仇恨》《玫瑰色中的黎明》《为了文化》等，都曾广泛流传于学生文艺团体中间。那是黑夜中的闪光，是'孤岛'上的碧泉，倾吐了一个进步作家的时代义愤。那时候，我正担任中共江苏省学委领导下的上海学生协会（简称学协）的西区交通员，深感这些作品对进步学运工作的鼓舞。但当我课后同他多次谈到《炼狱中的火花》所起的作用时，他却很谦虚地微笑着，并鼓励我们的学运工作。后来，他用'卢生'作为笔名，在巴金主持的文化生活出版社出版了短篇小说集《华亭鹤》。以后，又用'鸿蒙'和'提西'两笔名写了长篇小说《双清》，连载于柯灵主编的《万象》上，曾引起广泛的注意，也有人认为可同小仲马的力作《茶花女》相媲美。"（《亲切授业最难忘——忆王统照教授》）

王统照给一年级教大学国文时，第一课便是介绍陆机的《文赋》。什么开场白也没有，发下讲义便开始阐释，然后结合自己的创作体会，教育学生："一个人写的作文，都要有感而发，无病呻吟最要不得。"王统照一口浓重的山东话，再加之不时有"这个""这个"的口头语夹杂其中，上海的学生听起来很不习惯，但听下去就慢慢发生兴趣，因为其中有着充实的内容和深切的体会。王统照在学校里的时间不多，但每有课时，总提前一刻钟到校，爱好文艺的学生如徐开垒等，便趁这一时机向他讨教，他又非常乐于给学生讲自己从读《封神》、读《石头记》"起家"的文学经历，讲文选和唐诗对自己的影响，讲年轻时试写《剑花痕》《遗发》时的情景。他说："青年不但要花时间读很多书，还要不断学习写文章。最好能每天写日记，这是等于逼自己每天交出一篇文章来。写日记既可以记事，又能抒情，还可发议论，这无异为自己打下写散文和论文的基础，也为写小说作好准备。"学生的作文，他总是详批细改，时时鼓励学生端正文风，删除浮文虚词。在徐开垒的第一篇作文上，他的批语是："记住，多少冗字本不必用！"徐开垒从小学到大学，一直因为作文优秀而受到老师夸奖，上大学后，还不时在报上发表作品，不觉有些自负。经这当头棒喝似的一批，恰似当头一盆冷水，变得清醒起来。后来，徐开垒成了《文汇报》的高级编辑、散文作家，对于王统照的教诲，一直记在心头。

"孤岛"时期，由于四周受到日伪的包围，租界内又素有享乐腐化的风气，从社会青年到大学生，思想情绪比较复杂，艰忍努力者自觉担负起时代的重任，成为青年的主干，但也不乏消沉悲观者、动摇彷徨者甚至醉生梦死者。1938 年 8 月 21 日，王统照以"默坚"的笔名，在《文汇报·世纪风》发表了一首《你的灵魂鸟》，开头和结尾，回荡着一派坚毅的旋律，不啻是对徘徊歧路的青年朋友的热切呼唤：

> 不要让黑暗阻碍了你，
> 有多少烛光在半天辉耀。
> 不要惊惶狼狗的噪叫，
> 阴影中当心毒蛇的围绕。
> 更不必害怕这空前风暴，
> 在你顶上，有你的"灵魂鸟"！

　　20 世纪的 90 年代，青年中颇有人喜欢唱一支关于"爱情鸟"的流行歌曲，关心着"爱情鸟"的飞走或来到；在 20 世纪 30 年代，青年人面临着国破与家亡，他们更需要找到的，却是"灵魂鸟"！王统照作为大学生的导师，一代青年的知心朋友，在关键时刻发出热切的呼唤，于是在青年学生中广为传诵，成为激发爱国热情、砥砺气节操守的著名诗篇。

　　1941 年 12 月 8 日凌晨，日军偷袭珍珠港，太平洋战争爆发。9 日上午 9 时，日本军队冲进租界，暨南大学正在上课，王统照在二楼讲大一国文。康脑脱路上一片混乱，日本宪兵队的卡车横冲直撞，卡车的喇叭声如鬼哭狼嚎，撕裂着中国人的心！马路上气氛慌乱而紧张，教室内却沉静而严肃。王统照站在讲台上，像都德小说《最后一课》中的韩麦尔一样，坚持着他的"最后一课"。王统照在平日讲课时，从不说题外的话，到点开讲，下课走人，句句是沉实有用的内容。但这次却破例地用一刻钟的时间，严峻沉痛地宣布："同学们，刚才教务处通知，学校今天停办了！我们学校不能继续上课，更不能让敌人来接收，今天这一节是最后一课，我们现在要解散了！"台下的学生面面相觑，心头沉重，无言以对。王统照看着一张张年轻的、有些茫然的面孔，又说："同学们，你们都很年轻，都20岁不到吧？我们的日子正长，年轻人要有志气，要有冲破黑暗的精神。学校可能内迁，你们跟不跟学校到内地去，这要看每个人的家庭环境来决定，学校不勉强。因为留不留在沦陷的上海，这不是决定性的问题。问题在于我们走什么道路，在精神上和行动上，是坚持抗战，还是向敌人投降，这要有个准备……"他的"最后一课"就这样结束了，学生们心中耳边，又浮现出他意味深长的名句："不要让黑暗阻碍了你，有多少烛光在半天辉耀。不要惊惶狼狗的嗥叫，在你顶上，有你的'灵魂鸟'！"

抗战时期，王统照只写了4个短篇、半部长篇《双清》（1943年作，连载于《万象》，共20章，署名鸿蒙。此为上部，下部未作），以数量论，远不及北京时期，以影响论，更不及青岛时期，但从立意到风格，到底有其独到之处。4个短篇即《母爱》《泪与翼》《新生》《华亭鹤》，1941年6月由上海文化生活出版社桂林分社出版，以《华亭鹤》为集名，署名卢生。散文家陆蠡为此书出版做过甚大贡献，书成后王统照曾题诗相赠。被作为集名的《华亭鹤》，是一篇讲气节、讲操守的小说，其实也是作者和朋友们在孤岛蛰居中砥砺节操、不屈不移的精神状态的写照。《华亭鹤》的主人公朱老仙，是一位从生活方式到内心世界都处处洋溢着古朴的民族感情的老者。他虽已到生命的迟暮时分，却依然牢记着从青年时代就刻印在心灵深处的对国家民族的责任，对儿子在国难当头投机善变的政客行径怀着高度的警觉，深沉的忧虑。这位老者的晚年生活，是安逸舒适之至的，但是山河破碎故园陵夷的现实，却使他内心世界无法平静，不能在吟诗酌酒中安度风烛残年。狂澜既倒，挽回无力，他只能借着反复吟诵、书写"蘼蘼周道，鞠为茂草，我心忧伤，惄焉如捣！"等诗句略抒悒郁。他对自己的气节是放心的，"从15岁起，竖起脊梁活到现在！有死的那天，我不会折弯了"；但对圆通阴柔的官僚儿子的"那点机灵"，却委实放心不下，这简直成了使他心神不宁、神思恍惚的一块心病！他的酒友安大胡子对此颇不理解："朱老仙未免太怪，晚年的清福摆在面前，又安稳的住在租界，瞎操心有嘛用？一切都是下一代的事，成败、是非、横竖隔他远得很。儿子，表面上孝顺，家事又麻烦不着，何苦被道义蒙住心，替云翻雨覆的世事担忧？……"小说最后，是朱老仙的一幅特写：这位鬓发皆白的老者，在击箸长吟"为君垂涕君知否？千古华亭鹤自飞！"的诗句……随着他倾吐胸中块垒、寄托不屈心志的吟唱，我们仿佛看到他已是余烬的生命，重又喷吐出灼灼的光华。也许，这种精神状态，这种浩然正气，正是我们的民族屡经丧乱累遭危机而从未沦亡的一种生命的基因。当周作人、胡兰成们一个个扑通扑通纷纷跳进那万劫不复的污泥浊水，当国民党政府的大批正规军整建制地摇身一变成为"皇协军"、二鬼子的时候，朱老仙因道义、操守与父子感情的矛盾冲突而感到的苦恼，他那种太"执着"的骨气和操守才分外可贵。

如果说《华亭鹤》着重强调的是在顺境中如何保持操守，那么《双清》的侧重点，应是在逆境中怎样珍重气节了。沦落风尘，该是女人们最不幸的遭际了，但笑情姑娘独能在猥亵肮脏的花街柳巷保持一颗向上的心，一有机缘，就挺身而出运智用谋保护向黑暗社会恶劣现实抗争的志士；仕途失意，恐怕是读书人最大的苦恼，但笑情的义父高大却从此辞谢名利，甘心在扰攘红尘之外抱瓮灌园保持自己精神上的独立。

这些传奇式的人物，或许在现实中并不多见，但作家如此塑造、如此点化的用心，却值得深长思之。强寇压境，举国涂炭，仓促间该有多少人陷身敌后以致沦于魔窟？主客观的情势，使他们慷慨骂敌而死或有所不能，屈己丧节委身事敌又有所不愿，他们将何以自处？作家认为，至少要保持一颗爱国爱民族的心！这是对许多同胞特别是若干文化人的原情度理的劝诫，也是身处逆境只得隐姓埋名期冀日月重光的作家深微的自励！

历史就是这样写下来的：他们才是中华民族的忠诚儿子！

文物记忆中的王统照

许建辉

南京大学的杨洪承教授主编 7 卷本《王统照全集》时，我有幸受文学馆委派参与其中，做了一点儿跑龙套的工作。角色无足轻重是真的，要同包括作者亲属、出版社、主编甚至作者家乡——山东诸城的市委、市政府等各个方面打交道也是真的。多亏时任作协权保会主任的张树英女士及其部下荣杰女士的大力帮助（出文集事最初就源于她们的发动），虽然也曾遇到一定困难，但终于一一克服了。回忆这一段工作，从 2007 年年底接受任务，到 2008 年 3 月谈定工人出版社并于当月 13 日与之签订《〈王统照全集〉图书出版合同》，再到 2009 年 5 月 21 日上午"《王统照全集》出版座谈会暨手稿文物捐赠仪式"在中国现代文学馆举行，前后两年多的时间里，为了同上述各方面人士打交道时不至于"露怯"，我曾以"恶补"方式读了一点儿王统照的书。目的虽很功利，收获却颇丰盈——完全是在不经意间走近了王统照，从而得以看到了一位新文化运动先驱者的渊博与伟岸。他的深厚的民族传统文化素养，他的广博的西方文学造诣，都足以让后人跂足望尘高山仰止。斯人已去，斯业长存——珍藏于文学馆的文献与文物，永远铭记着一个伟大人生的点点滴滴。

《曙光》创刊号

1918 年秋天，王统照考入北京中国大学英国文学系。翌年春季，伟大的"五四运动"爆发，王统照毅然投身其中，不只是在游行示威、火烧赵家楼等宏大历史场面中都留下了鲜活的身影，更可贵处在于运动退潮了他仍不退却，而是趁热打铁，组织起曙光社出版《曙光》杂志，把一腔爱国热情化作激扬文字指点江山。创刊号中，他们《宣言》："我们处在中国现在的社会里头，觉着四围的种种环境，层层空气，没有一样不是黑暗、恶浊、悲观、厌烦，如同掉在九幽十八地狱里似的。若果常常如此不加改革，那么还成一种人类的社会吗？所以我们不安于现在的生活，想着另创一种新生活；不满于现在的社会，想着另创一种新社会。但是这新生活新社会的基础，都建在科学上边。必须科学发达，文明才能进步。无论是群众的幸福，个人的幸福，也就可以随着文明的进步渐渐圆满了。所以我们发愿根据科学的研究，良心的主张，唤醒国人彻底的觉悟，鼓舞国人革新的运动。"

盘点文学馆馆藏，《曙光》创刊号只有一本。《中国现代文学馆馆藏珍品大系·百年中文文学期刊图典（上）》介绍它："《曙光》，月刊。民国八年（1919）十一月一日创刊。曙光杂志社编辑、发行。出版地北京。民国十年（1921）七月出至第2卷第3期终刊，共出9期。……该刊为综合性刊物。创刊号在文学方面有王晴霓、王统照、宋介的诗、小说、杂感等作品。"

创刊《曙光》，可以说是王统照文学生命的初始。因为植根于爱祖国爱人民、反帝反封建的时代环境中，这个生命从一开始就沸腾着"另创一种新生活""另创一种新社会"的热血。由此出发的编辑生涯，到其主政《文学》杂志而达到辉煌。

《文学》杂志创刊于1933年7月1日，终刊于1937年11月10日，历时4年零4个月，出版52期。第一任主编是茅盾，依次是郑振铎、傅东华、黄源等，王统照是主编行列中的最后一个。他到任不久，日寇铁蹄便踏破了上海滩，孤岛陆沉，抗日将士血染黄浦。王统照义愤填膺，他在《失路人》中高呼："这是我们国家的泥土，如今我们躲在这里，愧听前线上生命相搏！多少壮士，为国家血染江河，我们干什么呀！尽管怎样巧说。"然而，无论怎样的慷慨激昂，毕竟"书生报国惭无力"，只能"把笔愁为说部篇"，于是便有了最后一期《文学》第9卷第2号上的《编后记》："生当现代，遇到异族侵凌，这空前的奇耻大辱——真够得上'是可忍，孰不可忍！'难道我们便压得住这一腔愤懑，容得住这当前的苦难，以潇洒的态度，悠闲的心情，眼看着'河山变色'，无动于衷？……我们只是希求我们的作者：正视这血淋淋的'现实'的时期，用组织巧妙的文字传达出悲壮的精神，激发读者的勇气。"这些出自王统照之手的文字，凸显了他自觉与中华民族抗日图存的伟大斗争取一致步调的战士身姿，表达了他"以笔为旗，以笔为枪，以期刊为阵地"的抗日决心。诚如学者刘东方在文章中所言："纵观王统照的编辑道路，可以看出他的编辑理念与新文学的发展、时代的进程紧密相连，它也从不同的侧面，铸就了中国现代文学与国家民族的命运息息相关的优良特质。"

珍藏的书幅

1936年7月，王统照从青岛去上海，接编《文学》月刊。他的好朋友郑振铎已先其一年多抵沪，而另一个好朋友耿济之则后其一年从苏联回国到了上海。"文学研究会"初创时期的3位"同志"，久别之后又重逢，相聚于黄浦江畔。正担任着上海暨南大学文学院院长的郑振铎为学校网罗人才，王、耿二位自然都是最合适的对象。1937年年底《文学》停刊，王统照不久即被正式聘为暨大教授。耿济之丢不开他的翻译工作，则常常以"客座"身份出现于暨大讲坛。像当初一起参加"五四运动"、一起组织文学社团一样，3个好朋友又一起教书，一起写作，一起参加上海文化界的抗敌救亡活动。用他们志同道合的友情，写下了一段文坛佳话。王统照手书的"写许白云采药诗以示济之大兄"书幅，能为此见证。

许白云名许谦，字益之。浙江金华人。元代著名学者。尝以"白云山人"自号，世称"白云先生"。此人颇有前贤许由之风，一生远避官场，数次辞官不就。40年不出里间，而门生逾千，"四方之士以不及门为耻"。其授业解惑"随其材分"而使学生"皆有所得"，只是

"独不以科举之文授人"，以为钻营科举会使人趋利忘义。身后与何基、王柏、金履祥等并称四贤，由"江浙行省为请于朝，建'四贤书院'以奉祠事"。所著《白云集》《诗集传名物钞》等，收入《四库全书》。其《采药诗》云：

> 亭亭北山松，宿霭荫深碧。苍根走虬龙，巨干蟠铁石。
> 平生栋梁具，不受霜雪厄。
> 菟丝得所附，袅袅挂千尺。流肪入九地，千岁化琥珀。
> 我欲掇其英，俯仰费搜摘。
> 红炉转丹砂，石髓变金液。但恐茫昧间，图骥不可索。
> 意长时苦促，双鬓日夜白。
> 刀圭或可试，习习在两腋。蓬莱三万里，讵谓弱水隔。
> 他时来山中，故老应不识。

此诗名为"采药"，笔墨却只涉北山之松。那用"苍根""巨干""虬龙""蟠石"支撑起来的"亭亭"屹立着的形象，显然是诗人的自我期许。其托物言志之意，一目了然。或许正是这一点，让王统照与许白云心有戚戚，故全诗照录，一气呵成。诗后题署："癸未岁暮写许白云采药诗以示济之大兄并希法正"，落款是"弟王剑三学书"。

"癸未岁暮"即 1944 年春节之前。当此之时，上海已经沦陷数年。王统照、耿济之、郑振铎等一起退居租界"孤岛"，长期坚守不去。他们因为名声太大而屡遭敌寇查禁，又因为不肯委身事敌而只能隐名匿迹。生活在这种险恶的环境中，他们一面朝不饱夕艰苦备尝，一面却在谋划着成立一个"中国大百科全书刊行会"，意欲编撰一部属于自己的百科全书以振民族之声威。为了这项神圣的工作，靠经营一个小小的"蕴华阁"旧书店糊口的耿济之不辞辛劳，特意翻译了《苏俄大百科全书序》《苏俄小百科全书第二版序》以及《如何利用苏俄小百科全书》等文章作为编著工作的参考资料。王统照选在此时写许白云诗以赠，安知没有一份感动一份颂扬寓于其中？

"采药诗"写成之后，不知为何竟羁留书者手边，直到 1948 年 10 月才偶然翻出。此时耿济之早因积劳成疾而于 1947 年 3 月 2 日离世。睹物思人，王统照挥笔写下一段百感交集的文字："下文乃与济之同在沪上度苦闷隐避之时期所书，今逾五年而济之已故，当时未以此字奉赠，徒留款识可认旧迹耳。"缅怀之情，溢于言表。随之将此题记与诗幅裱成一轴，妥为珍藏。

致臧克家函

1957 年 1 月，《诗刊》创刊，臧克家出任主编，随之多次向王统照约稿。此时的王统照，除了担任着山东省和山东大学的多重职务之外，还当选为中国文联委员和中国作协常务理事。这些也许在他人看来只是个名分的头衔，在他眼中却是一份沉甸甸的信任与嘱托，因此为初创的《诗刊》写诗，也就成了他自觉中的一份责无旁贷的工作。"无诗"，怎么办呢？只好退而求其次，"谈诗的文章也可以吧？"——这，便是写给臧克家一封"九纸长信"的缘起。

信是在"久病后又值初夏阴寒，俯案写十分钟的字便须休息"的情况下分数次写成的。信末签名"息愷"，日期是 1957 年 6 月 12 日。但信成后并未立刻付邮，放至 16 日又补写一段："我还拟赴京开会（少或不参加小组会，多休息），随山东的代表们同行，定十？号早抵京，住哪个饭店不知，有说是前门饭店的。到后再告。"信中提到的会议，应是第一届全国人民代表大会第四次会议。1954 年 9 月进京参加第一届全国人民代表大会时，他称赞"这是几千年来第一次伟大的团聚"；对自己的人大代表身份，他看得十分神圣而庄严，曾满怀虔诚告诫自己："咱应该千百个小心珍视自己的这个人民代表的称号和意义！咱应该千百倍考量，怎样才能符合全国人民委托给咱的希望！"所以，即使病体已不支，他"还拟"赴京开会，能不缺席就不缺席。然而，就是在这次会议上，王统照心脏病猝发，于同年 11 月 29 日病逝于济南，"九纸长信"也便成了"绝笔"。

如今，这封长信已由臧克家捐赠文学馆。信中首先肯定诗坛的成就，在于"无论对于正在开辟的边疆、少数民族生活的地带，交通繁盛的大城市，耕牧发达的新农村，诗人们都有叙写，有描绘，总言之，不缺少情感洋溢对新社会热爱和对祖国尊护的诗声"。但以他的"更高的希望"衡量，又感到"我们的诗坛"在"歌颂，描绘，叙述和表达那些重大的社会变动"和群众"如泉流，如火燃"的奋发情绪方面还是"太少了，太薄弱了"，"比之这些年来我们所经过的剧烈震动的时代，相差太多"！"为什么我们不能完全做到'真体内充'？为什么数十年的新诗坛到现在还不敢自称是'积健为雄'？"

这封信言辞慷慨，情真意切，看得出他是太爱这个国家、太爱这个时代了！他的这种感情，在他的诗句中表现得更坦荡更热烈："空前此事业，伟大亦庄严！我今幸生今日之中国，得见滚滚浊流即改观。此何等大业，岂独生赞叹？此何等工力，岂可一旁看？一手一足俱有关，一诗一文代歌宣。"他的意思非常明确：伟大的时代要用伟大的史诗来描绘，当代的诗人们要承担起这个使命。当然，他并不推托自己的责任："说到这里，先应自愧！"——因为"自己以前也写过一些非诗的'自歌'"，因为他还没能写出来不愧于这个伟大时代的伟大作品。

然而，王统照不该遗憾的，因为他毕竟看准了新诗的方向，并身体力行为之努力过。其他暂勿论，单说他的《黄河黄与黄河清》，以358行之巨叙写治黄工程，神思湍飞，大气磅礴，实际上已颇具史诗品质。他写黄河之宏阔："两千多年黄河黄，九千多里黄河长。黄河之水来天上，黄河远上白云乡。"写黄河之奇诡："自高下落何曲折，溯源泉流变多方……洪峰来时逼堤岸，数十日后一苇航。"写黄河之灾患："黄河自古为巨患，欲从根治鲜良方。……河南、山东每岁防汛急，有多少生命资财为河偿。……一九三八尤难忘，蒋匪决口毒心肠。豫皖苏省四十五个县，黄沙深埋黄泛乡。八十九万男女数，随流永去查无方。"写治黄之伟业："沉沉古国早清醒，照明万象东方红。……泱泱立国启大风，施政布策何英明。……一九五四洪水流量甚高急，安稳度过无决冲。"写黄河黄变黄河清后的情景："昔年贫薄今充盈，昔年荒苦今繁荣。文化物质两俱增，田野亦多弦歌声。惟有在此世代中，害河一变利河称。谁言河清不可俟，古昔格言今无凭。前人未作之事业，吾辈身为极光荣！党所领导无难事，群众同心废俱兴。"

总之，读罢王统照谈诗的信，再读他写的诗，真的不能不被他的激越昂扬的情绪所感染，从而不能不为身为炎黄子孙而骄傲，不能不为有幸生在新中国而自豪。王统照曾称颂闻一多"是热烈爱护祖国的中华民族的精英"，他自己又何尝不是呢？诚如臧克家所说，"王统照是新文学运动以来，以创作实践来充实新文学宝库最勤奋最努力的作家之一"，他"是人民最忠实的代表人物"，他"爱新社会，爱得这么真挚，只顾工作，不想到自己"。所以，在《悼念王统照先生》一文中，臧克家发出了这样的呼喊："揩干了眼泪，我面向青天，心里质问而又祈求似的这么想：这样一个热爱新社会，愿为社会主义祖国多尽一分力量的人，应该让他再活十年，即使五年也好呵！"

——心有同感，便以此作为结束吧。

王统照赠巴金诗笺及其他

近读王立诚的《瓣香心语——王统照纪传》，提到上海"孤岛"时期父亲王统照与郑振铎、巴金、师陀、耿济之等许多作家的交往，其中有父亲醉酒一段，使我想起多年前在整理巴金捐赠文学馆的文物文献资料时，曾见到一张剑三写给巴金的诗笺，诗后也谈及酒醉之事，当时颇感好奇，只因未署年代，便放下了。这次借出捧读，又得立诚先生文中点拨，有种他年遇"故知"的感觉。再次面对这"情感激溢的诗文，流畅清秀的楷书，精美典雅的笺纸"，依然过目难忘。不妨录下图文与大家共赏之：

寒宵坐对酒如泉，尚有清狂未尽捐；疏读离骚羞痛饮，偶逢嘉令破愁颜。

　　风尘寇盗犹征战，风雪京华忆少年；聊使肝肠再洗练，
未妨四顾感茫然。

　　狼藉归来谢友生，十年未复此夕情；咨嗟岁月侵霜鬓，
涤荡胸怀入杳冥。

　　若梦飘零伤往事，徒知慷慨愧时英；我侪醉饱终何用，
雪夜关山战火明。

　　王统照写诗用的是十竹斋木版彩色水印笺纸，也叫花笺纸，明代
画家朱帉笔下的几竿红竹，数块奇石，点点绿茵，虽年代久远纸黄斑
驳，仍透出当年的华彩神韵。1933 年年底，鲁迅、郑振铎曾自费印制
了《北平笺谱》，面世后得各界赞誉，随之鲁、郑再度合作筹编重印
《十竹斋笺谱》。王统照的字好，曾为西谛的《中国版画史》书写序、
目、跋，洋洋万字长序字字珠玑，笔力遒劲，几无败笔。重印的《十
竹斋笺谱》由郑振铎作跋，书写者依然诚请了王统照。为表谢意，郑
振铎以重印的十竹斋佳笺相赠。王统照格外珍爱这套笺谱，平时藏之
高阁轻易不用，此次奉出书赠巴金、西禾两友，可见情深谊重。王统
照在诗后写道："十数年未剧醉呕吐，偶得一次，亦觉快然。"那快感
是笔墨难述的。
　　据王立诚回忆：那次是朋友们在中法同学会为巴金离沪去港举
行饯行聚会。晚上，巴金和陈西禾二人亲自用汽车把酒醉的父亲护送
回来。第二天王统照醒来，情致未尽，即秉笔赋诗二首，分别录赠巴
金、西禾二位"藉留鸿迹"。翻检资料得知，巴金 1938 年曾两度离沪。
一是 3 月，他和靳以离沪经香港去广州，为筹建文化生活出版社广州
分社事，另一是同年 6 月，返回上海修改《爱情三部曲》，并于 7 月
16 日再度离沪赴穗。从诗中所述"寒宵""雪夜"，以及为巴金赴港饯
行等情节，大致可以断定，诗笺书于 1938 年的 3 月。立诚先生如此
感慨父亲当年的酒醉："可能也是苦中作乐吧？也许在国家多难的时
候，朋友离别的时候，借他人之杯酒，浇胸中块垒吧？"

上海"孤岛"时期，是王统照创作和人生历程的一个重要阶段。作为文学研究会的创始人之一，他有着显赫的文学成就。1936年7月，王统照赴上海主掌大型期刊《文学》，他和文艺界同仁一道积极参加抗日救亡和争取言论自由的民主运动，参加《文艺界同仁为团结御侮与言论自由宣言》的签名。10月鲁迅逝世，他参加先生的送葬仪式，还编辑了《文学》纪念鲁迅专号。七七事变后，王统照的家人避难来到上海，他和茅盾、巴金等人冒着生命危险继续在上海从事文学救亡活动。白天参加集会，讲演鼓动，调查战况，夜晚挑灯撰写抗日诗文，编杂志。在《烽火》杂志上发表了长诗《上海战歌》等。

王统照是上海沦陷后，留下来坚持斗争的为数不多的作家之一。1937年冬天，时局甚紧，他把家搬到法租界吕班路的一所白俄公寓居住，并改名叫王恂如，对外自称是职员兼中医。搬到吕班路后，巴金是最早登门的友人之一，两人见面总有说不完的抗日和文学话题。巴金视王统照为师为友，他主编的文化生活出版社，先后为王统照出过两本诗集（《横吹集》《江南曲》），一本散文集（《去来今》）和两本小说集（《华亭鹤》《银龙集》）。

在"孤岛"的漫漫长夜里，"隐名埋姓"的王统照并没有消沉，他边教书，边写稿，边编刊物，从事抗战文学创作。这可以从王立诚捐赠文学馆的另外几幅王统照诗幅中得到验证。

《录杜甫韩愈等人诗》手卷

1937年年底，王统照曾得了一场严重的伤寒病，经名中医救治和家人的悉心照护，两个月才得以好转。病后的他"鬓苍齿软，疲弱自知"，不能看书写稿投入如火如荼的战斗，只能每日书写一两纸小楷字遣释郁闷，激励自己。而所择录内容多是杜甫、韩愈的诗以及后人赞叹感怀二人的诗文。其中一首很能反映他当时的心境和心情：

杜陵一生百不就，至死不为天所佑。谁知历劫行人间，造物安能如汝寿。

　　诗者一人之私言，或配经史垂乾坤。丈夫不朽当自致，
假手功名何足论。

　　此诗名为《杜陵画像》，收在郑孝胥所作《藏海楼诗集》中。在中国现代史上，郑孝胥因玷污民族气节为世人所不齿；而在中国近代文学史上，他却是一个独树一帜的重要诗人。王统照抄录三首郑诗，并于其后写道："观海藏上三诗，其功名心如何热切，诗为心声良然。"短短数字，表现出王统照对郑附逆日伪的愤怒和写诗作文心口不一的蔑视。

　　1939年，王统照在柯灵的鼓励下出版了《繁辞集》，这是一本充满哲理的散文小品集，文中充满了忧国忧民的心声，处处可见匕首投枪般的文字。在那样的环境下，犹如阴霾下的一缕阳光，鼓舞着爱国的抗争者们。

　　1940年秋天，王统照将这13张散页装裱成3.6米长的手卷，仔细珍藏。王立诚说：这手卷是他父亲写得最工整、最优美的小楷之一。

《敬书遗教经一节》

　　这段经文王统照书于1941年的夏天，整篇字迹沉稳饱满流畅平和，书毕只落"辛巳六月八日大热中敬书遗教经一节"16字，没有署名。"敬书"两字耐人寻味，显然是写给战乱中的自己的。

　　《遗教经》是《佛遗教经》的简称，又名《佛垂涅槃略说教诫经》，是释迦牟尼将入涅槃前对众弟子语重心长的教诲和一生弘法言教的概括总结。王统照所书为全经结尾的一部分。古代书圣王羲之、唐代书法家孙过庭等都书有此经文的字帖，为后人及书法爱好者所推崇珍爱，观赏临摹。大热天里敬书《遗教经》的王统照，并没有对中国的前途消极颓废。这一年的12月8日上午，疯狂的日军占领上海租界，王统照正在暨南大学的讲坛上为学子们上最后一堂课，愤怒的

他振臂鼓励学生们："要有志气，要有冲破黑暗的精神。"

《癸未岁暮写意》

1943 年，我国的抗日战争还处在相持阶段，王统照身居日伪统治下的上海，创作和生活备受压抑。尽管白天还有柯灵、李健吾、芦焚、徐调孚、耿济之等相濡以沫的友人往来，但到寒夜里便思虑万千，这件书于陈年宣纸上的 56 字写意，是当年复杂郁闷心情的真实写照：

积阴连日岁将除，缓步冲泥趁市墟。列肆鱼盐争善价，偷天筹荣笑旁肱。

九衢冻骨朱门外，四海沉腥血战馀，剧怜黎民伏腊意，满街飞券备浆糈。

他在诗后的落款是：小除夕苟如自识。在古代的诗人中，王统照最推崇杜少陵。这位盛唐时期伟大的现实主义诗人一生忧国忧民，留下了 1500 首诗词，精湛的诗艺，高尚的人格为世人敬仰。王统照赞杜甫："微以见著，隐以显圣，出入六合，收藏须芥，称为诗圣，堪符盛名。"1957 年秋天，王立诚回济南看望重病中的父亲，临别时父亲送给儿子一本冯至编选的《杜甫诗选》。他在扉页上题签："冯至先生专研杜诗"，称此书是"选本中之上乘"，言犹未尽，又灯下秉笔数言："平生最爱杜诗，有多数句子都能成诵，每在京偶遇冯君，辄及杜诗，亦癖好也，余今六十岁旧记渐忘，然每览杜诗，便难释手。"

同是癸未年岁暮，王统照还将上面提到的那首诗，书写赠予郑振铎，并在其后加录了另一首"用楚辞橘颂语意"的偶得之诗：

橘柚怀贞历岁时，充庭丹实耀寒枝；繁霜鸿雁空飞唳，南国芳馨寄梦思。

密雨敷阴成碧树，冬暄噀雾佐清卮；枳荆徧植争前路，受命灵根未可移。

王统照托物寄情于诗词的字里行间，从另一个角度，传递出他的愤世压抑之心和坚贞不变的爱国情怀，表达了对中国文学史上第一位留下姓名的伟大浪漫主义爱国诗人屈原的敬仰和热爱。

屈原始终以祖国的兴亡、人民的疾苦为念，为后世留下了许多的传世的经典诗作。后因满腔政治理想破灭，空有报国之心，却无回天之力，在悲愤交加中以死明志，自沉汨罗江。屈原对祖国的无限忠诚和与日月同辉的人格信念，感动着古今无数充满了正义感的文人墨客和艺术家。

文学馆还收藏有王统照所书的屈原《九歌·湘夫人》中部分章节的条幅。这是 1957 年 7 月，王统照在北京中南海怀仁堂听总理工作报告时发病，住院抢救得以恢复后，回济南所书的作品："帝子降兮北渚，目眇眇兮愁予。袅袅兮秋风，洞庭波兮木叶下。……荒忽兮远望，观流水兮潺湲。"病中王统照借屈原《湘夫人》中蕴含的诗情，于笔间墨迹中流露出对大时代的神驰遥望，却又有些力不从心的惆怅心情。就在这年的 11 月，王统照病逝泉城。

与屈原《九歌》相关的文物文献，文学馆还藏有几件，如闻一多生前的绝笔之作，歌舞剧《九歌悬解》原稿；老舍家人捐赠的傅抱石画《湘夫人》等，这里就不一一细说了。

《写许白云采药诗示济之大兄》

文学馆藏的王统照所书诗幅中，还有一幅不得不提。就是 1943 年写给好友耿济之的书法条幅。同上面讲到的几幅癸未年作品一样，也是写于岁暮之际。内容是王统照抄录元代诗人许白云的《采药诗》。整篇字迹工整，如行云流水，一气呵成。笔者在诗后题署："济之大兄并希法正"，落款："弟王剑三学书"。

许白云名许谦，字益之，浙江东阳人。幼年丧父，随母口授《孝经》《论语》。读书刻苦勤奋，得老师金履祥真传。后居八华山撰《八华讲义》《学规》，许白云为人师表，开门讲学，深入浅出，对学生因材施教，弟子成才成就者逾千。许白云学识渊博，著《白云集》《诗集传名物钞》等，收入《四库全书》。

　　王统照尊耿济之为大兄，自有因由。两人早在20世纪20年代初就相识。当时王统照在中国大学英国文学系读书，耿济之在北京俄文专修馆就学，他俄文好爱好文学，翻译了不少苏俄文学作品。"五四运动"时，耿济之是学生领袖之一。《国际歌》就是耿济之和郑振铎一起最早从俄文直接翻译，由瞿秋白整理配曲的。王统照和耿济之时常一起参加文学活动，交流翻译写作的心得体会和革命的政治见解。两人又都是我国新文化史上第一个重要文学社团——文学研究会的发起人，共同为倡导"为人生而艺术"的现实主义文学而奋斗。后来耿济之进入外交界去了苏联，直到1937年才因病回国到了上海。"孤岛"时期，耿济之依然翻译俄国文学，并为良友、开明、生活等书店译稿，王统照与他往来频繁，互相鼓励支持，用文化武器与日本侵略者斗争。1943年耿济之与郑振铎、王统照、周予同等一起筹备成立"中国大百科全书刊行会"，想编著中国自己的百科全书。王统照钦佩耿济之"和平中正""不激不随"的为人和翻译写作的执着精神，尊他为兄长一般。这首《采药诗》是王统照悉心辑录的，为何当年写好后没有赠予耿济之，不得而知。抗战胜利后，耿济之因为生活所迫，不得已只身去东北沈阳铁路工作，继续从事自己喜爱的翻译事业。王统照则回到青岛，编报纸副刊，在大学教书，写作。1947年3月2日，耿济之因贫病交迫，劳累过度，突患脑溢血逝于沈阳，年仅49岁。好友离世，王统照悲痛伤感，曾连续以诗文悼念。1948年10月，他翻检旧诗书稿时，见到这幅旧字，感慨系之。写了"下文乃与济之同在沪上度苦闷隐避之时期所书，今逾五年而济之已故，当时未以此字奉赠，徒留款识可认旧迹耳"的题识，精心装裱过后，将这份友情和思念珍藏起来。50年后，王立诚将饱含着父亲思念和友情的这张诗幅和其他几十件王统照的手迹一起捐赠给了中国现代文学馆，让文学前辈们的真挚友情和思念在这一圣洁的文学殿堂里交融聚会生生不息。

沙汀，在其香居茶馆里

孙伟科　计文君

茶馆：对话的场域

用茶馆这样一个具象的空间，来表达"对话的场域"这一略显抽象的概念，似乎还不算太糟糕的选择，因为道地的中国茶馆，一定是众声喧哗的。如果要再生动一点，这个茶馆应该有个名字，它只能叫其香居。

沙汀的其香居茶馆，显然没有老舍的裕泰茶馆有名——裕泰茶馆有名到了甚至连自己的字号"裕泰"两个字都显得多余，很多语境下，只需要茶馆两个字，人们就明了其所指了。这两座中国现代文学版图里的茶馆，某种程度上象征性地标出了它们各自东家的"身份、地位"。老舍无疑是中国现代文学"第一方阵"里的作家——不同文学观念倾向下的第一方阵构成很可能有所不同，但老舍应该是必选项之一。而沙汀，正如写《沙汀传》的吴福辉在《〈沙汀传〉后记》中所说的那样，在中国现代文学史上"并非超一流作家"。故而，其香居茶馆也就不是超著名的茶馆了。

毕竟，其香居从诞生那天起，就是独特的，岁月荏苒，无论热闹还是寥落，它始终存在，迎接着不同时代、不同人群审视中国现代文学版图的目光。我不愿意采用一种"我看其香居"的姿态来解读沙汀，哪怕我满怀敬意，用尽溢美之词，那也未必就是真正的尊重。

也许，真正的尊重是平等地对话。而真正做到对话，又谈何容易。吴福辉在写完《沙汀传》之后，不无感喟地说：

"传记面对逝去的一切人、事。应当尊重历史，言之凿凿。但是逝者如斯夫，尽管是已经流逝的史迹，它仍然处于永久的'变动'之中。传记并非决然建筑在对象物的凝固不动上面的。多少年来我们已经不习惯诉说一个鲜活的人，表面是要待盖棺论定（即凝固）深处，去把握永恒不变的一般的道德概念。在论辩时，运用，或许正想随心所欲地打扮历史……说写一本见血见肉的传记，谈何容易！"

　　那么，面对几千年的历史传统和一秒钟前的人物行为方式、感情心态，一个传记作者的态度只能是开放的、科学的和现代的。我追求今人对永不停止的历史运动的充分理解。我期望能与历史"对讲"。

　　这包括让沙汀和他的同时代人"原原本本"地表现，也允许我"平等"地解释他们。

　　人物传记与回忆文章，作者对传主抱有平等的对讲态度，才是尊重。书写者相对于被书写者，拥有绝对的权力，肆意歪曲和歌功颂德，只是不同向度的粗暴蛮横。文学关注的是具体历史境遇中的具体生命，鲜活的个体，作家如同他笔下的人物一样，首先应该被当作个体，一个具体地生活过的人，爱过，恨过，快乐幸福过，痛苦迷茫过，战斗挣扎过……

　　曾经有一个名叫杨朝熙的四川安县人，出生在清德宗光绪三十年，这个人的生命结束于公元 1992 年。人们更多的时候，用"沙汀"两个字来称呼他。这是一个跟着波澜壮阔的 20 世纪中国历史共同起伏跌宕的生命个体，他曾经是儿子、丈夫、父亲……曾经是大少爷、学生、激进青年、作家、左翼作家、新民主主义革命者……曾经是西南文联副主席、中国作家创作委员会副主任、四川省文联主席、中国社会科学院文学研究所所长……

　　吴福辉写《沙汀传》的时候，还在某种意义上存在着"对讲"的可能性。因为沙汀还在世，很多历史亲历者还在世，吴福辉的"平等"更多地是对自己说的，要面对真实历史，不必有"为尊者讳"的学术勇气——据说，沙汀为了最大解放吴福辉的写作，在全力提供资料、配合采访的同时，郑重向传记作者保证，绝不读一个字。然而此时，在沙汀去世20年后的今天，我们再说起"对话"，只能是比喻意义上的了。

今天的我们只能面对文本去阅读沙汀了，无论是他的小说，还是他的传记、他的论著、别人以他为对象的论著……这些文本自身，文本与文本之间，文本和历史、现实之间……构成重重叠叠的对话关系。我希望这篇文章，本身构成一个对话的场域，因为这是以沙汀为主题的文章，故而，它应是其香居茶馆。

沙汀，在其香居茶馆里，说着……

在其香居茶馆里，说着，沙汀……

留在文学史上的信

首先该说一说的，是沙汀、艾芜与鲁迅之间那组留在文学史上的著名通信。

1932年年底，沙汀这个笔名和他的第一篇刊载小说、第一本集子同时诞生，因此，沙汀是1933年中国文坛的"新人"。然而在1932年，他和艾芜这两个默默无闻的文学青年，给当时的中国左翼文学的领袖级人物鲁迅，写去了一封信。

沙汀和艾芜的去信以及鲁迅的回信，成为不容忽视的20世纪的中国小说理论资料。在这组被命名为《关于小说题材的通信》里，沙汀和艾芜提出的问题和表达的困惑与小说选材相关：

我们曾手写了好几篇短篇小说，所采取的题材：一个专就其熟悉的小资产阶级的青年，把那些在现时代所显现和潜伏的一般的弱点，用讽刺的艺术手腕表示出来；一个专就其熟悉的下层人物——在现时代大潮流冲击圈外的下层人物，把那些在生活重压下强烈的欲望的朦胧反抗的冲动，刻画在创作里面——不知这样的内容的作品，究竟对现时代，有没有说得上有贡献的意义？我们初则迟疑，继则提起笔又犹豫起来。这须得先生给我们一个指示，因为我们不愿意在文艺上的努力，对于目前的时代，成为白费气力，毫无意义的。

作家，特别是年轻作家，在小说创作中，没有遭遇到类似"题材的困惑"的，几乎没有。沙汀的困惑里透露出他对"意义"的焦虑——他希望他的创作对时代是有意义的，是关乎这个时代的大潮流的。事实上，在去信的字里行间，我们可以看出，他对这个时代的大潮流是有自己的判断的，那就是底层民众的反抗与社会革命。他想描写这个大潮流，然而他熟悉的却是"小资产阶级的青年"。

"能写的"和"想写的"之间有错位，不对接，几乎是所有作家命定的问题。如何使得两者之间顺利对接、弥合，最终合二为一，其实是小说创作中的根本性难题，其间的复杂性绝非三言两语能够说清楚的，更没有哪位高哲巨匠能给出一个既定的答案。一种带着几分宿命色彩的题材论颇能得到作家的认可：归根到底，一个作家只能写他能写的东西，而非他想写的东西。

这样的观点自有它片面的深刻性，当代文学史上不乏作家为了拓展写作题材，下农村去矿山进部队，以种种形式"深入生活"却创作出的"浅显作品"，完全可以为这一观点做注脚。而且这样的题材论背后的文学观念，似乎更加尊重文学表达的个体差异性，同时也更加尊重文学超越功利的特殊性。在这里我们不做非此即彼的判断，就让这种说法和当年困惑着的年轻沙汀做一次对话吧。

1932年的沙汀和艾芜都太年轻，吴福辉在《沙汀传》里这样揣度这封信，"信的内容和语气都耐人寻味。两人都还不是'左联'成员，还没有真正发表过作品，了解文艺主要是靠读出版物。他们不是没有看法，在文艺见解上，他们已经十分接近鲁迅，但仍需通过别人来证实自己"。

我也相信，沙汀和艾芜的困惑是真的，然而从鲁迅那里得到鼓励比得到答案，对他们刚刚开始的文学征程，显然意义更大。

鲁迅正在病中，先写来一封短信，说明自己抱恙，容后再详回来信。果然，鲁迅写来了一封相当长的回信，在信中，鲁迅说：

我以为所举的两种题材，都还有存在的意义。……两位是可以各就自己现在能写的题材，动手来写的。不过选材要严，开掘要深，不可将一点琐屑的没有意思的事故，便填成一篇，以创作丰富自乐。……现在能写什么，就写什么，不必趋时，自然更不必硬造一个突变式的革命英雄，自称"革命文学"；但也不可苟安于这一点，没有改革，以致沉没了自己——也就是消灭了对于时代的助力和贡献。

鲁迅的回信，用心良苦。他自然不会不负责任地盲目鼓励后学，但也没有直接指出两个年轻人提出的问题，几乎无法给出简洁明确的答案。鲁迅非常严谨地给出了可能的道路，"选材要严，开掘要深"，这看似简单平实的话语，却有着巨大的阐释空间，也许只有先从"能写的"中间严格选取可以深入开掘的题材，才有可能在"深"之后求得"广"，从"能写的"出发，最后抵达"想写的"。

这只是一条可能的道路，可能走得通，可能走不通……所以，"能写什么，就写什么"，这样的话里有着巨大的诚意，只是却不能永远这样，"不可苟安"四个字里也有鲁迅某种不能言达的担忧。

我不知道1932年时的沙汀，到底理解了多少鲁迅的意思。年轻必然带来某种意义上的天真，当天真遇上了经验，某种意味深长的错位和误读也是必然的了。不管正解还是误解，沙汀和艾芜都获得了巨大的鼓励。的确像沙汀、艾芜在信中说的那样，"目前如果先生愿给我们以指示，这指示便会影响我们终身的"。

20年之后，沙汀在《纪念鲁迅先生，检查创作思想》一文中，依然非常真诚地思考着关于创作的意义的问题："这篇东西对人民革命事业是否有利？它将在现实生活中发生怎样一种作用？"

此时的沙汀，已经是个自觉地用《在延安文艺座谈会上的讲话》精神来要求自己的成熟作家了，他认为自己"是在拿鲁迅先生的创作做挡箭牌，用来保护自己的弱点，并没有认真体会他的创作精神"。

沙汀没有苟安，他追着时代朝前奔跑，或者被时代挟裹着跟跄前行……沙汀的背上，也许一直背负着鲁迅担忧的目光。

正格小说及其他

20 世纪 30 年代，某种意义上，也是中国文学一个"黄金时代"。做小说，显然是件时髦的事情，当年自然也不乏"潮人"，大家都忙着做起小说来了。于是社会上，"在文艺书籍中，销数居第一位的，是创作小说和'小说作法''文艺描写辞典'之类"。茅盾在这篇名为《小说作法之类》的文章里，对当时的文艺书籍做了一个简明扼要的市场分析报告。对于茅盾的这份报告的支持数据来源，我们也不必深究，但至少从市场反应来看，整个中国社会正在以巨大的热情拥抱着小说这一文体。

沙汀就是在这样的气氛中，走上了中国文学舞台。他从一开始就非常重视自己的"立足点"。他不是赶时髦，更不是要作"略有小名"，就"去而之他"的轻薄文人，他的文学出发点是严肃的，郑重的。

沙汀曾经将自己的一篇小说《俄国煤油》送给鲁迅看。鲁迅看后，对这篇小说的评语是"顾影自怜，有废名气"。

这样的评价，肯定让当年的沙汀非常失望。废名的小说，沙汀是读过的，他对鲁迅的评价理解得相对简单，所谓的"顾影自怜"，应该是自己有意无意地描写了跟自己境遇相似的"小资产阶级知识分子"，因此决定不发表这篇稿子，并且否定了自己原本计划的系列描写知识分子小说的设想。

沙汀也许是被"废名气"三个字遮住了眼睛，竟然忽略了鲁迅在信中另一句非常重要的话，主要看"作者所站的立场"，而不是看写什么题材。然而就是这样的阴差阳错，沙汀写出了《法律外的航线》这一组小说。

作为 1933 年的"文学新人"。沙汀的创作成绩很显眼。他的小说，被认为"从皮肤到心脏都是新的"，是独特而无法模仿的。也有的说他代表一种新写实主义的路线，还有的说他是用报告文学的手法写小说。虽然批评的声音也有，但是，中国现代文学还是热情地拥抱了沙汀。

1934 年 7 月 25 日天津《大公报》上，刊登了一篇萧乾写的不算大的文章，题目就叫做《小说》，后来这篇文章被现代文学研究者称为走出"初期中国小说"的宣言。在这篇文章里，萧乾将靳以、张天翼、穆时英、沈从文、巴金、沙汀的小说与"经西洋文学熏染而现代化了的初期中国小说"做比较研究，指出了中国现代小说已经步入了一个新的历史阶段，拥有了崭新的特质。

其实自新文学革命以来，中国的小说家在创作的同时，也在积极建构着中国现代小说理论。在这一时期，很多小说家本身也是文艺理论家。虽然市场上良莠不齐的"小说创作法"之类的出版物遭到了鲁迅和茅盾的嘲笑，但真正有价值和有建树的小说理论著作也有数十种。20 世纪 30 年代开始，以塑造人物为中心的写实小说已经成为普遍达成共识的正格小说，重视典型性人物的塑造，重视典型环境与人物之间的关系，沙汀的《在祠堂里》、端木蕻良的《鹭鹭湖的忧郁》，为这样的小说理论提供了正格的文本依据。

然而文学如同花木，虽然可以被修剪、塑形，但它依然在追逐阳光吸吮雨露时旁逸斜出地抽枝展叶，无论什么样的格子，它长着长着，总有那么一些枝条要出格。

在 20 世纪 30 年代"出格"的中国小说大致有两个方向：一个方向是朝外看，向当时世界文学中的现代派小说借鉴，接着这股潮流，例如上海的"新感觉派"小说、"弗洛伊德心理分析小说"；另一个方向是向内找，对于前期泛泛的"欧化"不满，向中国小说叙事的传统回归，以老舍、沈从文的创作为代表。

文学的历史评价常常是吊诡。沙汀的小说创作，和中国现代小说创作一起，开始摆脱幼稚、走向成熟。或者说，正是"沙汀们"在艺术上的追求和努力，才使得中国左翼文学摆脱了新文学革命之后的幼稚状态，走向了成熟。作为中国现代文学的正格，他们成为新的传统，构成了相当一段时间内文学史的主体部分，得到了最为肯定的评价。而那些"出格"的小说，作为中国现代文学的亚群落，蛰伏在文学史的边缘。随着文学史的不断重写，"沙汀们"的位置开始被研究者们不断做着调整，蛰伏边缘的"非正格"小说家得到的评价同时在不断提高。当初让沙汀避之不及的"废名气"，如今却在很多研究者眼睛里有了别样的意味，废名、师陀、沈从文等小说家的文学价值不断得到挖掘。

多元化的文学观，无论如何也是一种进步。一如对话怎么都要好过独语，更不要说万马齐喑的一言堂了。何况，"正格"与"出格"，本身也是一种在对话甚至争吵中的不同声音，把"正格"奉上神龛是荒谬的，但把"正格"妖魔化也同样是荒诞的。我们可以把玩废名的"坟逐月圆"的清丽诡谲，流连沈从文"边城"的绝尘之美，为张爱玲的红白玫瑰心醉神迷，但我们似乎也不该充耳不闻其香居里的争吵声，祠堂里幽暗凄厉的哭泣……

乡土四川

沙汀引起文坛的瞩目，是 1933 年，然而他却认为，"1936 年才是我的年。我写出属于自己的地道的四川故事，我的文学算有了落脚点"。

故乡对于作家，就是文学意义上的母亲。一个作家可以不写故乡，但是却不能没有故乡——就像一个人不能没有母亲。诺贝尔文学奖得主奈保尔，他出生于中美洲的特立尼达和多巴哥，求学英国，使用英语写作，文化身份上，他是一个失去故乡的人，然而作为印度裔作家，他的文学生命依然扎根于故乡——印度。更不要说，有的作家一生都在描写作家的故乡，如福克纳，如莫言。

作家与故乡的关系，同时也是复杂的，鲁迅和沈从文，他们在文学中安放故乡的位置，显然并不相同。沙汀的文学生涯，是在离开故乡之后开始的。离开故乡，书写故乡，这是中国现代文学史上很多作家的共同点，只是沙汀与中国现代文学史上的乡土小说作家如沈从文、师陀、废名等人不同，故乡于他，不是远方，不是彼岸，不是田园诗，不是理想国……依旧是残酷的铁血现实！

每当沙汀的忧愤情绪，被酷烈的乡土生活所激发，往往产生悲剧性极强的小说。根据他的传记资料，《在祠堂里》是为《文学界》创刊号赶写的。这个故事沙汀在故乡安县听到了一个轮廓，没有多少细节。"五四运动"已经发生了十几年，居然在故乡还会存在将妇女活活钉入棺材的"人吃人"的现象，使他感到窒息。如果不把它写出来，简直会把他闷死。他设置了地方军阀统治的环境、人物的身份。洗衣婆的女儿嫁给军阀部队的连长，却要追求爱情的自由。虚构的地点"祠堂"，象征着封建礼法的支柱。他又一次运用最拿手的侧面描写，让祠堂周围邻人，来"感觉"事情的过程。环境、气氛的描写，成了作者感情发泄的外延，叙述的语气反而冷峻、平静。沙汀式不动声色地讲述惊心动魄内容的独特小说语调，已见端倪。

这篇小说当年得到周立波的高度评价，被推崇为中国文学的一种新成就。如今重读，会感到小说的主题、题材、艺术手法，都相当"老套"——历史发展就是这样，时间总会把"新成就"变成"老套"！但里面浓郁的川北生活气息、声闻在耳的对话，使得这篇小说超越了时间，拥有了时刻鲜活的艺术品质。

这是故乡的恩赐！

《沙汀传》里有这样一段记载，描述了沙汀在创作思想上的一次重大转折。

单用一些情节、一个故事来表现一种观念、一种题旨的方法，是已经被他抛弃的"创作观念"。他现在已经克服了"不安和动摇"，建立起描写自己的乡土，要采用中国当前最需要的暴露和讽刺的现实主义来进行创作的"自信"。

经过这番总结，他的新的乡土讽刺的有力作品，在创作思想上已无障碍，快孕育成功了。

于是，沙汀写出了短篇小说代表作《在其香居茶馆里》。

沙汀后来回忆《在其香居茶馆里》的创作，"听来的故事就那么一点点，被摆在小说的最后，用来点题。虚构的是几个人物争吵的过程，一次不可开交的吃讲茶场面。这一定是在一个乡镇的茶馆里进行！想象中那是安县的西南乡，桑枣、秀水一带的样子，叫它回龙镇。茶馆定名'其香居'，却是综合所见各种乡镇茶馆的情形的。每人有每人的与身份相称的茶座。尊贵的客人一进来，人人抢着喊'看茶'。闭起眼睛也想得起来那种氛围"。

烂熟于心的小城镇和它的茶馆，听得到茶馆里的人声，闻得到里面的气味，一个个故乡的头面人物争先恐后地跑到沙汀的笔下来争吵了！

《在其香居茶馆里》写得很快，也很成功——但它只是沙汀更为重要作品的预演，他的内心酝酿着更为巨大、气势磅礴的叙事冲动。这时，沙汀做了一个让人意外的决定，回故乡去。

他回到了四面是山的故乡，迎来了一生只有一次的创作高潮。

关于《淘金记》的创作，吴福辉这样对沙汀说：

这样一个瘦瘦小小的人，有勇气钻回故乡的山沟，一钻就是十年，而且相信这样荒僻贫瘠的土地有无穷的文学矿藏，连历史都感觉惊讶。他的抉择需要以后的时间来证明，他显示出一种成熟，一种远见。你能说他是碰巧成熟的吗？你描写地狱，却走入地狱。在中国最黑暗、最贫困的地方，你几乎被"活埋"，却写出了一生中最重要的小说！

沙汀回答：

这块乡土有我童年、青年时代如许的回忆，有我的父老兄弟，重要的是我能获得新的艺术创造力。

让我们一起回到《淘金记》完成的那一时刻，安静地聆听沙汀那一刻内心的百感交集：

改完了《淘金记》最后一章的最后一个字，是1942年秋天的一个早晨。他放下稿子，像卸下一副重担，迈出后门爬上了玉洞山。睢水关静静躺卧在脚下，展开它的肢体，在一山与一水之间。能看到自家的高门楼院落升起的青烟。玉颜和孩子们是不是起来了呢？街上的茶馆该坐上喝早茶的市民了吧。这里也有它的涌泉居和畅和轩，茶馆内外充满机趣的方言俚语，带着自足、自信的铿锵高音，雕刻刀一般犀利和能使被表现的事物骤然凸起。但是这个他最亲近的社会是如何恶浊啊！

苦难与幸福

一个生命历程几乎横跨整个 20 世纪的中国人，必然饱经苦难——无论怎样的出身、背景，也逃不出历史的大运去。

沙汀自然如此。离开故乡之后，物质上的困窘一直纠缠着他，这也本是文人的常态。抗战结束后，他的情形也并未好转。我们从几封信中更可以看到生活的重担压得他喘不过气来。

1946 年 3 月 27 日致巴金："局势日非，家庭负担日重，我也许永远要做乡下人了。"

1947 年 7 月 7 日致巴金："我近一两月的情形，颇为不佳，穷病，以及其他，逼得人情绪很坏"，"本年生活特别艰窘"。"我的病，依旧是胃神经痉挛，似乎较前尤甚。为保护老本钱，暂时决定休息数月，再事写作。"

1947 年 8 月 3 日还是致巴金："心绪却很沉闷，有时且几乎近于麻痹！""内人又将分娩。"

沉重的家庭负担加重了他的精神困境。他不断地给巴金、以群、艾芜去信，催促尽快出书，查询版税，成了这些信件的主调。如果再不弄点稿费，怎样养活那即将出生的第六个孩子呢？

写作一方面是"书愤"，一方面是"稻粱谋"，但这些还不至于立刻危及生命，更要命的来自政府的追捕。

四川省政府 1947 年对他下通缉令："缉拿归案，就地正法，以烟匪报闻。"四川省保安司令部 1947 年发出的通令：说他"飘忽于康定、川西北一带，假借亲戚之掩护，准备在安县雎水一带建立根据地"。

同是这个保安司令部，1948 年编发的《一周匪情综合通报》云："奸匪杨子青，即沙汀"，"近在雎水活动"。

他在故乡得到了亲友的庇护，最终度过了长夜梦魇般的半囚徒半流亡的日子，终于解放了。然而更多的苦难还在后面，只不过是换了向度。《沙汀传》里有这样一段记载：

> 对于家乡的人来说，他等于出山做官了，纷纷来寻他谋事。萧崇素、何成瑜先后进入文艺处和川西文联。解放前"保护"过他的睢水乡长萧文虎、永兴乡长熊仁卿，也跑到成都来找他，却被他劝说回去。后来多数的"保护人"被镇压了。特别是秀水的谭海洲，据说枪决前游街，还念着他的名字骂。

这一切不过刚刚开始，沙汀还将承受更多撕裂内心的苦难，他将不断地批判自己也批判他人，与自己争吵也与别人争吵，伤害自己也伤害他人……直到年华老去。他对后来者说："只有'过来人'才能体味甘苦。对于新的时代，我们这一辈人是'忠实'到情愿改变自己去适应它。"

这种"忠实"，甚至到了他被囚禁起来时，都发自内心地认为自己"犯了罪"，甚至连一丝一毫"自绝于人民"的不忠想法都没有。命运接下去会峰回路转，苦难似乎就要结束了，然而衰老跟着也就来了。

在绵延不绝的苦难中，沙汀却也是幸福的，至少作为一个作家，他是幸福的。即使到了晚年，沙汀依旧以巨大的创作能量写出了《青枫坡》《木鱼山》《红石滩》三部长篇。很多老作家在新时期之后，也想追回失去的岁月，然而写作却不能仅靠意愿和毅力就能完成的，因此对于作家来说，还能写作，就是一种幸福。虽然此时沙汀拿出的作品，得到了高下不等的评价，但对于他来说，评价已经不重要了，他在完成历史赋予作家的叙事使命。

在《沙汀传》结尾处，作者这样概括沙汀：

> 他的使命是写红石滩土地的昨天。他完成了这个使命。作为作家，他没有太多的个人天才，他是时代的天才。风云际会，他有幸成为一个最早的忠诚的左翼文人，现代意义上的现实主义小说家，把中国宗法农村的没落、农业文明的终结，与19世纪至20世纪之交的世界文学模式完好结合的作家。他的艺术生命在故乡，源于川西北，终

止于川西北。他是个有强烈乡土意识、社会意识和造型意识的四川地方志的形象叙述者。

沙汀也许认可这样的概括，也许不认可；也许为这样的命名感到骄傲，也许多少会有一些遗憾。不过没关系，我想，这是我们今天对他的一种解读，肯定还会有别的声音，别样的解读……

如同那座争吵声不断的其香居茶馆——写争吵是沙汀的绝活，各种话语在交锋。沙汀一生都在问自己：作品对时代有何贡献？有何助力？如果他面对我们的时代，作为作家的他，又能站在哪里呢？

我们的穷人是市场的穷人，我们的底层是收入分配的底层。在一个制度化、世俗化、市场化的社会里，穷人的苦难，只能是分配和再分配这样的经济问题，是社会福利和个税起征点问题，是政治民主、法律完善问题……一旦开启了合理化进程，一切不过是时间问题，我们只需要不断完善各种制度，为更多人的福祉设计更为完善的制度，在此过程中，新闻记者可以随时发言，小说家如果不想撬行，那说什么是有意义的？

沙汀，会怎么回答呢？

沙汀，在其香居茶馆里，说着……

在其香居茶馆里，说着，沙汀……

艾芜的"牢狱之灾"与"牢狱叙事"

张元珂

在 20 世纪 30 年代的中国,许多左翼作家有过坐牢的经历。周立波、艾青、丁玲、金剑啸、艾芜、陈白尘、陈荒煤、舒群、罗锋、彭家煌、楼适夷、洪灵菲、潘漠华、柔石、胡也频、殷夫、李伟森、冯铿、金丁、雪苇、草明、吴奚如……我们可以列这样一个长长的名单。他们有的死于牢狱之中,比如诗人金剑啸;有的被国民党秘密杀害,比如"左联五烈士"(柔石、胡也频、殷夫、李伟森、冯铿);有的因人证、物证无据可查而无罪释放,比如艾芜;有的经过多方营救而成功出狱,比如丁玲。20 世纪 30 年代牢狱事件,不仅是一个个政治事件,也是一个个文学事件。

艾芜是"中国左翼作家联盟"的青年作家之一。1932 年 4 月流浪到上海,年底加入"左联",担任文艺大众化委员。他被派至涟文学校出任义务教员,培养工人文艺通信员。不久,就因参与贴标语、散传单、参加飞行集会等活动被便衣盯梢。1933 年 3 月 3 日,他到曹家渡一家小工厂约见工人,不幸被捕,先后被关押在上海警察局南市拘留所、苏州高等法院第三监狱。后经鲁迅、周扬、任白戈等人的多方搭救以及律师史良的辩护,苏州高等法院最终以"无人证物证"为由,撤销唐仁(艾芜的化名)六人危害民国一案,当庭宣判无罪释放。这次 6 个多月的牢狱之灾,让本就老实、寡言的艾芜对此前在马路上散发传单、张贴标语、搞飞行集会、培养工人文艺通信员等政治活动,进行了全面而深刻的反省。出狱后,周扬希望他做"左联"的组织工作。他婉言谢绝,坚称专事文学创作。同去的胡风讥讽他"被吓怕了"，并对他"专事文学创作"一事很意气用事地说过一句话："我只是担心有些人从左面上来，却要从右面下去！"这次牢狱经历也直接影响到了他35年后的命运。1968年8月，"文革"造反派以此大做文章，把他定为"三十年代黑线人物"和"叛徒"，关押在位于四川成都北郊的昭觉寺临时监狱，直到1972年3月才将之释放。

20世纪80年代，艾芜对此仍耿耿于怀。在《出狱以后》一文中，他写道："……左联的领导也没有使我'左上来'……文艺评论第一句，左上来，并不确实。"这里的"领导"指的是丁玲和周扬。丁玲是"左联"的党团书记，曾介绍艾芜入党；丁玲被捕后，周扬担任书记。在此之前，周扬曾帮艾芜推荐、发表小说《人生哲学的第一课》。接下来，艾芜继续反驳道："第二句话，'右下去'，是否定了文艺的作用，搞文艺就是右了。当时我并没有辩论，只能勇敢地走自己的路。"事实上，艾芜压根儿就不善于、不喜欢从事政治工作，也志不在此，婉言拒绝周扬的邀请，早就事出有因。根据廉正祥的传记《流浪文豪》记载，在一次有冯雪峰、丁玲参加，在叶以群家中举行的讨论会上，在谈到发展工人通信员情况时，艾芜说，在真正的工人中，还没发现一个具备写作能力的，倒是和工人联系密切的知识分子中还有能写作的人。在会上，冯雪峰（时任江苏省委宣传部长）多次打断他的发言，说："你这是小资产阶级的思想！"艾芜觉得自己说真话，反而受到批评，感到特委屈，于是反驳道："你连开会的ABC都不懂，让人把话讲完你再批评不迟！"从此就再也没有人邀请他参加这种重要的会议了。"左联"内部帮派林立，关门主义盛行，而他又是丁玲提拔的，这个事例只能说明，艾芜根本就不懂政治的奥妙。关于20世纪30年代在上海的活动，艾芜也曾经说："其实50多年前，我主要是搞文学工作，并不能算是一个搞政治的人，只不过是写的文学作品，容易招祸而已。以后，为生活所迫，没有法子，只好走上文学写作这条路子。"（《艾芜文集》第1卷前言，四川人民出版社，1981年出版）总之，这次牢狱事件给他的影响是：生活上，四处流浪，居无定所，孤苦无依；心灵上，冯雪峰、胡风等人的挖苦让他感到委屈，坐牢的经历给他心底留下阴影,"旅人""囚人"与"穷人"心态难以驱散;情感上,这次牢狱也让他对周玉冰的爱恋彻底破灭,其失落、痛苦可想而知(注:周玉冰,即工人周海涛的妹妹,艾芜在涟文学校做教员时与之相识。她和哥哥都被捕入狱,周海涛因病死于狱中,周玉冰被保释出狱,回到南京。根据吴福辉《沙汀传》知:艾芜出狱后,曾经写信让她回上海,并托沙汀到南京找过她,结果都遭到对方的否决。艾芜失声痛哭,并抱怨大家平时不关心他,还把他当作"强人"。);行动上,他开始怀疑飞行集会、散发传单、培养工人通信员等政治活动的时效性、可行性;文学创作上,他决定走自己的路,效仿鲁迅,专事文学创作。

根据这段经历,他创作了一系列反映牢狱事件和牢狱生活的小说,代表作有《乡下人》(1933年8月作于苏州)、《张福保》(1935年10月作于上海)、《饥饿》(1935年8月作于青岛)、《小犯人》(1936年6月22日作于上海)、《一家人》(1933年10月作于上海)、《狱中记》(1984年1月31日定稿于成都)以及《小宝》《强与弱》等。其中,《狱中记》早在20世纪30年代就开始构思,原题为《在天堂里》,并在《文季月刊》(1936年9月)上作了预告,将作为良友图书公司的《中篇创作新集》出版。这是青年编辑赵家璧事先约的稿子,据作者称,考虑到在当时发表的可能性不大,就没动笔。他前来催要稿件,艾芜便把当年12月1日写就的《春天》给了赵家璧。20世纪80年代重新动笔,其中一个重要的原因就是"想把在苏州伪高等法院第三监狱的见闻公之于世"。另外,从1933年3月至1933年9月,艾芜在上海的拘留所和苏州的监狱内,也创作了许多作品,比如《我的爱人》(3月,《申报·自由谈》)、《我的友人》(4月,《新时代月刊》)、《伙伴》(6月,《正路》)、《在茂草地》(8月,《文学杂志》)等。这些作品大都写南洋漂泊生活经历,创作动机和审美倾向深受"囚人"心绪、意绪的影响,因此,从严格意义上讲,也应归于"牢狱叙事"的范畴。这些作品都没有正面描写国民党监狱内的严刑、拷打、杀戮、死亡,也没有直接表现革命者在监狱内的秘密斗争和为信仰而勇于献身的革命精神，而是展现了形形色色的政治犯、刑事犯、狱霸们日常化的生活风貌和精神状态。叙述者的声音显得客观、冷静，对人物的言行、思想等一般不作主观上的评价。这样的叙述是囿于时代语境的限制，也是作家采取的一项自我保护措施。国民政府早在1931年1月31日，就公布了《危害民国紧急治罪法》，对言论、出版、游行等做出了极为严格的规定。艾芜有了一次入狱经历（他被释放的主要原因是查无证据），且目睹了大批"左翼"文人的被捕、入狱或被杀戮，因此，写作上对此肯定有所考虑，小心谨慎，以免被人抓住把柄。即使批判、控诉，也多含蓄表达，点到为止。

艾芜"牢狱叙事"以写实的方式原生态再现了国民党监狱的内部情状。

展现国民党监狱管理的松散状态和非暴力管制的特点。不论政治犯还是刑事犯，都可以下棋、看报、写信、创作、交谈。有人在号子里聚众赌博、吸鸦片烟，狱警装作没看见。即使看见，当场没收，也多抱着例行公事、做做样子给别人看的目的。《小犯人》中的阿牛说"白天送去的东西，晚上会乖乖地送来"，反映的就是这种情况。只要有钱贿赂狱警，他们就偷偷帮助买香烟、饭菜，寄送信件，甚至订阅报纸。《狱中记》中的陆元惠攒钱订了一份报纸，通过看报了解外界的信息。这些小说也写到狱中斗争的场景，但和"阶级""政治"无关，只不过是一些生活小事，比如以集体绝食的方式，要求狱方改善伙食。表现革命者的活动，也无非就是写他们看报纸，关心狱友，了解江西战事，在监狱墙壁上写标语（比如"打倒蒋介石！"）。狱警对这些行动心知肚明，装作看不见、不知道，即使看见，也懒得管。其中，《小宝》更是一个有意味的文本。小宝是一个因卖禁售报纸而被捕的儿童。他卖报纸的初衷不是为了宣传革命，而是为了能够得到一元钱的卖报酬劳；秃子法警提审小宝时，拽坏了他的衣服领子，小宝让他赔偿；在法庭上，"胖东西"法官以哄孩子的方式审问小宝，"瘦家伙"法官无精打采、无心问话，都让人忍俊不禁；在号子里，同室狱友和小宝做游戏，让他开心不已；小宝被宣判无罪释放，父亲来接他出狱，他不愿离开。当然，小说反映了当时动荡、混乱的社会局面，批判了国民党荒唐可笑的司法审判制度。但是，它也消解了革命的神圣性，颠覆了读者对国民党法庭、监狱的认识。"革命"赋予党派、革命者的宏大意愿、凛然正气、视死如归，国民党法庭、监狱、法官所隐含着的冷酷、暴力与血腥，被彻底遮蔽、消解或置换。在读者的阅读视野中，这样的内容是极少读到的；在左翼作家的审美视野中，这样的叙述也是少见的。

揭示国民党监狱内部不为外人所熟知的存在情况。艾芜对监狱管理方的描写较少涉猎，主要笔墨集中在对于"犯人"生存本相、牢狱风俗、监狱"潜规则"的描写、表现与揭示。首先，艾芜的小说集中展现了一整套的"监狱语言"。比如，"二吊五"：中国的旧式脚镣，两大铁环，套在脚颈上，五小铁圈，联系于其间，故囚徒称之为"二吊五"；"大刑"：狱中人忌呼"死"字，故称死刑为"大刑"，同时亦有夸耀之意；大亨：旧犯人之有力者，称为大亨，常向新到的犯人要金钱，共同分享，此种举动也叫"开公司"；新差：狱囚忌呼犯人一类的字，故新到的因人为"新差"；扒灰：在狱中凡把别人私下的行动向当局公开地或秘密地说出去，称为"扒灰"；"是好汉就来，老子早就想吃烧酒和馒头了"：死刑犯临刑前享用一瓶烧酒和四个馒头；小家饭、大家饭：无期徒刑吃的饭，比有期徒刑多，称为"小家饭"，死刑则更多，称为"大家饭"……这些"语言符号"是对国民党监狱内部秩序、生活、风俗的形象概括。其次，国民党监狱内部存在着一个秩序森严的黑暗的可怕的"小世界"，形成一个"约束与被约束""剥削与被剥削""压迫与被压迫"的二重专制体系。处于这个体系中的"弱者"不但遭受身体的伤害、物质的损失，也会遭遇心灵、精神的巨大痛苦。比如，在《强与弱》中，阿三是一个被判处死刑的农民，但他是无辜的、被冤屈的。田主人刘七爷在阿三面前突发中风，倒地而死，其子状告阿三打死他爹。法庭判阿三死刑，阿三含冤上诉，被从县监狱转至上级监狱。在这里，以"尹大老板"、李兴、阿牛为代表的狱霸们，恃强凌弱，无恶不作，丧尽天良，不断打骂、侮辱、恐吓、敲诈阿三。阿三一进号子，就被讹诈交 10 元钱，不从，被李兴打了耳刮子，随身带的 30 文钱也被搜去。他要干号子里最脏、最累的活。他给赌博赌输了的"尹大老板"捶背，无缘无故遭受他的拳打脚踢。狱霸李兴以阿三口吻给阿三老婆写信，说要 30 元钱打理案子。她偷偷卖掉一个儿子，才换得 20 元钱。妻子领着两个孩子来探监，丈夫问："二娃子呢？"妻子流着泪说："他，他，他，他病了！"阿三说："你骗我，好忍心的东西啊！"女人抽噎着，手巾里的银元掉了一地。狱霸们的兽性、魔性、丑恶，弱者的无助、懦弱、惨境，展现得淋漓尽致。这可真是一个人吃人的王国！

艾芜的"牢狱叙事"既叙述国民党监狱内部"犯人"与"犯人"之间、"犯人"与狱警之间的日常生活，也有意削弱"阶级意识""政治身份"对叙事的直接影响，而重在从"人性""人情"和"人的生存"角度表现他们在特殊环境下的言行举动、心理状态。

塑造革命者"革命"形象。《狱中记》集中塑造了三类革命者形象：一是信仰坚定者。陆元惠对政治很敏感，偷偷订阅报纸，及时了解外界动态，尤其注意江西那边的战事（苏区反围剿战争）；对革命同志关怀备至，每次吃饭都夹菜给"老者"；讲究斗争策略、方法，对导致自己入狱但还没有完全供出秘密的告发者仍然持宽容心态，偷偷将报纸传递给他看，以争取将之重新拉回革命阵营；被判无期徒刑，行将转狱时，他依然坚定不移，且笑着说："没有什么了不起，坐牢狱嘛！大家坚强些，坚强些！"二是信仰动摇者。"坏家伙"被捕入狱后，告发了陆元惠，并导致了他的被捕，但是，他并没有将真相全部说出来，并没有放弃对革命的信仰。他在监狱的墙壁上写下"打倒蒋介石"的字样，以表明自己并没有完全泯灭对革命理想的信仰。在陆元惠眼中，他依然是团结的对象。三是坚强与柔弱并存者。革命者并不都是有着坚定的信仰和铁打的肉身，勇敢中也有软弱，斗争背后也有眼泪、心酸。卜晓云因搞飞行集会、散发传单而被捕入狱。他健谈、乐观，把坐牢看成是"这真是我们的别墅啊！一不要租金，二不要饭钱"。他常找人下棋，且在苏明宣的眼里是"最愉快"的犯人。

但是，他在夜里偷偷哭起来，原因不过是担心会被以"危害民国罪"判处 5 年徒刑。他敌我分明，对告密的叛徒恨之入骨，但对农民兄弟"老者"百般挖苦，极尽嘲笑，甚至把他当作污秽的象征。这说明他不仅具有革命上的坚定性，也有人性的脆弱性，更有认识上的局限性。艾芜对各种革命者形象的观察、刻画，可谓入木三分。

传达农民参加暴动的本能意识。农民参加暴动并不是出于对什么主义的信仰，而是"有饭吃"或"官逼民反"的本能行动。《狱中记》中的"老者"参加暴动的根本原因，就是想从地主那里抢得一块地，以便有地可种，有粮可吃，而不致把全家人饿死。可结果是，两个兄弟和一个妹妹都被机关枪打死；他坐牢，妻子儿女沦为乞丐。小说表现了农民本能的反抗意识以及被捕后一家人悲伤、凄凉的境遇，让人悲恸欲绝。在《乡下人》中，"老毛"是一个老实木讷的农民，因家乡发洪水，不得不携妻子儿女逃荒。为了能够活下去，途中以 20 块大洋卖掉了一个孩子，才一路流浪到大上海。他在纱厂附近租房时，被便衣误当"暴动者"抓进牢房。入狱后，他常给狱警下跪、磕头，喊着"放我回去，放我回去"！他因此受尽别人的嘲弄。最后，当他看到表兄王阿二（政治犯）被押赴南京时，回想起初到上海时王阿二对自己的照顾，一股感激之情涌上心头，便喊道："请带我去，表哥，请带我去。"于是，有人叹息道："这时代的疯子是最勇敢的！"也有人同情地赞美道："而且是最可敬的！"老毛的反抗是本能的，入狱是被错抓的，举动是被嘲讽的，因此，他的身体、心灵、思想是不承载任何"革命"意义的。"疯子"是嘲讽的话语，"勇敢的""最可敬的"是赞美的话语，两种话语杂糅在一起，产生了"革命话语"的力量。然而，"老毛的入狱"和"革命"是丝毫不沾边的，他稀里糊涂的一句话，却完成了对"革命神圣性"的阐释。其实，他最高理想只有一个——"生存"（别饿死！）。

表现牢狱环境中人的凄婉、哀怨、感伤、绝望。在《一家人》中，"父亲"遭人陷害，老婆孩子也被一起抓进了监狱。父子被关在男牢，母女被关在女牢。"母亲"想念儿子，就借洗衣服的间隙，偷偷和男牢中的父子俩问话。第一次，"母亲"问："你吃得饭吗？几碗呢？"丈夫没听到，儿子听到后，回答："大半碗哩！"第二次，女儿想念弟弟，就让"母亲"带话给他（"在那边同人家玩得好吗？"），回来后，母亲说："（弟弟）在那边同人家玩得很好呢！"第三次，母亲看到"儿子的脸，越发灰白越发消瘦"，听到同狱室的人说"今早吃了两口饭，也吐了"！回来后，"母亲流着眼泪走进了号子。女儿不敢问起弟弟了，只是倚在母亲身边，陪着流泪"。这个短篇讲述了一家人近在咫尺，却远隔千里的感伤、辛酸而又绝望的狱中情感故事，读来让人为之动容。在《饥饿》中，卢小妹是一个"孤苦的弱者"。入狱前，一家人忍饥挨饿，孩子饿得吃蜘蛛，活着如同在地狱里。后来，他因参加攻打李家庄的暴动而被捕入狱；入狱后，他更孤苦无依，吃不饱，穿不暖，好不容易吃饱了一顿，却得了疟疾，被讥笑为"饿死鬼""臭死鬼"。无论在狱外，还是在狱中，他都是绝望的。无论沉默，还是反抗，他都是看不到任何希望的。

反映刑事犯人的真实情况。艾芜笔下的刑事犯人主要有两类。一是有缺陷、但有人性亮点的人。《张福保》中的"张福保"先前在国民党的团防、保安队干过，且是个抓人的能手，因枪毙了与他争女人的保安队长而落草，从此就成了监狱的"常客"。他为人油滑、粗野，厌恶书生气，但是，他为人乐观，行事大方，讲交情，重义气。这个短篇既表现人性的阴暗面，也发掘人性的闪光点。这种对于特殊境遇下人性善恶的表现，成为此后"流浪汉小说"重点表达的内容。二是恶人。艾芜塑造了一系列无恶不作的狱霸形象，比如，《小犯人》中的阿牛，《强与弱》中"尹大老板"、李兴等。他们敲诈勒索，鱼肉弱者，是一群社会人渣中的人渣。而正是这些"败类""人渣"给那些善良的或冤屈的底层弱者带来身体、心灵、生活上的巨大痛苦。对于狱霸形象的塑造，对于他们恶劣行径的揭示，实际上也就是对国民党反动派压榨人民、鱼肉百姓丑恶行径的直接反映。上述两类形象中，第一类产生的影响最大。它预示了新的文学形象的诞生和新的审美经验的出现，直接拉开了此后"流浪汉小说"写作的序幕。如果把《张福保》中的"张福保"和《南行记》中的强盗、偷马贼、小偷、走私犯、码头哥等作一简单对比，我们就会发现，作家在塑造这些未受理法约束的社会边缘人时，自觉抛弃了对于"人性恶""人性丑"先入为主的主观臆断，而注重展现他们在狰狞社会现实里的生存智慧、人性温情和顽强的生命力。艾芜的这类小说之所以备受不同时代读者的喜爱和研究者的关注，一个很重要的原因就是，他描写的是超越时代、阶层、党派，而又处于陌生化境遇中的"人"和"人性"，而不是"神"和"神性"。站在今天立场上重新考量 70 多年前艾芜的这种审美意识，我们也不得不承认，这不但是 20 世纪 30 年代独一无二的"文学经验"，也是最终奠定他文学史地位的主导因素。

艾芜的"牢狱叙事"表现了突出的写实功能和自叙传特色。

自晚清以来，西方大量的文学经验、艺术方法被引进中国。中国成为西方文学在东方的第一实验场。在很长的一段时间内，它们自由、平等地在中国文学场域内生根、发芽。但是，多灾多难的中国国情自动压制了浪漫、唯美、象征、神秘一派的发展势头，让"写实主义"（有不同的变体）始终位列文学潮头，一路高歌猛进。直到二十世纪八九十年代仍有"新写实主义""现实主义冲击波"等对之作出呼应，其强劲的发展势头可见一斑。新文学中的"写实主义"最初是"五四"先驱者从西方文学引入中国的，20 世纪 20 年代经由茅盾、叶圣陶、王统照等小说家（以文学研究会作家群为主）的实践，在 20 世纪 30 年代已经成为比较成熟的艺术方法。茅盾的《子夜》、王统照的《山雨》可为代表。考察艾芜 20 世纪 30 年代的"牢狱叙事"，其核心的艺术手法就是"写实"，而且是较为纯粹的"写实主义"，风格甚至接近于 20 世纪 80 年代中后期"新写实主义"，比方说描写的"原生态化"、叙述人的"零度叙述"、题材取向上的日常化和琐屑化等等。可以说，艾芜的"牢狱叙事"是"五四"以来"写实主义"在 20 世纪 30 年代成熟发展的代表文本。在这些小说中，作家、叙述人、潜在叙述者极少做出直接的议论、抒情、评价，更多让文本中的生活、故事、人物、场景、细节独立显现某种情感、意识或主题。他的叙述流程，如同平原上的河流，总是波澜不惊，然而情节的突然急转直下，往往带给读者情感上的巨大冲击。这就是艾芜"牢狱叙事"的"爆发点"。它往往是借助于"善恶冲突""伦理冲突""贫富冲突""爱恨冲突"等冲突模式达成接受效果的。比如，《强与弱》中阿三与妻子狱中相见的情景：丈夫在狱中受尽侮辱、苦难与欺骗，妻子在监狱外忍饥挨饿、东取西借、卖儿救夫，在相互不知情的前提下，"妻子探监"这一场景将悲剧叙述发展到高潮，并将悲剧的内容、意绪、氛围瞬间传递给读者。《一家人》之所以给人以情感接受上的心理震撼，主要得益于两方面的构思：讲述"一家四口同入监狱"这个事件；以"儿童视角""女性经验"表现监狱生活。艾芜的"牢狱叙事"对这种"冲突模式"的营构，有效提升了小说写实艺术的品质。

　　"文学作品都是作家的自叙传"（法朗士），艾芜的"牢狱叙事"也体现了这方面的特色。在他的所有小说中，《狱中记》是最能体现这方面特色的作品。这个小说中的苏明宣几乎就是艾芜的形象化身，其言行、心理、理想与20世纪30年代牢狱中的艾芜何其相似。下面，我将苏明宣的"行动元"分解如下：（1）初入牢房，"有点惶惑"。（2）看到脏污的"老者"，感到不快、晦气。（3）牢狱"放风"时，回忆以往的经历：为了省钱，不坐公交车；被关进上海南市国民党公安局，明白了苦难和危险，行将到来；尽量从乐观方面想，抵抗一切的忧愁和抑郁；在上海写小说、散文和诗歌，发表后得不到稿费，拜访编辑也没结果；在新加坡坐过牢，到香港又被关过一夜，在上海被拘押两个月。（4）被押往苏州，想到被控告的罪名，"头上笼上乌云，感到心情不好过"。（5）想到在监狱里能像欧·亨利那样写小说，"心里一下子开朗了，觉得英雄有用武之地"。（6）陆元惠知道"我"的底细，感到害怕且怀恨。（7）了解到"老者"的斗争经历，不再对他感到厌恶了，吃饭时主动搛菜给他。（8）卜晓云爱恨分明，引起"我"的好感。（9）与"彪形大汉""老者"交流后，引发有关底层民众生活、生存、生命的思考。（10）听到陆元惠和卜晓云的对话，进一步加深了对两人的认知，产生了招待他们的想法。（11）陆元惠被判无期，转到别的监狱，卜晓云大哭，"我"的计划落空。接下来，我们作进一步分析，就会发现：（3）（4）（5）中苏明宣的遭遇就是作家艾芜的遭遇，是对艾芜牢狱经历的直接移植；（1）（2）（6）揭示的是苏明宣在狱中的心理活动，表现了他谨慎、寡言、忧郁的性格特点，这和艾芜别无二致；（5）交代的是苏明宣的文学理想，也是艾芜出狱后有志从事的事业；（7）（8）（9）（10）（11）交代的是苏明宣对农民、学生、革命者认识逐步升华的过程，也是对艾芜在 20 世纪 30 年代对革命、工农认知意识的照搬。一句话，《狱中记》中的苏明宣的原型就是艾芜。研究这个人物，考察这个中篇，将有助于全面认识艾芜在 30 年代牢狱中的心态、情感和意识。

艾芜的"牢狱叙事"所表现的内容、主题、风格，在 20 世纪 30 年代的中国文坛上，提供了一个有别于主流叙述的样本。20 世纪 30 年代关于"牢狱"的叙述、描写、想象，其内容、思想、风格多种多样。但是，"酷刑""死亡""斗争""背叛""忠诚"，一般是 20 世纪 30 年代左翼作家在叙述"牢狱事件"、描写"牢狱经历"时所重点表达的几个关键词。叙事中的"国民党监狱"或"伪满洲国监狱"，往往被描写成为屠杀仁人志士的"魔窟"。这种"牢狱叙事"突出了"阶级对抗"的暴力特征，发展到极致就是《红岩》叙述模式。另一些作家以"人性、人情和人的生存"来表现"牢狱事件"和"牢狱经历"，既叙述自己的往事、感受，表达对亲情、友情、爱情或阶级情的整体认知，又通过对牢狱生活的原生态呈现，委婉含蓄地表达对反动统治阶级的愤恨和对理想、光明、正义的呼唤与期盼。这类作品主要以事感人，以情动人，以理服人。比如方志敏的散文《清贫》《可爱的中国》、艾青的诗歌《大堰河，我的保姆》、艾芜的小说《一家人》。从整体创作情况来看，前一种"牢狱叙事"模式占据 20 世纪 30 年代文坛的主流地位，成为"左翼文学"的典型文本，文学性较弱。后一种"牢狱叙事"多严格遵循"审美要求政治"（不是"政治要求审美"）的艺术原则，具有较强的文学性。在 20 世纪 30 年代，艾芜身处"左翼阵营"，不为教条、权威、理论所左右，以"文学革命"

的精神从事"革命文学"的创作，表现了一个"文学之子"的精神、气质、魄力、魅力。他的"牢狱叙事"在主题、艺术、风格等方面自成一体，不但对于研究30年代艾芜的心态、思想、情感具有重要的阐释价值，而且对于考察20世纪30年代的政治生态和时代风貌，对于研究20世纪30年代"牢狱题材"的文学特征乃至"左翼文学"整体构成，都提供了典型文本和作家个案。此外，文学史叙述20世纪30年代艾芜小说特色、风格和对新文学的贡献时，仅突出以《南国之夜》《山峡中》为代表的"流浪汉"小说的成就，而不提及"牢狱题材"小说，这肯定是有失偏颇的。

在二十世纪三四十年代的中国，那些大大小小的拘留所、反省院、监狱、流放地，给个人、国家、民族造成的巨大痛苦，之于中国作家，已被慢慢遗忘、消解，甚至篡改……好在总还有一些作家对个人的"牢狱之灾"或民族的浩劫，做出深刻的回视、反思、书写，比如从《红岩》中"江姐就义"到《白鹿原》中"白灵之死"。但是，他们终究也难以抵挡国人的遗忘、心态的浮躁和市场的喧嚣。即使台湾作家柏杨尖厉地呼喊（"丑陋的中国人！"），也难以唤醒20世纪90年代以来正陷于"集体性晕车"中的中国作家们！为什么会这样？这又是一个值得探讨的话题！

异域色彩与人生哲学

阎浩岗

艾芜 1904 年生，1932 年开始发表作品，其代表作短篇小说集《南行记》初版于 1935 年，是典型的 20 世纪 30 年代左翼作家；许地山 1893 年生，1921 年开始发表作品，其代表作短篇小说集《缀网劳蛛》初版于 1925 年，是 20 世纪 20 年代文学研究会代表性作家之一。二人时间上相隔 10 年，又分属不同倾向的文学团体，但某些因素却将他们的创作联系在一起，使人可以从中发现其小说文本之间某种互文性，或曰对话关系。这些因素就是其上述作品的异域色彩和对人生哲学的探讨。

艾芜和许地山一样，开始发表小说时都是 28 岁，《南行记》和《缀网劳蛛》结集出版时它们作者的年龄也相仿佛（艾芜 31 岁，许地山 32 岁），但他们各自的心态却有不同：艾芜《南行记》体现出的，是一个对世界充满好奇心和求知欲的青年人不断探索进取的精神；许地山小说给人的感觉，却是历经沧桑、饱受忧患的人面对痛苦难以自拔时，精神上寻求解脱之道的中年心态。

许地山出生于台湾，幼年时因父亲进行反日活动而举家迁至大陆，经历了家国之痛。就在发表处女作《命名鸟》的前一年，其爱妻病逝于赴京途中，给其精神以重大打击。年龄尚在青年的他遂有了中年人的悲苦心态，认为"生本不乐"。他试图从宗教思想中寻求精神痛苦的解脱之道。所以，以缅甸为背景的《命名鸟》和以南洋为背景的《商人妇》《缀网劳蛛》都以妇女的悲剧命运为关注焦点，有的作品表现出消极避世的思想倾向。《命名鸟》中的缅甸女青年敏明面对爱情挫折看破红尘，感到人间爱情的反复无常。她认为即使她与加陵终成眷属，也难保欢爱永在，于是最终选择了投湖自尽。她厌世的原因，主要是为逃避终极意义上的人生之苦。《商人妇》《缀网劳蛛》里的主人公惜官与尚洁不再厌世轻生，她们不论是被丈夫抛弃转卖，还是被丈夫砍伤放逐，都选择顽强地活下去。许地山说他的创作是要为"唤醒国民求生底法螺"，"指导群众一条为生而奋斗而牺牲底道路"。惜官与尚洁不论是否宗教徒，都有教徒般的人生哲学：在前者是对于"苦"与"乐"的独特看法，即"人间一切的事情本来没有什么苦乐的分别：你造作时是苦，希望时是乐；临时是苦，回想时是乐"。在后者则是其"蜘蛛哲学"，她"在无论什么事情上头都用一种宗教的精神去安排"，不去管以后的命运、最终的结局，只是尽力而为，勤勉地去做当下应做的事，并从中寻找生命的价值与人生的乐趣。后来《春桃》里的主人公更显示出顽强的生命力、坚忍的生存意志和独特的人生态度。

不知道艾芜早年是否被许地山表现异域风光的小说所吸引。我们推测他看过许的作品，当非虚妄。据作者自述，他在省城师范学校学习时，《小说月报》是他最喜欢读的书刊之一。他在省立师范学校读书的时间是1921—1925年，此时许地山的《命名鸟》与《商人妇》等作品已在该刊发表。艾芜的成名作，也是他给人印象最深、最经得起时间考验的作品，是《南行记》以及《南行记》初版八篇之外其他南行题材的小说。艾芜1925年的离家远行，逃婚是一个原因，更主要是为开阔视野，增长见识，使自己的人生更有价值、更精彩。他最终选择经云南去缅甸，除了经济的考虑，恐怕对边地生活与异域风光的向往与好奇，也是重要因素。在普罗文学逐渐占据主流的20世纪30年代，《南行记》首先以其特有的异域情调引起文坛注意。

虽然许地山小说也以异域情调著称，但《南行记》与许地山异域传奇小说在创作方法上有很大区别：他不是用自己某种既定的人生哲学去启示、引导或安慰读者。对于这时的艾芜来说，正确的人生哲学正处于探索寻求状态，他是在用自己的眼睛、头脑甚至脚板去发现并逐步获得的。而且，在漂泊生涯伊始，他并未准备终生从事文学创作。他本来是想通过半工半读，钻研哲学、经济学和社会学，文学是他的业余爱好。在继续求学无望的情况下，才选择了文学。他说自己那时"对文艺的认识不足，以为这是无足轻重的，也不愿怎样苦苦地去研究"。直到后来有一次看电影，他"从此认清了文艺并不是茶余饭后的消遣品"（《原〈南行记〉序》，《艾芜文集》第1卷，四川人民出版社1981年版），在朋友沙汀的鼓励劝勉下，才立志把文学当作自己终生的事业。而一旦确立志向，他对于文学事业就表现出自己的忠诚。在与沙汀联名给鲁迅的著名信件里，表示："我们决定在这一个时代里，把我们的精力放在有意义的文艺上，借此表示我们应有的助力和贡献，并不是先生所说的那一辈略有小名，便去而之他的文人。"所以，在步入文坛之后，他虽然加入了左翼行列，却并未完全接受文学为政治服务的模式，仍坚持对于人生的独立思考与不断求索，他最早的作品一开始还因此而被左翼刊物退稿。他的南行题材的小说，便是这种求索的记录。

《南行记》在双重意义上是一本"在路上"的书：它写的是漂泊中的作者在由滇赴缅途中的所见所闻，同时也展示了作者对人生意义、人生哲学的探求历程。这种探求在这本小说集中用的是"进行时"而非"完成时"。在写于1963年的《〈南行记〉后记》里，艾芜曾说："我始终以为南行是我的大学，接受了许多社会教育和人生哲学，我写《南行记》第一篇的时候，所以标题就是《人生哲学的一课》。"这些南行作品共同关注的焦点，是那些对于当时的主流社会来说处于边缘地位的各种化外之民、法外之民的独特生存状态与人生哲学。其中，有几篇主要表现作者自身经历的如《人生哲学的一课》《在茅草地》，它们表现作者本人探寻人生真谛的身心历程；给人印象更深的，是那些重点展示边地特殊职业人物生存状态及其人生哲学的小说，最典型的是《快活的人》《荒山上》《月夜》《森林中》《山峡中》《我的旅伴》《山中送客记》《偷马贼》《私烟贩子》《寸大哥》《我们的友人》等。在中国古典小说中，写法外之民生活的有《水浒传》。

在艾芜之前的中国现代小说中，穆时英的《南北极》写的法外之民远不如艾芜南行小说中的人物那么亲切、真切、细腻，沈从文的湘西小说中虽多是化外之民，但主要还不是法外特殊职业者。是艾芜首次那么贴近地让我们了解了那些人的生存状态，并真实可信地揭示了其内心世界。

《荒山上》与《私烟贩子》的主人公，信奉的是冒险者的哲学。前者写一个很讲道义的强盗。他很坦率地对"我"说出了自己的想法："你只看见那些乡巴佬，一天就是吃饭困觉做活路。其实呢，世间上倒有好些人总想古里八怪地过日子，愿意碰见许多料不到的事情。就是突然有人打背后来捏颈子，也比整天打呵欠活下去安逸些！"《私烟贩子》中的陈老头，也道出了冒险生涯的乐趣。他对比喜欢乱蹦乱跳的马和老实的牛的不同待遇，还讲述自己运私烟过关时的心理与其中的乐趣。他对朋友讲义气，舍得花钱去探望狱中的同伴，认清了"钱这种东西，你攒它做啥子，生不带来，死不带去"！他不以自己所干的行当为耻，反认为："倒是你恭维我是卖灵丹仙药的陈大善人，捧我是做过县长的陈大老爷，我却要羞得钻狗洞了！"《山峡中》的老头子，讲的是强者的哲学："要是心肠软一点，还活得到今天吗？……在这里，懦弱的人是不配活的。"《偷马贼》中的老三因做贼而被打，他不但不掩饰，还唯恐别人不知道，因为职业偷马贼在这里都受到某种程度的敬畏。他总结出的是"钻裂缝"的哲学：既然这世界没有给他们这种人留下容身之地，那么他就要寻找世界的裂缝，坚决地钻进去，还要把这裂缝"捶得更开些，更宽些"！而《快活的人》里的胡三爸的生存哲学是勤快主动、不断适应变化着的形势，乐天知命。

虽然艾芜笔下这些人物是土匪、强盗、小偷，许地山笔下的惜官、尚洁和春桃等是良家妇女、贤妻良母，但他们也有其共同点，就是顽强坚忍地活下去的生存意志以及随遇而安的心理调节能力。这可以看作艾芜在与许地山对话时对后者某些方面的认同，可以看出二者的共识之处。然而，作为后起的作家，面对"影响的焦虑"，颠覆和反叛是他们寻求创新的主要方式。艾芜《南行记》与许地山《缀网劳蛛》所表现生存哲学的最大不同，就是一个是主动进取，一个是被动适应。

作者在作品中关注和表现的焦点直接或间接反映了作者的价值取向，反映了他的人生哲学及其探索与思考的过程。我们知道，艾芜在漂泊中屡屡落入生计维艰、食不果腹的境地，并非完全由于被迫。漂泊是他的主动选择，作为青年人，他不甘寂寞，不愿被束缚在故乡偏僻角落过平庸生活，想要在漂泊流浪中开阔视野，认识世界，让自己的生命力得到尽情释放，满足自己本性当中探索和冒险、追求生命自由境界的需要。艾芜在他不同时期的作品中曾透露出他选择漂泊的心理动因。小说《玛米》写于1962年，写的是一个傣族少女对"我"的单恋。小说写"我"没有接受她的爱情，是因"我不想老早就结婚，要像鸟子一样，飞得更高，飞得更远，不应该自己把一个石头吊在脚上。我离家出走的一个原因，正是由于丢弃了那个可能吊在我身上的东西"。这虽然是小说，但里面的"我"应该说是和作者非常接近的，甚至这篇也可以看作作者的自传（张效民的《艾芜评传》就把它作为史实写了进去）。艾芜以其他人物为主人公的南行小说，也屡屡表达了类似的人生观。读了这类作品，读者可以感到，作者对那些喜欢冒险、勇于反抗者的生活方式与人生哲学，基本持同情甚至赞赏的态度。有时候，作者就借人物之口表达自己的观点。《七指人》里的清如和尚说："你想一个年轻轻的小伙子，怎能老闷在家里，不死不活地过下去呢？"《偷马贼》里的老三对"我"劝告："老弟，老蹲在一个地方，会发霉呀！去找找裂缝吧！"《寸大哥》里的主人公也说："我做客做够了，多蹲下去会生病的！"这类作品还突出表现了这些冒险者生活中独有的乐趣。那位初学偷马被打的老三，并不感到悲伤痛苦，"在他身上升腾起了强烈的争生存的欢乐感情，是用不着任何人的怜悯的"。私烟贩子陈老头充分享受冒险生涯紧张后的刺激与欢乐，他说："你一做，你就觉得那里面味道大得很，酸甜苦辣，样样都有！"他还对人描述冒险途中景色怎样美，萤火虫如何好看，丝毫不为自己将来的病与死担忧。寸大哥由于脚伤不能再赶马了，但他无比怀念赶马生活中篝火旁野营与同伴间互相唱和的趣味，还说："我们一群赶马人的快乐，你是想都想不到的。"

不仅对于现存的国家法律和道德体系，即使相对于 20 世纪 30 年代及其以后以社会批判姿态出现的左翼意识形态话语来说，这些作品所表现出来的思想倾向，也带有某种程度的异端色彩。起码它不是规范的"普罗"话语，甚至也不同于新文学第一个 10 年表现下层民众生活的"血与泪的文学"。我们当然也可以从中搜寻出某些反阶级压迫或反帝讯息，比如有些篇章讲了旅店老板对雇工的剥削利用，缅甸的英国殖民者对当地汉族老板和傣族妇女的盘剥或侮辱。但南行系列小说中成就最高、给人印象最深的那些作品，其主旨却不在此，而在于表现某种生存哲学，肯定生命力的张扬。《七指人》实际表现的就是自然生命力的不可遏止。另外，被郭沫若称颂的《松岭上》结尾处关于"同情和助力，是应该放在更年青的一代人的身上的"的观点，是对中国封建社会以来的传统伦理道德的反叛；作者为自我实现而离开父母远行，甚至 20 多年不回家探视，正与上述观点相关。

这些南行题材小说虽然主要以作者亲身经历为依据，并没有虚构理想人物，但大多数论者仍认为带有浪漫主义色彩。这一是因作者选材的独特奇特，二是因作者并非客观冷静地讲述，而是将自己的倾向旗帜鲜明地表现在作品中，如他自己所说："我也并不是平平静静着手写，而是尽量发抒我的爱和恨，痛苦和悲愤的。"（《〈南行记〉后记》）他对于那些冒险哲学、强者哲学、"钻缝子"哲学持理解同情的态度，但在小说中明确表示并不完全赞同：他最终没有去贩私烟，也看不惯老头子、野猫子们的残酷，认为跟随他们"并不是另一个新生活的开始"。他更没有去做偷马贼。虽然他人生哲学的第一课学的是人必须先吃饱肚子、处世需要奋斗，但他向往和追求的是真正的光明，不是苟且偷生。对于寸大哥，作者同情的成分似乎更多些：尽管他不愿困居一处，但决不为赚钱多而贩鸦片，也不去盗马，因为他不肯与过去的伙伴们为难。不过，对胡三爸式的快活乐观，作者既有所肯定，更表示出怀疑，结尾安排了他的横死，批评他"活得糊里糊涂"。其实，胡三爸的随遇而安哲学，未尝不和许地山笔下的尚洁、惜官、春桃们有些相似。只是青年艾芜始终持积极进取、崇尚反抗的人生态度，使他不可能接受这种哲学。《快活的人》可以看作是与许地山小说宣示的人生哲学的一种对话，或是对于许作的艾芜式回答。

艾芜一辈子都有一种漂泊情结，这反映出他对于人生的探索，始终处于进行时态。

沙汀藏信辑录

徐　俊

　　大约是在 2002 年春天吧，中国作家协会曾经担任过沙汀秘书的秦友苏处长遵照沙汀的遗愿，像当初许多老作家的捐赠一样，悄无声息地把一大批文献资料送进了中国现代文学馆，其中包括老人悉心收藏的朋友写给他的数百封信件。对这些纸张、墨色、字体、语气、遣词造句方式各个不同的信件略做梳理，则能看到一角多姿多彩的历史天空和一条蜿蜒曲折的生命航线。拣拾一二辑录于此，略作释注以飨读者。

1940 年代的信

　　1941 年初春，沙汀告别重庆回到故乡，开始了他的"雎水十年"。

　　这十年，是沙汀遭受国民党反动政府严重政治迫害的十年。他刚到安县不久，就有军统特务散布流言，说"沙汀是八路军派回来的"。其时正是"皖南事变"之后，国共两党的关系已降至冰点。被这流言压迫着，他不得不一到家乡就转入"地下"。"省县的公文交驰往还，逮捕沙汀的命令一再传下"，可沙汀就是逮不着抓不住。靠着巴山蜀水的佑护，他如鸟投林如鱼归海，让黑暗反动势力无奈他何。

　　这十年，是沙汀创造成果最为丰硕的十年。人在"政治避难"，写作在"地下"进行，长长短短的小说接二连三地创造着、创造着。《艺术干事》《小城风波》《淘金记》《堪察加小景》等等，竟都创作于这个时段。仿佛一口优质的油井，压力越大，产量越高；越大，越

高；越大，越高，终于不可遏制地进入了艺术能量集中"喷发"的最佳创作状态。

这十年，又是沙汀的物质生活最困窘不堪的十年。通货膨胀，物价飞涨，"局势日非，家庭负担日重"。诚如吴福辉著《沙汀传》所说，"沉重的家庭负担加重了他的精神困境。他不断地给巴金、以群、艾芜去信"，倾诉"缺钱用"，倾诉全家"今年生计的解决"希望都搁在一本或几本书上。于是"催促尽快出书，查询版税，成了这些信件的'主旋律'"，"写作成了'抒愤懑'和'谋稻粱'的两面夹攻"。"有什么办法呢？"沙汀在信中喟叹，"要活命啦！"

这十年，更是见证同人之间真诚友谊的十年。沙汀的困窘让朋友们十分不安，援助之手从四面八方伸过来，赠钱赠物，拿不出钱物相赠的就写信送上一份关怀。最有实质性的帮助更多来自巴金、以群等几个编辑，他们想方设法把沙汀的手稿尽快变成铅字变成版税，然后再尽快汇到沙汀手上变成他一家老小的一日三餐。

这十年中，为了"潜伏"的需要，沙汀一度以其岳母黄敬之的名义与外界联系，写信时常署名"敬之"，朋友们的回信也便多以"敬之兄"相称。

这十年中的信件，署名"弟灿"的可为代表——"灿"即叶元灿，笔名以群。其时他正主持着"新群"等小型出版社、《文哨》等杂志以及"中外文艺联络社"等工作。他的信可谓"三句话不离本行"，无非是谈书稿，谈出版，谈发行，谈版税。简单而琐碎的内容，写出了他对工作、对朋友极度认真负责的精神，也写出了一代学人码字换饭卖文为生的生存困境。

其一

敬之兄：

兄抵里后①来信已收到。《播种者》②版税现经结出，计拾万零五千元，已经汤兄转你，因银行与绵竹不能通汇，而邮汇之费又太高也。《散记》③已嘱书店设法寄上。目前上海出版界遭空前厄运，文艺期刊除《文艺复兴》④外几已全停，现正设法筹一新刊，望兄速来一二短篇，以期撑此残局！应他处之约而写点短篇文章，亦盼先寄"文联社"⑤，以便发各地。《闯关》⑥已打就纸型，本月底可出书。因目前发行过于困难也。《周报》⑦亦已被迫停刊。祝近好！来信请寄：上海康悌路南天一坊五号盛舜收

弟灿　八月五日

注：

① 1946 年 5 月，沙汀曾从故乡往重庆一次，住两月余返回，故有"抵里"一说。

②《播种者》，短篇小说集。民国三十五年（1946）2 月初版。上海华夏书店发行。内收《防空——在"堪察加"的一角》《联保主任的消遣》《在其香居茶馆里》《替身》《公道》《模范县长》《和合乡的第一场电影》《三斗小麦》《没有演出的戏》《小城风波》等 11 篇。

③ "散记"全称应为《随军散记》（原名《我所见之贺龙将军》，《随军散记》为编辑所改），知识出版社有 1940 年 11 月初版至 1946 年 3 月三版等版本。此处系指后者。

④《文艺复兴》，月刊。民国三十五年（1946）1 月 10 日创刊。郑振铎、李健吾编辑。上海出版公司发行。出版地上海。民国三十六年（1947）11 月 1 日停刊，共出 20 期。后又有《中国文学研究号》（上、中、下），分别出版于民国三十七年（1948）9 月 10 日、12 月 20 日和民国三十八年（1949）8 月 5 日。

⑤ "文联社"，全称应为"中外文艺联络社"。

⑥《闯关》，沙汀于 1942 年秋冬之交完成的一部中篇小说，写一支抗日队伍迂回通过敌人封锁线的故事，初名《过关》。原拟在郭沫若主编的《中原》创刊号上发表，却因有"为异党张目"之嫌被国民党新闻出版检查机关扣留。后

经以群设法索回文稿，先改名《疑虑》等发表了几个片段，1944年5月又改名《奇异的旅程》由当今出版社初版。《闯关》是1946年8月由新群出版社出版时使用的名称。

⑦《周报》，民国三十四年（1945）9月8日创刊。唐弢、柯灵编辑。五洲书报社、国际书报社发行。出版地上海。民国三十五年（1946）8月24日终刊，共出50期。

其二

敬之兄：

好久没有通信，听到了一些于你不便的消息，也不知确否？克家兄已来沪，编《侨声报》副刊。"星群"出版社据说情况极窘困，兄之小说集一时尚不能付印，故补稿尚未交去。《闯关》已印，周后即可装出。《文哨》①一延再延，因那时友人文艺刊物太多，不便分散力量，日前则文艺刊物只留下了《文艺复兴》和《希望》②二种，故大家认为无论如何应将《文哨》复刊。定双十节出第一期，本月廿五日最后集稿，盼兄务来一短篇，撑撑场面！至托！此后来信请寄：上海邮箱四零六零号。即祝近好！

并盼常来点散文，以发各报，千字可达万元。

弟灿　九月十二日

注：

①《文哨》月刊。民国三十四年（1945）5月4日创刊。叶以群编辑。建国书店发行。出版地重庆。同年10月1日终刊，共出3期。

②《希望》月刊。民国三十四年（1945）1月创刊。胡风编辑。先后由五十年代出版社、三联书店重庆分店发行。出版地重庆。第2集（卷）迁至上海出版，中国文化投资公司发行。民国三十五年（1946）10月18日终刊，共出8期。

其三

敬之兄：

日前来信收到。长篇既已完成，自然编入《大地文丛》。已面告沈先生，他说你可抄些发表，出版不会很快也。《控诉》已交《联合日报》晚刊发表，先汇上稿费玖万元（十一月份），余容续结。短篇集也可照你说的办法，望写一二篇新作之后即编成出版。《烦恼》已交《中国作家》（即《抗战文艺》所改）一月为期，由"开明"发行。现有两个杂志在筹备，望来短篇！《困兽记》①纸版已寻得下落，"三联"根本无力印，我拟代取回另找他家承印。如无适当者，即由"新群"②印，仍用新地名义，版税由"新群"负责。"新群"机构单纯，弟可负全责。

即祝近好！

沈先生定明日启程③

弟灿　十二·四

注：

①《困兽记》，沙汀于 1944 年 5 月完成于故乡的长篇小说。先拆零卖给几个刊物"变现"以维持生计，后于民国三十四年（1945）5 月由重庆新地出版社初版单行本。继之有"三联"欲出而未出。以群找回纸版，仍交由新群出版社，于 1947 年出版"沪二版"。

②"新群"，以群创办的出版社。《沙汀传》载王觉言："南方局当时的方针，读书·生活·新知等书店出书受压制，就办若干小出版社，取各种名目。以群办了新地、新群、自强，都是三联的人管印刷发行。"

③指茅盾于 1946 年 12 月 5 日动身赴苏联访问一事。

1950 年代的信

1950 年 1 月，新生的人民政权派人从山沟里找到沙汀，把他接到成都，先在军管会文艺处安置，又以中共川西党委的名头派他去做文化接管。一夜之间，"阶下囚"成了"主人翁"，一个钻惯了山沟的小说家从此将定居城市，成为一名"半文艺官员"。变化太快，沙汀一时无法适应。他过不惯"供给制"，穿不惯"干部服"，干不惯"西南文联副主任"；翻身农民脸上的笑容和没收地主浮财时响彻山野的歌声，他看到了也听到了并且为之鼓舞为之兴奋。他知道他应该为中国社会这场深刻的变革去写点儿什么，他有这种冲动，却又预感到其中的困难……一大堆"活思想"，换来了一大批朋友来信：何其芳、严文井、周立波、邵荃麟、张天翼、陈白尘……在这些人身后，还有一直关注着他的更高层领导——胡乔木和周扬，他们看过他的"很多东西"，"很关心"他的工作，要求"北京的同志能经常"和他联系。

这些朋友的信件所谈多是工作，开门见山，有什么说什么，诚恳，真挚，实在，热情，不虚头巴脑，不装腔作势，只是关心，是鼓励，是支持，是帮助。催人奋起促人上进的内容，显示出蒸蒸日上欣欣向荣的时代风貌。新中国带来的新天新地新气象，让整个"文化人阶层"心有所属人有所归，自觉自愿地选择了"延安讲话"指引的文学方向。到农村去，到抗美援朝前线去，到正在激烈变化着的生活中去——洋溢于信中的勃勃激情，在述说着那个特定历史环境中一代知识精英的向往与追求之同时，也见证了开国之初中国共产党的凝聚力与感召力，以及这种力量背后的坚实支撑——由"政通"带来的"人和"——虽然信中已经隐约可见一种不和谐的东西在运动。

其一

子青：

在报上曾见到你参加成都文管会召集的座谈会的消息，但不知道你住在哪里，就没有给你写信。你这次和翔鹤的来信上也没有写通信处，我只有按你信封上的地址寄去，不知能否收到？

我现在这个学校教国文。差不多天天改卷子。晚上有时精力还好，就写了一点已经开了头的一个反映老解放区农村工作问题的长篇小说。我从重庆撤退后，曾下乡参加了十个月的土改，觉得有许多印象和问题应该写下来。但真正动手来写，却又感到生活不够，而且时断时续，情绪不连贯，大概是不会写得怎样好的。

你的信周扬同志已看过了，他说，你的小说选可以寄他，是能够出版的。他现在住在"北京东四头条文化部"里面。茅盾先生、翰笙、乃超等都在那里。你小孩上学的问题却不可能解决。现在这里的公费学校规定，要是供给制的干部的子女，并且原来是由公家供给他们的生活费的才收。这意思是因为现在公家很困难，不能另外增加负担。将来四川是不是也会办一些公费学校？你在四川留意，也或者有可能解决的机会的。

我是赞成你以后继续搞创作的。但我希望你能够参加实际工作，接触一些新的人物、新的生活，这样来把你创作的内容扩大，以至将来以写新的人物、新的生活为主。目前成都和重庆如有这种工作，我觉得你不妨参加，同时在工作中把这些年来党的文件、政策研究一下，将来农村革命秩序建立以后，你最好还能下去做减租减息和土地改革的工作。我做了十个月的农村工作，觉得兴趣极高。可惜后来因组织上要调回，不可能再做下去。你这些年都在农村，但我想你再到今后尖锐的斗争和激烈的变化中的农村去工作一些时候，是会和过去生活中所获得的创作内容很不同的。

老卞已回国，在北大教书。组缃、广田在清华。

你后来写的《还乡记》，我还没有读。我已写信要巴金寄我一本。这里出有《人民文学》，不知见到没有？你有新稿，极盼你寄来，交"北京东总布胡同 22 号人民文学社艾青"收即可。成都方面别的朋友如有稿，亦请代拉。又及。

其芳　三月六日

其二

沙汀：

全国解放后，我们一直没有通过信，但我们是很挂念你的，艾芜来京时，曾谈起你。

不久之前，乔木同志谈到过你。他看过你很多东西，对你的文章，比我对你的还似乎熟悉。他说，他希望你到生活中去，顶好是到朝鲜去一下，我觉得他的这意见很好。到朝鲜去看一下，不一定写什么大东西，这对一个作家来说是极有益处的。我也想争取机会去一下。

我希望你多多创作。在这方面你已有成就，有经验，又没有像在解放前似的生活困难和环境压迫，相信你会写得更好。

最近能写个短篇，给《人民文学》吗？

希望你不久来京，这样，我们就可以见面长谈。玉颀同志好吗？你已经有几个孩子了？我在延安结了婚。妻名林蓝，在鲁艺曾和玉颀同班。我们有了一个小女儿，连前妻两个大儿子，共子女三人，"命"也不坏。

起应比以前更忙。希常来信。握手！

立波　一九五二年六月二十七日

其三

沙汀同志：

最近见到了乔木同志，为你的小说问了一下他的意见。他很关心你的工作，当即谈了一下他的意见。过了几天，他又特地打了一个电话来，告诉我他对你的作品的补充意见，足见他对这问题考虑的认真，可惜我来不及马上用笔记下他的意见，到今天写信时，记得起来的东西只够他原来所说的三四成了，而且记得还不会准确，想来你一定愿意知道他的意见，姑且做一个不准确的传达，供你作为今后写作的参考。

他说他读过你的《淘金记》同《困兽记》，他同意《淘金记》的再版，说：作为一个时代的记录，时代的艺术性的记录，这本书是可以再版的。他认为你是一个很有艺术才能的作家，很有表现生活的能力。他感觉《淘金记》有两个长处：一、是对反动社会做了无情的讽刺，给他们以打击；二、生活表现得很详细，很突出，可以作为地方风俗书来看。他说，读完这本书，真令人感到那种生活的阴惨，真是绝望到了极点。但是这种讽刺还不能像《阿Q正传》《死魂灵》那样，不能引起读者的一种要求改革现实的热情来，因为这种讽刺还缺少一种力量，缺少一种刻毒的力量，不能激起读者的愤怒，使他们产生一种强烈的批判丑恶的现实的要求来。他认为，你如果不能摆脱对描写这类丑恶的人物的喜爱，不可能产生热情的作品。即使在《淘金记》的时代，也不能说整个都是黑暗的，不是除了黑暗就没有东西写。但他认为你选择自己所熟悉的小城镇作为生活根据地及写作的背景是可以的。最后，他要北京的同志能经常和你联系，他还问到了你的工作状况。

拉拉杂杂把我想得起的都写上了。最后还得申明一句，这些话你不能把它们当作原话看，只能体会其大意，你有什么感想，盼能告我。

有时间我还要继续看看你的作品。握手！问候玉颀同志。

文井　五月十六日

其四

沙汀同志：

　　来信收到。我在西安住了八天，七月底到京。白羽、小川八月初去参加亚非国家作家会议筹备会议。家里在批判公木、舒群、立高。大概这个星期才能结束……

　　作协党组仍决定每月津贴你150元，已由张僖同志办了，想有信给你。这是党组决定，不必推辞。去年艾芜同志也一样。等你将来收入多时再考虑停止。你不要为生活而硬赶，这不但影响身体，在创作上也不是办法。目前恐怕多□□去深入生活一方面。

　　昨天许多作家（最近田间、李季、章靳、邢也、树理、立波都短期回京）在颐和园谈了一天，关于作家生活和创作问题，情况和去年显有不同。今天又在中宣部开个务虚会，准备再谈下去。现在文学到了一个新的时期，许多问题值得思索一下，可惜信中不能详谈。

　　你的《开会》看了，本来想在这封信里谈谈我的意见，但几句话也谈不深。我想索性把你这几年来的短篇找来看一下，和天翼、文井等交换一些意见，写一封信给你，专门谈谈你的创作。你看怎么样？希望你把这几年中的主要短篇目录以至你自己的看法和感到的一些问题告诉我。这样好谈。年底拟开一次创作会议，那时更可面谈。

　　《草地》一直没有寄给我，我那篇文章始终还未见到，请告编辑部即寄来。……

　　匆此。祝好！注意身体。

荃麟　8.20

其五

老沙：

昨日是发十二月号最后一批稿子的日期，早晨接到你的信和《欧幺爸》，真是喜出望外！这一篇小说比之你的《夜谈》和《风浪》，有了更多的乐观情绪，文笔也更流畅。我认为是好作品，昨日当即发作头条小说了（同期尚有马烽、葛洛等人的小说）。

但看到你的信后，又感动又觉可笑。你的严肃态度是使人钦佩的，但你那么紧张，实在不必要（临写信了还考虑寄不寄出）！你的小说中如果有什么重大问题，我们自然会提醒你，更不会不负责任地让你出丑。文字上如有不妥，自然也会不客气地加以改动的。你如果再迟疑不寄，这一期我又扑空了！

靳以逝世后二日，书记处派我去上海代表茅公参加公祭和葬礼。星期六才返京。靳以是老心脏病（十七岁就得病了），平常不够注意，入党后又更严格要求自己，工作累了些，以致复发。但入院后已转好，但在七日晨零时又发，来得太快，医治不及，十分钟后即逝世了，实在可惜！但后事办得很妥当，家属都有了妥善安排了。老巴情绪还算好，但他急于想写些东西了。打算明春去四川住几个月。我劝他带着夫人同去，他却打算独行。川中不妨表示下欢迎。

刚才又接十四日信，所嘱修改的两处，当即照办。第二处"詹家请的长年"云云是不妥，我已注意到。想在校样上再考虑改。现在当依你的意见改了。

你的新任务是个好任务，川人不写李冰父子实在说不过去。沧浪执笔好处在下笔快，但在人物塑造上你得帮他的忙，这可以你之长补他之短了。预祝你们成功！

作协整风尚在高潮中，我们都在忙。天翼又感冒，已一周多了，开会太累之故。金玲在家休养快一年了，有进步，但常反复耳。榴红的作品已注意到了，我正要看，谢谢你的提醒。十二月号拟转载《红色的南江》，这是早就决定了的。文代会大概十二月内开不成了，我们见面将在开年矣！问候玉顺嫂和刚宜！敬礼！

白尘　十七日

1960 年代的信

20 世纪 60 年代初期，身为四川省文联主席的沙汀，心绪颇有些浮躁不定。整个民族都在思索受挫的教训，他当然也不例外。形势正在好转，"思想较前开放"，《沙汀传》说，"障碍又没有全部消除，这就造成想写而没写的作品日益增多"。为了调整心态摆脱困境，他坐茶馆，听川戏，重读名著，生活得似乎很休闲。同时也响应号召，同其他作家一样，消费不少时间到各地去游走，深入基层搞调查研究；同时倾注更多精力在培养青年作者身上——这是习尚，也是职责。从下面几封信中，正可见其一斑。

其一

沙汀：

　　承宽回来谈到你的近况。现在想已回成都。不知你近来是否仍常喝酒（这一点承宽没有问你）。烈性酒还是以少饮为是，最好不喝（喝点葡萄酒之类倒是好的）。

　　买到两瓶眠尔通，托曾克同志带给你。

　　刚宜既在北京，你让他进城时到我们这里来玩玩吧。如有需要什么，我们这里也像自己家里一样，让他对我们讲。此外，也不妨谈谈天。叫他不要怕生、见外。劝他来（当然不是硬性规定，否则他也许会感到是一种负担）。

　　这里正在开业余作者大会，我去听了几个小组。这些青年可爱极了。也冒出了一些思想问题。你下去辅导过，接触的当更多、更具体。这个工作是得好好搞一搞。四川组有两个发言稿非常动人（三峡航标站的和自贡市工人故事运动）。握手！

天翼　九日

其二

沙汀同志：

我上月下旬到重庆，曾即与文联联系，请他们打电话至成都，询问您的行止。知道您卅一日至京，我曾写一信至成都，估计能在您行前收到，现在想来，可能您并没有看到这封信。离开北京时，我就从张僖同志那儿知道，您所参加的会议，可能要在四月底结束，不知您究竟何时回省，时在念中。我想候您在成都时到成都去，也许本月廿五日以后我就去成都了，就在那里候您归来。至迟五月五日以前，我就要离开成都返渝去沪，因为呆久了，就要影响我回宜兴参加农忙季节的活动了。但不管怎样，这次入川，能见您，也是我的访问目的之一。我即盼您在五月十日以前能回到成都。如果您有别的事要推迟至十日以后回省，请写信告我，恕我不能久等。好在下半年开短篇小说会议，我们还有可能见面。

您一向对我的关怀，我是铭感不忘的。这次雁翼同志来，又带来您热情的关心，并且为我和田正本同志带来了礼物，我们非常高兴和感激。因为双方已不是年青人，这次的结合虽然经过慎重的考虑和比较深刻的了解，在确定彼此既是老实人又是同时代人的基础上进行的，但是婚礼却是异常的简朴，甚至也没敢在给您的信中提及，请您谅解。

我来此后即投入中印边境归来的部队和其他方面的访问，一般还难写，我正要更深入地探讨，心中相当焦急，文联同志已给我很大的帮助。

请代向文井、天翼、张僖等同志致意，为我问候。祝您身体健康！

菡子　五月十一号

其三

沙汀同志：

很久没有给你写信，前几天我跟老巴、罗荪、杜宣等人去新安江水电站参观，还在杭州住了三夜。杭州饭店餐厅的小姐还记得你们，她说起那次你们天天吃酸牛奶（我说你们，因为我没有吃）。她还问起："那几位同志为什么不来？"这个小姐很逗，能说好几种外语。你看，时间过得多快，又一年了。我们真希望什么时候你再来上海，我一定再一次当当小组长。

我们在新安江住了三夜，还游了人造湖，湖高九十余公尺，淹了遂安淳安两县，现在合并为一县。淳安县县城设在山顶上，全城都是新造的楼房，漂亮极了。那天我们还在县委吃了一顿午饭。湖周长五百余公里，为中国最大的人造湖。自然将来三峡水库造成，当更雄伟。说起三峡，我更想念四川，什么时候我一定要亲眼看看三峡，更何况还有四川的人！人比一切对我更有吸引力。虽然我们相处并不久，但我们全家都十分喜欢你。老巴一提起你，总是说："沙汀人真好……"人的结交并不在于时间的长短，古人好说：天涯咫尺。而咫尺又有天涯，可见相知的可贵。

罗荪告诉我，你已为我们写了一篇小说，我十分感谢你，也十分高兴，这于公于私都是一个令人兴奋的消息。把想念化为工作，还有什么比这更好的纪念吗！我想玉颀同志一定希望你这样的。孩子们都好吗？什么时候让我们的孩子们在一起玩玩，让他们也变成好朋友。

老巴的中篇①还没有修改，罗荪很焦急，常问我这件事，他本人一点不在乎。我倒希望他能动手写"群"②，他更了解知识分子的思想感情。而且这是欠读者的债，许诺了二十余年了。你的长篇怎样，我希望你早日动笔。动就有成功的希望！作为你的读者，我多么盼望读到你的长篇，而且现在我们又有容量可以发表长篇了。

上海现在时冷时热，天气十分反常。今天我们都穿上棉衣，一星期以前可都能着夏衣。

附高缨的信，希望你替我转交并从中说几句话。再见，希望你好好保重。

萧珊　四月廿八日

注：

①指巴金所著中篇小说《三同志》。

②《群》，"激流"之四。1938 年 5 月，开明书店曾特为巴金出一《家》与《春》的合订本，墨绿色麻布面精装，封面没有书名。书中有一绿色厚纸，用以分隔开两部书的内容。绿纸前一页是《家》的"后记"，绿纸后一张写有《春　激流之二　巴金》的薄纸，纸背印有如下广告："激流之一：家　每册一元；激流之二：春　每册一元；激流之三：秋　在著作中；激流之四：群　在著作中。"广告做了，书却一直未见出版，所以萧珊说"这是欠读者的债，许诺了二十余年了"。

囿于版面，只能到此为止。所辑信件，末尾处大多数只署了月和日，年代划分基本是依内容推定的。如有错讹，敬请原谅并指正。沙汀收藏这些信件，并非"徒在回忆中讨生活"，而更是因为友情难忘，所以"妥为保存"，"以作纪念"。这种美好情愫，也正是作此辑录的动力与主题。"怀旧之情，谁能免之？"沙汀如是说。信也。

萧乾与翻译的"情缘"

马会娟

我对于萧乾的了解,最早是从读外文出版社出版的《萧乾小说选》英文版开始的。记得当时买的中国文学作品英译小说多数是由他人翻译的,唯独萧乾的小说,是作者自己翻译的,感觉这位作家很了不起,既能写又能译,而且是译成地道的英语。后来才逐渐了解了一些萧乾与翻译之间的故事。

萧乾很看重翻译,认为翻译不亚于创作。他曾说过,"我绝不认为翻译低于创作,或对社会的贡献少于创作。孟十还、黎烈文、傅雷、高植、汝龙,都几乎只搞翻译。他们的贡献绝不亚于创作。正相反,我认为搞翻译付出的劳动要远远大于创作。倘若把社科和科技翻译也算上去,则翻译对国家的贡献更是远远大于创作。但是社会上给予他们的承认(精神上)及报酬(物质上)往往少于创作。这不公平"(文洁若编《萧乾家书》,东方出版社,2010 年版)。尽管如此,萧乾一生最渴望的事情却是写作。在他的前半生里,他一直是在写而不是在译,他视翻译为副业,对翻译一向是敬而远之。但是就是这位对翻译一向敬而远之的作家却与翻译结下了不解的情缘。

初涉翻译:与翻译的一次美丽邂逅

尽管萧乾早年对翻译的态度是敬而远之,但若说他与翻译形同陌路也不确切。早在 20 世纪 30 年代初期,当萧乾还在辅仁大学英文系读书时,就曾将田汉的《湖上的悲剧》、郭沫若的《王昭君》以及熊佛西的《艺术家》3 个中国现代文学剧本翻译成英文,发表在《辅仁学报》上。1933 年，在萧乾转入燕京大学读书时，他的写作和翻译才华受到了当时在燕大新闻系教书的美国作家和记者埃德加·斯诺的赏识。斯诺在编译他的现代中国短篇小说选《活的中国》时，选取了包括鲁迅、郭沫若、茅盾、巴金、沈从文等在内的著名现代作家的作品，其中萧乾的短篇小说《皈依》也包括在内。在将这些作品翻译成英文时，除了鲁迅的 6 篇小说和一篇杂文由姚莘农翻译外，其他 17 篇短篇小说大都先由萧乾和他的朋友杨刚译成初稿，最后由斯诺修改、润饰和定稿。在初涉翻译的过程中，萧乾了解了基本的翻译原则，初步形成了自己的翻译理念。《水底的火焰——知识分子萧乾》（2010 年）的作者丁亚平指出：

从他（斯诺）的加工，萧乾学到了翻译上的基本道理，还懂得了一点"文字经济学"。据萧乾在《斯诺与中国新文艺运动》中回忆，斯诺对文字的要求十分严格：他憎恨冗长散漫，颇为注意紧凑。他往往感到中国作品写得松散。为了补救，就只好往下砍。有时候他又嫌文字隐晦，遇到这种情况——尤其关于内地风土人情，他总是非问个水落石出不可。斯诺告诉萧乾，一个译者一定得把原作所描写的事物完全弄懂才可着笔，译的时候要用最准确无误的语言把自己所理解的传达给读者。

与翻译的这次美丽邂逅影响了萧乾以后的翻译观：文学翻译的忠实并不意味着字面对等；为了传达原文的情感和神韵，译者可以采取更为灵活的"变通"译法。在他自译的《萧乾小说选》英译文中，这一翻译观有着明显的体现。天津外国语学院的林克难教授曾经认真对比研究了萧乾的原创作品和自译，发现萧乾的翻译有时"无中生有"地增添，有时又"大刀阔斧"地删减，但这样的增删却丝毫没有影响原文意义的传达和韵味的再现，因为无论是增添还是删减，都是译者考虑到译文读者的文化背景和认知能力以及中英文行文习惯的差异而有意采取的翻译手法（见林克难《增亦翻译，减亦翻译——萧乾自译文学作品启示录》，《中国翻译》，2005 年）。

与翻译再次结缘：无奈的选择

如果说与斯诺的合作翻译是萧乾与翻译的一次美丽邂逅，那么萧乾二十世纪五六十年代从事的翻译工作就是一次包办的婚姻，他与翻译的再次结缘含有更多的无奈。萧乾1949年从英国回国后，先后在《人民中国》（英文版）担任副总编和在《译文》杂志社编辑部担任副主任。在《译文》杂志社的工作本来是他与翻译的再次结缘，但是由于他对写作的热爱远远超过了翻译，在20世纪50年代被调入中国作协工作时，他是满心欢喜的。但是当时的政治环境使他选择了沉默，他经常一个人坐在桌前望着窗外发呆。当时在人民文学出版社做编辑工作的妻子文洁若非常了解丈夫的心情，建议说："你要还想写，你就翻吧。翻译保险，翻出来不会像你的这些以前的作品，要用麻绳捆起来，吊到屋角上就由老鼠去啃去咬。翻出来就能出。我们社里就能出。"

在文洁若的鼓励下，萧乾抱着"翻译几本书，总比虚度光阴强"的观点，开始翻译捷克作家哈谢克的讽刺小说《好兵帅克》。这本小说描写了二战时期一个普通士兵对腐败的奥地利政府的讽刺和嘲弄，语言幽默滑稽，对当时心情颇为苦闷的萧乾来说很是适宜。后来他在一篇谈翻译的论文中谈到翻译的灵活性时，还从这次翻译经历中举例说他曾将《好兵帅克》原文中的"Sir"翻译成"报告长官"而不是字面直译为"先生"，以再现全书的军营气氛，传递原作的讽刺语调（萧乾《翻译的艺术》，《英语世界》，1992年）。

在这一时期，由于萧乾对英国作家菲尔丁的作品有过研究，出版社邀请他翻译了菲尔丁的长篇小说《大伟人江奈生·魏尔德传》。也是在这一时期，他还翻译了英国兰姆姐弟改编的莎士比亚剧本的文学普及本《莎士比亚戏剧故事集》。

1961年，萧乾在被打成右派，接受了3年的农场"监督劳动"后（1958年—1961年），被调到人民文学出版社编译所工作。其间，他翻译了加拿大作家里柯克的讽刺小说《里柯克小品选》。由于当时还戴着右派帽子，人民文学出版社 1963 年出版该书时萧乾用的署名是笔名"佟荔"。在这一阶段，他负责校对菲尔丁的长篇小说《汤姆·琼斯》的中文译稿。由于原译文中存在着很多问题，在校稿过程中，萧乾几乎对整个译文进行了重译。这部译著最后以合译的形式在 20 世纪 80 年代出版。70 年代末，萧乾翻译了挪威剧作家易卜生的诗剧《培尔·金特》。译本尽管并不是以诗歌的形式译出，但却成功地保留了原剧的诗韵以及口语化的特点。根据他的译本排演的话剧《培尔·金特》先后在北京和香港两地演出。

在编译所期间，萧乾还与他人合作翻译了美国作家辛克莱的长篇小说《屠场》、美国作家赫尔曼·沃克的多卷小说《战争风云》以及一些不曾署名的集体翻译作品。尽管与他人合作翻译的这些译作都没有能够及时出版或没有署名，但萧乾却从这一时期的翻译中汲取了滋润生命的精神食粮。在生活陷入困境的时候，翻译对他来说并不仅仅是聊胜于无的打发时光和工作任务，"它是一间屋子的窗口，可以放进新鲜空气，让我们看到外面的一切"（萧乾《翻译的艺术》，《英语世界》，1992 年）。

对于自己这一阶段的翻译，他曾调侃地说，翻译家有两类，一类是即兴的（游击战式）的翻译家，一类是阵地翻译家。前者穷毕生精力系统地翻译一两个外国作家；而自己"不幸"却属于后者，只选择了一些适合自己性情的作品。言语中流露出的更多的是难以掩饰的无奈。

不管萧乾是多么地不情愿与翻译的再次结缘，在他被迫停笔写作的 22 年里，是翻译代替写作给了他第二次生命；在他生活最为困难的时候，也是翻译使他有勇气坚持活了下来。

与翻译的美丽结局：最后的爱情诗

如果说萧乾 30 年代与翻译的邂逅，以及二十世纪五六十年代被迫与翻译的结缘都是他人或历史"强加给他"的话，那么他与乔伊斯的《尤利西斯》的结缘却是一个马拉松式的浪漫爱情故事。

早在 30 年代末在英国伦敦大学东方学院教书时，萧乾就开始接触爱尔兰作家乔伊斯的《尤利西斯》。在写给胡适的明信片中，他这样写道：

此间（指东方学院）工作已谈不到，心境尤不易写作。近与一爱尔兰青年合读 James Joyce（詹姆斯·乔伊斯）的 Ulysses（《尤利西斯》）。这本小说如有人译出，对我国创作技巧势必有大影响，惜不是一件轻易的工作。（萧乾《叛逆·开拓·创新——序〈尤利西斯〉中译本》，译林出版社，1994 年）

信中谈了他对《尤利西斯》的看法，认为该书的创作技巧值得中国作家借鉴，希望有人能将其译成中文；同时也指出该书的翻译难度大，"不是一件轻易的工作"。写这封信时，他没有想到的是 50 年后破解这本"天书"的工作却最终由他和妻子来携手完成。

后来，萧乾辞去在东方学院的教职，到剑桥大学读研究生。在导师瑞兰的指导下选择了现代派心理小说作为自己的研究课题，其中包括乔伊斯的《尤利西斯》。然而，他与《尤利西斯》的这次结缘却因二战的爆发失之交臂。萧乾最终放弃了在剑桥攻读硕士学位的机会，选择了赴欧洲战场做随军记者。

但是谁又能料到 50 年后，萧乾会与《尤利西斯》能够再续前缘？

1990 年 8 月的一天，译林出版社的社长李景端敲开了萧乾和文洁若的家门。当李社长提出请他们翻译《尤利西斯》时，萧乾的态度很坚决，拒绝"无罪找枷扛"。当时刚刚退休的文洁若却满口答应下来，因为她希望萧乾"几十年前在剑桥的研究有个归结，画个聊以自慰的句号"。就是在这样的情况下，萧乾答应李社长翻译由文洁若做，他只做审校。

然而在以后的翻译中，萧乾日益深刻地认识到这部晦涩难懂的"天书"，确实是一部具有探索精神、具有世界意义的伟大作品，值得介绍到中国来。尽管他说过自己宁愿写 10 本书，也不愿从事这项翻译工作；尽管他自己已明确表示过不想"无罪找枷扛"，但这一现代文学巨著在中国翻译文学史上的空白却使他在以后翻译中"越陷越深"，强烈的使命感使他从最初只愿做个校者变成了合译者。在此后的 4 年时间里，萧乾同妻子文洁若夜以继日，专心致志地投入到《尤利西斯》的翻译工作中，直到这部 20 世纪 20 年代出版的英语世界的旷世巨著的中文全译本在 70 多年后终于与中国普通读者见面，成为一时的畅销书。

萧乾在回忆录中谈到自己的翻译时，说他的翻译多是"凭一时兴趣偶一为之的"。因而"每当人赐我以'翻译家'这一头衔时，我就感到惭愧"。《尤利西斯》这一巨著的翻译将使萧乾在中国文学翻译史上占有一席之地，使他无愧于"翻译家"这一称号。

而且，这部伟大的译作也是他留给世界，留给与其相濡以沫近半个世纪的妻子的一份最珍贵的礼物。

对于《尤利西斯》的翻译，萧乾在中文译本的前言由衷地表达了对妻子文洁若的感激之情。他这样写道："（做这项翻译工作时）很吃力，但是也感到一种惬意，因为一个奔七十岁和一个已过八旬的老夫老妻，三四年来起早贪黑，终于把这座堡垒攻下来了。在这项工作中，洁若是火车头。她为此书稿放弃一切休息和娱乐，还熬过多少个通宵。从 1954 年 5 月我们搭上伙，她就一直在改造着我，从懒散到学着勤奋。译《尤利西斯》是这个改造过程的高峰。"同样，文洁若也把翻译《尤利西斯》的 4 年看作是他们两人一生中"最值得怀念的岁月"，是这部译作使她在萧乾走后觉得"永远有奔头"。

丁亚平在《水底的火焰——知识分子萧乾》的最后这样评说萧乾与《尤利西斯》的翻译：《尤利西斯》是萧乾献给妻子的"最后的一首爱情诗"，也是萧乾留给这个世界的"最后一首爱情诗"。对于萧乾与《尤利西斯》的翻译故事，再没有比这形容更确切了。

银亮着一片黄昏的海

——萧乾《梦之谷》的审美之思

赵　娜

《梦之谷》长篇小说。萧乾著。民国二十七年（1938）十一月初版。上海文化生活出版社印行。巴金主编《文学丛刊》第五辑之一种。

馆藏文化生活出版社 1938 年 11 月初版、1939 年 8 月二版、1941 年 2 月三版、1946 年 11 月二版（《现代长篇小说丛书》）、1947 年 6 月三版、1948 年 8 月五版，见唐弢文库、巴金文库、萧乾文库、图书大库。

初版本卷首有作者《忠告（代序）》云："我写过一本《梦之谷》。这本书是在太平年月写成的，也是写给太平年月的。……一九三八，五，廿。昆明。"

初版本有《一个沈默的旅伴》《那只委屈的笛》《呵，绵柔的乡土》《我的贵干呢？》《干烧着的灯心》《我沿街推销着自己》《双关的诉告》《我遇见了主顾》《梦里的景色》《一个幼稚的疑窦》等 33 节。

时隔 70 多年后，也是黄昏，塞北的黄昏总是以荒寒的温暖悬在窗上。一角晚霞的绚丽，宛如梦幻的留影，挥之不去。

这是不是诗句，能不能借此得到一种音色，当你试图再现一段历史、一部小说，像一个黄昏里寻找色谱的痴儿。一切都在你的寻找中流逝，你是一个睡梦中自然的过客。也许是同样的情绪，一个二十几岁的青年写了 18 岁的悲喜。同命的人，在纷纭闹市或者天涯梦谷，投入，生存，试探，相遇，相伴，相期，相忘。

带着美和恨生死别离。在恋爱的光芒里，"银亮着一片黄昏的海"。整部小说也银亮着，在回忆的留影里，印着一个成熟青年对初恋的眷恋和反思。

这是一个浓烈而优美的艺术世界：存在时空隐喻在一片梦幻之谷，情绪以意象化的方式诗意呈现，爱与生命辉映，个体与社会照面。这个世界如此恍惚又切近，直抵我的内心。

杨义说《梦之谷》"是中国现代文学中最有分量和魅力的自传性爱情悲剧的诗情小说之一"（《萧乾小说艺术论》）。这是站在文学史的高度做出的评价。一切文学评价又必然以审美为最终尺度，《梦之谷》当得起这句话，也以其深邃、精细的审美造诣为前提。

27 岁的萧乾，已经做好了写出经典的充分准备。他 20 岁考到辅仁大学英文系，25 岁毕业于燕京大学新闻系，并开始任《大公报·文艺》主编。他阅读了大量中外文学作品，并从 23 岁开始创作短篇，在沈从文的督促指导下，每个月最少要写一个短篇。萧乾不仅是一个有创作积累的小说家，1935 年商务印书馆印刷了他的文论著作《书评研究》，1937 年文化生活出版社出版了萧乾和沈从文合著的《废邮存底》，两部书体现了萧乾对文学创作、文学评论写作的深刻体察。我特别注意到写在 1930 年的《骚的艺术》，评论的对象是《楚辞》，指出抒愤是屈原创作的动力，真、美、想象力、创造力、生命力是屈原伟大的根本原因。20 岁的萧乾能体悟屈原到如此深度，不能不令人惊异。

18 岁一场失败的初恋后，萧乾回到北京，文化生活正式开始，与之同时开始的，还有对那场初恋的怀念和反思。他动笔写这段生活时，已经不知在心里回忆过多少次，追问过多少回，他的激情、血泪、爱和死的挣扎已经在回望中渐渐冷却。这正好与现代文学发展史从自我暴露到内敛、宁静的过程重合。1921 年郁达夫《沉沦》出版，白话小说进入一个自我抚慰、自我抒情的时期。对这种摆脱封建束缚之后个人情绪的嚣张，萧乾是持理性审视态度的。他处在沈从文、林徽因等人为核心的京派文化圈，对京派小说的乡土之思、宁静、内敛的审美追求领会最深。萧乾第一个短篇《蚕》便以宁静、优美而又悲剧的情调写出了恋爱和命运的曲折。或许是我个人的臆测，我总觉得《蚕》的情调分明是《梦之谷》的底色，是出于同一个恋爱故事，只是《蚕》选了一个细节，是一曲温暖而悲凉的爱和生命的挽歌，而《梦之谷》则是一部命运协奏曲，层层叠叠地，上演了一出丰富绵长的大戏。

音乐是时间的艺术，演奏过后便从人间绝迹，就像我们那些不再复现的爱情。而文字是有形的，可以将过去的岁月重新翻上来，定格在一定的时空里。然而，谁能说我们通过文字读到的时空，就是原来的时空呢。即便由真实故事写起的萧乾本人，也不这样认为吧。《梦之谷》首先是一部小说，其次才是自传体小说。从亲身经历出发，将之揉碎、打烂，然后着手进行艺术的重构，才使得这部小说产生很大的审美价值。《梦之谷》已经不再仅仅是潮州汕头的那片海岛，整体上就是一个存在的时空隐喻。我选择隐喻这个词，觉得它比象征更能表达阅读的感受。"隐喻"已不仅仅是一种修辞而且成为一个专门的学科，我这里只是想借它来寻找这部小说语言描述的表层时空之外，那个存在于精神、情感中的隐喻时空。这个时空既是主体的，也隐喻着一个时代的精神命运。这是一个什么样的时空呢？抛开潮州汕头这些实有的名词，作者其实是把我们带到了鲁滨孙漂流所至的荒岛。在这个荒岛上，18 岁的青年生存、恋爱，与世故、金钱、权势周旋斗争。一切都是简单的，一切又都是丰富的，这是在一个人心里浸泡、发酵、埋葬之后又复生的世界，处处都是美丽、浪漫，又处处充满危机、悲剧。这又不仅仅是一个 18 岁青年的世界，也是每一个情思未泯、怀着探险精神去碰触世界的行者的世界。

这也不仅仅是一部描写初恋的小说，从一开始便充满梦和反思的色彩。小说总共约 9 万字，序幕写了 1 万多，女主角出现在 4 万字的地方。为了写这场爱情，作者真是做了足够的铺垫。写作时这段经历已过去八九年，起笔偏偏选了离别 5 年之后重回小岛的场景，爱情的开始和结束又是两个不同的时间，在三四个时空里闪回，本来就是回忆，回忆中又有回忆，复调的叙事结构使这个时空离现实更远，具备了形而上的意味。从叙述语言来看，作者是有意识地要建构一个梦的世界。开篇便是意识流式的反思和追问："用回忆的手捕捉半夜那个朦胧的梦","我又看见了海上的月亮，为顽皮的波涛扯长又挤扁，弯弯曲曲抖在水面如银穗","空间的高峻供给一个伤感者的却是过去时间的鸟瞰"。从哲学意义上来说，时间最重要的是在场、当下，空间借助时间来展现，时空既是当下的，又是无数个当下构成的流动链。这部《梦之谷》，整体上像一个时空的隐喻，因为看似封闭的一段时空，其实正是当下的具体展现，而这个"当下"，在读者的阅读中又能不断地重建、复现，带着读者一次次重回在场。作者写这个在场的时候，也时常跳出来，站在以后的人生来议论、感慨。这是一部写初恋的小说，作者之所以能控制那含着血泪的激情，部分原因就在于时空的重构和反思。他已经不是一个感性的小青年，而是一个对人生、文学、社会有了深入思考、审视之后的成年人。"时间和空间果真是两个永存的实体吗？我时常怀疑这个。虽然小小年纪，我便已过了许多空白的日子，眼前，我又茫然地忘记了存在。"他以充分的老练和悲剧情怀看自己这一场初恋，这样的创作状态使感性的文字中有理性的内涵，令人伤感而沉思。这部作品，正是发挥内宇宙之力，对亲身经历进行创造，形成了一个新的具有隐喻特征的时空。

这个时空不仅是一个人与世界照面的隐喻，也是萧乾所处的二十世纪二三十年代中国文化状态的隐喻。"五四"运动之后，知识界进入普遍苦闷的时期，到了20世纪30年代，知识分子对严峻国情的认识更加理性，思想上则进入更深的彷徨期。国家主权处于被威胁状态，民众普遍苦难而不觉醒，青年人试图打破一切封建的、权势的限制，却没有有力的手段。在动荡不安的思想历史时期，萧乾这部自传体爱情小说，以其不确定、流动的意识流描写方式，具备了时代隐喻特征。

从文学审美的角度来看，这个隐喻的时空在作品中又是如何创造出来的呢？作品运用的最主要的艺术手法便是情感的意象化。萧乾称自己不具备诗才，然而这部小说，却是一部真正具有诗歌特质的诗话小说。它与沈从文作品中语言、氛围形成的行云流水的诗意格调又不同，而是用了诗的思维在结构，在叙述。诗的结构，以出人意料的跳跃性组合、具有象征意味的物象性、建立在直觉经验基础上的隐喻为主要特征。小说共 33 节，有 33 个小标题，小标题的组合正是一首长诗的结构方式。其中有 7 个主谓句，其他均是名词短语，故事的叙事顺序是顺时的，标题本身却具有散点透视的特点，使这个线性故事变成了一个由很多独立单元构成的网状结构。我尝试着用标题写成一首诗来探寻这个结构的骨架：

> 一个沉默的旅伴，委屈的笛时时惊心
> 啊，绵柔的乡土，撞击着流亡者的眼睛
> 我像一个干烧着的灯心，沿街推销自己
> 以一场双关的告白，寻找主顾
> 我走进人生最初一课
> 一只白尾狐狡黠地穿梭在生活底部
> 罗锤的世界，生出一个天籁团的构想
> 梦开始生长
> 我睡在蚕茧里，我的女主角轻轻地走来
> 两个同命的人，心一起淋湿
> 一段镀了银的日子
> 由戏开始，又将以戏的方式结束
> 我在梦之谷的海面上沉浮，在火的熔炉里
> 彻底锻造，以一种荒诞的方式
> 被爱背弃，与死抗拒

这首诗明显是一个现代派的意识流，或者说像一个存在主义者的虚无表达。这种结构是立体的，像一棵树，枝杈各自成章，又能拥住主干，具有生长的潜质。空灵，又能扎进土地，逐渐壮大。

小标题点出了贯穿作品的意象，使整部作品的情绪得到意象化的表达。杨义谈道："作家以出色的语言直觉，穿行于独特的意象和丰富的联想之间，以意识的滑动调节着情感的迸发和回流，在字里行

间形成朦胧婉曲、掩映多姿的和声和暗示。"意象来自中国古典哲学和文论，运用到小说创作中，并不多见，是这部小说创造性的一个体现。文中最主要的意象有"笛""灯心""梦""戏剧"等，而且不仅仅体现在标题里，每一节几乎都是围绕着一个中心意象来描述。作品开篇几节都能称得上经典。"干烧着的灯心"一节专门用意象来描写"我"内心的荒凉无依。所有的叙述都是为了表达这种情感，而借助的手段则是意象。先是把自己的处境和鲁滨孙相比，觉得比他还要荒凉。又用意象总结当时的生存状态："住在一个多雨的地带，雨中又有吹不尽的笛声。楼很大，很空，空得除了自己的孤魂，壁上那座'沉钟'，便是楼下那个近于幽灵的老厨师了。"而"我"只能和灯心对话，"夜夜守了这盏灯，我学得能辨认灯心的老少了。一根年青的灯心冒出的灯苗强梁而且莽撞，残老的便萎萎缩缩"。在这个灯心下做的梦，全是些义愤而没有出路的内容，烙着时代的苦闷。

另外，第22节"淋湿了的心"，写天籁团成员在小雨中的芭蕉叶下聚会的场景。"雨"是这一节的核心意象，"淋湿了的心"则是雨与人结合后产生的艺术形象。"雨"是那样细腻地衬托着"我"浪漫、等待、试探、隐秘的爱的心绪，"忽然鼻尖上一滴，忽然眼皮上一滴，沉甸甸而且冰凉的雨珠"。这样一个简陋的聚会，"我"却想到了北京婚俗中著名的"鹅笼酒海"，感觉像是与心爱的姑娘纳聘成婚。"我一任她咪咪着，我用手背为她遮住雨珠，手心拭着她浸湿了的头发。""雨点坠着，天空刷着的闪电映出垂挂在她额上晶莹的泪。""雨"在情感的表达上发挥了至关重要的作用，一切都诗意了，朦胧了，产生了说不尽的味道。初恋的单纯、热烈、梦幻色彩全在雨中体现出来。

一部优秀的小说，艺术造诣最终体现在对命运的表现深度上。《梦之谷》写初恋，写爱情，却处处能够超越一个人的恋爱故事，上升到命运的高度，具有哲学叩问的意味。从开篇到结束，这种意识无处不在。悲剧一直缠绕在恋爱底部，两人的对话最为经典，最能见到命运的底色。"同命的人，太阳落时，在玉塘东墓园等罢。""同命的人，谁也不丢谁的。"时代是那样黑暗、严酷，一个女子要摆脱无知识的命运，终于找到了一个同命的人，这是一种什么样的相遇啊，爱有时就是命，关系着生死，关系着灵肉。"告诉你，我恨灯了。天若是黑遍了，灯也就点不亮。""你呀，你就是我的一盏灯，然而你不是太阳。世界上没有太阳了，我索性把你丢到路旁。"两个人却是谁都救不了谁的，难怪这女子如此悲情。离别就要来临，女子对着那个依然在梦中的男人说："你就要离开这个地方了，你难道就没一点留恋？人分手像船沉了底，即使有浮上的一天，可也就剩壳了——"可不就剩壳了，小说结束后，现实依然继续，1945年后18岁的文洁若读这部小说嫁给了萧乾。1987年，77岁的萧乾又回到这个海岛，女子依然活着，萧乾却不敢再见。再见又如何，只剩下壳了，那些爱的温度、缠绵、悲苦也随梦消逝。"我追赶吗？跑在我前头的，分明是一只巨大得怕人的火炉，熊熊地冒着血红的火焰。一个个，它贪婪地吞噬着。"这是时代、社会的黑暗给青年造成的重伤，这又是命运给人生留下的永恒的悲剧。哪一个人的成熟不是在爱情失败之后呢？从此便知道这世间什么是美，也知道什么是不得已，什么是失去了。

行文至此，仿佛真的走进了梦之谷。那些意象，那些气息，那个巨大的场环绕着我。这是萧乾最好的小说。初恋是心酸的，他是把前半生所有的感悟都融会了进去，以自己的血泪和才情创造了这个作品。在我们的人生中，爱情也是一把双刃剑吧，爱情是成就艺术最重要的动力之一，也带来长久的忧伤和感怀。然而无论如何，"爱总是好的"，爱让我们成为真正的自己，让我们认识社会、体悟自然，是一个突破个体局限最有效的方式。

把一段爱情写到这个程度，也当无怨无悔了。虽然这部作品与诸多世界名著相比，还显娇嫩，但在中国的20世纪30年代，称得上经典。那个时代，那些人生，多半如此吧。在文学的长河中，它又何尝不是一个梦之谷，在"一片黄昏的海"上浮现。阅读的行旅，意义的探寻，也充满梦幻的色彩。又有谁能把梦解清呢？我的这些感悟，也只能算作一次探寻意义的审美之思，希望能揭开黄昏的一角。

"十足诚实的"梦幻者

——《篱下集》与"篱下"

王朝军

想来，人是十分怪异的一个种群，明明欲得到尽可能的多，于周身上下以彻底的解放，结果却在称为"历史"的蛇状物的缠绕下，将自己一圈圈缚得愈来愈紧。到某日，蓦地感觉到疼痛，试着挣脱这锁链，做自由的鸟儿高飞时，才发现普罗米修斯的悲剧其实与宙斯无关，纯粹是自找的。我这里说的是人，更确切点，是人类。我猜想，萧乾在将他的第一部小说集定名为"篱下"时，应该也生出过类似的感受。当然，作为单篇小说的《篱下》另当别论，那里面流淌的是他童年的血泪。因为，人一旦陷入某种热烈的情感中，尤其是这种情感和记忆粘在一块儿，它就变得固执和僵硬了，容不得其他想法的介入。所以，小说《篱下》道出的是"寄人篱下"的本意，而《篱下集》，则越出了个人情感的边界，抵达了人类的"篱下"。

什么是人类的"篱下"？回答这个问题，似乎并不需要费多少口舌，瞅瞅萧乾当年在《篱下集》中所述，再将时间推移到80多年后的今天，我们会冷不丁地发现，克罗齐简直可以和先知同列，历史正在角落里注视着我们的一举一动，时不时发出狡黠而诡异的笑声。

给我印象最深的，当然是《道旁》。在矿务局上班的"我"，每日晚饭后，为逃离这充斥着阴霾的逼仄的压迫，总要去赖飞路上溜达，以换取片刻的松释和宁静。路的北端稀稀落落矗立着一座座堡垒似的公馆或别墅，那里大多是"洋东、买办、在野政客"的住所，但"我"对这一切并不仇视，只是因个人的好恶，决定是匆匆而过，还是驻足停留，形单影只的郁闷的"我"特别喜欢"家"的感觉，所以一个洋人家吃"晚餐时柔和的灯光"竟让我流连良久。在"我"即将结束这小小的"旅程"时，远处叮当沉重的金属声吸引我走去，原来工人正在为一对即将从外洋来的新婚夫妇建造房屋。

故事其实从这里才刚刚开始。这期间"我"被派到 60 里外的矿山调查工人的生活状况，却意外地从工头口里得知矿井可能随时塌陷，我回来急匆匆想报告经理，却被深谙内情的同事拦阻下来，"矿井早请好人了，用不着你来操心。刚由伦敦到的，一对洋囡囡。哼，蜜月！甜不上几天就得乖乖下苦井"。"洋囡囡"是谁？原来正是那座两个礼拜后新建成的平屋的主人。同事的话，没有说错，这对夫妻新婚燕尔刚来一个星期，年轻的工程师丈夫就下矿了，接着矿难发生，活埋了 34 个，他就在其中。如果这仅仅是个意外，或是因"我"遭同事拦阻没有及时报告而导致，那么愤怒的拳头未免砸得过早了。事实证明，"我"的懊恼和怨恨多么天真，又多么可笑，那个同事的三言两语便稀释了"我"心头巨大的内疚感，"他告诉我矿山不稳是人所共知的。这么快会陷落虽然没有料到，可是早晚也是得陷的。一年六回，谁去调查，那边工头也那么嘱咐。这回聘请新工程师就是为勘察新井，好补偿必然的损失"。

对于二十世纪三四十年代的小说，我自信有充分的阅读经验，洋人的高傲、官场的腐败、老爷太太的作威作福、知识分子的迷茫、下层人民的被压迫被损害、举国阿 Q 式的猥琐和麻木……但当我将这些一一搜寻出来，打算斗榫合缝地揿入其中时，才发现这样做的徒然。揭露、批判、讽刺，类似打着左翼文学标记的意识形态词语，在这里并不适用。这是为什么？难道 34 条生命的消亡不是对资本家草菅人命的揭露？难道同事的冷漠和麻木不应该去谴责？难道我明知有危险而不作为，不是客观上充当了帮凶的角色吗？都是，也都不是。事情往往如此，当你自以为看清了真相时，你恰恰离真相越来越远，因为你的惯性思维左右了你的感官，无以拔出。还记得小说中工程师与爱妻话别时说的吗？"世界是一个，我们没法脱离它，另盖一座乐园。

它嫉妒，它不准，它将动手拆毁——"这就有点鲁迅所说的"悲剧"的意思了："将人生的有价值的东西毁灭给人看"（《再论雷峰塔的倒掉》）。不过，年轻工程师（包括我们）的悲剧不在被"拆毁"，而在"没法脱离"这个一体的世界。在这个世界，空间和时间隐没了，我们看到的是生和死在同一个圆点上重合，且是无意义的重合，任何的抗争似乎都是徒劳，那么，是不是可以说，有关哈姆雷特"生存，还是毁灭"（《汉姆雷特》）的困惑，就不再是"一个值得考虑的问题"了？我不敢再想下去。

所以，我宁愿用眼睛去凝视矿工那一张张"似是炭灰制成的脸"，凝视上面滴着的"液体黑珠"，凝视他们木然无助的神情，结果，镜头拉近了，文字变成了图像，黑白变成了彩色，照片变成了视频，过去变成了现在。

好了，还是回到《篱下集》吧，《道旁》其实就像一味药引，借着它再来读余下的篇什，就顺遂多了。环哥住的姨家是"别人家"（《篱下》），荔子做了铁柱儿的"俘虏"（《俘虏》），坠儿的妈妈不得已弃下坠儿跟"干爸"私奔（《放逐》），秃刘的印子车随时可能被车厂收回（《印子车的命运》），老黄是被主人呼来喝去的奴仆（《花子与老黄》）……——数来，大概唯有《蚕》是个例外，但若是联系萧乾的本意，"借蚕来写宗教的虚幻"（李辉：《萧乾传》），便尽可以脱去蚕的外衣，露出人的真貌，那8条生命何尝不是寄居在生存的"篱下"？对，就是生存，这个泛着清光、咬噬着人们魂魄的具体，令所有的象征胆寒。所以，我能理解萧乾在这之后为什么极少再触碰象征，而是转向规规矩矩的现实。其人生也由文坛而至报界，至翻译，以致人们在他身上嗅到的更多的是记者和翻译家的气味。

因为，生存的"篱下"对他的影响太深。

《篱下集》是萧乾初涉文坛后创作的短篇小说合集，共12篇，时间从1933年到1935年，《蚕》是其处女作，1933年发表于好友沈从文编的《大公报》"文艺"上。这其中，除《道旁》是其在《大公报》任职时所作外，其余都集中在燕京大学就读期间，对萧乾来说，那是一段精神和情感相对自由和放松的时期，与当时处于文学界核心圈的沈从文、巴金、林徽因、何其芳、李健吾等人的交往，使他对文学产生了越来越浓厚的兴趣，创作的激情也随之大涨；更重要的是，他有足够的余裕去总结和思考自己之前走过的道路，准确地说，是 35 年浪迹坎坷的人生——父亲在他未出生时便已离世，于是他自打来到这个世上，便背上了"遗腹子"的骂名；出生后由于家境寒迫，刚懂事，便不得不随母亲寄居在三堂兄家，尝尽寄人篱下的苦涩和凌辱；7岁那年，入崇实学校，一边读书，一边给校办工厂做送羊奶的活儿；没多久母亲病逝，给他精神以沉重的打击；16 岁，因参加学生的革命活动一度入狱；18 岁那年被崇实学校以"闹学潮"的罪名开除，并毅然与三堂兄决裂，流浪汕头；1929 年春，同女学生萧曙雯相爱，但因恶势力阻挠而夭折；次年借假文凭考进辅仁大学英文系，后因与系主任争吵，休学一年，到福州做中学教师；1933 年又转入燕京大学新闻系学习……

　　这段经历是饱含痛苦的，其中哪怕是些微的一点，都可能在萧乾的心中震起雷霆巨响。这段经历又是丰富的，它对《篱下集》的写作确是起到了夯土奠基的作用，用萧乾略微含蓄的话说，便是"此书有我早年生活的一些影子"（姜德明：《萧乾〈篱下集〉》，《余时书话》）。"影子"，即经验。而当萧乾的经验覆于小说之上，便不单单是印痕，而是力透纸背的锐器了。

　　《篱下》自不必说，单看《小蒋》一篇，就脱不得"自叙传"的嫌疑。伙计小蒋每日在天刚发亮、众人尚酣睡之时，便准时到厂里挤奶，然后送往主顾家，他的主顾大多是洋人，他在给一位洋人送奶时，因洒了几滴便招来被辞退的厄运，最后他只剩下一个可怜的要求，就是用工钱换回自己最亲密的伙伴"鹿儿"——一只小羊羔，但却被断然拒绝。

　　小蒋的故事有萧乾的影子吗？李辉在其《萧乾传》中曾有这样一段记述：

秉乾（萧乾在进崇实学校后，改名为萧秉乾）从小学就进崇实学校，先在地毯房干了两年，然后到羊奶厂干活。每天天不亮，他来到奶厂，蹲在羊群中，一把把挤出热乎乎的鲜奶，然后背上十几瓶羊奶，从北新桥走到东单。那时，东单一带富人、洋人集中。

送羊奶是辛苦的，但在羊群中秉乾却获得童年的乐趣。羊圈里，似乎藏着他的一点温暖，一点慰藉。他喜欢赶着羊群到安定门放牧。缠绵的咩咩叫声，给在人间饱尝痛苦的孤儿以温柔。他和一只小羊交上了朋友。每当走进羊圈，小羊就摇曳短短的尾巴，挤出娇嫩颤抖而甜蜜的咩咩声。秉乾跪在它的面前，用鼻子哼出同样的颤音，像和亲人一样交谈。这时，外间的一切烦恼，心中痛苦，全消融在咩咩的叫声里……

拿《小蒋》原文比较（因篇幅有限，恕不再引述），这里叙述的工作情形、与小羊羔的亲密场面，都与原文极其相似。当然，我们不能排除李辉在撰写《萧乾传》时，借用了《小蒋》的某些片段，但这本传记基本上还是在采访萧乾本人的基础上加工完成的，其可信度还是相当高的。再加上小说中提到"小蒋是死尽了亲人的孩子"，联系到萧乾7岁成为孤儿的事实，二者存在极强的互证性就更是确凿无疑了。

尽管小说毕竟是小说，"自叙传"绝不是"自传"，但在小说情节中，我们依然可以看到萧乾的另一面。具体到《小蒋》来说，就是小蒋被辞退那一节。其实，萧乾一开始便有意地埋置了伏笔，即小蒋和洋人大师傅吵嘴，搞得洋少爷睡不了早觉，但问题也就在这儿，辞退本不是一件大事，可辞退的理由却不能令人信服，一是说他偷吃送给洋人的奶，二就是吵嘴那件事，照理说这明摆着是小题大做，那么是谁在从中作梗呢？自然是李头儿，小蒋看不惯李头儿的霸道，有意无意地顶撞过他，与他成了死对头，自然会成为他公报私仇的牺牲品。

由掌柜所述辞退理由的不合逻辑到整个事理上的合乎逻辑，也让小蒋从一个诚实的每天凌晨准时到厂里挤奶送奶的工人，逐渐过渡到反抗者的角色，乃至竟敢冒大不韪踢起李头儿来。

反观萧乾的经历，又何尝不是，生活的困窘，使他随母亲寄居在三堂兄家里，长期的屈辱和冷眼既让他感到自卑，又让他爆发时如火山喷发般剧烈，写给三堂兄的决裂书居然有 3000 多字。看来，小蒋与萧乾的交合，主要不在于故事情节，而在于遍尝"篱下"之苦后的性情了。小蒋是如此，《印子车的命运》中秃刘亦是如此。秃刘身强体壮，家境也说得过去，却非要靠拉人力车自食其力，对家庭来说，他是个九头牛也拉不回来的叛逆者，但他输钱后却从不赖账。《邮票》中的赵同学虽孤傲，不合群，却对我这"惟一的熟人"十分坦诚，在他们的镜像中，都闪现着萧乾的影子。那就是倔强和诚实。

萧乾试图用"倔强和诚实"——这把浸透着他的血泪的锐器穿破诅咒的天际，唤醒生存在"篱下"的众人。然而，这一切仿佛又如梦如烟，荔子向来认为男人"讨嫌"，却被铁柱儿"俘虏"（《俘虏》），"坠儿"希冀母亲永远爱自己，却被母亲残忍抛弃（《放逐》），邓山东替孩子打抱不平，到后来，他的杂货糖食摊儿还是摆得离学校远了些（《邓山东》），老黄忠心耿耿，却因疯狗咬伤，被主人无情赶走（《花子和老黄》），好像没一个遂愿的。那真的是梦了？我相信，在这本小说集出版时的 1936 年，年轻的萧乾还无以作答，他需要用接下来一生的体验去丈量梦与现实的距离。不过，1944 年，他在伦敦作的一次题为《一个梦幻者的呼吁》的演讲，倒可作为参考：

我知道，无论是动物的本能，抑或是聪明思考力的永恒的历史真理，两者都不能接受我的建议，但是，和你们中的许多人一样，我仍然是一个梦幻者。

由此，我又想起了沈从文在《篱下集》的题记中所言：

因为我活到这世界里有所爱。美丽，清洁，智慧，以及对全人类幸福的幻影，皆永远觉得是一种德性，也因此永远使我对它崇拜和倾心。这点情绪同宗教情绪完全一样……人世能够燃起我感情的太多了……若每个作品还皆许可作者安置一点贪欲，我想到的是用我的作品去拥抱世界，占有这一世纪所有青年的心……生活或许使我平凡与堕落，我的感情还可以向高处跑去，生活或许使我孤单独立，我的作品将同许多人发生爱情同友谊……

沈从文说的是自己，其实说的也是萧乾，他们都作为梦幻者在构织着理想，只不过，这理想在苦难的行进中一次次遭受风吹雨打后，梦里还有几枝？

良知风骨与性情书写

——评萧乾的晚年散文创作

北　乔

萧乾前半生是在大地上行走，在其生命最后的 20 年里，他又开始了令人动容的心灵之旅：以乐观向上的精神和激昂的文学热情，创作并翻译了数百万字的作品，无论在数量上还是在质量上都达到了过去未曾有过的高度。步入高龄，创作力依然如此旺盛强劲，成果如此丰硕，这在中国现当代作家中并不多见。

晚年的萧乾，在从容淡定中回望岁月，潜进心灵深处，以真诚、浓情和智性铸就了其散文个性鲜明的骨格与品相。他的散文，或饱含日常生活的质感，或闪现智慧哲性的光芒，或触摸真实灵魂的律动，遍及其里的是真善的情感和纯美的精神。他真挚的书写，尽显知识分子质朴的人性良知和人文关怀，锻造出散文特有的气质力量。

萧乾晚年的散文，叙写风格多变，年代跨度大，内涵丰厚瓷实，揉进了丰富的人生体验、深厚的人文知识和浓郁的情感意趣。而这其中，随性的表达、真诚的话语与平和的表情，成就了审美的亲近与自然。这是萧乾晚年散文的一大特质。进入其散文世界，倾心诉说、平等交流的感觉比比皆是，全然没有一些作品中那种高高在上的训教、自命不凡的张扬、故作深沉的表达和有意为之的炫技。这之于生命个体萧乾和知识分子萧乾都是相当难得的，尤其值得我们敬重。作为个人的萧乾，一生中屡遭磨难、多次生死一线牵，真可谓历经沧桑，饱经忧患。而那段被打倒的人生岁月，更是将其陷于肉体与精神的双重困境之中。作为知识分子和写作者的萧乾，博学多才，是中国现代文坛少有的多面手，在众多领域都很有建树。他是富有传奇的二战记者、享有盛誉的翻译家，还是小说家、书评家、编辑家、杂文家和社评家。在进入散文创作时，他安然淡化这一切，用平常心说实话讲实事道实情，实践着他的座右铭："尽量说真话，坚决不说假话。"

他用心真诚地从写作者回到生活者，从人文大家回到我们身边一个可爱可亲的老者。他的语言不事雕琢，清新优美，灵动而随和，对自己的种种遭遇和想法，他不掩饰不遮蔽，和盘如实道出。这与其说是勇气，还不如说是良知使然。

《八十自省》是篇信息量极大的作品，既是他生命足迹的浓缩，又是显影他的思想纹理。一位80岁的老人，一位在中国文坛享有盛誉的作家、学者，没有居功自傲，没有在稿纸上涂抹自己的光辉足迹，而是尽可能真实地还原自己的人生，审视自身的情感与精神，进行着不留情面、不做粉饰的反思与忏悔。对于自己的内心世界，萧乾一直葆有开放性的姿态，《改正之后》正是这样的心境素描。他以简洁而朴素的笔法叙述了他在"反右""文革"中的经历和所见所闻，讲述了他平反之后心态的斑驳图景。如实记述、抵达生活与灵魂的真实境地。所以他会说："一个用笔杆的人，倘若不能写出心坎上的话，确实还不如当只寒蝉好。"在《往事三瞥》和《我这两辈子》以及其他一些篇什中，萧乾多次提及新中国成立前回国之事。他不隐瞒自己的左右为难，诚实地诉说当时心中的不安与矛盾。他最终选择回到北京，没有慷慨激昂的主义，没有旗帜鲜明的政治，有的是对故土的那份依恋，还有怕当白华，怕成为丧家之犬的顾虑。如此的坦诚，是许多人无法企及的。他是在袒露知识分子的心路历程，也是在让散文充分地接地气。他剥离知识分子的外衣，只留下内在的精魂，从日常生活出发，展现生活的细枝末节，表面上是生活状写，内在是精神叙事。他时而忧伤凝重，时而情趣盎然，时而幽默顽皮，时而深刻通达，其里涌动着的仍然是真诚的血液。把交流当作了一种不戴面具几近自言自语的倾诉，这是真正意义上的精神书写。

在《一个乐观主义者的独白》中，萧乾以猫和鼠为象征谈及了知识分子的一个敏感话题，在你死我活的斗争中，知识分子与知识分子之间的关系，一时占上风的少数知识分子，怎么利用工农干部来迫害其他知识分子。其后在《改正之后》发出感叹："少数知识分子整起旁的知识分子，才心狠手辣呢！"同样作为知识分子，敢于如此直言，并不多见。当然，萧乾并非只是将他人作为靶子，而是先将自己曾经的行为昭示于众。许多时候，萧乾批评他人是留有余地的，但对自己却相当的坚决。在《老唐，我对不起你》中，萧乾详尽叙述了他在"三反五反"时作为一打虎小组副组长参与迫害印厂厂长老唐的全过程。此文笔法细腻，生活气息浓，萧乾以自己的新闻特写功底，最大限度地引领我们回到那逝去的生活现场。他似乎是在以新闻记者的身份采访亲历者的他，让真实的历史片段清晰地展现在世人面前。他在如实地解剖自己，不回避，不辩解。"当时，我上意识说是为了运动，但下意识是为了保全自己。"没有客观的理由，只有心灵的直白，还给世界的是历史的真相和自己灵魂的真实读解。

萧乾有着辽阔的宽容胸怀，因为宽容，他可以立于人性，理解他人的处境与行为。他的立场很坚定，但常常将心比心，不做一味的指责、嘲弄与不切实际的批判。在《八十自省》中，谈及他所痛恨的"文革"语言，他一方面厌恶而诅咒，另一方面又有所理解。"我一直想从文字及逻辑上分析一下所谓的'文革语言'。然而革命家要的就是旗帜鲜明。我能理解革命小将那时的激情。一九二五年北平学生抗议英国巡捕在上海南京路枪杀中国工人和学生时，我何尝不也那么激烈过。"就是在今天读来，这样的话语依然令我们有些心惊肉跳。但这也让我们看到萧乾与众不同的思索角度和力度，感受到一名知识分子真正的人文情怀。萧乾没有将苦难作为一种资本，也没有对他那些在特定年代犯错误、走错路的人们横加责难，反而真诚地表达同情与理解。"倘若我没从一九四九年就被打入冷宫，而也就成了红人，想必也会写下不少捧这个批那个、歌颂三面红旗等使自己今天看了都会脸红的货色。在这方面，我是幸运的。"对他而言，幸运不是侥幸，而是在体察到他人的挣扎与无奈，反省自己可能的行走。

萧乾竭力让自己活在本真的世界里，对一切都力求真实地表达。

在《八十自省》中他写道："有人以为一九五七年我被迫放下笔杆，发配到农场，赤着足在田里插秧拔草的期间，一定苦不堪言。其实，我大部分时间还是笑嘻嘻地活过来的。"直至今日，我们读到过太多的有关那段昏暗无序年代里的种种书写，苦难、委屈、悲伤、忧愤已经成为常见的关键词。不可否认，在那样的年代，生命和情感都遭受着非人的折磨，但这绝不可能是生活的全部。有关萧乾那段时间的苦楚，尽管他本人讲述得并不多，更不详尽，但从相关资料中我们还是可以知道，真实的情况远比萧乾本人文字里描述的要严重得多。然而，萧乾在回忆这段历史时，显得相当的理性，没有带着个人情绪去夸大苦难，没有怀着某些功利去纯粹忆苦，他深刻洞察苦难背后的原因，但对个人的遭遇却总是轻描淡写，并常轻松地自嘲与诙谐。苦难，是人生存不可逃脱和逾越的境况，就像一块胎记印在人的心灵之上。正如列夫·托尔斯泰所说："其实所有的人都是在痛苦中长大的，他的整个生命就是一系列痛苦，有的是加在他身上的，有的是加给别人的。"人们在苦难中前行，有抗争，有无奈，更有无尽的思索。同样，几乎所有的作家都意识到苦难在人生之中的分量，之于人类的魔法。稍有意识的作家，也都在描绘和揭示苦难。的确，苦难是文学永远无法回避而且需要进一步重视的一个主题。之于作家，这是一种勇气，也是一种责任。萧乾真正进入苦难内部体验，在努力寻求被苦难重压淹没时的出路。他不消解也不遗忘更不涂抹苦难，而是怀揣乐观和积极之心之情在苦难中寻觅诗意，让我们在苦难的肆虐之下，感受到一丝因希望带来的暖意。他晚年的多数散文，比如《我的搬家史》《我的书房史》等等，都涉及苦难，苦难成为他作品一直存在的底色。"现实生活如生米生菜，回忆仿佛通过时间加了工，配了佐料，就更有滋味了。一个人在泥泞中走的时候，只觉其苦。走上干地之后，再回首一望：那么一摊烂泥，我居然深一脚浅一脚地走过来了。即使有时陷到腰部，可居然没倒下。这时，就连对那烂泥也滋生了感情。苦之外，还有点使人依恋的什么。"他承认也重视苦难的客观存在，感知苦难对于人类恒久的摧残。但不在屈从下苦闷，消极中无助，而是以纤细、温暖去发现和抒写被苦难挤压下的人性之美、人心之善和生命、情感的力量，以此显现人生之美，给予我们与苦难斗争的力量和希冀。这是一种积极的生活态度，也是作家精神力量的所在。

萧乾的真诚还在于让自己的生活平实地显现，让自己始终是普通人中间的一员。他深知，作为与文字打交道的人，作为命运多舛的知识分子，他确实有与平常人不同的地方，但就生命本身而言，他也是普通人，也有平凡而不失趣味的日常生活。《一对老人，两个车间》《我们这家夫妻店》《透过活物看人生》《在十字架的阴影下》《关于死的反思》《从心理学的角度》《终身大事》和《三姐常韦》等，都从日常生活的视角切入，虽然还谈及他的专业性工作，但更多是类似家长里短的日常琐事、亲情友情和个人爱好。他看似在讲故事、拉家常，却在不经意间吐露对人生的深刻咀嚼，对情感的真切触摸。

《透过活物看人生》，以生活化的笔触翻检记忆，将其与动物之间的相处、对动物的了解写得生动有趣。他写动物的可爱，写自己与动物间的玩耍，写动物带给他的快乐，写动物之于他的创作灵感和鲜活素材。他将现实中人和动物的相处与如何将生活中的动物转移到创作之中巧妙地对接在一起，自然而富有意味。正如他所言："我也闹不清何以从小喜欢小动物。兴许是因为早年生活太孤寂单调了。那些小动物确实丰富了我的童年，也给我不少慰藉。这样，活物就自自然然地进入我的创作。我从它们身上得到过启迪，时或还联系到自己的生活与处境。"同时，他也写到自己对于动物的残害，比如剁田鸡、钉蝴蝶。他有悔恨，也有推及人类间相处的思考。在描绘动物灵性的同时，又以动物观照人性。"很晚很晚，我才懂得一个道理：对于活物，不可任意去摆弄。最仁慈莫如让它们自由地生活着。鼓励它们去斗自己的同类，剥下它们的皮去装饰墙壁，其残酷并不亚于把它们的后腿剁下来饱餐一顿。"这是对大自然、对生命的敬畏与尊重，也是对于人类生活和人性的反思与警示。

萧乾的情感经历比较波折，一生有过4次婚姻，这让他对爱情与婚姻有着更多更真切的体验与感悟。《终身大事》以宿命、浪漫、实际、变迁、标准、灵与肉、异与同和基础等为关键词，在说自己的事与讲他人的故事中，既抒情又说理。这是他的情感体悟，又是人人可以借鉴的爱情婚姻指南。他不以过来人所谓的经验说教，不以经历丰富来推广自己的说辞，而是摆出许多的事例，让读者对比判断，以形象生动的比喻让读者品味。众所周知，他与文洁若志趣相投，生活幸福，事业互助。但他并没有就认定夫妻间一定是"同则合"。"男女两位化学家生活在一起，如果各自坐在餐桌的一端，一个背元素，一个背公式，我看那种生活够枯燥乏味的了。反之，倘若化学家的夫人是位花腔女高音，化学家之余，欣赏一下青海民歌或威尔第的咏叹调，而歌唱家出于对四化的热情，也积极鼓励丈夫搞试验发明，他们可能过得十分美满和谐。"语言风趣，意旨深远。最重要的是，他深知人类情感的复杂性，从不做非此即彼的定论。比如他对中国古代讲究夫妻"相敬如宾"就认为"当然是封建士大夫的一套虚礼，但总比拽了头发没头没脑地乱揍要胜一筹"。在说理论道中，萧乾总是那样的随和而幽默，时而还会很童真，从不板着脸教育他人，从不对别人的想法和行为自以为是地指手画脚。他只是提供生活中的众多生动的事例，让读者在愉悦的阅读中得到启发。他的散文因而也更富亲和力。

因为真性情，萧乾以《三姐常韦》立起了常韦这一平民形象。常韦处于社会底层，因为误治而留下脚疾，一生未能为人妻为人母。她的一生磨难不断，但乐观向上，精神不倒。她为人善良，勤劳肯干。萧乾以亲情为脉，用点滴生活勾勒出一个女性的生命和精神历程。他、文洁若与常韦既是亲人，又是知识分子与底层女性的关系。在这里，萧乾细致入微的刻画，让我们感受到他内心的柔软，感受到他对于底层人物的亲近与温暖。可以说，萧乾舍弃了学者的架势，回到平民的情感心理，观察生活、观察社会，以平民的生存体验和文化心理体验去面对和处理生活与人生，考究、探问平民的人性。如此一来，心灵喷涌而出的人文关怀，使得萧乾没有高高在上俯瞰，没有以伪平等的方式寄予同情，他就在民间，就在那些普通人的身边。他以真诚的书写表达着这样一种认知：回到人本身，作为一个生命个体，人的生命只有一次，其自身的存在价值是无从比较的，是平等的相同的。每个人都享有同等的生存权和尊重权，我们对此都应最大限度的尊重。

萧乾笔挟情热，铁骨柔肠，内心充盈着普世的悲悯情怀，具有深厚的民主思想和鲜明的知识分子应有的良知和正义表现。这一切源于他的真诚和坚守真诚的独立精神。这也是他留给我们最为宝贵的财富。

1950 年代的萧乾："龙"抑或"泥鳅"

刘绪才

作家曹禺 1957 年在《文艺报》上撰文这样评价萧乾，"萧乾是文化界熟识的人，他很聪明，能写作，中、英文都好。但是他有一个毛病，就是圆滑、深沉，叫人摸不着他的底。过去，他曾在浑水里钻来钻去，自以为是龙一样的人物，然而在今天的清水里，大家就看得清清楚楚，他分明是一条泥鳅了"。这里面有两对关键词耐人寻味，一对是"龙"与"泥鳅"，一对是"浑水"和"清水"。在"浑水"与"清水"的不同生态环境中，按照曹禺的理解，萧乾的身份实现了由"龙"到"泥鳅"的变化。于此，我们不禁要深思，20 世纪 50 年代的萧乾到底是"龙"还是"泥鳅"？萧乾的"叫人摸不着"的"底"到底是什么？

20 世纪 50 年代，回到大陆"落户"的萧乾始终处于社会角色定位的"大十字路口"。这位吃面包的未带地图的旅人在踏上新政权土地的那一瞬，并不是信心满怀。他说，"自从在青岛上岸那天起，我就怀着一种激动和好奇不时地用现实和我心门中的共产主义对照着，比较着"，而对照、比较的核心就是红色政权下非党知识分子的遭际。内心怀着疑虑，萧乾就这样走进了新中国的政治体制。

1949 年初到北平，单调的生活并没让萧乾感到不适应。与沈从文、朱光潜不同，萧乾对新中国政权的接纳、融入非常迅速，人与人之间融洽的关系消除了他的落寞感，甚至他还体会到了"革命不分先后"这句话带来的温暖和慰藉。他住在亚洲饭店，吃着小灶，受着尊敬，他感叹"中国知识分子毕竟是幸运的"，"感到自己是受到重视的"。目睹妓女改造、参观农村土改产生的思想转变，帮助他很快就成为了新中国"人民的吹鼓手"。

1951年，萧乾发表了近似"连环图画"的大型特写《土地回老家》，其大手笔获得了满堂彩。在1982年为这篇文章写的"附记"中，萧乾说这是自己"解放后第一次的习作，带着自我改造的迫切要求去采访来的"。他还援引了《土地回老家》日文译者官崎世民"肯定这篇东西对于阐明中国革命的作用和价值"的评语。在《风雨平生》的口述自传中他说："我写文章并不是快手，然而《土地回老家》这套用文字反映土改的'连环图画'，却不出一个月就完成了。《人民中国》分五期连载刚登完，英、俄、印尼文的单行本就印了出来。很快又被译成印、缅、日、德、法等11种文字。"多年后，读者读到这一段还会在字里行间清晰地发现萧乾流露出的自豪之意。

此外，一个更重要的事件是，他应时任《人民日报》总编辑范长江的邀请在该报"显著刊出"的《在土地改革中学习》一文引起了中共高层领导人的注意。1951年3月2日，毛泽东在写给胡乔木的信中说："3月1日《人民日报》载萧乾《在土地改革中学习》一文，写得很好，请为广播，发各地登载，并可出单行本，或和李俊新所写文章一起出一本，请叫新华社组织这文章，各土改区每省有一篇或几篇。"实际上，在此之前，萧乾就已经发表过一篇谈自己思想转变的《我认清了阶级》的文章。在这篇文章里萧乾说经过参加北京郊外的一个农民斗争会，"明白了没有人能跳出历史，超出阶级的，也鲜明地暴露出过去我那种'跳出''超出'的想法是如何不可能，如何可耻"！他深刻地自剖，"我虽未直接吃人，却曾间接吃过人"。是以，他虔诚地总结出"毛泽东为代表的无产阶级先锋队才是灯塔，才是舵手，才是安全幸福的保障"。正是以这样的认识转变为基础，再加上文运当头，使得当时萧乾"精力真充沛"，接连写了《李媛驰的一生》《黄友毅回家》《土地回老家》和《生活在怎样伟大的时代》等特写与自述性的文章。其中《李媛驰的一生———一个湖南农民的翻身》《土地回老家》《黄友毅回家》等5篇文章还收录进了1951年11月由上海平明出版社出版的《土地回老家》一书。

我们可以理解的是，在新中国成立后的"清水"及泛起的阵阵波澜中，正是他的"吹鼓手"身份及歌唱的虔诚态度让他延续着大陆政权成立前就表现出来的被后来批判他的人称为"龙"的社会形象。而萧乾作为"龙"的形象，在当时的批评家看来其显著特征就是"钻来钻去"。对于这种当头的红运，萧乾认为得益于解放初创作上的两次丰收，即1951年写土改和1956年写内蒙古。对于土改，他认为"是为了消除这古老中国身上的脓疮，使它茁壮成长"，1956年写内蒙古则是因为"原先只有一座喇嘛庙的草原上，建起了新兴城市"。他作为一位"吹鼓手"，"为了能向世界宣传这些壮举而感到光荣"。当然，"吹鼓手"的这两次丰收带来的不仅仅是当红的文运，还有政治命运的转变，也就是他工作职位的变迁。当然，这也是"钻来钻去"罪状的重要表征。

我们可以梳理一下萧乾自回国至1957年被划为"右派"几年间，工作职位的变动及对他生活带来的影响。1949年，他于开国大典前夕到达北京，当即就参加了国际新闻局的筹备工作。当年10月，任英文刊物《人民中国》副主编兼社会组组长。需要注意的是，《人民中国》隶属后来出现的国际新闻局，是对外宣传的重要窗口。然而，萧乾"不完全满足于当个靠点外文吃饭的技术干部，内心有着一种想用自己的笔写点什么的愿望"。1952年，他被调至中国作家协会，任《译文》杂志编委会编辑部副主任。1953年，被时任作协副主席的冯雪峰调至人民文学出版社，做了《世界文学》的编辑。当冯雪峰向他征求被调至出版社的个人意见时，他"兴奋得一夜也没合眼"，感到"归队了。回到自己的本行了"。1955年年初，被解除编辑职务，正式做了专业创作人员，他"欣喜若狂"，"决心不辜负这个机会"，并准备去煤矿体验生活3年，"计划写个以20年代工人运动为题材的长篇"。萧乾"升职的高潮"是1956年被"三顾茅庐"做了《文艺报》的副主编，并给了"专业"待遇。同年，萧乾还受聘任了《人民日报》文艺版的顾问。对于所谓的"专业"身份的赐予，他认为这是个"特大喜讯"。当然，出于对文艺创作的热爱和对上级赏识的感恩戴德，他笔力雄健，创作出了系列以"颂歌"为主的散文和特写，新闻家、文学家的身份得到了很好的统一。对于"升职"的感受，除了住房的变化，萧乾感到"头上的天空总是晴朗的。人升了职，对镜一照，脸上的灰尘倏忽不见了，腰板也挺直起来。早已生了锈的脑子，忽然像涂了层润滑油"。他甚至还在1956年的冬天，以"萧作家"的身份享受到了3吨"火苗旺""又不臭"的阳泉煤的特殊待遇。而真正被认为有"龙"的气象的还是在1957年五六月间，按照当年批判材料的说法，当时正是"'中国的天空上黑云乱翻'的时候，他忽然露出头来，兴风作浪，拉拢这个，打击那个"。

这期间，萧乾到底做了什么呢？

当时的批判资料揭露，萧乾是"四处点火"。他拉拢了"反党、反社会主义、阴谋篡夺党的领导的个人野心家们"，打击了"忠心耿耿、保卫党的事业的人"。同时，"还写了一些诽谤党、党员作家和新社会的文章"，"集中火力对人民文学出版社，对《译文》，对《文艺报》进行攻击"。正是在这样的行为描述中，萧乾实现了当时批评话语中由"龙"到"泥鳅"的身份转变。

1956年，毛泽东在最高国务会议上提出了"百花齐放、百家争鸣"的方针，整个文艺界开始解冻。胡乔木在《人民日报》开辟了专登文艺作品的第八版，每天在左上角刊登一篇批评性甚至是讽刺性的杂文。萧乾创作上的"出轨"即开始于这样的形势。在后来的回忆中，他说，"一九五六年那气温暖得令人人都想掏心窝子。于是，我就写了篇寓言式的《大象与大纲》"。按照他自己的理解，这篇文章"无非是说，文艺的灵感只能出自作家内心受到外在事物的激发，才能有神来之笔"。可是，他在文章的开头却说"我也是'醉翁之意不在酒'"。那么他的"醉翁之意"是什么呢？显然，借这篇文章萧乾批评了赴京参观的劳模作报告时空话满篇、千篇一律的应景作风。趁着这样的政治气候，萧乾又发表了《小品文哪里去了？》《一篇拒绝"点题"的文章》《餐车里的美学》《"上"人回家》《礼赞短短篇》等文章。这些文章涉及了当时的文学创作问题、作家与出版社的关系问题，甚至还涉及了敏感的社会与政治问题。他形象地把自己创作上的这种"出轨"称作"死灰复燃"，但这终于让他红运到头。

而带来"杀身之祸"的则是一篇"失控"之作，是"解放以来我克制了八年之后"，"终于写的一篇批评文章"，也就是1957年6月1日他在《人民日报》《作家艺术家论坛》栏目发表的《放心·容忍·人事工作》一文。在这篇响应号召"鸣放"的文章中，萧乾一直深埋于心的对于政治的思考终于喷薄而出。这篇文章洋洋洒洒，从洗衣店店员与顾客吵架"抢先检讨"这一"高明的战术"写起，批评了"对人不即不离，发言不痛不痒，下笔先看行情，什么号召都人云亦云地表示一下态度，可对什么也没有个自己的看法"的"革命世故"以及居于其中的"大半数都居于领导地位"的教条主义者，认为"没有独立思考，就等于生鱼生肉没经过烹饪、咀嚼就吞下去，不但不能变成营养，一定反而还会闹消化不良"。由此，萧乾深入思考了"双百"方针，指出"'百花齐放'里要有两个'放'字才成，一是作家要把匠心'放'出来，一是领导——特别是党的领导要'放'得下心"。最为严重的是，他由此展开了对"民主精神"和对党的"人事部门"的批评。他重申了"资本主义国家没进入帝国主义阶段以前"时的"我完全不同意你的看法，但是我情愿牺牲我的性命，来维护你说出这个看法的权利"的民主精神。而对当时的国内状况，他认为从"'共同纲领'到宪法，我们国家对于人民享有言论、著作的自由，都有明文规定"，"可惜我们目前还不能进一步说：每个中国人都已经有了说话和写作的自由了"。他还认为"'争鸣'要持久下去，就还需要一种保证，树立一种社会风气，甚至像党中央对批评与自我批评那样制定出一条原则：不以横暴态度对待别人的看法、想法和说法是每个公民对宪法应尽的一份神圣义务"。在最后的"人事工作"一节中，他批评了人事部门的神秘性及工作方法上的宗派主义、主观主义、官僚主义，甚至"现身说法"批评了人事部门拖沓的工作作风。萧乾说这篇"当时的出发点只是希望缩短领导与群众之间的距离"，没承想这篇作品竟成了"一九五七年我被划为右派的主要罪证"。他后来反思当时这样的行为"真是胆大妄为","难怪要受二十二年的惩罚"。事实上,联想到1949年之前萧乾的《红毛长谈》和"思想工作者"的自我身份命名,这长达"二十二年的惩罚"恰恰才能让后来者考量出萧乾"叫人摸不着"的"底"到底是什么!

可以说,基于上述的变化给予他"钻来钻去"的"龙"的评价,似乎也并不为过。但是,"泥鳅"的比喻或许更准确、更形象。然而,他"泥鳅"的罪状又是如何来的呢?按照当时对萧乾的批判,"泥鳅"的罪状主要来自当时的批评者对他两个方面的概括,一是他的"笑着骂人"的行文方式,一是他的"两面三刀""脚踏两只船,从不落空"的行事准则。是以,才有当时的一个重要认识,"过去每次政治运动来了,萧乾总是'装死'蒙混,运动过去,他又卷土重来,继续向党进攻"。当然,也才有了萧乾"像那种偷偷在井水里放毒的人"的比喻。而在后来者看来,萧乾20世纪50年代的那种"疑惧"与"张皇"的心态与他"泥鳅"的形象倒是更为神似。

是以,关于20世纪50年代的萧乾到底是"龙"还是"泥鳅"的疑问,或许,"'龙'抑或是'泥鳅'"的答案才更能贴近问题的意义核心。

时任国务院总理朱镕基给萧乾先生的一封信

高建新

在内蒙古大学"萧乾文学馆"中西面向阳的一间房子的墙上，挂着一封时任国务院总理的朱镕基写给萧乾的亲笔信，全文如下：

萧乾先生：

感谢您赠我《萧乾文集》，先生毕生勤奋，耕耘文坛，著作等身，为中国之文学、新闻、翻译事业做出宝贵贡献。我在中学时期，先生就是我的文学启蒙人之一，受益匪浅，深望保重身体，永葆艺术青春，共同迈入二十一世纪，顺祝九十华诞。

朱镕基

一月二十六日

朱镕基总理的信是用印有"中华人民共和国国务院办公厅"红色字样的信笺写成的，镶在一个紫褐色的玻璃相框中。信写于 1999 年 1 月 26 日，第二天，就是萧乾的九十华诞。朱镕基总理的信以简练的语言，评价了萧乾先生一生为中华文化事业所做出的宝贵贡献。信中提及萧乾所赠的《萧乾文集》，共有 10 卷，傅光明编选，浙江文艺出版社 1998 年 12 月出版，文集共 320 万字，反映了他一生创作和翻译成就，包括小说、散文、特写、杂文、回忆录、文学评论和书信，其中一半以上为萧乾先生 70 岁以后的创作。信中，朱镕基总理祝贺萧乾先生九十华诞，希望萧乾保重身体、永葆艺术青春，共同迎接 21 世纪。

与此同时，与萧乾相识相知70余年的冰心（1900年10月5日—1999年2月28日）和巴金（1904年11月25日—2005年10月17日）也分别在病榻上写信向萧乾致贺。时年99岁的冰心的信带着大姐一贯的亲切和温馨："小饼干（这是他们之间特有的称呼），你今年90岁了，祝你生日快乐。在我眼里，你永远是个小弟弟。我的眼前常浮现出你当伙计时到我家送稿费的样子，你那股调皮劲儿一辈子也没改。当年的小伙计成了大作家，出了10卷文集，祝贺你。现在我们两人都在医院里，不知你有没有信心和我拉着手一起进入新世纪。"时年95岁的巴金的信是这样写的："听说你出了10卷文集，很欣慰。要是你年轻时像你70岁以后那样勤奋，写得远不止这些，你是有才华的。我们都老了，我现在惟一关心的是中国现代文学馆。我多么盼望新馆开馆的那一天，你能陪我一道去剪彩。新的世纪就在眼前，让我们共同迎接它。"（见《人民日报》1999年1月28日第一版）三位老人真诚相约，共同步入新世纪，着实让人感动。"萧乾文学馆"中，藏有巴金赠给萧乾的10卷本《巴金选集》（四川人民出版社1982年版），书的扉页上有巴金的亲笔题字："赠肖乾 洁若 巴金八三年三月于华东医院"。

萧乾（1910年1月27日—1999年2月10日），蒙古族，我国著名学者、作家、文学翻译家和资深记者，中央文史研究馆馆长。作为一名蒙古族作家，萧乾生前一直都有在内蒙古设立"萧乾文学馆"的意愿。2008年12月，文洁若遵照萧乾遗愿，向内蒙古大学提议设立"萧乾文学馆"。2009年3月，"萧乾文学馆"落户内蒙古大学。"萧乾文学馆"牌匾由北京大学教授、现任中央文史研究馆馆长袁行霈题写。"萧乾文学馆"设在内蒙古大学建校初期教授住宅旧址东2号，这是一座两层的红砖楼房，已有50多年的历史。萧乾的夫人，作家、翻译家文洁若向文学馆内捐赠了萧乾夫妇曾经用过的一些生活用品，如书柜、书桌、健身自行车等，还有萧乾的照片、剪报、藏书等。"萧乾文学馆"由内蒙古大学文学与新闻传播学院和内蒙古大学党委宣传部共同管理。文学馆成立后，凝聚了国内以及海外的科研力量，全力开展萧乾文学文化研究工作，举办学术会议，出版《萧乾研究》等一批关于萧乾的研究著作。

从"太太的客厅"走进《梦之谷》

沐定胜

　　回忆起多年前和萧老的第一次接触，还是在 1992 年的初夏，为了筹备《萧乾文学生涯六十年展览》，我和几个同事在北京东城后圆恩寺茅盾故居的南屋中忙碌着。一天下午，萧老在夫人文洁若的陪同下，亲自来看望我们这些布展人员。出乎我们意料的是，风度翩翩的他还拎来了一瓶洋酒送给我们大家品尝，显现出他平易近人的性格和对普通工作人员劳动的尊敬。我想，这和他曾多年从事新闻工作，善于和形形色色的人打交道是分不开的吧。

　　正如人们所熟知，人生经历颇为传奇的萧乾是中国现当代文学史上的一位重要作家，出身寒门的他是从写小说向报刊投稿而开始的文学创作生涯。自 1933 年开始，便在《水星》《国闻周报》《大公报》文艺副刊发表小说作品，并获得了不错的反响。1935 年后，由于杨振声、沈从文二位文坛前辈向《大公报》总经理胡霖推荐了他，萧乾大学刚刚毕业就有机会到天津去担任了《大公报·文艺》副刊编辑。1939 年后，萧乾应邀到英国伦敦大学东方学院任教，并兼任《大公报》驻英记者。正是凭借着这一机缘，他在二战期间，成为我国唯一一位亲临欧洲战场的战地记者，他那《银风筝下的伦敦》《矛盾交响乐》等一篇篇翔实的战地报道，为战火燃烧中的祖国带来了盟军的不断胜利和轴心国的节节败退的消息，给饱经战乱的同胞带来了胜利的希望。

　　1949 年新中国成立后，萧乾返回祖国，长期从事新闻报道和报刊编辑工作，任英文版《人民中国》和《文艺报》副主编。作为一位精通英语的翻译家，他翻译了许多外国经典文学作品。像《莎士比亚戏剧故事集》、捷克著名作家哈谢克的《好兵帅克》、英国著名作家菲尔丁的《汤姆·琼斯》等世界名著，还因翻译挪威著名剧作家易卜生的《培尔·金特》而被授予挪威国家勋章。最让人感慨的是，在他80多岁高龄时，他还与夫人文洁若合作翻译了世界文坛公认"最难懂的巨著"——爱尔兰著名意识流小说大师乔尹斯的《尤利西斯》，令世人惊叹不已。

说起萧乾早年步入文坛的经历，熟悉现代文坛掌故的人大多听说过萧乾和沈从文的密切关系。1988年5月10日，沈老在北京驾鹤西去，两日后，萧乾写了一篇《没齿难忘——悼沈从文老师》，刊载在5月15日的台湾《中国时报》上。文中写道：

"他是我的恩师之一，是最早（1930年）把我引上文艺道路的人。我最初的几篇习作上，都有他修改的笔迹，我进《大公报》，是他和杨振声老师介绍的。在我失业那八个月时间（1937年至1938年），他同杨老师收容了我。这些都是我没齿难忘的。"

说起来，那还是在1929年秋，萧乾考进了燕大国文专修班，并旁听从清华大学来的客座教授杨振声的"现代文学"课。经杨老师介绍，于1930年结识了沈从文，见面之后，投缘相得，在文学创作方面得到了沈从文很多的指点与帮助，萧乾甚至尊称沈从文为"师父"，可见其受益匪浅。1933年11月1日，时任《大公报·文艺》副刊主编的沈从文，将萧乾的处女作短篇小说《蚕》经过认真的修改后编发在《大公报·文艺》副刊上，没想到当时北平文化圈中著名的才女林徽因读了之后很是欣赏，誉为"用情感凝铸的作品"，"是沈从文主编《大公报》副刊两个多月来她读到的最好的小说"。她对这位青年作者青眼有加，托"沈二哥"邀请萧乾到她家去喝茶。很快，萧乾便收到沈从文的信，说"有一位绝顶聪明的小姐"要见他。

20世纪30年代，建筑学家梁思成、我国第一位女建筑学家林徽因夫妇搬到了北平北总布胡同3号的一所四合院。由于二人出身名门，家学渊源，其所具有的人格与学识魅力，很快围聚起了一批当时中国知识界的文化精英，如诗人徐志摩和卞之琳、哲学家金岳霖、政治学家张奚若、经济学家陈岱孙、国际问题专家钱端升、物理学家周培源、社会学家陶孟和、考古学家李济、文化领袖胡适、美学家朱光潜、作家沈从文等等。这些文化精英常常在星期六下午来到梁家品茗，坐论天下之事，探讨学术研究。时间一久，渐成气候，便形成了20世纪30年代北平最有名的文化沙龙，时人称之为"太太的客厅"。正是这间客厅，对于20世纪30年代"京派"文学的形成起了不可忽视的作用。

女主人林徽因才貌双全，在20世纪30年代便发表了许多具有专业水准的文学作品，范围涉及诗歌、散文、小说、戏剧各个领域，在京派作家群中声誉鹊起。汪曾祺曾如是称赞："她是学建筑的，但是对文学的趣味极高，精于鉴赏，所写的诗和小说如《窗子以外》《九十九度中》，风格清新，一时无二。"又因与梁思成多次在一起外出不避艰险地考察各地的古代建筑，以及新中国成立后参与设计的中华人民共和国国徽、人民英雄纪念碑图案等，使她在我国建筑史上也留下了浓墨重彩的一笔。他们的老朋友，美国著名的汉学家、历史学家费正清曾这样来形容林徽因："她是有创造才华的作家、诗人，是一个具有丰富的审美能力和广博的智力活动兴趣的妇女，而且她交际起来又洋溢着迷人的魅力。在这个家，或者她所在的任何场合，所有在场的人总是全都在围绕着她转。"

正是有了沈从文的引见，23岁的大三学生萧乾才得以在1933年11月4日（周六）下午进入"太太的客厅"，怯生生地拜会了这位长他6岁的"神仙姐姐"。这次会面，对当年刚刚出道的这位文学青年"就像在刚起步的马驹子后腿上，亲切地抽了那么一鞭"。从此，萧乾从一个刚刚出道的文艺青年，正式"奋蹄"跃入文坛。以一个风格鲜明的京味青年作家的独有风貌，在30年代的文化圈里来了一个华丽的登台亮相。此后，他就因陆续发表长篇自传体小说《梦之谷》、短篇小说集《篱下集》《栗子》、散文集《小树叶》等名噪一时，成了京派作家中的后起之秀。

现代文学馆珍藏着一份珍贵的书信，正好是印证这一史实的，那就是1933年11月初林徽因写给沈从文的信，信文如下：

沈二哥：

初二回来便忙乱成一堆，莫明其所以然。文章写不好，发脾气时还要呕出韵文！十一月的日子我最消化不了，听听风知道枫叶又凋零得不堪，只想哭。昨天哭出的几行，勉强叫它做诗，日后呈正。

萧先生文章甚有味儿，我喜欢。能见到当感到畅快。你说的是否礼拜五？如果是，下午五时在家里候教，如嫌晚，星（期）六早上也一样可以的。

关于云冈现状是我正在写的一短篇，那一天再赶个落花流水时当送上。

思成尚在平汉线边沿吃尘沙，星（期）六晚上可以到家。此问

俪安

二嫂统此

徽因拜上

手拿着这封信，抚摸着那发黄的信纸，辨识着那一行行隽秀的行楷字迹，那痛快爽利、略带幽默的语句，不但将这次的林、萧会面的缘由告知了我们，其关注古代洞窟雕塑艺术的热情也略见一斑。不经意间，如同我们触摸到了史实的脉搏一样，不由得我们不怦然心动。历史，就以被我们捏在手中那薄薄的一纸信笺，引导着你我感同身受那78年前在"太太的客厅"里发生过的这一幕故事。是否可以说，百年现代文学史的巨人与我们匆匆擦身而过后，这次有幸被我们捕捉到了它的一个清晰的足印呢！

这封信里记录的足迹，除了林、萧的会面之外，还记录另外一件文学史上重要作品的问世过程，那就是原载1933年11月18日《大公

报·文艺》副刊上的《秋天，这秋天》，这是林徽因悼念诗人徐志摩逝世两周年的锥心泣血之作。初看这封信，不明白为什么信中会流露出这样一丝哀伤的情绪。随着对细节了解的深入，才发现近两年来，这"碧云天，黄叶地"的清秋时节，便已是"秋风起兮叶飞扬，怀知己兮意堪伤"地和徐志摩的不幸坠机密不可分地联系在了一起，方才真正地明了信中所说的"十一月的日子我最消化不了，听听风知道枫叶又凋零得不堪，只想哭。昨天哭出的几行，勉强叫它做诗……"字面后所蕴含的深意，令我们不由得不为之感慨，唏嘘不已。

《大公报》文艺奖金史实钩沉

徐　俊

1936年秋天，萧乾正在上海的《大公报》编辑《文艺副刊》，曾主持过一次文艺奖金评选。这在当时的文艺界可算是一件创举了，而尤为奇特的是在评奖过程中还发生过获奖作品临时更换的小插曲。萧乾在晚年曾撰文回忆当年的往事道：

> 这种奖金原定每年评选一次，由报社每年拿出三千元来，以一千元充文艺奖金（奖给一至三人），以两千元充科学奖金（奖给一至四人）……
>
> "文艺奖金"的裁判委员请的主要是平津两地与《大公报·文艺》关系较密切的几位先辈作家：杨振声、朱自清、朱光潜、叶圣陶、巴金、靳以、李健吾、林徽因、沈从文和武汉的凌叔华。由于成员分散，这个裁判委员会并没开过会，意见是由我来沟通协调的。最初，小说方面考虑的是田军的《八月的乡村》。一九三七年五月最后公布出的结果是：
>
> 小说：《谷》（芦焚）
>
> 戏剧：《日出》（曹禺）
>
> 散文：《画梦录》（何其芳）
>
> 各种文艺体裁之间本无高低之分，所以并未搞第一奖第二奖，一千元由三位平分。

但萧乾对更换《八月的乡村》的原因及过程却语焉不详。

在这里，作家书简为我们提供了揭示秘密的钥匙。首先是萧乾致曾任中国现代文学馆副馆长的吴福辉的信函：

> 我想向你提供一点背景，当时评委及我自己都注意到这个京海派问题。三个奖中最重要的为小说。最初京、海以及在武汉的凌叔华都同意把小说奖给《八月的乡村》作者萧军，但他通过巴金向我表示不愿接受，所以才改给芦焚（师陀）。

应该说，萧军表示拒绝受奖只是这个插曲的后半截；至于如何去询问萧军的，巴金致萧乾的信函为我们作了补充：

> 关于"文艺奖金"，最初决定给肖军的《羊》。你要我去问肖军是否愿意接受，肖军不愿，这才改为给芦焚的《谷》。

现在，事情的来龙去脉完全清楚了。但随之又出现一个新问题：对于这部一度被提名的作品，萧乾与巴金的说法不一。

田军就是肖军也就是萧军，这是没有疑义的。但《八月的乡村》并不是《羊》，前者是长篇小说，后者是短篇小说集，包括《职业》《樱花》《货船》《初秋的风》《军中》《羊》共六篇作品。究竟以何者为是呢？

《八月的乡村》1935 年 8 月由上海奴隶社初版，1936 年 2 月再版，同年 3 月三版；《羊》1936 年 1 月由上海文化生活出版社初版，同年 2 月再版，同年 4 月三版。从发行情况看，这两部作品都很受欢迎，多次脱销，供不应求，都有获奖的理由。但《八月的乡村》是由鲁迅作序推荐的，在文坛及读者中的影响更大，反响也更热烈，因此提名《八月的乡村》的可能性更大。笔者在网上搜索了一下，发现凡是有关《大公报》文艺奖金的网文，绝大多数说的都是《八月的乡村》，只有一篇网文说是《羊》，而且作者也不敢肯定，用了一个括弧，注明"一说《八月的乡村》"。从这篇网文的叙述中可以发现，《羊》的说法正是来源于巴金致萧乾的那封信，也就是说，巴金的信函是个孤证。那么巴金又为什么说是《羊》呢？因为当初《羊》是作为巴金主编的《文学丛刊》第1辑16种作品中的一种出版的，巴金对此印象深刻，晚年才会发生记忆错误。

至于萧军拒绝受奖的深层次原因，其实在萧乾致吴福辉的上述信件中已经提到了，就是京海派问题。吴福辉对此有过专门论述，这里就把他的文章摘录在下面，作为本文的结束："关于京派，至今在学术界仍有究竟是'流派'还是'作家群'的争议。在1980年代中期我开始涉及此领域时，没有哪本文学史会开专章专节来叙述它，而我的水平也纯属初级阶段，比如我就简单地称1937年唯一的一次《大公报》评奖为'京派奖金'。萧乾是主事人，他读后就向我揭示了当年评奖的一件幕后史实，即最重要的小说奖，最初京、海、汉三地的评委都不同意给王长简（芦焚，即师陀）的《谷》，倒是主张给《八月的乡村》的作者，左翼萧军。但遭萧军拒绝，不愿接受的意向是经巴金传达的。……萧乾用事实提醒后辈学者，历史远比历史陈述要复杂。当然，即便是现在我仍然认为'大公报文艺奖金'是带有京派色彩的一项评奖（与直呼京派奖金比，已做了修正）；就像沈从文、萧乾长期执掌的《大公报》'文艺'副刊虽然也登载数量不少的左翼作品，但仍不失为是聚集京派文学的重镇一样。不过，正如萧老信里说的'至少我们原本的出发点并不想把它搞成为京派奖金'，甚至'当时评委及我自己都注意到这个京海派问题'。后来小说奖给了芦焚，散文奖给了写《画梦录》的何其芳（信中说曾提过陆蠡，也算'独家新闻'），戏剧奖票数集中给了刚发表《日出》的曹禺。这是历史的选择，是左翼将'大公报文艺奖金'从淡化文学派别的起点，推向了京派壁垒分明的终点，这其中暗含了怎样的演变玄机？而萧老此信不仅留下了珍贵史料，还给当今的学术风气树起一面光可鉴人的镜子，就看你能照出什么了。"

叶圣陶曾经提案公审"四人帮"

——来自叶圣陶日记的记述

叶永和　蒋燕燕

1976 年 10 月 6 日，党中央果断地将江青、张春桥、姚文元、王洪文"隔离审查"，粉碎了"四人帮"企图篡党夺权的阴谋。两天之后，叶圣陶听到"小道消息"后在日记中写道："临睡听到可惊消息，今暂不记之。" 18 日，"下午至善往听团中央负责人传达华国锋讲话之要点，党员已先听之，今日则告知党外人员。要点即宣布王洪文、张春桥、江青、姚文元'四人帮'之种种反动行为，又有彼辈之爪牙迟群、谢静宜，现皆扣留，隔离审查。余八日所记之可惊消息，即指此事。……实际上已通国皆知，唯未见于报上耳。据各方面消息，凡闻此者无不称此举之英断，诚为大快人心之举。至其具体恶行，闻之亦多，余惮于记之。总之，此'四人帮'之野心与恶行，盖不下于林彪也"。

1976 年年底和 1977 年，叶圣陶陆续见到一些刚刚获得自由的老朋友、老同志，还听说了一些老朋友、老同志受"四人帮"迫害致死的消息。当时各单位都在为"文革"中去世的老同志补开追悼会，叶圣陶伤感地认为这些"已成徒然之形式"。

于 1976 年 12 月 21 日及 1977 年 3 月 19 日，叶圣陶分两次看了关于"四人帮"罪证的材料和有关的中央文件，文件中说"中央将在十届三中全会上作出关于王张江姚'四人帮'反党集团的政治结论和组织处理的决议"。

叶至善在《父亲长长的一生》中写道："1977 年岁余转眼过去，

新年不同于春节，来客不多。二日上午，晓风（注：史晓风曾任叶圣陶的秘书）兄来跟我父亲闲谈，他自干校回来，年年如此。我父亲已经掐准了，见了面就要托他起个稿子，还说清楚只是偶或相烦，并非经常。稿子中要说的，他老人家近日来已经跟好几位朋友谈过，都说'四人帮'逃不脱党纪的处分，这是肯定的。把他们永远开除出党固然大快人心，可是他们还犯着国法呢，还得组织人民法庭予以公审，按罪行的轻重分别判以徒刑或死刑。晓风兄听我父亲说完，要求再说一遍，好让他用笔记下一些来。老人家说还得自己再考虑考虑，写下几条来，过几天给他寄去，烦他排比贯串，写成个发言稿。11日上午，晓风兄把稿子送了来，写得条理清楚，语言顺达，我父亲大为满意。"在这一天的日记中叶圣陶写道：

> 余恒思"四人帮"宜交与法庭审判治罪，向人言之已屡。谓人代会开会时必提出此议。近与晓风商量，余作文辄觉不舒服，可否由余书零碎意思而托彼为余组织编排之，使有条理，堪以说与大众听闻。晓风一口承应。此是本月二日事也。六日七日将零星意思写出，共约五百字，即寄与晓风。而今日上午晓风来，已将发言稿写就，条理清楚，语言顺适，读罢欣然。询其费时若干，云止二小时，且尚应付其他杂事。此子心敏手快，视前益进，真可慰也。

1978年2月底召开第五届人民代表大会。在3月2日人大的江苏代表分组会上，年已84岁的叶圣陶根据史晓风整理的稿子做了发言，并向主席团提交了关于审判"四人帮"的提案。在他的日记中写道："下午到西苑旅社参加分组讨论会。余将所拟之发言稿主张对'四人帮'审判处刑者朗诵之。诵罢，全室二十余人皆鼓掌。"

提案交到人大之后，叶圣陶一直没有得到有关方面的消息。第二年（1979年）的2月11日这天，陈云的秘书王云清的儿子王丹亚到家里看望叶圣陶，叶圣陶再次向他提起此事，并将发言稿托他带给他的父亲，并请他的父亲转交陈云同志。叶圣陶在日记中记下了这件事：

> 上午王丹亚来，余以去年在人大分组会上之发言稿，主张将"四人帮"依法治罪者，托彼请其父云清同志转致陈云同志。云清同志今为陈云同志之秘书，在中央纪律检查委员会工作。陈云同志近选为党之副主席，任中央纪律检查委员会之第一书记。余闻去年党之工作会议及三中全会上，陈云同志颇主辨明是非，一切不可敷衍过去，故以此发言示之，请考虑其纪律检查委员会是否可循何途径，促我此议之实现。

4 天之后，叶圣陶收到陈云同志的亲笔回信，他在 2 月 15 日的日记中把信的内容抄下来，并将信粘在日记本中。

> 上午接到陈云之复信，粘之于此。王云清于十二日将余书交与，陈于十三日即作复，可谓快速。此亦不染流弊之微，可记也。

【附】

圣陶同志：

二月十日来信和去年人大你的书面建议收到。纪律检查委员会将接收"四人帮"的案件，我还未知道是否接收已毕。我们将考虑你的意见。专复并致敬礼！

陈云
一九七九年二月十三日

这是 1979 年 2 月 13 日陈云给叶圣陶的信。

又隔了一年多，在 1980 年 9 月 27 日的人大常委会全体会议上，这件事终于有了结果。叶圣陶在当天日记中写道：

下午三点半，人大常委会全体会议，政协常委委员旁听。最高检察长黄火青提出，为审判林彪江青反革命集团之需要，建议组织最高人民检察特别检察厅，最高法院院长江华提出建议，组织最高人民法院特别法庭，请常委会审批。黄火青报告，自今年4月始，对反革命集团诸人，侦查预审，知此辈罪行确凿，准备向最高法院提起公诉。提起公诉者为主犯十人，江青、张春桥、姚文元、王洪文、陈伯达、黄永胜、吴法宪、李作鹏、邱会作、江腾蛟。对此辈起诉之罪状凡四：一为煽动策划推翻无产阶级政权，二为诬陷迫害党和国家之领导人，篡党夺权，三为迫害镇压广大干部和群众，实行法西斯专政，四为谋害毛主席，策动反革命叛乱。至于其外之有关罪犯，将视其犯罪情况，分别向各级法院与军事法院提起公诉。黄火青之报告大要如是。

　　继之，党监察委员会某君谈其会详细研究康生、谢富治二人之所作所为，虽以身死不复提起公诉，实则罪行累累，康生尤为多种罪行之主谋。继之，公安部某君叙述所研究之文件、书信、日记、笔记中，俱有确证，足以证明有关四项罪行者。休息一刻钟之后，将材料摄成之幻灯片放映于壁上，由工作人员说明并朗诵之。余看不清幻灯片，工作人员口齿清朗，余皆听得明白。散会已过六点，余极疲劳矣。

　　要对"四人帮"治罪判刑，余于前年大会上提出建议。在江苏代表团分组讨论会上朗读发言稿，即以发言稿召集人送交主席团，此后杳无消息，余之发言稿不知如何下落。去年人大政协开会时，有不少人提出类似之提案，后经领导方面劝说，提议者遵命收回提案。今年则属闻传说，谓将审判"四人帮"。迄于今日，则此事已成定局，余之所提意见已得实现，足以安慰矣。

9 月 29 日，人大常委会正式通过了审判林彪、江青反革命集团的决议。叶圣陶在日记中记道：

> 下午三点半出席人大常委会全体会议。通过此次会议之几项决议。检察审判林彪江青反革命集团之决议将为举世注目之重要新闻。

一个多月后，对林彪、江青等人公审之前，叶圣陶参加了审判前的资料阅览和相关会议，这些活动在他的日记中有以下记载：

> 11 月 11 日，上午到民进会所。不久将公开审判江青等十人，民进得到旁听证六张，第一次开庭时由余与（徐）伯昕、（赵）朴初、（徐）楚波、（蔼）志成、（叶）至善六人前往旁听。特别检察庭对罪犯之起诉颇长，先发与旁听者阅览。为保密起见，不分发与诸人而由机关邀集诸人共同阅看，看毕则将印件锁置保险箱中。起诉书共四十余页，余看得最慢，历一小时有余而毕。所举事实繁多，不能记忆。起诉书文笔极草率，苟摘病句，将不胜摘。
>
> 下午偕至善、志成到京西宾馆。本市及各地派来旁听审判之人咸集。三点开始，放映与起诉书有关涉之各种材料，中有日记、笔记、书信、报告、批示等等。同时放送说明此等材料之录音。放映至五点半而止，尚是其一半而已，馀一半他日放映。到家时已六点过。
>
> 11 月 12 日，晨间仍偕至善、志成到京西宾馆。九点开始到十二点，由二人（不知其姓名）说明起诉书所以选如许材料之故。余完全听不清。归途于车中问至善，乃概括得如此一语。
>
> 下午各单位之得观起诉书者须为座谈，汇报意见。余未往民进会所，让至善独自去参加。带去一点意见，即受审

诸人如应判死刑则判死刑（我国刑法中有死刑），不要因华主席曾对外国记者说过不致判死刑而不判死刑。华之言不合法意，不足为准。

11月17日，晨偕至善、志成到京西宾馆。九点半开始，彭真作报告。就若干人所提出关于审问江青等人所疑虑之问题作解答。余仍听不清，闲坐二小时有馀。及散出，至善于车中告余以大略。所谓疑虑之问题，如诸凶不自招供可否判罪？诸凶如提出某人应回避，不能任审判员，将如何？如有人以外国之法律观点批评我国此次审判，将如何？……余于此诸疑虑皆未曾想起。

三天之后11月20日，叶圣陶亲自到审判林彪、江青反革命集团的现场参加旁听，在这天的日记中他做了详细记录：

上午，民进一位女同志送来旁听券，言审判即将在下午举行，希望早去。午后一点半，偕至善同出门，车停在历史博物馆北面之广场上。向东步行数百步，入公安部之侧门。特别法庭即设在公安部之会堂。入座候一小时有馀，至三点乃开庭。台上坐审判长、审判员、检察长、检察员、律师、书记员等人。台下全场为旁听人之座位，前已闻其总数为880人；据称古今中外所有审判庭，旁听人数之多以此次为最。被告人之座靠近台边，设木椅子，前设栏杆。庭长江华逐个令传被告人到庭，被告人悉由两个法警带到。此十人为最早被拘押之陈伯达、林彪逃走殒命之后被拘押之黄永胜、吴法宪、邱会作、李作鹏、江腾蛟，以及所称“四人帮”江青、张春桥、姚文元、王洪文。余观此十人不甚清晰，似觉江青与张春桥之态度最为恶劣。于是最高检察长黄火青宣读起诉书，即前此发与我们阅看者，罪证四十八款，全部读毕。庭长乃宣告休庭，时为五点二十分光景。被告人皆不戴刑具。中有二人殆以身体不好，护士为之注射药剂。其一人为陈伯达，另一人不知是谁。退出之时，此二人坐手推座椅而出。

八点半，电视播放今日开庭之实况，可谓迅速。此实况又通过卫星传递，向全世界播放。

此后，叶圣陶晚上在家里看电视转播审判的实况录像，每次看后都在日记中记下一笔：

十一月廿三日，夜间电视中有今日下午第二法庭审问吴法宪之实况录像。

十一月廿四日，夜间电视中播送昨日审问吴法宪之详况，历时将一小时。

十一月廿五日，夜间于电视中看审问王洪文、姚文元之详况。

十一月廿六日，夜间仍于电视中看审问实况，所播者为数次开庭之记录。已见江青受审之情形，江只说"不知道"，意态殊令人恶。至此，十人之中，仅张春桥、邱会作、陈伯达三人尚未见受审。

十一月廿七日，夜间仍看审判之电视广播，已见张春桥受审，张不开口，问之皆不答。庭上放映书面材料，并令证人到庭作证，提出张之罪行。

十一月廿八日，今夜看电视，中有陈伯达被传到庭受审。

十一月廿九日，夜仍从电视中看审判情形，见邱会作之受审。

十一月卅日，夜间仍看审讯实况之电视。

十二月一日，夜间仍于电视中看法庭审问实况。

十二月二日，夜间仍观电视中之审判庭实况。

十二月三日，夜间仍看有关审判之电视。

十二月四日，夜间仍看电视之审讯情形。江青居然稍有答语，张春桥则依然死不开口。

十二月五日，夜间仍看有关审讯之电视。

十二月六日，夜间仍看电视中之审讯。

十二月九日，至善于今日上午往旁听第一法庭审问江青。江青已间或作答，而意态仍傲慢。第一第二两法庭皆上下午开庭，意者将争取在今年内完成审判十名主犯之工作。

夜间看电视，两庭之实况皆有之。

十二月十日，晚观电视，见江青受审讯之实况，即至善昨日上午所见者。

十二月十二日，夜看审问江青，江出言咆哮，似欲泄其满腔怒气。法官止之不听，令解出法庭。

十二月十三日，看电视放映审讯王洪文，有徐景贤、王秀珍出庭作证。徐与王皆王洪文、张春桥之重要同伙也。

十二月二十日，法庭审十个被告已入辩论阶段，且辩论亦多数已终结，等候宣判。王洪文、吴法宪、邱会作、陈伯达、江腾蛟五人皆自认有罪。辩护律师均言此一点于量刑时宜予考虑云。

十二月廿九日，夜于电视中看法庭辩论。江青自辩谓审讯彼实即丑化毛，用项庄舞剑意在沛公作比。其言甚多，傲慢，自是，且谩骂法庭官员。一检察官详细批驳指斥之。最后庭长宣告辩论终结。至此两个法庭皆已辩论终结，只待对被告人宣判矣。

一月廿四日，夜间电视中宣告，明日特别法庭开庭，对十名主犯宣判。

一月廿五日，夜于电视中看法庭作审判。江青、张春桥皆判死刑，缓期二年。王洪文判无期徒刑。其他七人皆判有期徒刑，年限不等。至此，此一大事件结束。

对林彪、江青反革命集团的公开审判从 1980 年 11 月 20 日开始，到 1981 年 1 月 25 日审判结束，共历时 67 天。

诗意叶老

——叶圣陶晚年旧体诗词浅解

刘　泉　刘增人

　　所谓诗意，有时是澄澈晶莹的一泓春水，有时是飞扬眷恋的漫天雪花，有时是吹向太阳的激越号角，有时是一泻千里的怒涛春潮……对于叶圣陶这位时时被小说家、散文家、教育家、编辑家之类盛名遮蔽的诗人而言，或许就是他那极其独特的对人和人生的深情依恋，由此升华为动人心魄的乐章，简言之，也即人的诗化与诗的人化！当我们走进他晚年创作的大量旧体诗词的时候，这种感受就会扑面而来，并且掩卷弥深！

　　1966 年 8 月 2 日，在那场毁灭文化的"大革命"席卷全国不久，叶圣陶与林砺儒两位德高望重的老副部长一起"靠边站"了，从此，忙碌一生的叶老，就真个步入了"赋闲"的日子！而写诗和抄书，就成了这些痛苦寂寞的岁月里叶老最主要的生活内容。据不完全统计，从 1976 年 6 月到 1985 年 8 月（此后因为视听俱废而只好罢笔，再无诗作了），他写出了 160 题 249 首（阕）旧体诗词，对于一位耄耋老者来说，这绝对是多产、高产的成绩！

　　他在诗词里深情地怀念、记诵的友人，有的是鬓髯旧友，如章元善、王伯祥、顾颉刚，有的是书业知音，如郭绍虞、吕叔湘、贾祖璋，有的是文坛巨子，如茅盾、俞平伯、臧克家，有的是艺术名家，如新凤霞、刘海粟、陈从周，健在者如冰心、巴金、丁玲、李健吾，已逝者如老舍、朱自清、丰子恺、柳亚子……1974 年 12 月 28 日之夜，叶老失眠了，因为从老友俞平伯的书信中忆及 1921 年与朱自清在杭州第一师范共同执教的旧事，酝酿推敲，商酌润色，挥毫泼墨，一直到1975年1月5日，才算了此心事，这就是那阕感人至深的《兰陵王》：

猛悲切，怀往纷纭电掣。西湖路，曾见恳招，击桨联床共曦月。相逢屡间阔。常惜、深谈易歇。明灯坐，杯劝互殷，君辄沉沉醉凝睫。

离愁自堪豁。便讲舍多勤，瀛海遥涉。鸿鱼犹与传书札。乍八表尘坌，万流腾涌，蓉城重负馨欵接。是何等欣悦。

凄绝，怕言说。记同访江楼，凭眺天末。今生到此成长别。念挟病修稿，拒粮题帖。斯人先谢，世运转，未暂瞥。

1921年11月，杭州浙江第一师范委托朱自清函邀叶圣陶任教，很快得到叶的回信，说是"我们要痛痛快快游西湖，不管是夏天还是冬天"。乐莫乐兮心相知，在那样一个污浊纷乱的世间，却不期而遇得到这样的友朋，其欣喜为何如？很快，两位新诗人先后走进了杭州一师。学校本来给叶圣陶预备了一间宿舍，但笃于友谊不耐孤寂的他，却建议把自己的宿舍当作共同的居室，而把朱自清的房间当作共同的书房。从此开始了他们一段联床共灯畅怀深谈的难忘岁月。他们有时品茗对话，上下古今，海阔天空，有时各据一桌预备功课批改作业，在语文教学的天地里畅游。休假时节，或者去饭馆小酌，或者到西湖泛舟。"西湖这地方，春夏秋冬，阴晴雨雪，风晨月夜，各有各的样子，各有各的味儿，取之不竭，受用不穷；加上绵延起伏的群山，错落隐现的胜迹，足够教你流连忘返。"他们都不是初游，但现在因为有了挚友为伴，兴致自不同于往常。这年阴历十一月十六日晚，他们又乘一叶扁舟来到静静的湖上，月华如水，软波似银，远山淡淡，渔火点点，叶圣陶触景生情，口占两句："数点星灯认渔村，淡墨轻描远黛痕。"这诗、这景，仿佛触动了彼此心灵深处的弦索，一种对人生、对艺术的感悟，在氤氲的夜色中袅袅升起，善谈的朋友也都缄默了，只听得均匀的桨声在清凉的湖水中起落。到得净慈寺畔，弃舟登岸，经声佛号与木鱼铜磬似乎依然盘旋抑扬，释迦的金身环绕着冉冉的烛焰和烟篆，庄严而又悠远，空灵而又神秘。这时他们的感受，与湖上的夜景、舟里的心境，又大不相同了……胜地佳境的游散，上下古今地"深谈"，确是他们共同的嗜好，也是他们友谊的纽带。

这就是"击桨联床"的本事，是他们世间难得的交谊的正式开始。后来强寇入侵，国土沦丧，民族蒙难，时局板荡，他们辗转流离不期而遇竟一起飘零于成都，茶酒互访评时局、诗词酬唱抒愤懑之余，还留下了两部共同执笔的《精读指导举隅》《略读指导举隅》，作为事业与友情的佐证。后来时空阻隔，一在京，一在沪，仅依靠鱼雁往来，互通款曲，但朱自清抱穷病之身却拒领美国救济粮的凛然义举，早就让老友们肃然起敬了……

1927年夏，名不见经传的文学青年李尧棠从巴黎移居沙多居里，玛伦河畔平静的岁月，使他的身体得到了休憩，却并未窒息他燃烧的心灵。对祖国的苦念，对妃念格尔、索非亚等民粹党人的敬意，大哥信中的感伤和温情，混合并酿化成一杯烈酒，他取名《灭亡》，署名巴金，寄给上海开明书店经理索非，希望用自己翻译高德曼的《近代戏剧论》的稿酬来自费刊行。叶圣陶在开明书店一见《灭亡》的原稿，即刻拍板，决定1929年1月号起在《小说月报》上连载，并且亲自为之撰写广告："《灭亡》，巴金著，这是一位青年作家的处女作；写一个蕴蓄着伟大精神的少年的活动与灭亡。"巴金从未想过自己的处女作能够在当时历史最久、影响最大、销量超过万份的大型文学杂志发表；而这一发表，也就决定了他终生从事的事业，决定他在这条艰难而辉煌的道路上，一步步走向新的辉煌。1981年，他在致《十月》编辑的信中深情地回忆说："我在一些不同的场合讲过了我怎样走上文学的道路，在这里我只想表示我对叶圣陶同志的感激之情。……倘使叶圣陶不曾发现我的作品，我可能不会走上文学的道路，做不了作家；也很有可能我早已在贫困中死亡。作为编辑，他发表了不少新作者的处女作，鼓励新人怀着勇气和信心进入文坛。编辑的成绩不在于发表名人的作品，而在于发现新的作家，推荐新的创作。我感激叶圣老，因为他给我指出了一条宽广的路，他始终是一位不声不响的向导。……有时我的思想似乎进入了迷宫，落到了痛苦深渊，束手无策，不知怎样救出自己。忽然我的眼前出现了一位老人的笑颜，我心安了。50 年来他的眼睛一直在注视我。真是一位难得的好编辑！他不是白白地把我送进了'文坛'。他以身作则，给我指出为文为人的道路，我们接触的时间不多，他也很少给我写信，但是在紧要关头，他对我非常关心，他的形象也是对我的支持和鼓励。我的文集开始发行的时候，我写了一封信感谢他。'四人帮'垮台后，我每年去北京都要到他府上探望，他听觉减退，我们交谈已有困难。但是同他会见，让他知道我的脑子还很清楚，使他放心，我自己也仿佛卸了责任。我们最近两次会见，叶圣老都叫人摄影留念，我收到他从北京寄来的照片，我总是兴奋地望着他的笑脸对人说：'这是我的责任编辑啊！'我充满了自豪的感觉。我甚至觉得他不单是我的第一本小说的责任编辑，他是我一生的责任编辑。"（巴金：《致〈十月〉》，《十月》1981 年第 6 期）

1977 年 12 月 2 日，叶老给派遣女儿前来"索书"的巴金特意作诗并书而赠之，诗云：

> 诵君文，莫计篇，交不浅，五十年。平时未义常晤叙，十载契阔心怅然。今春文汇刊书刊，识与不识众口传。挥洒雄健犹往昔，蜂虿于君何有焉。杜云古稀今日壮，伫看新制涌如泉。

他是文学青年的巴金的引路人，他又是横遭劫难的巴金的守护神，他还是晚年巴金文学常青树的虔诚而辛勤的园丁！

还有丁玲。当年她南北漂泊，时而就读，时而自修，呼吸着"五四"以后自由而又苦涩的时代空气，追求自己的事业和爱情。中国的天地是那么寥廓广大，但像她这样的知识女性，却处处感受到压抑、窒息的苦痛，体尝着感伤和消沉的折磨。在福楼拜、小仲马、屠格涅夫、托尔斯泰、高尔基等诸多名家、名作启迪下，她心中孕育已久的一代小资产阶级知识女性置身黑暗渴望光明苦闷彷徨挣扎幻灭的心灵历程，开始酿化为以苦闷和反抗为基调的小说，第一篇便是《梦珂》。1927 年秋完成这处女作后，即投寄《小说月报》。主编叶圣陶对于这素不相识的作者的自投稿件，却慧眼独具，马上发表在同年 12 月 10 日出版的第 18 卷第 12 号，并且给予创作第一篇的重要地位。对于初试啼声的文学青年来说，还有什么能比这种支持和鼓励更为切实有力？于是，丁玲迅即写出第二篇《莎菲女士的日记》，又被刊于 1928 年 2 月 10 日出版的第 19 卷第 2 期的"头版头条"，排在陈望道译文和茅盾的连载小说《动摇》之前。第三篇《暑假中》，"头版头条"。第四篇《阿毛姑娘》，"头版头条"。四发四中，开创了《小说月报》创办以来几乎从未有过的先例，恐怕也是中国现代文学史上仅有的美谈。4 篇小说，初步显示了作者独特的艺术个性和出众的才华气质，也代表着中国现代小说一种新的流派的端倪初露。于是叶圣陶向丁玲提议，将这 4 篇小说集印一册，以广远行世。这是丁玲想也没有想过的，自然万分同意。于是，包括上述 4 个短篇的小说集《在黑暗中》，1928 年 10 月便由上海开明书店（叶圣陶就是该店编译所的负责人！）初版印行。当《梦珂》等篇发表时，叶圣陶曾细心地在作品之末缀一"留"字，意在保存版权，不允转载。未雨绸缪，为后来的编集印行预设伏笔，更见出长者扶助青年的良苦用心。正是在这种无私的关怀支持下，丁玲才一发而不可收，迅速崛起为中国第二代女作家的代表，引起了极其广泛的关注。1929 年年初，钱杏邨等批评家便开始撰文评论，有的称之为"新进的一鸣惊人的女作家"，有的赞扬其"描写的技术方面又是最发展"。30 年代，丁玲的名字已经毫无愧色地排列在"现代女作家评传"的目录之上。

当时，叶圣陶寓居上海横浜路景云里，丁玲夫妇数次造访，都受到殷勤的款待。叶圣陶的儿女至善、至美、至诚，也由此熟识了这位新进的女作家。1928 年 9 月 29 日，叶圣陶与丁玲、胡也频、王伯祥、周予同、贺昌群、徐调孚等同乘快车往浙江海宁观赏钱塘江潮，豪兴如潮，潮头如雪，一带汪洋作证，文坛佳话长传。此后，风雨晦鸣，波峰浪谷，丁玲在文学创作的道路上随着政治风云的变幻而享盛誉，而遭雷霆……1979 年 5 月 26 日下午，丁玲经历了在北大荒劳改、在京郊坐监、在长治"遣送"重重磨难之后，突然敲响了北京东四八条71 号叶宅的大门。85 岁的叶圣陶和 75 岁的丁玲蓦然聚首，喜极而执手无言。半晌，丁玲才几分幽默几分辛酸地说道："要不是您发表我的小说，我也许就不走这条路！"丁玲的来访，激活了叶圣陶半个世纪的回忆，浮想联翩，往事历历，夜不能寐，午夜醒来，吟成《六幺令——丁玲见访，喜极，作此赠之》：

> 启关狂喜，不记何年别。相看旧时容态，执手无言说。塞北山西久旅，所患唯消渴。不须愁绝。兔毫在握，赓续前书尚心热。
>
> 回思时越半纪，一语弥深切。那日文字因缘，注定今生辙。更忆钱塘午夜，共赏潮头雪。景云投辖。当时儿女，今亦盈颠见华发。

他喜欢读冰心的作品，是在 20 世纪 20 年代；初识冰心其人，则在 40 年代；50 年代以来，他们共居京华，会场书市，常能比肩。冰心每有新作，必签名相赠；叶圣陶视力衰退，无法仔细阅读，只有悉心收藏这样的"签名本"，作为欣然的纪念。1983 年 6 月 25 日，作诗《冰心大姐以新印散文选相贻作一律奉赠》，说的就是上述经历与情怀。诗曰：

> 爱诵冰心作，今逾六十年。
> 嘉庐初识面，京市每联肩。
> 书出必相赠，目昏只自恋。
> 悉藏签名本，念此始信然。

当日日记云："冰心托志成带来新印成之《冰心散文选》赠余，作一律谢之。此诗完成极速，为向所未有。"诗写得快，乃缘蕴蓄已久，如水就下，一泻而出，果然痛快淋漓。1984 年 11 月 1 日，冰心托花店送月季花为圣翁祝寿，叶发函回谢：

冰心大姊尊鉴：

　　顷接惠贶鲜花，插之于二瓶，鲜艳馥郁，满室生辉。心感厚意，辞难宣达，伏乞亮察。敬请
　　著安，并祝俪福。

叶圣陶拜启

十一月一日上午

这是他写给冰心的最后一封信了。1985 年 3 月，叶圣陶住院，冰心一违多年习惯，停止写作，与女儿吴青到医院去探望，话语无多，友情深长。到这时，"五四"时代的老作家仅余叶、谢几人了！他多么想走出病室，与她共赏春花，可惜又成虚愿，诗中不胜惆怅：

廊外春阳守病房，今年又负满庭芳。
章俞二老冰心姐，仍歉虚邀看海棠。

已是九旬开外的老人，何所求于人间而念念不忘于"春阳""海棠"？唯人情为不能弃耳！20 世纪 20 年代末，曾有年轻气盛的评论家说叶老的小说是"厌世"之作，叶老心不能平，乃特意自命小说集为《未厌集》，并多次表白："这个世如何能厌？"1957 年 3 月，多年厮守堪称"天作之合"的夫人胡墨林女士撒手人寰，叶老悲痛不已，亲手为之题写了墓志铭："人情实太好，与我大有缘。一切皆可舍，人情良难捐。"这其实正是他自己内心世界的写照！因人有情而万物可亲，由情及人而是处生动。写诗做人，到得如此境界，堪称是"华枝春满，天心月圆"了。

"抗战词史"中的"绝唱"

——叶圣陶抗战八年间的诗词

商金林

叶圣陶（1894—1988）是我国现代著名的作家、教育家、编辑出版家和社会活动家，是"五四"新文化运动的先驱者之一。就文学创作而言，短篇集《隔膜》《火灾》等，"实为中国新小说坚固的基石"（茅盾语）；"扛鼎"之作《倪焕之》的出版，标志着我国现代长篇小说走向成熟；童话集《稻草人》，"给中国童话开了一条自己创作的路"（鲁迅语）；1921 年发表的四十则《文艺谈》，是我国现代文艺理论史上最早出现的理论专著，为新文学理论的孕育起了奠基的作用。就文学活动而言，叶圣陶以文会友，广结良缘，为开创新文艺的园地和聚集作家队伍，做出了不可磨灭的贡献。就教育和编辑出版工作而言，叶圣陶永远记住最广大的文学爱好者并且自觉地担负起编辑的责任，永远记住广大的青年并且自觉地担负起教师的责任。为了这种责任，叶圣陶不惜牺牲自己的学术研究和专著创作。他的作品只是他成就的一个方面，更大的成就在"文章"之外，他是真正意义上的文化大师。

叶圣陶在为朱光潜《我与文学及其他》写的《序》中说："'一切纯文学都有诗的特质'；推广开来，好的艺术都是诗，一幅图画是诗，一座雕像是诗，一节舞蹈是诗，不过不是文字写的罢了。要在文学跟艺术的天地间回旋，不从诗入手，就是植根不厚。"叶圣陶自己就是"从诗入手"步入文苑的。早在 1908 年春，叶圣陶还在苏州草桥中学读书的时候，受到时代风气的影响，就和同学一起组织了诗社，取名放社，意在放言高歌，抒发自己的志向。顾颉刚在《〈隔膜〉序》中说：

他（叶圣陶）比我早进一年中学。我进中学时，他正是刻图章、写篆字最有兴味的当儿。记得那时看见他手里拿的一把大折扇，扇上写满了许多小小的篆字，我看了他匀净工整的字，觉得很是美慕。后来他极喜欢作诗。当时同学里差不多没有一个会做诗的，他屡屡教导我们，于是中学里就结合了一个诗会，叫做"放社"。但别的人想象和表出，总不能像他那般的深细，做出来的东西总是直率得很，所以我们甘心推他做盟主。

　　"盟主"就是"召集人""带头人"。叶圣陶经常和王伯祥、顾颉刚、吴宾若在一起吟诗、联诗、填词、嵌字、对对子。顾颉刚在《记三十年前与圣陶交谊》中说：

　　（1908年）予亦入中学。是时王君伯祥喜与予及圣陶近，结社作诗钟，或嵌字，或咏物，恒三数日轮出一题。圣陶以好饮，自署"醉泥"。社中惟此三人，所作推圣陶最工。又相约急就章，欲驰骛于隶草之间，亦以圣陶为神似。……是时予有所恋，而社交未公开，无由自达其意。圣陶能篆刻，曾倩刻三印，曰"隔花人远天涯近"，曰"想得人心越窄"，均《西厢记》语；曰"网得西施愁煞人"，尤《西堂赋》中语。印篆或道劲，或蕴藉。时加摩挲，聊可自慰。至圣陶本身，则未闻其有此种烦闷也。

　　对对子是一种很风趣的游戏。叶圣陶在私塾读书时就对"对对子"很感兴趣，把"天对地""云对风""白马对黄牛""皓月对长空""登高山对望远海"之类的"对联大全"背得很熟；明清笔记小说中"点雨滴肩头"对"片云生足下"，"愿乘苍龙上天去"对"偶牵黄犬过街头"等等，"对对子"的趣闻，也知道得很多。苏州园林中那些表现了选字遣词高度艺术技巧的园联，如苏州网师园的"风风雨雨，暖暖寒寒，处处寻寻觅觅；燕燕莺莺，花花叶叶，乡乡暮暮朝朝"。苏州拙政园的"北院寺新成，有寒碧千层，远青一角；东君如旧识，正庭槐垂荫，梁燕将雏"等等，也都熟烂于心。看得多，记得多，激发的想象也多，对起对子来自然敏捷工整。喝酒做"诗钟"，也是一种高雅的消遣。诗钟名称不一，或称羊角对，或称雕玉双联，或称百衲琴，或称诗唱。文人雅士做诗钟，社规甚严。拈题时缀钱于缕，系香寸许，承以铜盘，香焚缕断，钱落盘鸣，其声铿然，以为构思之限，故名诗钟。放社做诗钟，没有文人雅士那么严的规矩。"盟主"要社友做二句对子，七字句或十四字句，出题有种种花样，有"命题对"，如以"青蛙"或"雨伞"为题目做一对对子；有"嵌字对"，如以"小红"或"如意"嵌入上下句，做一对对子。最难的是把不相干的字句嵌入上下句中，做一对对子，例如上句嵌"天"，下句嵌"花"；上句嵌"初听起"，下句嵌"暖瓶"，本来不搭界的字和词，做成七字对或十四字对，难度就大了。"盟主"点燃一支香，用以计时。这支香烧完了就要交卷，延宕或做得不合格的就要罚酒。对对子和做诗钟，虽属雕虫小技，然以之瀹性灵，涤烦躁，亦不失为"艺苑之支流，尘海之逸轨"。对对子最能显示中国文字的特征。能对对子才能分辨虚实字，平仄声。对子的拙巧、朴华、雅俗，可以看出读书之多寡、语汇之贫富，以及才思聪慧的程度和审美情趣的高下。这种游戏能练习做诗的基本功，社友各显其能，优者雀喜，劣者苦謬，互为评点，自有一番情趣。妙句出，意蕴生。对对子若有信手拈来，浑若天成的本领，诗一定做得很雅洁。

放社刚开始时只有叶圣陶、王伯祥、顾颉刚、吴宾若几个人，同窗好友知道后纷纷要求加入，"结社"也是那个时代的风气。1910年春，草桥中学放社正式成立。除王伯祥、顾颉刚、吴宾若之外，江应千、乔笙亚、章君畴、吴湖帆、张吉如、张禹琳、庞京周等一大批"朝同学，夕同游"的朋友也都成了"放社"骨干。同学少年，风华正茂。这些以"中华男儿"自励，"誓将只手擎天空"的学子，在"盟主"叶圣陶的带领下，经常举行社集，作文、作诗词、作画、刻印章、习字、吹箫；谈国内的"水灾""兵荒""暴动"；谈国外的"名人伟业"；谈民族前途，你争我辩，"往往至数小时"，从而也孕育了许许多多的诗篇。叶圣陶当年写的旧体诗多达好几册，虽说只选了50余首冠以"少年稿"的集名《叶圣陶集》第8卷，但读后仍能感受到作为诗人的叶圣陶卓越的才华。

"五四"新文化运动中，叶圣陶成了文学研究会"读书会·诗歌组"的成员，1922年1月与刘延陵、朱自清、俞平伯一起创办了我国新诗史上第一份新诗刊物《诗》月刊，作为新诗的"歌舞养育之场"。那时叶圣陶竭力提倡写新诗，虽说也意识到"旧形式可资供鉴"，但绝不写旧体诗。直到1929年12月28日，为了答谢施蛰存馈赠鲈鱼的盛情，才在信中附了"五四"以来写的第一首旧体诗，诗云："红腮珍品喜三分，持作羹汤佐小醺。滋味清鲜何所拟，《上元灯》里诵君文。"1936年5月，这封信（连同诗）由孔另境编入《现代作家书简》（上海生活书店出版），《西北风》杂志的编辑看到了，擅自改题名为《施蛰存自松江饷以鲈鱼，书一绝以赠》，连同叶圣陶1936年10月写的旧体诗《挽鲁迅先生》，一同在《西北风》第13期（1936年12月5日）发表。答谢馈赠鲈鱼的诗笔调轻松，诙谐幽默；挽鲁迅的诗写得极其恭敬，写作时间又相隔了7年，登在一起实在不那么庄重。这大概是编辑玩的"拉名家"花样，不是作者本意要发表的。从1917年到1937年抗战前夕的20多年里，叶圣陶自己发表的旧体诗只有《挽鲁迅先生》一首。20世纪30年代初，面对来势汹汹的复古思潮，叶圣陶写了《关于读古文》等议论文，极力反对写文言文和旧体诗词，反对"旧瓶可以装新酒"的论调。虽说有点偏激，但的确是那个时代的"主流"，是一大批"与时俱进"的作家们的共识。

抗战爆发后，叶圣陶举家入川，旧体诗才多起来，内容大多是写"流亡"中的见闻、爱国忧民、严辨夷夏的思想情感，以及朝夕怀想、时萦梦寐的思乡念友之情。在1937年7月至1946年2月前后8年又7个月的"流亡"生涯中，叶圣陶写了很多旧体诗词，仅收入《叶圣陶集》第8卷的就有60余首。因为青年时代旧体诗词写得多，积累了丰富的写作经验，古典文学的修养极高，爱国主义思想十分炽热，对朋友最讲亲谊，又得江山之助，所以一写出来便不同凡响，深得林宰平、俞平伯、王了一诸位先生的赞赏。如《江行杂诗》用字"拗救""隽绝"（王了一、林宰平语），《今见》"惯家句调，如饮醇醪"（林宰平语），《至善满子结婚于乐山得丐翁寄诗四绝依韵和之》"风规高迈"（林宰平语），《游青城口占》"洒落有味"（俞平伯语），《乐山寓庐被炸移居城外野屋》"躬历艰危，不减平素之雅怀，无颓唐音，无客气语，贞固夷粹，令人兴感。若风格出陶、杜间，如诵《羌邨》《彭衙》等篇，犹其余事耳"（俞平伯语），《彬然治圃桂林百岩山》"得盛唐正趣"，"冲淡绵邈，是善学陶者"（王了一、林宰平语），等等。总之，叶圣陶"流亡"重庆、乐山、成都期间写的旧体诗，可以作为"抗战词史"来读。请看1939年11月4日在乐山写的《水龙吟"举头黯黯云山"》：

> 举头黯黯云山，秋心飞越云山外。风陵渡口，洞庭湖畔，捷音迟至。战士无衣，哀鸿遍地，西风寒厉。听连番烽警，惊传飞寇，又几处、教摧毁。
>
> 怅恨良朋悠邈，理舟车、愿言难遂。雨窗剪烛，春盘荐韭，谈何容易。江水汤汤，写愁莫去，够尝滋味。更何心，怀土悲秋，点点洒，无聊泪。

当天的日记中说："下午，作成《水龙吟》一首，写近怀。首二句得之已多日，自以为切合当前情景。"写这首词完全出自心有所感，意有所触，情有所激。时值初冬，阴暗的云山更增添了诗人的愁绪。

抗战已经两年了，不但最初的鞭痕没有半点平复，而且创伤的范围越来越大，山西境内黄河北岸的"风陵渡"，以及长江以南的"洞庭湖"，均为主要战场。前方，西风寒厉，战士无衣，哀鸿遍地；后方，警报频传，敌机不断地狂轰滥炸，人民的生命财产化为寒烟。烽火连天，叶圣陶与滞留在上海的朋友们离得越来越遥远了。前途茫茫，东归无期，想象有一天久别重逢，接受老朋友的殷勤款待，又谈何容易。汤汤江水，流不尽亡国之恨，徒然愤恨，只能抛洒哀伤而又"无聊"的眼泪。《水龙吟》写的是诗人的"近怀"，反映的是那个时代最痛切的国难。中华民族的忧虑和悲痛，读来令人深思。

"清真沉厚"，是叶圣陶"流亡"期间的诗词的另一个特色。作者戴着镣铐跳舞，"斟唐酌宋"，古为今用，刻板的形式在叶圣陶手里成了随心所欲抒写新的内容和新的情感的利器，"旧瓶"装上了"芳醇"的"新酒"，非但没有陈旧的涩味，反而显得清新可喜；朴实而有"芳润"，言有尽而意无穷，请看1939年12月15日在乐山写的《浣溪沙　四首》：

> 曳杖铿然独往还。小桥流水自潺潺，数枝红叶点秋山。
> 渐看清霜欺短鬓，稍怜瘦骨怯新寒。中年情味未阑珊。
> 尽日无人叩竹扉。家鸡邻犬偶穿篱，罗阶小雀亦忘机。
> 观钓颇逾垂钓趣，种花何问看花谁？细推物理一凝思。
> 野菊芦花共瓦瓶，萧然秋意透疏棂，粉墙三两欲僵蝇。
> 章句年年销壮思，音书日日望遥青。可堪暝色压眉棱！
> 几日云阴郁不开，远山愁黛锁江隈。乡关漫动庾郎哀。
> 风叶洒空疑急雨，昏鸦翻乱似飞灰。入房出户只徘徊。

1939年8月19日，日寇飞机轰炸乐山，乐山城内"炸去三分之二""死伤甚众"。叶圣陶的"寓庐被炸"，"所有家物器用书籍悉付一炬"，只好移居"城外野屋"。词中"小桥流水自潺潺""尽日无人叩竹扉""家鸡邻犬偶穿篱""野菊芦花共瓦瓶"都是写实。诗人"离群索居"，虽说当时在武汉大学教国文，分章析句，解释文章，但这完全出自被迫和无奈，"章句年年销壮思"，为此感到异常的烦躁和挥之不去的寂寞，诚如他在 1941 年 10 月 4 日写的五言诗《二友》中所说："虽居稠人间，何殊孤岛守？"于此"孤岛"中，仅得"手杖"和"烟斗"两个朋友，"慰我无聊时，伴我郊野走"，可见这《浣溪沙》第一首开头的"曳杖铿然独往还"，以及"渐看清霜欺短鬓""稍怜瘦骨怯新寒"等寂寞而哀伤的诗句也都是写实。词中融铸了许多典故："曳杖"句出自苏轼《东坡》："莫嫌荦确坡头路，自爱铿然曳杖声"；"未阑珊"出自白居易《咏怀》："白发满头归得也，诗情酒兴未阑珊"；"罗阶小雀"出自《史记·汲郑列传》："始翟公为廷尉，宾客阗门；及废，门外可设雀罗。""亦忘机"出自李白《下终山过斛斯山人宿置酒》："我醉君复乐，陶然共忘机。""细推物理"出自杜甫《曲江二首》："细推物理须行乐，何用浮名伴此身。""远山愁黛"出自欧阳修《玉楼春》："春山敛黛低歌扇。""乡关"句因契合平仄规律而倒装，实为"漫动庾郎乡关哀"，缘自庾信的《哀江南赋》，叶圣陶创造性地借用了这许多典故，可见他古典文学根基极深，满腹经典，善于活用。俞平伯评《浣溪沙　四首》，说"用典入微，令人不觉"，这话十分精当。研读叶圣陶在"流亡"期间写的这些诗词，我们很自然地联想到"古今名句，每从漂泊中来""艰难诗万首"等古训，可见作者直面现实，与时代贴得很紧。

也正是因为与时代贴得很紧，叶圣陶"流亡"期间的诗篇既极其沉重写出了民族的灾难，也展现出了民族的曙光。且看 1942 年 5 月 24 日在成都写的《踏莎行　题丁聪所绘〈现象图〉》，现抄录如下：

> 现象如斯，人间何世！两峰"鬼趣"从新制。莫言嬉笑入丹青，须知中有伤心涕。无耻荒淫，有为惕厉，并存此土殊根蒂。愿君更画半边儿，笔端佳气如初霁。

是日日记中写道："昨鼎彝交来丁聪所作《现象图》一帧，属余题之。图绘后方各色人物，皆可叹可悲之象。设色，用漫画笔法。讽刺意味甚重。余作《踏莎行》一首，即题其上，又为写署端三篆书。"此图现存美国 Kausas 大学图书馆。"两峰"即"扬州八怪之一"的罗聘，善画人物、山水、梅竹。所绘《鬼趣图》讽刺世态，尤称于史，乾隆嘉庆时名人多有题咏。"无耻"援自鲁迅为萧军《八月的乡村》作序所引苏联作家爱伦堡的话："一方面是庄严的工作，另一方面却是荒淫与无耻。"荒淫无耻指统治后方的国民党当局；"有为惕厉"：有所作为，警惕危惧，指在边区和敌后坚持抗战和建设人民政权的共产党。国共"并存"在中国这片土地上，但"根蒂"却不相同。叶圣陶热忱地希望画家用犹如"晴光"一样的鲜亮的笔墨，画出边区和解放区那个"半边儿"的崭新的景象，读来令人鼓舞！"抗战词史"也成了叶圣陶研究重要的思想史料。

叶圣陶与中国书法文化

李徽昭　　李继凯

如果缺少了江南，中国书法史一定会黯淡许多。江南核心区域的苏州，就是镶嵌在中国书法文化天空中最璀璨的一颗明珠。唐宋以来，苏州走出了张旭、祝允明、文徵明等一系列影响着中国书法流风气韵的书家。19世纪末叶，叶圣陶出生于江南古镇——苏州甪直。浓郁的江南人文气息和书法文化氛围陶冶着他，使其一生对书法产生了不尽的热爱。与此同时，作为现代教育模式转轨前的一代，叶圣陶接受的旧式教育中，书法既是旧式教育的本体内容，也是必由路径。因此，江南书法文化和旧式教育共同作用，使得叶圣陶与书法文化结下了深缘，留下了形式各异的书法作品，也为书法传播与教育做出了应有的贡献。

叶圣陶曾做过小学、中学、大学各个层次的教育工作，直至国家教育部副部长；他也供职于商务印书馆、开明书店，以及《小说月报》《开明少年》等期刊，做过多年的编辑，及至国家新闻出版署副署长；在失业苦闷的日子里，他开始了文学创作，以《潘先生在难中》《倪焕之》《稻草人》等诸多文学名篇传世，是文学史中绕不过去的著名作家。教师、编辑、作家，这些经历都无法与其所经受的书法文化熏陶割裂开来。中国传统教育离不开书法；报纸杂志的版式设计、手稿阅读隐含着编辑家对书法文化的接受与运用；文学创作中，留下了不计其数的堪称"第三文本"的书法手稿。应该说，叶圣陶与中国现代书法文化具有颇富思考的价值与意义。

艺术史学者白谦慎认为，书法是一种"非再现性"的艺术。笔者以为，中国书法不只是"非再现性"，更是一种以"模式化"为起点的艺术。"临摹"即是"模式化"的过程，由楷书到行书的研习，对王羲之、"颜欧柳赵""苏黄米蔡"等大师的临摹是书法传承修研的主要渠道，这一传承方式中包含着对传统的尊敬。叶圣陶也不例外，在其书法创作中，有对传统的中规中矩的临摹接受，体现出鲜明的古典传统资源。目前所见叶圣陶所留书法墨迹，以楷、行、篆三体居多。三体中，楷书、行书是书法研习的必由之路，也是文人书家最易上手的书体。篆书属于高古一路，既要耐心、恒心，也需要一种对古典书法及其文化传统的敬仰，一般书家相对来说较为疏远。这显示了叶圣陶的古典文化修养及其书法风格上的自成趣味，或许与其年轻时对篆刻的喜好有着内在的关联。及至晚年，叶圣陶对自己最满意的书体还是篆书，其楷书中也隐约可见篆书的笔意，堪称一种融合中的创新。叶圣陶书法作品形式多样，除常见文学手稿、往来手札外，有对联、扇面、立轴等多种形式。书写内容则大不相同，以自撰诗词为多。艺术形式上的丰富与内容上的多样，反映了作为教育家、编辑家、文学家的叶圣陶在书法艺术上的成熟，以及书法家身份的可能。

除常见书法墨迹外，叶圣陶的日记显示，他也钟情于书法篆刻。年轻时，他常为朋友篆刻各种文字，深受大家好评和钟爱。不过，与西南联大时期开始"挂牌制印"的闻一多不同，成年后，叶圣陶逐渐疏远了篆刻。晚年看到朋友收藏其早年印章篆刻时，他也由衷地高兴。作为书法文化中的重要艺术门类，篆刻对书法创作起着积极的影响，这也表明叶圣陶对篆书的喜爱与其篆刻有着某种关联。可以说，篆刻提高了叶圣陶笔墨之间对线条的独特敏感度，形成了叶圣陶书法创作的独特趣味。

叶圣陶的书法气象端严，"拙厚、淳朴、磊落、大方、工稳、谨严，既是他的人格品范，亦是他的笔墨旨归。他的书法在颜鲁公、邓石如、弘一诸家用功尤甚"（李建森《圣者襟怀，学人法书——读叶圣陶及其书法》）。若不以书法家来苛求，他的书法可以说走出了属于文人书法家之外的独特路径，既恪守传统，也融合了楷篆笔法，形成了独特的韵味。当然，深究起来，过分拘泥"传统""模式化"使他未能走得很远，"在古法承接和个境拓化上都存在缺憾，具体的表现是他的字在博取古法上未臻高古宏远之路，字构中的传统质素略显单一，行笔缺乏丰富的提按、使转，细节处也少见精微的技术处理"。虽笔笔不苟，却乏变化，少精彩。大而化之，也可以说是中国文人学士书法通病所在。

书法创作达到何种境界，属于书法艺术本体的范畴，作为"文化范畴"的中国书法，与传播、交往、教育等息息相关。有明一代，书法艺术交往渐成风气，江南一带更为兴盛，及至近现代，书法已然成为江南文人交往的重心。作为书法研修有为的教育家、编辑家、文学家，叶圣陶的书法交往延续时间较长，交往范围甚广、文化影响颇大。在《辛亥革命前后日记摘抄》中，尚读中学的、不满20岁的叶圣陶记下了为朋友刻印、共同欣赏祝枝山书卷、赵子昂字帖、书写文字赠予友人的诸多事项。20世纪50年代、70年代，其日记中仍随处可见与朋友互赠送书法作品、同赏书家墨迹的记录。尤其是20世纪70年代末，随着改革开放，文化思想领域日益活跃，晚年叶圣陶的书法交往逐渐增多，书法活动家的地位逐渐凸显。其日记中，时常可以读到为姚雪垠、陈从周、吕叔湘、吕剑等诸多老友新朋写字的记录，甚至可见相隔数日便为多人写字。除了为朋友写字，在交流书法作品时，叶圣陶还对自己及朋友的书法做了评点。

1977年是叶圣陶书法交往中值得铭记的一年，是年，经好友介绍，叶圣陶开始与厦门书法、篆刻家张人希交往。他们书信往来，共同探讨书法篆刻艺术创作技法，一起交流书法文化的迹象、源流，尤其是一致推崇弘一法师的书法、篆刻，成为书法文化交往历史中的一段佳话。叶圣陶去世前，在近乎失明的情况下，还给张写去了一封字里行间有着诸多空白的信。这种交往充实了叶圣陶的晚年生活，显示了叶圣陶在书法艺术上的精深造诣，也显示出书法在中国学人、作家文化生活与交往中的重要地位。

由于书法艺术形式与书家个人精神层面的某种契合，叶圣陶由衷地喜爱弘一法师的书法墨迹，其与张人希的交往也源于张曾在厦门入弘一法师门下研习书艺。自1927年叶圣陶与弘一法师见面，到1977年结识张人希，相距半个世纪，叶圣陶始终难以忘怀弘一法师的书法。其晚年与张人希持续不断的书信往来，始终以书法、篆刻为核心话题，实际是叶圣陶以一种默默而赤诚的精神交流向弘一法师致敬，这不仅是叶圣陶对弘一法师书法的崇敬，也表明了中国书法艺术在中国文人精神层面穿越时间的永恒，以及甚为重要的文化传媒作用。

由衷喜爱弘一法师的书法，叶圣陶有着独特的理由。在《弘一法师的书法》中，叶圣陶对弘一法师书法做了独到的评点："就全幅看，好比一个温良谦恭的君子人。不亢不卑，和颜悦色，在那里从容论道。就一个字看，疏处不嫌其疏，密处不嫌其密，只觉得每一笔都落在最适当的位置上，移动一丝一毫不得。再就一笔一画看，无不使人起充实之感，立体之感，有时候有点儿像小孩子所写那样天真。但是一面是原始的，一面是成熟的，那分别显然可见。总结以上的话，就是所谓蕴藉，毫不矜才使气。功夫在笔墨之外，所以越看越有味。"在《全面调和》中，叶圣陶又指出"全面调和"是弘一法师始终信持的美术观点。叶圣陶评价弘一法师的篆刻，"印章之布局，无不实践其艺术观点。而其奏刀，无论朱文白文，咸有厚味。此盖艺事臻于纯熟之境之表现，而非临时用心用力所能做到"。这些论述既是论者自身与被论述对象的精神契合，也是论者叶圣陶书法文化修为所形成的精到读解。尽管弘一法师书法独特的书体意识尚未被书法学界所体认，这也许是现代书法艺术尚未得到有效的时间沉淀，也或者是现代社会的浮躁无法提供一种对书家独到的书体创造确认的文化环境，但叶圣陶的论述将在时间的长河中得到确证。

现当代职业书法家多局限于书法创作，现代作家喜爱并投身于书法，也多逸笔草草。作为接受了中国旧式教育的叶圣陶，既有传统书法教育熏陶出来的深厚文化积淀，更有其在后来作为中小学教师、杂志编辑等职业训练形成的宽阔深厚的文化素养，这就使得叶圣陶不只限于书法创作、交往与评论，也表现在叶圣陶对书法传播、书法教育等多方面的关注和身体力行。

1977 年，叶、张书法交往的起点便是张人希将香港《书谱》杂志寄给叶圣陶。其后叶圣陶积极鼓励张为《书谱》撰写有关弘一法师篆刻的文章。叶圣陶曾在商务印书馆和开明书店任编辑，又曾主管过新闻出版署的工作，积累了丰富的图书编辑与出版经验。书信交往中，他诚恳地为《书谱》杂志提意见。他认为《书谱》"取材颇好，而校对殊随便，误字时而有。又稿件之文字加工亦草率"（陈天助《叶圣陶晚年的精神世界》）。当在香港负责商务印书馆与中华书局工作的王纪元休假回京，叶圣陶还给《书谱》提了许多意见，请王先生转告。叶圣陶还对《书谱》与上海书画出版社主办的《书法》做了比较。他觉得《书法》办得一般，但作为普及工作的一种也无可厚非。作为著名编辑，叶圣陶对书法文化的传播殷切之情可见之一斑，也可见叶圣陶广阔的文化视野对书法文化传播的深厚影响。

书法教育是中国文化传承的重要渠道，中国古代书法研修与教育是一体的，也可以说，书法研修是中国传统教育的本体构成之一。传统意义上，只要进入私塾、学堂学习，首先开始的便是"永字八法""颜欧柳赵"等按部就班的描红、临摹等书法教育。可以说，书法教育与人文养成是一体的，通过书法"横平竖直"的笔画勾勒传递了中国传统文化。对于 1912 年开始任职小学教员的叶圣陶而言，在其教育生涯中，书法显然是必须要传授的课程。1912 年是一个充满了不安与兴奋的纪年，做了小学教员的叶圣陶，在文化与思想的激荡中，以一管细软的毛笔开始了中小学语文教育先锋性变革的征途。他在课程内容、课余生活等诸多方面上做了先锋性的改革，同时还积极参与社会文化运动，但这些教育先锋变革与文化思想运动始终又与毛笔传递的思想文化息息相关。这一管毛笔既传授学生知识，也书写豪情万丈的文章，在叶圣陶从事的教育与思想变革中，书法承担了一种隐性的文化动力。

或者可以说，叶圣陶一生与书法文化的关联有着源自于教育家的身份认同，旧式传统教育形成的"书法无意识"影响了叶圣陶一生对书法篆刻的喜爱，其后的大、中、小学教师生涯又无形强化了叶圣陶的"书法无意识"，这也使得叶圣陶与其他作家对书法文化的热爱有着鲜明的区别。笔者以为，这隐约有着一种书法为"教育本体"的内在动力在推动着叶圣陶对书法的喜好、爱恋。这样来看，叶圣陶为上海书画出版社出版的《中学生字帖》题写书名是一种充分而又必要的理由。当我们摩挲《中学生字帖》时，叶圣陶教育家、编辑家、文学家、书法家的形象便浮现于脑海。

在当今信息社会，消费文化汹涌澎湃，不仅纸上书写、阅读逐渐减少，而且随着社会分工细化、书法职业化的影响，传统的书法艺术仅存于兴趣班、书法专业等少数人的生活中。叶圣陶这一代人在书法艺术中浸润的文化修为渐渐被社会所遗忘，中国中小学所开设的书法课程也只是课程表上的符号，毛笔书法更是被各种考试压力所取代，包含着丰厚的中国文化、哲学的书法艺术也许会沦为少数人的游戏或奢侈品，叶圣陶及其前后无数代人在书法文化中所研修传承的中华文化也面临着电脑、快餐等为表征的现代西方文化的威胁。不过，叶圣陶能够有所欣慰的是，今天，以他名字命名的苏州叶圣陶实验小学已开始重视书法教育，他们开展了书法展示赛等形式多样的书法教育活动。同时，教育部也正着手在中小学开设书法课程，这或可看作是对文学家、教育家叶圣陶先生一生热爱书法、研修书法的最好纪念吧。

以从事，罔敢任草草

——叶圣陶书法艺术的启示

马天博　黾　勉

文人与墨客，这一对词语历来是相提并论，不分彼此。在古人眼中，文人不会写字或者墨客不作诗文都是不可想象的。古代文人艺术修养比较全面，往往诗文书画兼能，但辛亥革命后，随着科举制度的终结，中国步入了现代社会，西方教育模式的引入导致学习理念和工具都发生了很大变化。传统教育中的书学式微，书法与文人之间的水乳交融关系变得日渐淡薄，从此，写字、写作成为不同的行为方式。但是，有不少现代作家，本身具备深厚的传统文化修养，自小就接受传统书法的熏陶，不论他们是不是书法家，却大都与书法文化有着天然的情缘。有代表性者，如现代文学史"六大家"鲁郭茅、巴老曹，以及俞平伯、沈从文、王统照、叶圣陶、梁实秋等人都曾在青少年时代接受过书法教育，且多在书法上有相当的造诣。这些作家身处时代转折期，是古今文化的桥梁，他们在写白话文、学习西方文化的同时并没有放弃毛笔书写，故而并没有割断与书法文化的血脉关联，他们的手迹书法也是一笔宝贵的文化遗产。叶圣陶，作为其中的优秀者，操觚染翰 80 余年，为后世留下为数甚多的题署、信札、日记、对联、立轴、匾额……虽然叶圣陶从不以书家自居，然其书风朴厚端雅、功力很深，任何得到其墨宝的朋友都觉得"只字可亲"，并用心珍藏。本文特从书法的角度关注叶圣陶，或许从中可见叶圣陶艺术修养的养成及文人精神的传承。

叶圣陶 1894 年 10 月生于苏州，3 岁即描红习字，13 岁考入新创办的苏州第一公立学堂，即草桥中学。上学期间作诗词、习篆隶、刻印章，打下坚实的书法基础。目前现存最早的手迹应该是1913年的《圣陶日记》第13卷，从日记书写的风格来看，叶圣陶当时亦步亦趋李叔同的字，结体瘦长、略向左倾，有北碑的味道，与同时期李叔同的书法非常接近。在日记的扉页上，叶圣陶还特意写道："此册摹仿李叔同当时之字，太平报文艺版多载李之字画。"刚刚从中学毕业的他，正担任苏州中区第三初等小学（即言子庙小学）教员，后又调到角直镇上的吴县第五高等小学。教学余暇颇喜篆刻，与好友王伯祥共研篆刻一年有余。大概先生此时期喜欢篆刻，也是受到了李叔同的影响。喜篆刻者必习篆字，叶老一生都未放松对小篆的临习，存世的书迹有不少都是秀美规整的篆书。现存最早的篆书对联，是叶圣陶1929年为好友贺昌群所书"潜虬媚幽姿，飞鸿响远音"，篆法严整、运笔流畅，从中可见先生习篆之功。

　　书乃六艺之一，从本质上讲是一门文人的技艺，既然是"艺"，就有它自身的规则和法度，信笔为书不是书法。判断一幅书法作品的好坏有几个要素：一看源头出处，也就是看是否临帖；二看笔法、结体；三看墨法、节奏和线质的流畅性；四看章法和气韵。一切风格、气质等都要通过高超娴熟的笔墨技巧来表达。叶圣陶在这点上做得非常好，他从小受到比较严格的书法训练，并一直临池不倦，这是其书法不断进步的保证。他一贯追求平稳、谦和的书法风格，主攻楷书、篆书，中规中矩，用笔沉稳、结构准确，师古而灵动，耐人寻味。细观1947年先生所书《夏丏尊先生墓志》、1957年所书《亡妻胡墨林墓志》两通碑，通篇楷法精准、功力深厚。铭石墓志的书写历来讲究恭恭敬敬、一笔不苟，没有扎实的楷书基本功是写不好的。这两幅楷书墓志可称叶圣陶楷法的代表，从中可见叶圣陶对唐代欧阳询、虞世南等楷书大家的学习是非常到位的。《亡妻胡墨林墓志》碑额的篆书，属于典型的小篆，与秦代刻石的笔法非常一致，说明其取法规矩，学书道路正确。

　　虽然叶圣陶不以书名世，还常常强调自己不懂书法，但是我们在他留下的只言片语的书论中，还是能够窥见他对书法的过人见解，往往启人神智。叶圣陶与弘一大师直接交往并不多，不过他是夏丏尊的亲家，所以他也就有很多机会在夏丏尊那里接触弘一大师的书法，并且在后来就弘一大师的书法有过评论。他在谈弘一晚年书法时说："弘一法师对于书法是用过苦功的。在夏丏尊先生那里，见到他许多习字的成绩。各体的碑刻他都临摹，写什么像什么。……弘一法师近几年的书法，有人说近于晋人，但是摹仿哪一家呢？实在指说不出。我不懂书法，然而极欢喜他的字。若问他的字为什么教我欢喜，我只能直觉地回答：因为它蕴藉有味，就全幅看，许多字是互相亲和的，好比一堂谦恭温良的君子人，不亢不卑，和颜悦色，在那里从容论道。就一个字看，疏处不嫌其疏，密处不嫌其密，只觉得每一画都落在最适当的位置，移动一丝一毫不得。再就一笔一画看，无不教人起充实之感，立体之感。有时有点像小孩子所写的那么天真，但一边是原始的，一边是纯熟的，这分别又显然可见。总括以上这些，就是所谓蕴藉，毫不矜才使气，意境含蓄在笔墨之外，所以越看越有味。"这就从点画、结构乃至章法、气韵完整地评论了弘一书法的特质。叶圣陶又有专文介绍弘一所主张的"全面调和"论，对习书法、搞美术的朋友很有启发，兹录之如下：

弘一法师尝致书龙溪马海髯，专言书法篆刻，中有云："朽人于写字时，皆依西洋画图按之原则，竭力配置调和全纸面之形状。于常人所注意之字画笔法、笔力、结构、神韵，乃至某碑、某帖、某派，皆一致屏除，决不用心揣摩。故朽人所写之字，应作一张图按画观之，斯可矣。不唯写字，刻印亦然。"其所称图按，通常作"图案"。

全面调和，盖法师始终信持之美术观点。试观其（无住斋）草书小额三字及落款之每一字每一笔，皆适居其位，似乎丝毫移动不得。重观其小印五方一轴，五印之位置，下方之题识，融为一体，呼吸相通，而每一小印，其布局、其

刀趣，亦复如是。至谓于某碑某帖决不揣摩，则是自道其后
期之造诣。观其丙辰断食定慧寺时之所临摹，则前期之揣摩
固极端严格认真者也。

1980 年 10 月 3 日叶圣陶题

众所周知，一幅书作中字与字之间的关系至关重要，每个字都写
好不等于全篇皆好，而字写得大小一致、状如算子也并非上乘，个中
的微妙，很多人练字多年都不得其门而入。弘一所说"全面调和"是
指要将一幅字作为一个整体图案来看待，各个部分是组成整体不可分
割的元素，因此写字时决不能写一个字便只看这个字，要通篇考量、
左顾右盼，达到整体的和谐。叶圣陶看到弘一的字"每一笔每一字皆
丝毫移动不得"，弘一的印与款识融为一体，每一印其布局、刀趣又
都呼吸相通，没有对书法篆刻有过深入思考和领悟的人是不可能认识
到这点的。

书法是中国文化核心中的核心，是"高深学问的代号、玄妙精
神的别称"。字如其人，文人们在挥毫作书之时，会不自觉地植入自
己的精神理念，尤其是在书写自作诗文之时，这种精神活动会表现得
更加明显。因此，我们看到，书法史上最著名的作品都是手稿，如王
羲之的《兰亭序》、颜真卿的《祭侄文稿》以及苏轼的《黄州寒食诗
帖》。书家们在书写的时候都做到了"无意为佳乃佳"的高妙状态。
从这种意义上来讲，通书法的作家，在书写手稿、自作诗文之时，其
精神状态与古人暗合，他们的字与其作品的精神气质非常一致。换句
话说，创作主体的书法素养与文学表达达到了贯通。书法自成一体的
作家在诗文作品中也往往会有相应对、映衬的特点。从手稿文本中还
可以窥见现代作家的文风和人格特征。如周作人、汪曾祺的字秀澹闲
雅，一如其文，更似其人；老舍、俞平伯、王统照诸人周正严谨，最
擅写楷书。这也表明，在书法文化与现代文学的思维方式或艺术精神
方面，确实存在着深切的契合之处。叶圣陶也属于周正严谨之人，因

此他喜欢精细的楷书与严整的小篆。叶老一生留下了大量的信札、日记和诗稿，这些东西的书写往往在法无定法、心手两忘的挥洒之中，书文交融而又臻至化境，从而于字里行间蕴含着如诗的情怀及意境，存留着作家最真切的生命气息。也可以说，书法对叶圣陶先生的文学创作也有很重要的影响，二者在他这里达到了交互融通。

书法的复合价值，就是字与诗文的通感。书法的审美属性体现在这样的通感之中，也就是中国传统文化的复合价值体系里。不管用什么体类的文字印制的诗词可以单独欣赏，但是，再优秀的书法家们写的虚假、空洞的标语口号，也不会给人审美的愉悦。纵观叶圣陶的书法，我们从中仍能看到"书法文化"精神的传承，这种文人精神在"五四"以来的老一代作家中表现得最为明显，而在深受"五四"文化精神熏陶的"十七年"作家身上也有薪火相传。然而，进入新时期，尤其是当老一辈作家渐渐去世后，更年轻的一代作家却面临着"书法文化"的沙漠。令人担忧的是，"80后"的作家几乎完全抛弃了"笔"，更不要说"毛笔"，而只用键盘和鼠标进行创作，对于"书法文化"他们更是相去甚远了。

我们现在谈到现代作家和现代文学，大家往往重点关注其白话文学及其对外国文学的引介，而忽略了作家们与本土传统文化，如书法、古典诗词、戏曲等的密切关系。一方面是因为"五四"以后，受西学影响，学科壁垒日趋森严，学术研究缺乏整体感，中国学术消解了中国传统学术的整体性，人为地造成了书法与文学的分离。另一方面，也与当代中国学者知识结构的欠缺有关。很多作家从事文学创作，对传统文化缺乏归属感，甚至本能地抵抗，个人艺术修养很不全面。文人不再是墨客，他们本身既缺乏对书法的认知与审美，还不以此为不足。在这点上，我们真应该多向叶圣陶学习，多看看他的书法，从中了解书法文化与文学的交互融通，体味真正的传统文人精神。我相信，这对作家的创作是大有裨益的。

对于一组信件的阅读札记

张元珂

1936 年 7 月大光书局出版的《现代中国作家论》第一卷，收录了一组贺玉波和芳君两人围绕"叶绍钧童话"进行交流的信件。贺玉波是 20 世纪 30 年代左翼文坛著名的文学评论家，对叶氏童话创作比较熟悉，曾在《读书月刊》上发表过相关采访文章；芳君是叶氏童话的一个普通读者，同时也是叶氏童话的忠实"粉丝"。贺玉波与芳君互不认识。芳君偶尔读到贺的这篇采访文章，遂产生共鸣，于是给他写信，围绕叶氏童话和当时中国文坛童话创作现状，提出了很多问题，并发表了自己的观点。此后，两人书信往来，平等交流，共同探讨，以书信方式对相关问题进行深入交流。双方在信中所展露出的探讨问题的真诚态度，让我对他们的批评风格、交流方式和所处时代的批评环境羡慕不已。

这组信件所探讨的话题，是我见到的最早对叶氏童话的创作思想、艺术特点、缺陷不足和相关儿童文学理论问题进行系统论述与讨论的文章。在此之前，《〈稻草人〉序》（郑振铎）、《〈古代英雄的石像〉读后感》（丰子恺）、《表·译者的话》（鲁迅）等文章只是就其单篇作品进行评论或者在论述相关话题时偶尔提及；在此之后，《试论叶圣陶的童话创作》（蒋风）、《叶圣陶童话创作的思想轨迹及其艺术特色》（金梅）等文章和一系列相关的文学史著所形成的系统性的观点，基本上是对这组信件内容的直接改写或横向移植，所以，这组交流信件所取得的探讨成果，为此后文学批评界对叶氏童话进行系统、深入研究开了一个好头。

在信中，贺玉波将叶氏童话的特点归为八条：具有正确而统一的思想；含有哲学的色彩；对于现实社会的组织有精密的分析；充满灰色的成人的悲哀；题材和故事富有趣味；喜用象征的写法；含有自然科学和社会科学的知识；技巧成熟。这个判定对叶氏童话作品中的思想特征、艺术形式、哲学内涵、审美风格作了一个综合性的评定，其归纳的深刻性、系统性代表了那个年代读者的最高接受水平。他说，在结构方面，作者是极力模仿西洋童话的，并以《一粒种子》《跛乞丐》为例加以分析、确证；在题材方面，指出他喜欢用科学现象作为童话的题材，并和吉卜林（Rudyard Kiplin）的作品作比较；在接下来的几封信中，他对两本童话集《稻草人》和《古代英雄的石像》中的作品，以和朋友谈话的方式，进行了详细的文本解读，既从作家的思想状态、时代氛围、文坛动态等外部现象系统地探讨叶氏童话的创作特点，又从结构、素材、主题、角色设定等方面，深入文本内部，进行极为精细的研究。最后的结论是："叶绍钧的童话，并不是普通一般的童话，他们像篇小说一样，对于社会现象有个精细的分析；虽然还保存着童话的形式，却具有小说的内容，它们是介于童话和小说之间的一种文学作品，而且带有浓烈的灰色的成人的悲哀。所以，我们与其把它们当做童话读，倒不如把它们当做小说读为好。"在我看来，这个结论实在是不同凡响，所提及的"成人思维""灰色的悲哀""介于童话和小说之间"，实际上已经超出了单纯文艺批评的范畴，而上升到了儿童文学理论研究的高度。当代儿童文学批评与理论研究，是众多文学批评中最薄弱的环节，理论研究与儿童文学的创作严重滞后，这种从具体文本出发，发现、验证、总结文学批评理论的思路，或许具有某种启发性。

　　叶圣陶是中国儿童文学的早期奠基人。在当时，极少有人涉足该领域，叶氏凭着深厚的汉语功底、纯洁的童心和新颖的想象，吸收西方儿童文学的艺术经验，创作了一系列的作品，为中国儿童文学开辟了新天地。早期，他的作品也深受安徒生、爱罗先珂、王尔德等西方儿童作家的影响，但叶氏的"拿来主义"仅仅是用来创造中国童话的形式工具，从"摸着石头过河"到"轻车熟路"，虽然也走了很多的弯路，但终于修成正果。"十年来，叶绍钧的《稻草人》是给中国的童话开了一条自己的创作道路的"，鲁迅这个中肯的评论很能说明叶氏对中国儿童文学所做出的伟大贡献。对儿童文学语言的探索与实践，对中国式想象方式的开拓，对优美意境的营造和童话角色的设定，以小说家的写作方式对儿童文学艺术形式的尝试，为中国儿童文学的诞生与发展做出了开创性的贡献。他所塑造的"稻草人""石像""画眉鸟""小白船""含羞草"等文学形象，最早打破了"灰姑娘""天鹅""睡美人"等外国儿童文学形象在中国儿童文学界"一统天下"的局面，这是对中国儿童文学的发展所做出的历史性的贡献。

叶圣陶本人就是从事汉语教学的"在场者"，推进汉语发展的"亲历者"，同时也是从事新文学（白话文）创作的"奠基人"。因此，其语言的凝练、传神、纯洁，除朱自清、冰心等少数作家之外，无人能比。以如此纯粹的民族语言从事儿童文学创作，这就决定了叶氏童话从进入"文学现场"的那一天起，就具备了适合儿童、成人阅读的召唤结构和语言意识。两位读者不仅察觉到了叶氏儿童文学的经典气质，读出了经典内涵，而且还较早地涉及、探讨了"成人思维能不能介入""能不能表达灰色情感""小说艺术与儿童文学文体差异"等理论上的问题，站在今天的阅读立场上，我不得不佩服这两位读者敏锐的审美眼光和超越性的文学史意识。两位素不相识者以"文"相识，以"文"相交，又以"文"实质性地将具体的童话文学作品与作家研究向前推进了一步，其探讨的深刻性、全面性以及文人之间交往的真诚性、典范性也是一段批评家与作家、批评家与普通读者、作家与普通读者之间默契交流的文学佳话。如今，叶圣陶的童话毫无悬念地被写进了各种版本的文学史，《稻草人》《古代英雄的石像》已经被当作儿童文学的经典名篇写进了语文教科书，这个事例再次说明：文学作品的意义，是作者赋予的意义和读者赋予的意义的总和；读者是文学活动的能动主体，也是一种文学史的创造力量，一部文学史应该是，不，必须是作家、作品、读者三者之间的关系史，是文学被读者接受的历史，是文学接受的效果史。

从《隔膜》到《长夜》

许建辉

集编辑、出版、教育诸"家"于一身的叶圣陶，一生遍栽桃李，为中华民族的文学、文化事业培养了一大批才学俊彦，众所周知者如巴金、如丁玲。此外还有些鲜为人知者，如姚雪垠等。姚氏虽然没有直接被叶老发现与提携的幸运，却有幸在小小年纪时就吮吸到了叶老文学作品中的精神营养，从而在文坛上迅速成长起来。雨露之泽，姚雪垠终生不忘，64 岁时曾作七律一首《奉寄叶老圣陶》，表达感激与敬仰之情。诗曰：

> 拄杖青山意态闲，似听绿叶隐鸣蝉。
> 须眉已满昆仑雪，笔墨曾笼玉垒烟。
> 朴素文章秋水净，清新词句露珠圆。
> 至今后学头亦白，难忘瑶华哺稚年。

这首诗写于 1974 年 7 月 2 日夜。诗前有小序云："昨接叶老寄来去年夏游香山照片，喜成七律一首奉寄。""瑶华"，珍贵诗文。姚雪垠自注："第四句指叶老抗战期间住在成都主持开明书店编辑工作。"（《姚雪垠诗抄》）"第六句指五十年前朱自清先生为叶老第一个短篇集《隔膜》写的序言所引的一首叶老早年的诗，至今记忆犹新。"（《姚雪垠诗抄》）"最后一联最能说出我的感情。我在少年时代读叶老的小说，至今已将半个世纪。"（《姚雪垠诗抄》）1974 年 7 月 10 日，他又在致茅盾的信中再次提到此事："我读他的第一个短篇集《隔膜》，方在少年，至今已整整半个世纪，有些印象，仍然新鲜。"

《隔膜》，叶圣陶的早期短篇小说集，商务印书馆 1922 年初版，顾颉刚作序。"集里固然有几篇——如《一生》《一个朋友》《隔膜》——是从骨子里看出人与人之冥漠无情的，但《母》《伊和他》《小病》《低能儿》诸篇，把人类心情的相通相感之境写得美满极了……"（顾颉刚语）姚雪垠所说"仍然新鲜"的"有些印象"，是指顾颉刚在序言中引用的叶圣陶早期诗作《游拙政园》："纤雨值休辰，园游恣幽赏。回沼抱南轩，几窗爱净朗……辞终各无言，看水倚轩幌。初荷碧玉盘，水珠滚三两。"只是历经 50 年消磨后的记忆发生轻度错位，让他把顾颉刚说成了朱自清。

按姚雪垠自注所言推算，他读《隔膜》，应在 1923 年。其时他正在邓县鸿文高等小学读书，同学多是 20 岁左右的青年。这些"大学生"一面读小学，一面混绅士，交朋友，包揽词讼。其中还很有一些人抽大烟，嫖妓女，甚至专门勾引良家妇女嫖娼卖淫。学校里称兄道弟结拜之风盛行，姚雪垠也常被硬拉去烧香磕头换"金兰谱"。面对如此无聊又无奈的生活，唯一的解脱只有读书。一个偶然的机会，他从一个遭大兵洗劫的读书人家得到了一批装进麻袋即将用来垫猪圈的新文学书籍，《隔膜》应该就在其中。如同密不透风的铁屋子忽然被打开了一扇窗，一阵清风扑面而来——《隔膜》中那无人理解无可诉说的苦恼与迷茫让姚雪垠感同身受，而那些美好的人类情感又让他看到了希望与光明。他由此与文学结缘，并自谓郭沫若、茅盾、叶圣陶等人的"私淑弟子"。而叶圣陶对姚雪垠的为师之恩，不只在把他领进了文学之门，更重要的在于支持、鼓励他写出了中年时期的代表作《长夜》。

《长夜》是姚雪垠的自传体小说，写的是 1924 年冬天他被土匪掳去，因为被土匪小头目看中认作干儿子而保全了性命，在土匪中生活了大约一百天的经历。那是一段奇特的生活，是一个包含着复杂社会问题的奇特故事。姚雪垠亲眼看着一支土匪队伍如何由小到大，又如何被消灭。此后多少年里，姚雪垠无数次带着惘然的心情，像谈一段历险记似的谈起这个故事。朋友们常常被他的故事吸引，对其中的人物发生兴趣。每一次谈罢，总有人怂恿他把它写出来，姚雪垠却一直没有下定决心，直到 20 多年后在成都遇到叶圣陶，再一次受到"写出来"的鼓励……书稿付梓时，姚雪垠特意写了《〈长夜〉后记》追叙了事情经过："前年暑假，我到成都，暂时住在东方书社。一天晚上，东方请客。席散后，叶圣陶先生，董每戡兄，东方的王婉艿经理，和我在院中吃茶，随便聊天。不知怎样引起的，我把这故事又从头到尾地讲了一遍。当时叶圣陶先生曾劝我把它写出，王经理也很打气。从这天晚上起，我才有写的决心。若没有这次闲谈，也许这故事会永远放在心里，等将来埋在土里，永远也写不出来。"

1947 年，《长夜》出版了。《中国大百科全书·文学卷》中的"姚雪垠"词条中，主笔严家炎先生这样介绍它："《长夜》以 20 年代军阀混战时豫西山区农村为背景，描写了李水沫这支土匪队伍的传奇式生活，塑造了一批有血有肉的'强人'形象，真实有力地揭示出许多农民在破产和饥饿的绝境中沦为盗贼的社会根源，同时也表现了他们身上蕴藏着反抗恶势力的巨大潜在力量。像《长夜》这样以写实主义笔法真实描写绿林人物和绿林生活的长篇小说，是'五四'以后的新文学中绝无仅有的。……把一批'强人'形象送进新文学的画廊，发掘和表现强悍的美，是姚雪垠对中国现代文学作出的一个独特贡献。"

从《隔膜》到《长夜》，文坛上一代薪火传承。前辈的心血与汗水，如春风化雨润物无声。作为一个"后学"者，姚雪垠对此铭记不忘。他说："我是在'五四'文学前驱者们的启发和教育下走上文学创作道路的。没有他们那一代，也就没有我们这一代。"他满怀感激致信茅盾："近些年来，对于尚健在的'五四'前辈和同辈，常充满怀念之情。倘若没有'五四'前辈的辛勤努力，则新文学不容易站稳脚跟，而我们后起者也将无师承。这一简单道理我到中年以后，才逐渐理解深刻。前几天写给叶老一首诗，也表露了我的这种心情。"他一腔真情告诉叶老："历史永远是前后继承的，不管后来有多少发展，必是在以前的基础上发展出来。""'五四'新文学运动是借群策群力推动起来，并缔造了新的历史时代。在当时有贡献的前辈们，后来者是不会忘记的。"

叶圣陶论教育

周可桢

　　大凡从事教育活动的人，应该都知道叶圣陶，但真正了解叶圣陶教育思想的教育工作者，恐怕不是很多，这不能不说是一件憾事。

　　叶圣陶是我国20世纪的教育大家，他一生从事教育活动70余年，先后在小学、中学、大学任教，虽然长期从事语文教育，却对教育问题有着深刻而又独到的思想和看法，他所提出的许多教育命题，在当时具有很强的针对性，实用、科学并且有效，在今天看来，也很有价值与意义。

　　叶圣陶教育思想的第一特点是革命性。叶圣陶生活的年代，旧的社会秩序刚被打破，新的社会秩序刚刚建立起来，加上当时的中国依然是典型的农业国，产业经济还很不发达，因此，旧教育的"习气"还相当重。叶圣陶在《革除传统的教育精神》一文中，把这种"习气"叫做"传统教育精神"，他说："传统教育精神到了民国时代依然保持着。"这种传统教育精神就是以知识为本，学生上学就叫读书，教师的任务就是传授知识，强迫儿童克制自己，做一个"邯郸学步"、规行矩步的学生；学生的任务就是读书、考试，至于这个知识学生是否需要，是否有兴趣，老师全然不顾。老师把学生当作没有生命的空袋子或空瓶，只知道往里面装知识。因为这样的教育的好处是：老师省心省力，不需要劳神费时去认真备课，只管照着教学参考资料，将知识和答案往学生头脑中灌下去，不管学生是否理解，也不管学生是否有用。老师对学生最主要的要求就是听话，听话的就是好学生，不听话的就是问题学生，其聪明才智与创造性再好，也不给机会，也是受打击和排挤的对象。这种教育，学校千篇一律，学生缺乏个性，更无创新精神可言。这种教育，学生虽能学到部分知识，但这些知识并不是生活需要的，所以许多学生把学校教育看成是一种负担，一点也没有从受教育上获得幸福感。

叶圣陶教育思想的第二个特点是实用性。叶圣陶不是一个专门从事理论研究的教育家，而是有着十分丰富实践经验的教育家。他的教育思想大多来自个人教育活动中所见、所闻、所思、所得，特别是他对语文教育的许多论述，基本上是他长期从事语文教育的经验总结。在他的教育思想中，没有套话、空话、假话，也没有人云亦云的鹦鹉学舌，都是一些实实在在的思想、观点和方法。比如，他在《中学国文学习法》一文中谈国文教学，既谈到了国文教学的目的任务是阅读能力训练与写作能力训练，又运用具体的例子详细谈如何阅读、如何写作，如何才能真正提高学生阅读能力和写作能力。又如，他在《今日中国的小学教育》一文中，认为"小学教育的价值，就在于打定小学生一辈子有真实明确的人生观的根基"。而造成当时小学教育枯寂无味，像座古庙，没有意义，没有生气，没有趣味的根本原因，是教师没有真实明确的人生观。假如教师没有真实明确的人生观，又如何去引导学生的人生呢？他说："凡是自己没有真实明确的人生观的人，对于他人的情性和希望，也是模模糊糊，弄不明白。""自己的方向还没有定，却要引导他人；自己从事的事业的价值还没有理解，却要做这项事业，陶冶他人，这是可能的吗？"小学教育没有好成绩的另外一个原因，就是教师欠修养功夫。由于教师缺乏修养功夫，对小学教育便没有自己明确的主张，只好做一天和尚撞一天钟，对学生要么是使用高压政策，让他们屈服，要么是放任不管，任其自由发展；在教学方面只让学生听讲、记忆、背诵，不管学生是否理解，也不管知识是否实用，既浪费学生许多精神，占了学生许多时间，也使学生学会了"盲从"，将来处理人生事务就只好随波逐流，没有自己的主意。而教师要获得真实明确的人生观和提高修养，唯一的办法就是：不能等旁人来"觉我"，要靠自己觉悟，只有自己觉悟得来的，才能灵心彻悟，即知即行。叶圣陶这些思想和观点，来自他长期对现实教育问题的观察和思考，具有很强的现实针对性，是解决教育低效甚至无效的一剂良方。

叶圣陶认为，教育是人类获得生存资料和经营生活的一种工具，因此，教育必须以生活为本。假如教育不以生活为本，其结果是：读了植物学可以不辨菽麦，读了生理卫生可以绝无卫生习惯。学非所用，学用分离，是知识为本教育的写照。假如教育以生活为本，就能随时学习，随时应用，把知识变成生活的工具，为我们做事、为人、想心思、辨事理等日常生活服务，促使我们一天天进步和发展，我们的生活也就会一天比一天美好。

叶圣陶教育思想的第三个特点是科学性。教育活动是有其自己的规律存在的。这个规律是什么，实际上早在几千年前的孔子和亚里士多德等教育家就开始探索了，而把科学性带进教育学的教育家是德国19世纪著名的教育学家赫尔巴特，他在建构教育学理论的时候，把心理学作为教育理论的基础。自赫尔巴特建立科学教育学以后，人们对教育有效性的探索就几乎没有间断过。叶圣陶在探求教育有效性的过程中，始终运用教育科学的思想。他在《今日中国的小学教育》一文中认为："凡是合乎儿童天性的，他们就愿意知道它，学习它；与他们的天性不相侔合的，他们就不想知道，不高兴学。""教师教各种科目，教各种教科书，并不是教过了就完事了，还要以教育的价值为出发点，适应学生的天性，拣那学生需要的给他们指导。"这些论述可谓言简意赅，一语中的。他在《小学教育的改造》一文指出，要使儿童经常有求知识的动机，须要根据他们的本能、欲望和兴趣，想方法来引导他们的本能，顺应他们的欲望，扩充他们的兴趣。"其实本能是教育的原料"，"教师如果能留心儿童的本能，便可以在教育上找到扼要的手段，随时获得新的经验和知识"。"欲望是人生活动的原动力"，"顺着他们的欲望的趋向，作为教育的入手方法，使他们如愿以偿，才是教育者应当尽力的事务。顺着他们的欲望，并不是使他们纵欲肆志，而是不加摧残，不与违拗，引导他们满足欲望，归结到合理而有系统的道路上去"。"兴趣是我们生命所寄托","今后的教育要着力于扩充儿童兴趣所及的范围,并使他们养成终身的学习习惯"。"教育者须要扩充自己的兴趣范围,更须要真切了解儿童的兴趣可能及到的范围。"教育与栽树不同,因为树木是没有动机、兴趣、欲望的,教育的科学性就在于教育要适应儿童的心理。作为教育工作者,要研究儿童的心理,引导他们的本能、欲望和兴趣,只有这样,才能使教育工作取得良好的效果。

叶圣陶教育思想的第四个特点是生成性。了解叶圣陶的人都知道他的著名教育论断:教是为了达到不需要教。他认为"教任何功课,最终目的都在于达到不需要教。假如学生进入这一境界,能够自己去探索、自己去辨析、自己去历练,从而获得正确的知识和熟练的能力,岂不是不需要教了吗"?"给指点,给讲说,却随时准备少指点,少讲说,最后做到不指点,不讲说。"要做到少指点,少讲说,就必须转变教学方式,改变"学生天天听讲、年年听讲,某字什么意义、某句怎么讲法"的教学方式,而是让学生"劳心劳力,提出些问题来,提出些工作来,教他们自己去搏斗,搏斗遇到了困惑的时候,然后请教老师、教本或讲义"。教,为了达到不需要教,叶圣陶认为,教师首先要树立以学生为本的观念,在教学中充分体现学生的主体性。叶圣陶主张新的教学方式应该是让学生做搜集、观察、比较、综合、实验、实习等工作,如果不做到这一点,即使提出了所谓主体性的思想和方法,也于事无补,只是新瓶装旧酒,无法教给学生自己学习的本领。其次,需要让学生养成习惯,他说:"所谓教育,无非是从各方面给学生好的影响,使学生在修养品德、锻炼思想、充实知识、提高能力、加强健康各方面养成好的习惯。"叶圣陶提出要让学生养成两种习惯,一是自己学习的习惯,一是随时阅读的习惯。学生为了生活实际的需要,应该主动学习,自己学习不限于看书,还应从实际事务中历练,对具体事物的观察、推究、实验,都是自己学习的方法。随时阅读的习惯,不是读几本教科书和讲义能养成的,要多读课外读物,读课外读物,既可随时得到各种新的收获,又可逐渐养成自己学习的习惯。最后，须要培养学生的各种能力。就语文教育来说，主要是培养学生阅读能力和写作能力；就学生一生来说，主要培养学生生活能力、学习能力、辨别是非的能力、与人交往的能力、与人合作的能力、分析问题、解决问题的能力等等，这些能力的习得，可以让学生终生受用。教师要以生活为本，为学生获得各种能力提供环境和条件。最终使学生达到"以教育认识自己；以教育革新自己；以教育成就自己"的目的。

倘使我们今天的教师能够认真去读一读叶圣陶的教育论著，他们在教育教学工作中将可以少走许多弯路，当前学校教育的问题就会少许多，学生的成长会更健康、更阳光，学生的社会适应力会更强。

唐弢的中国现代文学研究

巫小黎

一

　　唐弢引起读者和文学界的关注，早在 20 世纪 30 年代。从杂文创作步入文坛的他，文风颇似鲁迅，几可乱真，还引起过一些小误会。那时，他才二十出头，是上海邮政局的一名邮政工人。1959 年，他进入中国科学院文学研究所（现属中国社会科学院），以学术研究为业，成了一名学者，曾担负中国现代文学研究室的领导工作，任过《文学评论》副主编。工作对象和职业的变更，并未改变其作家的身份底色，他留给世人印象最深刻的，莫过于一个爱书胜过新婚妻子的书痴。写杂文，写书话，研究鲁迅，宣传鲁迅，是他一生最爱最感兴趣的志业。从进入文坛开始，一直念念不忘自己独立写一部中国现代文学史。

　　事有凑巧，天降大任。后来，他还真的主编了一套《中国现代文学史》。如今已逾不惑之年，20 世纪 80 年代，曾就读大学中文系的中年人，大概对唐弢主编的《中国现代文学史》大多不陌生。至如今，中国现代文学史在我，不再是概念、术语和生涩的名词和没完没了的纷争，而是一幅幅色彩斑斓、绚烂多姿的人生画卷、交响诗章。文学史中，有人、有事、有文，有情趣，有形象，有意境，有思想。"五四"新文化运动以来，留洋的"海归"，国内长养的"土鳖"，无不生机勃发，气象葱茏，个性分明。阅读、积累，质疑、慎思的结果，在我脑海中，慢慢复活了一部属于自己的、个性化的中国现代文学史。

一个华丽转身，《中国现代文学史》不再名目可憎，令人生厌，反倒成了学生们最爱的一门课程。看来，问题显然不在现代文学史本身，而在现代文学史的叙述。唐弢是中国现代文学的参与者、亲历者和见证人。而且，20世纪上半叶，其居住、工作的上海，恰好是全国的文化、出版中心，几乎所有的出版物，都从上海流向全国各地，即便编辑部设在北京的刊物，譬如《新青年》《语丝》《文学杂志》等等，印刷、出版都在沪上。唐弢又是一个喜爱读书、评书、品书、写书，还大量藏书的书迷，得天独厚的优势而至于此，能有几人？倘使唐弢只把自己熟悉的人、书、事，以及人书之间的故事写将出来，就会是一部很生动很精彩且极富神韵和个性的中国现代文学史。

二

然而，唐弢留给我们的文化遗产却令人遗憾。譬如，经唐弢亲自修改的《中国现代文学史》第五章第二节"语丝等社团流派和闻一多等人的创作"，给周作人的小品文下的断语是"内容空疏""意味消沉"。对现代象征诗派的评价，几乎没有可取之处，笼统地视之为"当时诗歌发展中"的一股"逆流"，"在我国新诗发展过程中，象征派所起的作用是反动的"，她的开山祖师和代表人物李金发的诗作"大多是一组组词和字的杂乱堆砌，连句法都不像中文。这种畸形怪异的形式，除了掩饰其内容浅陋之外，正便于发泄他们世纪末的追求梦幻、逃避现实的颓废没落的感情"。

而1937年之后的大后方和沦陷区文学，评价高低，姑且不说，许多作家甚至连名字在书中都找不到。今天被当作一流作家、优秀作家对待的沈从文、张爱玲、钱锺书、师陀、无名氏、徐讦、路翎、穆旦等，在唐弢主编的《中国现代文学史》中，均未给予应有的席位。

现代文学在面向全球的开放格局中降生、成长、发展、壮大，如今已是普遍的常识，早期中国现代文学的创作主体，多半有留学背景和国外生活的经历，渊源有自，出身书香之家的子弟也大有人在。现代文学与西方文学、翻译文学和中国古代文学的渊源极深。这些，都是极具研究价值的专题，而唐弢著《中国现代文学史》都没有给予合适的篇幅，尤其是西方现代主义文学，即便留下浮光掠影轻描淡写的三言两语好像都玷污了自身的圣洁和纯净似的。至于近年受到普遍重视，文学史地位迅速提高，为现代文学研究领域辟出一片新天地的通俗文学，压根儿还是近十多年，文学史观念变革之后，重绘中国现代文学版图的结果。

然而，倘若据此认为唐弢趣味偏颇、视域狭窄，抑或笔力不逮，那可是对唐弢莫大的误解。从青年时代起，唐弢就非常欣赏章学诚"六经皆史"的论说。刘知几的《史通》、章学诚的《文史通义》一直是他时时翻读的两部书。他曾在许多场合，反复说过这样的话："我在自修生活中一度舍哲学而就历史，后来又少写杂文去做编写文学史的准备。"文学史撰述准备时间之长，自觉意识强烈而突出，有据有证。

个人的兴趣、爱好和理想，与实现理想的能力，不能看作同一码事，这是常识。然而，事实证明，唐弢并非仅有著史之志，而缺史家之德与识的平庸之辈。业界没有谁敢怀疑唐弢的"史德""史识"和"史才"。别的不说，只拣一件足以资证。20世纪30年代，唐弢与鲁迅熟识后，鲁迅欣赏他的史学修养，即问能否参考日本《近代文艺笔祸史》，以政治内容为主，编一部近代中国文网史。

唐弢的眼力世人公认。再看，唐弢写于20世纪80年代的《在中国现代文学思潮流派、学术交流会上的发言》《中国现代文学史的编写问题》《关于重写文学史》《四十年代中期的上海文学——在香港中文大学举办的"中国现代文学研讨会"上的发言》《西方影响与民族风格——中国现代文学发展的一个轮廓》等等，就不能不惊叹他的史才与史识，也打从心底佩服唐弢的眼力。以上文章，几乎都是现代文学研究界的破冰之作，视界宏阔，史料翔实，逻辑谨严，立论得当。均在学界赢得阵阵喝彩，给学科发展带来新的刺激和发展活力，同时也启发了一批年轻的新锐。当年亲炙唐弢教诲的刘纳、杨义、蓝棣之等，一个个都在现代文学研究界做出了令人注目的业绩。

三

唐弢做研究，不搬弄各种吓唬人的理论，而是坚持从对象出发，以史料为基础，在充分占有材料的前提下做出个人的评判和独到的论断。语言、文风自成一格，体现出十分扎实的学术功力和优雅、大度的学术气量。

20世纪80年代，轰轰烈烈的"重写文学史"，虽然不完全是针对他主编的那套《中国现代文学史》，问题的展开和话题所及，由古到今，从中到外，但他主编的那套现代文学史，显然划入清算之列，且是重点所在。果真"重写"，等于自我否定与自我颠覆。他是这套教材的主编，同时，他又是现代文学史这个学科第一代学人中的重要代表和奠基者之一，尴尬与窘困，可想而知。然而，他没有回避问题，推卸责任。诚心诚意检讨、反省，承认局限，推倒重来，该个人担责者决不推诿，他说："想到书中的缺点，始终负疚于心。" 20世纪80年代前后，他的著述和谈话，不少篇章都在孜孜矻矻的自我纠错，其虔诚、勤勉，令人感怀。"譬如说对左翼作家联盟，功过两端，我们都叙述得不够充分。"左联的问题在于，"一方面，使文艺团体具有政党性质，排斥了许多很有作为的进步作家，实行关门主义；同时又用机械唯物论的观点，不加分析地批评所有在《新月》杂志上写稿的作者，以及某些所谓'第三种人'"，"将自己划在小小的圈子里，和广大的人民群众隔绝了"。就文艺团体而言，论述失之偏颇，不限于"左联"，还有许多社团、流派，评价都不够公允。唐弢以"左联"为例，结合历史参与者和见证人的体会和认识，历史而客观地评价"左联"的是非功过，令人不容置辩。尤为普遍且敏感的，是对作家及其创作的论说，对此，唐弢坦言"就作家的评价而言，现代文学史对郁达夫、老舍、沈从文、徐志摩、钱锺书、杨绛等的评价确实低了一点，我曾在1985年9月富阳召开的郁达夫纪念会上做过检讨。我认为通过具体分析，适当地提高这些作家在现代文学史上的地位是必要的"。"我认为徐志摩在新诗建设上有过功绩，他的《山中》《再别康桥》等确是名篇，虽然不多，却已经十分难得了。沈从文卓然大家，长篇如《边城》，短篇如《丈夫》《八骏图》等，都是不可多得的佳作。"像以徐志摩、沈从文等为代表的那些文学流派，"我认为，仍是中国现代文学史上值得肯定的流派，评价应实事求是，恰如其分"。说到周作人、李金发、戴望舒等等，他也深怀歉疚，所以，后来他提醒学界，"李金发，我们也不能忘记他"，戴望舒的诗，如《雨巷》《乐园鸟》《偶成》都"写得很好"。曾是这个学科领袖群伦的权威，公开说出这样的话，实事求是地自我检讨，需要何等的气度？得罪许多人不要紧，弄不好被扣"犯上"的罪名，也不是没有可能。

四

在重写文学史的呼声和浪潮中，唐弢一直十分清醒，始终不失一个学者的睿智和理性，"我的希望有一部较好的中国现代文学史，一部较为实事求是的中国现代文学史，却是一片至诚，毫无私心，完全可以对天盟誓"。

年近耄耋的老人，痛心疾首，实不多见。"对天盟誓"释放出来的信息，除了证明他的炽烈、坦诚之外，还留给我们不少想象和勘探的空间，内中隐曲，非外人所能知也。因此，他毫不含糊地，在不同场合反复吁求，给予文学史著述以更多的自由，"文学史可以有多种多样的写法，不应当也不必要定于一尊"，今后的文学史著，"决不能像过去一样，将一部文学史写成左翼文学史"。这种自省、自新的姿态，令人动容。

业界知道，唐弢主编的《中国现代文学史》，习惯称"部颁"教材。《中国现代文学史》，并不代表主编本人的学术立场和学术观点。"说是'主编'，其实是有点夸大的，因为除了通读全书外，我个人承担的只是很少一部分；虽然也做过一些规定，提过一些意见。然而限于体例，又不得不自动撤回，主要还是集体的力量，大家的功劳。"唐弢说的，句句是实情。自谦的成分和身不由己的苦衷，兼而有之。

他用事实告诉我们，"60 年代初写这部文学史时，正当史学界讨论'以论带史'还是'论从史出'问题到达最后阶段的时候。我是主张'论从史出'的"，"文学史嘛，无非是告诉人家文学的历史发展，把材料整理一下，把文学的发展过程和事实讲出来，加以说明和分析，至于结论，让读者去做"，总之，"重要的还是实事求是，以事实为主"。讨论的结果，真理败给了权力，"当时讨论的胜利者却是'以论带史'派，我们这部文学史也深受影响"。在框定的理论架构内著史，与主张"我如果写，就写一家言"的唐弢，在学术个性上简直风马牛不相及。

研究思路和治学方法，都违背唐弢本人初衷的《中国现代文学史》，作为主编者，出于对历史负责考虑，叙录历史经过，寄望于来者，岂不正在情理之中。

姿态和主张，若能与身体力行的研究著述实践结合，说服力更强。拿出让人信服的成果，是最好的纠偏补弊，于是，《四十年代中期的上海文学——在香港中文大学举办的"中国现代文学研讨会"上的发言》《西方影响与民族风格——中国现代文学发展的一个轮廓》《我观新诗——蓝棣之作〈正统的和异端的〉代序》等，相继发表。这些，可谓是唐弢自我反拨的代表作，真正代表了他对现代文学的认识和理解。他亲力亲为重写文学史的实践，给了其时的现代文学研究界很多启示，激发了研究者的热情，一批富有新见的现代文学史文章，在 20 世纪 80 年代后期，相继问世，现代文学研究掀开了新的历史新篇章。

回眸唐弢学术历程的意义，我以为，最为难能可贵的，是始终如一地保持学人的价值理性和学者良知，在意识形态生产和学术独立之间，找寻一个支点，平衡或舒缓学术个性和僵化体制之间的紧张关系。

唐弢领衔的《中国现代文学史》，作为大学中文系教材的使命，业已完成。若不是研究学科史，一般读者，乃至有志于现代文学研究的青年，大概不会再触摸或提起这套教材。然而，一个人领军挂帅，一伙人蜂拥而上的集团化知识／学术生产机制，非但没有改弦更张，反而变本加厉，日益侵害学术肌体的健康，妨碍学术个性的发育和生长，值得我们警醒。唐弢曾说，教师的作用就是启发学生思考，"引导他们向正确的方面探索"。"不然，处处依靠人家，你叫他怎么做，他就怎么做，这样的人只能人云亦云，不动脑筋。"长此以往，学术创新从何谈起。30年前，悖反常理，扼杀个性和创造性，只生产工具，不培育人才，唐弢深以为忧的问题，30年后，更成学界的常态，以致成为竞相效仿的时髦。我们能不深长思之？！

唐弢书话内外

子 张

一

从 20 世纪中国文学史着眼，说唐弢具有作家、学者和教师，以及新文学图书收藏者这样三重身份应该是没有问题的。自 20 世纪 30 年代到 20 世纪 80 年代的 50 多年间，唐弢的名声虽然并不是特别显赫，但却是众多左翼文化人中的重要一员。和他的作家、学者、新文学图书收藏者的三重身份都有着某种关联，他的声誉一部分来自他众多作品中的一个品种，即新文学书话。

书话，单纯从字面上理解，也可以解释为"话书"或"书之话"，即对于图书的介绍与评价。对这个民国以后才出现的文体，唐弢由中国传统文学中的"诗话""词话""曲话"和"以文献为主，专谈藏家与版本的如《书林清话》"总结过他所谓"书话"的文体特征，即"着眼在'书'的本身上，偏重知识，因此材料的记录多于内容的评论，掌故的追忆多于作品的介绍"。又表示他欲企及的目标是："竭力想把每段《书话》写成一篇独立的散文：有时是随笔，有时是札记，有时又带着一点絮语似的抒情。"(《〈书话〉序》1962)若干年后重订《晦庵书话》时又进而提炼出作为"散文"的书话之理想要素："一点实事，一点掌故，一点观点，一点抒情的气息；它给人以知识，也给人以艺术的享受。"(《〈晦庵书话〉序》1979)在同时期的另外一个场合，他再次表达过类似的观点，也可以视为对那个观点的一种解释、一次明确与强调："而书话的形式也确是多种多样的，怎么写都可以。

但我反对有些人把书话仅仅看作资料的记录，在更大的程度上，我以为它是散文，从中包含一些史实，一些掌故，一些观点，一些抒情的气息，给人以心地舒适的艺术的享受。"（《〈林真说书〉·序1982》）

细察唐弢关于书话前前后后三次表述，可以看出对书话文体的个人界定和理想在大同中存在着小异，即是由最初的有所"偏重（知识）""材料的记录多于内容的评论，掌故的追忆多于作品的介绍"而逐渐趋于"知识"与"艺术享受"并重，形成了所谓"四个一点"或"四个一些"，即"史实、掌故、观点、抒情气息"四者并重的书话体散文的个人观点。这个"史、故、观、情四者并重的书话体散文观"恰恰又对应了唐弢作家、学者、新文学图书收藏者的三重身份。因为热衷于图书收藏，所以有撰写书话的特别条件；因有学者眼光，故注重史实和观点；因固有的诗人气质和散文家情怀，而执着于抒情气息与图书后面的轶闻掌故。如此理解唐弢的书话观以及个人书话风格的生成，应不致大谬吧？

二

照唐弢自己的说法，他的"检书、买书、读书、写书"的62年，是经过了一个从"一般买书"到"有目的地买书"终至于对书的感情"渐渐地淡下去"的过程。他在晚年撰写的短文《我和书》回忆这一过程详尽而兼带耐人寻味的大感慨，从1927年到1941年，他自谓属于"一般买书"阶段，15年中，"就零星购了一些文言著作"和"一些'五四'以后的白话书，随读随扔，所余不多"，至1942年，日军入侵上海，"家家烧书、撕书，成批地当作废纸卖书"，这才开始"有目的地""大批购书"，买书的重点则是"偏于'五四'以后"。1959年9月他从上海调北京，此后开始另一段购书生涯。

既有存书，无论是主动还是"被迫"成了"藏"书家，撰写书话的客观条件毕竟具备了，这就有了1945年春天"蛰居上海，有时披览书籍，随手作些札记"之举，开始了唐弢书话撰写、发表、出版、再版乃至于被尊奉为"在书话创作方面总其大成"的书话"大家"之旅。

唐弢书话最早见载于《万象》，继而大量发表于《文汇报》的"世纪风"和"文化街"，后来《联合日报》（晚刊）、《文艺春秋》、《动力文丛》、《文讯》、《时与文》以及香港《大公报》都或多或少地刊载过。这可以算是第一阶段，前后写了一百二三十篇之多。第二阶段始于1956年《读书月报》之约，先后在该年第10、11、12期和1957年第1期发表了《开场白》《域外小说集》《画册的装帧》《线装诗集》《儒勒·凡尔纳》和《药用植物及其他》6篇，其后1961年4月5日开始在《人民日报》副刊连续发表，至1962年6月1日，前后又发表20余篇，终至在1962年6月由北京出版社出版了唐弢第一本书话集，书名就《书话》二字，收入其中的除了新撰的书话，亦有"选改"于旧作的。然这一阶段或可说还有后续，即1965年后半年和1966年年初在香港《大公报》发表的"书城八记"系列，随后"文革"开始，这一阶段才算结束。第三阶段是一跨13年后的1979年，作者将1945—1966年前后20余年中撰写的全部书话结集为《晦庵书话》并新撰序言，翌年由北京三联书店出版，此后虽仍有书话体散文写作，但不再有先前专以"书话"标示的连续刊载了。直到20世纪90年代他离世后别人编辑的《唐弢书话》《唐弢文集·序跋书话卷》出版，所谓唐弢书话才算有了比较全面的终结。

三

但是，说是"终结"，仅仅只是就初步的归纳而言，对于唐弢书话由内而外的更为细致的观察和疑问，仿佛才刚刚开始。下面只想就唐弢书话由民国进入共和国阶段后其书话写作、"选改"方面出现的一点点异乎寻常的变异稍作勾勒，以猜度时代变迁给唐弢的创作心理带来的微妙触动。

我最早接触唐弢书话，是1981年10月在济南齐鲁书社购买1980

年9月第1版《晦庵书话》之时，当时所喜的是三联书店版的这本书别致的装帧设计和里面关于新文学作品、期刊的有趣介绍。然说来奇怪，我竟没有全部地、认真地逐篇读完这部厚厚的书话，更没有能力以学术眼光打量它的来龙去脉，因我那时还只是一个刚读过两年专科中文的20岁小青年，对类似"出土文物"一样的中国新文学正睁大着一双好奇和惊讶的眼睛，哪里具备深度解读甚至指谬辨析的素质呢！而今将近30年过去，再次打开《晦庵书话》，仔细研读两篇序文、5个部分共167篇书话，结合如今能够看到的唐弢创作年系和其他资料，倒慢慢读出一点意味来了。

其一是写于共和国时期、"文革"之前主要是《人民日报》上的书话在选择所话之书、话的语言措辞方面较之民国时期的书话有了相当大的差异。1961年、1962年两年间发表于《人民日报》的新撰书话凡20余篇，如《骈肩作战》，如《革命的感情》，如"翻版书"和"关于禁书"两个小系列，以及《奉令停刊》等等，所选尽是"左翼"之书，所议尽是"斗争"之事，所操尽是"革命"之语。不用说，这自然是冷战时代海峡两岸共同的政治"一边倒"现象的结果，因为即使在这些故事发生的当年，唐弢书话也绝非这种风格。那么，对于唐弢本人而言，这样的变异意味着什么呢？

其二是一部分"选改"于民国时期、重新发表于"文革"之前《人民日报》的书话的确是有"选"有"改"。譬如《饶了她》《闲话〈呐喊〉》《半农杂文》《撕碎了的〈旧梦〉》约10余篇正如唐弢本人所说"就手头剪存的部分选改十几段"，之所以"选改"，自然也还是为了适应时代的变迁和话语的转变，即如《饶了她》中若干处"反动派"云云，固然亦不像是1945年初刊于《文汇报》时的口气吧？不过相对而言，因为毕竟是旧作，某些篇什还是保留了较为纯正的味道，如《两本散文》之赞誉梁遇春为"文体家"，《朱自清》之推崇朱自清散文的"情致"，就仍然流露出唐弢作为学者的诚实。

其三是到了"文革"结束后的1979年重编《晦庵书话》而收入的民国时期书话，仅从措辞上也能判断出有所改动。这里说的是写王统照的《山雨》，此文原刊于 1947 年初《文艺春秋》杂志，收入《晦庵书话》时出现了"当时国民党反动派的中央图书杂志审查委员会谓其宣传阶级斗争"这样的表述，或许与史实相符，但措辞已然带上冷战时期的政治色彩。

四

凡此种种，称其为在时代转换后导致个人写作风格"异乎寻常的变异"，意在猜度作为作家、学者和新文学图书收藏者的唐弢，其创作心理究竟是真诚的与时俱进还是一种不得已的写作策略还是两者兼具？好在当年的当事人、约请唐弢在《人民日报》撰写书话的姜德明后来谈到此事，似乎可以给出部分解释，他说："当他刚刚安好新居，我就贸然闯入，请他为我们写书话。他答应了，却流露出某种顾虑，问我：'现在还有读者对这类文章感兴趣吗？党报上介绍旧书版本会不会有人反对？'我打消他的顾虑，并同他一起商定，可以先从革命书刊和左翼文艺运动的书刊谈起，再一步步地涉及进步文艺，如文学研究会的诸大家和巴金等。所以，晦庵的书话一开张，便谈李大钊、鲁迅，以及国民党的禁书和革命者的伪装书。至于含有书斋趣味的藏书票、藏书印、线装书籍装帧等，如果我没有记错的话，那是在 1962 年，作者在出版《书话》单行本时临时补入的。"（姜德明《〈现代书话丛书〉序言》1996）

还可以比照的是，在《人民日报》约稿前的 1956 年，他首先在上海《读书月报》上发表《域外小说集》《画册的装帧》《线装诗集》《儒勒·凡尔纳》和《药用植物及其他》，《人民日报》之后的 1965 年和 1966 年在香港《大公报》发表"书城八记"系列，从题目到内容都并不格外"左翼"，而多为纯正的书话体散文。看来，也许真的是"党报"性质和对于特定读者趣味的疑虑决定了《人民日报》时期唐弢书话的革命政治色彩，"先从革命书刊和左翼文艺运动的书刊谈起，再一步步地涉及进步文艺"，显然有出于写作策略考虑的因素。这种写作策略导致的书话风格"异乎寻常的变异",就连当时的评论者都注意到了,以至于将其视为书话的"不足之处",并且建议作者"反动作家的书刊等也无妨谈谈,因为后者还可以作为反面材料来教育读者"(榆屋《别致的〈书话〉》1962)。而到了1979年,尽管时风已变,民国时期较为中性的书话皆可收入《晦庵书话》,但某些依然涉及政治性"禁书"的书话,还是被作者习惯性地添加上了时代话语。

一部《晦庵书话》,伴随着时代的不断转换,竟有着如此曲折幽微的文字修辞变迁和书外故事,由此观人观史,不亦深致而多趣乎?

唐弢的艺术感

张梦阳

20世纪80年代初，刚复出的陈涌在与文艺理论工作者的一次谈话中，提出要做好文艺评论和研究工作，需要培养"三感"，即理论感、历史感和艺术感。以中国鲁迅学史上的三位研究大家陈涌、王瑶、唐弢而论，他们都具备这"三感"的深厚造诣，但各人又有着更为突出的一个方面，这就是：陈涌的理论感，王瑶的历史感，唐弢的艺术感。

唐弢的艺术感，是学界公认的。1992年在他逝世后的纪念会上，严家炎就说过：唐弢"本身就是作家，艺术感觉极好，深知创作的甘苦，他谈论作家作品，总是三言两语就能抓住作家的风格特色和作品的独特成就，把最有味道的地方传达出来。……我认为，在审美评价的精当方面，唐先生在我们现代文学研究工作中简直可以说并世无第二人的"。严家炎说得极对！至今中国现代文学界甚至整个文学评论界，都无人在审美评价与艺术鉴赏方面超过唐弢。对唐弢的艺术感做一番深入的玩味，对于缺乏艺术感的中国当今评论界来说是非常有意义的。

拿唐弢与陈涌的同题论文《论鲁迅小说的现实主义》比照着读，就会发现唐弢是从敏锐的艺术感觉出发，由细腻的文本分析上升到现实主义的理论高度，陈涌则是站在时代理论思维的高峰上鸟瞰鲁迅小说的现实意义。这两篇不同视角、不同写法的论文，虽然阐释的方面和内容有所不同，论述的方式也各呈异彩，但都有益于对鲁迅小说的理解。根据这篇文章的题旨，我们着重谈唐弢的艺术感。

唐弢的这篇论文发表于1982年《文学评论》第1期，《鲁迅研究》第6辑，后收入《纪念鲁迅诞生100周年学术讨论会论文选》。该文长达近4万字，是一向惜墨如金的唐弢少有的一篇长篇论文，也是他自己鲁迅研究和写作生涯上的一次超越，鲁迅小说综合研究中的一次突破。我最为叹赏的是第三节"栩栩如生的风俗画"和第四节"动人心弦的抒情诗"，以丰富生动的细节分析有力地说明"鲁迅小说的现实主义的一个独特的内容，是以多样的形式为我们留下了生活的画幅，真实的生活的画幅——我们民族生活方式的栩栩如生的风俗画"。说明"鲁迅小说的现实主义的另一个独特的内容，是它的抒情性，凝练通达，醋邑舒展，几乎每一篇小说都是一首动人心弦的抒情诗"。又从哲理化、讽刺化和语言的回旋反复这三个方面，细致入微地分析了构成鲁迅现实主义小说抒情诗特点的因素。最后，在结束语中这样总结道："既不随意修改'自然'，也不一味服从'自然'，鲁迅根据这一原则找寻小说的现实主义的道路，善于将别人的理论和自己的经验结合起来，以丰富和发展这一创作方法。"从而"深深的彻到核仁，达了常人凡俗的目所不及的深处"。唐弢的这篇大论文，是多少年来含英咀华、从容把玩鲁迅小说的结晶，其探幽发微、披沙拣金的细节分析，细微深邃、博洽明晰的艺术体味，以及娓娓道来、如诗如画的话语格调，都堪称一绝，足为极品。可以这样说，就审美体验、艺术品位和论文文体的秀雅、完美来说，唐弢不仅在鲁迅研究界首屈一指，就是在整个文学批评领域也是少有人能够企及的。借用当年恽铁樵对鲁迅小说《怀旧》的评语来说，就是"才解握管，便讲词章，卒致满纸饾饤，无有是处"的青年"极宜以此等文字药之"。当下有些年轻人，一论鲁迅小说就发宏篇大论，引外国名词，从概念到概念全是抽象之论，没有一点切实的作品分析，实在应该用唐弢的这篇论文医治一下自己的毛病。

　　再拿唐弢最主要的鲁迅研究开篇之作《鲁迅杂文的艺术特征》来说，核心论点是认为鲁迅杂文的艺术特征在于逻辑思维与形象思维的相互结合，这一论点并非作者的独创，而是当时文艺理论界在讲文学艺术特征时的一个流行的观点，因而并不能足以说明鲁迅杂文独立的特征，可见那时占主流地位的政治文化对鲁迅研究及其他研究领域的禁锢之深。然而，纵然如此，唐弢的这篇论文却仍然不失为中国鲁迅学史上一篇很难得的妙文，简直是把鲁迅杂文的艺术风貌活灵活现地和盘托出了，之前没有人做到，之后也无人企及，可以说是空前绝后。唐弢之所以能够做到这点，就在于他本身就是一位杂文家，具有长期的丰富的杂文写作经验，并且对杂文的艺术技巧情有独钟，特别以杂文艺术手法的灵活、秀雅见长，兼之多年潜心学习以至模仿鲁迅杂文，对鲁迅杂文的艺术特征心领神会，因而虽然从核心论点上受到当时主流文化的禁锢，却能在具体论述中显示出活力与底蕴，勃发出一派生机。事实上，唐弢写作此文的动因也是要冲决那时占主导地位的唯政治化倾向，强调鲁迅杂文的艺术特征本身就已经是对唯政治化倾向的挑战，何况还将艺术特征显现得如此出色呢？ 1983年我发表《鲁迅杂文研究的症结》，《文摘报》加以转载后，唐弢表示赞同，我特到他家里当面向他谈过这一点，他含笑点头同意。

不仅在文章的逻辑层次上显示了唐弢写作的才能，而且在具体的阐述当中也反映出他的确很会写文章，具有很高的文学艺术感。首先，他是从鲁迅的创作实际出发，进行活的分析和活的表述，而不是把鲁迅杂文的艺术特征归纳为简单的几条，死板、呆滞地进行罗列。其次，举的例证贴切、生动、新颖，阐发得灵活、形象，恰到好处。例如论述鲁迅杂文的形象化传神绝技时，举了鲁迅这样一个比喻："否则，纵有成千成百的天才，也因为没有泥土，不能发达，要像一碟子绿豆芽。"这个例子，别人也举过，但是唐弢却对此作了进一步的阐发："使我们极其形象地看到了苍白、无力、得不到泥土培养的'天才'的变相。"有了这画龙点睛的一句，鲁迅"绿豆芽"比喻的神髓霎时被勾出来了。最后，语言活脱、跳荡，对鲁迅杂文风格的概括准确、新鲜。例如将鲁迅写杂文得心应手比喻成"舞台上最出色的武生，一条棍棒在手，旋转飞舞，指挥如意，既能抛得高，又能接得稳。我们自己往往因为生活经验少，思想贫乏和知识浅薄，拿住棍棒不敢放出去，抛到一尺高就战战兢兢，赶紧接住，惟恐失手。……令人担心的是这条棍棒一直飞到台下，也许会打破观众的脑壳"。这样的生动比喻和"驰骋自如"的准确概括，一直是脍炙人口的。

《鲁迅杂文的艺术特征》发表不久，就出现了1957年的反右运动，强调艺术特征已不可能，唯政治化的倾向达到极端化的程度。人们从中尝尽了苦头，60年代初开始批判极"左"思潮，向客观真实性原则回归。这样，唐弢又从更深的层次强调鲁迅作品的艺术特征和其中所包含的艺术观点，于1961年在《文学评论》第5期上发表了著名论文《论鲁迅的美学思想》。

这篇论文的核心论点是阐发鲁迅对于艺术特征的深刻理解，仍然是唐弢一贯坚持的观点，论述方法则是抓住两组矛盾展开文章的思路，这两组矛盾是"美和真——在文学艺术上相当于艺术和现实的关系问题""善和美——在文学艺术上相当于政治和艺术的关系问题"。说明鲁迅几乎在文学生涯开始的同时，就坚持了文学艺术的特征，根据这点来看待美和真即艺术和现实的关系，也根据这点来看待善和美即政治和艺术的关系：主张一件完整的艺术品应该是"天物""思理""美化"三者的有机的统一，辩证地理解了艺术和现实、政治和艺术之间的关系；文学艺术的规律一直是鲁迅这位伟大作家不断探索的中心，坚定地重视艺术的特征，认为那些直接为"五卅"事件而写的诗，"情随事迁，即味如嚼蜡"，因为"锋芒太露，能将'诗美'杀掉"；反对"咀嚼着个人的小小的悲欢，而又看这小悲欢为全世界的描写身边琐事"的倾向，也反对借政治点缀文艺的标语口号式的文学，认为有了真，有了善，还不一定能够构成美，因此所写的又得"是可以成为艺术品的东西"，善需要通过美来烘托和传播，只有运用艺术的手段，才能加强思想的感染，所以"新闻上的纪事，拙劣的小说，那事件，是也有可以写成一部文艺作品的，不过那纪事，那小说，却并非文艺"；所以鲁迅总是从更高的政治角度概括生活中的人物形象，以他的深广的思想赋予平凡的生活以再生的灵魂，并把政治融化在"直接性"里面，汇成完整的情节和场面，例如《起死》中

"没有任何一句话是对《齐物论》的批判，然而没有任何一个场面任何一个细节不是对《齐物论》的讽刺"，在杂文创作中，也是依据艺术本身的特征，变化不同的形式和不同的风格。

这篇论文的论述语言也很有特色：灵动、秀雅、峻洁，不是干巴巴地摆道理，而是富有诗意、引人入胜地描述。例如讲述在鲁迅早期论文里理出分散着的属于美学方面的观点时，打了这样的比喻："恰如眺望着一片汪洋浩荡的湖泊，回头又看到从山间流来淙淙的溪泉一样，凭借这些材料可以了然于它的来龙去脉"，就颇富有美感，使读者在明了理论的同时，又获得了美的享受。概括鲁迅杂文的不同风格时，用了"意激词促，声色俱厉""从容不迫，谈笑风生""谈言微中，一针见血""回旋跌宕，铭心镂骨"等语，既准确贴切，又丰赡雅致，很有特色。唐弢论文中的这种遣词炼句的功夫，是非常值得学习的。

樊骏认为唐弢最值得珍惜的艺术成就是他的《晦庵书话》。在这一篇篇的书话中，尤其表现出了唐弢卓越的艺术感。例如《半农杂文》对刘半农的文章做出这样的评价："读起来却是使人十分畅快的，既流利，又幽默。有人说他有举重若轻的本领，'清淡时有如微云淡月，浓重时有如狂风急雨'。这句话说得很中肯。不过幽默易流于浮，流利易流于滑，有时不免有这种毛病。但就大体而论，半农的杂文很是泼辣，证明他应该是一个战士而不应该是一个打油诗人。他的文体，正如他的诗歌一样，值得特别提出来研究研究。"诚如严家炎所言："三言两语就能抓住作家的风格特色和作品的独特成就，把最有味道的地方传达出来。"

唐弢愈到晚年，艺术感觉愈是灵敏，简直到了出神入化的境界。1987年，他因中风而昏迷的前两年，我到人民出版社一位朋友那里去，正好有人送来了《文艺报》。她打开一看，第二版几乎用整版篇幅刊登着唐弢的大块文章《林语堂论》。我立时眼前一亮，临别时竟然不顾礼节，跟她索要这份报纸。她也知我对唐弢的文章情有独钟，忍痛给了我。我出门坐上公共汽车，就痴迷般地读了起来。唐弢卓越的艺术感如细绵的春风，又一次吹拂着我，真有如沐春风之感。他那时已经 74 岁，但文章毫无衰老之态，全篇充溢着活泼泼的艺术生气，对林语堂的评骘切中肯綮。首先赞赏林语堂所提倡的"本色美"，并赞叹林语堂的《剪拂集》等"本色的作品"，"不仅持论公正，而且行文流畅生动，亲切活泼，深得英国随笔式散文（Familiar Essay）娓娓而谈、挥洒自如的气韵，并有林语堂的个人性格特征"。但在林语堂的《京华烟云》刚刚进入大陆，好评如潮的时候，唐弢却逆流而上，提出尖锐的批评。认为："小说几乎全部是《红楼梦》的模仿和套制。人物是不真实的，不是来自生活，而是林先生个人的概念的演绎，因此没有一个人物有血有肉，能够在故事里真正站立起来。林语堂在这里又违背了自己的文学主张，借人物的嘴为哲学观点说教，卖弄才华，自作多情，离本色美愈远。他学《红楼梦》，学得很认真，但这一学，却反而让《红楼梦》将他的作品比了下来，对照鲜明，更加显示出《京华烟云》的虚伪和做作。"然后笔锋一转，对林语堂的《苏东坡传》又表示赞扬，认为"是好的，是后期作为绅士林语堂的较有成就的作品，除了中间夹杂一些反复出现、令人生厌的老妇人的反共唠叨和呓语外，全书对苏东坡本事和诗文经过一番研究，分析探索，运用得较为恰当和灵活：既维护了传记务必真实的要求，也体现了林语堂个人晓畅通达、指挥如意的行文风格"。此文发表后，在文学研究所和整个文坛引起轰动，都为已近耄耋之年的唐弢，仍然勃发如此朝气而惊叹不已。

唐弢还善于在诗与画之间发现相通之处，更加透发了他的艺术感。例如他 1982 年 8 月 8 日在为英国伦敦大学《中国季刊》作的《关于〈故事新编〉》这篇短文中讲：《故事新编》并不如有人所说的，可以"比之于绘画中的毕加索"，而是"有点接近格罗斯（George Grosz）——一个鲁迅喜爱的德意志的画家"。其中的艺术感觉真是只可意会，不可言传。

艺术感就是对作家作品的语言文字、文体形式和其中蕴藉的深厚内涵及其与美术、音乐等艺术的相通点以及由此透发出的"图画美""音乐美"等种种"诗美",具有敏锐的细腻感觉,有如汪曾祺所言能够"扪触"到语言,并能将这种感觉以诗性的文字形容、描绘出来,传达给读者。这是文学评论家和研究家必备的素养。来自天赋,也得自后天幼小时的自觉培养,万万不可忽视。

唐弢不仅对别人的作品具有敏锐的艺术感,自己写文章也富有艺术性,即便是撰写论文,行文也极讲究文字,注意文体。如蓝棣之所言:他本质上是位"诗人",他的文学论文像是"领异标新二月花",充溢着"诗美"。读之,是一种艺术享受。唐弢可称是兼而有之的富有艺术感的文评家和"文体家",已经形成了一种特异的"唐弢文体"。

唐弢逝世已经 20 年了。1989 年年底我最后一次去他家探视,临别他一定坚持送到门口。此时的唐弢已经显出老态,告诉我他刚刚得过一次小中风。刚过几天,王瑶在上海病逝,在北京八宝山举行追悼会时,一位朋友问唐弢怎么没来。我说他身体欠佳,几天前去看他时很显衰老。不想一语成谶,不久唐弢即犯病昏迷,住进协和医院,一年多后于 1992 年 1 月 4 日撒手人寰。那次门口告别成为最后一面,当时情景至今历历在目。想起 1982 年年底唐弢曾让我做他写作《鲁迅传》的助手,但因我陷在《1913 至 1983 鲁迅研究学术论著资料汇编》的极端繁忙之中不能自拔,未能如愿,失去亲聆指教的良机。30年后,我撰写的文学版长篇小说体鲁迅传《苦魂三部曲》之一《会稽耻》终于出版,然相隔两界,想奉赠先生、聆听教诲而不可能矣!每想到此就抱憾终生,不禁怆然!像唐弢这样的学者、作家、藏书家,今后不会再有了。略感慰藉的是:唐弢是不朽的。他的鲁迅研究和文学评论文章无疑将铭刻在中国鲁迅学史和中国现代文学研究史上,永远散发着隽永的醇香。

真情言说、人间独语与文化反思
——对唐弢散文创作个性心理的体认

张元珂

在唐弢的审美视野里，散文和杂文是两种迥异的文体，分别指涉着精神世界的两个不同面影。正如鲁迅的个体意识很少在《野草》中传达，唐弢的个人情感也极少在其杂文中流露，因而，在精神纬度上，两种文体分别暗合了"向外搏击"的功利诉求和"向内指涉"的代偿功能。所谓"代偿功能"，主要是以"言说""独语"或"反思"的方式，修复自我心灵上的创伤，求得精神上的平衡。阅读这些具有"代偿功能"意义的散文，我似乎看到了另一个精神面容的"唐弢"，触摸到了一种异样的文化心理。

"地之子"的真情言说

传统的农耕文明深深地影响着唐弢的文化心理，这在他的那些书写童年生活、乡村人事、故乡风物的散文中，得到充分的表达。这些散文，真真切切地传达出了一个"地之子"的乡愁意识。即便是书写城市生活，表达城市经验，也都深深打印着"乡土叙事"的精神印痕。处女作《故乡的雨》以诗意盎然的文字，细致描绘春雨中的故乡原野风貌和小伙伴看社戏的场景，渲染了一种"河桥风雨夜推棚"的江南三月烟雨画。沿此思路，《海》描写海边的生活，怀念的是"黝黑而健康的童年"。《南归杂记》中则细细地描写了"途中感受""祀神场景""新年的杂耍"，其对故乡之爱更是跃然纸上，同时也深入传达了自己的怅惘和忧郁的情怀。作者如此惦念故乡，以致在《怀乡病》中说，"我需要真纯朴质的乡村生活来调节我的口味，洗去我满身的腥臊"。《声》《沧桑》《乡村教育》《即景》《模仿城市》等一组称作"乡村拾掇"的散文作品，则深入农村生活的细部，聚焦于几年来农村日常生活中悄然发生的新变化、新风貌以及在新旧冲突中人们精神蜕变、摇摆、彷徨的现实表现。"采覆盆子、捉蟋蟀"的"安园"，一样有着鲁迅"后花园"里的乐趣；私塾教育的无趣、乡村的落后，也或多或少打印着鲁迅的影子；"奢侈、荒淫、享乐"的都市文明被置于作者的批判视野里。这几篇文章不仅描写了一个"怀乡病者"背对都市文明、面对乡土世界时所引发的精神寻根，也表达了一个"地之子"面对"沉默的乡村"时的无限惆怅、忧虑的乡土情怀。

"回忆往事，记叙当前生活"的叙事类散文，也多写凡人琐事，特别是对亡父、亡妻、孩子、挚友、师友的追怀，在婉曲的叙述中咀嚼人生的真味，平实中蕴含着真挚的情感。忆旧怀人之作，大体分两类：一是，对自己亲人的怀念，偏于写实，多叙事，感情纤细，真切动人。1936 年至 1939 年是唐弢极度苦闷和痛苦的年月：上海滩局势动荡，亲人接连去世，朋友频繁罹难，时代的压抑、家庭的不幸让他的情绪低落到了极点，孤独、伤感、苦闷接踵而来。《种在污蔑里的决心》写父亲在当时恶毒的冷嘲热讽下，坚持让儿子上学，是一篇情意绵绵的忆父之作。《我要逃避》以写实的笔法，详细记叙了与妻子相濡以沫的生活场景以及妻子、儿子相继染病、离世的过程，情感切切，情绪压抑。《我要逃避》描写的是一个身陷痛苦深渊里的"漂泊者"，在感染了苦闷、蒙上了阴影、体验了痛苦，面对家庭、时代、战争之后的一次消解压力、转移焦虑、寻找方向的过程。《梦里的"江湖"》是一个活人对亡妻的"对话"，情感丝丝入扣，意绪真真切切，排除了外在的干扰，只任述说人的话语如水般缓缓流动，意绪流动远超《祭妹文》（清·袁枚），话语方式极似《祭亡妇》（朱自清）。二是，对过世友人的怀念。唐弢一生写了很多怀念朋友或老师的文章，所涉及的师友主要有鲁迅、周木斋、石玲、郭沫若、冯雪峰、许广平、郑振铎、靳以、王任叔、茅盾、郁达夫、黄药眠、剑三、郭绍虞、张锡琛、夏丏尊、丁玲等。这类文字带有学者散文的鲜明特征，多是在"文学现场"中传达所忆之人可贵的精神风貌和文化人格，既传达了那个时代文学先驱者们鲜活的精神面影，又保存了第一手的文学资料，具有珍贵的学术价值。就其风格及影响而论，尤以怀念《悼木斋》《锁忆》《追怀雪峰》《侧面》为最。《悼木斋》从与周木斋初识见面写起，回忆起与木斋相关的文坛往事，写出了他的"诚实、恳切、讲究信义"的思想品质、"深沉、倔强、富于战斗性"的性格特点、"娴于旧学，并不自求表现"的贯通古籍的学识与功力。作者在舒缓的语调里，回忆友人交往细节，往往在一个具体场景的描摹中，旁及众多作家的性格特点，笔力省俭而又传神。"打着湖南腔，盛怒地叙述事情的经过，说到气上的时候，就拍一下桌子"，"懋庸笑着阻止他，有时也插几句自己的意见"，"木斋端坐一旁，静默着，好像一座兀立的孤山"。单纯的一次友人相聚，就形象地活化出了木斋"深沉、落落寡合"的形象特征，而"子展的率真""懋庸的聪明"又与"木斋的深沉"相映成趣。这3个可爱的文人，其形象鲜活如昨，跃然纸上。

创作主体怀人，言事，达情，只有严格遵循"由心而诚，由诚而言，由言而文"的文体意识，才会让散文成为"情"的艺术，才会产生"情动于中而形于言，言发乎迩而见乎远"的艺术效果。由是观之，唐弢这类文字，却也深谙传统文人之道，续接上千年来"叙事怀人"散文的精神血脉，弥补了"人的文学"（周作人语）所倡导的现代意识、现代情感。

"寻梦人"的人间独语

唐弢散文内敛性的艺术品质，突出地表现在"人间独语"式的散文创作之中。这类散文，或者以很少的文字制造一种情调，烘托一种氛围，表达某种真实的生命境遇或生命情怀，比如《我来自田野》；或者虚拟一个情景，叙述一个或几个小故事，以此为表情达意的抒情媒介，表达一种生存意识或生命哲理，比如《飞》；或者深入潜意识层面描摹情感的波动历程，借此抒发个体对自由、光明、理想的向往与追求，比如《梦》；或者展示着纯粹的梦忆，以纯粹的独语方式，在黄昏的灯光下吟哦孤独和寂寞，探索内心的矛盾冲突，比如《破晓》；或者以对话、暗示、象征、意象等多种现代性技法的串联组合，单纯表达一种现代性的体验或现代意识，比如《某夜》……而所有这些，似乎构成了一个具有独立精神意义和精神空间的"独语世界"。

这类散文具有突出的诗性情怀和艺术气质。外在世界、生活的光影、时代氛围，一并化作一抹精神的烟雨，弥漫在了诗意的、凄迷的、孤独的、阴郁的精神空间里，呈现一种无限敞开着的游移状态。情感的纠结、意绪的纠缠、主体的忧患、苦闷的印记、战斗的意志、精神的突围……各种"主体之思""个体之梦"和"宇宙之幻"，如天女散花般漫点了文本空间，涂染成了一幅色彩斑斓的、阴暗杂陈的精神图像。"寻梦人"多半是苦闷而又迷茫的，然而又苦苦地寻找着生存的意义和人生的价值。

虚拟的"寻梦人"不仅是作者主体身份的隐喻——借此传达了大时代里个人命运的忧伤，而且更是时代"集体人"的精神象征——曲折地表达了二十世纪三四十年代所有"寻梦者"时代精神的印记。"感受""苦闷""尖刻""真诚""独语""反抗"，这些融合着个人情绪和时代氛围的精神因子，在《梦》《寻梦人》《拾得的梦》《梦里的"江湖"》《梦回》《人间独语》《苦闷的时候》等篇章中得到充分的表达。正因为"我的生命像一株枯树，半腰里留下了一个窟窿，这不是黄莺的巢穴，它承受着风霜雨雪——灌下的正是人间的忧患"（《书后》），所以，这些文章的精神氛围、情绪表达与思想主题，杂糅了众多的人生体验和生命信息。"寻梦人"的"梦"有鲁迅的尖刻，有郁达夫的"个体感伤"，有戴望舒的"时代苦闷"，有何其芳的"心灵独语"，也有巴金的"炽热真诚"，鲁迅的"反抗绝望"……是"人的觉醒"与"文的意识"双双聚合的艺术结晶。

但是，阴沉的梦境和人生的苦闷，"寻梦人"并没有放弃对于

"青春""理想""使命""战斗"的寻找、坚守与搏击，一种"反抗绝望"的"战斗力的美"依然在"梦"里张扬着，表现着。《梦》的空间里布满了各种奇特的意象，这里有"鲜红的血流""一条毒蛇""紫色的小花""几个敌人""一条白花蛇的尾巴""一所颓废的破庙"，虚拟的环境氛围极似鲁迅散文名篇《秋夜》《这样的战士》，但是，"我并不害怕，我的心像一团火"，并且"我检点带来的手枪、子弹、号炮"，"只等我一声号炮，弟兄们就要开始狩猎，看这些野兽们落在我们的手中"。可见，严酷的环境并没有驱散"寻梦人"战斗、搏击的勇气，比《这样的战士》中的"独战者"在面对"无物之阵"时表现出更为坚决的战斗意志。在《拾得的梦》中，"我嗅到了腐朽的气息，是死狗皮。我见到了臃肿的形体，是懒猪皮"。"主和的舌"和"卑鄙的心"，"夹着骷髅、骨骼，随波起伏"。在这样的梦境里，对于理想的寻找"我"依然没有丝毫的懈怠："春天到来了吗？用我力量，带着它来！"

"独语人"的生死沉思

唐弢散文中的"生"与"死"，彼此关联，相互阐释。言说的是关于"死"的沉思性内涵，表达的是另一种紧张、焦虑的生命情绪，而不是单纯"死"这一客观存在的物理现象。因此，这是"孤独的个体"面对逝去的亲人、苦闷的时代、焦虑的自我所升华出来的体验性的"生命哲学"。这类文章似乎更加有意排除了他人的干扰，更直接地实现了和亡人、"自我"的直接"对话"。直逼灵魂的深处，捕捉复杂微妙的意识、情绪、心理，因而表现出了"自言""自审"的"独语人"话语特点。因此，这一类作品——《死》《生死抄》《魇》《残阳》《西风里》《暗影》《人间独语》——堪称唐弢"人间独语"类散文的代表。

首先，这些文章更为勇敢地、真诚地袒露一个"独语人"或"寻梦人"灵魂深处真我的隐秘信息。从"让寂寞吞噬我的余年吧，我感到疲乏"(《梦里的"江湖"》)，到"磨碎我的心灵的是更大的苦难，我走进了但丁所设想的地狱"(《暗影》)，到"这是爱的陷阱，这是生命的深渊"(《肺结核》)，再到"对于死，我没有像希腊画廊派的哲人那样的坚韧的态度，我是感到哀戚的"，甚至"为了求心的安宁，我要逃避"(《人间独语》)……唐弢真实地袒露一己内心，其表达的真挚、自省的深刻、反思的峻急，很让人动容。这些隐秘的生命信息，在他的杂文中是绝难体会到的。在杂文世界里，他是"批评者""战斗者"；在散文世界里，他是"寻梦人""独语者"。

其次，这种"人间独语"又多表现为一种"感觉结构"。具体来说，就是将浸透着感觉汁液的外在物象、现实历史、时空观念与作家主体的潜意识体验实现了对接与贯通，所以，这些散文意象重叠，想象奇特，诗情洋溢。同时，纤弱的感情，黑暗的现实，未来的光影，生的苦闷，死的庄严，又每每呈现杂糅状态飘忽于文本的空间里。文字也变得忽而绚丽，忽而沉郁，忽而阴冷，表现出了一种雾般的朦胧之美。虽然没有鲁迅《野草》的深邃悠远，没有何其芳《画梦录》的委婉典丽，但在艺术探索和展现灵魂世界以及讲求文体之美方面，又与《野草》《画梦录》有异曲同工之妙。

这些作品讲究节奏和韵律，喜用暗示和象征，善用独语式、对话式、诗剧式结构，艺术上留下了一个青年作家执着于探索的实践印迹。尽管在实践效果上，与同时代的何其芳、李广田、丽尼等"专职散文家"相比，还存在一定的差距，但是，唐弢以一个"独语人"身份和视角，表达着个人同时也是时代的现代意识、现代思想、现代情怀，在各种文体相互渗透，日益朝"叙事化"和"说理化"发展的20世纪30年代，唐弢对抒情散文的这些探索与实践，是不应该被忽视的。

"文明之子"的文化反思

唐弢还写了很多的游记，详细地记录了苏联、日本、美国等地的风物习俗、参观心得。这些美其名曰"游记"的散文，却早已超脱出"旅游"的核心命意，描摹的是异域的文化见闻，表达的是对本民族文化的整体反思。《扶桑记行》（由18篇文章组成）融史料性、知识性、艺术性于一体，在游记类散文中，具有特别鲜明的特色。这些文章没有虚假膨胀、造作浮夸，而多以叙述的严谨、文风的朴实、文化的反思彰显本身的价值。

总之，唐弢的杂文也一向生长于、战斗于大时代潮流的中心，指涉于广泛的时代、社会与文化，表现出鲜明的文化批评和社会批评的特点（风格极似鲁迅），但是，其数量众多的杂文很少反映隐秘内心的、错综复杂的"心理图像"。那些悖论性的体验、脆弱的心性、迷茫的灵魂，只有在其散文世界里，才能得到充分的表达。毫无疑问，关注、研究这些散文，也就为我们提供了一个触摸唐弢深层文化心理的便捷途径。

唐弢与鲁迅藏书的保护

葛　涛

　　众所周知，唐弢为保护鲁迅的藏书做出了重要的贡献，他在 1944 年受郑振铎的委托与友人刘哲民一起从上海到达北平，成功地劝说朱安女士放弃了出售鲁迅藏书的念头，从而使鲁迅的藏书不致散失，为中华民族保护下来一批重要的文化遗产。笔者认为，唐弢一生最大的贡献和成就恰恰就是肩负郑振铎的委托赴北平成功地保护了鲁迅的藏书。从保存在鲁迅博物馆库房中的唐弢和朱安女士的几封往来书信中，可以看出唐弢为此事所付出的努力。

　　唐弢与刘哲民在 1944 年 10 月 12 日从上海到达北平，然后就在"十二、十三、十四、十六、十八、十九六天，穿梭似的出入各书铺，十四、十六两次到北京（平）图书馆访宋紫佩，十五日清晨八时访赵万里，谈的都是鲁迅藏书出售的问题"（唐弢《〈帝城十日〉解》，《新文学史料》1983 年第 3 期）。14 日傍晚，唐弢和刘哲民在宋紫佩的陪同下到西三条拜访朱安，通过介绍上海出版鲁迅全集的情况，许广平中断朱安生活费的原因，特别是海婴的近况，成功地消除了朱安对许广平的误解，并打消了她出售鲁迅藏书的念头。唐弢顺利完成保护鲁迅藏书的任务之后在 10 月 21 日离开北平返沪，24 日到上海后就和许广平等人会面告知朱安的近况，并在 10 月 30 日致函朱安告知许广平不仅已经承诺按月汇寄朱安的生活费，而且已经汇出了一笔款，最后又再次请朱安谅解许广平的困难。

周太太赐鉴：

　　违别以来，于廿四日抵申，以与诸友好及许先生晤谈，许先生表示力所能及，定当设法汇转并于晚抵申前（十月十八日）由邮局汇出储币五千元合联票九百元，此为邮局限汇之最高额，北平经济情形，业经详细转告许先生，许先生深为关切，表示今后愿按月汇转此数，设有收不到时，请来函通知晚为荷。许先生原拟早日汇出此款，惟因误于受托人，致稽延时日，并此转留，三先生于十九日另有一函转上，想可与汇款同时收到矣。沪平家属，原系一体，过去因道路遥远，不免有隔膜之处，但愿早日太平，大先生遗物，能毫不散失，此不特周氏家属之幸，亦许多朋友所盼望者也。专此顺颂大安！

晚　唐弢上

十月卅日

　　如许先生经济困难，万一不能续汇时，当由在沪友人设法汇上，诸祈释念　又及。

1945年1月7日，唐弢致函朱安告知许广平汇款因南北汇兑不畅的原因而拖延，并请她查收许广平新近的一笔汇款。

周太太赐鉴：

　　迩来沪平汇兑以年底关系，多方不通，日昨许先生来找我，经设法后，换得中孚银行支票字第三二五四三九号壹支，计联银叁千五百零捌元柒角柒分，（票合储币贰万元）上有横线两条，收到后请托宋先生设法一提，并乞赐复为幸。匆匆并颂冬安！

晚　唐弢上

一月七日

此后，唐弢致函朱安希望抄录鲁迅藏书的目录，但此信已遗失。唐弢收到朱安同意抄录鲁迅藏书的目录之后，又在 3 月 19 日致函朱安表示感谢，并详细介绍许广平的经济困难，请朱安谅解，最后又个人汇给朱安一千元帮助朱安维持生活，从而兑现了他在 1944 年 10 月 30 日致朱安书信中的承诺。

周太太赐鉴：

惠示敬悉，许先生委汇款项，如数收到，曷胜欣慰。周先生遗书目录承允着手钞掷，敬为学术及研究周先生著作者致深切谢意。至平地生活费用日涨，自在意料之中，按月津贴，应予提高，亦属情理之常，惟晚一时不便向许先生提起，此无他故，实缘晚深知许先生近来生活至为拮据，上海情形，平地日报上当亦略有记载，人口在疏散中，书籍之类，无人问津，文化人毫无出路，而海婴又时有小恙。不得已，由晚个人汇上壹千元，聊兹贴补，稍后可得缓设法，支票仍可托宋先生向中孚兑现，些小之数，幸勿间哂，便中并乞赐复为荷。专此顺祝春祺。

晚　唐弢上

三月十九日

朱安收到此信之后，托人代笔给唐弢回信，不仅表达了她对许广平、周海婴母子的挂念，而且也表达了她对唐弢成功调解鲁迅在平沪家属之间的矛盾的感谢。

唐先生大鉴：

昨接手书，并蒙惠寄北京钞币一千元，已托宋先生往取，愧不敢承，即请宋先生先作抄录书目之用。钟承关注感谢。值世乱年荒，吃饭难者，于斯益极。许女士居沪，海婴多病，消资量大，度日维艰。诚然　未识作何支持，颇为念虑，深冀和平实现，或能脱离苦海也。氏但能消耗，而生产无力，怅恐莫名，困苦情况，惟个中人自知，实不足为外人道。

承先生顾念先夫旧谊，多方调停，多方爱护，身受知感，良非笔墨所能罄，惟有铭感五中，容图后谢耳。此复敬颂

台绥

周朱氏拜启

唐弢在 4 月 23 日再次致函朱安，告知因南北汇兑不便只好托友人先行垫付朱安的生活费，并详细介绍许广平、周海婴母子生活困顿的近况，希望许广平和朱安都能体谅彼此的生活困难，最后对于朱安感谢他调停鲁迅在平沪家属之间的矛盾表示不敢当。

周太太赐鉴：

惠书敬悉。前寄千元，知已收到，良以为慰。书目如在平抄写麻烦，请寄至晚处，当留钞一份，再将原目录寄还，不知尊意如何？北平生活日艰，晚所深悉，许先生闻之，亦极关心，鉴于沪平汇兑不便，欲多寄数月用款，以便早为打算，但筹款甚觉不易，经许先生与晚商酌结果，决定先由刘先生（即前与晚同来趋谒者）垫款，汇奉平币一万元，中孚支票第 375750 号壹支，随函附上，收到后请仍按前次办法托人代领，并乞当即示复，以释下念。此款由刘先生垫付，将来再由许先生陆续拨还，请勿远念。海婴以天气转暖，渐见康复，沪上生活，近来一涨再涨，许先生于年初起，已将所雇女佣辞去，母子两人，相依为活。晚得便常往拜访，亦常以周太太在平生活之清苦情形相告，彼此同命，自应相惜。在晚不过以沪平实际情形，就所目睹，代为转达，使彼此互相了解，以慰鲁迅先生于地下而已。调停云

云，实不敢当。敬复，顺颂近安！

晚　唐弢上

四月廿三日

　　6月5日，唐弢再次致函朱安，告知因南北之间汇款的困难而托北平的友人先垫付一笔款给朱安作为生活费，并介绍许广平筹款的困难以及海婴的身体逐渐康复，请朱安释念。

周太太赐鉴：

　　前接宋先生来函，得悉汇上万元，早已收到，至堪欣慰。自此款寄出后，沪平汇款，不久即生障碍，而后如何，颇难逆料。晚为此奔走数日，毫无眉目，中孚银行方面，亦称无头寸可套。许先生尤感心焦。经再三商量，已托吴性栽先生由平划上一笔，款项颇巨，收到后请即以详细数目见示，以便与前途算账。寄此巨款，乃因后此汇兑阻碍尚多，恐一时无法汇出，故请预为打算，以渡此苦难时期。在许先生确已费尽心力，此点谅蒙鉴及。款当由吴先生送至府上，请将联银数见告，以便折买储票，设法结清。上海生活大涨，应付弥难，海婴弟近曾患伤寒，在家休养，日来已转痊，渐勿念！

　　草上，顺颂大安！

晚　唐弢　叩

六月五日

　　6月16日，唐弢得到已经被日军宪兵队逮捕的柯灵托人带出的宪兵队也准备逮捕他的口信，离家外出避难。即使在这样危险的情况下，他仍然挂念朱安的情况，当天还致函朱安告知将由何海生送去一部分生活费（此信没有保存下来）。朱安收到此信后，托人代笔致函唐弢告知收到了生活费，介绍了自己的病况，并表达了对许广平和唐羖的感谢。

唐先生台鉴：

　　本月十六日接奉航快，敬悉种种。至十八日由何海生君送来准备钞币支票一张计四万元。贵在何君常来，一面将款取回，略买米盐煤炭，以资日用，而免被高价剥削。但近日因北粮南运，米面价格已涨起四五倍之谱，其他百物，亦无不同时高涨，当在有涨无已时也，所预大部份之款，现存商号，收取利息，以资贴补零用。氏于上月二十九日吐血三口，因西医太昂，不敢问津，但请知中医之亲戚，义务治疗，服中药五六剂，与服丸药，现在血已止病见好，惟胃仍不甚开，气力太少。只须略能支持，实不愿多吃药，多花钱也。氏本一老朽废物，耗资大量财物，累及先生与许女士多方张罗多方爱护，人非草木，身受知感，只以报答未由，惟有益加刻苦，益加节俭，以期仰答厚谊，于是乎对得起海婴，即先夫有知亦必含笑于地下矣。海婴大约病已痊愈，早占白药之庆，托为代向许女士道谢，嘱海婴格外保重。余惟藏之五内，俟后会有期，再图晤谢。奉复，敬颂台绥。

　　　　　　　　　　　　　　　　　周朱氏启

　　　　　　　　　　　　　　　　　六月

　　8月15日，抗战胜利，北平和上海的通信逐渐恢复，但是汇兑仍然困难。唐弢此后还致函朱安表达慰问，并告知汇款的消息，但此信不存，具体时间不详。朱安收到此信之后就致函唐弢，诉说物价飞涨之后的生活困难，希望唐弢转告许广平尽快多汇寄一些生活费。

唐先生大鉴：

　　前承存问，并先后兑揭生活之费，俾得苟延残生，中心感怀，莫可名言。本拟将大部份存商生息，以为长久之计，讵期物价飞腾，币钞恐慌，于忧该庄远景，不敢代存，因恐物价更涨，即径购买煤球火炭米盐杂粮等物，作三四月之储备，截至和平实现之前，即已妙手空空，维时交通梗阻，邮便问鸿，惟有变卖衣饰，维持身前。现在物价迭而后涨，日用杂买，亦颇不资，传闻上海亦未安定，北平情形，报端屡有记载，想先生早在问答中也。氏素乏交游，二三戚族，又自顾不遑，告贷无门，向承先生，代为设法，迅赐接济，氏但祈粗衣淡饭，得以维持生命，于愿已足，决无其他奢望，格外求盈，使祈报答许女士厚幸之意。并躬赐复为荷。特此奉达，敬颂台绥。

周朱氏裣衽

大约是因为朱安没有及时收到许广平托人转交的生活费，而物价狂涨，生活的压力巨大，所以朱安又在 11 月 20 日左右再次致函唐弢希望知道许广平是否还能汇兑生活费。

唐先生台鉴：

……因氏近来感受生活威胁，已将衣饰变卖垫用。物价仍在狂涨，素手实难支持，务恳我公顾念先夫生前清白自持之志，垂怜未亡人困苦无依，代与许女士迅筹接济，俾得维持残生。氏亦非无耻不自爱者，已将古稀之年，老而不死，毫无生活能力，尚需摇尾乞怜，清夜自思，深滋愧报。还祈见谅，不胜拜祷。惟是沪上物价更高，生计亦艰，如实未能援手，亦乞见复，以便早日为谋。盖天寒日暮，时艰益急，势不变坐以待毙也。特此奉商，敬颂台绥，鹄候惠书。

周朱氏启

唐弢因为母亲生病，事务繁忙，所以没有直接给朱安回信，而是把朱安的这封信转寄给许广平，希望许广平能设法尽快汇款以维持朱安的生活。从周海婴在 1945 年 11 月 30 日致朱安的信中可以看出，唐弢此前已经把朱安急需钱用的信息转告了许广平，所以许广平才设法筹款托人带给朱安。

另外，朱安在 11 月 20 日左右发出给唐弢的信不久就收到了许广平托人转交的两笔汇款，她可能是因为没有收到唐弢的回信，和唐弢失去了通信联系（朱安在 1946 年 1 月 13 日致周海婴的书信中就询问唐弢是否在上海，并提到唐弢汇款一千元是否是抄录鲁迅藏书目录的费用的事情，可见两人已经失去了通信联系），所以朱安在没有办法的情况下就只好直接写信给周海婴，她在 11 月 24 日及 27 日两次致函周海婴告知收到许广平托人带来的生活费，并让周海婴转达她生活苦难的情况，请许广平继续设法汇款。朱安收到周海婴在 11 月 30 日的来信之后，和周海婴建立了通信联系，此后又多次致函周海婴请海婴向许广平转达她的生活困难情况，并让许广平设法汇寄生活费。周海婴也逐渐承担起此前唐弢承担的朱安和许广平之间中间联系人的角色，由此，朱安和周海婴，不久又和许广平建立了直接的通信关系。朱安陆续得到许广平转寄的生活费维持了基本的生活，不再考虑出售鲁迅藏书，和许广平一起共同保护鲁迅的遗物。

可以说，是唐弢运用他的智慧较为圆满地化解了朱安和许广平的矛盾，从而保护了鲁迅藏书不致散失，这不仅是他一生当中最重要的贡献，而且也是他对鲁迅的最好的纪念。

《李自成》对我的创作启迪

唐浩明

20世纪70年代初，我还在衡阳做水利技术员，一个偶然的机会，读到长篇历史小说《李自成》，立刻就被这部书所吸引，不仅仅因为那是"文革"书荒的特殊年代，的确也是因为《李自成》不同凡响。我在一段很长的时间里，几乎是入迷地置身于姚老所构筑的历史星空中，甚至引发出对晚明历史上的喜爱。我那时有一种强烈的冲动，要写一篇大文章来说一说这部书。但终因文学理论修养的欠缺和晚明史学问的疏浅而不能实现。

过两年，我到武汉去看望多年失去联系的兄长，兴致勃勃地跟他谈起《李自成》。他对这部书的喜爱程度一点也不逊于我。令我意外的是，他竟然与姚老是忘年交。他说："姚老现在搬到北京去住了，不然我可以带你去见见他。"拜见姚老，当然是我所期待的。不过，当时即使姚老住在武汉，我也可能会有所犹豫，因为姚老在我心目中太崇高了，我会有点怯意。正是这方面的原因，加之我生性拘谨，后来尽管去过北京很多次，却没有敢见姚老的念头，遂造成终生的遗憾。兄长说罢，还拿出近期写给姚老的4首诗给我看。这4首诗写得很好，至今没有公开发表过。我愿借此机会，将它介绍给各位朋友，诗是这样写的——

寄姚雪垠四首

其一：

风霜雨雪漫言之，

又见艳阳普照时。

天欲假之鸣厥盛，

凤凰飞上最高枝。

其二：

古今中外恣翱翔，

撷取精英织伟章。

未负平生辛苦意，

《红楼》今看家家藏。

其三：

浩荡风云出渭南，

倩谁巨笔作奇传。

而今四海喜无憾，

史诗长留天地间。

其四：

两载暌违意念频，

春风犹记语谆谆。

龙门此刻远千里，

何日风涛过孟津？

再过两年，我告别水利技术员生涯，一心一意专攻文史。我很想多读一些当代文学作品，但遗憾的是，从那以后，很少能看到与《李自成》比肩的长篇小说，至于阅读时那种喜不自禁的情感，似乎再也没有发生过。

20世纪80年代中期，我开始着手创作长篇历史小说《曾国藩》。其准备工作中的一项重要内容，便是再次阅读《李自成》的前三卷。我想让自己的身心进入一种弥漫四周、可触可摸的历史氛围中去，在这样的氛围里来感悟历史的本色、历史的丰富，以及历史的启示等等。在写作过程中，我也会常常挑选其中的个别章节来阅读，借以活络心灵、滋润枯窘。对我的历史小说创作而言，在当代文学作品中，

《李自成》应是启迪最大的一部书。

首先是姚老对历史小说写作的严肃态度和他自觉的社会担当意识对我的启迪。姚老对他笔下那段历史的涉猎之广、研究之深，令我叹为观止。他在给茅盾的信中写道："我在写这部历史小说中，对历史研究看得较重，认为是创作的基础，也下过笨功夫，所以现在弄清了许多糊涂的历史问题，翻案只是弄清糊涂问题的一部分。历史小说是历史科学和小说艺术的统一。首先要对历史深入研究和理解，然后才有艺术构思。"《李自成》就是坚持走历史科学与小说艺术统一的这条路。我在阅读的过程中，时时感受到这部巨制沉甸甸的历史分量。它绝对是在对历史怀着敬畏之心下的产物。

历史小说创作所面临的最大难题，便是如何处置真实与虚构之间的关系：哪些必须真实，哪些可以虚构，虚构到什么程度，其间的分寸如何把握，等等。作为一个对明末农民起义有一定了解，但对晚明史没有研究的读者来说，读《李自成》，我在感觉上是一切都顺理成章，一切都真实可信。当然，我知道这是小说，必定有不少虚构，但觉察不出来，发现不了明显的破绽。我在没有任何障碍的状态中，被不知不觉地引入作者所创造的文学世界，而不是像读有的历史小说那样，因为看出是在作假，便拒不入门，或者虽进门，但终因不能忍受而中途退出。《李自成》能做到这一点，便是它的最大艺术成就。我后来读到姚老写给茅盾的信，知道他在这方面有自己独到认识。他说："写《李自成》与写现实题材的长篇小说不同，全书故事进程，主要人物的出现和消失，重要事件发生的时间和地点，都需要符合历史的真实。其中的虚构部分，也要纳入特定历史时间和地点的框框之内。"姚老说得明白：主要人物、重要事件要真实。他又说："先研究历史，做到处处心中有数，然后去组织小说细节，烘托人物，表现主题思想。这是历史真实与艺术虚构的关系，也就是既要深入研究，也要跳出历史。"所有以历史为观察对象的人，都应该像姚老所说的既要"深入历史"，更要"跳出历史"。历史学家的"跳出"，为的是更好地把握历史的宏观态势与历史发展的客观规律。作家的"跳出"，则是为了更好地组织细节，烘托人物。姚老说这就是虚构。因为有"深入"作为基础，这样的虚构则有可能达到"于史无证，于理必有"（茅盾对《李自成》的赞语）的艺术效果。

情节的设置，最能见一个作家才华的高低。历史小说的情节设置，因为面对的是早已消失得无影无踪难以稽查的往昔，故而除开才华外，还关乎作者的学养，即对史料、对典章制度、对风土人情的掌握程度。姚老在这方面的本事，堪称海内一绝。《李自成》中的许多情节设置都非常高超，都可以拿出来做历史小说写作的范本。我常常在文章和讲课中引用《李自成》第二卷上册里，写闯王为营救牛金星而派刘体纯赴开封寻找宋献策一节。宋献策其实也在为救牛金星而奔波。这一节从宋献策过开封州桥写起。他在州桥上遇到皋台府的鲁老爷，抓住鲁请他为儿子批八字的机会，与之套近乎。接下来，写他仗义救外乡人，引出陕西口音，挑明他去大相国寺的目的。然后写大相国寺，又偶遇李信，点出他急切想利用李信的能力救牛金星的愿望。又写尾随两位游客之后，透露出牛案的严重性，最后在练武卖药人中与刘体纯接上了头。本可以就此向读者做一番露底的交代了，却又穿插一段见鼠斗为酒店掌柜卜妻妾争吵的趣事。宋刘相会的这个故事，通过这一连串的情节展开着，真个是人性世相，纷至沓来，写得如同春日杨柳摇曳多姿，又如风过碧池水波荡漾，仿佛时光倒流，随着宋献策游览了一趟汴梁古都的市井街巷之感。非大手笔决不能至此！我常对这个情节与《三国演义》中刘备三顾茅庐对照，觉得它们完全可以并驾齐驱，都是历史小说中难得的精彩之笔。

对我的历史小说创作启迪很大的，还有《李自成》的语言。书中那些只有在深厚文史修养熏陶下才可能具有的文字，令我十分珍爱。我从《李自成》一书中悟到，历史小说与其他题材的文学作品相比，在语言表述上应有不同。历史小说的语言应该文白相杂、雅俗兼备，才较为得体。写上层，写士人，宜用较为文雅的语言。这符合作品中人物的身份，也可以营造出很好的历史氛围。

当然《李自成》的最大成就应是成功地塑造出一批文学人物，如李自成、李岩、红娘子、张献忠、宋献策、牛金星、崇祯帝、杨嗣昌、吴三桂、洪承畴等等。这些人物的文学形象的成功塑造，是姚老的心血与才华凝聚的结果，对我创作上的启发主要有两点：一是尽量还原人物的本来面目，决不简单化、脸谱化，力求将人物置于历史时空与文化长河中去，这样写出来的人物才会饱满、复杂、立体、真实。如崇祯帝这个亡国之君，在《李自成》中是一个浓墨重彩描写的人物。这个人物的成功塑造，具有重大的文学意义。在以往的文学作品中，很少见到像崇祯那样走出纸面的活生生的皇帝形象。即便如汤夫人这样一个着墨不多的人，在姚老的笔下也栩栩如生，令读者印象深刻。她以李府女主人的姿态，打开大门接待红娘子，将丈夫托付给这个即将随同丈夫造反的江湖女子的那一节，真是写得太好了。还有一点是，姚老特别注意场景的渲染和人物内心世界的描写。这些方面一向为中国古典小说所忽视，而为西方小说之擅长。既充分吸取中国古典小说的长处把故事写好，又将西方文学的这些长处学习过来细腻地摹绘场景和人物，长篇小说便可以既好读又耐读，人物形象也便能更坚实地站立起来。《李自成》在这点上成就特别突出，故而这部书又好读又耐读，不少章节可以反复诵读而不会使人厌倦。

我在读《李自成》的时候，常常会在心里想：历史小说应该这样写才是，这种写法就是历史小说的正宗。我在写作《曾国藩》《张之洞》等历史长篇的时候，也很自然地沿着姚老的路子走着。《曾国藩》和《张之洞》有幸能连获第一届、第二届姚雪垠长篇历史小说奖，正是评委们对我遵循由姚老所开创的历史小说正宗写法的认可。2010年是姚老诞辰一百周年的纪念日子，我要借此对这位开启新时代历史小说先河的前辈表达由衷的敬意，也要借此感谢姚老对我的两次厚爱。愿姚老的事业后继者不断，愿姚老的子孙余庆绵绵。

透历史的人性光芒：姚雪垠和他的《李自成》

詹玲穿

历史的车轮走过 20 余载，再回过头来读《李自成》，我们依然会为其中的人物命运沉浮而心怀激荡，为人物情感波折而感怀万千。是什么如此牵动着我们的思绪，感动着我们的心？在《李自成》的评价历史里，阶级斗争话语是评价《李自成》的主线，由阶级二元对立建立的刻板印象，让《李自成》往往成为人性简单化的批判品。然而，当我们抛开笼罩其上的阶级外衣，深入文本内里，便会发现这部作品中内蕴着如此丰富复杂的人性书写。

1929 年 9 月，《河南日报》副刊上刊登了一篇题为《两个孤坟》的短篇小说，这是姚雪垠的处女作。小说讲述了姚营寨寨主欺压、虐待手下两个长工致死的故事，反映了 20 世纪 20 年代中原地区地主对农民残酷剥削、压迫的社会现实。在创作之初，姚雪垠就显示了强烈的人性关怀，从《强儿》《碉堡风波》《野祭》等到《李自成》，这种人性关怀一直贯彻他的创作始终，成为最打动读者的地方。

从 1966 年到 1976 年，当"文化大革命"的狂风暴雨将一切优秀作家、作品打落殆尽之时，《李自成》却两次受到毛泽东的保护，从而奇迹般地得以保存，且被允许继续创作，原因不仅有政治因素的考虑，更是作品本身的魅力使然。早在 1971 年，毛泽东就已经关注到了文艺界百花凋零的景象，并对此深表担心。1975 年 7 月 14 日，毛泽东专门就文艺问题发表谈话，要求"党的文艺政策应该调整一下，一年、两年、三年，逐步扩大文艺节目。缺少诗歌，缺少小说，缺少散文，缺少文艺评论"。尽管《李自成》第一卷的出版并没有任何宣传与评论，但仍然在读者中引起了强烈的反响，印数多达百万部。在同时期作品中，《李自成》所描绘的"浩繁而又精密的画卷"、生动传神的人物形象、波澜起伏的故事情节都是独一无二的，它以其高超的艺术成就征服了广大读者。尤其是对人性的深刻剖析，更是此部小说从1977年到1985年，在"人的解放"思潮高扬下依旧保持了文学界最受人关注作品的重要原因。

走进《李自成》，它到底有哪些人性的书写吸引了我们呢？我们不妨以崇祯和李自成这两位小说中最主要的人物为对象来看看。

首先我们要谈的，是崇祯这个人物。作为抵抗李自成农民大军的封建皇帝，崇祯在新中国历史研究中显然是一个与革命政权对立的反面人物典型。但是，姚雪垠并没有从阶级对立的角度简单地把崇祯作为极端恶的形象处理，而是细致全面地写出了他作为一个人的喜怒哀乐、悲欢忧戚。姚雪垠注意到，崇祯在明代后期的几位皇帝中，还算是有为的，那么，到底是什么让他最终无法剿杀农民军，反遭覆灭呢？他自己的性格占了很重要的原因。通过一幕幕历史细节的还原，姚雪垠让我们看到了一个刚愎自用、多疑易怒的崇祯：仅凭大学士刘宇亮一纸"激昂慷慨"的奏疏，他就头脑发热，立刻决定派刘宇亮代替具有丰富戍边作战经验的卢象升总督天下勤王兵马，丝毫不管刘宇亮只是个能与家童击剑比武为乐的文臣；内阁进呈的除授升迁名单，他不经考察，随意改动次序或在《缙绅》上任意找个比较顺眼的名字添加在名单上，"认为这样办就可以对臣工'示以不测'"，以至于把早已病故的人都加以升任，造成一大笑话。陕西巡抚孙传庭指挥潼关南原大战，追剿得李自成仅余十八骑逃至商洛山中，崇祯却仅以继任巡抚误报的李自成在崤函山的消息，就不分是非，不问真假，对孙大加斥责。而当孙以自己的作战经验力辩李自成不会在崤函山时，崇祯竟大怒，责骂孙"当面欺哄君父"，并令侍卫将其拿下。孙传庭有功反受责，忧郁惊恐之下导致耳聋，此时崇祯却疑心他是欺骗。在派出的保定巡抚核实孙确实耳聋后，崇祯不但不相信，反疑其二人"朋比为奸"，一并问罪入狱。该疑不疑，不该疑时胡乱猜疑，其刚愎自用与刻薄寡恩可见一斑。正是这样的个性人格，导致了崇祯王朝覆灭的悲剧命运。

一方面，姚雪垠从崇祯的性格出发，告诉我们崇祯政权为什么没能延续的原因；另一方面，在刻画崇祯这个人物时，他还注重从普通人的内心情感出发来揣摩崇祯的心理。与其为人君的刻薄寡情相比，他为人父、为人夫的情感就要深厚、诚挚得多。到承乾宫，与活泼、可爱的五皇子与美丽多才的田妃在一起，他尽情地享受了一番人伦之乐。当看到五皇子跌了一跤还咯咯地笑时，他哈哈大笑，把五皇子"抱在膝上，亲了一下他的红喷喷的胖脸颊"。一个疼爱孩子的父亲形象寥寥几笔，便呼之欲出了。城破之际，崇祯决定身殉社稷。在将太子与永、定二王送出宫之前，他突然发现三个儿子穿的王袍戴的王帽，立即叫人予以更换，体现了为父者的细心与周到。他嫌宫女们更换衣服的速度太慢，亲自"用颤抖的双手替太子系衣带，一边系一边哽咽地嘱咐"太子，教他们要隐姓埋名，碰到什么年纪的人该怎样称呼，提醒他们出宫后要如何保住自己的性命，此时的崇祯，已经不是君临天下的皇帝，而是一个普普通通的父亲，言语之间流露出的父爱，对儿子们的怜惜与生死别离之情真挚可感，催人泪下。同样，在与周后、田妃等妻妾相处时，崇祯为人夫的温和一面也时有体现。看到田妃所使用的镜子上的一首七绝铭文，他觉得不十分吉利，指出后又怕田妃因此事而不快，笑着许诺"永远不会使卿自叹'闲身''孤影'"，将与她"白发偕老"。尽管很快就因李国瑞的事而使崇祯忘掉了这一诺言，但在说出此话之时，崇祯是发自内心的，这既是皇帝对妃子的许诺，更是丈夫对妻子、男人对女人的承诺。田妃死后，他"常常不思饮食，精神恍惚，在宫中对空自语，或者默默垂泪"，"每到静夜，他坐在御案前省阅文书，实在困倦，不免打盹，迷迷糊糊，仿佛看见田妃就在面前，走动时仍然像平日体态轻盈，似乎还听见她环佩丁冬。他猛然睁开眼睛，伤心四顾，只看见御案上烛影摇晃，盘龙柱子边宫灯昏黄，香炉中青烟袅袅，却不见田妃的影子消失何处"。情犹在，人已逝，只有梦里相会，牵手相拥，醒来却是空空荡荡、冷冷清清。思念无可寄托的苦痛与怅惘，即便是贵为君王，刚毅过人，也是免不了的。正是这些柔性色彩的加入，使崇祯刚硬的君王形象变得温和，在他的宝座与威严背后，是普通人性的温情流露。崇祯的形象也因此而变得丰满、生动起来。

除了崇祯形象外，还值得大题一笔的，当然是《李自成》中的最主要人物李自成了。新时期文学初期，不少人对《李自成》第一、二卷中的李自成形象有所诟病，称太现代化了，李自成太高大全了。其实，他们并没有真正了解姚雪垠的创作意图。姚雪垠解释过，他在第一、二卷中把李自成写得高是因为"李自成在最艰苦环境条件下进行斗争，他必须惨淡经营，百折不挠，爱惜百姓，谦躬下士，发挥各种优点，才能自存；能够自存，才能徐图发展。在这个阶段里，他的性格也有阴暗面，也有弱点，但被克制下去。如果他在艰难困苦时就暴露许多品质上的弱点，便不是李自成，便不是历史上杰出的农民革命英雄，而他的事业就不会发展那么快"。但是不够耐心的读者，没等到他后面的文本出来，就从当时的人性论出发，随意妄加批评。

从第三卷起，姚雪垠开始写队伍壮大后，李自成与下级士兵、老百姓的关系日渐疏远，骄傲、虚浮的思想有所滋生。例如，打下洛阳后，李自成第一次改变了进城方式，"要使洛阳人民看看'奉天倡义'的'王者'气概和他的军容"；在人马迅速扩展到几十万后，李自成正式称号"奉天倡义文武大元帅"，下级军士与百姓想见他一面变得越来越困难，老兵王长顺为抢修黄河堤坝一事求见了他几回，都被挡在帐外，只好横下心冲进帐中向闯王陈述；李岩、宋献策等人的劝告也开始听不进去，变得有些独断；而到了第四、五卷，这种独断发展为狭隘猜疑，终致最后失败的时候，一人向隅独行，被杀于九宫山。姚雪垠非常细致、耐心地刻画出了当一个胸怀大志的英雄逐步走向权力巅峰时人性复杂内里的渐次显露。像计败左良玉一节就写得非常精彩：一方面，为了安稳住左良玉之女左明珠的心，李自成保证打过与左良玉等人的那一仗，就送她回左身边，并把跟左家人马打仗说成是迫不得已之举，实非他的心意；另一方面，在离间之计成功，左良玉败逃之时，先后设下几道埋伏，要求刘宗敏能捉到左良玉就捉到，"不能捉就把他阵上杀死，总之这一次不能放他轻易逃走"。而左最终逃脱后，他又告诉左明珠是自己一再嘱咐众将不可伤害左良玉本人，才让他得以走脱，并动情地说，"杀散官军是我同朱家朝廷势不两立，保全左帅性命是我同左帅素无冤仇，对他颇为敬重，留下日后见面之情，与左帅同享富贵"。一席话感动得左小姐"热泪夺眶而出"，对"闯王干爸"感恩戴德，永不敢忘。这种以骗取左小姐信任来达到剿灭其父左良玉的行为，无论如何也不能说光明磊落。然而，这种并不正大的行为不但不会影响李自成英雄一面的表达，反而最真实地体现了人性的复杂面，让李自成的形象更为立体、生动而可信。

对李岩的猜忌与诛杀是表现李自成权欲之心的重要情节。从攻开封开始，李岩就屡次向李自成进谏设官理地，养民生息，但与罗汝才的权力争夺，使李自成始终未采纳其意见。在大军一片欢腾地进军北京之时，李岩与众人不同的担忧与焦虑，却被李自成怀疑为有意与其争夺天下的情绪流露。成功进京后，忙着举行登极大典的李自成把李岩重视东房、不要拷打明臣等建议视为对他皇帝之位的觊觎，对李岩深感不满。这种猜忌与不满在李自成山海关兵败后，李岩主动要求回河南重整军马时发展到极致，在溃败的打击与权欲的笼罩下丧失了判断力的李自成，认为李岩是以重整军马为借口脱离他的军队，与他争夺权力，甚至担心"李继朱"的"李"指的是李岩而非他李自成，下令将李岩诛杀。错杀李岩让李自成军中不少文臣将领感到寒心，离心离德，其结果是更加速了李自成的败亡。李自成在克勤克俭几十年后打下了江山，又很快失去了江山，权力私欲的膨胀形成的猜忌、多疑性格可以说是失败的重要原因。对皇位的渴求使他再也无暇顾及百姓生死，进京前在白云观停留时，零星下了些细雨，李自成心里十分高兴，方丈以为他是在为麦苗得雨，百姓生计有望而高兴，殊不知他盘算的却是宋献策推算的有微雨之时即可破城，夺取皇位一事。帝王之权对于李自成而言，已经大大超过了百姓在他心目中的分量，此后的失败，也是必然。

除权欲的描写外，后两卷中对李自成情感生活的加入，也更丰富了李自成的性格内容。进宫之后，在举止优雅、面容端庄的宫女们的侍奉下，李自成竭力克制住自己的情欲，但与承乾宫"管家婆"王瑞芬的接触，仍使他"心旌摇荡，几乎不能自持"，看到费珍娥的美貌，更是"感到意外，甚至吃惊"，以致夜间躺在御榻上久久不能入睡。食色为人性之本然，李自成也不可能避免。作为一名男性，面对美丽而多才的女性，会动心动情也是理所当然。但李自成毕竟不同于普通男性，因此姚雪垠又让他一再地提醒自己，要做一位贤明的君主，不可贪恋美色，用理智压制住常人的情欲。在询问过牛金星召幸妃嫔有无程序后，李自成方才处理了选妃之事，"召幸"了窦美仪。而窦美仪出众的才貌，赢得了李自成狂热的喜爱，使他再也难以压制普通人的男女之情，"几乎使他改变了多年来黎明即起的习惯"。对李自成的个人情爱描写，让读者感到这就是一个活生生的人，不是一张挂着"英雄"脸谱的皮。

其实，不只崇祯和李自成，《李自成》中的许多人物，都是立体而丰满的，如满清皇族里足智多谋又阴狠有加的多尔衮，多情聪明、美丽端庄的小博尔济吉特氏，以及他们之间笼罩着权力与人伦阴影的情爱故事，农民军中直爽豪情却不乏残忍的张献忠、猴精一样狡猾的罗汝才，还有后宫里聪慧恃宠的田妃、温和敦厚的袁妃、端方稳重的周后等等，每一个人物都有自己的特色。这使我们看《李自成》，就会有明末清初战争动乱年代的生活图景真实、生动地再现于眼前的感觉。作为一部贯穿了姚雪垠生命40年的史诗性巨著，可以说，《李自成》已经与姚雪垠物我交融。在创作过程中，他数度写到痛哭流涕，情难自禁，正是生命完全浸透其中的体现啊！一个始终对人、对生命有着强烈人文关怀意识的作家，他笔下的人和事，必定也是充满人情人性的，这正是《李自成》跨越整个复杂多变的当代中国历史，依然能在当下光芒不减的原因。细数《李自成》之后的长篇历史小说，哪一部没有吸收过《李自成》的营养？哪一位作家没有受过姚雪垠的影响？能够在政治风云万变的时代守住文学最宝贵的东西，细致入微地把握人性这一复杂的幽微世界，姚雪垠和他的《李自成》，其价值可想而知。

姚雪垠在文艺理论上的贡献

熊元义

在大多数人的印象中，中国现当代作家姚雪垠是以小说创作闻名于世的。姚学垠在中国现代文艺理论发展上的贡献几乎无人知道。其实，与文学创作相比，姚雪垠在文学批评实践中所取得的文艺理论成就绝不逊色，完全可以跻身中国现当代大文学批评家行列。在中国现当代作家中，姚雪垠不但在文学创作上开辟了一条历史小说创作的新路，而且在现实主义文学理论和长篇历史小说美学上也取得了独特贡献，形成了较为完整的体系。

姚雪垠的这种中国现实主义文学理论是以追求真理为目的的，这与追求自由为目的的中国现代自由主义文艺理论形成了鲜明的区别。朱光潜在《自由主义与文艺》这篇论文中集中概括了中国现代自由主义文艺观。这种自由主义文艺理论认为，第一，文艺应自由，意思是说它能自主，不是一种奴隶的活动。奴隶的特征是自己没有独立自主的身份，随时都要受制于人，就这个意义说，人都多少是自然需要的奴隶，脱离不了因果律的命定，没有翅膀就不能高飞，绝饮食就会饿死，落在自然的圈套，便要受自然的限制。"惟有在艺术的活动方面，人超脱了自然的限制，能把自然拿在手里来玩弄，剪裁它，重新给予它一个生命与形式。而他的这种作为，并不像饮食男女的事，有一个实用的需要在驱遣，它完全服从他自己的心灵上的要求。"第二，文艺不但自身是一种真正自由的活动，而且也是令人得到自由的一种力量。"艺术使人自由，因为她解放人的束缚和限制。第一，它解放可能被压抑的情感，免除弗洛伊德派心理学家所说的精神失常。其次，

265

它解放人的蔽于习惯的狭小的见地，使他随时见出人生世相的新鲜有趣，因而提高他的生命的力量，不致天天感到人生乏味。"文艺的自由就是自主，就创造的活动说，就是自主自发。"文艺所凭借的心理活动，是直觉和想象，而不是思考和意志力，直觉和想象的特性是自由，是自主自发。"（《朱光潜全集》第9卷，安徽教育出版社1993年版，第480—481页）与这种中国现代自由主义文艺观不同，姚雪垠推崇中国现实主义文学理论。

首先，姚雪垠尖锐地批判了文学想象万能论，认为文学是想象的产物和文学作品的成功与否完全在于作家的能力这些文学观念是浅薄的，这种文学想象万能论是观念论的，是受了浪漫主义文学观的余毒。（《姚雪垠文集》第17卷，人民文学出版社2010年版，第7页）在作家的天才和世界观的关系上，姚雪垠认为作家需要正确的科学的宇宙观几乎比需要天才还要重要。

其次，姚雪垠反对文学是情感的产物。在作家的理智和情感的关系上，姚雪垠认为作家的情感和理智是矛盾而又统一的，"作家在选取题材，处理题材，以及完成他的写作过程中，他的情感固然起重要作用，而理智所起的作用更要重要"（同上，第28页）。强调科学的思想武装，"如果想避免无意中把有毒的、庸俗的，甚至卑下的情感传染给人，作家也必须使自己用科学的思想（理智）来支配情感，洗练情感"。

最后，姚雪垠坚决反对作家脱离现实生活，认为那些脱离现实生活的作家"把自己关在屋子里面，凭着想象，凭着热情，凭着技巧与天才，所写出来的东西只能是浮面的、空洞的，甚至是歪曲。这些作家们本身既不站在斗争的尖端，他们的作品当然不容易成为时代所必需"（同上，第25页）。在姚雪垠看来，那些终年关在屋子里的作家，就不会对宇宙的变化发生敏感反应，同样也不能对现实世界有深刻认识。而只有生活得深、观察得深，才能够思想得深。

姚雪垠的这种中国现实主义文学理论是以追求真理为目的的。姚雪垠认为："凡是真理都是客观的，都是存在于客观社会现实里边的。

只有忠实于现实的人，才能够从现实中发现真理。"因此，姚雪垠认为那些不敢正视现实、深入现实的人，不配做作家；那些对现实生活认识肤浅的人，不配做作家。在姚雪垠看来，忠实于现实，故忠实于真理；深入于现实，故不能不有真恨、真爱、真的感情，不能不有所拥护、有所抗议，拥护那合乎真理的，而抗议那违反真理的。有了这，你的作品就充实；没有这，你的作品就空虚。有了这，你的作品就深刻；没有这，你的作品就肤浅。有了这，你的作品就崇高；没有这，你的作品就庸俗。（同上，第156—159页）在这个基础上，姚雪垠深刻地把握了客观与主观、内容与形式、热情与小趣味、历史真实和艺术虚构、艺术感染力与文学的娱乐作用等等关系上，形成了相当完整的现实主义文学理论。

在客观与主观的关系上，姚雪垠认为作品所表现的现实是否忠实、是否深刻是主要的，而作品的倾向则是次要的。作家的世界观，作家的倾向，自然是不能够轻视的。但是，"单只有正确的世界观，好的倾向，没有深入现实的生活，你可以写口号文学、宣传文学、公式主义的作品，然而你写不出来真正的艺术作品。反过来看，只要你曾经在现实中深刻地生活过，透彻地认识过，你写出来的作品自然会内容深刻、丰富，具备着好的倾向"（同上，第156—157页）。因此，姚雪垠提出主观倾向应服从客观生活，我们首先应重视生活，其次才是重视倾向。

在内容与形式的关系上，姚雪垠认为作品的成功与否，内容深刻是主要的，艺术技巧则是次要的。是内容决定形式，而不是形式决定内容。内容愈深刻的作品，愈能够感动人，愈能够引起广大的共鸣，愈能够抓住多数人的灵魂，愈能够引导人们恨所当恨的、爱所当爱的，愈能够使人们接近真理。一句话，能深刻方能感人，能感人方能影响人。（同上，第159页）

在热情与小趣味的关系上，姚雪垠提倡真恨、真爱、真的感情，轻视小趣味。姚雪垠认为，自古而今，无论中外，凡是伟大作家对现实都极忠实，凡是伟大作品所表现的现实都极深刻。而忠实于现实，才能够深入现实，深入现实之后，才能够透彻地理解现实，对现实发生热情；而这热情，反过来又督促你忠实于现实、深入于现实。脱离现实，对现实的热情便要减弱，热情枯竭之后，就更不愿接触现实。而写一些不痛不痒的东西只能算是小趣味，不能算作热情。姚雪垠在深刻区别热情与小趣味的基础上认为"热情是向外奔放的，小趣味是向内收敛的；热情使你进取，而小趣味使你退隐"（同上，第158页）。那些对现实抱超然态度的人是写不出感动人的伟大作品的。

在历史真实和艺术虚构的关系上，姚雪垠强调了作家对现实生活的艺术反映，反对离开现实单纯强调理想，认为"虚构应该扎根于历史的深厚土壤，而不是扎根于脱离历史的空想"（同上，第67页）。在这个基础上，姚雪垠提出了"深入"与"跳出"的文学理论，认为"写历史小说毕竟不等于历史。先研究历史，做到处处心中有数，然后去组织小说细节，烘托人物，表现主题思想。这是历史真实与艺术虚构的关系，也就是既要深入历史，也要跳出历史。深入与跳出是辩证的，而基础是在深入"（《茅盾　姚雪垠谈艺书简》，人民文学出版社，2006年，第18页）。1985年1月，姚雪垠对这种"深入"与"跳出"的文学观有所升华和扩展，认为杰出的作家"或者对现实生活，或者对历史生活，在各自要写的生活领域，都需要一是深入，二是跳出。深入生活是跳出的基础和前提，而跳出是来自深入，虚构源于现实（历史是以往的现实）。能跳出才能有艺术，才有创作"（《姚雪垠文集》第19卷，人民文学出版社2010年版，第198页）。

在艺术感染力与文学的娱乐作用的关系上，姚雪垠严格地甄别了有些无聊的有趣和艺术感染力的不同。姚雪垠虽然赞同小说应该有趣味，能够吸引人；但他不用"趣味"一词，而是用"艺术魅力"一词。（同上，第518页）而姚雪垠之所以用"艺术魅力"一词而不用"趣味"一词，是因为"趣味"毕竟反映的是人的主观嗜好。姚雪垠认为真正的艺术不靠色情，不靠离奇古怪的情节。有些无聊的有趣，也有人入迷，但不能打动人心。而艺术感染力是能打动人心，使人感动的。《红楼梦》非常吸引人，令人百看不厌，但是《红楼梦》丝毫不依靠曲折离奇的情节，更不制造惊险的故事，它吸引人是它内部的逻辑，情节本身的逻辑。

姚雪垠这种现实主义文学理论虽然对浪漫主义文学理论重视不够，甚至相当忽视，但是由于它是中国"五四"新文学运动中更为先进的力量——现实主义文学运动的总结和概括，所以仍然具有强大的生命力。

不但姚雪垠的中国现实主义文学理论以追求真理为目的，而且他的文学批评观也是以真理为标准。姚雪垠虽然偶尔涉及文艺批评，但是他的这些文学批评不但十分犀利，而且相当透彻。姚雪垠划分中国"五四"新文学革命为"文体革命"和"文学革命运动"前后两个阶段、梳理周作人的文艺思想演变过程并指出他同鲁迅的不和是两条道路的决裂、总结茅盾在中国新文学运动中的卓越贡献、批评臧克家诗集《泥土的歌》的有些诗的主观的"真"和客观的"真"不能够融合渗透以及细腻解剖臧克家的冲淡与陶潜、王维的冲淡的不同，等等，都是中国现当代文学批评史上不可多得的优秀文学批评。姚雪垠不但在这种文学批评实践中留下了丰富的文艺批评思想，而且在深刻把握作家与文学批评家的关系的基础上提出了不少精辟之论。首先，姚雪垠认为美与丑是有客观标准的。姚雪垠指出，美与丑毕竟有一个客观标准，并不是"仁者见仁，智者见智"，也不是"各是其是，各非其非"，漫无标准。这标准就是真理。其次，姚雪垠充分肯定文学批评的作用，认为深入、切实的文学批评是文学创作实践的指路灯。"文坛上如果没有批评，固然可以万邦协和，相安无事，但进步也不免停滞起来。批评不是相轻，而是相助。是求好的得以发扬，坏的得以改正。"在这个基础上，姚雪垠认为文学批评家与作家的关系是诤友关系，"批评家不是作家的敌人，也不是作家的捧场者，而是诤友"。然而，姚雪垠所期望的作家和文学批评家成为诤友的现象却很少出现。一个不可忽视的原因就是作家缺乏接受文艺批评的雅量。因此，姚雪垠既反对小圈子作风，也反对主观主义，认为"门户之见，主观主义，和残留的旧文人的孤傲习性，都会障碍作家和批评家握起手来"。

恳切要求作家既不要过于自私，也不要过于自恃。"倘若批评家指出来真正毛病，作家应该毫无吝惜的将原作加以修改，好让这作品对社会发生更好的影响。"这就是说，作家对批评既要虚心，也要自信。若不虚心，就不能接受批评；若不自信，就不能对批评有所选择。姚雪垠在对作家提出这些要求的同时，对文学批评家也提出了严格要求。这就是姚雪垠提出了不同于"捧杀"和"棒杀"的"默杀"这个概念。姚雪垠认为，如果"只见创作，不见批评，不管作品好也好，歹也好，大家默然。从表面上看，文坛上风平浪静，一团和气，但是这种现象的骨子里却很坏，它会使这文坛荒芜起来"。这就是"默杀"。而文学批评家要开展深入、切实的文学批评，就"不仅要有社会科学修养，同样也须具备着美学知识，而对于现实生活知道得愈多愈好。如是，批评才能够深入、切实，成为创作实践的指路灯"。（同上，第144—146页）1944年，姚雪垠在批评臧克家的诗集《泥土的歌》时，对当时文学批评的现状及其形成的原因进行了解剖。姚雪垠不但指出了当时理论落后在创作后面这个事实，而且深刻地解剖了这种文学批评现状产生的原因。但是，姚雪垠却没有肤浅地追究文学批评家单方面的责任，而是认为"如今大家都不肯态度严肃地写批评，一部分实在应该由批评家去负，一部分应该由我们作家来负"。这是全面而深刻的。接着，姚雪垠深入地挖掘了严肃的文学批评少的原因，认为"即让有人想做批评家，不是限于修养、便是限于气度，不能够担当得起这严肃的任务；至于作家方面，气量之小，也往往与所谓批评家不相上下，只愿意听颂词，不高兴听良言。这样一来，大家都不敢坦白说话，都不要民主作风，都当面做乡愿而背后做山大王，唯我独尊。严肃的批评也就少了"。姚雪垠尖锐地批评了诚诚恳恳地批评别人或接受别人批评的双重障碍，"一重是自信过强的，唯我独尊的英雄主义或主观主义；一重是小圈子作风，行帮作风"。主观主义和小圈子作风常常是互为因果，相生相成的。有些文学批评家主观色彩太强，把自己封锁在小圈子里，对圈外人缺乏诚恳态度，甚而不是一笔抹杀，便是默杀。有些作家犯了这同样的毛病，一方面不肯接受别人（特别是小圈子以外人）的批评，一方面常爱拉几个自家人写一点替自己捧场的批评。（同上，第181页）姚雪垠所指出的文学批评的弊病至今似乎更为严重。可见，姚雪垠的文学批评思想仍然没有过时，值得后人倍加珍视。

正是由于姚雪垠在文艺理论上造诣深厚，所以他能够在"文化大革命"结束前后，自觉抵制各种错误的文艺思想并积极地推动中国文艺界的思想解放运动。如果人们认真研究《茅盾　姚雪垠谈艺书简》（人民文学出版社2006年版，第67页），就会发现姚雪垠是中国当代文艺思想解放运动的先驱。

从1974年7月到1980年2月，在这6年时间里，姚雪垠为长篇历史小说《李自成》的创作问题和作家茅盾通信88封。《茅盾　姚雪垠谈艺书简》收入了他们围绕长篇历史小说《李自成》的创作问题和其他重要文艺理论问题的通信73封。姚雪垠和茅盾这些信中的美学思想曾经极大地推动了20世纪70年代末和80年代初中国文艺界的思想解放。1977年6月25日，姚雪垠摘抄茅盾关于《李自成》第二卷的评论在《光明日报》发表，认为这是一个新的历史时代开始的标志。这就是说，姚雪垠（包括茅盾）在推动中国当代文艺思想的解放运动中是相当积极和自觉的。

首先，姚雪垠（包括茅盾）推动了中国当代文学评论的深入。姚雪垠和茅盾在通信中不但有力地抵制了当时文艺批评不谈艺术的不良倾向，而且尖锐地批评了当时文学创作的简单化、公式化、表面化的现象。姚雪垠认为茅盾关于长篇小说艺术方面的探讨"正是我们文艺评论界多年来所忽略了的或回避不谈的"（同上，第67页）。而"许多年来，没有人能细谈艺术，文学作品的欣赏和评论，只剩了几条筋，影响很坏"（同上，第91页）。姚雪垠坚决反对文艺创作的简单化、公式化、表面化，"不论小说或电影，看了开头就大体知道结局，好人和坏人都可以一眼看清，连儿童都立刻知道刚出现的是好人或是坏人。满足于将敌人从表面上加以丑化，千篇一律，千人一面，而不肯写人物的深处，不追求写典型环境的典型性格。有的作品只能将敌我斗争的故事写得曲折一点，但无救于表面化"（同上，第85页）。

追求"艺术的完美和深度"。姚雪垠在写《李自成》的过程中有意识地探索了长篇小说的美学问题。姚雪垠和茅盾的通信从《李自成》的创作实际出发，除内容方面的问题之外，集中探索了一些艺术上的问题，包括如何追求语言的丰富多彩，写人物和场景如何将现实主义手法和浪漫主义手法并用，细节描写应如何穿插变化，铺垫和埋伏，有虚有实，各种人物应如何搭配，各单元应如何大开大合，大起大落，有张有弛，忽断忽续，波诡云谲，等等。姚雪垠把这些要在文学创作实践中探索的艺术技巧问题统称"长篇小说的美学问题"，茅盾则用"艺术技巧"概称。姚雪垠高度肯定了茅盾的文艺评论，认为茅盾对长篇历史小说《李自成》的分析和评论，"实为文艺评论的典范"（同上，第57页）。姚雪垠不仅重视茅盾的文学批评，而且努力推动这种正确的文学批评成为中国文学批评的发展方向。姚雪垠反对简单化的文学批评，认为"简单化是目前文艺批评与创作的大病"（同上，第84页）。提倡茅盾的文学批评。后来，姚雪垠从茅盾的信中将谈论小说艺术的部分抄出来发表，"推动重视艺术性的文艺风气"（同上，第91页）。1977年，《光明日报》发表了茅盾致姚雪垠的主要谈论小说艺术技巧的书信摘抄，极大地提高了人们对艺术的认识。而姚雪垠（包括茅盾）之所以能够推动文学批评的科学发展，是因为他们不计个人得失，不断追求真理，不断追求进步。姚雪垠（包括茅盾）的这种文学研究在20世纪80年代中期形成了潮流。

其次，姚雪垠推动了中国现代文学史写作的深入。姚雪垠提出中国现代文学史的两种编写方法，推动了中国现代文学史写作的深入。1980年1月15日，姚雪垠在致茅盾的信中认为中国现代文学史应对"五四"前夜的文学历史潮流给予充分论述。接着，姚雪垠提出了关于中国现代文学史的两种编写方法。一种是目前通行的编写方法，只论述"五四"新文学以来的白话体文学作品。另外有一种编写方法，打破这个流行的框框，论述的作品、作家、流派要广阔得多，故名之曰"大文学史"的编写方法。姚雪垠所说的"大文学史"，第一，要包括"五四"新文学运动以来的旧体诗、词。还有民国初年和"五四"以后的章回体小说家，也应该将其中较有成就的在新文学史中加以论述。"以上是对中国现代文学史考虑的另一种编写方法，仍以'五四'以来的文学主流为骨架，旁及主流以外的各派作家和诗人，决不混淆主次之分。"（《茅盾　姚雪垠谈艺书简》，人民文学出版社 2006 年版，第 131 页）姚雪垠着重提了与新文学运动对抗的流派"礼拜六派"。在发表此信所加的《跋》中，姚雪垠又提了这样几个作家：从"礼拜六派"分化出去，为"五四"新文学运动做出过贡献的作家刘半农，在包笑天和张恨水这一部分作家中起过较大影响的徐枕亚，抗战末期和大陆解放前夕应该提一提徐讦，当时上海的女作家应该提到张爱玲。另外，有些住在海外的华籍作家，只要具有一定影响，当然也应该写进中国现代文学史中。而这种"大文学史"观就是对当时通行的中国现代文学史的"重写"。姚雪垠的这种"大文学史"观是他推进中国当代文学评论深入的结果。1980 年 9 月 28 日，姚雪垠提出了编写中国现当代文学史的两个原则，一是编写文学史，必须从具体作品出发，尽可能做到实事求是；二是编写现代和当代文学史要站在中华民族的立脚点进行工作，放眼各个流派，各个方面。中国当代那些"重写文学史"的人不但在重写文学史中少提甚至不提姚雪垠，而且埋没了姚雪垠这种独特的贡献。

当然，姚雪垠的这种文艺思想不能说没有任何缺憾。这就是姚雪垠的文艺思想过于偏重现实主义文艺理论而轻视浪漫主义文艺理论，甚至在有些方面还贬斥浪漫主义文学观。因而，当 20 世纪 80 年代中期以后中国当代文坛流行浪漫主义文学观时，姚雪垠包括他的文学创作就难免遭到排斥和轻视。姚雪垠的文学作品包括文艺思想的这种命运，在一定程度上折射了中国现当代文学的曲折发展。

民国时期的乡村图景与绿林社会

——重读姚雪垠的《长夜》

刘　宁

姚雪垠创作于 20 世纪 40 年代的长篇小说《长夜》对民国时期乡村破败图景的展示、绿林好汉复杂人性的剖析，以及土匪黑话的运用，都表明作家在创作早期，就已呈现出较成熟并且独特的艺术特色。

一

《长夜》通过描述豫西李水沫这支杆子队伍的传奇生活，以绑票、与红枪会征战、军阀收编等事件，折射出 20 世纪 20 年代中国广大农村曾经发生过的、大同小异的普遍现实，再现了民国时期乡土中国荒寒、动乱的社会图景。

首先是田园荒芜，民不聊生图。"下弦月透过薄云，照着寒冷的雪的荒原。这一群土匪带着肉票，在寂静的荒原上匆匆前进，冰冻的雪花在脚下沙沙的响，有时打破落的村庄经过，常不免引起来几声狗叫。"农家大门外边的水池中，横七竖八地躺着许多小孩的尸体，垂死的老人倒在地上，血液混合着脑浆从鬓角流了下来。时隔 60 多年，《长夜》至今读来仍有震撼人心的艺术魅力。正如作家为小说命名为"长夜"一样，20 世纪 20 年代的乡土中国仿佛就处于这茫茫的黑夜之中，而事实上，这种黑暗自 19 世纪后期就已经开始了，白莲教起义、回民造反、捻军叛乱，中华帝国晚期社会动乱不止。至 20 世纪上半叶，这种态势愈演愈烈，仅 1916 年到 1928 年，军阀间就爆发了无数次战争，加之水灾、旱灾、蝗祸、瘟疫，中国大地上民不聊生。对于老百姓来讲，谁不想安居乐业？可是不是兵灾，就是匪荒，老百姓没有一天安生的日子。第二幅图景是土匪队伍与红枪会激战。红枪会是当时北中国农民为了抵抗土匪的侵扰而自发形成的组织，在快枪还不普及的时代，红枪会利用咒符幻想着自己具有刀枪不入的神功，颇有号召力。小说描写李水沫带领队伍向红枪会驻扎的区域进攻，激战场面相当惨烈，土匪势力与地方武装的血腥残杀加剧了时代的悲剧。第三幅画面呈现的是土匪与军阀之间的混战。民国时期，中国社会的军事化使土匪成为强有力的武装，不仅出现全盘接收匪帮加入正规军的现象，而且从前的军事集团蜕变为大股的杆子队伍的事件也是经常发生，并利用时局动荡所产生的新的匪帮来动摇对手。土匪力量之强大，使得所有的政客——包括外国侵略者，都被迫来拉拢他们，其实，土匪远非别人棋盘上的棋子，在军阀时期，他们是政治平衡的重要因素，已经达到不能等闲视之的程度。

上述 3 幅图景勾勒出民国时期一个动荡不安的乡村社会，逃亡、死去是那个时代几乎所有人遭遇的悲惨命运。

二

《长夜》描写了民国动荡社会中，一群为生活所迫的农民，不得已走上了强梁之路。这些社会越轨人群是原始的革命者，属于流民的行列。它和中国历史上诸如"饥民""灾民"等词语一样，都有相同的意思，最著名者莫过于"流寇"，多系流民铤而走险激变而成。从社会学角度讲，一个已经按照某种认可的社会规范整合的社会结构，其成员必然要取得一定的社会角色，首先是职业角色。大概从春秋战国时期起，中国社会就已划分出了士农工商四业。然而，再牢固的社会整合也会呈现出裂痕，流民就是脱离社会整合，丧失其原有的社会职业角色，游离于法定的户籍管理之外的人口。对任何政府而言，流民问题如果长期积累而得不到解决，就容易引发恶性的社会冲突。民国时期，剧烈的社会动荡，严重的自然灾害致使数以千计的流民铤而走险沦为盗贼，同时也由于乡村二流子、离开军队的兵油子混杂其中，所以土匪队伍内部破坏成分颇多，他们聚啸山林、为非作歹，其生存方式是与暴力、血腥连接在一起的，并且由于居无定所，日复一日的流亡生活又加剧了他们在精神上的危机感。解决这种危机的办法，一是靠枪支，另一个依赖的是鸦片。拥有了枪支可以防身，也可以掠夺财富，对他人以及社会造成极大的威胁。而危害他人和社会者，也必然会遭到政府的剿灭，所以绿林世界听起来充满浪漫传奇色彩，但实际上充斥着莫大的心理危机。因此，尽管吸食鸦片会对人体产生很大的危害，但是烟土能够缓解艰辛生活而产生的紧张情绪，所以它便成为几乎所有土匪都吸食的物品。可见，绿林社会里具有太多恶的因素。

《长夜》为我们勾画出一系列土匪形象。李水沫的英雄仗义，王成山的善良实诚，薛正礼的忠厚寡言，赵狮子的暴躁凶残，瓢子九的油滑、刘老义的絮叨、陈老五的吝啬都各具特色。在正常状态下，安详的生活往往会遮蔽人性中复杂的内容。然而，一旦将人放置在一种特殊的情境下，则就不同了。比如说战争、灾难，会将人性中诸如善与恶、诚实与虚伪、勇敢与怯懦等等，完全呈示出来。人性中最核心的内容是生命的尊严。可是对土匪而言，刀头嗜血、朝不保夕的生活已经迫使他们放弃了生命的尊严和自重，于是粗话、杀人、强奸、掠夺、放火，诸多暴力行为都会呈现出来。暴力是一种难以消解的仇恨的外在呈现，它是人性深处恶魔性因素的一个突出表现。在中国的传统农业社会中，长期的贫富不均和土地兼并，必然会出现大量丧失土地的农民，在他们的背后有一个江湖世界支撑起其生存空间。《长夜》真实地描写了这个江湖社会的暴力行为。出于一种原始性的报复心理，许多镗将像发疯一样喜欢杀人。茅缸里，有一双穿绿色棉裤的小孩的半截腿露出屎上，还在动弹；披头散发抱着一个婴孩的女人被砍死在草庵中；一位姑娘遭到众多土匪的轮奸，土匪的暴行已经达到让人触目惊心的地步。

然而，既然为人，也会有人性善的一面，尤其是对那些被逼迫做镋将的人来说，中国传统的道德伦理，在他们身上仍能体现出来。刘老义、吴姓的镋将，他们当土匪抢夺女人，从朴素的情感上讲就是想有个温暖的家，让孝顺的儿媳妇在老人身边伺候着，并给他生个儿子。小农经济社会中儒教文化训诫的孝道不可小觑，即使为匪，孝仍是他们遵循的道德。更何况，任何一种社会职业都会有其必须遵守的道德操守。绿林社会最看重的是兄弟情。四海之内皆兄弟是这些草莽英雄的人生哲学，所以李水沫面对要离他而去的弟兄，慷慨赠送枪支。刘老义得知自己喜欢的小姑娘是换帖大哥的表妹时，毫不犹豫地放弃了这段姻缘。

人性是复杂的，善与恶交织，凶残与悲悯共处，姚雪垠是要画出自己所熟悉的那些朋友的本来面貌。

三

《长夜》里大量使用了土匪黑话，这在整个 20 世纪中国文学中都是一个特例。如果将这些黑话归类，大致可分为两种：一种是由禁忌、避讳所形成的职业隐语。做了山大王，有不受世俗约束的自由，但是也有作为反叛者的危险，轻者被抓捕，严刑逼供，重者杀头。因此，缘于畏惧心理，土匪在生活中有很多禁忌，比如：不准背抄手，是因为背抄手和被绑着的姿势相似。玩耍的时候，不准做跪的姿势，因为这姿势使人联想起被抓去见官和被砍头。不准将擘开的馍口对向别人，大概是避讳"对口"二字就是"对口供"。不准将筷子架在碗沿上，也许这像是受某种酷刑或死的姿势。心里忌讳总是会通过语言外化出来的，土匪在语言上也有相当繁复的禁忌。譬如，"路"和"败露"的"露"字同音，所以要说成条子；"饭"和"犯"同音，要说成瓢子，吃饭就叫做填瓢子；"鸡"和"急"同音，就把"鸡子"说成"尖嘴子"。"鸭"和"押"同音，便将鸭子叫做扁嘴子。从这些土匪的禁忌语言来看，烧杀抢劫的强人尽管剽悍，但是心灵深处隐藏的却是一种典型的罪犯心理，禁忌黑话里包含着无尽的心理弱势和精神恐惧。

另一种是语言形象化的隐语。《长夜》有许多黑话非常形象生动。像黑脊梁沟子指代的是年轻的姑娘，因为那个时代年轻的姑娘背后总是留着一条大黑辫子。绑架人质则称为绑票，因为土匪拉人的目的是换取钞票，故而江湖上将被绑架的人称作票。而为了和钞票区别开来，便称作肉票。"油青脸、倒跟脚"指代的是那些乡下爱美的轻佻女人。这些妇女一方面由于脸上搽着廉价的铅粉，造成了铅中毒的现象，从而使白脸盘变成油青脸。另一方面缘于童年时期没有把脚缠好，成年后只好将鞋子做小，脚跟踏着鞋跟，形成了"倒跟脚"。此外，在土匪黑话里交际叫做拉扯，坏良心的事称作屙血事。攻破山寨，被形象性地称作撕围子。撤退用"出水"来表述，灌是攻打的意思。架子是山，空手的土匪叫做甩手子。名字叫牌子，子弹称钉子，闲话唤作闲条。尽管大多数土匪没有多少文墨，但是行业内部的黑话却充满了智慧、风趣。这些黑话对事物进行描述、概括，运用了指代、比喻、隐喻等修辞手法，其鲜活性是任何语言大师都无法创造出来的。姚雪垠吸收了这些土匪黑话，增添了文学语言表达的丰富性，从而也形成了自己独特的语言风格。

民国时期的社会动荡和匪患横行是社会经济和政治危机深化的一个突出表现，《长夜》以现实主义创作手法真实地记录了这一时期乡土中国的历史场景、时代悲剧。把一批"强人"形象地送进中国现代文学画廊，深刻揭示出他们人性和心理的复杂性，这是姚雪垠对20世纪中国文学所做出的独特贡献。

《李自成》的主题与姚雪垠的立场

阎浩岗

由于创作周期过长、篇幅过于浩大，认真读完全部 5 卷者稀，姚雪垠的《李自成》是一部被许多人误读曲解了的长篇小说。

要理解这部巨作，首先需要弄清：作品的主题究竟是什么？它表达了怎样的思想内容？在作品重点表现的当时几种主要政治势力——明朝、清朝、李自成大顺军以及普通百姓之间，姚雪垠究竟站在哪一方的立场？作者通过作品表现了什么样的价值观和历史观？

在相当一部分读者和评论家看来，这似乎不成问题：《李自成》不是歌颂农民起义的吗？作者当然是站在李自成大顺军一方了！李自成是作者全力歌颂的理想人物。作者为的是以小说的形式证明毛泽东关于"农民起义是推动历史前进的动力"的论断。

若只看前两卷，这样说似乎很有道理。但若接着细读第三卷和第四卷、第五卷，读者的感受和认识必会变化。尽管第三卷以后仍是以同情态度写李自成和他的事业，但也逐步揭示了他的缺点和严重局限性：除了战略的重大失误——流寇主义、忽略清朝势力（不智），还写到其残酷一面——让人砍断为开封城中运粮的无辜百姓的右手、后来征战中还曾下令屠城（不仁），袭杀友军首领罗汝才（不义）。写到直接导致李自成大顺军覆灭的清朝方面人物，作者用的竟是赞美的笔调！而李自成的死敌——崇祯皇帝之死的描写，充满浓重的悲剧气氛，全无所谓"地主阶级头子"被消灭时大快人心的欢乐氛围。姚雪垠曾明言：崇祯是全书两大悲剧主角之一。悲剧是"将人生有价值的东西毁灭给人看"，悲剧的主角不会是反面人物。

要理解《李自成》的主题，需先明确两点：一是认识到这部创作历程达42年、纵贯不同历史时代的多卷本长篇，作者动笔之前已有总体艺术构思，但其主题又有一个不断完善深化的过程；二是要将作者的理性表述与作品艺术描写实际透射出来的内涵区分开来。写前两卷时因作者心境与时代环境的缘故，作品"励志"色彩较浓；写后三卷时经历过社会巨变，作者对时代和历史有了新的认识，总结历史经验教训的意图更突出些。此外，姚雪垠在新时期文学以前的理论表述受时代意识形态"规约"严重，我们要区分它与他本人内心真正认识的差异：时代意识形态对写作的"规约"有时通过编辑对原稿的修改体现出来，比如第一卷本来有一段写高夫人以常言"女子无才便是德"教女儿，编辑未经作者同意将高的训词改为"我们是革命的人"。作者实际艺术描写中对某些表述也有修正。在长篇小说的创作过程中，作者对主题不断修正和深化的例子，在中外文学史上比比皆是；而判断作品主题，除了参考作者本人的意图表述，更要看作品艺术描写本身所透露出来的实际信息。这也是文学批评、文学研究界的共识。

由于姚雪垠事先有总体艺术构思，所以尽管《李自成》全五卷创作年代不一，却不影响它是一个结构严密、内涵统一的艺术整体。研究该书的思想内涵时，我们既要看到各卷的分主题或副主题，更要理出全书的总主题。如前所述，迄今为止，相当一部分解读者认为《李自成》的主题是歌颂农民起义，表现毛泽东关于"农民的阶级斗争、农民的起义和农民的战争，才是历史发展的真正动力"的历史观。这是对作品实际内涵和作者本意的严重曲解。姚雪垠在《漫谈历史小说创作——与松本清张对话录》一文中表示："我决不是写农民受压迫而起义的主题，因为这个主题很一般。我力求写出一些历史的规律。"他还说："《李自成》的总主题就是要挖掘和表现这种既是具体的、特殊的成败经验，也是具有普遍意义的规律。"（见姚雪垠《李自成为什么失败——兼论〈李自成〉的主题思想》）这些规律当然包括农民起义的经验教训，但细读文本并参阅作者自述，笔者认为它又决不是只站在农民起义军的立场上为之总结经验教训，而是站在最广大的底层普通百姓立场上看历史上的成败得失，表现的是"得民心者昌，失民心者亡"的主题。站在百姓立场与站在李自成农民军立场，并不是一回事！关于历史兴亡成败，姚雪垠的看法是：决定的因素是这个运动是否始终符合于客观规律，如果它违背了客观规律就要失败。所谓客观规律，是在当时经济基础所允许的条件下，人民在这个经济基础上所产生的合理的愿望。你不符合这个愿望，不满足人民的现实利益，人民就逐渐离开你，那你就埋下了无可避免的失败因素的种子，这样就产生了悲剧。(《与杜渐谈历史小说〈李自成〉的创作》)

有人说，由于小说前两卷里李自成的形象过于高大，后三卷的转变显得突兀，笔者对此不敢苟同。细读前两卷，笔者发现，作者其实已经为后来李自成的转变埋下了伏笔，只是这种埋伏比较隐蔽：这前二卷在突出表现李自成及其队伍的"得民心"、符合百姓愿望的一面的同时，也显示出李收买民心是一种策略，是为其"得天下"的总目标服务。从第三卷开始，这种"目的"与"手段"的区分愈益明显。所以，后来一旦处于顺境，"天下"唾手可得时，他便忘了"民心"，忘了百姓最迫切的愿望。第三卷对开封的围困充分揭示了李自成与百姓关系的变化及其微妙之处：他不惜一切代价要攻下开封，是为在这里建立政权；为了这个目的他仍有收买民心之举，如允许饥饿的妇女老人出城采青。但他又命人剁去为城中运粮的百姓的手。围困的直接结果是全城百姓大批饿死，而水淹开封导致全城百姓罕有幸存的罪魁是谁虽是历史悬案，终极原因则是闯军的围困。第四、五卷则更多写到了李自成军队的逐渐民心尽失：他们没有兑现宣传口号中提出的让百姓休养生息、安居乐业的承诺，进北京后甚至没有进行开仓放赈，大部分军队军纪大坏，成了百姓的祸害，最终导致百姓对他们的仇视。姚雪垠明确认识到：后期的李自成并不代表百姓利益。

有些史学工作者就是不肯从事实出发，而一口咬定李自成始终代表农民利益，凡是反对李自成的地方零星武装都叫做封建地主武装。其实，李自成并不代表反封建革命，他做的事情触犯了农民和一般地主利益的时候必然遭到反抗。(《论历史小说的新道路》)

第二卷"李自成星驰入豫"时之所以由十几骑很快发展为几十万人，是因他们的做法符合了处于生死线上的河南百姓的基本愿望；兵败山海关后他再也没能像潼关南原大战之后那样东山再起，除了清军远比明军强大，就是因大顺军失去了过去曾拥有的百姓的支持。而与之形成对比的是清军入关以后的做法：他们一方面恢复新占地的政权，镇压反抗；一方面又下令免除过去明朝所增加的全部赋税，所以政权得以逐步巩固。用姚雪垠的话说就是"在广大老百姓看来还是肚子重要，有安定生活重要。这是起码的唯物主义"。最后两卷写出了百姓心理的复杂性：怀念前明、民族意识强烈者有之，希望安居乐业者亦有之。

如有些论者已经提及的那样，在历史观方面，《李自成》还表现出了民族意识的开放性和政治伦理观念的宽容性。它一方面同情反抗清军的大顺军余部，歌颂他们不屈不挠的英雄主义；另一方面又没有将决定投降而不失风度的宋献策等人丑化为"汉奸"，写高夫人最后时刻允许手下愿降者出降。这些都与此前乃至其后的同题材作品不同。

这样，读完全书后，读者能感到，很难说作者的同情单在顺、明、清中的任何一方。这也许可以用"现实主义的胜利"来解释，即，像恩格斯所称赞的巴尔扎克那样，现实主义的创作方法使作者克服了自己本来的主观倾向。但也可以说，姚雪垠真正的同情在普通百姓一边，真正的立场在普通百姓一边：谁代表百姓利益，作者就倾向谁！姚雪垠写农民起义、同情农民起义，也正因为他认为在生死边缘上的底层人民奋起反抗具有道义上的合理性。而这却并不意味着作者认为农民起义是推动历史进步的力量。读者在读完《李自成》后，会得出李自成起义推动了历史前进的结论么？作者明确指出过，李自成推翻崇祯后，他会是又一个朱元璋式的封建皇帝（他短暂的帝王生涯也已经证明这一点），虽然王朝初期会有一段清明，但后来还是会重蹈覆辙。历史会再来谈一次循环。作品倒是写到了清朝方面的蓬勃气象，但我们能因此而说异族入侵（或换一个说法"入主中原"）是推动历史向前进的动力吗？显然作者也并无此意。《李自成》虽然揭示了农民起义的必然性，但全书的主题并非写农民起义的进步性，作品对于农民战争的破坏性没有避讳（如写到屠城、焚烧故宫以及被攻下的其他宫殿和村寨等）。但这也并不妨碍他歌颂起义将士的英雄主义精神。像司马迁一样，姚雪垠不以成败论英雄，也不单以历史进步性论英雄。他曾说古人和今人撰写的史书都夸大了纣王的罪状，原因是殷民族是战败民族，纣王本人已死，"没有人能够为纣王进行申辩，时间愈久，纣王的罪款愈被夸大"（《论历史小说的新道路》）。如果说姚雪垠替被史书贬抑的李自成、张献忠翻案是为迎合毛泽东，那么又如何解释他替被推翻了的统治者纣王说话呢？

此外，姚雪垠在写出历史某种必然性的同时，并未忽视"偶然"在其中所起的作用，比如吴三桂的降清不降闯，并非像《圆圆曲》所写"冲冠一怒为红颜"，实因见大顺朝不能长久；崇祯本也有机会逃亡江南，使明朝不致迅速覆灭。《李自成》重点表现了阶级斗争，但它涉及的矛盾并非仅仅是阶级矛盾，除了满汉民族矛盾这一贯穿始终的副线，它还突出表现了不同系统的农民军之间的矛盾、明宫廷和清宫廷内部的矛盾，特别需要指出的，还有李自成与以农民为主体的普通百姓之间的矛盾。这些都说明，作者对历史的把握并不受"坚硬的阶级斗争框架"局限。作者虽也重视写日常生活与民风民俗，但叙事的主体确实是政治斗争和军事斗争。政治史、军事史不是历史的全部，但在历史剧变时期，它们确是历史生活的主导部分，重点表现它们并不是作品的缺点。我们不能因现在出现了重点叙述"民间"历史的作品，就反过来否定或贬斥正面表现历史风云人物的政治军事斗争的历史小说，不能用刘震云的《故乡相处流传》作为标尺去否定《三国演义》。

《李自成》在高扬英雄主义主旋律的同时，还表现出明显的人道主义精神，而这一点被许多论者所忽略。有人认为第三卷"洪水滔滔"单元对张成仁和香兰一家生活和命运的描写过于冗长，与主题游离，那是因他们对作品主题内涵的复杂性以及作者的匠心缺乏了解：

作者若只为写"阶级斗争"或歌颂农民起义，这段确实与主题无关，不单有些冗赘，还存在解构或颠覆主题的可能。但作者写这段其实正在于显示李自成军的行为与普通百姓的利益距离正在拉开。这个由 13 章组成的大单元突出表现了作者人道主义的悲悯意识。在改革开放之前和改革开放初期，作者谈到小说中的人物时，曾说田见秀是大顺军中的"右翼"，在当时的语境中似有贬义。但细读全书我们可以发现，正是田见秀和李岩、高夫人、宋献策以及王长顺、尚炯等人代表了大顺军中的理性和良心。当读到李岩、田见秀与李自成意见相左的情节时，笔者感到似乎作者的价值立场与感情倾向更在岩、田而不在自成，或者他们各自有其合理性。例如李岩屡次提出在河南建立巩固的根据地，不同意悬军东征，却终不被采纳；田见秀谏阻自成杀害为开封运粮的百姓、怜惜他们被剁手，又不忍见长安百姓被饿死，在退出时没有遵旨烧粮而导致以粮资敌。

作品各卷的分主题也自有其独特之处，例如第一卷表现当人生面临困境、事业处于谷底时不屈服、不气馁、不放弃的"忍"与"撑"的精神，就曾给许多面临绝境的人以精神的资源。据作者讲，他曾收到好几封类似的信，发信者告诉他，"文革"期间曾有过绝望甚至想自杀的念头，看了《李自成》第一卷后改变想法，增强了活下去的勇气。

《李自成》表达的总主题和分主题至今仍未失去其现实意义，今后还有其价值：它以李自成为例告诉我们，曾经代表百姓利益，并不意味着永远代表百姓利益；不论何种政治势力，要想长盛不衰，必须一直把最广大人民的愿望和要求放在心上。这样的总主题在此前的中国长篇小说中似不曾见，以如此引人入胜、震撼人心的方式突出表达这一内涵的作品，其后似也未曾见。

档案解读——姚雪垠在 1950 年代

许建辉

　　20 世纪 50 年代，历史为中国知识分子搭建了一个千变万化关隘重重的巨型舞台，姚雪垠在这个舞台上始终扮演着一个"被运动员"的角色。从主动改造到拒绝皈依，他以知识分子的"任性"与"倔性"，坚守与捍卫了一个真实而独立的自我。他是一个"个案"，但他的命运又确实有着广泛的代表性。正因为如此，他的档案、笔记、信函等等一切白纸黑字的东西，便都有了"铁证如山"的研读价值和意义。此类史料很多，却囿于篇幅，只能略述其要如下：

　　姚雪垠的人事档案中，第一份文件是 1950 年 7 月填写的《上海市高等教育及学术研究工作者登记表》。此前他被上海市总工会派驻申新一厂任政治教员，其时刚刚受聘为大夏大学文学院教授。在"著译及出版处"栏目中，姚雪垠写道："曾出《差半车麦秸》等小说集十余种，全不满意，故上海解放后，到工厂中从头学起。"在"宗教信仰及政治主张"栏目中他又写道："无宗教信仰，现在我同工人一道工作和生活，工人阶级的主张就是我的主张。"

　　与当时绝大多数进步知识分子一样，姚雪垠对新中国之初的政治局面满怀认同，对党对领袖充满信任。愈如此，愈自觉今是而昨非，愈急切地要把自己投入"革命大熔炉"，用新社会的政治标准重铸自己。所以表中所填内容应是由衷之言，而并非如今那些漫天飞舞的假话、大话、空话、套话。

　　1950 年 12 月，姚雪垠走上大夏大学文学院代院长岗位；1951 年 2 月，又担负起大夏大学副教务长职责。大夏大学是一所人才济济的私立大学，曾有"东方的哥伦比亚"之誉。姚雪垠感激校方对他的抬爱，却不肯在此乐业安居。1951 年 7 月，他向校方递交了辞呈。"大夏大学为姚雪垠辞职事呈报华东军政委员会教育部"的公文，如今就保存在上海档案馆："本校文学系教授兼副教务长姚雪垠先生近因河南省文艺工作者联合会邀约前往河南从事文艺工作，坚请辞卸在校所任职务，本校已予同意。敬以报请鉴核备查。"

百分之百的自由选择。因为他不想当"官"，只想当作家，他相信手中的一支笔才更是他安身立命的根本。解放前著书须为"稻粱谋"，解放后生活有了基本保障，他庆幸自己赶上了可以一心一意搞文学的好时候。朋友们的劝阻、挽留，南京等大学的虚席以待，都不曾动摇他的信心和决心。他告别了优厚的物质待遇和舒适的大城市生活，从上海回到开封。不幸的是，他是"带着从上海买回的沙发、钢丝床"回去的，到了开封"又嫌文联屋子地下潮湿，把地面铺满席子"。"他的这种资产阶级的派头和作风，当即引起当地群众很大的不满"，而姚本人却兴冲冲毫无所知，一直到为此遭受批判后才恍然大悟。

1951 年 8 月底，姚雪垠向河南省文联报到，同时交给组织的，还有他的"农村三部曲"创作计划。当时，河南省文联创办的《翻身文艺》正办得如火如荼，他们欢迎姚雪垠回到故乡，显然是希望他能为此锦上添花；而姚雪垠却是为他的大部头小说创作而来，这显然让领导大失所望，但还是按计划给了他一顶"创作研究部部长"桂冠；而姚也居然当真地负起了这份责任，上任伊始即把《翻身文艺》当作了研究对象。他先把省文联编辑部的大量稿件按内容归纳成流行文艺题材的"几种公式"——关于生产的、关于参军的、关于交公粮的、关于婚姻法的、关于歌颂毛主席的、关于斗争恶霸及封建把头的，然后从艺术角度分析"公式化为什么不好"，从作家主观与生活客观之关系方面追问"公式化是怎样产生的"，从对思想、生活、艺术形式的综论中探讨"如何克服公式主义"，等等。显然，这又是一个不合时宜的举动，因为它与领导的期待值相距甚远或者说南辕北辙。这种错位是致命性的，它预示着一场悲剧的开始。

1951年11月，姚雪垠被派去参加土改复查工作组。下乡之前，先有两个星期的政治学习，他感觉"把自己的思想和认识提高不少"。在《参加土改复查前思想断片》中，他写道："现实在急速的发展着，新的事物不断产生，代替了旧的事物。群众的思想，感情、性格、生活习惯，也在现实洪流中不断的变化和发展。作为一个作家来说，你不但要随时注意这一切变化和发展，要理解它的道理，并且，必须用你的感觉去把握这些变化和发展，也就是，你必须走进现实的洪流里，同群众一道呼吸，一道兴奋，一道努力，一道推倒旧的事物，促进新的事物。只有你自己是群众中的一员，你才能描写群众中的英雄。"

在这篇学习笔记中，姚雪垠多次提到"改造"二字："单就知识分子的改造说，应该长期的走进群众里边生活"，"在群众斗争生活中锻炼和提高自己的思想，思想又反过来使自己在群众中生活得更切实，更深入。作用，反作用；提高，再提高；锻炼，再锻炼，这是人的改造道路，也是文笔的改造道路……也只有这样，才能打倒知识分子（特别是我个人）的臭架子，获得无产阶级的新气派；打倒旧的身份观念，取得新的身份观念"。"当前急务是要做到真正归队。这有两方面：第一，作为一个革命的知识分子，要老老实实的向革命群众归队；第二，作品必须做到为人民服务，向革命的文学主流归队。'归队'二字严格说来是不妥当的，应该说是重新'入伍'吧。这次参加土改复查，是重新'入伍'的第一步，只许成功，不许失败！"

为了这个目标，下乡后他拜农民为师，学习种棉、锄秋、选种、收花；他记录"农村人物拾零"，写下了数万字的创作素材；他主动抛弃个性化创作方式，艰难地尝试着用民间艺术投时代所好——他写了《土改复查快板》一则，长达138行，其中满布"阶级斗争"话语："老大伯，老大娘，兄弟姐妹都别忙。土改复查已开始，听我把道理说端详。复查先查哪一项？先查查敌人啥情况。查敌人有些啥活动，查敌人有没有漏了网。不法的地主要惩办，漏网的地主要算账。

外逃的匪霸要捕回，血债还要血来偿。除草须把根除净，不能姑息养虎狼……"这是 1952 年姚雪垠唯一的文学作品，却一直藏在他的《土改复查日记》中不曾发表，可见他本人对此并无多大兴趣。

《土改复查日记》始于 1951 年 12 月 3 日，迄于 1952 年 4 月 18日。其中前一半时间他生活得充实而快乐：住在"一头喂牲口，一头有炕"的农家小屋里，白天听报告，学文件，组织开会，"找贫农对象，帮助做活，谈闲话，拉感情"，"扎根子"；晚上则写汇报，读报纸，开碰头会，分析斗争形势，讨论划分阶级……忙累之余，曾"去黄河边上闲玩"，曾去登山"看舍利塔"；他"与同志们闲扯中国文学遗产和中国神话，房间中挤满了人，大家极感兴趣"；他"与三位同志游鬼沟，登高跳低，犹有少年劲头"。后一半时间，情况则遽然一变："3 月 7 日……此次进城系参加整风会议，向右倾坚决斗争。""3月 9 日……今天的斗争大会我参加主席团。因为发动了群众性的斗争，每次斗争的发展都突破了原来的估计，突破了反右倾的范围，而主席团经常陷于被动。""3 月 16 日今日下午和晚上，三个小组开会整我。经过及原因，以后抽时间补叙。""3 月 18 日……一天中几次催一区区委书记，弄清是非，解决我的问题，结果不了了之。拟于晚上赴县委一趟，找县委解决，因故未果。……"

姚雪垠所谓"整"他，应是指对其小说《突围记》的批判。在他的另一个本子上，凌乱地记录着当时的部分发言：《突围记》是逃跑记。整个气氛是落荒而逃。""表现了失败情绪。""小资产阶级的伤感情绪相当严重。"总之问题是思想右倾，根源是"阶级感情尚未确立"；解决办法是"多读苏联近几年来的作品和老解放区作品"，改进建议是"将来写点梆子戏"。显然，这样的批评很难让姚雪垠服气，依他的性格，愤怒与抗争是必然的，于是，产生于 1952 年 6 月的"对姚雪垠同志的土改复查鉴定"中便有了这样一笔："不接受同志意见，反右倾时小组没通过，有时抵抗，或动感情。"

土改复查结束后，"三反"运动进入思想建设阶段。似乎是接受了反右倾挨整的教训，姚雪垠不再"抵抗"，而是按照批判者的思路，先行严厉的自我解剖："第一，极端的个人英雄主义，自由散漫，骄傲狂妄。第二，极爱虚荣，爱出风头。只爱别人捧场，不接受别人批评。第三，从抗战后期起，渐渐的爱好享受，讲究派头。虽生活上常不免陷入窘境，但思想已做了资产阶级的俘虏。第四，曾受过党的教育，但一直缺乏无产阶级立场和观点。第五，经常在追求个人名利、地位的思想下从事创作，研究'学问'，把创作和'学问'当作个人的'私营企业'，而不是为群众和革命服务。……担任创作研究部部长，但从来没问过部里的工作情形，对本会的刊物《翻身文艺》，也很少细看。"

1952 年 7 月，河南省文联据此做出"姚雪垠同志在三反运动中的鉴定"："一、优点：1. 具有改造自己的决心、信心和热情。……2. 思想细密，有观察和分析事物能力。3. 学习写作有二十年以上历史，虽过去曾犯了不少严重错误，但写作经验相当多，也具有写作才能和理论修养。……4. 在工作岗位上有时表现得相当大胆，有魄力。如担任大夏大学文学院长时，在党和工会领导下力争废除分院制，取消院长一级，初步打破了该校廿多年来五个学院的'封建割据'局面。二、缺点 1. 有严重的个人英雄主义，致在历史上犯了不少错误。解放后仍不能虚心的接受同志意见，公开检讨自己的错误。……2. 长久脱离群众，脱离实际锻炼，故理论往往与实践脱节。3. 思想和作风上受资产阶级的侵蚀较深，一向自由散漫，组织观念薄弱。"

这一回，"关"是过了，但群众仍不满意，因为姚雪垠"不能虚心的接受同志意见，公开检讨"自己"在历史上"犯下的"不少严重错误"。姚雪垠更不满意，因为他发现群众所批判的他的"历史上"的"严重错误"，均来自他本人的主动检讨——1950 年 12 月，他向上海市新生政权交过一份思想汇报，其中谈了从抗日战争开始到解放战争结束的 12 年间自己在五战区、大别山、重庆、上海等地的思想、工作情况以及与国民党内一些人物的关系；谈了自己与共产党之间的误会与理解；谈到当年在南阳待不下去时，也曾"很想前往延安。这是寻找光明与逃避迫害两种动机的混合，不是一种坚持在困难岗位上的打算";谈到曾被个人创作成果"不符实际的虚誉冲昏了头脑,越发发展了小资产阶级的英雄主义,成为以后多年来的错误病源";谈到自己由"二分旧书生气,二分才子气,三分小资产阶级知识分子精神,加上三分少经锻炼的革命斗争性"构成的狂傲个性……本来是自觉自愿"脱光了洗澡",真诚希望彻底洗去旧社会留在自己身上的印痕,结果却是"跳进黄河也洗不清",反倒授人以柄,把自己的小辫子交给他人攥着。他觉得他的信任受到了亵渎与摧残,他因此开始重新审视自己曾经热切追求的"入伍""归队"问题,开始对曾经为早日"入伍""归队"所进行的自我调整进行再调整。

1952 年 12 月,河南省文联开始"文艺整风"。运动目的,一是要继续进行知识分子思想改造,二是要继续推进普及性文艺的开展。姚雪垠对此似已厌烦,他的"个人检讨"明显流露出几分"我就这样了爱咋的咋的吧"的洒脱与任性:"'一是不重视思想改造,政治情绪冷淡'。具体表现为:①不靠近政治,不参加会,不重视文艺整风。②对'改造'两个字感到刺耳。③下乡的动机主要是为着写作,不是为着改造。二是'个人主义的创作态度'。具体表现为:①只想'打翻身仗'。②常想写大的作品,不想写小的作品。③不愿做普及工作,即让做也是想写出人头地的作品,不想写一般的有教育意义的作品。'三是文艺批评方面的非无产阶级观点'。具体表现为:①偏爱古典作品,对新生的文艺作品不够重视。②过于重视技巧,忽视改造,忽视政治,脱离现实。"检讨最后,他保证两点:"①正视错误,努力改造。②痛改前非,立功赎罪。"

或许是因为姚雪垠给自己扣的帽子已经够大够沉,批评帮助时大家肯定了他在"自我反省中可看出愿意下决心改造,有些地方有真实情感"。但是对他的创作,却毫不留情地予以全面否定:"……②在中国抗战的严重阶段,自己的不严肃作品发生了什么影响,认识不够清楚。不但对自己失败的作品要批判,就是对当时发挥了一定作用的,也应该检查。《差半车麦秸》等作品即使在当时有一定积极性,但以今天的标准看,是不够的……《春暖花开的时候》是失败的。③回河南不是抱着自我改造目的，而是为从事创作而来。基本上只考虑自己如何成名成家，在文联有做客态度，对同事有意见也不提。④把文学同革命平列起来，没有把文学看成是革命的工具。⑤创作方面技术观点比较重。⑥新的思想感情很少，旧的文人习气浓。对新生事物感觉不敏锐，对落后部分有趣味。⑦架子很大，好为人师。谈起理论问题目空一切，不大尊重旁人意见。⑧生活上是文联最自由的人。⑨希望今后要时时考虑自己的做法是不是符合党和人民的需要。⑩要问问自己是否把解放区的作品都读了？为什么没读？读后为什么不满意？"

就是这次批评，把姚雪垠前半生的创作实绩一风吹去。当此之时，文艺界正在评级定薪。他既然对国家对人民毫无贡献，工资便只能是文艺8级——相当于一个刚参加工作的行政人员，随之而来的住房分配也只能名列末等。姚雪垠不能忍受这种公然的歧视与蔑视，他去找领导讨公平，换来的却是档案中的如下文字："个人主义和自由主义还相当浓厚，表现在组织观念不够强，有时不能从政治上考虑问题，或者牵涉到个人问题在内时不善于冷静的、全面的分析问题，不免夹杂有个人情绪，或流露出个人英雄主义。"对此评语，姚雪垠反驳："有人看见我谈这些问题会说我的灵魂庸俗，有浓厚的资产阶级思想，发着铜臭。但是请实际一点，不要站在高枝上说风凉话。""请恕我说句笑话：我还不曾见到哪位自命为最无产阶级化的同志带头减薪呢。"

——如此这般，思想问题、创作问题、工资问题、住房问题、人际关系问题——所有借着政治与强权之力来挤压他的问题，都是姚雪垠初回开封时所未曾想到的。"三反""五反""文艺整风"，政治运动一个接着一个，他已经成了永远的"被运动员"。如同陷入一个巨大的旋涡之中，他看不到出路何在。他曾告诫自己"永远警惕不落在现实发展的后面"，但他永远跟不上形势；他告诫自己要"站稳阶级立场"，但他永远有"政治倾向问题"。过去他总以启蒙者自居，现在却被摆在了被教育被改造的位置。他曾经的自我改造理想已被现实撞得粉碎，那种既能保留自己的"个人主义思想"和"独立思考权利"，又能与主流意识取得某种认同的期待，原来竟是一厢情愿的妄想。姚雪垠决定再不追求将"小我"融合于"大我"之中，他要复归孤独，去当他的独战英雄了。

1953 年 7 月，中南作家协会成立，姚雪垠随河南省文联调入武汉，随即下新乡通丰面粉厂体验生活。"原希望能担任实际工作，深入生活；但后来遇到困难，没有坚持最初计划，反而乐得不担任实际职务"，只每天参加一些必要的会议，剩余时间就找工人交朋友。9月，全国第二次文代会召开。会议第一次承认了"文学创作是一种个人的独立的精神劳动"，承认了"各个作家在工作上有他自己独特的风格"。虽然如此，"但是有些带根本性的问题依然存在。也就是说，教条主义、'左'的思潮、简单化的领导方法，违反现实主义文学原则的条条框框，等等，都在继续发展"。形势在变，姚雪垠也在变。他主动调整姿态，尝试着写了"公式化"题材小说《携手》：工厂里有师徒二人。师傅技术精湛而思想保守，徒弟思想进步但技术欠佳。保守与先进的矛盾影响了技术改革。经过斗争，老工人觉悟了，于是师徒携手，大功告成，生产由此向前迈进一步。

姚雪垠的"转变"，让中南作家协会的领导看到了思想改造运动的力量，他们期待着他做出更大成绩，建议他在小说中加进一只"虎"——暗藏的阶级敌人，再把中篇拉成长篇，题目也由《携手》改为《捕虎记》。姚雪垠欣然领命，并主动要求长期在工厂"下生活"。这样的表现，使 1954 年 6 月给他写的"干部鉴定"中第一次以肯定为主："姚雪垠同志在中南作家协会这一时期的工作，各方面的表现都是有进步的。他的优点主要是：（一）在创作和读书方面，表现认真严肃，刻苦勤奋，生活也有规律。（二）自己不断的要求进步，还能够虚心接受批评。（三）在和干部的关系上，一般说是团结的，对人热情，能主动的关心和帮助青年。（四）对机关工作比较关心，能积极提出改进的意见。他的缺点是：（一）在对待生活的态度上，不够踏实、深入。（二）创作思想中，某种程度上仍有不适当的过分重视艺术（技巧）的表现。因此，在创作实践中，有时就不能首先从政治、从群众当前需要来考虑问题。（三）有老作家包袱，以致影响政治思想的开展。"

但姚雪垠对此似乎并不领情。在相对应的个人检讨中，他依然洒脱而任性地对自己进行了一连串的否定："对生活不够热爱"，"不重视短篇创作"，"政治热情不够饱满，表现在时常有一些消极的苦闷情绪"，"对政治学习不热心，不主动"……至于长处呢，"似乎只有两点：（一）生活有规律。每天起床早，每晚除非有特殊原因，总是读书。这习惯是多年来养成的，无分寒暑。（二）乐于替别人看稿子，而且比较认真。"——货真价实的"酷评"，但并非"自虐"，他说的全是真话。因为此时他已不再向往什么"归队""入伍"，而只想着赶快过关赶快完事赶快逃离"集体"回归孤独好赶快投入那项真正让他殚精竭虑的"地下工程"——在《捕虎记》掩护下偷偷写作《白杨树》。

1954年10月，开始批判俞平伯、胡适。1955年2月，开始批胡风。7月，开始"坚决肃清胡风集团和一切暗藏的反革命分子"。所有这一切，姚雪垠一概漠然置之。1945年和1947年，胡风曾两次发动对他的批判：一次是给他和他的小说扣上了"色情""娼妓"帽子，一次是把他推进了"疑似特务"的政治深渊。明摆着他与胡风不会站在同一战壕，但他依然被作为清肃对象而内查外调。从1955年5月19日至1956年6月27日（证明材料所署时间），调查人员为他走访了北京、上海、武汉、合肥、郑州、济南、徐州、开封、安庆等9个城市，取得了21份证明材料，得出的结论是："姚雪垠在解放前的基本倾向是进步的，写了不少进步作品，我们觉得姚雪垠在解放前，只是思想问题较严重，政治界线不清，立场不稳，但并未发现其他政治问题。"

"胡风之劫"是躲过了，但他的地下创作活动却在被调查中东窗事发。1955年秋冬之交，姚雪垠被领导找去谈话，主题是《白杨树》不准再写，理由有二：第一，小说中不写党的领导是不行的。第二，如果写党的领导，"你又不是党员，没有领导地下斗争的经验，肯定写不好"。一场争论之后，胳膊终于没能拧过大腿。姚雪垠气愤至极，一把火烧掉了已有 20 多万字的《白杨树》半部书稿。

1956 年 5 月，"百花齐放，百家争鸣"的方针正式提出，文艺界活跃起来。久不动笔的姚雪垠应《新观察》之约，写了散文《惠泉吃茶记》。文中批评了"没有充分的根据就把天下（全中国）泉水评定甲乙，实在有点狂妄"的陆羽，更批评了那些"不但不需要知道别的，不需要动脑筋想一想，甚至连自己的视觉、嗅觉、味觉都不必用，不必分辨惠泉茶的色、香、味，吃过后跟着大家喝彩就得了"的"追星族"们。毛泽东读罢此文，说姚雪垠"很会写文章"很"清高"，"思想上有君子、小人之分"，说他是"众人皆醉我独醒"。就像后来喜欢《李自成》一样，毛泽东对这篇旨在批判个人崇拜批判不负责任的人云亦云瞎起哄的文章不无赞赏。当一代知识分子的大多数已被"改造"得谨小慎微，不得不放弃了或失去了独立思考的权利与能力时，姚雪垠却能坚持自己的个性自己的品格自己的话语权。这种知识分子独立思考、践行责任的"个人意识"，或许正是他与毛泽东能发生某种精神契合的穴点所在？

《惠泉吃茶记》后，姚雪垠又写了一系列文章并在各种会上说了一系列的话。比如他说"在过去几年中，确实有些同志因为好提意见、好争鸣而受到打击，在运动中成为重点，给他们的帽子是'一贯反领导'，甚至'反党情绪严重'。……即让平常他们所争鸣的仅是文艺理论问题，而且确实打中了某些领导同志文艺思想和理论的弱点，但是在运动来时，原来正确的批评也会一变而为'反领导'的罪款。这好像封建时代，臣不能议其君，子不能议其父"。比如他认为"官僚主义第一个常见的表现是不关心群众的生活"，"第二个表现是采取行政命令和过于简单化的方法领导创作"。他认为"我们的教条主义不仅在领导同志、编辑和批评家身上相当严重，在读者身上也相当严重。它好像一种时代空气，或者像流行性感冒，散布在我们日常生活的环境中。""为了要挖掉所谓教条主义的老根，他就进一步诬蔑毛主席的'讲话'，说'毛主席 1942 年在延安文艺座谈会上也提出来一些创作的指导思想，但那是几个基本原则，可以灵活运用'。"他认为"有某些作品并不好，却被捧到天上那么高。这些被推崇的大都是党员作家或解放区出来的作家。……这里面表现出宗派主义"。等等。引号中的文字均抄自"'极右派分子'姚雪垠"的《定案报告书》，它们是被作为他在"鸣放过程中的主要反动言行"放进档案中去的。

1957年8月底，姚雪垠被公开批判，所"揭露"的"历史问题"中大有与事实不符者，姚雪垠立即"写信给党组成员"说："关于历史部分，我希望、我请求，核对了事实以后再发消息，可以吗？"不仅如此，他还"要求公开登报更正事实"。这些行为，更激怒了"党内外群众"，"在讨论中，大家一致同意：姚在鸣放中写的反党文章，不是偶然的，远在前年8月，就对党进行了全面的攻击，他对党的进攻，在全国来说是最早的，是第一炮。并指出姚攻击党的方针，是有他的目的的，就是要'百无禁忌'，想恢复他写色情作品的'自由'。'他和党的文艺方针，是水火不相容的'。甚至有个别同志认为：'划他为极右还不够，要划极极右才好'"。

1958年2月11日，中共作协武汉分会党组对姚雪垠做出处理决定："撤销中国作家协会武汉分会创作委员会副主任，作协武汉分会理事会理事，武汉市政协委员。保留作协武汉分会会籍，行政上撤职并由原文艺6级降为行政17级，监督劳动。"做出这个决定的根据是："姚雪垠在党的'两百'方针提出后，以及在党的整风期间，通过写文章和座谈会等方式，向党所领导的社会主义文艺事业，进行了恶毒的进攻。1. 仇视、反对党的文艺方针，诬蔑执行毛主席的文艺方针是'原地踏步走，背诵去年的皇历'。攻击毛主席提出的文艺批评标准'不仅是简单的，而且是死的'；攻击党对文艺事业的政治思想领导是'教条主义'的统治。并主张以资产阶级'百无禁忌'的'文学自由'代替党的文艺方针。诬蔑党号召作家下去建立生活根据地是'画地为牢'，在生活中作具体工作是'捆绑'了作家的手脚，是'皇帝住在深宫内'对作家'遥制'。2. 诬蔑党的领导干部，攻击党的文艺事业，咒骂党的各级干部是'大大小小的孔代表'，是'以无知冒充内行'，是'误认自己就是党的领导，可以对一切问题乱下指示，代党立言'……"

　　然而，中共作协武汉分会党组的决定只是一个迟到的"决定"，因为早在 1957 年的 10 月底，就已有作协某领导人"代党立言"发号施令，率先宣布了姚雪垠为"极右派"分子，敌我矛盾按人民内部处理，今后不准他再发表任何作品，广大群众要"给他孤立"。那个时候姚雪垠"倒也想过死，并且把地方都已看好了"，可是后来他不想死了，因为"死了还不如个蚂蚁"。他要活，要活出尊严，活出骨气，活出真正独立的人格来。政治上的矛盾和失败，成了他的文学创作的中心源泉。从此他把生命寄托在私修历史小说上，决心"究天人之际，通古今之变，成一家之言"。凭着一点蒸不熟煮不烂的"个人英雄主义"精神，姚雪垠从困厄中崛起，踏上了生命中最为辉煌的一段历程。

赵树理现象综论

孟繁华

当代中国文学，如果在题材范畴上谈论的话，最成功或者成就最大的，应该是乡土文学或后来被称作"农村题材"的文学。但是在现当代文学的历史叙述中，乡土文学是如何转向"农村题材"，"农村题材"怎样或为什么又重新转向了"新乡土文学"，并没有得到说明。这相互关联的 3 个概念虽然有同源关系，但它们的内涵是非常不同的。"乡土文学"是指反映中国乡村社会面貌或社会性质的文学；"农村题材"是表达意识形态诉求的文学；"新乡土文学"是对"农村题材"的颠覆和对"乡土文学"的接续。这 3 种文学无论在观念上还是在具体的创作方法上，都存在着极大的差别。对现代文学或乡土文学的看法虽然并不一致（比如塞先艾在《文艺报》1984 年第 1 期上发表过一篇文章，认为 20 年代并……没有乡土小说流派。见严家炎《中国现代小说流派史》第 47 页，人民文学出版社 1995 年版），但以鲁迅为代表的众多作家作品的存在是文学史实。受鲁迅影响的那些青年作家，写的也是"几乎无事的悲剧"（鲁迅：《几乎无事的悲剧》，《鲁迅全集》第六卷第 370 页，人民文学出版社 1982 年版），也与"阿 Q"有血缘关系，也有"哀其不幸""怒其不争"的意识（鲁迅：《摩罗诗力说》，《鲁迅全集》第一卷第 76 页，人民文学出版社 1982 年版），既有田园牧歌的描述，更有对国民性的揭示、剖析和改造的诉求。

1942 年，毛泽东发表了《在延安文艺座谈会上的讲话》之后，延安的文学家们经历了一次走向民间的思想文化洗礼。这场运动之后，"五四"以来形成的知识分子话语方式实现了向民间话语的"转译"

过程。贺敬之等的歌剧《白毛女》、李季的长诗《王贵与李香香》以及新秧歌剧《兄妹开荒》《夫妻识字》等陆续面世，特别是赵树理的《小二黑结婚》、孙犁的《荷花淀》的发表，一种崭新的中国农民形象出现了：他们是英姿勃发活泼朗健的二黑哥和水生嫂，他们告别了阿Q、祥林嫂、华老栓的时代，当然也告别了愚昧、麻木、混沌未开的性格，而成为有鲜明阶级意识和深明大义的新型农民。民粹主义文学在这个时代取得了巨大的胜利，毛泽东的新文化猜想初步得到了实现。当丁玲的《太阳照在桑干河上》和周立波的《暴风骤雨》发表之后，奠定了"农村题材"创作的基本模型：总体性的目标、史诗的追求、两个阶级的对立、农民英雄的塑造等，就成为"农村题材"文学的基本结构。1949年之后相继出版的《创业史》《山乡巨变》《三里湾》《风雷》《艳阳天》《金光大道》等，就是这样的作品。

1978年以后，人们发现，在那条"总体性目标"的道路上并没有找到他们希望找到的东西，中国广大农村不仅依然破败，农民依然穷困，而且在精神领域同样没有发生革命性的变化。二十世纪七八十年代之交，我们在周克芹的《许茂和他的女儿们》、古华的《爬满青藤的木屋》等作品中看到的情景是：贫困无助的许茂依然是华老栓或祥林嫂式的愁肠百结；盘青青依然生活在精神的不毛之地，作为知识分子的李幸福，面对盘青青的不幸同当年的萧涧秋一样束手无策，王木通的愚昧、无知和自以为是，比阿Q们有过之无不及。正是从这个年代起，"农村题材"所遵循的创作观念和方法逐渐淡出，"新乡土文学"开始与当代中国乡村生活缓慢地建立起了联系，同时也接续了现代乡土文学的传统。

在这一题材创作中，赵树理是一个非常独特的现象：一方面，他是成功实践《讲话》、遵循"革命现实主义"创作原则的作家，"赵树理的方向"被肯定为所有作家都应该学习和坚持的方向；一方面，新中国成立后他又屡屡遭到批评／肯定的反复过程。这个看似矛盾的现象，对赵树理本人来讲是痛苦和不幸的，但对于中国当代文学的发展过程而言，赵树理的遭遇恰恰从一个方面反映了当代中国文学的复杂性、矛盾性和不确定性。从 20 世纪 40 年代走向文坛开始，赵树理的写作就一直注意与农村、农民和现实的关系，注意对民间文艺传统的借鉴和改造，注意按照《讲话》的要求为"工农兵"服务。并且因他的内容和形式，也明显地区别于其他农村题材写作的作家。

赵树理是毛泽东文艺思想哺育成长的有代表性的作家。1943 年 5 月——毛泽东的《在延安文艺座谈会上的讲话》发表一周年的时候，赵树理发表了他的成名作《小二黑结婚》。1946 年 8 月 26 日的《解放日报》发表了周扬的《论赵树理的创作》一文，文中盛赞《小二黑结婚》"是在讴歌新社会的胜利（只有在这种社会里，农民才能享受自由恋爱的正当权利），讴歌农民的胜利（他们开始掌握自己的命运，懂得为更好的命运斗争），讴歌农民中开明、进步的因素对愚昧、落后、迷信等等因素的胜利，最后也最关重要，讴歌农民对恶霸势力的胜利"。在艺术上，"作者在任何叙述描写时，都是用群众的语言，而这些语言是充满了何等的魅力啊！这种魅力是只有从生活中，从群众中才能取得的"。而《李有才板话》，"简直可以说是一个杰作"。从《小二黑结婚》开始，赵树理成为实践《讲话》精神的楷模，是"方向"和"旗帜"，是一位"人民艺术家"。他的作品被视为人民文艺的"经典"。当然，也正是从赵树理开始，在中国现代文学史上才第一次出现了活泼、朗健、正面的中国农民形象，中国最底层的民众才真正成为书写的主体对象。

但是，新中国成立之后，对赵树理创作的评价开始发生了分歧和反复。这不仅与赵树理在这一阶段的创作有关，而且更与激进时期文学观念的变化有关。1955 年 1 月，《三里湾》在《人民文学》杂志连载，5 月出版单行本。这是第一部反映农业合作化运动的长篇小说，也被认为是"我国最早和较大规模地反映农业社会主义改造的一部优秀作品"（中国科学院文学研究所《十年来的新中国文学》编写组：《十年来的新中国文学》，作家出版社 1963 年，第 45 页）。小说是以三里湾的秋收、扩社、整风和开渠作为故事的主要线索，以"一夜""一天""一个月"为时间线索来结构作品的。小说叙述了三里湾 4 个不同家庭在合作化运动初期的矛盾和变化。支书王金生一心带领全村人走合作化和共同富裕的道路；村长范登高则满足于自己的致富，有严重的私有观念。小说围绕这一矛盾，交织着 4 个家庭青年一代的爱情故事，反映了农村所有制变革中的思想和观念的斗争，表现了家庭、婚恋、道德等各方面的深刻变化。同时也提出了推广农业技术、培养农业人才的问题。在艺术上，小说注意运用传统的民间说书手法并加以改造，通过完整连贯的故事情节展开人物性格，语言机智幽默，表达了作家对民族化、大众化道路的一贯坚持。

　　小说发表之后，受到了褒贬不一的评论。批评者大多沿着相同的路线斗争的思路，认为小说中"当前农村生活中最主要的矛盾，即无比复杂和尖锐的两条路线的斗争"没有得到应有的处理，"看不到富农以及被没收土地后的地主分子的破坏活动"，而且三里湾党的领导者王金生对蜕化分子范登高表现得软弱，"没有流露出应有的愤慨的心情"等。（俞林：《〈三里湾〉读后》，《人民文学》1955 年 7 月号）1955 年 10 月，赵树理针对批评发表了《〈三里湾〉写作前后》一文。这篇文章既可以看作是一个"答辩"，也可以看作是一种"检讨"。他陈述了写作经过之后，也谈了作品的"几个缺点"。他说自己在抗日战争初期是做农村宣传动员工作的，后来"职业"写作只能说是"专业"，做这种从工作中来的作者，"往往都要求配合当前政治宣传任务，而且要求速效。这本来是正当的，是优点"。但他还是检讨了 3 个缺点。其中"对旧人旧事了解得深，对新人新事了解得浅，所以写旧人旧事容易生活化，而写新人新事有些免不了概念化"。他接着解释说："这一切都只能说是在创作之前的准备不充分，为了迅速地配合当前政治任务，固然应该快一点写，但在写作之前准备得不充分的时候，正确的做法是赶紧把不充分的地方补充准备一下然后再写，而不是就在那不充分的条件下写起来。"（赵树理：《〈三里湾〉写作前后》，《文艺报》1955 年第 19 期）

　　但事实上赵树理对上述批评是不接受的，这不仅表现在赵树理在处理农村矛盾和人际关系时，仍然限定于乡村的伦理秩序允许的范畴之中，同时他也清楚地认识到，即便是农村的党员干部，也不可能因为社会主义的到来，其思想和精神就达到了与时代同步的水准。因此，在批评他的文章发表不到一年，在一次"双百方针"的座谈会上，他说出了自己真实的想法："我感到创作上常有些套子束缚着作家……有人批评我在《三里湾》里没有写地主的捣乱，好像凡是写农村的作品，都非写地主捣乱不可。"（赵树理：《不要有套子——在中国作家协会创作委员会小说组"百花齐放、百家争鸣"座谈会上的发言》，载《作家通讯》1956年第6期，《赵树理文集》第四卷）但赵树理这一内心压抑刚刚释放不久，对他新的质疑已经酝酿在急剧变化的形势中。

对赵树理的再度批评，到20世纪50年代后期被提了出来。这次批评的缘起主要是短篇小说《锻炼锻炼》的发表。作品发表后，《文艺报》刊发了《一篇歪曲现实的小说》的文章（1959年《文艺报》第7期）。文章认为小说"所持的态度是错误的"，不符合农村现实，对劳动妇女和农村干部进行了歪曲诬蔑。但不久《文艺报》又发表了王西彦的《〈锻炼锻炼〉和反映人民内部矛盾》的文章。王西彦读完小说后，"内心充满喜悦，觉得是一篇很好地反映了农村人民内部矛盾的作品"。文章几乎逐一驳斥了武养的观点，认为作品"成功地描写了农村社会里两个落后的妇女，'小腿疼'和'吃不饱'"（王西彦：《〈锻炼锻炼〉和反映人民内部矛盾》，《文艺报》1959年第10期），并对轻率粗暴的批评风气提出了批评。对赵树理评价的变化和反复，事实上是文学观念的改变。这个观念主要是塑造什么样"人物"的问题。当代文学批评中经常使用的"英雄人物""正面人物""中间人物""反面人物"等，已经将"人物"做了等级和类型化的区别和划分。创造英雄人物或正面人物的理论依据，来自毛泽东的《讲话》。毛泽东要求文艺工作者创造出"新的人物新的世界"。周扬在第一次文代会上的报告，有专门论述"新的人物"一节，"新的人物"在这里已解释为"各种英雄模范人物"。他说："我们是处在这样一个充满了斗争和行动的时代，我们亲眼看见了人民中的各种英雄模范人物，他们是如此平凡，而又如此伟大，他们正凭着自己的血和汗英勇地勤恳地创造着历史的奇迹。对于他们，这些世界历史的真正主人，我们除了以全副热情去歌颂去表扬之外，还能有什么表示呢？"（周扬：《新的人民文艺》，《周扬文集》第一卷，人民文学出版社1984年，第516页）1953年9月24日召开的第二次文代会上，周扬在报告中又提出："当前文艺创作的最重要的、最中心的任务：表现新的人物和新的思想，同时反对人民的敌人，反对人民内部的一切落后的现象。"同年年底，冯雪峰发表了题为《英雄和群众》的文章，参加创造英雄人物问题的讨论。他在论证了"创造正面的、新人物的艺术形象，现在已成为一个非常迫切的要求，十分尖锐地提在我们面前"之后，也提出了如何塑造"否定人物的艺术形象"的问题："从文学的社会教育的人物来说，描写各种各样的否定人物所代表的社会势力，是为了使读者认识，并鼓舞的斗争，是不能不在描写正面人物的同时也描写否定人物的。对于读者，不仅正面人物的艺术形象是教育和鼓舞的工具。一切否定人物的艺术形象也同样是教育和鼓舞的工具。"（冯雪峰：《英雄和群众》，《冯雪峰文集》（下），人民文学出版社1981年，第74—75页）

这些论述使我们有可能理解"人物"创造问题为什么受到如此重视。在这些论述中我们可以看到，"人物"的创造问题只有纳入到功能范畴内，它的重要性才有可能得到揭示。1962年，政治、经济的激进主义逐渐退潮后，文学界"现实主义深化"的问题也被提出。同年8月，中国作家协会在大连召开了农村题材短篇小说创作座谈会。会议主持人邵荃麟发表了讲话。他分析当时的创作情况时认为，主要问题还是"人物创作问题"。因为"作品是通过人物来表现的"，"英雄人物是反映我们时代的精神的，但整个说来，反映中间状态的人物比较少，广大的各阶层是中间的，描写他们是很重要的。矛盾点往往集中在这些人身上"。"茅公提出'两头小，中间大'，英雄人物与落后人物是两头，中间状态的人物是大多数，文艺主要教育的对象是中间人物，写英雄是树立典型，但也应该注意写中间状态的人物。"（邵荃麟：《在大连"农村题材短篇小说创作座谈会"上的讲话》，洪子诚编《20世纪中国小说理论资料》，北京大学出版社1997年，第429页、437页）这一观念的提出，对赵树理的评价又发生了变化。康濯在《试论近年间的短篇小说》中说："赵树理在我们老一辈作家群里，应该说是近20年来最杰出也最扎实的一位短篇大师。但批评界对他这几年的成就却使人感到有点评价不足似的，我认为这主要是对他作品中思想和艺术分量的扎实性估计不充分。事实上他的作品在我们文学中应该说是现实主义最为牢固，深厚的生活基础真如铁打的一般。"（康濯：《试论近年间的短篇小说》，《文学评论》1962年第5期）这样的评价在"文革"前又被否定，"中间人物论"也被作为一种"修正主义"的文学观念遭到清算。因此，多年来文学观念的"不确定性"，是评价作家矛盾和犹疑的根本原因。

对赵树理评价的反复和矛盾，是当代文学"犹豫不决"的表现之一，也是寻找"当代文学"不得已而为之的权宜之计或"必要"的方式。事实上，赵树理坚持从生活出发，在生活中捕捉最感性、生动的文学形象，是完全符合马克思主义认识论原则的。他塑造的人物形象之生动和鲜活，离开了他熟悉的农村生活是不可能做到的。这本来是应该给予鼓励的创作倾向，却因文学思想路线和对文学要求的不断改变而变得迷离和困惑起来。因此，陷于这个怪圈迷惘和不解的就不再是赵树理一个人，而是整个文学界。

"雅文化" 视域中的赵树理

宋颖慧　李继凯

　　"雅""俗"是文化史中的"双生子"或"姊妹花"。一般而言，雅文化与"士阶层""精英知识分子"的严肃思考和审美创造有关，而俗文化则与底层民众的素朴表达和消遣休闲相连。进入现代社会，在会通古今中外基础上建构现代性的文化背景，沟通雅俗已然成为大势。在我们看来，赵树理就是能够代表这种文化演进大趋势的一位"现代作家"。多年来，学术界习惯从地摊文学、农民文化或为工农兵服务的人民文学、延安文学的角度谈论赵树理，从而使"俗文化"视域中的"山药蛋派"鼻祖赵树理广为人知，但却有意无意、或多或少忽略了他"雅"的一面以及追求雅俗结合的多种努力。

　　尽管赵树理曾多次明确表示自己不愿攀"文坛"而宁愿下"文摊"，但他作为"农民出身而又上过学校的人"，在不同历史时期或被动或主动地学习和接受了中外文化特别是文学文化，不可避免地植入了多元而驳杂的文化因子，其中儒家雅文化和"五四"新文化的影迹清晰可辨。

　　赵树理自幼在祖父的口传身授下学习"四书五经"等儒家文化经典，之后他还在村私塾接受了儒家文化教育，也在后续的学习与工作过程中通过研习经典潜移默化地接受了儒家文化的深切影响，家国意识、价值标准、民本倾向等也都内化为他的文化素质。其间，少年赵树理还曾通过阅读《西厢记》《聊斋》等古典文学作品培养了最初的文学兴趣。"五四"运动爆发后他接触了胡适、蔡元培等人的白话文章，1925 年考入了新式学校——长治山西省立第四师范学校。在长治四师，赵树理"咀嚼"了更多中国古代文化的瑰宝，从诗经、汉赋、唐诗、宋词、元曲，直到明清的章回体小说，从屈原、杜甫、白居易、韩愈、柳宗元、苏轼、辛弃疾、陆游，到关汉卿、王实甫、冯梦龙、罗贯中、吴承恩、施耐庵等著名文学家的作品，他都比较系统地学习过，从而在原有基础上积淀了更为厚实的古典文化素养。更为重要的是，此前耽于"四书五经"和"神仙世界"的赵树理在"启蒙导师"王春的"棒喝"及荐引下顿开茅塞，文化"接受"的重心有了位移：开始接受并醉心于"五四"新思潮与新文艺。他如饥似渴地汲取着康有为、梁启超、严复、林纾、陈独秀、胡适等人的著作和翻译的营养，废寝忘食地阅读着鲁迅、茅盾、叶圣陶、郑振铎等人的作品，也阅读了屠格涅夫、易卜生等外国作家的作品。当年，他是新文艺的爱好者和实践者，即今天所谓"超级粉丝"，写过新诗、新小说，着实努力学习过"欧化"的东西。直到延安文艺兴起，走向"人民文学"且被弘扬为"赵树理方向"的赵树理，仍然坚持这样的文学"原理"，即：在文艺方面所学习和继承的也还有非中国民间传统而属于世界进步文学影响的一面，而且使其能够成为职业写作者的条件主要还得自这一面——由此中国民间文学传统文艺（具有俗文化特征）与世界进步文学（具有雅文化或洋文化特征）的结合，成为赵树理文化心理中具有积极建构功能的互补意识。

赵树理的求学经历、文学文化背景等充分表明了他"虽出身于农村，但毕竟还不是农业生产者而是知识分子"。他承继了儒家雅文化中的"师道"传统，又经新文化陶洗，扮演着民众"启蒙导师"的角色。他用民主、科学等现代意识荡涤民众思想上的封建迷雾，希望"使他们的思想提高一步"。他钟情于乡村及农民世界的勾勒，并将笔触伸至农民的灵魂深处，理性地审视封建文化桎梏下民众身上的种种劣根性积淀，具体表现为：

其一，不遗余力地揭示和批判封建迷信思想。抗战时期的《小二黑结婚》写出了三仙姑和二诸葛式的农民深受封建迷信思想的毒害。新中国成立后的《求雨》是以破除迷信为主题的作品。此外在剧作《开渠》中，作者通过李半仙形象的塑造，批判了因迷信风水而阻碍技术革新与生产发展的现象。当现代科学文明与民间神秘文化遭遇时，赵树理的批判立场是鲜明的，尽管这种批判具有某种二元对立的思维特征，但较之于近些年来某些作家大肆渲染的民间神秘文化，似乎具有更为明确的现代性特征。

其二，鞭笞封建家长守旧落后的伦理道德观念。《孟祥英翻身》中的婆婆狠虐孟祥英并阻碍其进步，《传家宝》中的李成娘对媳妇"横挑鼻子竖挑眼"，此外还有唆使儿子痛打媳妇的张木匠之母（《登记》）、虐待儿媳陈菊英的"常有理"（《三里湾》）、让媳妇照老规矩侍奉自己的"小腿疼"（《锻炼锻炼》）等，这些婆婆恪守封建伦理道德统治下婆媳关系的旧规矩，阻碍媳妇投身时代洪流，是专制落后思想观念的代表，也是作者批判的对象。这种新时代的"婆媳书写"在赵树理笔下，不仅具有某种时代转型特征，而且具有革命性的"性政治"意味。

其三，针砭民众思想中狭隘短视、自私自利的小农意识。《"锻炼锻炼"》中的"小腿疼"和"吃不饱"在集体劳动中偷奸耍滑，《三里湾》中的马多寿夫妇、马有余夫妇和袁天成的老婆"能不够"等在开渠、扩社中精心盘算，作品暴露了他们不求进步、自私自利的可笑面目。此外，一些农民出身的党员、干部，如《三里湾》中农民出身的老党员、村长范登高，《李有才板话》中农民出身的武委会主任陈小元，《邪不压正》中长工出身的农会主任小昌，《表明态度》中贫农出身的党员、干部王永富等，他们当上干部后，千方百计为自己捞好处，想方设法满足个人私欲，不思进取，其小农文化心态下的个人主义利己观显然不能利民利国。尽管集体与个体的冲突始终是历史发展与历史荒谬的根源，赵树理也难以避免其历史的局限性，但其基本的启蒙立场仍显示了较强的历史理性。

由此可见，赵树理依然秉持着以鲁迅为代表的新文学拓荒者及其追随者假文学以启蒙的神圣梦想。但值得注意的是，作为民众的启蒙导师，赵树理褪去了鲁迅式的悲愤与孤绝，代之以更加宽容与亲和的姿态，怀揣"改造大众的迷信落后思想，使大众都能接受新的宇宙观"的美好希冀，循循善诱地教导民众。他明确表示自己写小说是为了"劝人"，而他"劝"（劝诫、劝慰、劝说等）的对象，多为农民及农民出身的基层干部，属于人民内部矛盾的问题。他在作品中描写了农民文化属性中的劣根性积淀在社会性质发生改变后演化为时代发展的阻力和破坏力，也描写了"落后人物"在政策法令、民主政治、道德感召等多重力量的作用下妥协退让，甚或转变，从而创造性地把"五四"新文化启蒙导向了时代政治，也将对民众的思想、政治启蒙及教育紧密铆合。刘家峧的两个"神仙"在区长训诫下行为转变，执行了婚姻自主的法令，改掉了不合时宜的迷信做派；李成娘在金桂面前无奈认输，放弃家庭领导权；婆婆为了"眼不见心不烦"，只有跟密切联系党工作员的孟祥英"分家"；"小腿疼"和"吃不饱"在杨小四虚张声势的威吓下"坦白得很彻底"；顽固的马多寿"变糊涂为光荣"，在村干部们善意的"圈套"下"光荣"入社；自私落后的范登高在党员、干部、群众的集体"纠错"下断了个人发家的念想，支持入社开渠；陈小元在老杨同志等区干部的批评教育下认了错；王永富在"先进群体"的帮助下，找支部书记谈思想……这些人民内部的落后人物在一定程度上的转变，这种貌似"大团圆"的喜剧结局，彰显了民主政权和社会主义制度的优越性，体现了代表先进势力的正面人物的力量，也内蕴着作者"内心深处严肃冷峻的思想观念"与艺术外化后"温柔敦厚"的善气和平和之间的艺术张力。他还潜心探索着俗、雅转化的途径，大"俗"如农民习俗、农村风俗，经他的妙笔点化和精心的艺术化处理，遂使《李有才板话》《小二黑结婚》《三里湾》等成为了新文学经典，而能够被视为经典，无疑已经具有了雅文化的品质。又如，生活中的百姓土语也是活生生的俗文化，但经过赵树理的锤炼提升，个性语言与人物塑造高度统一，已经使之成为中国现代白话文学的精彩部分，得到了国内外学术界相当广泛的赞誉，由此也足以证明赵树理具有杰出的文化创造能力，并已臻于雅文化的境界。

作为文学创作者，赵树理在文学实践中逐渐形成了自己稳定而独特的文艺观。他反对"为艺术而艺术"，认为搞创作的目的，是为了叫它能够起点作用，更要求文学艺术在"政治上起作用"。他忧虑深广，正视农村工作和农民生活的现实，敏锐地意识到诸多问题，倾向于将文艺作为提出问题、解决现实问题的重要工具。他在《也算经验》中说："我在作群众工作的过程中，遇到了非解决不可而又不是轻易能解决了的问题，往往就变成所要写的主题……在工作中找到的主题，容易产生指导现实的意义。"因而，从注重文学的社会功利效用等方面而言，赵树理秉承了中国雅文化中"文以载道"的传统观念，同时又赋予其新的文化内涵。赵树理文学中所载的"道"已经基本不是儒家传统的道德观念，而是新的思想、道德和政治理念。更为重要的是，与传统"文以载道"背后"官本位"的价值取向不同，赵树理固守着人民意识或"民本"的价值立场。他认为改变立场和观点尽管比较难，但只要肯把大众利益放在第一位就能够切实体现出作家的进步性立场。他曾将自己创作的中心问题归结为严肃的命题"中国农民在中国共产党领导的社会变革中，是否得到真实的利益"，也即"中国共产党的政策是否实际的（而不仅仅是理论上）给中国农民带来好处"。由此，他的作品充分体现出"对农民切身利益的尊重"，其主题倾向主要是表现新的意识形态引导下农村生活所出现的变化，尤其是能够揭发由于农村社会结构自身发展复杂性以及农村政策执行者对此缺乏了解所造成农民利益受损的隐情。这在以农立国且不断探求建设"新农村"的中国，可以说意味深长。而他对以下三类性格不同的农村干部形象的塑造，则集中折射出他的创作主题和"民本"立场，也载承了他儒法兼济的政治理念。

一是县农会主席老杨同志（《李有才板话》），村支书王金生（《三里湾》），村党支部书记元孩、工作团组长、区长（《邪不压正》），区长（《小二黑结婚》）等好干部。他们懂得党的政策，作风正派，善于联系群众，工作方法正确，是解决问题的关键人物，是群众利益的代言人。作品彰显了这些颇具"清官"之风的新式好干部的正面力量，同时也对其展露出颂扬之情。

二是村武委会主任陈小元、章工作员（《李有才板话》），农会主任小昌（《邪不压正》），王助理员（《登记》），范登高（《三里湾》）等差干部。他们或者年轻幼稚，工作作风中犯有主观主义、官僚主义错误，或者思想滑坡，在"干部"的身份与纯个人"私欲"里纠缠，其所作所为在一定程度上有损于普通民众的根本利益，但他们身上的问题主要是人民内部的矛盾。作品中的他们受到了党和群众的批评教育，体现了作者"鼓励人民克服缺点继续前进"的"劝人"目的。

三是村政委员金旺、村武委会主任兴旺（《小二黑结婚》），村民事委员阎恒元、村长刘广聚（《李有才板话》）等恶干部。他们在本质上呈现为趋利性、贪婪性和无理性状态，只要有便宜可占便会放弃、蔑视一切约束和人伦法度，与旧中国农村的恶霸无异，但却是新社会一定时期内村政权的实际担当者。对这类形象的刻画表明作者对村政权构成成分的不纯以及对百姓利益的侵害备感焦虑。作者对这些"恶霸"结局的处理，不是民众蜂拥而上的暴力血腥的非理性复仇，而是在上级领导干部的调查协助下通过"群众大会"之类的公审方式，将其依法严惩，从而凸显了党和政府政策法令的绝对权威。

赵树理通过对干部形象的塑造，理性审视了农村中的干群关系问题，从民众的利益出发，热情歌颂了党和政府的好干部，"讲分寸"地批判了人民内部的差干部，冷静地鞭挞了罪行昭彰的恶干部，艺术地传达出儒法兼济的政治理念。较之于近些年来农村小说中人物的复杂和干群关系的紧张，赵树理的分类描写也许还有点单纯，但由此显示的历史荒诞却更能凸现赵树理的启示意义。

除文学创作外，赵树理还兼具多门才艺，不仅通晓农民的艺术，能说书，会唱戏，精通锣鼓笙笛等乐器，而且不失文人的雅致，喜绘画，能下棋，酷爱书法，熟谙书法之道，承续着中国博大精雅的书法及其文化传统。墨舞之中见精神，书法文化显风雅。赵树理的雅，在书法方面尤其可以得到确认。出于爱好，赵树理颇为注重书法收藏，家中藏书一大部分即是各种字帖和拓片，也曾将自己收藏的名家书帖，如《争座位帖》《兰亭集序摹本》等赠予友人，传承文化瑰宝。私塾出身的赵树理从把笔习字后便勤练不辍，尤爱颜真卿、王羲之的书法，同时兼收诸家之长，对魏体、行书、隶书等都有相当深厚的功力，其墨迹手稿大多能够臻于书法艺术之境，具有较高的书法艺术价值。他早年亲手设计的《山西省立第四师范同学录》，典雅浑厚的隶书和娟秀工整的小楷显出不俗的书法功力；1940 年用毛笔魏楷缮写的《不当亡国奴》，笔力稳健，线条劲挺，书法已至较高水平；1963 年为河北省永年县西调剧团的行书题词："从革命实践中脱胎换骨，在传统基础上推陈出新"，汲取了颜体字的风骨，气势磅礴，行笔流畅如有神助，书法艺术已至炉火纯青。其他书法作品（如为北京市劳动人民文化宫和陵川第一山林场的题诗等），包括某些题字（题《中国人》副刊名"大家看"，题《黄河日报》副刊名"山地"，题《武乡小报》报头"武乡小报"等）及手稿（如用毛笔书写的致徐懋庸信和赠给巴金夫人萧珊的《石头歌》等），都没有特立孤高的"书法气"，而是在深厚功力中渗透着宽厚平易的"书卷气"，风格质朴平易，内容上多与时代现实以及对民众情感态度的表达有关，体现了具有亲和力和时代性的现代书风，也传递着赵树理那"埋在历史地表"之下的"雅"的情怀。如今，我们可以从《永久的纪念——赵树理留影和手迹集》和"赵树理文学馆"展品中领略到赵树理的书法魅力，见字如面，也可以遥寄我们的思念。

　　总之，"为师作文""化俗为雅""泼墨挥毫"的赵树理是个熠熠生辉的文化"多面体"，在当下这个"重读、新论"盛行的多元共生的年代里，我们有必要观之以新的视镜，透过他"俗"的幔纱，窥见其"雅"美动人的新面影。我们这里着意强调的，恰是赵树理与雅文化的内在关联，包括他接受的传统雅文化的教育、高素质的文学修养、文心载道的艺术追求以及书写书法的能力等等，虽与通常仅仅强调赵树理与通俗文化、农民文化的关联明显不同，但并不意味赵树理的片面及拒斥，而是意在彰显其"俗雅兼得"的新面影。

现实主义精神与意识形态遮蔽

——重读赵树理《李家庄的变迁》

王春林

赵树理《李家庄的变迁》的创作时间，是抗战刚刚取得胜利的1945年。赵树理笔下小说故事的发生地"李家庄"，是晋东南地区一个极其普通的村庄。只要熟悉赵树理小说的读者，就都知道，赵树理差不多全部的小说作品，都是以他的故乡晋东南地区为故事背景的。举凡《小二黑结婚》中的"刘家峻"，《李有才板话》中的"阎家山"，《登记》中的"张家庄"等等，都是晋东南地区的普通乡村。更进一步说，这些村庄干脆很可能就是以赵树理自己的出生地沁水县尉迟村为基本原型的。那么，赵树理所欲写出的，又是李家庄怎样的一种变迁呢？首先，要想写出某种"变迁"，就必须拥有一个较为阔大的叙事时间。设若时间过于短暂，那就很难谈得上什么变迁。细读文本，我们就不难发现，整部小说的叙事时间，起始于20世纪20年代末期20世纪30年代初期。这一点，在小说开头处的一句叙事话语中，即可得到确证："抗战之前的八九年，这龙王庙也办祭祀，也算村公所。"抗战爆发于1937年，从这个时间前推八九年，可不正是20世纪20年代末期20世纪30年代初期。到了小说结尾的时候，时间已经是抗战胜利之后了。这样算起来，整部小说的叙事时间跨度，就差不多达到了十五六年的时间。尽管从一般意义上说，一部篇幅只有8万多字的中篇小说，时间的跨度似乎不需要有如此之大，但具体到赵树理的这部小说，因其要具体思考表现"变迁"主题的缘故，设定这样的一种叙事时间，就并非是毫无必要的。

赵树理集中关注表现的，一方面是这个期间李家庄基础政权的变化，另一方面则是村民们在这个期间其实非常艰难的日常生存状态。小说一开始，就把叙事的聚焦点，对准了乡村政权的腐败问题。外来户林县人铁锁与春喜是邻居，双方围绕茅厕旁边一棵桑树的具体归属问题发生了激烈的争执。本来，这棵桑树应该归属于铁锁一家。但由于春喜是村长兼社首，也是本村的一大富户李如珍的本家侄儿，结果，在李如珍的百般庇护之下，铁锁最后只能无奈败诉。请一定要注意在整个事件的处理过程中，赵树理关于其他无关村民的描写。尽管说如同看庙人老宋这样一些上了年纪的村民，都知道这棵桑树应该属于铁锁一家，但面对着李如珍叔侄的淫威，他们却敢怒不敢言："老宋自然记得，可是他若说句公道话，这个庙就住不成了。"所以，只能眼睁睁地看着铁锁吃了这个哑巴亏。这里，不只是牵涉到了李如珍叔侄平日的淫威霸道，而且也涉及了外来人与本地人之间一种微妙的区别。就这样，通过一件不怎么起眼的争桑树事件，赵树理就非常巧妙地撕开了进入乡村世界的一个口子。一方面，凸显出了李家庄不无尖锐的阶级冲突；另一方面，则微妙地揭示出了外来人与本地人之间的某种差异和隔阂。如果从所谓现实主义精神的具备这个角度来说，赵树理小说的这种巧妙的开头方式，显然也是一个重要的例证。

　　实际上，并不仅仅只是这个开头，认真地捡拾赵树理的这部小说，我们就会发现，其中不少地方，也都突出地体现着作家一种难能可贵的现实主义精神。比如，小说关于王安福老汉这个形象的刻画描写，就特别引人注目。王安福老汉是福顺昌的掌柜，属于乡村世界里乡绅阶层的一员。作为李家庄的一个商业经营场所，福顺昌当然要放债谋利；"铁锁托修福老汉和杨三奎到福顺昌借钱，王安福老汉说柜上要收茧，没有钱出放，零的可以，上一百元就不行。"尽管王安福老汉对于铁锁的遭遇颇有同情，但福顺昌毕竟有自己的经营之道，无法违忤。不只是如此，更值得注意的，是在小说开头处，面对着铁锁的不幸遭遇，王安福老汉讲出的一番话："说真理，他们卖给人家的就是这个茅厕呀！人家用的那一个，真是他爹老张木匠在世时候打的。我想这你也该记得！"尽管记得，但即使是如同王安福这样颇有些财势的乡绅，却也不敢出面替铁锁说话辩护。这一细节，一方面说明了李如珍叔侄素日的霸道，另一方面，却也说明了王安福老汉的谨小慎微与克制隐忍。若非如此，他的福顺昌恐怕也无法经营到现在这种地步。然而，就是这样一位谨小慎微的普通乡绅，在抗战爆发之后，面对着入侵的强寇，却毅然决然地做出了毁家纾难的慨然决定："我老汉主张干实事，虽说不是个十分有钱的户，可是不像那些财主们一听说出钱就吓跑了。会里人真要有用钱的地方，尽我老汉的力量能捐多少捐多少！就破上我这个小铺叫捐款！日本鬼子眼看就快来抄家来了，那还说这点东西？眼睛珠都快丢了，那还说这几根眼睫毛啦？"别的且不说，单只是这几句掷地有声的话语，就已经充分地凸显出了王安福老汉的民族正义。把他性格中的这个层面，与前面的相关描写结合起来，一个有血有肉的普通乡绅形象自然也就活灵活现地出现在了广大读者面前。

　　其实，还不只是以上提到的这些方面，除此之外，赵树理在小说中的其他一些艺术处理，也还都能够称得上是切实体现了现实主义精神。比如，在铁锁不仅因桑树的官司败诉，而且还因为不服气要上告再次被李如珍他们整得差不多快要家破人亡的时候，赵树理特别安排铁锁离开了李家庄，北上省城太原去谋一条生路。虽然从表面上看，作家的这样一种艺术设计，似乎远离了李家庄这个故事的发生地，似乎背离了作家的艺术题旨，但在我看来，赵树理的这样一种艺术设计，其实有其深层的用意所在。这样一种艺术处理的妙处，就突出地表现为通过铁锁在太原的生活轨迹，极富艺术性地为作家自己所欲探究表现的"李家庄"的"变迁"，提供了一种必要而且宏阔的时代背景交代。有了铁锁在太原的这一段生活历程，就使得发生在"李家庄"的这一番"变迁"，具有了根本的时代依据。再比如，赵树理《李家庄的变迁》所具体描写表现的这个叙事时间，正是后来被称为"山西王"的阎锡山统治山西的一个历史时期。简单地还原一下这个时期的山西历史，你就不难发现，实际上，阎锡山正处于一种非常严重的内外交困状态之中。对于阎锡山来说，真正可谓是四面受敌。外有日寇的入侵，鉴于民族大义，阎锡山当然要坚决抗日。内有来自于蒋介石的中央军和共产党的八路军的强大压力。面对着蒋介石与共产党的步步紧逼点滴渗透，阎锡山也必须采取有效的措施加以应对。关于这一点，赵树理在小说中其实已然有所涉及。"他说阎司令长官说过：'我只要孝子不要忠臣！'就是说谁能给阎司令长官办事，阎司令长官才用谁。对共产党自然也是这样，要能利用了共产党又不被共产党利用。""在阎锡山看来，山西是他自己的天下，谁来了都应该当他的'孝子'，眼看好多地方，孝子们没有守住，被日本人夺去；孝子们又不会收复，又被八路军收复了，他如何不着急？"揆诸于当时的那一段历史，应该说赵树理的这样一种描述是非常真切的。

从以上我们对于《李家庄的变迁》中若干重要细节所进行的分析来看，说赵树理是一个具有突出的现实主义精神的作家，当然是能够成立的一个结论。但必须注意的是，我们以上的分析对象，仅仅只是赵树理这部小说的若干片段而已。如果从小说的整体思想艺术倾向来看，说赵树理是一个具有突出现实主义精神的作家，恐怕就是一种难以成立的学术结论。只要我们认真地重读一下这部小说，那么，你就不难发现，实际上，赵树理在这部小说当中，鲜明地表现出了自己的政治价值立场。或者也可以这么说，赵树理的所谓"变迁"，实际上指的正是李家庄的基层政权由李如珍他们向铁锁、冷元、二妞他们的转移。小说一开始，铁锁他们这些普通的农民处于李如珍他们的压榨欺辱之下，等到小说结束的时候，李如珍他们已经被镇压被取代，而取代了他们的，恰恰是曾经被他们严重欺辱过的铁锁、冷元他们。之所以会是如此一种情形，与作家赵树理自己所坚持的那样一种鲜明的政治价值立场，显然存在着过于紧密的内在联系。而这，自然也就牵涉到了赵树理的民间立场与政治观念所必然发生的尖锐冲突。

从根本上说，赵树理乃是游离于民间立场与政治观念之间的一位作家。我们必须认识到，作家赵树理，一方面是农民文化或者说民间立场的自觉守护者；另一方面，也还是一位政治意识形态的代言人。正因为如此，所以在一篇文章中，我曾经这样表达过对于赵树理的一种基本看法："这样，农民文化自觉辩护者的赵树理与政治意识形态自觉代言人的赵树理，事实上也就处于了一种格外痛苦的内心冲突之中。一方面，作为农民文化辩护者的赵树理，分外敏感地发现了党的一系列农村政策对于农民的利益及其精神世界所造成的巨大伤害；但在另一方面，作为政治意识形态代言人的赵树理，又无法对抗这一系列不合时宜的农村政策，甚至于还得违心地去贯彻执行这些农村政策。完全可以想象，此时赵树理的内心应该是怎样的一种痛苦状况。"一直到现在为止，我都坚持自己的上述判断，坚持认为实际上存在着作为农民文化的自觉守护者和作为政治意识形态的自觉代言人这样两个互相冲突着的赵树理。正所谓"成也萧何败萧何"，赵树理之艺术成功，在此；赵树理之艺术缺陷，也同样在此。具体到他的这一部《李家庄的变迁》，作家之所以没有能够从整体层面上坚持一种难能可贵的足够清醒的现实主义精神，其根本原因也正在于此。说到底，还是一种先验的政治价值立场，一种政治意识形态的遮蔽，导致了赵树理没有能够把这种殊为可贵的现实主义精神彻底地贯彻体现到他的《李家庄的变迁》之中。而这，也就是一直到现在，我们都依然不能不引为憾事。

赵树理的文学道路和创作成就

杨占平

在我的理解中，赵树理是一位以辉煌的文学成就与令人震撼的人生悲剧存于中国现当代文学史上的特立独行的作家。

20世纪30年代末期，抗日战争爆发后，赵树理义无反顾地加入到抗战行列，发动群众，开展轰轰烈烈的抗日斗争。不久，他奉命担任烽火剧团团长，亲自改编出上党梆子历史剧《韩玉娘》和《邺宫图》，带领团员们四处演出，鼓励群众增强与侵略者斗争的信心。后来，上级领导根据赵树理的特长，调他去做报纸副刊编辑。他非常投入地工作，以快板、鼓词、民谣、小故事为主，把读者对象定位于广大普通群众，走通俗化、大众化道路。这也是他后来多年坚持写作通俗化、大众化作品的起因之一。

文人相轻，古来有之。大城市有，解放区也免不了。那些立志追求高雅文艺的文人，总是看不上赵树理的通俗文艺，认为赵树理缺少深厚的文学修养，写不出高雅作品来，只能写些低层次读物。但是，赵树理没有放弃自己的主张，仍然坚持走这条路。1943年5月，他完成了短篇小说《小二黑结婚》。这是确立赵树理在中国文坛上重要地位的作品之一，也是解放区文艺创作的代表作之一。

《小二黑结婚》的素材，是赵树理1943年初到辽县（今左权县）下乡时获得的。当时他遇到一个到民主县政府告状的老乡，老乡说自己的侄儿被几个村干部打死了。赵树理问是什么原因，老乡说出了经过——原来，侄儿是村里的民兵小队长，与本村的一位漂亮姑娘谈恋爱，但他们的家长却都不同意。男方的父亲为了省钱，给他收了一个

9岁的童养媳；女方的母亲贪图钱财，将她许给一个富商。同时，几个村干部也看上女方。女方不听从母亲的决定，也拒绝了村干部的追求，一心与男方好。于是，村干部怀恨在心，设计圈套将男方打死。赵树理非常同情这位老乡，帮他到县政府有关部门立案，最终是案件告破，坏人得到惩处。

赵树理从这个事件中看出农村封建思想的严重性与基层村干部的低素质问题，感觉应当用小说的形式表现出来，以引起人们的重视。他考虑，如果只表现案件本身，肯定不会有多少深刻意义，最多是个坏人逞凶、好人受害的老故事。应当抓住封建迷信与婚姻自主这对矛盾设置情节。这样，作品就能切合群众的生活现实，蕴含比较广阔的社会意义；而且，也容易出故事、出人物。不久，便写出了《小二黑结婚》。作品中的主人公小二黑和小芹的原型取自那个案件，但绝不同于原型，结局不是悲剧，而是自由恋爱取得了胜利，成为大团圆。这样写，既宣传了破除迷信、婚姻自主的思想，也符合人们的阅读心理愿望。

《小二黑结婚》引起的强烈反响，带给赵树理许多荣誉，但他并没有满足，又思考写作新的作品。那时，根据地农村的中心工作是减租减息，这是触动农民根本利益的大事。边区政府对此项工作做了全面部署，实际落实却非常复杂。土地所有者从个人利益出发，当然不愿意减租减息；农民由于多年的传统观念束缚，对减租减息持怀疑态度，害怕政策不能长久；各级抗日政府派出的工作人员，有一些出身于城市的同志对农村情况不熟悉，工作粗糙，使得减租减息不能正常发展……赵树理感觉这是个大问题，应当用小说的形式表现出来。于是，他根据自己下乡时获得的素材，写出了《李有才板话》。

《李有才板话》发行后，受到读者欢迎的程度不比《小二黑结婚》弱。赵树理的知名度更高了，原来对他坚持通俗化文艺道路有偏见的一些文化界人士，在现实面前不得不改变看法，承认赵树理的通俗化、大众化、民族化创作确实是一条路子。

赵树理接下去又创作出了《孟祥英翻身》《李家庄的变迁》《催粮

差》《福贵》等小说，他凭着自己的实绩，在中国文坛打出了一片天地，声誉与日俱增。

全国解放后，赵树理随工作单位进了北京。古都北京文化氛围浓厚，各路人才聚集，让赵树理这个太行山里来的农民大作家，既感到新奇，又有些不适应。他特意穿上了一身干部服，摘掉多年爱戴的毡帽。可是，他说话浓重的晋东南口音，他待人处事的方式，却无法脱去乡村味。北京人的生活方式，文人圈的高谈阔论，让他常常产生困惑。不过，他对组织大众文艺创作却产生了兴趣，多方奔走，在中国文联和北京市委负责人周扬、李伯钊等的支持下，成立起"北京市大众文艺创作研究会"，主持了好多活动，吸收了一大批人员，京剧名家梅兰芳、马连良、荀慧生和通俗小说大家张恨水等都加入了这个研究会；他创办了通俗化杂志《说说唱唱》，专门发表大众化作品，发现和培养出陈登科等一批青年作者。

到了1951年初，中宣部领导为了让赵树理集中精力读书写作，调他到中宣部文艺处，摆脱了大量杂务。他先读了一个时期的书，不久便离京回山西晋东南农村深入生活，后来把工作关系调到中国作协，成为专业作家。

在生活方面，赵树理有了固定的收入，工资待遇都不低，在北京买了房子，接来了家属。按说，他完全有条件过舒适的日子。可他骨子里流着的农民血液，让他无法与城市融合。他关注的仍然是农村的状态和农民的生活。从1949年进京，到1965年举家迁回山西，15年的时间里，他有一多半是在晋东南农村生活的。他跟农民们吃住在一起，如鱼得水般愉快。他把自己当作农民中的一员，操心庄稼收成好坏，研究农业政策的实施，帮助农民开展文化娱乐活动。他选择这种方式，一方面是为了体验生活，获取创作素材；另一方面是要同农民一道，寻找过好日子的途径，让农民能尽快从千百年的贫穷落后中摆脱出来。因而，他总是心甘情愿地充当农民的代言人，时时处处维护农民的利益。看到农民生活有起色，他就特别欣慰；发现农民政策有误，农民利益受损害，他就忧心忡忡；在生命的最后时刻，他惦记着的仍然是农民过着艰苦日子。可以说，在中国现当代作家中，没有几位像赵树理这样与农民的利益息息相关，这样期盼农民过上好日子的。特别是在失去理智的"大跃进"年头，浮夸虚假风气甚嚣尘上，农村潜伏着严重危机。多数作家尝过了挨批受整的苦涩，对此现状采取观望态度，唯有赵树理敢于站出来为农民的利益说话。

在创作方面，新中国成立后赵树理的成就最重要的还是小说和剧本。1955 年出版的长篇小说《三里湾》，是赵树理最有代表性的作品之一，也是国内文坛最早反映农村现实生活的长篇小说。这部长篇的素材来自赵树理在平顺县川底村一年多的生活积累。小说围绕着秋收、整党、扩社、开渠等事件，勾勒出解放后的中国农村所经历着的巨大变革轨迹；通过多组矛盾冲突的描写，生动地再现了农村中先进力量与落后势力的交锋过程。而如此深刻的主题，则是凭借家庭琐事、恋爱婚姻、农业生产、人际关系等细节来体现的。当然，现在来看这部小说的主题，或许不一定符合当时社会发展的规律，因为过早地实行农业合作化，对于提高农民的生产积极性并不利。然而，在那个特定社会环境中，要求赵树理不去表现这样的主题，是不可能的。

《锻炼锻炼》是赵树理 20 世纪 50 年代后期写成的。当时，正是大刮浮夸虚假风之时，这篇短篇小说体现了他坚持实事求是、反对浮夸的态度。赵树理在小说中通过刻画"小腿疼""吃不饱"一类所谓落后的农民形象，是要说明农村中确确实实存在许多这样的人。在普通农民身上，旧的思想负担不是一下子就能改变的，需要一个长期、曲折的过程。同时，也是他后来所坚持的"中间人物"思想的实践之作。他一直认为，农村中中间人物是占大多数的，过分突出先进或落后人物，都是不符合实际的。这篇作品在后来的极"左"思潮中多次被批判，更证明了它是一篇优秀之作。

上党梆子剧本《十里店》，是赵树理在新中国成立后在剧本创作方面最有代表性的作品。这部剧本体现出了赵树理的创作初衷，通过描写女主角马红英同一些不良风气作斗争，赞扬了知识青年在农村建设中的积极作用，批评了少数农村干部错误的工作作风，提出了要加强对农民进行思想教育的问题。然而，剧团赴省里调演只在内部演了一场，就被勒令停止演出，因为有领导认为《十里店》没有突出阶级斗争大纲，过分暴露了社会主义的黑暗面，英雄人物塑造得不够。尽管赵树理对这些意见并不认同，但是，为了能让剧作公演，他只好违心地作修改，在保持原来的基本构架前提下，适当减少了一些所谓黑暗面，增加了马红英等正面人物的戏。结果又被有关领导人指责为不真实，仍然是通不过，要求继续修改。想不通归想不通，他还得一次次去修改，到修改完6次，还是没有获得通过。因为政治气候不可能让他这样的作家作品问世，这也正是他所感叹的："我是死于《十里店》哪！"直到他逝世多年，"文革"结束以后，《十里店》才获得公演的机会，第一稿在《人民文学》杂志上发表。

作为一个具有独特思想认知和艺术追求的作家，赵树理成为了20世纪中国文坛最重要的作家之一，在文学史上取得了别人无法代替的地位，更铸造了山西文学的一次辉煌，形成了以他为代表的"山药蛋"文学流派。他的作品在国内产生过极为广泛的轰动效应，曾经影响过众多年轻的文学工作者，影响过一代文风。他的作品还在40多个国家和地区翻译出版，国外有不少专家学者在研究他的人生道路与作品的价值。随着时间的推移，赵树理作品的价值，将会更加显现。

既要懂悲剧　也要懂团圆

卿建英

在中国现代作家中，赵树理是比较重视民间艺术的。赵树理不但非常重视中国民族民间艺术，而且十分尊重基层民众的接受心理。在这个基础上，赵树理高度肯定了中国悲剧的大团圆现象。这是赵树理从中国悲剧实际出发，对中国悲剧有独特的认识和把握。

1958 年，赵树理重新认识了中国悲剧的大团圆现象。在 1958 年《人民文学》第 4 期上，赵树理以《从曲艺中吸取养料》为题非常明确地指出："任何科学理论都得随时作这样的新的补充，否则都会变成过了时或不合当地情况的教条。我们学的一些条条，有些已经不够用。比如按照外国的公式，悲剧一定要死人，这个规律对中国是否适用呢？有人说中国人不懂悲剧，我说中国人也许是不懂悲剧，可是外国人也不懂团圆。假如团圆是中国的规律的话，为什么外国人不来懂懂团圆？我们应该懂得悲剧，他们也应该懂得团圆。"（《赵树理全集》第 4 卷，北岳文艺出版社 1990 年版，第 414—415 页）赵树理对中国悲剧的大团圆现象这种认识可以说和近现代绝大多数中国学子的认识大相径庭，他把中国悲剧的大团圆现象上升到了民族艺术规律的高度。而赵树理的这种认识可以说是新中国成立以来尊重和大力弘扬中华民族传统文化的产物。其实，如果深入地比较王国维所说的可以列之于世界大悲剧之列的中国两大悲剧作品关汉卿的《窦娥冤》、纪君祥的《赵氏孤儿》与西方典范的悲剧作品，就可以发现中西悲剧的差别并不是很大，甚至在悲剧结局上基本相同，只是在选择悲剧冲突和悲剧人物上不同，因而具有很不相同的风貌。关汉卿的《窦娥冤》和莎士比亚的《哈姆雷特》都有申冤，即矛盾的解决，前者是父亲为女儿申冤，后者是儿子为父亲报仇。不同的是，当《窦娥冤》中窦娥的父亲窦天章为女申冤时，中国悲剧已到尾声。而《哈姆雷特》的哈姆雷特为父报仇时，西方悲剧才拉开大幕。这两部悲剧都有鬼魂出现。可以说，没有窦娥的冤魂、哈姆雷特父亲的冤魂的出现，他们都将沉冤难白。同样，关汉卿的《窦娥冤》和索福克勒斯的《俄狄浦斯》都出现了疫情。而这种疫情的产生都是因为悲剧人物引起的。但是，中国悲剧对疫情的追查已是悲剧的结束，西方悲剧对疫情的追查则是悲剧的开始。当然，这种追查的结果不同，中国悲剧追查的结果是真相大白之日，就是悲剧人物平反昭雪之时；西方悲剧追查的结果则是真相查明之时，就是悲剧人物遭到毁灭之日。西方悲剧的悲剧人物俄狄浦斯、哈姆雷特都是这种可怕的下场。这就是说，中国悲剧是悲在矛盾解决前，西方悲剧是悲在矛盾解决后。可以说，中国悲剧在即将结束的时候，西方悲剧正好拉开大幕上演。《窦娥冤》的楚州三年大旱正是中国悲剧临近尾声，悲剧人物已经谢幕，而解决这个矛盾和问题的窦天章不是悲剧人物。在西方悲剧作品《俄狄浦斯》中，悲剧人物既是挑起矛盾和问题的，也是解决这个矛盾和问题的。忒拜国发生了瘟疫，国王俄狄浦斯查找原因，解决这个矛盾。当真相揭开的时候，忒拜国王后自杀，国王俄狄浦斯刺瞎双眼，自我放逐。无论中国悲剧，还是西方悲剧，制造悲剧的都受到了应有的惩罚。不同的是，中国悲剧的这种惩罚是外在的，即惩罚他人；西方悲剧的这种惩罚是内在的，即自我惩罚。关汉卿的《窦娥冤》和莎士比亚的《哈姆雷特》都出现了鬼魂向活着的人诉冤，但冤死的窦娥是悲剧人物，而为她平反昭雪的她的父亲窦天章却不是悲剧人物。与此相反，冤死的哈姆雷特的父亲却不是悲剧人物，而为父亲申冤雪恨的王子哈姆雷特则是悲剧人物。这两部悲剧作品都是复仇，都成功了，但对悲剧人物和悲剧冲突的选择不同，因而矛盾的解决就不相同。同样，如果莎士比亚的悲剧作品《麦克佩斯》的悲剧人物和中国悲剧《赵氏孤儿》的一样，以邓根、班戈及其后代为悲剧人物，那么，莎士比亚的悲剧和中国古典悲剧就没有什么两样了。反过来，如果《赵氏孤儿》的悲剧人物和《麦克佩斯》的悲剧人物一样，以屠岸贾为悲剧人物，那么，《赵氏孤儿》和《麦克佩斯》就具有相同的特征了。《赵氏孤儿》和《麦克佩斯》在结局上也基本相同，即都出现了后代复仇并战胜对方的结局。《赵氏孤儿》是以一系列的自我牺牲的英雄人物为悲剧人物的，而《麦克佩斯》则是以制造血腥灾难的麦克佩斯为悲剧人物的。可以说，在《赵氏孤儿》中，制造悲剧的屠岸贾并不复杂，他的毁灭是大快人心，罪有应得。因为他不是悲剧人物，所以，即使和《麦克佩斯》的麦克佩斯有同样的命运，同样的结局，但人们却没有发现这两大悲剧从根本上是相同的。而《麦克佩斯》和《赵氏孤儿》之所以在审美特征上不同，就是因为选择悲剧冲突以至选择悲剧人物的不同。而中西悲剧的这种不同与不同的民族文化是相联系的。

在对待中国民族艺术遗产上，赵树理既反对"粗暴"的偏向，也反对"保守"的偏向，而是提倡采取推陈出新的改革办法。这种彻底"粗暴"的偏向在"五四"以后的文学艺术界流行过，"五四"以后文学艺术界曾有一度采取过不理办法、消灭办法、用外国东西取而代之的办法。这些办法也不能说不是革命的，只是那样做是彻底粗暴的。赵树理提出了正确的革命办法，认为"放着在全中国群众中根深蒂固的现成基础不拿来利用、改造、补充、提高，却只想把它平灭了再弄一些洋花洋草来代替它，光从浪费时间上着想也是不合算的。洋花洋草应该搬——多一种有一种的好处，不过那并不妨碍我们同时培养土生土长的东西"。而正确的革命办法就是"应该是用人工缩短旧剧在自然状态下发展、变化时要占去的年代。要本着这个精神做，就得照顾到旧剧的特点、发展的规律、当前的缺点、各剧种的差别等等，否则仍会粗暴"（《赵树理全集》第4卷，北岳文艺出版社1990年版，第270页）。这就是说，"戏（剧种）无论大小，都有它可以丰富和发展之处，不过都要从它自己的现有基础出发，顺着它自己发展的规律去发展"（《赵树理全集》第4卷，北岳文艺出版社1990年版，第338—339页）。既不应该不尊重它们的基础，也不应该操之过急。所谓尊重基础，就是先要认识中国传统艺术的长处。

赵树理坚决反对那种认为中国民间戏曲不是艺术的荒唐论调，特别强调要重视中国的民族传统优秀作品。赵树理认为："中国的传统优秀作品和西洋优秀作品都是优秀作品，各有长处。有的想把曲艺'提高'成西洋的东西，把曲艺提高成'歌剧'，这是不正确的。"各民族间应该在艺术上彼此学习。虽然"我们要接受外来的东西，但不要硬搬。演话剧就要演好话剧，不是把地方戏曲变成话剧。参考西洋歌剧创作自己的民族歌剧是可以的，不要把民族东西洋化了。参考外国小说对写中国小说有很大的帮助，但各个民族有自己的特点，不要把中国东西写成外国的，参考外国的写成中国的东西才是正确的创作道路。两种不同种类的艺术品，有时候也结合不起来——有些快板加上话剧的动作就显得不舒服"（《赵树理全集》第4卷，北岳文艺出版社1990年版，第313—314页）。赵树理认为各个民族艺术都有自己的特点，要求尊重各个民族艺术的特点。在这个基础上，赵树理肯定了中国传统戏曲的团圆。但这没有妨碍赵树理看到中国大团圆矛盾的一面即中国大团圆是精华与糟粕杂陈。一方面，赵树理指出善恶报应可以大快人心，至少在一定程度上是正义迟到的回归，"梁山好汉，瓦岗寨的英雄，所以人人爱听，就是因为他们占山为王，杀官劫库和当时的统治阶级对抗。三国演义，是有三个国家错综复杂的斗争的。越是枪对枪，刀对刀的紧张斗争，观众越迷恋。对尖锐斗争中的两方面，作者、演员和观众一定倾向一方面：梁山和瓦岗寨是作者、演员和观众同情的方面，隋、宋皇朝是被反对的方面。刘备是被同情的方面，曹操是被反对的方面。经过说书人这样的宣传，弄得杨广、曹操永世不能翻身。曹操虽然是冤枉，我们要为他申冤，群众还不是那么容易通过的。传统曲艺中另一重要题材是忠臣和奸臣，好人和坏人的斗争。忠臣和好人是作者、演员和观众所同情的，奸臣和坏人是被反对的方面。杨家将是忠臣，潘仁美是奸臣，岳飞是忠臣，秦桧是奸臣，忠臣往往受奸臣的陷害，也正说明朝廷上的昏君之多。作者、演员和观众是站在忠臣方面的。忠臣的命运系住了观众的心，观众时刻为他们担心，可有忠臣老是不得济。观众是痛恨奸臣的，可是他们老是横行霸道。在曲艺作品中处理这类的故事往往把希望寄托在清官和义士身上，所以传统曲艺作品中出现了包拯、寇准这样的人。有的被冤枉的人，经过了平反，真相大白，观众为之一快。有的被冤枉的人以至于死了，曲艺作者一定要写他的后一辈的人，把书续起来，大报仇，大祭坟。不这样就不能向听众交代。对于好人坏人的处理也是如此，吕蒙正的老丈人、方卿的姑母，嫌贫爱富，作者和说书人就一定要吕蒙正和方卿发迹，回头来对这些势利小人羞辱一顿，这是群众的要求，群众的义愤，这样处理才大快人心"（《赵树理全集》第4卷，北岳文艺出版社1990年版，第458—459页）。另一方面，赵树理也指出了有些大团圆现象的副作用，即有些大团圆现象不是引导人们改变不合理的现存秩序，而是诱惑一些人跻身不合理的现存秩序，这实际上是强化了这种不合理的现存秩序。赵树理指出："概念化的戏，例如公子遭难，以后又中了状元，得以报仇雪恨。对这样的戏，我们在认识上很不统一。有人认为这是正义事件，鼓励了正义。这种说法值得考虑，我们必须估计（它）的实际作用，这种中皇榜、大报私仇的情节和《水浒》中梁山泊好汉劫富济贫的情节完全是两回事。梁山好汉是官逼民反，成立了另一组织和统治阶级作对。但是这些高中皇榜的公子们却是投降于统治者，或者说是'入伙'到统治阶级中去。旧社会有的穷家子弟上学读书，大学毕了业，当了区长，还给阎锡山卖土、收税，结果是入了统治集团的伙，不入伙，就当不了官。和他有关系的人也因为'一人成佛，九族升天'，爬上了统治阶级。中状元报仇，就是这类思想，这种思想还有一种副作用，穷小子一旦得中，有轿有马，呼奴使婢，洞房花烛。这对今天中学毕业后，还乡生产的青年学生们，会起极大的副作用。我们只要从群众角度来看问题就很容易看清这些问题，也许我们看得狭隘些。"（《赵树理全集》第4卷，北岳文艺出版社1990年版，第592—593页）这种批判是相当深刻的。在甄别中国传统艺术精华与糟粕的基础上，赵树理要求改造、提高中国的传统艺术，继承与发扬精华的一面，去掉糟粕的一面，使它日臻完善，不断提高。可见，赵树理对中国悲剧大团圆结局的这种肯定绝不是肤浅和狭隘的。

而赵树理对中国悲剧大团圆的这种独特把握是与他对艺术的社会作用的认识相关的。在赵树理看来，好人教人学习，让人同情；坏人要使人恨，或引以为戒。赵树理非常重视戏剧潜移默化的教育作用，认为"艺术作品是能陶冶人的性情的，人们看了文艺作品，喜欢或者讨厌了那些人物，在自己的思想感情、道德品质上起了一些变化，就渐渐地改变了自己的性情（当然，也不是一部艺术作品就可以达到这个目的的，往往是很多作品加起来的）"（《赵树理全集》第4卷，北岳文艺出版社1990年版，第345—346页）。这可以说是赵树理把握和批判中国悲剧大团圆的出发点。过去有人认为这是赵树理"排外自守"，显然，这是不准确的。

赵树理之 "驴说"

陈为人

赵树理一生历经沧桑沉浮坎坷起伏，赵树理的命运折射出共和国文艺的诡谲走向，是回眸中国当代文坛的一个绝好视角。写赵树理的命运，可以有许多不同的切入点。

驴背上的状元

赵树理成名后，他的家乡流传着这样一个传说：在赵树理降生一百天的时候，家里祖孙三代为他庆贺百日。家人们特地在他面前摆了十几样玩意儿，任他抓。其中还有向人借来的银元宝，专摆在孩子的小手最容易触到的地方，可是赵树理偏不碰它，张开两只小手，一手抓住一支笔，一手则紧紧攥住一根赶毛驴的鞭子。赵树理的爷爷见此情景，长长地叹口气说："这孩子长大以后本应金榜题名，可惜错投在咱们贫寒之家，只能做个驴背上的状元。"

华夏文化自古流行这么一种风俗：小孩子满月、百天或周岁之际，陈列各种玩物和生活用具，任孩子抓取，以此来预测小孩子将来的志向和兴趣。这种抓阄近似占卜，对一个人的命运有着某种象征意味。

赵树理早年有这样一些情节，构成了他生命记忆中的"象征"：

赵树理出生于尉迟村。尉迟村原名叫吕窑，唐太宗手下有两员开国大将：红脸的秦琼和黑脸的尉迟恭（也叫尉迟敬德），也就是后来被老百姓神化为门神的二位。李世民做皇帝后，封尉迟恭为"吴国公"。尉迟恭为人耿直，爱打抱不平。贞观年间，因不满太宗迫害忠良的做法，他杀了赃官，潜逃出京城长安，隐姓埋名，流落此地。尉迟恭出身贫寒，早年与刘备一样，曾以编织为生。他向村民们传授了编簸箕的技术，赵树理的父亲就是闻名乡里的编簸箕能手。后来，吕窑村民为纪念尉迟恭，改村名为尉迟村。村东南河岸上，建有尉迟庙，香火甚旺。尉迟恭刚直不阿、一身正气的人格风范，成为尉迟村代代相传有口皆碑的村史"教材"。尉迟恭成为尉迟村民心中敬仰的偶像。

赵树理的母亲之前生过几个，都是女孩，只活了一个。祖父母早就盼着生个男孩承继香火。所以赵树理一降生，两位老人就高兴地给他起了个乳名叫"得意"。到孩子五六岁开始读书时，给起了个官名"树礼"，那是本宗室按儒家经典教诲"仁、义、礼、智、信"的顺序排列下来的。1930年从国民党的"自新院"出来后，才改为"树理"，据赵树理自己说：改名是要"破封建社会的'礼'，立马克思主义的'理'"。

赵树理的爷爷奶奶信奉"三教圣道会"。三教即指"儒""道""佛"三圣合一。强调"儒重忠恕，道重感应，佛重慈悲"。赵树理对人说："我从六岁起，由祖父教我念《三字经》和一些封建、宗教道德格言，不让我和其他孩子玩，并且要我身体力行能为我所理解的那些道德行为，例如拜佛、敬惜字纸，走路不左顾右盼、见人要作揖、吃素等。"祖父还教他："敬天地，礼神明，奉祖先，孝双亲，守王法，敬师尊……""不履斜径，不欺暗室，积德累功，慈心于物……"

这一切自然都"随风潜入夜，润物细无声"，成为赵树理生命的"遗传基因"。

赵树理受祖父母影响，从小就养成了行善行恶都要记录在案的习惯。早年，是画杠杠，做了好事画竖杠，做了坏事画横杠。后来，改成放豆子，找一瓦罐，做了好事，在罐子里放白豆；做了坏事放黑豆。修桥补路放三颗白豆，掩埋尸骨放两颗……坏事有不忠、不孝、损人利己、不洗手就在祖宗牌位前上香之类。在他的罐子里，白豆总是比黑豆多得多。

赵树理从小养成在日常生活中，努力去做一些力所能及的好事：比如在路上自己被一块石头绊倒了，一定要动手把它搬开。"前车之覆，后车之鉴"，不要让后来者再绊倒。再比如，在路上遇到一个拖着鼻涕的小孩，他便会掏出手绢替那个萍水相逢的小孩擦去鼻涕；有时还给素不相识的拉屎的孩子擦屁股。

在赵树理的幼年经历中，还有这样一个象征性情节：

为了补贴拮据的家庭开支，在天寒地冻的冬闲季节，赵树理常要赶着毛驴去驮炭。山西人把成块的煤叫做炭。他从尉迟村走到阳城煤窑，驮上炭，运到端氏镇，往返百里，挣几个脚钱买盐买布。每天一早，他在母亲柔声的呼唤和轻轻的摇动中醒来，迷迷糊糊地摸索着穿上衣服，走到外屋的灶边，用冷水胡乱洗洗脸，用一块污秽的破手巾擦干，然后蹲在地下，扒几口小米捞饭，喝一碗清水米汤，再揣上几个煮山药蛋。这时，父亲已把毛驴装备完毕，交给他一条小鞭子。

大概正是这些"遗传基因"塑造出这个"一手攥笔杆，一手握驴鞭""驴背上状元"的作家赵树理。

文化娱乐好比"驴打滚"

抗日战争期间，赵树理有一段时间在《黄河日报》编辑副刊，当年任《黄河日报》党支部书记的何微，在《对赵树理的几点回忆》一文中，讲述了赵树理这样一个细节：

有一次，他说了几分钟的一个小段：今天晚会我不唱戏，也不讲故事，讲讲文化娱乐吧。咱们这个晚会，叫做文化娱乐晚会，为啥打日本、闹革命，还要文化娱乐呢？我们做工作，好比毛驴拉碾拉磨，驮炭驮水，一天半晌过来，干活累了，让毛驴喘喘气，歇歇劲儿，卸了驮子，卸了驮架，套包笼头毡都卸了，牵着驴儿在太阳地里转上几圈，转着转着，毛驴就懒洋洋地跪下两条前腿，躺倒在干土地上，美美地打个滚儿，裹上一身浮土，又滚过来，滚过去，滚得四脚朝天，好舒服啊，歇上会儿，浑身上下一抖擞，抖掉满身浮土，蹦起来，喷喷鼻子，翻翻嘴唇，仰起脖子，放开嗓门，鼓着肚皮，胡呵胡呵一叫唤，又精神了，干起活来又是一身劲了。文化娱乐就像驴打滚，没点文化娱乐不行，可是光打驴滚，不干活，就不是只好驴子了。所以做工作，闹革命，都要学会驴打滚。可千万别做打滚驴。人们顿时哄地欢笑起来！然而笑过之后，真正赞同他的人却寥寥无几。

赵树理在这个小段子中，以一个作家的"形象思维"，对文化娱乐与革命事业的关系做出独特的阐述，颇有赵树理的语言风格特点。

赵树理把"文以载道"济国安邦经天纬地的神圣事业，竟然比做什么"驴打滚"，难怪当年太行山的文人们认为赵树理是个"俗不可耐"的乡巴佬。

严文井对赵树理有这样的回忆：

出乎我意料的是，他还读过不少"五四"时期的文艺作品和一些外国作品的译本（包括林琴南的译作）。他的科学常识很丰富。我这才明白，老赵并不是个"土包子"，他肚子里装的洋货不少。

……在一次闲谈中，有人不知怎么说起了某个人的"桃色新闻"，赵树理一下子联想到契诃夫的《在避暑山庄里》，便详细地讲了那个幽默故事的内容和细节。甚至连巴维尔妻子恶作剧写的那封假情书，都差不多背了下来，逗得大家笑出了眼泪。笑过之后，有人禁不住问："老赵几时迷上了外国的东西？"

后人对赵树理的创作风格有所误解，认为赵树理就是那么一个"土得掉渣"的农民作家，他的创作风格正好吻合了毛泽东对革命文艺"通俗化""大众化"的要求。其实，翻阅赵树理的早期作品《打卦歌》《歌生》等，可以看出赵树理既有很深厚的国学底子，对现代西方文学中诸如意识流一类写作手法也运用得驾轻就熟。

赵树理说过这样的话："读外国作品，总觉得文字别扭，不合中国人的欣赏习惯。在感情上跟它格格不入。"赵树理还说，"翻译的东西读多了，受了影响，说话写东西也变了腔调，这会限制读者的圈子，限制在知识分子中。工农分子读不了"。

赵树理认识到，要达到"教育农民""唤醒民众"的目的，必须蹚出一条"通俗化""大众化"的路子。赵树理说："我会说两种话，跟知识分子说知识分子的话，跟农民说农民的话。"

早在解放前，丁玲在太行革命根据地参加了一次农村的骡马大会，在会上她看了赵树理编的秧歌戏《娃娃病了怎么办》，看完后她写过一篇《记砖窑湾骡马大会》：丁玲在文中虽然也赞扬了赵树理所编的戏在农民群众中受到的热烈欢迎程度，但最后概括性一句话："就其本质而言，赵树理不是个艺术家，而是个热心群众事业的老杨式干部。"丁玲的话颇代表了赵树理当年在延安文化人心目中的形象。

赵树理显然也知道人们的这些微言非议，但他满不在乎地说："大家都要说我是这个家那个家，其实我并不是家——假若一定要把我说成个家，那我只不过是个热心家。"赵树理的志向就是"做一个地摊文学家"。

赵树理还有一句名言："我写作品的目的，就是要政治上起作用，人民大众能看得懂。"

赵树理是华夏文学史上真正从农民中走出来，又完全用农民的语言来表现农民生存现状的先驱者第一人。赵树理完全是把自己作为农民这个团体这个大家庭中的一员，哀农民之哀，喜农民之喜，急农民所急，想农民所想。赵树理的人生经历和生命感悟，正是他说出"文化娱乐好比'驴打滚'"的心理潜台词。

千万不要上"头驴"的当

在经历了共和国初期的数次运动之后，1963 年 8 月 31 日，赵树理在黄碾公社"四清"动员大会上的讲话，是耐人寻味发人深省的：

我给大家讲一个"头驴"的故事，请大家在运动中注意不要上"头驴"的当。在内蒙古的草原上，一群一群牧驴，在吃饱草后，牧人们要赶它们去河边喝水，这时，在驴群中，突然会出现那么一两头驴争先恐后往前边跑，它一边跑，一边咬或蹬别的驴，使自己能跑到最前面。在水边占有一席之地。我把这种驴叫做"头驴"。我们在历次运动中，也有个别人要当"头驴"，突出自己，伤害他人，以达到占有一席之地的目的。我们这里有没有这种人呢？我看社会上的现象，在这里也会有的。如果没有，那更好。如果有了，我们一定要警惕，不要上"头驴"的当。

赵树理这番话说得话中有话弦外有音。

让我们看赵树理在"大跃进"时期，与阳城县委书记的一番对话：

在会上，县委书记首先讲话："同志们，在这新的一年中，我们的奋斗口号是：粮食亩产超万斤，今年总产翻十番；棉花亩产两千斤……""轰"的一声，台下的人们被这高指标吓得乱嚷起来，坐在书记旁边的赵树理忍耐不住，笑着打断了他的讲话："……我看这个要求不实际……"赵树理横档里抢的这一斧子，把个县委书记砍糊涂了，自他上任以来，还从没见过敢在公众场合反对他的人，他忍住没发作，继续布置他的新指标……赵树理又是半路一斧子："我看这个指标也太高……"县委书记脸色骤变，怒气暗生，但最后还是按捺下去："再说第三项……"赵树理又是横空里一斧予以反对。县委书记终于忍耐不住勃然大怒，对赵树理拍桌子吼道："……照你这么说，'大跃进'是错了？真是老右倾，绊脚石！"书记这话就说得有了威胁的意味。但赵树理毫不示弱，把桌子拍得比县委书记还响："不管是老右倾还是绊脚石，你怎么说都行，只要组织上把我安排在这个岗位上，我就有权提出自己的意见，如果不顾实际情况瞎指挥，那你还是个共产党员吗？还对得起人民的委托吗？"

然而，在当年那种大趋势下，赵树理根本不可能"挽狂澜于即倒"。大会最后还是通过了高指标的生产规划。气得赵树理拍案而起，指着县委领导的鼻子，严厉斥责："你们这样不顾群众死活的瞎闹，简直是国民党作风。"

犟驴不踢善主

赵树理的家乡人有许多关于驴的话语，比如说："犟驴""毛驴脾气""出门遇上灰毛驴"等等。"出门遇上灰毛驴","灰"是当地一句土语，表示"灰溜溜""黑乎乎"，总之带有贬义色彩。是说出门就撞上乱尥驴蹶子，乱发毛驴脾气。

与赵树理共过事的不少干部，说赵树理还真有点犟驴脾气，得随时防他尥蹶子。毛驴的脾气以犟出名，毛驴甚至敢对自己的主子也尥蹶子。但毛驴不踢好人。俗话讲："犟驴不踢善主。"

让我们略举一例看看赵树理的"犟驴脾气"。1959年冬天，由于赵树理给陈伯达发出了那封被称为"与彭德怀一文一武遥相呼应，猖狂向党进攻"的万言书，赵树理因此受到批判。批判的理由据称是："此次整风会上，许多同志对他作了严正而诚恳的批评。但到十一月十八日的会上，他仍然认为他的意见是'基本上正确的'……到会同志都很气愤。""……赵树理的态度很不好，到了使人不能容忍的地步了。他对党和党中央公然采取讥讽、嘲笑和污蔑的态度，实在太恶毒了。"

赵树理在向中国作协所交的书面检查中，说的是这样的话："我向各级所反映的问题及自己建议的解决办法，姑无论其合适与否，其精神都是想把问题解决了而把公社办好的。""我自信我还是个敢想的人，虽然学得的马列主义不多，遇事难免有想错的地方，但是想对了的地方也还不少，不要妄自菲薄，应该随着敲响的锣鼓活跃起来。"

赵树理在批判会上，还说了这样的话："按照我的观点来检查，你们通不过。按照你们的要求来检查，我自己又通不过。"有在批判会上这么说话的吗？赵树理就是这样的犟驴直脾气。

俗话说：性格决定命运。赵树理的犟驴性格也就决定了他的悲剧命运。

在北图"打捞"赵树理

董大中

我在开始赵树理研究后不久即已认定,研究难点不在作品解读上,而是在生平事迹和佚文的发掘上。史纪言说,赵树理在成名之前,在根据地的报纸上发表过二三十万字各种形式的作品;20世纪30年代参加革命之前,也有二三十万字作品,包括4部中长篇小说。这许多作品,过去人们大都不知道。赵树理不像其他现代作家有写日记的习惯,其他生平资料也很少,特别是早期。所能找到的,仅有一些干部登记表,而那上边往往只有干巴巴的几条。如一张表上说到20世纪30年代前半期7年多,只有"在故乡和太原流浪或教书"11个字,至于各在什么时候,起讫时间如何,一概不提。更有甚者,赵树理自己谈到他的过去时,常常有意无意给人们留下一笔糊涂账。如在太谷北洸村教书,就有1933、1934、1936年等几个说法。我问赵广建:"怎么搞的,你爸爸说到过去时,事实倒有,却总把时间说错,不是提前,便是拉后。"赵广建不假思索,脱口而出:"那是他故意的,他怕人调查!"她一连说了几次。这种情况决定了,发掘赵树理的生平资料和佚文是赵树理研究中的头等大事,是各项工作的基础,同时这也是最困难的一项工作。

我把坐图书馆、博物馆、档案馆的冷板凳当作完成这一任务的主要途径。大约从1979年后半年起,我就是这"三馆"的常客了。先在太原,后到北京,还有其他地方,一处一处,查阅务尽。为了发掘尽可能多的资料,我搞起了收藏,山西近现代出版的书、报、刊,凡是能够见到的,都买了来。几年下来,不仅找到赵树理300篇以上的佚文，弄清了100个以上的笔名，而且把他一生的事迹基本上搞清楚了，像1934年因为被一些人劫持、感到害怕而在太原文瀛湖投水自杀一事，连具体日期和时刻都弄清楚了。

这里只说在北京图书馆（今国家图书馆，以下简称北图）寻找赵树理生平事迹和佚文的情形。

北图有我十分需要的《中国人》和抗战前太原出版的十几种报纸。赵树理参加革命后编过几种报，大都已难觅踪影，而《中国人》就在北图。我看到这个材料后，喜出望外。我先给北图写信，要求把《中国人》复制寄来。也许因为这个要求太笼统，也许还有别的原因，这封信没有得到回应。1982年3月11日，我第一次找到北图报库，在西皇城根路西一间大房子里。管理员给我拿出了《中国人》，竟然有30多期，厚厚的一本，而且品相不错。我急忙读起来。

这张报为四开四版，正常情况下每星期出版一张，每期都有副刊，名为《大家看》。每期约编发四五篇作品。各种文体都有，而且形式多样，富于变化，极少雷同。如诗歌，就有旧体、长短句、快板、新格律体，还有民歌、民谣、童谣等等。翻阅这个副刊，真像走进一座百花园，处处美景，五彩缤纷，连署名也妙趣横生。已知他在这个报上发表作品，从不用真名，而是随手从排字架上拣一两个字就做了署名，以至"胡起名"也成了他的笔名。毛泽东刚刚发表了《论持久战》，这张报就连载起"画瓢"写的《漫谈持久战》来。作者用"熬着打"比喻持久战，极富民间风味，又把持久战形象化了。《漫谈持久战》连载十几天，接着在中缝说："本刊第四版内，画瓢先生的《漫谈持久战》，现已告一段落，兹特聘冷哉先生写章回小说一篇，题名《再生录》，在原版连续登载，以飨读者。"这是根据地最早出现的一部章回小说，远在柯蓝的《洋铁桶的故事》之前好几年。我粗粗翻过一遍，然后就抄起来。只抄题目，文章顾不上看。有时候，画下版样。

林火是赵树理的顶头上司，又是《中国人》报的主要审稿者。林火说，当时他们华北《新华日报》二部八科还有人参加了《中国人》

的编辑，但是只有赵树理，从头到尾都以他为主，常常是赵树理一个人干。华山那时在华北新华日报社做插图，对赵树理编辑《中国人》的情况了解很深。他在《赵树理在华北新华日报社》里说，"……总之，是把华北《新华日报》的内容，缩编改写，有社论，有新闻，还有故事、鼓词、快板、时事问答，《三言两语》等等，都是老赵一人的手笔。还要配上插画、连环画和活跃版面的装饰画。同我打交道的时候也多些，有什么想法就找我商量，我也就成了《中国人》报的第一个读者"。对以上内容，我跟两位前辈多次通信，又找其他人订正，得到证实。此刻面对一大本《中国人》，我既感到惊奇也深为敬佩。那是在战争年代，报纸出刊不久即打响"百团大战"，人们随时要躲避日寇的"清剿"和"围攻"，连印刷厂的排字架也要随时折叠起来带走。在这样的情况下，一个人一个星期编一份报纸，而且是从撰稿到编排，到校对，既要付出巨大精力和时间，更需要智慧和清醒的头脑，需要过人的写作才能。报上发表了赵树理写的几首旧体诗，显示了作者在古典文学上具有深厚的修养。

　　在北图报库，让我感到兴奋的还有《太原日报》。那时候的《太原日报》，正儿八经是"省级"报纸，对开八个版，第二张除少量的广告外，全部刊登省政府的法令和国家法律、法规（那是真正的"普法"宣传），实际上是山西省政府的机关报。该报已制成缩微胶卷。我第一次使用放大器，看几分钟，就觉头晕，但还是一直看下去。我读到高沐鸿主编的《开展》专刊的时候，突然闪过一个念头：赵树理对他的一篇题为《打倒汉奸》的旧作十分珍爱，两次编《选集》都收入其中，小引中说："这篇小东西是 1936 年在山西写成的，当时曾在高沐鸿办的小报上印过一次……"我想，会不会就在这个专刊上呢？忽然就出现了《打倒汉奸》几个字。是在 1937 年 1 月 14 日和 21 日出版的两期上，题目后有一行"相声底本也能演成独幕剧"的说明，署名"常哉"。新中国成立以后作者根据记忆重新写出，实际做了修改，发表时那一行改为"有韵小剧"。这句话是对这部作品文体的具体描述。说"相声底本"，并不妥当，是以对话为主的叙述文，实为小说。由"相声底本也能演成独幕剧"变为"有韵小剧",乃是其文体变化的有力佐证。

高沐鸿是狂飙社第二号人物,在当时的山西文艺界有很高的威望。从当时国内形势说,日本侵略者的铁蹄已经入关,北平危在旦夕,山西正处在抗战最前线。同时山西又是最早实现了国共合作统一抗日的局面,薄一波领导的牺盟会发动抗战,声势浩大,太原的大街小巷洋溢着抗日歌声,作家们正为创作和推广"国防文学"(该报是赞同"国防文学"口号的)而大声疾呼。高沐鸿主编的《开展》高倡文学要战斗化、通俗化,发出了多写通俗说唱作品的呼吁。赵树理当时在长治"上党十九县联立简易乡村师范学校"教书,他看到了高沐鸿的号召,立即在12月12日晚上,即"双十二事变"爆发之夜,一口气写出这篇作品,给高沐鸿寄去。

《打倒汉奸》原作的发现,是很有意义的。这篇作品是赵树理把"为抗战而呼号"和写通俗说唱作品结合起来的一个尝试,是赵树理在大众化实践中具有里程碑意义的一个事件。赵树理于1931年初发表七言叙事诗《打卦歌》时,末尾有一个附言,说:"这段故事,我所以要拿旧体格来写,不过是想试试难易,并没有缩回中世纪去的野心:特此声明。"《打倒汉奸》原作的末尾也有一个附言,全文是:"为了使多数的读者直接接受内容起见,故不负丝毫'文字'教育之责。本此:不分'的''底''地'。不以拉丁化代写不来的字。不用一个'新'词及'雅'词。不去掉也不纠正'不关重要的旧意识'——如'王法'之类。"这两个"附言"是赵树理在大众化探索上两个阶段的标志。如果说前一个"附言"提出了如何使作品易于为读者接受的问题,那么,在这第二个"附言"里,赵树理就为他的大众化规定了两个具体标准,一是要写给"多数读者",二是要让那多数读者"直接接受",无论是通过什么方式——读还是听。这一点值得关注,这是我们理解赵树理独特风格的关键,离开了"多数读者"和"直接接受",就不是赵树理,就不能准确说明赵树理。他多次说他的作品是要写给识字人读,又要通过他们给不识字的人"听"的,原因就在这里。在这篇作品中，赵树理首创了所有句子（包括叙述性语言和人物对话）大都押韵的新形式，他后来继续写了多篇这种作品，《中国人》上就有很多，包括小说和论文，我称这种形式为"有韵话"。作为一种文体，"有韵话"是赵树理创造的，也只有赵树理运用过。

《开展》上还有一篇文章引起我的注意，题目是《对〈太行〉的批评和建议》，开头说："我在一九二五年的前后，是一个酷爱文艺的人；那时，我是一个学生，自我卷入一九二七年的大革命的漩涡以后，便渐渐地和文艺界疏远了。最近几年，因为戴着一顶因犯的帽子，那简直和文艺界出版界可说是整个儿断绝关系。目前，我真是一个文艺界的艺盲。"我想这不就是赵树理吗？赵树理对他被捕之事一直怀有莫名的烦恼，断不了向朋友诉说，而对外人，则想方设法遮盖、掩饰。他之所以总往太原跑，就是不想见乡里乡亲。1930年《致王璧先生》信中说："……生也不才，致罹法网……"情调与此相同。《太行》是高沐鸿和亚马办的，我趁空拿着《开展》的复印件请亚马鉴定。亚马看到这篇文章，把头抬起来说："这是赵树理写的，文章里一些话，他当面跟我说过。"原来，《打倒汉奸》发表以后，过了春节，赵树理没有向他的好朋友史纪言、王中青（此二人分别担任"乡师"的校长和教导主任）告别，把大儿子广源送回老家，独自来到太原，在一家电影院门口看自行车。他看到《太行》后，找到亚马住的地方，要了一本，说他要写一篇批评，并把他当时有关大众化的想法告诉了亚马。这篇文章在"建议"部分，提出了"写作通俗化""题材新闻化"等4点意见，在"写作通俗化"里说："……一字一句都应当注意大众们能不能懂的。我希望你们实践你们'深入于工农兵的群中'的口号！"前一句话跟前边所说"附言"完全一致，而后一句话明确说到了"深入于工农兵的群中"的问题。引用中的话，是不是第一次把"工农兵"三字连用，我不知道，但值得深思。

在读过《中国人》和《开展》文学专刊以后，我要来了《民报》。这是又一片新大陆！看到这片新大陆，完全没有想到。在短短几个月里，该报连载了赵树理署名"野小"的一部600多行的长诗《歌生》，发表了《野小君来信摘录》和一篇文章。文章先发，那天的报纸缺失，但长诗一天不缺。我读着长诗，几乎要高声喊道："多好啊！"诗中写一个死去的灵魂是如何奋勇作战的故事，想象瑰丽，规模宏大，音节响亮，通俗易懂，在"五四"以来的文学园地上，绝对是绝无仅有的。读惯赵树理作品的人，几乎无法把这篇作品安在赵树理头上。可是从诗的主题、风格、署名及其跟编者的关系等方面说，你又根本不能把它从赵树理身上拿掉。这是赵树理早期作品中的一枚瑰宝，是现代文学中的一朵奇葩。这首长诗同时刊载于山西教育学院编辑出版的一份《夜光》杂志上，那个杂志的主编是王中青，我也找到了，并把两个版本做了对照。我写了《论赵树理的佚诗〈歌生〉》的长篇论文，刊载于国内一家学术刊物，日本学者看到后，立即翻译发表，此处不再细说，只说《野小君来信摘录》。

《野小君来信摘录》是赵树理剖析自己思想和叙说自己生平的一篇重要文献。信是写给杨蕉圃、史纪言和另一个朋友的，而史纪言正是《民报》副刊的主编。当其时也，史纪言到河南旅游去了，代替史纪言编报的是杨蕉圃，信就这样发表出来了。首先说他跟关连中女士结婚之事，日期说得很具体，是"去年阴历十一月十六日"。这且不管，请看下边这段："蕉！你的信早就接到了。你现在的生活：已比我更苦几倍了。不但你也，不但我也，生乎现在的人们，头脑在一个集团里，而经济生活另在一个集团里，本是自寻苦恼。'苦恼'既经自己寻来了，其处理之方法有二：一、向一个集团里合并。二、咬紧了牙关受下去。其结果有三：一、'进'。二、'退'。三、'作难'。我现在是用第二种方法，得的是第三种结果，不料（其实也料）你和我相同。"不必多做解释，仅这几句话，可见赵树理对时代、对自己、对朋友，剖析得多么深刻，言谈中感情多么炽烈！所说"头脑在一个集团里，而经济生活另在一个集团"，是他当时的情境，所说"向一个集团里合并"预示着，赵树理后来回到党的队伍里，带有必然性。这里透着文人的机智，也透着革命者的坚定与灵活。把这封信跟《致王璧先生》和《对〈太行〉的批评和建议》开头一段连接起来阅读，赵树理因被捕一事而对他生活道路的改变和他心灵受到的创伤之深，看得很清楚。

回想起来，我在北图报库所见，对我比较深入地认识赵树理有极大作用。赵树理是在"五四"新文化运动的熏陶下成长起来的一位知识分子作家，他又是知识分子作家中的异数。一般知识分子作家出身于农民，有了知识后，却大都脱离了农民，他们笔下的农民，跟他们自己的思想、感情，往往成了两张皮。赵树理出身农民，后来有了知识，却仍然保持着农民的心态、农民的眼光，他从不想着到知识分子作家中去"入伙"，只是他的学识，他所接受的新文化、新思想，使他有了不同的高度，不同的参照体系。他特别重视人的尊严，尤其是普通人的尊严。他有现代作家最为宝贵的人权意识。20 世纪 30 年代他最爱描写的一种"职业"，是乞丐；我在"职业"二字上加了引号，是因为赵树理一篇写乞丐的小说，就把主人公重新过上讨饭生活称作"复制"。在他的笔下，所有乞丐都是乐观派，他们的物质生活贫困，但精神上富有。《歌生》的主人公，就是作者心目中的大英雄。在赵树理的心灵上，上等人和下等人是颠倒的。他自己，放下上党乡师有优厚待遇而且体面的教员不做，跑到太原给电影院看自行车，后来又在一家饭店当"火头军"，就在于他追求的是精神上的自由，不是物质生活的享受。他终生能为农民着想，就因为他终生跟农民站在一起。

多年来，我们读到的赵树理，已经凝固成写作《小二黑结婚》和《李有才板话》的那个大众化作家。这是远远不够的。早期的赵树理具有更多的色彩，他那一时期所创造的文学世界，是人们从未看到过的。这里说到的几篇作品，只是其中一个部分。20 世纪 80 年代中期，我就想编一本《赵树理早期作品选》提供给读者，可哪里是想一想就可以做到的呢？现在这样说也不是呼吁，而仅仅是顺便说一桩往事而已。

我前后几次在北图报库坐了四五十天的冷板凳。后来因为复制这些资料，我又几次前往北图报库，还曾麻烦过我过去从未谋面的朋友，时任文物局图书馆司司长、后来担任北图常务副馆长的杜克。杜克是我同乡老前辈杜任之的侄儿，我为了弄清杜老的住址去找杜克，找到杜克后才知道他是图书馆司司长，连他身边的一个工作人员也成了我的熟人，我找杜克不在时，那位工作人员就替我办事。那一段时间，他几次来山西开会，一次是在举行赵树理学术讨论会期间，我俩在餐厅偶然相见，不期而遇，可谓有缘。可惜杜克不到退休年龄即已谢世。我得到消息时，真如雷击一般。我能够在那个时候，顺利地看到我所需要的资料，杜克的帮助给力不小。我永远忘不了杜克。现在写这篇小文，也算是献在杜克祭坛上的一瓣心香。

《剑北篇》的足迹

舒　乙

　　《剑北篇》是一部长诗集，是老舍创作于 1940 年的一部重要作品，记述的是他于 1939 年下半年在长江以北各战区慰劳抗战将士的经历。那次远行历时 165 天，行程 1.9 万里，到过 74 处城池，遍及四川、陕西、河南、湖北、宁夏、伊盟、甘肃、青海 8 省，所见所闻极为丰富。

一部重要的作品

　　说《剑北篇》是一部重要的作品有以下几个原因：一、它所记述的旅程是老舍一生中一段重要的经历。当时他 40 岁，正值中年，一路上在体力上是很劳顿辛苦的，在精神上却是一次很好的锻炼，极大地丰富了他的见识，遍游了祖国大好河山，见识了中华文化的悠久和博大，又深入到大小城镇和乡野，接触了许多在苦难中挣扎的普通农民、士兵和知识分子，因此，对他本人来说，这是一次修炼和积累，宛如人生大学。从这个意义上讲，《剑北篇》可以当成老舍人生的一个小的里程碑。二、《剑北篇》并未写完，只是原计划的 1/3 多一点，但已耗时近一年，写得很慢，也很苦，自找了一道难题，因为虽是白话诗，是新诗，但要追求形式美，讲究音韵，故意行行押韵，而且每大段一韵到底，平均 140 多行只用一个韵，纯属自讨苦吃，有时一天才写一二十行，坚持了一整年，应该说由《剑北篇》的创作可以看出老舍的勤劳和坚忍。当时正值抗战的高潮，生活很艰苦，又孤身一人，环境非常恶劣，在这样的情况下，终日为艺术的完美、为韵脚的推敲而冥思苦想，确实体现了一个有责任心的艺术家的执着和毅力，见出了老舍创作成就的来之不易。所以，《剑北篇》宛如一面镜子，如实折射出老舍性格的一个侧面，它是很难得的一个好例证。三、《剑北篇》的政治立场非常有趣，表面上看绝对中立，须知，老舍加入的全国慰劳总会北路慰问团，形式上是个统一战线性质的临时组织，体现了国共合作一致对外，有各方面的代表参加。老舍是无党派，代表文艺界，但总团团长是张继，辛亥革命元老之一，政治立场上是个一贯极右的政治家，北路慰问团团长是贺衷寒，是当时的国民党中央宣传部部长，实际上该团的官方色彩是很明显的。在这种背景下，作者绝对中立的态度，实际上是持远离国民党政府的立场，这是需要相当的独立思考能力和政治勇气的，说明此时老舍的政治成熟度已达到了相当高的水平，写什么和怎么写是经过了深思熟虑的，有着完整的构思和既定的方向，这一点既很独特，又很不简单，也构成了《剑北篇》的重要性之一。四、《剑北篇》的艺术成就也不容忽视，它曾被誉为抗战时期中国新诗改良尝试方面的两部最好的长诗之一。

足　迹

　　1939 年 6 月 28 日，老舍随团由重庆出发，当夜住在内江。29 日抵成都，住两晚，7 月 1 日抵绵阳。7 月 2 日抵剑阁，7 月 3 日到广元。7 月 4 日出川。

　　7 月 4 日入陕，住褒城，7 月 5 日过武侯祠经勉县抵汉中。7 月 6 日到石门。7 月 7 日到留坝，谒留侯祠。7 月 8 日经双石铺（凤县）到宝鸡。7 月 9 日到西安。停 5 日。7 月 15 日经灵宝到潼关。

　　7 月 16 日入河南，路过陕州，遭日军轰炸，险些遇难。7 月 17 日抵洛阳，停留 18 天。7 月 30 日抵临汝。7 月 31 日到叶县。8 月 1 日抵南阳。8 月 2 日抵邓县，8 月 3 日出豫入鄂。8 月 3 日到湖北老河口，活动 6 天。8 月 10 日启程赴襄阳，8 月 11 日抵襄阳，活动两日，

8月14日返回老河口。8月15日再度入豫，抵邓县。8月16日经内乡，抵西峡口，8月17日入陕。

8月17日住商南的龙驹寨。8月18日经武关、蓝关，过四皓寺，至商洛县。8月19日经蓝田抵西安。在西安活动到月底，共11天，到过临潼、终南山，8月31日离西安向北。9月1日经泾阳、三原、耀县，至黄陵。9月2日过洛川到宜川，在途中桥断车翻二度遇险。9月3日到秋林、兴集，活动4天。9月8日到富县，途中过洛水时洪水暴发，险葬身山洪中。9月9日经甘泉抵延安，活动1天。9月11日到清涧。9月12日到绥德。9月14日经米脂、镇川抵榆林，活动4日。9月19日返回绥德。9月20日住永平。9月21日回延安，活动一日。9月23日到洛川。9月24日经同宫（铜川）到耀县。9月25日过三原抵西安。活动5天。

10月1日离西安，10月4日抵甘肃平凉，10月5日到通渭，10月6日达兰州，活动7天，其中10月11日去榆中的兴隆。

10月14日抵青海西宁，活动5天。

10月19日抵甘肃永登。10月20日到武威。10月23日经永昌返回兰州，活动5天。

10月31日抵宁夏固原。11月1日经同心到中宁。11月2日到吴忠。11月3日抵银川，活动两天。11月6日到石嘴山。

11月8日到伊盟的陕坝。10日到五原，12日到临河。13日到渡口。11月14日至23日经宁夏的石嘴山、银川、中宁、固原、甘肃的平凉、陕西的邠县（彬县），返回西安，活动3天。11月27日离西安，经宝鸡、庙台子、宁羌，入川，经四川广元、梓潼于12月3日抵成都，12月8日离成都住内江，12月9日回到重庆。

总计：1939年6月28日至同年12月9日，共165日。总行程约1.9万里。共经四川、陕西、河南、湖北、宁夏、伊盟、甘肃、青海8省，约74处城池，其中四进四出西安，两过延安、兰州、银川、老河口。慰劳团曾向一战区的胡宗南将军（西安）、二战区的闫锡山将军（秋林）、三战区的李宗仁将军（襄阳）和汤恩伯将军（老河口）、五战区的朱绍良将军（兰州）、第十七军团的马鸿奎将军（银川）、第十八军团的朱德将军（榆林）、八路军三五九旅的王震将军（绥德）以及五原的傅作义将军和西宁的马步芳将军等献旗并慰问官兵。

对陕甘宁边区的描述

现在看来，《剑北篇》的一大历史功绩是老舍对当时的陕甘宁边区有较大篇幅的描述，这是中国著名作家对解放区最早的记录，有着突破性的意义。

《剑北篇》一共有 27 段，总计 3661 行。

《剑北篇》的第 24 段叫《宜川—清涧》，第 25 段叫《清涧—榆林》，第 26 段叫《榆林—西安》。这三段都有关于陕甘宁边区的内容。其中第 24 段《宜川—清涧》里由第 66 行起，共有 129 行是描写解放区的，第 25 段《清涧—榆林》整段都是，共有 158 行，第 26 段《榆林—西安》前 19 行也是关于解放区的。这三段里描写陕甘宁边区的诗句加起来共有 306 行，占《剑北篇》全诗的 8.4%，即有 1/12 的篇幅是用于描写陕甘宁边区的，其中关于延安的描述共有 79 行。其余依次是关于米脂—镇川、清涧、榆林、绥德、永坪—延川的，分别是65、40、36、25 和 19 行。

对延安的描写借用了反衬法，一开始想象着期待的是人稠影乱、万家灯火和气暖声喧，但城里城外看到的却是一片断井颓垣，只有默默的水和寂寂的山。原来，日寇的飞机此前已把延安炸成了一片废墟，敌人妄图用这种办法去征服延安，去毁灭延安。写到这，诗人的笔锋突然一转，请看：

　　　　　看，那是什么？在山下，在山间，
　　　　　灯光闪闪，火炬团团？
　　　　　那是人民，那是商店，
　　　　　那是呀劫后新创的：

山沟为市，窑洞满山，

山前山后，新开的菜园梯田；

噢，侵略者的炸弹，

有多少力量，几许威严？

听，抗战的歌声依然未断，

在新开的窑洞，在山田溪水之间，

壮烈的歌声，声声是抗战，

一直，一直延到大河两岸！

在这里，长发的文人赤脚终年，

他们写作，他们表演，

他们把抗战的热情传播到民间，

冷笑着，他们看着敌人的炸弹！

焦急的海盗，多么可怜，

轰炸的威风啊，只引起歌声一片；

唱着，我们开山，

唱着，我们开田，

唱着，我们耕田，

唱着，我们抗战，抗战，抗战！

老舍用这种热情的笔法歌颂了延安的新生、延安的不屈和延安的抗战实际行动。他特别提到了延安的歌声，把歌声当作延安的象征和化身。

据报道，慰劳团到达延安时曾受到毛泽东主席和延安各界代表的夹道欢迎。9 月 10 日晚上，毛泽东主席在延安招待处会见了慰劳团全体成员，并设宴招待，毛泽东主席和老舍还碰了杯。宴会后一同前往中央大礼堂，参加延安各界召开的盛大欢迎会。会上老舍听到了《黄河大合唱》，极受感动，连说："气魄真大，好热情！"在当晚的欢迎大会上，毛泽东主席、张继总团长、贺衷寒团长和老舍先后致词。第二天的延安报纸《新中华报》全文刊登了毛泽东主席热情洋溢的讲话。在晚会上老舍还被与会者"拉歌"，他站起来当着毛泽东主席和延安各界代表的面清唱了京戏。

在由伊盟和榆林返回延安时，9月21日晚，延安各界又一次举行盛大晚会招待慰劳团。在《剑北篇》里，老舍对这次晚会有如下记述：

> 到延安，又在山沟窑洞里备受欢迎：
>
> 男女青年，谐音歌咏，
>
> 中西乐器，合奏联声，
>
> 自制的歌，自制的谱，由民族的心灵，
>
> 唱出坚决抗战的热情；
>
> 为了抗战宣传，话剧旧剧兼重，
>
> 利用民歌与秦腔，把战斗的知识教给大众。

9月22日下午4时，慰劳团和延安文化界、青年团体和报界开座谈会，由艾思奇主持，毛泽东主席到会讲话，老舍作了文艺形势的报告。晚9点，共进晚餐，至夜12点结束。

对比起来看，《剑北篇》里对延安的记述是在所有的所到之处中写得最为明快的，既客观，又公允，字里行间流露出作者感受到的朝气和鼓舞，留下了一笔难能可贵的精彩记载，宛如史诗的一个华章。

五个特点

《剑北篇》的第一个特点是并不直接写慰劳的对象和过程。这个特点非常神奇，而且反常，不合逻辑，因为似乎完全背离了慰劳团的初衷使命和目的。仔细想想，这个特点却是老舍的真正高明之处。当时各个主要战区的司令或是蒋介石的黄埔嫡系，或是地方军阀出身的霸主，或是以"剿共"闻名的闹摩擦专家，虽然当时是抗战时期，其中有的人是爱国的，在对日战斗中立有战功，但毕竟都是政界的上层人士，从长远观点看，绝大多数都是过眼烟云，不会在历史上留下什么英名，更不会永垂青史，所以，不提他们的名字也罢，不去描述向他们献旗的过程也好。历史证明，老舍这种思考是非常有远见的，在后来的历史巨变中，当时的这些军人后来多数都成了历史的罪人，不出 10 年他们就的确被历史永远地遗弃了，而且被人遗忘了，非常"短命"。相比之下，士兵和普通百姓却是永恒的，文化和政治相比，文化永远是第一位的，是长寿的，是绵延不断的。所以，在《剑北篇》里，主角是人民大众，重点是文化，这两条构成了《剑北篇》的灵魂。

《剑北篇》的第二个特点是丝毫不涉及党派。如前所述，慰劳团的官方色彩很浓，总团长和分团长都是政界的大佬和高官，团员和随团记者中也有许多官方的代表和御用媒体的代表，只有张西洛、刘尊棋等少数人是真正的民主人士和左翼新闻人士，像老舍这种无党派知名爱国人士更是凤毛麟角。当时的全国政治局势正值第二次国共合作的高潮，以毛泽东为首的共产党人提出的统一战线方针在"西安事变"之后被蒋介石被迫接受了，国内局势处于相对平和的阶段，虽然也有小摩擦，但八路军和陕甘宁边区都是合法的存在，而且由于高举抗战的大旗，在民众中享有较高的声誉。从力量对比上看，主战场始终是由国民政府统率下的各大战区担当，八路军承担着次要的配角作用，以敌后游击战和牵制分散敌军力量为己任。总之，当时的国共两党关系极为微妙，极为敏感，存在着许多不确定因素，在这种形势下，文学作品要公开发表，要站得住，要真正起作用，最高的原则就是不公开触及两党关系，不涉及党派。这样做的最大好处就是得以摆脱官方的利用，永远和官方保持一定的距离，争取自己的主动和发言权，维护自己的独立性。实践证明，正是这种立场使得这部作品真正获得了长久的生命力。

《剑北篇》的第三个特点是只写抗战，只为救国。既然不写慰问对象和过程，又不涉及党派，那《剑北篇》写什么呢？一句话，只写抗战，只写救国。正像老舍自己所说，他在抗战期间，自己的每一句话，每个作品，每个行动，都离不开抗战，无时无刻都在想着抗战，为抗战而生，为抗战而写。历史证明，他实践了自己的诺言，在那 8

年里，的确，老舍的每一部作品，小到一篇大鼓词，一小段相声，大到一部话剧剧本，一部长篇小说，都只有一个内容，那就是抗战，其中，最杰出的代表，就是百万字长篇巨著《四世同堂》，它不仅成了老舍的代表作，也成了中国现代文学的经典之作。长诗《剑北篇》正是老舍抗战初期的一个有典型意义的作品，3661 行中的每一个字都围绕着抗战，由头到尾都浸润着这位作家的爱国之情。诗歌这种文体正好可以抒情，可以呐喊，可以传达心声，可以把一腔热血都泼洒在读者面前，真正成为呕心沥血之作。诗歌和小说不一样，小说的情是隐式的，是讲故事，用故事用人物把读者感动了，让读者自己去下结论；诗歌则不同，诗歌是烈火，诗歌用最凝练的语言，最神采的词组，最出人意料的编排，去直捣人心，像闪电，像雷鸣，激发你，鼓动你，燃烧你，直达主题，教你舍去生命，为国为民甘愿去做任何事情。《剑北篇》就是一团火！

《剑北篇》的第四个特点是着重写百姓大众，写祖国河山和中华悠久文化。《剑北篇》的主题是抗战，但内容却因游历广阔而丰富，并不显得单调和枯燥，主要内容含括了四个部分：一是历史，包括各地的名胜古迹；二是大好河山，自然景色，山山水水。应该指出，不论是写名胜古迹，还是写大好河山，《剑北篇》在现当代作家的作品中都是首屈一指的，是创纪录的，是没有人能超过的，首先是在数量上、范围上无人能匹敌，内容极为丰富多彩，3661 行诗中容纳了非常详尽而殷实的描述，因为那都是作者亲自走过的土地，一里一里地走，有时乘车，有时骑骡，有时坐舟，有时步行，长达 1.9 万里，耗时 165 天，遍及 8 省 74 城，对所到之处的描写都是亲见、亲闻、亲身体验，所有的感受都极为实在，极为原真。其次是非常详细，所有的描述都很细致，包括西北黄土高原具体是什么样子，那土，那坡，那沟，那窑，那草，那石，那路，那涧……事无巨细，一一记录在案，令人绝对有身临其境之感，读下去最终会由衷地产生对作者的敬佩之情。最后是诗人对景物充满了感情，所有描述都是抒情的，都有联想，挥洒自如，上至五千年，大至宇宙，下至此时今日，小至寒窑僻壤，绝不平摆浮搁，也绝不就事论事，仿佛都被他拉到了眼前，装在了心里，而和眼前的一切都发生了关系。三是揭露日寇的残暴罪行，尤其是狂轰滥炸给后方带来的毁灭性灾难。四是人民生活的艰苦，国力的衰败和落后，以及由此造成的处处凋零和败落，另外就是百姓的善良、勤劳、坚忍和可爱。诗中出现的人物很少，而这些少数的人物居然是普通的农村老汉，是扛枪杀敌的普通士兵，是几岁的乡村孩子，他们的出现为《剑北篇》找到了"魂"。活的人和死的物两者形成强烈的反差，在《剑北篇》里有明显的展现，由此产生的感慨和随想比比皆是，既有反思，又有激励，组成作家头脑中苦苦思索的诸多问题。所以，诗人常常心潮起伏，思绪万千，情涛涌动，而这正是写诗的好境域。

《剑北篇》的第五个特点是讲述文化的作用和当下的缺失。老舍一路走下来，让他感受最大的也是最痛心的是文化的缺乏，和人民大众对文化的渴望与需求。老舍在《剑北篇》里用了很大篇幅来描述这种普遍存在的精神疾苦。他说有的地方好不容易有了一场戏看，但全是陈词滥调，词老，故事也老，有的甚至全是封建糟粕，包括给战士们看的也逃不掉这些东西；而文艺工作者也很可怜，费了好大的劲，搞出的东西竟毫无新意，不仅内容空洞，而且语言也公式化，赶不上时代，落后于群众的需求，完全辜负了时代精神，完全和抗战脱节。他在《剑北篇》里大声疾呼，无论如何要改变这种状况，要向西北输送精神食粮，要进行精神扶贫，要继续大力提倡"文章入伍，文章下乡"。要给前线送新书，送新诗，送新戏。在《剑北篇》里作者甚至对秦腔等地方戏提出了改造的真知灼见。他中肯地说"悲郁是秦腔的基调"，但是他对所见到的秦腔剧目又提出了批评："可是举动太毛，锣鼓乱吵；歌腔雄浑，动作轻挑，不中节的锣鼓又使动作无效！再加上白口的急促，脸谱的粗糙，使浑厚苍茫的气息变作村野繁闹！"他进而对秦腔的新班提出了建设性的改进建议，针对"剧词太白，道白急躁，剧情的新鲜，不是感动，成了惟一的号召，假若，更加强一些民间的情调，由最俗的语言见出文艺的技巧；假若，更大胆一些，从改造而创造……利用民间的故事，插入歌谣，也许能更亲切，更多实效，从抗战中给秦腔找出新的道路。"老舍的这些见解，即便在今日也是具有极普遍的现实意义的高见，可以当作戏改的方针和具体办法。

老舍回到重庆之后，立刻向重庆的文化界作了报告，讲述自己西北之行的旅途观感，他大声疾呼，要用文化支援大西北的开发。《新中华报》接着发表了社论，题目叫《积极加强战地文化工作》，热情地评价了老舍的建议，号召一切从事文化工作的人到战区去，后方文化工作者应设法解决西北文化恐慌问题，争取抗战的最后胜利。

《剑北篇》是一个高度的统一，将理想、追求变成现实，变成实践。

《剑北篇》是一个心血的结晶。

《剑北篇》是一个伟大的试验。

《剑北篇》创下了好几个新诗的第一：一韵到底的新诗、借用历史和典故最多的新诗、涉及城镇地名数量最多的新诗、描写祖国大地景色最细最美的新诗、句句都紧扣现实因而主题最鲜明的新诗。

《剑北篇》里阐述的文艺的最高境界是大写的真理：

> 我们要写，墨是血，笔是刀，
> 把英雄的事迹，胜利的信条，
> 铭刻在历史的心上，使千秋百代永远崇高！
> 美的崇高，
> 是爱的开导，
> ……
> 去看，去看，看水阔山高，
> 看自然给中华的奇珍异宝，
> 受了美的熏陶，
> 燃起爱的火苗，
> 使热血与行云，诗声与虎啸，
> 结成爱与美的心潮，
> 用崇高的热情使江山完好！

老舍底层叙述的多元精神维度

张丽军

> 我昔生忧患，愁长记忆新；
> 童年习冻饿，壮岁饱酸辛。
> 滚滚横流水，茫茫末世人；
> ……

老舍的《昔年》诗，形象地传达了自己一生的生存困境，散发出浓郁的悲剧意识。国败族衰父亡家贫，是老舍出生不久就面临的来自国家民族的、思想文化的、个体家庭的多层面、多维度的危机。这种危机和生存窘境伴随着老舍的一生。

1840年，西方国家用鸦片和大炮打开了闭关锁国的封建帝国大门，标志着中国现代化历史进程的开启。晚清以来政治危局、民族灾难进一步趋于加深。一次次的战争失败，不仅严重挫败了民族的自信心，丧失了对民族思想文化的优越感，而且也沉重地打击了中国的经济。尤其是天文数字的赔款让晚清政府背上了沉重的财政包袱。据《剑桥晚清史》资料分析，"在1895至1911年期间，因庚子赔款和三笔借款共偿还本息4.76982亿两；后面三笔借款（一笔俄法借款、两笔英德借款）是给日本战争赔款才借入的。这个事实意味着中国的可用资源大量枯竭"。晚清政府的巨额赔款和外债最终还是转嫁到中国老百姓的头上，衰弱无能的晚清政府处于一种整体性的政治困境和经济崩溃的边缘。可以说，1900年的晚清政府造就了一个民族的集体性贫穷——"穷人中国"。

1899 年正处于一个"三千年未有之变局"的国家衰败、民族蒙羞的耻辱年代，这年老舍出生于一个处于社会最底层的满族旗人家里，一个"穷人中国"的中国穷人。老舍父亲每月俸银 2 两，不足以维持一个大家庭的日常生活，靠着老舍母亲打零工勉强度日。1900 年八国联军侵华，也就是老舍出生的第二年，他的父亲作为负责守卫皇城的护兵，在京城天安门守护战中阵亡。从生命最初开始老舍就被扔进了一出大的民族历史悲剧之中。老舍的前半生基本上一直都背负着沉重的生存压力并为此而喘息、痛苦和哀叹。幼时孤儿寡母艰辛勤俭度日，在赊借中艰难维持。老舍参加工作以后收入菲薄，生活很清苦，收入的大部分用来孝敬母亲贴补家用。1929 年回国后在山东教书到后来成家生儿育女，老舍又跌入了紧张忙碌又拮据的生活的旋涡。教书备课之余老舍拼命写作，应酬约稿，贴补家用之需。老舍在自己的随记和散文中不止一次地痛感生活的清苦和压力，无奈而悲哀地称自己是"文牛"。

纵观老舍的一生，从"穷人中国"的末世国耻与经济窘境，到下层没落旗人的家境、孤儿寡母度日的艰辛窘迫、成人后一直拮据的生存状态，可以说，老舍一生都没有摆脱穷人的生存困境，一生都处于贫穷的阴影之下。穷人境遇给老舍带来了沉重的精神压抑，这使他格外关注社会不公并对此做出强烈反应——凝结为一种深入灵魂深处的"穷人情结"。我们可以看到，老舍几乎是出于本能地，从自己人生体验的深处，以一种格外严酷格外深刻的眼光，从生命的崇高，对生的欲望和本能、被侮辱与被损害的意义上，去认识贫穷、描写贫穷、解析贫穷、抗争贫穷，书写了一个城市底层的"穷人"形象，构成了中国现代文学一道独特的风景线。

老舍的穷人体验和"穷人情结"之所以能够转换为一种审美创作的思想资源和精神背景，以文学的形式来呈现一个被城市巨大光环遮蔽的"穷人世界"，是因为老舍的满族民族文化、老北京的民俗文化、"五四"新文化和西方异域文化等多元文化的综合作用的结果。

末世旗人的异化文化生态

国家的败落造就了一个集体性的"穷人中国"的同时，还带来一个民族的耻辱，由此产生了严重的精神危机。受国家败落的影响最直接和最大的是满族旗人。

1. 末世旗人的国民性弱点

满族历史悠久。入主中原之后，作为一个征服高等文化的民族，满清统治者非常注重学习汉族的文化礼仪。满族文化在迅速提高的同时，也把儒家"三纲五常"的封建礼教礼仪与八旗内部本已存在的等级贵贱与繁文缛节结合起来，越演越烈。旗人重等级、讲派头，将做人等同于"做派"，越来越走向形式化、程式化。晚清时期，这种病态的繁文缛节依然是旗人生活中必不可少的一部分。老舍晚年的自传体小说《正红旗下》，就生动描绘了这种病态的烦琐文化礼仪。

从1840年开始，伴随晚清政府军事上的失败，满族这个曾经武勇刚强、彪悍善战的民族最终由于自身的原因和时代的发展而衰败、落伍了，由昔日征战四方的武勇转变为安逸享乐的羸弱，从崇尚刚强雄壮转向柔弱优美，往日的辉煌暗淡为一抹微弱的夕照。老舍生下来就与旗人贫民生活在一起，对他们生活趣味的堕落、物质的窘困、精神上的羸弱深有感触。这些昔日强大帝国的后裔，八旗制度与满、汉文化毒瘤的双重受害者，在时代潮流的冲击下，仍抱着旧的思想、旧的生活趣味不放。他们不思进取，不关心国家、民族的命运，整天浑浑噩噩，在极度困窘中仍怀抱着"贵族"的"旧梦"不放。老舍深刻体验到满人由注重等级、礼仪而发展出的重"派头"、穷要面子的弱点和八旗制度造成的不事生产、注重玩乐、玩物丧志的自甘堕落的生活方式。这些"老中国儿女""国民性"弱点，尤其是在底层没落旗人身上更是鲜明而沉重地体现出民族与文化的双重悲剧。

《正红旗下》描写了底层穷人家里做"满月酒"时的礼数、"排场"。"满月酒"像一幅讽刺画，形象地揭露了满族旗人那繁文缛节的虚伪性。这种繁文缛节，对阔人或许不失为填补精神空虚的"艺术享受"，而对挣扎于贫困线的穷苦旗人而言，这种死要面子的礼仪风俗则不啻是一条可怕的绳索。老舍对八旗子弟终日无所事事、不劳而获、追求享乐、生活无聊，最终堕落、沉沦，饱含痛心与愤懑的激情，生发出锥心的痛楚和无可奈何的深痛叹息：

200多年积下的历史尘垢，使一般旗人既忘了自遣，也忘了自励。我们创造了一种独具风格的生活方式：有钱的真讲究，没钱的穷讲究。生命就这么沉浮在有讲究的一汪死水里……他们的一生像做着个细巧、明白而又有点糊涂的梦。

在这种锥心的痛楚和无可奈何的深痛叹息声中，老舍的内心深处已经凝结着一个民族近300年荣辱兴衰的历史全部体验和对这个民族国民性弱点的清醒自省。

2. 异化的"艺术化、趣味化生活"给予老舍文化滋养

在300年间满族与汉族文化融合过程中，满族在汲取汉族高度文明的优质文化资源的同时，也渐渐在安逸和平的生活中，尤其是在八旗制度对人的异化之下，将八旗子弟的"聪明、能力，细心"都用在微不足道的事物中，在"蛐蛐罐子、鸽铃、干炸丸子……等等上提高了文化，可是对天下大事一无所知"。上至满洲王公贵族下到没落旗人，在国家、民族生死存亡的关键时期，不是痛定思痛、奋而崛起，而是选择了麻痹和逃避，遗弃了对国家、民族的职责，把个人生命的多元维度和多重意义异化为单一的趣味化、艺术化存在。正所谓他们的"文化"提高了，却失落了以往的武勇。

国家不幸诗人幸。对于一个作家的精神成长而言，这种高度艺术化的生活方式却是难得的文化土壤。老舍在童年时期就是沉浸在这样一种讲究趣味、乐子、艺术的"文化"氛围之中，培育出了极为难得的艺术感知力，获得了极为丰富的文化资源和丰沛的艺术滋养。

因此在老舍的作品中，他对这些老北京没落贵族，尤其是没落底层旗人的精神状况与思想趣味进行了细致的描绘，以批判、讽刺的手法对这些"优雅的废物"的生活与精神状态进行审视揭露。《老张的哲学》通过嬉笑怒骂，勾勒出了北京城中小市民生动的人生图像，从

一开始就对国民性和民族性有着深刻的反思，如对穷讲究的"面子"问题剖析，这似乎是作家天生的禀赋和思想的本质。而通过作品的行文和人物的活动，总能够感觉到一些旗人所特有的文化品质和人生细节，这显然是由于作家是从本民族出发，在这个基点上展开自己对国家、民族的感情。

《二马》中，老舍通过父子两代人的形象描绘，展开国民性反思，尤其是对自己民族的反思。所以老舍的话，即使今天听来，也是那么振聋发聩："民族要是老了，人人生下来就是'出窝儿老'。出窝儿老是生下来便眼花耳聋痰喘咳嗽的！一国要是有这么四万万个出窝儿老，这个国家便越来越老，直到老得爬也爬不动，便一声不吭地呜呼哀哉了！"在这里老舍已经举起了精神启蒙的旗帜，虽然他的出发点和当时文学革命运动的先驱有着明显的区别，但是独特的经历和体会，或许能够让他对国家和民族的命运展开更为沉重、更有深度的思考。

1936年的《骆驼祥子》，标志着老舍创作生涯的高峰。老舍塑造了一个车夫——骆驼祥子这样一个鲜明生动的社会底层人物形象。老舍创作这样的作品，显然不单单是要批判个人主义，而是有着深沉的民族悲剧感在里头的。祥子的堕落隐含着八旗子弟异化的人生困境，以及老舍本人对满族民族悲剧的深刻感知。

正如趣味化、艺术化生活方式所具有的双刃意义一样，满族作家老舍，在受到这样一个营养丰富的文化土壤滋养的同时，也不可避免地沾染了这个高度敏感的艺术化民族的思想疾病——深入灵魂深处的悲观。

老北京的传统中国文化风俗

从文学空间视域考察，出生于北京是老舍进行文学创作、培养艺术感知力的一个重要文化维度。北京给予了老舍一个极具历史长度和文化容量的文化空间，也是老舍一生审美想象的精神家园所在。

北京城不仅仅是一个地域概念，更是一个文化概念。"老舍是当之无愧的模范北京市民。他固然因北京而完成了自己，却同时使北京得以借他的眼睛审视它自身，认识自身的魅力——是这样禀赋优异的北京人！因而他属于北京，北京也属于他……老舍是使'京味儿'成为有价值的风格现象的第一人。"从这里不难看出，老舍的作品中所蕴含和表示出来的，除了民族身份和旗人心理，展现更多的是悠久历史和文化空间的北京，是包蕴"京味儿"的乡土中国文化的一支流脉——京派文化。

具有800多年悠久建都历史的北京，明清以来就是中华民族政治、经济、文化的中心。自旗人入关定都北京以来，几百年来旗人对北京文化的改造，以及和汉族文化的相互融合、互动影响，就形成了独特的老北京文化。这个文化特色显现出几千年传统中国文化特色，也体现出旗人自身文化特征，中庸、平和的底子里，外嵌快乐与悲哀、爽朗与矜持的双重花边。在表面形式上，这些北京人永远都是快乐的，永远都能够给自己找乐子，但是从内里本质上来讲，他们又是高傲的、矜持的。而到了晚清末年，这种本质上的高傲，又被无可奈何、无可摆脱的悲剧感所替代。特定历史时期的悲剧和旗人自身民族悲剧的双重打击，让这些最能够苦中作乐的人，在平和持中的生活中不仅流露出了内心的苦涩，而且在中和笑声和请安作揖中也显现出深深浅浅的哀愁。

晚清末年、民国初期的老北京所具有的这种多重文化意味，在老舍的童年心灵深处投下了巨大的影子，构成了老舍性格气质中的内核部分。老舍的气质秉性是这座代表中国传统文化中心的千年古都所赐予的，虽说老舍的文化心理结构由中西文化交汇而成，但传统中国文化，尤其是"京味儿"代表的北京文化在此结构中居于最核心的位置。老舍是"中庸"的，"仁爱""尚柔"的，所以他不可能如陈独秀、鲁迅、郭沫若那样以决然的姿态站在时代的高度，对整个中国传统文明进行彻底性否定和批判。即使老舍在一些批判国民性的文学作品中，他的批判也是"中庸式"的，是面带温情的，有所保留的。以老北京为代表的传统文化烙印般深深地印在老舍的灵魂深处，老舍又用这刻骨铭心的老北京文化去建构他的艺术形象，所以老舍笔下的人物形象具有了多重的历史、文化、生命、情感维度，以至于超越了具体的历史语境和时空的限制，鲜活地走进当代感动新世纪的读者心里。

"我生在北平，那里的人、事、风景、味道和卖酸梅汤、杏儿茶的吆喝的声音，我全熟悉。一闭眼我的北平就完整的像一张色彩鲜明的图画浮立在我的心中。我敢放胆地描画它。它是条清溪，我每一探手，就摸上条泼泼的鱼儿。"老舍的小说创作，非常善于运用他与老北京的"血缘"关系。老舍非常喜欢而且擅长写民风民俗。虽然游历过不少西方强国，但老舍始终对北京的自然风光、人情世态、风俗礼仪情有独钟。

老舍在《四世同堂》中对老北京自然风物和民俗风情的描写，可见他对老北京文化的体验之深、情感之浓。老舍在这部长篇巨著中，一方面挖掘出了平民百姓沦陷苦难生活的凄苦惶惑和挣扎反抗，另一方面也给读者展现了一幅超大规模的关于老北京民俗文化的艺术画卷，因此著名学者赵园先生称之为"北京史诗"。按照赵园的归纳，"京味儿小说"流派体现的风格大体如下：理想态度和文化展示；自主选择，自足心态；审美追求；极端注重笔墨情趣；非激情状态；介于雅俗之间的平民趣味；幽默感。归纳得非常详尽，也非常典型。而老舍，在这样的文化熏陶中写作出的小说，自然统统都有着鲜明的"京味儿"，即通过对老北京自然风物、民俗风情和人物形象的心理、作风做派的描写，在作品中鲜活地呈现出一个具有传统中国文化特征的老北京与老北京人。

北京之于老舍、老舍之于北京有着一种互文关系。仔细品鉴老舍所有的作品，读者就会发现，老舍的艺术精品力作几乎都是写老北京的。一旦涉及老北京的那些人和事，老舍的文学艺术想象力和审美趣味就马上被全部调动起来，《骆驼祥子》《四世同堂》《茶馆》无不形神兼备，人物形象眉飞色舞，堪称经典。

"苦汁子"生命体验

舒乙曾经写了一篇题为《理解老舍先生其人其文的五把钥匙》，在文中他用 5 句话来概括老舍的特质，其中第二句是"他是满族人"，第三句是"他是穷人"。这种穷人和满族末世人的双重身份就形成了老舍特殊的成长环境，使他从小就懂得了世态的炎凉和生活的艰辛，加深了老舍与底层市民的情感联系。即使老舍成人后做了大学教授和著名作家，贫困的影子也并没有消失，而是一直跟着他。在抗战爆发之后的 20 世纪 40 年代，老舍别妻离子孤身一人南下，在重庆过的是朝不保夕的生活，乃至于因营养不足而出现严重贫血的病症。老舍一生都没有割断与穷人的血脉联系，而且以自己的"头朝下"的穷人生活经验、包蕴"苦汁子"生命体验和解不开的"穷人情结"进行底层叙述，成为穷人的代言人，为他们的悲惨遭遇而抗争、呐喊、呼号。

已是"残灯末庙"的满清政府在政治和经济上都陷入严重的危机之中，下层旗人的生活景况更加凄惨，老舍一家五口就靠每个月领来的三两饷银和一些老米度日，而就是这点微薄的钱粮到他们手上也是所剩无几，其生活甚至到了无法维持的地步。"我们穷骑兵们，虽然好歹的还有点铁杆庄稼，可是已经觉得脖子上仿佛有根绳子，越勒越紧！……多亏母亲会勤俭持家，这点收入才将将使我们不至于沦为乞丐。"

穷人的孩子没有上学的机会，大一点的都早早地投入到帮父母维持生计去了。老舍是幸运的。到了上学的年龄，在世交好友刘寿绵大叔（即后来出家的宗月大师）的帮助下，老舍有幸进了学校。老舍非常珍惜这一来之不易的求学机会，学习更加刻苦，成绩极为优秀。小学毕业后，到当时免学费的北京师范学校继续学习。此时的旗人地位已经一落千丈，京城里的满族旗人甚至不敢公开承认自己的旗籍。像老舍这种出身于底层旗人家族的同胞地位更加卑微，生活更加艰苦。老舍在学校里结交的好朋友大都是旗人后代，如罗常培、白涤州、董鲁安等人。这种情形体现了老舍作为满族末世人一种本能的心理认同。同时，敏感而多思的老舍还亲眼看见了他周围同胞们的悲惨现状，目睹了他们为了活命而四散开去，大批大批地流入城市贫民的行列，他们有的当了巡警，有的做了木匠、裁缝、剃头匠、车夫，有的做了小商小贩，有的没有找到职业，只能四处流浪，敲着小鼓收废品，沿街捡破烂儿、行乞、卖卜，还有的当了妓女……

这些人都是与老舍在情感上息息相关的满族同胞，他们的悲剧故事和坎坷人生老舍是最熟悉不过的了。在他走上创作道路以后，很自然地就把自己熟悉的生活带进了创作中来，而且这种来自穷人和满族末世人在经济和精神上的双重生存体验使得老舍倍加关注城市平民的命运遭际，在题材上他不会也不可能去选择他所不熟悉的诸如王侯将相、达官显贵。老舍选择了文学作为为穷哥儿们悲惨生活而呐喊、呼号、抗争的工具，以自己的满腹"苦汁子"的穷人体验和迸着"血和泪"的生之痛苦叙述一个被漠视、遮蔽和践踏的群体——底层穷人。

在现代文学史上，老舍对底层穷人世界的书写与其他作家存在极大的差异。这种差异不仅仅因为他熟悉这个阶层，更重要的是他一开始就把自己投入到这一生存的境遇之中，把自己与底层穷人融为一体，不是顾影自怜或者超然世外，也不是为了某种创作目的而去体验和熟悉生活。他能在一条"骨头全要支到皮外"的癫狗身上"看见自己的影子"。这种迸着"血和泪"写出来的作品在某种程度上更深化和丰富了老舍小说的平民情怀。正基于此，在他笔下的平民世界中，老舍怀着对穷人和满族末世人的深切体会和血肉相铸的情感态度，不仅描摹了骆驼祥子、小福子、月牙儿等栩栩如生的下层民众形象，而且使其成为了现代文学画廊中的典型代表。

老舍成功的底层叙述源于自我认定为穷人，并出于本能地从最基本的求生欲望中去认识穷困，去揭示生命的意义与社会的不公，这与老舍一生对痛苦原生态的体验有关。在文学创作的审美想象中，这种穷人生活经历和"苦汁子"的生命体验，在作品的形象和文学环境的营造中转换为一种原型范式的"穷人情结"，成为作者审美想象的思维和情感内核。

老舍正是从个体的底层苦难境遇连接到民族的、大众的苦难境遇，集个人与民族、国家的贫穷苦难于一身承受体验，以"穷人情结"为核心创作出《骆驼祥子》《四世同堂》这些超越历史、空间和民族的优秀文学经典。

对"五四"新文化的暗合与疏离

早在"五四"新文化运动之前，老舍在私塾、小学接受的是中国传统思想文化教育。在文学方面，少年时期的老舍接受的是桐城派的文学风格熏陶。1919 年老舍毕业之后，因为成绩极为优秀，被委任为一所小学的校长。此时的老舍虽然已经开始关注"五四"新文化运动，但是囿于中国传统文化思想意识和自身思想视野的局限，20 岁的他在受到"五四"新思想的吸引的同时，还对中国传统思想文化保有好感的一面。1921 年，老舍开始尝试创作新诗和白话文小说。1921年 5 月，他的第一篇白话文小说《她的失败》在《海外新声》杂志上发表。这标志着老舍在文学意识上已经汇入了"五四"新文学革命的创作思潮之中了。

在"五四"新文化运动的干将纷纷追求思想激进的文化潮流中，老舍却选择了一条迥异于他人的思想道路——基督教。1921 年起，老舍在北京基督教伦敦会缸瓦市福音堂的英文夜校学习并参加宗教服务。1922 年，老舍接受洗礼加入基督教。同年，老舍来到南开中学担任国文教员。在南开师生举行的"国庆"纪念会上，老舍作了背负"两个十字架"的演讲，显现了作为当时"五四"作家的共同特征的批判意识和忧患意识，与鲁迅"背着因袭的重担，肩住黑暗的闸门"的牺牲精神有着惊人的一致。

"五四"思想解放运动给了老舍现代的眼光、现代的思想意识。老舍叙述自己幼年入私塾，第一天就先给孔圣人的木牌行三跪九叩的大礼；后来，每天上学下学都要向那牌位作揖。到了"五四"时期，孔圣人的地位大为动摇。既然可以否定孔圣人，那么还有什么不可否定的呢？从而一下子就打乱了两千年来的老规矩！"我还是我，可是我的心灵变了，变得敢于怀疑孔圣人了！这还了得！假若没有这一招，不管我怎么爱好文艺，我也不会想到跟才子佳人、鸳鸯蝴蝶有所不同的题材，也不敢对老人老事有任何批判。'五四'运动送给了我一双新眼睛。"用"新眼睛"看事物的老舍，从那种旧的传统生活准则中走出来，不再"兢兢业业地办小学，恭恭顺顺地侍奉老母，规规矩矩地结婚生子"，而是选择遗弃一种叛逆的、追寻自我价值意义的生活方式。

"五四"新文化运动的反封建思想使老舍体会到人的尊严，人不该做礼教的奴隶；后来的"五四"反帝国主义使老舍感到作为中国人的尊严，中国人不该再做洋奴。这两种认识成为老舍后来写作的基本思想与情感。"这点基本东西迫使我非写不可，也就是非把封建社会和帝国主义所给我的苦汁子吐出来不可！这就是我的灵感，一个献身文艺写作的灵感。"

这是"五四"运动之后，给予老舍深深的思想、文化与灵魂的震动与影响。但是，在"五四"运动的当时，老舍与"五四"新文化运动是隔着一层的，老舍对"五四"运动的激进、反传统的价值态度是有所保留的，并不是完全认同的。因此，"'五四'把我与'学生'隔开。我看见了'五四'运动，而没在这个运动里面，我已作了事。是的，我差不多老没和教育事业断缘，可是到底对于这个大运动是个旁观者"。

老舍在"五四"时期对历史和现实的观察点，在对中国文化发展历史进程以及这种文化所派生的国民性的开掘剖析中处于矛盾状态之中，因而使得老舍的创作着力思考和精心表现的几乎都是华夏民族在现代走向中如何进行主体建构问题，如何进行传统中国思想文化与现代文明文化进行对话与转换问题。

但是，毫无疑问的是，"五四"新文化改变了老舍的心灵，并以一种更深远的方式在以后的时间段里影响着他。

异域文化的"底层叙事"

2003 年 11 月，伦敦的荷兰公园圣詹姆斯花园 31 号，被英国遗产委员会正式镶上"名人故居"的圆形蓝牌特定标志。牌匾素雅醒目，最上面用小字写着"英国遗产"，正中是老舍的中英文名字与生卒年份，下面用英文写着：中国作家在此居住，再下面注明 1925~1928，即老舍在此居住的年份。老舍是第一位居英住所被列为"名人故居"的中国作家。

老舍后来在《我的创作经验》中说："倘若我始终在国内，我不会成为小说家。到了英国，我就拼命地念小说，拿它作学习英文的课本。念了一些，我的手痒痒了。离开家乡自然想家，也自然想起了过去几年的生活经验。为什么不呢？""狄更斯是我在那时候最爱读的"，而康拉德的"结构方法迷住了我"。可以说，伦敦之行，激活了他审美创作的强烈动机，促成了他心中的底层生命体验和"穷人情结"转化为审美想象的精神资源，更重要的是西方异域文化极大地开阔了老舍的思想文化视界，给予了他文学创作和审美想象的入门经验和思维训练。

老舍到英国之后，广泛地接触了欧洲文学，从古代的荷马史诗、古希腊悲剧喜剧、古罗马文学到文艺复兴、十七十八世纪至近代英法文学。在这浩瀚的欧洲文学长河中，老舍尤其欣赏近代小说的写实的态度与幽默诙谐的笔调，最喜欢的是狄更斯、康拉德、但丁等人的文学作品。在灿若星河的欧洲作家中，与老舍的脾胃和气质最接近的是狄更斯。

狄更斯的成长经历、审美气质与老舍自身的成长过程中的底层生命体验、包蕴"苦汁子"的情感世界一拍即合，因此，老舍对狄更斯的审美思维方式、文学创作主题从内心深处非常认同，所以极大影响了老舍的审美创作风格，并且调动了老舍进行文学创作的审美冲动。狄更斯的小说不仅激起他最初的文学创作冲动，而且他作品中的幽默风格和人道主义思想，也得到了老舍的高度认同。老舍在学习、借鉴狄更斯的同时，并没有完全照搬狄更斯的人物塑造模式和故事结局方式，而是结合中国现实语境和自身生命体验，开创出一种属于老舍本人的美学气质和文学风格。

在老舍所熟悉的诸多外国作家中，狄更斯既是老舍在文学创作方面的启蒙老师，又是使老舍受益终生的文学大师之一。此外，康拉德、但丁、福楼拜、莫泊桑等欧洲作家对老舍的影响也很大，尤其是康拉德。康拉德在东西方文明交锋的冲突中所感到的个人孤独、人类价值荒谬，他对祖国的怀念，对大海和原始自然的尊崇，对忠诚、正义、高尚的无比尊重，对于专制、阴谋和压迫的憎恶，在相当程度上影响了老舍。老舍的小说和作品中正是通过描写生命的苦难和人性的被摧残、压抑、畸变来反衬对人的生命的珍重与热爱。在艺术手法方面，受巴尔扎克、福楼拜的影响的康拉德，其文学世界中现实与浪漫风格主题的接触，是一个充满矛盾、包蕴艺术张力的、充满对立因素的精神世界。老舍接受了康拉德深沉、孤独的悲剧的命运思想和矛盾多样的艺术表现形式，并且转化到自己的文艺创作之中去。

至于但丁、福楼拜、莫泊桑等欧洲作家和小说悲剧风格的感染，则是使老舍从滑稽式的幽默向讽刺式的幽默转化，在人物塑造到语言风格上，他对"招笑"的幽默有所控制，悲剧的成分被更多地注入了形象世界之中，通过荒诞、幽默的人物形象直逼悲剧性的社会本质，表达出作家对现实人生的深刻清醒认识，呈现了一个被遮蔽的、不幸悲哀而又苦苦挣扎抗争的底层穷人社会。

总之，老舍从自己独特的民族文化、个体生命体验出发，汲取"五四"新文化和西方异域文化的现代思想，把从狄更斯、康拉德、但丁、巴尔扎克等作家那里所获得的艺术营养运用到对中国现实底层社会的描绘中，以富于北京地方特色的语言，塑造了众多血肉丰满的具有典型"中国特征"的人物形象，尤其是城市底层人物形象，为中国现代文学奉献了一个既与外国文学有联系，又别开生面、独具一格的"城市穷人社会"。

日常生活中茶馆的审美叙事

北　乔

话剧《茶馆》自问世，就成为了中国话剧的标高，正如曹禺晚年评价说："《茶馆》是中国戏剧史上空前的范例。"时至今日，《茶馆》的生命力依然强劲，仍然是中国话剧艺术的经典之作。作为全面体现民族风格的作品典范，话剧《茶馆》的艺术贡献是多方面的，直到当下，依然可以当作我们吸引外来文化，滋补和茁壮本土传统的范本。有关《茶馆》的话剧民族化贡献，抑或对于民族风格的浓郁绽放，已经有过许多的探求与品析。诸如借鉴中国传统曲艺的结构和表演技法，呈现京味京腔的原生态，以及叙事中采取国画的大写意手法等等，不一而足。老舍曾说"一个大茶馆就是一个小社会"，这是洞悉了茶馆里所表现和潜在的生活情状。我们似乎也可以说："一个大茶馆就是一部活话剧。"是的，现实生活中的茶馆与舞台之上的话剧有着太多的形似与神似。这正是《茶馆》最具艺术魅力之处，也是艺术来源于生活的最有力佐证。从茶馆到《茶馆》，老舍以茶馆这极具本土生活底蕴和文化特质的现实生活载体，将西方话剧完全内化，完美实现了话剧民族化的华丽转身。

老舍扎实的生活体验，无疑让他体悟到了茶馆这一富有中国特色的公共生活空间的外在形态和内在精神。在这个极为有限的空间里，展示的是一个小社会，形形色色的人在流动，人们的情感、性格和命运在这里交织，活灵活现地上演着人生故事。在茶馆里，人们的行为降到了最低限度，而语言达到了最大化。茶馆的外部结构和内里的流动，应和了话剧的基本元素和结构范式。在某种程度上，茶馆本身就是一个舞台，每天都在上演没有剧本、没有导演的话剧，其中的每个人既是演员又是观众。而当我们站在窗外张望茶馆里的一切时，那其实就是观看话剧。与其说老舍借助话剧这一艺术形式来进行创作，还不如说是他在现实生活中找到了西方话剧的中国形态。从茶馆到《茶馆》，显现了老舍过人的生活发现力和艺术创造力。

无论是茶馆还是《茶馆》，其布局和道具很简单，除了那些形态、表情各异的茶客，也就是几张桌子几张板凳几只鸟笼之类的。现实中的茶馆场景，比许多舞台更为简洁，甚至有些抽象的感觉。但这当是对于生活的真实还原，因而十分的具象。这样的具象更似一副骨架，支撑起人物活动的空间，与之相对应的则是人物话语和行为的意象化以及生存状态的写意性叙事。此前有评者认为，《茶馆》中没有规则化的故事叙述，取而代之的散点透视，是老舍受益于西方现代话剧的浸染。其实不然。老舍的创作要点并不在话剧，而在以现实的茶馆为叙事场域，实现他"葬送三个时代"的创作理想。西方话剧的模式被他巧妙地以茶馆这一生活真实置换，并将生命中的文化精神和叙事伦理付诸《茶馆》中。可以说，《茶馆》只是在所谓的体裁形式上是西方的话剧，其里都是本土的、东方的，是老舍个体生命体验和对于世界认知的个性化书写。在茶馆里，他是参与者，也是观察者，对于生活的熟稔，提升了他的艺术审美。老舍在谈《茶馆》的时候说过："我的确认识《茶馆》里的那些人，好像我给他们都批过'八字儿'与婚书，还知道他们的家谱。因此，他们在《茶馆》里那几十分钟所说的那几句话都是从生命与生活的根源流出来的。"因为这份对生活的真切体察，《茶馆》中的众多人物，即使是出场时间很短，行为有写意色彩，但对于性格和性情的点化却是工笔式的，精到而鲜活。人物在茶馆里的具实与生活背景的虚化、行为的实在与对于人生的迷茫不解、人生中某一细节的密集展示与一生的大而化之，等等，这些既是对生活的艺术提炼，也显现了人生的种种哲理。写意与工笔，是茶馆的本真形态，也是《茶馆》重要的审美意味。

将西方话剧模式以茶馆进行巧妙转换，实现的只是外部架构的搭建，老舍的用意不仅在于此，他更看重的是茶馆之于现实生活的重要性、普遍性和实在性。剧本发表后，老舍写了一篇文章，题目是《答复有关〈茶馆〉的几个问题》，他写道："茶馆是三教九流会面之处，可以容纳各色人物，一个大茶馆就是一个小社会。这出戏虽只有三幕，可是写了 50 来年的变迁。在这些变迁里，没法子躲开政治问题。可是，我不熟悉政治舞台上的高官大人，没法子描写他们的促进或促退。我也不十分懂政治。我只认识一些小人物。这些人物是经常下茶馆的。那么，我要是把他们集合到一个茶馆里，用他们生活上的变迁反映社会的变迁，不就侧面地透露出一些政治消息吗？"这一段文字中隐藏了老舍选取茶馆为艺术场景的终极目的，这就是心怀平民化精神，以小人物的命运折射社会的大变革，以日常生活的片段辉映社会进程的重要关节。对于北京人，茶馆是随处可见的，参与了日常生活，各色人等都可以自在出入。与此同时，大众化的茶馆，又是底层人群会集的场所，虽说有个别的大人物偶尔会光顾，但基本上还是小人物的聚焦地。有时，也是小人物与权贵间的连接纽带。但不管怎么说，茶馆实质上就是平民化的代名词，是市井生活的重要舞台与去处。应该说，将全部的目光聚焦于小人物，纯粹照亮日常市井生活的角落，这样的话剧作品题材，本身就是稀有的。我们无法弄清老舍是为表现小人物而想到茶馆，还是因为从现实生活中的茶馆抽身而出，意欲将茶馆里的小人物化作鲜活的艺术形象。但我们可以肯定的是，老舍深知小人物的酸甜苦辣，融于生命中的悲悯挥之不去。他的目光在小人物身上缠绕，他的心牵挂着小人物的喜怒哀乐，他的创作一直关注着小人物的生存状态和生命行走。从这一意义上说，老舍只是借助了西方话剧这一模式，以中国特有的材质与思维，烹调了中国式的艺术套餐。

如前所述，茶馆是中国式的，《茶馆》也是中国式的。老舍的创作是对现实生活的本真还原与艺术提炼，一切都是在尊重生活的前提之下去洞察生活细枝末节之中的意蕴。当我们以此思路再次进入《茶馆》，我们会很轻易而兴奋地发现，《茶馆》的生活艺术化和艺术生活化可谓是登峰造极。对于人物的命运，老舍滤去了那些生活的常态化，只撷取最为关键的节点加以呈现。这个节点是人物命运的转折点或命运波折中最为重要的一件事。这本身就符合生活的规律，也是茶馆里最为常见的画面。人们会将最为精彩抑或最为重要的生活点，以最为简洁的话语表达出来。这是叙述者的兴趣点和能力所在，也把叙述对象的命运与性格，在最小的单位时间内表现得淋漓尽致。如此一来，叙述的表层常常是间断的，跳跃的，不连贯的。而这也正是《茶馆》最为显著的叙事手法。这样的手法，是大写意式的，更是国画中的留白，看到的只是一朵浪花，其余的都在水下。不叙述，但显示出强烈的艺术张力。这本身就是茶馆的原生态。

与此相似的是《茶馆》的语言艺术，尽现中国风范和汉语能量。老舍是个语言艺术大师，而这些除去他的灵性与天赋，还有他对于日常生活的用心关注。《茶馆》里的人物语言，许多就是移植于茶馆，是对普通百姓的日常语言进行了地道的艺术化。说半句留半句，一语双关，喜欢谐音，这些都是民间生活化语言的灵动所在。茶馆老伙计李三，在清朝灭亡了十几年之后，还是不肯剪掉他的小辫子，他有自个儿的"说道儿"："改良！改良！越改越凉，冰凉！……哼！我还留着我的小辫儿，万一把皇上改回来呢！"宋恩子要向王利发索取贿赂，他要求："每月一号，按阳历算，你把那点……"他多少有些张不开口了，吴祥子马上替他找到了"合适"的表达方式："那点意思！"宋恩子正中下怀："对，那点意思送到，你省事，我们也省事！"王利发抗不过他们，只好用小商人的算计法，叮问了一句："那点意思得多少呢？"狡诈油滑的吴祥子一点儿不示弱："多年的交情，你看着办！你聪明，还能把那点意思闹成不好意思吗？"这里的"越改越凉，冰凉！""那点意思"之类的语言方式，在我们的日常生活中，随处可遇。许多时候，寻常百姓动不动就能吐露出极富艺术特质和深刻哲理，而又极为日常化的语言。《茶馆》对于日常化语言的提纯与铺陈，与生活地气最大限度的对接，是近现代文学创作实践中的扛鼎之作。

因而，在我看来，《茶馆》最大的价值在于对于本土文化营养的深度汲取，对于平民生活的亲和接近。《茶馆》自问世以来，就受到了极大关注。20世纪70年代末到现在，北京人艺多次重排《茶馆》，创造了中国话剧史上最受观众喜爱的许多纪录。《茶馆》还成为中国话剧艺术的杰出代表，走出国门，出访话剧故里，被称为"东方舞台上的奇迹"。这也验证了"越是民族的就越是世界的"文化个性价值。而当我们循着日常生活中茶馆的审美叙事品读和研究《茶馆》时，或许我们可以挖掘出其更多的艺术价值与成就，并给当下的文化艺术创作带来更多的启示与指引。

老舍与新中国成立之初的北京大众文艺改造

王秀涛

大众文艺的改造是新中国成立初期的一项重要的文艺工作，是抢占文化阵地的重要环节。老舍向来对大众文艺情有独钟，也乐于和旧艺人交往，相处融洽。因此，在北京旧文艺改革的过程中，自然不能不提到作为北京文联主席的老舍，尤其他在团结旧艺人、改写大众文艺和旧艺人进行合作等方面均发挥了重要的作用，尤其是在文艺改造在方式、方法、途径尚处于政策性的探索、尝试阶段的时候，就显得极有示范意义。

可以说，对旧的大众文艺进行改造对刚刚建立的新政权来说尤其重要。解放后的北京作为政治文化的中心，文艺的改造和重建工作尤为急迫。文艺是配合新中国建设的重要工具和武器，就像周扬说的，"人民要看电影、戏剧等，这就是需要。人民看了戏、电影、文学作品以后，要能够教育他，提高他的社会主义觉悟，提高他的文化水平，这就是利益。所以文艺是党和国家对广大群众进行社会主义教育、共产主义教育的强大武器之一"。

但是，当时城市大众文艺却是与新政权的政治文化设想不相符的，其中充满的所谓封建主义、资本主义思想和小市民趣味，都被认为是冲击无产阶级的意识形态的落后、反动因素，它们的存在对于政治动员和新的文化建设是一种阻碍。就像丁玲所说的，鸳鸯蝴蝶派的作品和一些报纸连载小说，"讲的都是一些下流的三角、四角，甚至五角恋爱，还有什么姨太太和汽车夫，老爷和丫头，哥哥和妹妹等怪诞的恋爱故事"。而对大众通俗文艺颇感兴趣的赵树理到北京天桥，发现小戏园子里表演的内容"多半是以封建体系为主，表现'封建君主的尊严''某公子中状元''青天大老爷救命''武侠替天行道''神仙托梦''一道白光'等等。这些题材，基本上都是歌颂封建体系的，拿这些很为群众喜爱的文艺形式，却灌输给群众许多封建性的东西，这是一件非常可惜的事"。更重要的是，较之旧文艺，新文艺的力量较为贫弱，"说到新的文艺作品，深入到市民、工人层中去的还不多。新的文艺工作者和演员们，还不如那些写章回小说的、唱大鼓的、演旧戏的，为群众所熟悉"。

随着新的意识形态的建立，旧艺人原有的创作和演出在新的文学要求下逐渐失去了生存的空间，经济上的困难尤为明显。据邓友梅回忆，"北京刚解放时，在一片欢呼声中，却有两种文化界人士碰到了困难。一是写言情武侠小说的通俗作家，一是国画家。新中国才成立，一片革命朝气，大家都抢着读革命文学作品，看革命画展，武侠、言情小说和国画都没了市场。这些人多年来以卖文、卖画为生，不属于任何单位，没地方领工资，传统作品卖不出去，反映新生活的作品一下又拿不出来。连张恨水一度都很拮据，何论郑证因、李薰风、陈慎言等人；中山公园展卖齐白石老人的画，几尺长的中堂，标价 40 万旧币没人问津；旧货摊上张大千的册页 4 万元旧币（合 4 元一张）一幅，人们还挑挑拣拣。陈半丁、于非闇更为困难。还有的画家揭不开锅"。在这种情形下，老舍用各种办法帮助他们解决实际问题。对于这些陷入生计困难的艺人，老舍"就用信封装点钱送上门去接济"，还解释说，"这是我预付给您的稿费，写出满意的东西，我给您发表再扣回来"。对于画家们，老舍经常买他们的画，并给他们"揽差事"，他说："咱既是叫文联，这国画家也该联在内，得帮他们想点办法！听说要整修天安门，门楼总得有宫灯、隔扇作装饰，把这个活给他们揽下来，不就够吃一阵子的？"后来老舍就通过努力把这个活给国画家揽了下来。老舍还倡导成立了盲艺人讲习班，让那些陷入困境的盲艺人学习新的技艺，以解决他们的生活困难问题。老舍主持开学典礼并亲自授课，讲习班结束后，一些盲艺人加入了各种文工团，其余的人则成立了盲人橡胶厂。

在旧的大众文艺改造的过程中，如何让大众艺人把改造当作自身的内心需要，是推动文艺改革的重要步骤，一方面赋予旧艺人以政治地位，让他们参加各种具有政治荣誉性质的活动，使他们从"旧艺人"成为"文艺工作者"；另一方面就是要切实地解决他们的生活困难，使其看到在新政权下继续生存的希望。老舍这种通过帮助和团结旧艺人的方式，也使得北京的大众文艺改造获得了充分的群众基础，使改造变成旧艺人的内在需要成为可能。

此外，老舍还亲自动手对旧的大众文艺进行改编，赋予其新的内容，并以实际的创作成果起到了突出的示范作用。旧文艺不符合新的审美标准，在当时已经丧失了政治合法性，旧艺人创作新的文艺作品存在较大困难。"北京有许多写章回小说，向报纸副刊投稿的作者；有画老画、小人书的画家；有写剧本、旧曲艺的作者；这些人正感到'无路可走''不敢下笔'的深重苦闷。"（王亚平：《大众文艺工作的推进》）一些剧场上演旧文艺作品往往会被文艺领导机关批评，而观众尤其是工人阶级则以工农兵文艺的标准当场进行批评和抵制。北京某印刷工厂邀请北京曲艺界去表演，顾荣甫、尹福来以老一套的旧词演出，台下的工人们提出"我们不听这些对我们没有教育意义的旧玩意儿"，"我们开晚会不光是为了开心、取笑、滚热闹，我还要在娱乐里领受教育"。这对旧艺人的刺激无疑是很大的，有人说："社会变了，工人进步了，不听旧玩意儿了，如果老百姓全进步和工人一样，我们的玩意儿，不就没人听了吗！不是连饭碗也没有了吗？"

旧艺人为寻求新社会的政治地位，意识到需要遵从工农兵文艺方向，但创作新文艺又不得其要。老舍在北京大众文艺创作研究会的会议上针对这种情况就说："学习政策，体验生活，这都很好，可也都不一定马上见效。解决燃眉之急，不如先从最容易的入手，咱们一时写不出新作品来，改别人的旧东西总行吧？新中国了，以前没人过问的事咱就得过问。比如说北京人爱听大鼓，有的段子人们都听熟了，会背了，可是谁也不懂什么意思，唱的听的都糊涂多少年了，解放了总不能再糊涂下去。《白帝城》是名段子吧，开头几句你们听得懂吗？""相声该改的更多了，大家先把容易做的做了，我想办法给你们找唱家，找地方发表。既是对人们有好处，大伙有人有了进项。要嫌这活小丢身份，我带头先干。"没多久，他写的"太平歌词"《中苏同盟》刊登在《说说唱唱》上，电台上放了他改的相声段子《维生素》。他改编的相声段子《绕口令》《假博士》和《铃铛谱》也在《光明日报》上连续发表。按照新的文艺标准写作的新文艺对旧艺人来说是很困难的，但改编、改写则相对容易得多，而且既能充分利用旧文艺在形式上的意义，通过赋予新的内容获得新的生命，老舍的尝试无疑给大众艺人的创作提供了一种可行的方法。

新旧文艺工作者的结合是进行旧文艺改造的重要方式，通过合作可以使旧艺人直接感受新文艺的创作要求和规范。《文艺报》第1卷第11期刊登了《谈戏曲改革与改造旧艺人思想》的文章，认为提高艺人政治水平最好的办法是"在结合分析批判修改旧戏曲与创造新戏曲的合作过程中启发他们的阶级觉悟，提高他们的政治认识，否则，离开业务单纯上政治课的效果甚小，甚至收不到效果，有些地区通过业务改造艺人思想，进行修改旧戏曲创作新戏曲，已经有了成功的经验，这样做有很大的好处，在修改旧戏曲和创作新戏曲工作上走了群众路线发动了群众，我们从艺人那里学习了技术，而在艺人思想改造工作上是切合实际，逐步得到了提高，使他们得到了提高，使他们逐渐地了解了政策"。在1953年1月致胡乔木的信中，老舍依然对新旧艺人的结合问题未能实现表示惋惜，"艺人们对新作品摸不着头，而新文艺工作者又未尽心帮忙，是亦一病。即如'柳剧'，无专人导演，无专家代选曲牌，我的原词没按曲牌填制，由艺人们随便增减字语适应曲牌，我也没帮忙。剧本已弱，又未获演出的补益，乃太不像样。以曲牌编唱，实胜评戏之单调，但拼凑曲牌，一疙瘩一块，只显杂乱无章。此剧所用曲牌系北京人民所喜闻乐见者，但排列既未恰当，而曲与曲之间又无音乐联系，遂感音乐性贫乏。这都不是艺人角色能解决的。新旧文艺工作者合作最为重要，惜至今仍未实现"。

新旧艺人的结合主要依靠新成立的文艺团体实现的，譬如北京大众文艺研究会、新国画研究会和先生改进小组。老舍回国后即加入了大众文艺研究会的活动，和会员交流。这个组织的会员写出的作品，"要互相传阅、提意见、修改、最后交到创作部，经过研究、修改、优秀者可交编辑出版委员会发表、印成书"（王亚平：《大众文艺工作的推进》，《文艺报》第 1 卷第 4 期）。通过创作提高认识的做法，在当时被认为是卓有成效的，"在不断的编演新剧中，人人都提高了政治观点，懂得了如何分析一个剧本的好坏，一个人物的性格，一句台词的影响"（王亚平：《大众文艺工作的推进》，《文艺报》第 1 卷第 4 期）。北京新国画研究会成立后，由于"创作思想还不够明确"，作品存在着缺陷，老舍不但"耐心向他们讲解党的文艺政策"，还"和他们共同研究国画创作中的一些问题"（王松声：《老舍在北京文联》，《新文学史料》1986 年第 2 期）。相声改进小组的宗旨是团结北京市相声艺人互助互励，共同学习，共同研究，集体创作新相声，改编旧相声为工农兵服务，并且号召全国相声艺人团结起来，通过相声改革达到教育艺人的目的。在净化相声语言的同时，他们更急迫需要符合新的文艺方向的新的作品，自己改编、创作有困难，于是他们也请老舍帮忙，老舍很快写出了《维生素》《假博士》《逛福隆寺》等段子交给相声改进小组。相声改进小组"把老舍等先生们写的一些成功作品，交给那些底子薄、艺术软的演员。让他们尝到艺术改革的甜头，增强信心"（薛宝坤：《侯宝林和他的相声艺术》，黑龙江人民出版社 1983 年，第 52 页）。

写在《四世同堂》手稿"申遗"十年时

许建辉

　　闲来收拾书橱，一本书一本书挨着翻，潜意识里似乎企盼着能从中发现点儿什么——一张字条？一枚书签？抑或一个已经风干的树叶？总之这是最招人爱干的活儿，就像儿时翻检姥姥的针线筐箩，对一角花布头、一截红丝线、一枚锈着绿斑的铜顶针……都充满了搅动起岁月涟漪的期待。而天道酬勤，这一次竟翻出了一份夹在一本画册中的《中国档案文献遗产申报表》，那是《四世同堂》手稿"申遗"的文件初稿打印文本，上面有舒乙修改的笔迹。它是原始的，也是唯一的，因其电子版早已说不清什么时候是在家里还是在单位的哪一台电脑哪一块移动硬盘哪一次拷贝、删除或格式化时的错误操作中遭遇灭顶之灾而荡然无存。事先怎么就没有为它，也为与它一起灭失的其他资料多留一件纸质备份呢？我自责，曾经痛心疾首。好在时间已经带它走出很远，让人虽未忘记，却也轻易不会再想起。谁知它竟突然从天而降，正所谓"踏破铁鞋无觅处，得来全不费工夫"。失而复得之幸，其乐何如？看着"表"后的落款日期——2001 年 9 月 3 日，想着在它与我之间已经横亘了 11 个春秋，而《四世同堂》手稿入选《中国档案文献遗产》也已整整 10 年，不禁思绪翻飞，启开了尘封岁月。

　　那时文学馆刚由京西万寿寺搬到朝阳新址不久，一切都还透着一股"新"劲儿——庭院新，楼宇新，展厅新，库房新，桌椅板凳，电脑电话……一码全新，就连我这个"征集室档案组组长"和我唯一的组员杜士玮也都是"新"的——小杜是 1999 年 7 月大学毕业刚分到文学馆，我是 1999 年 9 月结束了"老作家助手"工作才调到文学馆。对于档案管理来说，我们都是初次上岗的新兵——或许也唯其如此，我们都干劲十足，工作热情饱满而高涨。小杜乍看文文静静不急不躁，干起活来却眼到手到十分迅捷泼辣。一进库房，她就把飘飘洒洒的长发一抓一拧一绕盘在脑后，看起来清清爽爽利利索索。她装档案盒，我为档案盒填书标贴书标，另有一个临时工小叶负责把档案盒搬运上架。档案盒的硬边在小杜的手上剌出了许多血色印痕，每次小憩，她都要蜷起手指放在嘴边嘘嘘地吹着缓解疼痛，可是一开干呢，却又全然不顾了。正是这种紧张而有秩序的工作，让我们三个人仅用了4个月多一点儿的时间，就把满满当当塞在 N 个绿色铁皮箱里的近2 万件手稿整理出来，赶在 2000 年 5 月 23 日新馆开馆前完成了手稿库的"基本建设"。

可惜"新劲"很快过去了，"心劲"也随之消沉——因为越来越感觉文物保管工作远没有领导对我们宣讲的那样重要乃至神圣，它其实是一个早被前台遗忘的幕后角落，一天到晚看着库房或者说是被库房看着。别人去征集，我们守着库房；别人去巡展，我们守着库房；别人去学习、去考察，我们守着库房……别人能"弹性"出勤，我们却必须天天到岗，等待着那一两个月也不一定能光顾一次的"读者"。我们只能给别人"提用"藏品，自己却无权使用那些资料。我们的工作无法量化，所以按超额数量发放的年终奖金便注定与我们无缘……日复一日咀嚼着如此这般诸多不平，不知不觉间就一步步认同了彼此间互称"裤头儿"（库头儿）的自谑。工作中所有的兴趣与乐趣日渐消失，似乎只剩下当一天和尚撞一天钟，在无聊且无奈中耗费生命了。

正是在这种情绪氛围中，一项任务突如其来——征集室主任刘屏代时任馆长的舒乙发出指令，让尽快写一份材料，送《正红旗下》手稿应征"申遗工程"。记得当时我曾慵慵懒懒地推拒了一番，还说了一大堆该说的和不该说的牢骚话，例如"只会看库房从来不解'申遗'为何物""'工程者高楼大厦桥梁铁路一类宏大事物也'非我这个'库头'角色所能担当"云云。但最后终于还是接受了，因为得知这事情"已经有人做过",又让我做不过是想"再试试"。我以为既是"试试"就没有要求一定成功所以就没有压力,况且前车既覆后车再翻一回又有何妨?更别说这工作从来没做过所以不会做因而充满了新奇与挑战的诱惑,万一……那么……被这些说得出口和说不出口的私心杂念驱动着,后来的好一阵子忙活也便顺理成章。材料写罢上交后即如石沉大海,时间一长便仿佛什么也没发生过。不想《四世同堂》的"申遗"材料上竟还提到了它,那是正文后附带着写下的几句话:

"舒馆长:《正红旗下》文献遗产的申报材料送至国家档案局之后,有关人员打来电话,让把《四世同堂》也拟一份申报材料送上去,说争取同时把两份都批下来。现将《四世同堂》的申报材料大致搞成上述模样,请审阅。不妥之处,请教正,我再改。有空白处,请说明该如何填写。按国家档案局要求,最好节前能送上去,故请拨冗尽快一阅为盼。"

从该"附言"看,《正红旗下》的"申遗"材料一定是写"达标"了,最起码也顺利通过了舒乙的审读,否则不会报送国家档案局;国家档案局大概也很能看得过眼,不然不会什么意见也没提就让再搞第二份;我个人呢,肯定自我感觉良好,要不接踵而至的《四世同堂》"申遗"材料不会先写了再说仿佛一点儿也不担心会做无用功会费力不讨好。奇怪的是我拿这项干得还不赖的工作好像挺不当回事,因为依稀的印象中一直是《四世同堂》"申遗"在先而《正红旗下》在后,后者不过是前者"得陇"之后的"望蜀"而已。这种顺序的错位,估计与两件事情的不同结果大有关系。记忆的"势力性"选择导致其自身的不可靠,由此可见一斑矣!

失而复得的《中国档案文献遗产申报表》不同于一般报表,区别在于它没有"表格"之"格",只有"1""2""3"……"1.1""1.2""1.3"……"1.1.1""1.1.2""1.1.3"……等按级差叠套着自上而下排列的一大堆条目,其中最重要因而最需要多下笔墨处当数第"1.5"条即"文献遗产价值评估"。这个条目下辖6个子条目,依次分别是文献时代背景、文献题材、文献主题、文献形式风格、文献艺术成就、文献稀有性。感谢那些长期致力于老舍研究的专家学者，上述问题基本上都可以从他们的著作中找到答案。我要做的就是博采众家之长予以归纳总结提炼，然后从档案鉴定的角度改用大量说明性语言另行表述即可。

说来真是惭愧，白守了手稿库房那么长时间，居然从来没有机缘或曰没有心思认认真真地去欣赏去品鉴过历史给予我们的丰厚馈赠之一——《四世同堂》手稿。那是老舍的真迹，用毛笔恭楷竖行书写于抗战时期大后方生产的土纸上。上卷《惶惑》34 章，中卷《偷生》33 章，两卷共计 1700 页约 67 万余字，竟能如江河直泻浩浩荡荡直下千里一气呵成。其间偶有修改处，则必用墨笔将要删除的内容涂成很规整的方形或矩形；若需添加字词，也必是写得清清楚楚并做出明显标示。最后的页码编排和装订成册，也都是老舍亲力亲为。且不谈《四世同堂》在选题与立意方面占据的高度，也不谈其在文化批判方面达到的广度与深度，仅是这些属于手稿形式层面的直观性信息，就足以让人高山仰止崇敬之至。须知，《四世同堂》开笔时间是 1944 年年初。老舍说过，那一年"是战局最黑暗的时候，中原，广西，我们屡败，敌人一直攻进了贵州。""在这年月而要安心写百万字的长篇，简直有点不知好歹。"但他却硬是写了，而且写得那么仔细，那么认真，那么泰然自若！一部小说，在国内没写完，还要带到国外去写——在重庆开头，在纽约结束，旷世才华作七彩长虹飞架大洋两岸。只可惜其下卷《饥荒》已在"文革"中损毁，现有的上、中两卷，是保管者几乎以生命为代价才得以留存下来。看着那数万千者如一自始至终横平竖直勾画了了的文字阵势，就仿佛看见执笔者的心血在怎样一滴一滴沥出来；就知道真正的文学极品，必定是从作家骨肉中煎熬出来的人生精华！深思熟虑而后成竹在胸，下笔珍重一丝不苟，对人负责对己负责对文学负责对社会负责，这样的品格这样的作风，或许正是大师之所以成为大师的"诀窍"之一吧？

"申遗"材料初稿打印文本报送舒乙馆长后，他用钢笔做了几处修改：一是在相关空白处填写了数据，二是在"1.1.5"条即"文献艺术成就"后添加了如下内容："(《四世同堂》)2000年进入'百年百部'丛书，成为中国新文学百年来最好的一百部作品之一。已翻译成英、法、日、德等文种；已改编成电视连续剧和其他剧种演出。"打印文本中"2.2"条谈文献的"保管状况评价"时有这样一段文字："中国现代文学馆成立之初，在相当长一段时间内借住万寿寺。数百年老房，阴暗潮湿且十分窄仄，《四世同堂》手稿只能同其他手稿一起塞进铁皮档案柜中。因纸质太差，难以抵制温、湿度不适造成的伤害，招致部分损毁。"舒乙将最后六个字删除，在"伤害"二字后画上了句号。

一年后，2002年9月的一天，舒乙打电话告诉我，由国家档案局和中央档案馆编辑的《中国档案文献遗产名录》第一册已正式出版，"内收34件古典文献、9件现代文献、5件当代文献，《四世同堂》手稿以惟一的文学类手稿入选其中"。听得出来，他很高兴。"这可是经'中国档案文献遗产工程'国家咨询委员会评审确定的。"他特别强调说明，"评审委员们都是国内文献、档案、古籍、史学界的知名专家学者。"然后，他让我到国家档案局取回了两套书，一套交由他个人收藏，一套送进了本馆的图书大库。

在图书大库办完编目入藏手续之后，我把书又借了出来，从头至尾——包括前言和后记——认认真真看了一遍，知道《四世同堂》手稿排在《中国档案文献遗产名录》所录48件套文物的第44号位置上。在它的前面，有记载两千年前经济社会生活的《尹湾汉简》，有13世纪西藏归入中国版图的原始证据《元代档案》，有1200年前的藏医宝典，有800年前的西夏文佛经，有独特的贵州水书和纳西东巴古籍，有蒙古族土尔扈特部万里东归的记载，有明朝的"铁券"，有清代的金榜，有"京张铁路撮影"（"撮影"即缩影——笔者注），有黄河第一桥——兰州黄河铁桥的施工图纸，有堪称世界宗谱之最的清代《玉牒》，有江南机器制造局、大生纱厂、汉冶萍公司等民族工业的早期文字遗存，有革命党人的书信，有保路运动、护国运动的文件……在它的后面，有"中华人民共和国开国大典"政府公告，有孙中山致犬养斋的手札，有周恩来在万隆会议的发言稿，还有已列入《世界记忆名录》的有关 17 世纪在华西洋传教士活动的"清代内阁秘本档"。书中《四世同堂》手稿的图片从构图到用光都颇见功夫，那是本馆摄影家王小雄的杰作——记得是一个丽日蓝天的上午，九十点钟的温柔阳光下，我们把手稿抱到文学馆 A 座楼顶，摆放在紫红色的天鹅绒布上……

《四世同堂》手稿的"申遗"成功，据说能让文学馆得到二三十万元的档案遗产抢救保护项目款。这笔钱后来是否到位我不知道，但我因之拿了一笔小钱倒是真的——2002 年年终工作总结时，馆长给我颁发了 300 元"特殊贡献奖"。高兴之余，又颇为于心不安，因为心里非常明白：《四世同堂》手稿被确认为"国宝"，那是它自身的价值所决定。不论由谁承办"申遗"，其结果终归都是一样的。我能有幸参与，实乃上天福泽，它带给我的是远远超出期待的时来运转——差不多与"特殊贡献奖"同时，我拿到了正高职称"研究馆员"证书；两个月后，又得到了"文学馆征集室副主任"任命。因为任命，我有了自由进出库房的权利；因为证书，我有了提用馆藏珍品的资格。这二者又合力为我开辟了一条走近文学大师们的绿色通道，让我得以看明白我所守望的是一座属于中华民族的精神文化宝库，从而日渐陶醉于对文学档案故纸堆的整理与发掘，并从中找到了本职工作的价值与意义。而这一切，都从《四世同堂》手稿的"申遗"开始。当《四世同堂》手稿入选《中国档案文献遗产名录》10 年时翻出这些说起这些，是想以我永志不忘的感激，向老舍及其不朽的《四世同堂》手稿，献上最诚挚最崇高的一份敬意！

文学馆珍藏的老舍字画

刘　屏

在文学馆收藏的字画里，与老舍相关的有 20 多件，其中不乏国宝级字画。像大家耳熟能详的齐白石的《蛙声十里出山泉》，傅抱石的《湘夫人》《浓荫读画》，以及黄宾虹、陈半丁、陈少梅、汪慎生、胡佩衡、林风眠、沈尹默等书画大家的作品历历可数，这些作品均是为老舍而作，背后有着不少感人的故事。这里暂且不说，只向大家介绍几件老舍自己书写的作品共赏之。

赠巴金的嵌字对联

老舍的兴趣爱好十分广泛，写字便是其一。1924 年，他赴英国伦敦大学东方学院讲授汉语和中国文学。走前，为白涤洲书过一幅四字中堂："笃信好学。"还在大字下题了数行小字："读书达理，则心平识远，富贵名利无所忮求，旦夕警策，守之终身，便是真君子，大英雄。"白涤洲是老舍当年最说得来的同学和朋友之一，可惜后来英年早逝。这幅字和上面的内容是送白涤洲的，同时也是老舍自己一生所追求的境界。古人讲诗言志，老舍赠人之诗句恰是言己之志。古人讲字如其人，老舍的字正如其人工整而不拘泥，兼收而不失其本色。

老舍善结朋，巴金乐交友，两个人在中国现代作家中都是极有人缘的。当然，两人脾气秉性、生活环境不同，交友结朋也各具特色。

老舍为人豁达爽朗，好客幽默的性格每每为朋友们带来欢乐。巴金待人热诚真挚，以心换心的性格时时为朋友送上温暖。人品正直，表里如一是他们共同的优点。巴金先后捐给文学馆几十幅字画，其中老舍书赠巴金的这副对联就很有特色。上联为"云水巴山雨"，下联为"文章金石声"。全联只有 10 个字，正楷书写又饱含魏碑气韵，可谓字精而意深。寥寥数字，既有对朋友人品的赞誉，又有对朋友文品的褒奖。同时还包含了老舍自己的为文为人之道。更有意思的是，此联中嵌有"巴金"二字，正是受赠者之名，且无丝毫斧凿牵强之感。这副对联，不仅体现了老舍厚重的文学底蕴和文字功力，还有他对朋友的熟悉和了解。

此对联书于癸卯春（1965 年），上联题"巴金兄哂正"，钤有一兔年生肖印，下联落款"老舍"二字，盖一阴文名章。此对联堪称是一件融高雅与通俗于一炉之佳作。

像这一类的嵌字诗和对联，老舍从二十世纪三四十年代就曾作过，到 20 世纪 60 年代作得更加纯熟而得心应手，以此馈赠朋友，不但极为雅致，而且充满意趣，这也从一个方面反映了老舍当年的良好心态。比如当年赠茅盾的对联书的是："鸡鸣茅屋听风雨，戈盾文章起斗争"；赠作家曲波的对联为："曲高和众，波远流长"；而赠作家于黑丁的一副对联则写道："乐礼添黑发，服务为白丁"。

老舍书《春游小诗》扇面

中国的折扇是很讲究的，尺幅之间集诗书画篆于一体。老舍喜欢扇子，收藏扇子是出了名的，除"扇子有风，拿在手中"的实用性外，老舍更看重的是其丰富多彩的艺术内涵和人文价值。

据说当年梅兰芳每次演《晴雯撕扇》前，都亲笔画一扇面，带上台去又当场撕掉。他的琴师许兰觉得可惜，就偷偷把每次撕掉的扇子捡回来，请人修补装裱，然后送熟人朋友。许兰知道老舍爱扇藏扇，于是便送给了老舍一把。梅兰芳对艺术一丝不苟的精神让老舍感动，他曾多次拿着这把扇子向朋友们讲述梅兰芳画扇撕扇的故事。

为老舍的藏扇题诗作画的人不少，既有著名书画家、作家，也有不少艺术家、戏剧名伶。平日里写作有暇，老舍常会邀请三五文友来家中品茶观画赏扇，大家都把这样的诚邀，当成一种难得的艺术享受。夏日里，老舍出去参加会议或活动，也会随心选上一把拿在手中，仿佛携老友同行前往，引来不少羡慕的眼光。可惜在"文革"浩劫中，老舍珍藏的163把名扇被抄走，至今"黄鹤一去不复还"。

文学馆现藏有两件与老舍相关的扇子：

一件是湘妃竹扇骨的折扇，扇子正反两面分别由汪慎生、胡佩衡、陈少梅、陈半丁4人各书诗词两条，画作两条，16张书画条幅交错组成了一件蔚为壮观、精致别样的集成珍品。胡佩衡唯一的时间落款"甲午之夏"告诉我们，4位书画大家共同创作的精品完成于1954年夏天，这件侥幸留存下来的宝贵藏品，也让我们得以见到几乎遗失殆尽的老舍藏扇之璀璨一斑。

另一件是一张已装裱成条幅的扇面，老舍在上面用工整的楷体隶书书写了四句七言诗："十年未作沪江游，十里洋场一笔勾；劳动人民干净土，桃花今日识风流。"这四句诗是老舍《春游小诗·参观闵行新城》中的后四句，前四句是："闵行平地起新城，广厦千间一夜成。雨露三年花四面，双双紫燕闹春晴。"此诗作于1962年4月。这一年春天，老舍曾到福州、汕头、上海等南方城市参观游览。春游阔别多年的上海，正值春雨拂面，桃花盛开，看到过去的十里洋场如今已旧貌换新颜，劳动者干劲冲天，怎不诗兴泉涌，诗意益然。在上海，他还写了《游豫园》《赠赵家璧同志》《雨夜在大世界听扬剧名演员顾玉君》等诗作。这次南行，老舍感慨万分，回京良久仍心绪难平，于是才有了笔力透纸、情漾扇面的佳作。

为张仃画《曹雪芹画像》书长题

文学馆藏的国画作品中有两张尺幅巨大的《曹雪芹画像》，一张是国画名家刘旦宅所画的，一袭蓝布长衫的曹雪芹端坐在石上，脚边红叶散落，手握书卷凝神冥思，郭沫若以洒脱遒劲的行楷在画作右上题"曹雪芹画像"款；另一张画出自国画家张仃的手笔：身着月白色长褂的曹雪芹侧身席地而坐在布满苔藓的嶙峋巨石之上，头顶的老树横枝上，三五片未落的红叶如炽，平添了几分秋凉，画家在画面右下留出大片空白，老舍用独家楷体录下敦诚208字的长诗《佩刀质酒歌》。张仃的画好，老舍录配的诗更佳，书画交相辉映相得益彰。从老舍的题款可以看出，此画与刘旦宅之作同完成于1963年夏天。

张仃是书画大家，曾领导设计制作了中华人民共和国国徽和新中国第一批纪念邮票，还设计了动画片《哪吒闹海》。他认为一幅好的中国画有很多要素，但最基本的一条就是笔墨。而笔精墨妙，是中国画的文化慧根。这与老舍提出的"中国画理应是会用笔，失去了笔力便是失去了中国画的特点""从中国画的一点一线中找到自然之美与艺术之美联结处，这联结处才是使人沉醉的地方"的艺术观点不谋而合。

以如此之长的《佩刀质酒歌》书于张仃的画作上，老舍是经过精心选择的。敦诚是努尔哈赤第十二子阿济格之五世孙，自幼聪慧，能诗善画，后因家世的不幸，心中苦闷，常寄情山水，纵情诗酒。著有《四松堂集》，纪晓岚在序中赞其诗可与唐宋诸大家相媲美。敦诚与曹雪芹是挚友，《四松堂集》中有5首诗写到曹雪芹，是研究曹雪芹不可多得的珍贵资料。《佩刀质酒歌》是其中的代表作，敦诚在这首长诗的小序中讲了一则小故事：一个秋雨清冷萧瑟的早晨，曹雪芹从西郊来到北京宣武门内的槐园访敦敏，或许是秋凉适眠，久叩门扉未见主人开启。刚巧敦诚路过，看到曹雪芹"酒渴如狂"，立刻解下随身的佩刀去给曹雪芹沽酒，二人对酒当歌举杯欢饮，曹雪芹乘兴作长诗谢友，敦诚则对诗作答，这便是《佩刀质酒歌》。只是无人知晓曹氏的长歌今安在。

作为一个现代文学的大师，老舍对古代文学大家曹雪芹和他的呕心之作《红楼梦》都有着一份浓浓的感情。他赞叹曹雪芹在《红楼梦》里创造出如此众多的性格迥异的人物，"一个姑娘一个样"，又称《红楼梦》是曹一生"生活的总结，这才叫创作"。老舍向青年读者推荐《红楼梦》时说："读一本伟大的创作，便胜于读一百本文学的书。读几段《红楼梦》，便胜于读十几篇红楼考证的文字。"

1964年老舍在北京郊区体验生活，给郭沫若的信中曾有"金玉红楼终是梦，锄禾碧野遍开花"的诗句，讲村中父老传言，曹雪芹曾在附近的法海寺出家为僧。

文学馆的两幅《曹雪芹画像》多年间曾一直暂存在故宫的临时库房里，后故宫负责人看到画的是作家曹雪芹，画上又有郭沫若和老舍的题词，便致电舒乙先生，愿将两画转赠文学馆。于是，两画才得以"叶落归根"入藏文学馆。

赠广州部队战士话剧团及其他

1965年9月，老舍在广州观话剧《英雄工兵》后，曾写了一首七言律诗送广州部队话剧团留念。这首诗刊登于当年9月20日的《解放军报》上。诗是这样写的："南国芦笙塞北笳，工兵四海好为家。云峰昨开通天路，水库今开遍地花。壮丽关山迎晓日，风流人物在中华。英雄姓自君休问，集体光荣最可夸。"无巧不成书的是，文学馆也保存了一幅这首诗作的书法墨宝，是老舍家人捐赠的。细看竟然发觉此诗幅中的内容，只有第7行与前者相同，其余皆有变化，诗曰："南国骄阳紫塞沙，工兵无处不开花。云峰笑辟通天路，水库歌腾万顷霞。汗滴千山都入画，风流四海好为家。英雄姓自君休问，集体丹心最可夸。"若把两诗细细比较，可以看出：前诗平实通俗直抒胸臆，后诗含蓄清雅委婉道来。虽读来感觉不尽相同，却都有一番真情意趣。若有人细细考证，说不定又是一段动人的写作故事。

老舍以写小说见长，但他留下的新旧诗词多达24万字，其中新诗12万字，旧体诗也是12万字，总计数百首诗。写诗特别是写旧体诗，让老舍深悟到遣词造句的严谨和诗歌语言的简练。他喜欢书写自己的诗词送亲朋好友，尤其是到了晚年，这种做法更是处处可见。据研究者调查，他的最后一首旧体诗的压卷之作是1966年春天写的《赠王莹》："小住佳园百病除，西山爽气入蓬庐。风香云暖松荫外，细读人间革命书。"

除了上面提到的《赠广州部队战士话剧团》，文学馆还有一幅老舍书赠张颖同志的条幅，是1963年的春节，老舍写于北京的丹柿小院。这张条幅是老文学工作者张颖捐赠给文学馆的名家四条屏之一，那三张分别由郭沫若、田汉、齐燕铭所书。老舍赠张颖条幅所书内容是五律二首，一首是："六亿五千万，风流一代人。更生凭自力，同志以相亲。酒热诗歌仙，梅红天地新。冲寒花倍好，奋发共迎春。"这首诗老舍还曾作为春联赠送人艺老演员英若诚，另一首曰："海南秧已绿，漠北雪封沙。气象虽千态，人民是一家。工农相助酒，儿女尽如花。顾盼生颜色，红旗飘彩霞。"诗后落有"写奉张颖同志两政"字款，是客气地请老朋友既品诗，又赏字。这一时期，老舍所写所书的诗词大多展现了一种文人风骨和社会责任，以及人与人之间那种亲如一家的关系。这从馆藏的另外几幅老舍书法作品中也可得到验证。如他为中国文联全委会闭幕书写的"文人相助，风格独新"，以及"自力更生，奋发图强""山海风光此乐土，粮棉诗画皆丰年"都是如此。

诸多诸多不再例举了，总之，文学馆珍藏的老舍书法作品，件件都是耐人品味的文学精品和书法墨宝。

郁达夫小说的创作情性

陈 宁

诗人唐湜认为，艺术家要追求"自己所需要的自我发展与自我完成"。这个"自我"，包蕴了艺术创作的精义之一，我们可以从中感受到艺术家自身的情性、天赋和体验对于文学创作，是多么的重要。因而，读懂一个艺术家，就要"带了肌肉官能的感觉与欲望"去体验他，感受他所感受的，体验他所体验的，痛苦他所痛苦的，乃至理解他所师法的……如此，才能真正感受一个艺术家的情性与精魂。而郁达夫正是这样一个钟情于自己创作情性的人，他对文学的贡献正在于他对自己感受力的忠实。对于这样一位用心用情书写自我的作家，我们不妨将自己沉浸于他的文学世界中，放下一切冥思苦想的脑力思考，随着心性的方向自然体验他作品中那流动着的情思，这种流动的、直接作用于人的感受的力量，或许是真正能够体现作家艺术魅力的地方。也或许正是他的作品真正吸引读者的地方。

感 受

借用郁达夫的话来说，"'五四'运动的最大成功，第一要算'个人'的发现。从前的人是为君而存在，为道而存在，为父母而存在的，现在的人才晓得为自我而存在了"。同样，郁达夫的文学创作也在实践着他这种为自我而写作的理念。这个"自我"是作者自身的直观感受力。它借助作品中的人物或意境得以呈现。郁达夫进行文学创作，毋宁说他是在完成自我，这也即是他所说的"文学作品都是作者的自叙传"。因而，这种忠实于自身的文学，必定是依赖于作家丰富的感受力的，它也必定会将作品直接传达于读者的感官，继而引发人的共鸣。

品读郁达夫的几篇名作，我们可以发现，无论是《沉沦》《春风沉醉的晚上》，还是《迟桂花》等，都以其细致入微的心理描写现之于读者，这种心理之真实、丰富、复杂，令读者感同身受，仿佛窥探到了另一个自己。细细体验这种感受力的传达方式——即是引起读者身心共鸣的方式——也即是能够呈现世界和人的那种"流动"的真实感，不难得出以下的结论：郁达夫的艺术世界不是先验的、概念的，而是血肉一体的真实感，这种艺术感觉与"公式化""概念化"相反，是一种"流动"的鲜活，这或许才是艺术真实的题中之义。我们来看《银灰色的死》中的一段景物描写：

> 他胡乱地喝了几杯酒，吃了几盘菜，就歪歪斜斜地走了出来。外边街上，人声嘈杂得很。穿过了一条街，他就走到了一条清净的路上，走了几步，走上一处朝西的长坡的时候，看着太阳已经打斜了。远远的回转头来一看，植物园内的树林的梢头，都染成了一片绛黄的颜色，他也不知是什么缘故，对了西边地平线上溶在太阳光里的远山，和远近的人家的屋瓦上的残阳，都起了一种惜别的心情。呆呆的看了一会，他就回转了身，背负了夕阳的残照，向东的走上长坡去了。

如此描写，将主人公寂寥落寞的悲凉心境烘托得恰到好处。此情此景，正能引得读者去感受主人公心境的复杂。当然，我们不能因为这种感受力的浑然天成而苛责郁达夫的作品寻不到"思想"的影子。恰恰相反，创作对象的丰富性是不能仅用"思想"就能概括的，或者说，"思想"一旦说出口，便极易成为固定的教条化的东西，它可以作用于人们的认识，却无法传递创作对象那种真实的感受。而郁达夫正是以其天赋的敏感，将他的体验以最直接的方式传递出来，那正是他生活的结果。而这种生活中陶冶出来的体验和感受，往往是最丰富最打动人的东西。

仔细分析，郁达夫的感受力，并非天马行空地任意想象，而是扎根于他的切实的生活体验和丰富的审美想象力。艺术的真实，正是需要这种生活的体验和感受来传达，而不是需要那种外加的理念和思想。因而，他正是沉浸在生活本身之中创作的，这种创作，契合他的体验、经历、性格、兴趣，一切都是那样自然和浑融。至此，我们可以说，在对"自我"与"个人"的感受中，郁达夫完成了他自己。

选　择

选择写什么，或者说，作家想要表现什么，往往是文学创作的第一步。选择，是创作者对自我创作敏感区的细致梳理，也是作家对创作期待值的主要实现途径。因为，一个作家喜欢关注什么，他必然喜欢在他的作品中表现什么；反之，一部作品中主要体现什么，那么它也必然是作家思维的敏感区和兴奋点。由此，我们可以说，一个作家的感受力和敏感区，构成了他创作天赋的核心所在。

选择有体验的生活进行创作，这也是郁达夫的选择。综观郁达夫的作品，大凡经典之作，无不与"零余者"有关。"零余者"是一类无关别人之痛痒的人，他们是曾经的理想主义者，可是现实的残酷让他们看不到希望，世间的一切欢乐似乎都与他们无关，他们只能在颓靡中自生自灭。这种得不到认可的感觉正是当时社会中多数青年的心理写照，同时也是作家郁达夫的深切的体验。

> 这里就是你的避难所。世间的一般庸人都在那里妒忌你，轻笑你，愚弄你；只有这大自然，这终古常新的苍空皎日，这晚夏的微风，这初秋的清气，还是你的朋友，还是你的慈母，还是你的情人，你也不必再到世上去与那些轻薄的

男女共处去，你就在这大自然的怀里，这纯朴的乡间终老
了吧。

《沉沦》中的这段话，将"零余者"们的高傲与无奈表现得淋漓
尽致。我相信，郁达夫的体验，使得他真正成为了他作品中的人物，
并且传神地表达出了主人公的心态。这种刻画是创作者与创作对象合
二为一的结果，一切的创作尽可跟着作家的感觉走，整个创作变成了
一次酣畅淋漓的自我叙写，变成了一场不得不写的情感释放。而这，
往往是创作的最佳状态。我相信，这种状态是愉悦的、充实的。

选择，是围绕自身感受力的选择。郁达夫对"零余者"的偏爱，
毋宁说是对他自己感受力的偏爱。他对自我和个人的书写的敏感，使
得他总是围绕这个兴奋点选择题材，这种选择可以说是不由自主的。
因为，只有选择这类题材，郁达夫才能将自己的感受力最大程度地表
达出来，并以此冲击读者的感知系统。

细心的读者不难发现，既然郁达夫的很多主人公都可以用"零余
者"来概括，那么郁达夫的很多"零余者"作品就可以看成是"零余
者"在不同时空的人生经历。这些不同的人生经历共同组成了作家郁
达夫的选择轨迹，也构成了郁达夫自己完整的"自叙传"。

转　型

转型对于文学创作来说，是一个作家力求突破自己的创作实践，
郁达夫也不外如此。在二十世纪二三十年代，抗战与救亡的呼声愈演
愈烈，革命文学应运而生。在这个激流涌动、热血沸腾的年代中，任
何一个心系民族危难的中国人都不可能安于个人主义的小圈子之中，
郁达夫也是这样。

新文学之初，郁达夫解剖自我、展示自我内心欲求的文学创作打
破了几千年来封建文学的桎梏，并以其惊世骇俗的先锋性形成摧枯拉
朽之势。从这个角度上讲，我们不能否认这种文学的革命性，因为这

种创作对于旧文学乃至旧体制的冲击力度是前所未有的。试想，几千年来的封建文学，什么时候赤裸裸地关注过个人、关注过自我？又有哪一种文学如郁达夫这般敢于解剖自己的内心，坦诚地公布于读者眼前？因而，这种对于民众自我意识的启蒙和洗礼，是前所未有的。这种自我意识启迪了民众的自我反思和自我追求精神，从思想积淀中日益洗刷了几千年来中国民众"精神奴役的创伤"。

可是，到了二十世纪二三十年代，革命形势发生了变化，"小我"对于旧文学的冲击已经不再能够与集体主义的"大我"相提并论。这个时候的社会形势，急切呼唤着民众的革命意识，因而，革命的"大我"精神应运而生。此时，文学需要呼唤民众投身革命，去摧毁一个旧时代，建立一个新时代。因而，那种有统一、鲜明的革命立场，反映革命的历史进步和历史必然性的文学创作成为时代最需要的文体。

要想知道革命文学是否能为郁达夫所擅长，只需论证郁达夫自我意识的"小我"与革命文学之"大我"是否合流即可。这个问题很明显，在"大我"所必需的统一的思想和革命立场下，"小我"须要遵守这个立场和旨归。这就意味着，郁达夫所擅长的对自我意识和内心真实欲求的感受力必须受到革命的集体意识的约束和匡正，他对"小我"的展现必须要得出"大我"的结论。

我们上文分析到，郁达夫的艺术感受和艺术创作选择是天然地融为一体的，他的天赋要求他只能选择类似《沉沦》的表现方式来叙写内心的创作冲动。我们有理由相信，郁达夫创作冲动的真正实现，不应受到任何外加的"思想"和"观念"的约束，即使要表现某种理念，也应该是作品自然体现的，其中不应看到任何人为和技巧的成分。因此，革命意识的体现就应像"零余者"的内心一样，让读者深入其中，产生共鸣。

但郁达夫的此类创作并不尽如人意。首先，他的创作不可能回避自己的优势，因而，对于革命本质的体现掺杂了过多的个人意识，要么喧宾夺主，要么不伦不类。如《她是一个弱女子》刻画了三类志趣不同的女性形象——奋斗的女性、犹豫的女性和堕落的女性。其中的堕落者郑秀岳是一个类似"零余者"的形象，也是作者最为擅长的人物形象。但是这次，郁达夫显然将她作为一个否定形象来刻画，以此彰显奋斗女性的光明。但是，此次，郁达夫善于刻画"零余者"内心的创作感受力却与他的选择显得格格不入。一方面，是令读者可感可触的"弱女子"；另一方面，那对于革命本质的体现的奋斗的女性形象却是显得那样概念化。最终，读者的感受仍然被郑秀岳所牵引，随她走入了她命运的深处。宏大叙事被个人命运的感伤所淹没，原本主题先行的"结论"成了一种外在的附加。郁达夫的转型最终没有战胜自己的个性和感受。

在认知与天赋之间

一个艺术家的认知可以归结为他对世界的认识和看法。认知受很多因素的影响，他们共同构成了作家的世界观。一般来说，世界观对于作家的创作具有指导意义。在上述郁达夫的"转型"中，郁达夫对创作的自我调整，正是他对革命现实认知的结果。但令人遗憾的是，他始终没有将自己的创作感受力、敏感区与他的认知融合为一个整体。

如果我们把郁达夫的认知系统看作一个理性占主导的领域，那么这种理性对于创作的指导就与他先前呼之欲出、不能不写的艺术冲动有了本质的区别。在艺术创作领域，生活的积淀与磨砺、作家的兴趣与体验、现实环境的变换与催化，都可以影响作家艺术感受力的形成和艺术冲动的实现。其实，所谓的感受力和艺术冲动，虽然看起来都是非理性的东西，却是扎根于作家切实的生活体验而形成的，它之所以能够打动人，就是那种基于人类共同心性的体验与现实世界的真实碰撞。因而，对于文学创作来说，我们可以将一个作家对现实世界感受力的强弱看作他艺术天赋的重要组成部分。从这个意义上讲，天赋感受力与作家所经历的现实密不可分。因而，它不是一个不可琢磨的神秘领域，而是生活的真实与作家先天禀赋共同作用的结果。

我们讲过，现实的真实性不能流于机械、概念和固定，因为，一切公式化的东西都不能完全涵盖生活的丰富性。而艺术的魅力和价值也正是体现在它能够以艺术的真实去洞见和呈现现实的真实，再现现实的丰富与具体，并将这种丰富性以可感的方式直接作用于人心。在这一方面，艺术具有得天独厚的优势。那么，既然如此，理性的认知要想真正以艺术的形式发挥作用，那就必须转化为作家的感受。

让感觉整合理性认知，与真实的生活体验亲密无间，这是使得理性认知切实发挥艺术感召力的唯一方式。因而，当二十世纪五六十年代的集体主义创作主宰文坛之际，批评家和广大作家首先强调的总是"深入体验群众生活"，可见，深谙艺术规律的他们，任何时候都不会抹杀"体验"和"感受"对于艺术的巨大作用。

但是，让感受整合理性认知并不是一件容易的事情，这其中融合着作家生活经历、性格、兴趣、创作敏感区等多重因素的相互作用，是一个不能强迫整合的过程。因为，如果不能尊重这个过程的复杂性，那么便会极易让理性束缚住作家鲜活的感受力，从而让思想和理念成为作家感受的附加物，最终演化为公式化概念化的创作。说到底，"理论是灰色的，而生命之树常青"，而作家需要做的，便是让自己的生命之树去汲取理论的养分而日益壮大，而不是让理论成为生命之树的附加物。如此，理性认知与艺术感受才能做到真正地融合。因此，我们不能苛责郁达夫的转型创作，因为，他的生活体验和经历、他的艺术感受和选择，实在不能让他迅速融入一个截然不同的新的艺术天地之中去。毕竟，作家不能无视自己的生活轨迹。

内　涵

郁达夫的可贵之处在于，他意识到了自己的创作天赋和局限。他对于文学创作作如下解："作家的个性，是无论如何，总须在他的作品里头保留着的。作家既有了这一种强的个性，他只要能够修养，就可以成为一个有力的作家。修养是什么？就是他自己的体验。"因而，当他写出掺杂着理念先行的《她是一个弱女子》时，连他自己也说：

"这一篇小说，大约也将变作成我作品之中最恶劣的一篇。"郁达夫或许对自己过于苛责了，但我们从中不难发现他对先验的主题没有转化为自己的创作体验的懊恼。

本着一个作家的创作轨迹来分析，郁达夫其实一直致力于拓展自己的创作领域，以修养自身的体验，来达到自身的新的"完成"。当这种完成自我的努力在文学创作中遭遇阻力之时，他仍然无奈地说道："做文士也好，做官也好，做什么都好，主要的总觉是在自己的完成。"

如果理解了郁达夫这种感受，我们就可以理解，完成自我是艺术家不断追求"新"的自我体验，以期完成更广阔的生活与自我合二为一的艺术旨归。从这一点上讲，郁达夫的内涵在于他不但在自己的天赋感受中完成了自我，而且在艺术追求中明白了怎样才能完成自我。在当时纷乱的文坛中，他不失为一个清醒者。

郁达夫小说"浙味"说

张　欣

一

> 富春江的山水，实在是天下无双的妙景。要是中国人能够稍为有点气魄，不是年年争赃互杀，那么恐怕瑞士一国的买卖，要被这杭州一带的居民夺尽。大家只知道西湖的风景好，殊不知去杭州几十里，逆流而上的钱塘江富春江上的风光，才是天下的绝景哩！严子陵所以不出来做官的原因，一半虽因为他的夫人比阴丽华还要美丽，然而一大半也许因为这富春江的山水，使他看不起富贵神仙的缘故。

这是郁达夫 1926 年所作小说《烟影》中的一段。从小说叙事角度看，它似乎只是旁逸斜出的一点闲笔，殊不知这类的闲笔，在郁达夫小说里占的比重却很大。从最早的《银灰色的死》《沉沦》到最后的《出奔》，伴随着人物的踪迹，东京、富阳、上海、北京、安庆、杭州等几个地域的风物背景也不断转换，构成了郁达夫小说的结构性内容，往往画龙点睛般地成为郁氏小说的标志性特征。

不过，上面所涉及的东京、上海、北京、安庆，虽也是郁达夫本人实际生活过的城市，却毕竟是旅居者眼中的"异域"，故而多数情况下，它们只是小说故事发生的背景，只有杭州及其附近的钱塘江、富阳一带，郁达夫写来似乎才投入更多的个人情感与经验，甚至远远超出了作为背景的内容，而带上了丰富的地域文化内涵，使小说的人物、故事、背景、语言融为一体，一变而为充盈着"浙味"或"杭味"的地方文学了。

《烟影》写的是文朴落魄上海，想回故乡而不得，幸遇友人资助始得返乡，返乡之后却又因"钱"的事情受到母亲指责，产生了新的烦恼。开头那段关于富春江的议论，即是文朴得到友人帮助欲返乡时的感慨，及至坐船行走于返乡途中，看到"一江秋水、两岸秋山、苍江几曲、几弯村落"，竟觉得"胸前有点生气回复转来了"。即是说，富春江的美景在这里成了文朴这个落魄的"零余者"恢复元气的精神家园。

而奇妙的是，时隔 4 年多，郁达夫竟然为《烟影》写了续篇《纸币的跳跃》。写的是身心俱疲、带着"伤痛"回到家里的文朴，因肺咳得到向来被乡邻视为"鄙吝"的母亲的同情与关切，甚至掏出自己的钱催促文朴去东梓关请中医徐竹园诊病、治病，文朴于世态炎凉的伤感中又感受到了亲情的温暖。同样，这亲情来自家和故园，其中也包括家乡自然山水的浸润。这段续篇开头在对富春江之晨作了一番描画之后就写道："朝阳照到，正在牵丝举网的渔人的面色，更映射得赭黑鲜明，实证出了这一批水上居民在过着的健全的生活。"以至于从临江楼上自家窗户里看到这一幅"初冬江上的故里清晨的朝景"的文朴也"不由自主"地感慨道："踏遍中华窥两戒，无双毕竟是家山！"

又过了两年多，又一个续篇《东梓关》写出来了。虽说是续篇，实际上《东梓关》完全可以独立成篇，风格上恰与随后写成的名篇《迟桂花》相同，也是一篇心境变化之后的返璞归真、平淡宁静之作。由文朴到富春江对岸的东梓关医病，引出了一个特别的人物"徐竹园"，又以文朴之口生发出一番人生哲理的感喟："世事看来，原是塞翁之马，徐竹园先生因染了疾病，才绝意于仕进，略有余闲，也替人家看着病，自己读读书，经管经管祖上的遗产；每年收入，薄有盈余，就在村里开了一家半施半卖的春和堂药铺。二十年来，大局尽变，徐家其他的各房，都因为宦途艰险，起落无常之故，现在已大半中落了，可是徐竹园先生的一房，男婚女嫁，还在保持着旧日的兴隆，他的长子，已生下了孙儿，三代见面了。"

二

《烟影》《纸币的跳跃》和《东梓关》，似乎可称作"富春江三部曲"，由于写作时间相隔较长，收入集子时又没有特别给予连贯性的排列，以至于读者忽略了它们之间的关联性。其实连贯起来，其内容、其情趣恰好可以与《迟桂花》构成一对"姊妹篇"，也是郁达夫小说"浙味"最为纯正和浓厚的两篇。

郁达夫小说的"浙味"，由其"文学作品，都是作家的自叙传"理论对应，主要体现于以其生活时日最多的富阳和杭州这两地为背景的一些作品，以富阳为背景的除了"富春江三部曲"，较早的还有一篇未完成的《春潮》，较迟一点又有一篇《逃走》；以杭州为背景的则更多一些，《清冷的午后》《杨梅烧酒》《十三夜》《蜃楼》《她是一个弱女子》《迟桂花》《瓢儿和尚》《迟暮》就都是。也有不少小说，写了包括杭州、富阳在内的多个地方的，早期如《沉沦》《怀想病者》是留学生涯中的故乡之思，返国后的《血泪》《茑萝行》《青烟》往往是"零余者"奔波途中对故乡的幻影。

《迟桂花》固然也可以视为一篇"忏悔录"式的作品，或者说写了主人公性欲的升华与人生的逸趣，而从人物与人物心理活动的背景上着眼，这篇小说在自然与人的契合、尤其是带有鲜明地方特征的自然与郁达夫式小说人物精神的契合方面，实在达到了至境。《迟桂花》的"浙味"与"富春江三部曲"不同，它所突显的是浓烈的如桂花一样的"杭味"。

如同《清冷的午后》背景在杭州拱宸桥，《杨梅烧酒》背景在西湖，《蜃楼》背景在松木场，《瓢儿和尚》背景在凤凰山胜果寺，《迟桂花》的背景是杭州南高峰南侧的翁家山。作为西湖龙井茶的核心产区，翁家山北依龙井、狮峰，南临烟霞洞、杨梅岭与满觉陇，是杭州较为幽僻的所在，除了赏桂时节，这里平日总是比较宁静的乡村景象，与繁华热闹的西湖景区很不一样。而郁达夫又特别避开了赏桂的盛期，把故事置放在更少游人的"迟桂"背景上展开，实在是用心良苦，这就和小说人物的心境完全对应起来。在这样的情境中，"迟桂花"的馥郁香气与翁则生、莲、老郁诸般人物所思所想所行，就都仿佛有了浑然一体的融汇。

实则这篇小说也像一篇游记。作者从杭州城站写起，先是乘车到旗下、四眼井，再步行经满觉陇、水乐洞、烟霞洞，最后到山顶翁家山翁则生家里住下。翌日由莲陪同，"我"从翁家山北行，由龙井村上狮峰，沿着山路径奔五云山吃了中饭，下午自五云山下到云栖，游玩之后，再乘轿子走平路经梵村、九溪口，沿着九溪十八涧和杨梅岭的路回到翁家山。这一路，真如"我"所说："而五云山的气概，却又完全不同了。以其山之高与境的僻，一般脚力不健的游人是不会到的，就在这一点上；五云山已略备着名山的资格了，更何况前面远处，蜿蜒盘曲在青山绿野之间的，是一条历史上也着实有名的钱塘江水呢？"接着也就引出了一段关于杭州山水的感慨："所以若把西湖的山水，比作一只锁在铁笼子里的白熊来看，那这五云山峰与钱塘江水，便是一只深山的野鹿。笼里的白熊，是只能满足满足胆怯无力者的冒险雄心的，至于深山的野鹿，虽没有高原的狮虎那么雄壮，但一股自由奔放之情，却可以从它那里摄取得来。"

郁达夫写《迟桂花》时，也正是他即将移家杭州并少写小说多写游记的时候，这时他对自然和家乡风物有了较过去更加强烈的关注热情。一方面是小说人物的性情变了，一方面小说的写法似乎也在变，若《迟桂花》这类以浓郁的杭味风土为重要写作内容的小说或许正是这种"变"的结果吧。

三

无论是"富春江"风味还是杭州、西湖风味，除了与作者个人的生活经验有关，大概也和郁氏的小说写作观念有关。不妨引述一些他的《小说论》以及其他回忆录中的文字看一看。

郁达夫论小说，凡六章，在讲了现代小说产生的原因、小说的目的、结构、人物之后，用第六章的全部述说小说的"背景"。他引了史蒂文森的一段话就把小说在人物之外"另一种趣味"——背景的意义表达清楚了："我可以给你一个例，我的 Merry Men 就是。我先感着一种苏格兰西海岸的一小岛的情趣，在胸中缭绕。然后渐渐作成了那篇小说来表现这一种情味。"接下来他从欧洲近代绘画背景的产生说到小说对背景的重视，解释了背景对事件和人物性格的"决定"作用，最后他认为："背景的效用，是在使小说的根本观念，能够表现得真切，是在使主题增加力量，是在使书中的各人物，各就适当的地位。并非是专为卖弄才情，徒使一篇小说增添一点美观而已。"

这些话，的确可以帮助人们理解郁达夫小说背景的设置，原来他早就注意到近代小说中的"地方色彩"（Local colour）和"乡土艺术"了，他写得最好的《东梓关》《迟桂花》等少数几篇作品，其中徐竹园、翁则生、莲的性格，不正是那种世外桃源般的环境的产物吗？人物性格与环境的高度融合，不正是这几篇小说成功的所在吗！

这是我们从地方文学、乡土文学角度考察郁达夫小说时的新鲜感受，也应该是郁达夫小说有意识的艺术实验，不应忽视。

不过尽管如此，总觉得作为小说家，郁达夫在小说的经营方面仍然不够自觉和用力，也许是缺乏鲁迅、老舍那样的才气？因为他似乎什么都涉及了，可又像是什么都有点粗疏，即如小说中的地方风味，则无论是富春江还是杭州、西湖，以及北京、安庆、上海，就都不如老舍小说的"京味"和鲁迅小说的"绍味"那样浑然充沛。相对而言，《东梓关》之"富春江三部曲"和《迟桂花》的确是佳构，《杨梅烧酒》《蜃楼》《瓢儿和尚》诸篇的人物与环境的关系就多少有些游离。

不必说，这样的遗憾是无法弥补的。好在郁达夫后来有《达夫游记》，那里面写浙江山水的游记可是纯粹多了，真可谓最好的"浙味山水"。

城市底层叙述与大众文艺的倡导者

张丽军

郁达夫自《沉沦》小说发表登上文坛以来，就一直争议不断，不仅因为作品内容的性本能描写而被视为性描写作家、"颓废作家"、"零余者"书写者，而且还因为其纤细敏感、激情张扬的个性与沸沸扬扬的家庭婚变而一再被人提起，成为人们议论的闲资和炒作的噱头，而忽视了其文艺思想的丰富内容和内在嬗变的精神历程。事实上，郁达夫的文艺思想、审美精神关照和文学创作在不断演变，其中既有较为稳定的内在精神结构，又有着随时代发展而不断更新、拓展丰富的思想意蕴。本文拟从文学创作和文艺思想的演变视角，来展现一个为常人和研究者所忽视、遮蔽的郁达夫，探寻其文艺思想对新世纪中国文学的精神启示。

从"颓废作家"到城市底层书写者

在郁达夫早期的小说作品中，我们都可以看到一个患有精神抑郁症或肺病患者的叙述者形象。在福柯和苏珊·桑塔格看来，疾病有着两种不同的隐喻：一个是，患病者因为疾病的发生而带来的精神恐慌和情感缺失，受到周围人的"驱逐"和"隔离"；另一个是，患病者又因为疾病的发生而拥有了"敏感""创造力""形单影只"的"卓然独立""艺术家"的精神品质。郁达夫早期小说中的病患者，不仅有着较为明显的神经抑郁和肺病症状，而且还有着由于身体疾病而带来的独特精神气质，即实现了从生理病人到"艺术家"、精神病人的隐喻性转换。

《沉沦》中的主人公就是一个"忧郁症愈闹愈甚了"的"他"。"他"不仅要"跑到人迹罕至的山腰水畔，去贪那孤寂的深味"，而且把自己变成"一个孤高傲世的贤人，一个超然独立的隐者"。这个具有"创造力"和艺术家精神气质的病患者渐次展示了"飞云逝电"的心思和"无边无际的空想"：病之抑郁、生之苦闷、性之压抑、离乡之苦、国衰之痛。"我何苦要到日本来，我何苦要求学问。既然到了日本，那自然不得不被他们日本人轻侮的。中国呀中国！你怎么不富强起来，我不能再隐忍过去了。"从个体生命疾病体验到民族国家的精神创伤，郁达夫笔下的主人公不是简单地精神放逐和自我遗弃，而是在其无限伤感、颓唐、忧伤的背后，有着深深的自我救赎意识和强烈的爱国主义情感。正如郁达夫在《茑萝集》自序中所言，"人家都骂我是颓废派，是享乐主义者，然而他们那里知道我何以要去追求酒色的原因？唉唉，清夜酒醒，看看我胸前睡着的被金钱买来的肉体，我的哀愁，我的悲叹，比自称道德家的人，还要沉痛数倍。我岂是甘心堕落者？我岂是无灵魂的人？不过看定了人生的运命，不得不如此自遣耳"。然而，存在的悖论就在于，小说中的"他"在享乐纵欲和洁身自救之间苦苦挣扎，但最终又在强烈的性本能和"复仇"意识之下陷入欲望放纵和精神放逐、自我否定的泥潭之中，难以自拔，沉痛不已。因此，我们在看到赤裸裸的性心理、性行为的描写中，还应该考量到一个纵欲主义背后的道德戒律和精神救赎，以及在这两者之间灵魂的迷茫、困惑、挣扎、拷问和鞭笞。正是在这个意义上，郁达夫早期小说成为"五四"文学主观抒情流派的代表性作品，有着重要开创性价值。

郁达夫回国之后，其文学创作发生了一些重要的转变：从以往"性之苦闷"转向"生之苦闷"，作品叙述视角和故事结构有了更加宽广、坚实的社会基础，主人公也从单一的疾病患者转换为城市底层劳动者。《春风沉醉的晚上》是一个过渡性作品，作者审美观照的中心已经转向城市底层的被剥削者——烟厂女工陈二妹。通过巧妙的故事构思，"我"遇到了在城市举目无亲的陈二妹，在一系列"误会"中，展现出了城市底层美好善良的心灵。"我"在瞬间所涌起的"性欲冲动"也在陈二妹纯洁心灵的感召下，得以净化和升华。20世纪30年代的《薄奠》是郁达夫城市底层叙述的一篇代表性作品。小说中的"我"是一个故事发生发展的重要见证者。"我"有着一副人道主义热心肠，同情人力车夫劳作的艰辛，虽然做不了什么，但是"总爱和洋车夫谈闲话，想以我的言语来缓和他的劳动之苦"，实行一种"浅薄的社会主义"。通过聊天，有了缘分，接连坐了好几次，我们渐渐熟起来了。"我"开始介入了人力车夫的生活，了解城市底层生存之苦、社会剥削之痛。物价的飞涨、洋车东家的挑剔与狡诈、女人不会治家的苦恼，"这个年头儿真教人生存不得"。"我"不仅听他悲哀的诉说，而且看到了夫妻二人因为买布匹的争吵，过着一种简陋心酸的非人生活。车夫最终在一场雨灾中死去了，而"我"和他的妻子揣测他是因为不堪没有希望的剥削之苦自杀而死。所以，结尾中，"我"不禁对着红男绿女大声斥责："猪狗！畜生！你们看什么？我的朋友，这可怜的拉车者，是为你们所逼死的呀！你们还看什么？"

至此，作为小说叙述的原动力已经彻底从性本能欲望转化为一种对城市底层的人道主义情结，小说叙述从原来的性心理、性行为叙述彻底转向城市底层叙述，主人公的"我"也从一个颓废的个体生活"零余者"转向积极的社会生活"介入者"了。

从城市底层书写到农民、大众文艺的倡导

20世纪20年代风云激荡。作为创造社的元老和主将之一的郁达夫，很快就感受到中国社会现实的快速发展变化。正如鲁迅所认识的那样，坚持思想启蒙是重要的，但是思想启蒙审美功效太慢了，"改进最快的还是火与剑"。郁达夫的文艺思想在从性之苦闷到生之苦闷的转换过程中，也意识到了仅仅关注主观自我心灵世界是不够的，仅仅关注城市底层也是不够的，他开始思考起了一个更加宽广、更加核

心、更加迫切的问题，那就是乡土中国的现代化转型和文化重建问题。中国农民思想意识没有现代化，乡土中国的现代化就实现不了；而对于一个作家而言，能够为古老的乡土中国社会转型、文化重建所能做的工作就是倡导和建构具有乡土中国本土意义的农民文艺。

整个20世纪20年代，中国各种文化力量开始了对乡土中国农民问题的思考，逐渐发现了中国农民在中国革命历程中的地位和作用，这极大影响了中国知识分子对农民的认识，在文学审美想象中产生了一种的新的形象塑造要求和对无产阶级文学、农民文学的文学新召唤。1923年12月，茅盾敏锐地反对"吟风弄月"的恶习、"醉罢；美呀"的所谓唯美的文学、颓废倾向的文学。他批评中国知识阶级中了名士思想的毒，大力主张"附着于现实人生的，以促进眼前的人生为目的"的现代"活文学"，大声呼唤"我希望从此以后就是国内文坛的大转变时期"。1925年5月到10月，茅盾连续发表《论无产阶级艺术》系列文章，提出了受压迫群体之一的农民艺术观点。

倡导唯美的、为艺术而艺术的早期创造社主将之一的郭沫若也开始文艺思想的反思。1926年，郭沫若在《文艺家的觉悟》中，认为现在进入了"第四阶级革命的时代"，斩钉截铁地说，"我们现在所需要的是站在第四阶级说话的文艺，这种文艺在形式上是写实主义的，在内容上是社会主义的。除此以外的文艺都已经是过去的了。包含帝王思想宗教思想的古典主义，主张个人主义自由主义的浪漫主义，都已经过去了"。

正是在这样一种轰轰烈烈的关注农民运动的文化洪流中，郁达夫文艺思想有了新的演变。1926年，郁达夫发表《文学上的阶级斗争》，认为"阶级斗争"，"若要追溯他的渊源，也与人类一样的古"，并把"反抗""否定""申诉""攻击"视为"阶级斗争"最重要的品格。这与鲁迅所倡导"撄人心"的"摩罗文学"有着内在的一致性。

1927年9月，郁达夫在《农民文艺的提倡》中提倡一种新型农民文艺。他认为，"说到农民与文艺，向来就很少，尤其是在中国"，陶渊明、范成大的那些田园杂咏是不能称之为"农民文艺"的。"文艺是人生的表现，应当将人生各方面全部表现出来的。现在组成我们的社会的分子，不单是游惰的资产阶级，凶悍的军人阶级，和劳苦的工人阶级而已。在这些阶级之外，农民阶级，要占最大多数，最大优势。而我们中国的新文艺，描写资产阶级的堕落的是有了，讽刺军人的横暴残虐的是有了，代替劳动者申诉不平的是有了，独于农民的生活，农民的感情，农民的苦楚，却不见有人出来描写过，我觉得这一点是我们的新文艺的耻辱。"因此，郁达夫倡导，"亲自到农民中间去生活，将这一块新文艺上的未垦地开发出来，或者对于乡村的文学青年，加以征搜奖励，使他们有生气勃勃的带泥土气的创作产生出来。……提倡这泥土的文艺，大地的文艺"。可见，郁达夫倡导的"农民文艺"是一种以农民为本体和主导地位的新型文艺观。

郁达夫不仅从理论上倡导新型的农民文艺，而且身体力行从事农民题材的小说创作，对乡土中国沉默的大多数极其悲惨的命运进行审美观照。《微雪的早晨》和《出奔》是郁达夫描写乡土中国农民生活的重要作品。《微雪的早晨》借助"我"这个叙述者，来展开故事情节的发展。"我"因为与朱君要好，所以受到邀请来到他的农村老家，不仅发现朱君的两件伤心事，"第一是婚姻的不如意，第二是他家里的贫穷"。之后，开始描写朱君性格、行为的"变异"：极为节俭的他开始喝酒、放声谴责社会、过于用功导致精神失常。结尾展现朱君悲剧的直接根源是军阀强娶他的初恋情人。朱君是一个被侮辱、被剥削、被损害的乡村农民知识青年形象，他没有找到一条能够反抗悲剧的道路，而成为不幸的牺牲者，这在一定意义上延续了郁达夫"零余者"系列审美形象。1935 年，郁达夫的最后一篇小说《出奔》以大革命时代为背景描写了一个青年革命者钱时英被地主腐蚀、收买、利用，直到觉悟、复仇的过程，揭示了地主对农民的残酷剥削和奸诈狡猾，呈现了这一时期作者对乡土中国现代转型和中国农民命运问题的思索。显然，钱时英已经从"零余者"系列形象中走出来，成为一个革命者、觉醒者和反抗者。对于郁达夫的文艺思想而言，这无疑是有着新质的意义和价值。

郁达夫不仅倡导农民文艺，思考文学的阶级性问题，而且还有着更为宏大和开阔的审美视野。1927年，郁达夫在《民众》发刊词中，谈到乡土中国沉默的大多数，"中国目下的民众，实在是一点儿势力也没有，一点儿声气也没有"，所以"我们要唤醒民众的醉梦，增进民众的地位，完成民众的革命"。1928年，郁达夫在《大众文艺》第一期，明确提出，"文艺是大众的，文艺是为大众的，文艺也须是关于大众的"。

随着"七七"事变的爆发，抗战文艺的呼声越来越高。在此时期，郁达夫进一步思考文艺的价值、功能和受众对象的问题。他的"大众文艺"观也越来越充实、丰富和具体化。1939年，郁达夫认为，在这个大转变时期的十字路口，大众的注意，"全转注入了活的社会现实"，因而，反对"抗战八股"，建设"有充实的生活"和"满含正义人道自由真理的内容"的文艺。在《抗战建国中的文艺》一文，他进一步提出抗战文艺，"是有民众总体演成的这一篇大史诗"，要"还给全体的民众，使他们得享受、批评"，倡导"艺术——文艺——的大众化，通俗化的实践"。

然而，遗憾的是，郁达夫没有能够进一步实践他所提出的"农民文艺""大众文艺"，就被日寇秘密杀害了。从一生的文学创作来看，郁达夫一直在坚守自己的文学理想，有着较为稳定的精神结构，无论是《沉沦》中的患有抑郁症的"他"、《春风沉醉的晚上》中的"陈二妹"、《薄奠》中洋车夫，还是《微雪的早晨》中的"朱君"，贯穿始终的是作者强烈的人道主义情怀、对被侮辱被损害者的形象塑造和从不妥协的反抗、控诉、斗争精神。正如，郁达夫在《创造月刊》第一期卷首语所言："天地若没有合拢来的时候，人生的缺陷，大约是永远地这样的持续下去吧！啊啊，社会的混乱错杂！人世的不平！多磨的好事！难救的众生！……在这个弱者处处受摧残的社会里，我们若能坚持到底，保持我们弱者的人格，或者也可为天下的无能力者、被压迫者吐一口气。"

或许，郁达夫的城市底层书写实践和农民大众的文艺思想，离他所倡导的文艺主张还有一定的距离，但是其一生秉持的"弱者人格"和"为农民大众、为弱者写作"的文学精神，无疑在新世纪的今天有着强烈的精神启示和现实意义。我们不仅要重新认识和还原一个立体的、多样精神气质和思想追求的郁达夫，而且还要从中汲取可贵的文学精神和创作伦理。

王映霞手札三通

刘　刚

郁达夫先生过世太早，文学馆无缘亲炙，故所藏中未见其手泽，仅有 3 篇其他作家家属捐赠的与其相关的文章底稿，它们是许杰的《忆郁达夫》、田仲济的《郁达夫的创作道路》、郑公盾的《郁达夫在福建》。除此之外，还有王映霞致许杰信 3 封以及林艾园捐赠给上海图书馆的郁达夫家信之复印件。上述底稿及复印件都早有正式出版物问世，有需求者自会去找书来读，所以无须再做泛泛介绍。倒是王映霞的几封手札，平日里深锁库房饱蠹鱼，正该借机"一见天日"，故全文抄录并略加小注如下。

其一①

许老②：

得来信，很高兴，但又非常惦记。不知你的病情究竟如何？

老年人要自己当心，任何人都无能为力的。幸好你尚有老伴在旁，切不可小看她，这对你是一个无形中的助力。

今天早晨在枕上想到从前有人写的两句诗，但怎么也想不起作者，更回忆不到还有上面两句是什么，不知你能忆及否？诗曰："……一面已教三日想，千金难铸两边心。"多少年来，我一直喜欢这两句诗。

香港的这一位李先生③虽说是在经商，但他非常爱好文学，不到五十岁，我在深圳时见过他两次。和他通信三年了。人非常诚挚，和国内的许多人都有信札来往，连张爱萍等军人，他都写信去向对方讨字或画。冰心等人也有信写给他。此乃奇人也。他说每日必须空出一二点钟时间，来阅读报章杂志。寄上之有关徐悲鸿一文，是他的近作，我寄给你，让你可以消遣！

真是"因过竹院逢僧话，又得浮生半日闲"。拉杂写此。祝

痊安！现在总算好了？以后会否再发？

映霞

7.10

注：

①此信末只署月、日，年份不明。

②即现代著名作家许杰（1901—1993），原名世杰，字士仁。1924年以小说《惨雾》跻身文坛。"曾经有意模仿郁达夫的风格，写过以西湖漫游为背景的浪漫故事的散文。""1925年的某一天里"在"新华学艺社新创办不久的学艺大学"中初识郁达夫，"比较接近而且过从较密的一段时间"，是在1926年的秋天到1927年的上半年，那"大概正是郁达夫和王映霞恋爱得正热烈的时候"——在《忆郁达夫》一文中，许杰如是说——"我去看望郁达夫，他也有时和王映霞一道前来看我。""我这个人，在那种时候，还是比较的拘谨和胆小，有王映霞同在的时候，我就不大说话。"

③似指1979年9月到1998年8月在《广角镜》担任总编辑的李国强先生。李国强1946年11月出生于香港，广东新会人。王映霞于20世纪80年代与其建立通信联系。

其二①

许老：

接到你的信，非常高兴。怎么你又进了医院？上次小

中风后我总以为你在家休息、静养身体。谁知你却进了华东，幸亏我未去你家探望，否则又要跑一个空，彼此都已有（是）老龄人，出一次门探望一次也真不容易，只能从纸上在惦记你。

我没有在香港出书，不过台北《传记文学》要我重写②一篇自传，说它们可以连载。去年冬天，我就把这事情和我的小朋友丁言昭③谈了，想邀她帮我整理，她答应了。就是这样，我们在今年初写成了现在之《传记文学》连载的《王映霞自传》。

从七月份起就已开始连载，到十月，正好是第四次。每次都由我的香港朋友为我复印几份寄来给我（因为《传记文学》不能"进口"），这次寄上的，就是第四次复印来的。其余一二三期，我已分寄给其它朋友，没法再为你寄去。至于其它情况，你可以看编者按语，我不再多赘。

我与《传记文学》已写完"授权书"，他们出的书，可以在海外及台湾出售。至于大陆出书，只能在台湾出书之后，而且只能销售在大陆。

就写这些。收到后，精神好时，望复我。

祝你康乐！

林艾园④老师已来过，他说你叫他来向我要书的，大约就是这些。

王映霞

（1989）11.16

郁飞的文章是在台北《联合报》上发表的，与我无关。

注：

①此信末也只署月、日，根据内容判断应为1989年。

②王映霞此前曾有1964年1月27日完稿的自传性文字《半生自述》登载于浙江人民出版社《东方》文学丛刊1982年第3期。故将台北《传记文学》约其写的自传称为"重写"。

③丁言昭，作家，有《爱路跋涉——萧红传》《在男人的世界里——丁玲传》《骄傲的女神——林徽因》等著作。关于帮助王映霞整理自传一事，她在《〈王映霞自传〉跋》中写道："一九八八年十二月圣诞节前后，王映霞老师征求我的意见，帮她整理长篇回忆，十二月二十八日我们开始拟提纲，一九八九年二月五日全部整理完毕时，已经是除旧迎新的己巳年春节的前夜了。"

④林艾园，华东师范大学古籍研究所教授。曾参与多部古籍的校点整理工作。1981年向上海图书馆捐赠郁达夫致王映霞亲笔书信38封及明信片41张，并为此作《赠上海图书馆郁达夫致王映霞函件真迹序》。

其三①

许老师：

实在久违了。你信中所写，也是我心中所想到的。人老了，除掉脑在动心还在跳，其余都懒，懒得连自己也不相信，你说怎么办？

前年，90年的12月21日清晨，我由女儿陪同离开了上海，下午就到深圳。在深圳住了六天，然后再由熟人同去九龙。等一切手续办好，已是12月29日，才直飞台湾②，下飞机时，被那边的记者包围着。总算胡健中老先生派来了汽车相接，我们才溜进汽车，直达天母大厅胡宅，也才见到了这一位五十年不见的老朋友，在人的一生中，这真是莫大的喜事。

虽说我这次访台是《传记文学》作邀请，但实际上，我却呆在屋子里与胡老先生谈了三个月的话，你说长也不长？这中间《传记文学》的主人邀请吃了无数次的筵席而外，就是陪伴胡老先生倾谈，因为他已是第五次中风的一位老者。其中当然还去拜访过陈立夫先生。

去年三月底边，我们三个月的期限已到，我们就回返大陆。当时女儿要我回到杭州，我就回杭州。谁知，杭州的生活我不习惯，这时我在深圳工作的儿子又因公来杭，他就把我带去了深圳。四个月后，我还是怀念上海，于是在38℃的气候下，又从深圳飞往杭州。再三个月，终于给我偷偷的买了车票返回上海，回到我日思夜想的上海时，正是"已凉天气未寒时"的重阳佳节，计算起来，刚好一周年。在这一周年中，我日夜想念着的都是一个个的老朋友的影子，你又怎么能知道我的念旧心情？

此生以后，我再也不想去别的地方了，一直在上海我的这个老巢里呆下去。

听说你在台湾的妹妹来看过你，而且还在你这里住了些时间；又听说你的夫人故世，再听到你的同乡潘文珍已不堪子女的轻视，住进了敬老院。种种消息传来，都是对老年人不幸的消息啊。听说胡老先生近已口不能言，手足不能自由，大小便失禁。但脑子清楚，你想他苦不苦？

汽车时常出事，挤得不堪，不像五六年前的样子，这也是我不敢去看你的大原因啊！

我耳渐重听，眼睛白内障也在日甚一日，既不便打电话，因此我也就不装电话，甚至于懒得提笔。你一定能谅解我的。

顺便附一张近照给你看看，是中秋节小朋友为我摄的，祝你百事如意！

王映霞
（1992）9.25

此照摄于瑞金大厅

注：

①此信有信封原件在。信封上的邮戳清晰可辨："1992 925"。

②百度《百科名片》"王映霞"词条介绍说：1990年，83岁的她作了一次台湾之行。那是台湾《传记文学》杂志社刘绍唐先生及原"中央"日报社长胡健中先生，以王映霞为"杰出大陆人士"为由，向台湾当局申请的。在台北3个月，她拜访了睽违40年的老友陈立夫先生、胡健中先生，参观了张大千的故居摩耶精舍，饱览了秀色可餐的阳明公园。

通观3封信，其所述之事差不多都在多年前就已见诸报刊，"新闻价值"似已无从谈起。但私人信函毕竟是最坦白最有性情的文字，读来自会有不同于报刊文章的别一番感觉。3封信虽无一字提到郁达夫，但郁达夫的作用与影响却弥漫于字里行间——正因为有郁达夫才有许杰的友谊，也才有这几封信的产生，当然也是因为郁达夫，这几封信才有了此次以"文学馆藏品"名义公示于读者的机会。

后　记

　　早在几年前，就不断有学界好友建议：专刊都办了好几年了，你们为什么不出一套丛书呢？其实，不光学界同仁这么认为，编辑部同志也觉得丛书出版实属必要：一来可以对我们过去几年的工作做个总结，二可增进与广大读者、学者的互动交流，三来可以助益现代文学研究事业。但当考虑到资金问题，就一直没将丛书编辑、出版事宜提上日程。出版这套丛书的愿望直到2018年才得以实现。

　　2017年年底，由保管阅览部副主任慕津锋同志策划并提议、馆长办公会审议通过的《关于出版〈现代经典作家研究〉丛书的建议》正式实施。同时，文学馆也将这套丛书的编辑与出版列入2018年上半年重点工作之一。可见，丛书出版实乃众望所归。

　　这套丛书的编纂与出版是集体工作的成果，凝聚了众多同志的心血。在此过程中，每一环节、每一个人都很重要。

　　首先，特别感谢中国现代文学馆馆长李敬泽、馆长助理梁飞、保管部副主任慕津锋等三位领导对该丛书编辑与出版工作的大力支持。没有他们的策划、安排与指导，这套丛书就很难面世。其中，慕津锋做了大量工作，从课题策划、申报到编纂，再到联系出版事宜，都离不开他的付出，在此特别予以致谢。

　　其次，感谢张元珂、慕津锋、崔庆蕾、王雪、姚明、李立云、邱俊平等七位编选者的智力和劳力付出。正是他们负责任的编选与细致校对，才确保这套丛书以高质量面世。我们的合作很愉快！

再次，感谢作家出版社社长吴义勤先生、丛书责任编辑李亚梓女士。没有两位的热情支持和辛勤工作，该丛书就难以以这么快的速度与读者见面。

丛书编辑委员会

2018 年 3 月 4 日

图书在版编目（CIP）数据

现代作家研究（2012年卷）/ 中国现代文学馆 编 . --
北京：作家出版社，2018. 5
　　ISBN 978-7-5063-8280-9

　　Ⅰ . ①现… Ⅱ . ①中… Ⅲ . ①作家评论 – 中国 – 现代
Ⅳ . ①I206.6

中国版本图书馆 CIP 数据核字（2018）第 108025 号

现代作家研究（2012年卷）

编　　者：中国现代文学馆
特约编辑：慕津锋
责任编辑：李亚梓
装帧设计：百丰艺术
出版发行：作家出版社
社　　址：北京农展馆南里10号　　邮　　编：100125
电话传真：86-10-65930756（出版发行部）
　　　　　86-10-65004079（总编室）
　　　　　86-10-65015116（邮购部）
E-mail:zuojia@zuojia.net.cn
http://www.haozuojia.com（作家在线）
印　　刷：北京玺诚印务有限公司
成品尺寸：152×230
字　　数：369千
印　　张：26.75
版　　次：2018年11月第1版
印　　次：2018年11月第1次印刷
ISBN 978-7-5063-8280-9
定　　价：42.00元